海外中国宝卷收藏与研究导论

李永平　［荷］伊维德　［俄］白若思　等／著

海外中国宝卷研究丛刊
李永平／主编

上海古籍出版社

陕西师范大学优秀著作出版基金资助出版
陕西师范大学中国语言文学一流学科建设成果

目　录

下编　海外藏中国宝卷概览

目　录

协作与刺激：七十年海外中国说唱文学研究（代前言）

七十年说唱文学研究史，也是一部国际学术交流史。因为属于“俗文学”的说唱文学，首先是作为了解中国民众生活和思维方式的文学形式，通过海外传教士与汉学家的传播，进入海外传统汉学的研究视野。民国初期，受到法国、英国、日本、德国等国学术思潮影响，俗文学研究在中国成为一个专门学科。1949 年之后，世界汉学的研究格局发生了很大变化，中外学者在说唱文学领域保持互动、分享与合作，以下从学人交往、海外汉籍、研究方法三个角度分别述之。

20 世纪 50 年代初期，社会主义现实主义文艺路线强调文学的“人民性”“阶级性”，使得说唱文学以“民间文学”的名义获得前所未有的关注。据司格林《中国说唱文学研究在苏联》（《曲艺艺术论丛》第 8 辑，中国曲艺出版社，1987 年）一文介绍，也是在同时期，中国民间文学和俗文学成为苏联汉学家的正式研究课题，阿列克谢耶夫、孟列夫、热洛霍夫采夫等学者对于变文、诸宫调、评话等说唱文学体裁的兴起和发展历史进行了研究。日本的中国戏曲研究虽于 20 世纪初即已兴起，但也是在 20 世纪 50 年代之后，才将民间说唱文学、民歌曲艺等纳入研究范畴。据田仲一成回忆，1954 年东京大学教授仓石武四郎开设的“中国文学史”课程，选读的材料大多为说唱文学。美国在战后成为新的中国研究中心，在20世纪50年代各大学新建的中国语言文学系（东亚语言文学系）之中，小说与戏曲的白话文学传统获得了与诗歌、散文相当甚至更大的关注。柯润璞（James Irving Crump, Jr.）、韩南（Patrick Hanan）、芮效卫（David Tod Roy）在元散曲、诸宫调、词话方面的研究以及他们对于《刘知远诸宫调》等俗文学英译的推动，奠定了说唱文学在美国汉学研究中的重要地位（伊维德撰，张煜译《英语学术圈中国传统叙事诗与说唱文学的研究与翻译述略》，《暨南学报》2017年第11期）。

20世纪50—80年代的海外说唱文学研究者，大多有着中国生活经验。司格林1931年出生于北京，16岁才回苏联，20世纪80年代之后频繁来华访问侯宝林、杨立德等艺术家，1986年出版《中国俗文学：说唱体裁》（苏联科学院科学出版社，1986年）。吉川幸次郎和仓石武四郎曾于1928—1930年间留学北京，1954—1975年之间曾三度访华，与孙楷第、傅惜华等旧友切磋学问。波兰学者日比科夫斯基曾于1956—1957年、1966—1970年在北京学习工作，1974年他出版英语世界第一部南戏研究著作《南宋早期南戏研究》（Wydawnictwa University Press, 1977年），揭示说唱文学与早期南戏的密切关系。法国班文干（Jacques Pimpaneau）1964年留学中国，受教于中国科学院文学所的吴晓铃，回国后编纂《歌者、讲故事者与杂耍演员：中国的口头文学与流行节目》（Centre de Publication Asie Orientale, 1978年）等中国说唱文学专著。

中外学者之间的学术情谊，在他们的学生身上得到延续。20世纪30年代，吴梅与青木正儿多有往还。1965年，青木的学生田中谦二到广州，将青木主持的《元曲选释》二集赠与吴梅的学生王季思，王先生赋诗："霜崖曲学旧无双，青木先生堪雁行。后起田中曾一面，愧无半璧答双璜。"（王季思《王季思诗词录》，浙江人民出版社，1981年，第132页）1966年之后的十几年间，欧美的中国文学研究者大多赴京都大学深造，日后成为海外中国说唱文学研究主将的伊维德（Wilt L. Idema），1968年起在田中谦二门下留学两年。

七十年的中国说唱文学研究，最能体现国际协作和开放精神的领域，一是敦煌俗文学研究，二是子弟书和木鱼书研究，三是海外说唱文献的发现与传布。

1954年，大英博物馆将所藏全部敦煌写本摄成胶卷对外公开。1971—1976年，旅法学者左景权“从英法所藏写本内发现歌辞，在海外发表了有关论著，邮归国内，以广研讨，五年如一日，收效甚著”（任半塘编著《敦煌歌辞总编》，上海古籍出版社，1987年，第8页）。敦煌歌辞文献研究在20世纪70—80年代呈现国际性论辩往还的热闹景象，饶宗颐、潘重规、任半塘与法国的戴密微（Paul Demiéville）、陈祚龙，日本的入矢义高、金冈照光、波多野太郎等多有合作与论争。1976年，波多野太郎将敦煌歌辞相关研究资料寄与任半塘，1981年任先生写成《敦煌歌辞研究在国外》（《文学评论丛刊》第9辑，中国社会科学出版社，1981年），对海外敦煌学之得失评骘甚详。

波多野太郎也是较早进行子弟书、木鱼书整理和国际刊布的海外学者，从1967年开始在《横浜市立大学纪要》连载《满汉合璧子弟书寻夫曲考证》《论木鱼、南音及粤讴》等专论，后将双红堂文库、仓石文库等所藏及自藏子弟书汇集影印出版《子弟书集》（日本横浜市立大学，1975年，1977年台湾东方文化书局选编为《红楼梦子弟书》）。波多野太郎从1978年之后几乎每年访华，与钱南扬、赵景深、谭正璧、程千帆等学者论学谈曲。胡文彬曾说：“我编《红楼梦子弟书》是受到波多野太郎教授送我的《红楼梦子弟书》启发。”（胡文彬著《梦里梦外红楼缘》，中国书店，2000年，第113页）

20世纪初，董康、郑振铎、向达、孙楷第、傅芸子、王古鲁等学者赴海外访求孤本奇书，对于俗文学文献的研究起到极大的促进作用。在中断了二十多年之后，对于彼存我佚、彼全我残的海外说唱文献之查访、编目与影印整理，成为新时期说唱文学研究的一大亮点。著名汉学家龙彼得（Piet van der Loon）从1960年开始对欧洲各大图书馆的中文藏书进行系统查检，着意发掘闽南语说唱文学文献。他将英国、德国、奥地利的发现先后结集为《明刊闽南戏曲弦管选本三种》(中国戏剧出版社,1995年)、《明刊戏曲弦管选集》(中国戏剧出版社,2003年)在中国出版。俄国汉学家李福清在丹麦、奥地利的访书所得汇集为《海外孤本晚明戏曲选集三种》(上海古籍出版社,1993年),又编有《俄罗斯所藏广东俗文学刊本书录》(《汉学研究》1994年第12卷1期)、《德国所藏广东俗文学刊本书录》(《汉学研究》1995年第13卷1期)等目录,对庋藏于国内外的广东木鱼书作了比较详尽的叙录。稻叶明子、金文京和渡边浩司合编的《木鱼书目录》(日本东京好文出版社,1995年),共收录世界各地馆藏木鱼书3 874种。车锡伦《中国宝卷总目》(北京燕山出版社,2000年)共著录国内外公私收藏宝卷1 585种,其中部分书目来自海外学者的分享。

新时期被推介至中国的海外说唱文献并非"横空出世",其发现史体现了世界各地学者长时间的学术合作——海外学者早着先鞭,率先传布海外珍本的版本与内容,中国学者根据线索,再加精细研究,最后在有心人的不懈努力之下,海外孤本得以在中国影印和整理出版。最典型的例子便是"天壤间孤本"《风月锦囊》的发现与研究。这本现存最早的杂曲摘汇选刻本,仅存于西班牙皇家图书馆。早在1929年,法国的伯希和就在"*T'oung Pao*"的文章中加以简要介绍。1934年,戴望舒在西班牙做过短期古籍调查,回国之后撰文简介,并多次与西班牙通函交涉影印一事,但因摄影索价过昂而未果。1952年,台湾大学教授方豪获得此书胶卷,夏威夷大学的罗锦堂据此撰文传布。1976年,香港大学教授刘若愚从马德里国立图书馆得到更清晰的全文影印本。1987年,王秋桂将之收入他主编的《善本戏曲丛刊》第四辑,首次公开影印出版,此后孙崇涛、黄仕忠、高国藩、彭飞、俞为民等内地学者利用此影印本进行研究。1994年,孙崇涛专程前往西班牙校核全书,终令《风月锦囊》有了通行可读的笺校本。

早期到中国访学的海外学者,如长泽规矩也、仓石武四郎、泽田瑞穗、滨一卫、韩南等,长期致力于购藏中国俗文学文献,他们或在战后经济窘迫时,或在20世纪90年代去世之前后,将所藏图书出让或捐赠给各大学或公共藏书机构，成立以他们名字命名的文库。因此进入21世纪，对于这些名家文库所藏资料的发掘整理与研究，成为说唱文学领域的一个前沿热点。

东京大学获得长泽规矩也出让藏书后成立了“双红堂文库”，于1961年出版《双红堂文库分类目录》，是年10月访问北京的波多野太郎将该目录赠与吴晓铃，吴氏在《1962年访书读曲记》一文中摘抄双红堂书目以备检（《吴晓铃集》第2卷，河北教育出版社，2006年，第190—192页）。双红堂作为海外搜藏中国说唱文学数量第一的文库，在世界汉学界名声虽著，然而截至2001年，国内只有胡文彬《红楼梦子弟书》（春风文艺出版社，1983年）及仇江、刘烈茂、郭精锐等人的车王府曲本研究利用了该库部分资料。2001年之后，黄仕忠陆续为双红堂编写四种唱本专目，2003—2010年中国学界的三篇双红堂所藏曲本研究文章均出自黄仕忠及其学生。2010年底，东京大学东洋文化研究所在网上公开双红堂文库全文影像，同年出版的黄仕忠《日藏中国戏曲文献综录》（广西师范大学出版社）则为研究者提供赴日访书指南。2013年，双红堂文库稀见中国曲本首次影印出版（黄仕忠、大木康编《日本东京大学东洋文化研究所双红堂文库藏稀见中国钞本曲本汇刊》，广西师范大学出版社）。经过此轮传布，利用双红堂说唱文献的研究成果明显增加，2011—2019年，CNKI共收录36篇以文库所藏京调曲本、丝弦本、四川俗曲唱本等说唱本为中心的研究论文。

类似的海外俗文学文库还有早稻田大学图书馆的泽田瑞穗“风陵文库”。作为宝卷研究的先驱者，泽田瑞穗《宝卷研究》（日本国书刊行会1963年初版，1975年增补本）率先提出佛教唱导文学是诸宫调、弹词等通俗说唱的源头一说，并收录自家及日本公私所藏宝卷共209种；他还撰有《大鼓书私录》长文（日本《天理大学学报》第34、36、37辑，1961—1962年），介绍其所收近三百个版本的大鼓书。2010年，早稻田大学将风陵文库藏书制作成全文影像库对外开放。2010年以后，在网络上公开的说唱文献还有日本国会图书馆以及法国国立图书馆的敦煌全文图像库，日本京都大学人文科学研究所的宝卷,美国哈佛燕京图书馆的韩南藏书、齐如山藏书,德国巴伐利亚图书馆的中国俗文学资料库,中国国家图书馆的“西谛藏书”。

由于说唱文学研究从20世纪初才起步,早期的文献研究主要依托研究者个人收藏,公共藏书机构并无说唱文学的专门收集,这导致研究者的研究水平与治学特色直接受制于个人所藏所见。进入21世纪,旧时学者的个人收藏纷纷被纳入公共领域,并随着网络共享时代的到来而变得唾手可得。研究文献从零散流布到藏书汇聚,再到网络联通,这种资料聚合给专业研究带来的冲击,在中国文学研究界,尤其以说唱文学最为强烈。全文影像资料的公开刊布,使研究者得以超越传统书目和提要的局限,直接目验海外孤本的全貌与细节。职是之故,近十年来,说唱文学的个案研究空前繁荣,从地方文艺工作者、初入门的研究生到研究机构的研究者,大家应接不暇地追逐与介绍“新出”文献,研究精细的同时也带来碎片化风险,搁置了对于说唱文学本质、艺术特征等整体研究的关注。

七十年中国说唱文学研究出现的三个研究转向,均不同程度地受到海外研究的刺激与影响。

一、多学科方法的浸入。以宝卷研究为例,1928年郑振铎《佛曲叙录》将宝卷纳入俗文学研究领域,20世纪50年代中期之后,由于宗教研究被中国学者视作禁区,宝卷的搜集和研究主力在海外。日本的泽田瑞穗、吉冈义丰、大渊忍尔、酒井忠夫,加拿大的欧大年(Daniel L. Overmyer),美国的姜士彬(David G. Johnson),英国的杜德桥(Glen Dudbridge)等人的研究,在20世纪80年代末期介绍到中国,宝卷研究迅速成为热门话题。海外学者的宝卷研究普遍受到社会学、宗教学、人类学研究方法的影响,比较注重“教派宝卷”及其教义特征与仪式传统,这给宝卷研究增加了生成环境、社会功能、仪式文化等多重维度。

二、走向田野的研究转向。改革开放之后,国外学者被允许与中国同行合作进行田野调查。20世纪90年代之后,在各地的傩戏、宣卷、香会活动中,常常可以看到中外学者组成的联合调查小组。直至近年,在太湖流域和浙江绍兴的宣卷仪式之中,经常可见小南一郎、矶部佑子、上田望等日本学者的身影。走向田野的研究范式对于海外中国学本是题中之义,一个文化他者,为了读懂异文化的古代说唱文本,了解中国的民众生活与情感逻辑,就必须具有"个中人"的田野体验。这种深入田野的做法让中国学者意识到,就算是本土研究者,也应该"回到现场"去体验说唱文学的鲜活生命力。

三、性别研究视野的拓展。20 世纪 90 年代,北美学者的东方女性文学研究逐渐升温,明清时期的女性作品被选译出版,比如《书写帝制中国晚期的女性》(Stanford University Press, 1997 年)和《彤管：中华帝国时期的妇女文学》(Harvard University Asia Center, 2004 年),选译并研究了《天雨花》《再生缘》等弹词说唱。1983 年,湖南江永一带发现一种由女性书写、女性传唱的"江永女书",经谢志民《江永女书之谜》(河南教育出版社,1991 年)注音、翻译成中文后被推介至海外,引起较大关注,远藤织枝《中国的女文字》(日本三一书房,1996 年)、伊维德《江永的女诗人》(University of Washington Press, 2009 年)可视为海外女书译介的集大成者。孙康宜、魏爱莲(Ellen Widmer)、苏珊曼(Susan Mann)、李惠仪、马兰安(Anne E. McLaren)、管佩达(Beata Grant)、李果等海外学者着意发掘女性在说唱文学创作、传播、阅读接受过程中的主动性,在帮助西方学界丰富和重建文学、历史与性别研究理论的同时,也影响了之后的中国说唱文学研究范式。

绝大多数古代说唱文学的作者和创作或初次刊刻的时间、地点难以确定,因此在以作家作品为中心的"编年体"中国文学史中,说唱文学因其作者及年代的不确定性,一直处于边缘地位,难有单独章节书写的待遇。21 世纪以来,至少有两种西方学者撰写的中国文学史,将说唱文学提升为与传统诗文并驾齐驱的独立文体(genre)。《哥伦比亚中国文学史》(Columbia University Press, 2001 年)第七编"民间及周边文学",由马兰安、马克·本德尔(Mark Bender)等人执笔,着重介绍了口头程序表演

(说唱词话、弹词以及口头仪式)。孙康宜和宇文所安(Stephen Owen)共同主编的《剑桥中国文学史》(Cambridge University Press, 2010 年),全书按照时代顺序编排,但由伊维德执笔的下卷第五章“说唱文学”却打破“作家作品论”的叙述模式,根据说唱文学的体裁和内容重新书写。虽然两种文学史各有侧重,仍可从中窥见海外学者将说唱文学与文人雅文学同等对待的思想原则。

《哥伦比亚中国文学史》的主编梅维恒(Victor H. Mair)长期关注口头传承的“讲故事传统”(oral tradition of storytelling),因此该书的说唱文学史更注重“帕里-洛德”口头诗学理论的介绍与运用。20 世纪 70 年代以降,口头诗学理论从欧洲古典学渐及口头文学研究,这种重视语体、现场、讲述人的研究方法,结合各地的口头表演实践,生发出不少别开生面的论著。1974 年美国华裔学者王靖献的《钟与鼓——〈诗经〉的套语及其创作方式》(University of California Press),首次将口头诗学理论应用于先秦文学研究。丹麦学者易德波(Vibeke Børdahl)运用该方法研究扬州评话,其专著《扬州评话探讨》(Curzon Press, 1996 年)与《武松打虎:中国小说、戏曲、说唱中的口传与书写传统的互动关系》(University of Hawaii Press, 2013 年),侧重探讨口头传承与书写传统的内在关系。美国学者马克・本德尔关于《再生缘》的博士论文以及《梅与竹:中国的苏州弹词传统》(University of Illinois Press, 2003 年),强调文学阅读与演出现场的互动关系。

上述欧美学者的中国说唱文学研究成果已经验证了口头诗学理论的普适性、多相性和开放性,不过在中国古代文学研究界,这一理论首先要说服学者放下“重案头而轻场上”的研究惯性。中国说唱文学的一个显著特征是“程序套语”的普遍存在,高度相似的景物人物描写、历史感叹、说唱留文,不断地重现于不同主题、不同时代和不同作者的文本之中。可以预见,随着类似“中国俗文库”实现逐字检索的全文数据库之研发与普及,研究者可以借助“大数据分析”,找出说唱文学的套语技巧、程序结构、叙事模式,进而探讨说唱文学生成的内在知识。进入大数据时代,已经在西方史诗研究中显示出强大解释力的口头诗学理论，如能深入结合中国说唱文学的文本实际与表演语境，可能会成为未来说唱文学研究贡献给中国古代文学研究的特色理论话语和理论工具。

（吴　真）

上　编

海外藏中国宝卷的历史景观与地理旅行

导读 “宝卷”研究回顾与展望

“宝卷”是流行于明清民间具有说唱形式的宗教性文本，或者说是传播宗教思想的文艺形式。因为具有宗教性质，所以有人将它看成是民间宗教的经卷，又因为具有说唱形式，也有人视其为说唱文学或民间曲艺之一种。事实上，宝卷是集宗教文本与文艺形式于一体的东西，两者难以截然分开。宝卷的文本形式渊源于唐代佛教“变文”，而说唱活动（又称“宣卷”或“讲经”等）则与佛教“俗讲”有关，其文本内容或直接宣讲宗教的思想观念和行为规范，或借神话传说、人物故事来渲染这种观念和规范，其宣讲形式则有韵有白、有曲有唱，属于中华民族的文化宝藏之一。19世纪末以来，学界曾对宝卷进行过许多研究，并取得了不少研究成果；下面试对相关成果进行梳理，指出其贡献与不足，以图有裨于学界的研究。浅陋之处，祈望方家教正！

一、早期有关“宝卷”研究的状况

流行于民间的宝卷进入中国学界的研究视野，始于20世纪初主张“到民间去”的北大学人顾颉刚发表《孟姜女故事的转变》并全文刊载《孟姜仙女宝卷》,[①]后来郑振铎又发表《佛曲叙录》并介绍了三十余种宝卷,且在 1938 年出版《中国俗文学史》时单列“宝卷”一章,[②]开辟了有关宝卷的研究领域。向达、李嘉瑞、孙楷第、佟晶心、吴晓铃、傅惜华、杜颖陶、马廉、赵景深等学者曾对宝卷的渊源、形式、内容等有过涉猎,或者对宝卷进行了搜集、整理、编目;当时就读于北平辅仁大学人类学研究所的李世瑜,则利用田野调查所获宝卷资料撰成了名著《见(现)在华北秘密宗教》。[③]这些都为后来的宝卷研究奠定了基础。

国外汉学界对于宝卷的关注,据说最早始于德国传教士郭实猎(Karl Friedrich Gützlaff)1833 年在谈论佛教的一篇文章中讲述了《香山宝卷》的内容,后来英国传教士艾约瑟(Joseph Edkins)又曾于 1858 年在英国皇家亚洲学会(香港分会)做了一次关于“无为教”(罗教)的演讲。[④] 1903 年,荷兰学者高延(Jan Jakob Maria de Groot)在《中国的宗派主义和宗教迫害》一书中,运用福建地区的宝卷资料论述了“先天教”与“龙华教”。[⑤]日本学者关注宝卷大约始于 1930 年,当时大渊慧真赴中国搜集道教文献曾顺便得到了《东岳天齐仁圣大帝宝卷》等 10 种清刊宝卷。20 世纪 30 年代末,日本“财团法人国家调查机构”东亚研究所更派遣许多学者到中国进行民间宗教、信仰和民俗调查,而大渊忍尔、泽田瑞穗、吉冈义丰、洼德忠、仓田淳之助、高仓正三等学者亦曾在二战期间赴中国搜集宝卷,所得大批宝卷文献不仅丰富了日本国会图书馆及京都大学、早稻田大学、筑波大学、东京大学、佛教大学等高校图书馆的收藏,也为后来日本的宝卷研究奠定了基础。

---

① 顾颉刚《孟姜女故事的转变》,《歌谣周刊》69(1924. 11):第 1—8 页;73(1924. 12):第 1—8 页。该《周刊》连载之《孟姜仙女宝卷》见第 76—96 页(1925)。

② 郑振铎《佛曲叙录》,《小说月报》17“号外”(1927);郑振铎《中国俗文学史》下册,商务印书馆,1938 年,第 306—347 页。

③ 李世瑜《现在华北秘密宗教》,华西协和大学中国文化研究所、国立四川大学史学系联合印行,1948 年。

④ 参阅白若思(Rostislav Berezkin)《国外有关中国宝卷的研究》,《常熟理工学院学报》(哲学社会科学版)1(2020):第 51—59 页。

⑤ J. J. M. De Groot, *Sectarianism and Religious Persecution in China: A Page in the History of Religions* (Amsterdam: J. Müller, 1903. Reprinted by China in 1940).

1949 年以后，中国大陆的宝卷研究曾一度沉寂。除了傅惜华等人所编之目录汇编外，[①]80 年代前国内较有价值的成果唯李世瑜所撰两文，指出宝卷实是“为流传于民间的各种秘密宗教服务的”，但自清同治、光绪以后，“宝卷已由布道发展为民间说唱技艺的一种”。[②] 或许是由于当时的特殊氛围，李世瑜的主张并未得到学界的回应。当时国内出版物皆对宝卷的宗教属性避而不谈，而将其视为说唱文学或民间戏曲之一种。[③]

与中国的情况不同，国外学界对宝卷的研究，在 20 世纪 50—70 年代间得到了较大发展。如日本学者吉冈义丰、冢本善隆等人之论文，[④]认为宝卷具有强烈的“宗教传道书”倾向，主张将其作为明清民间宗教的“经典”来进行研究。而泽田瑞穗作为博士学位论文出版的《宝卷之研究》及其增补版本，则系统地讨论了“宝卷的名称”“宝卷的系统”“宝卷变迁”“宝卷的种别”“宝卷的构造和词章”“宝卷和宗教”“宝卷的体裁和文学性”“宝卷的普及”等问题，同时为日本所藏两百余种宝卷撰写了“提要”，成为当时研究宝卷的代表性著作。[⑤] 泽田认为，宝卷直接继承、模拟了唐宋以来佛教之“科仪和忏法的体裁及其演出法”，“为了进一步面向大众和把某一宗门的教义加进去，而插入了南北曲以增加其曲艺性，这就是宝卷及演唱宝卷的宣卷”。[⑥] 欧大年（Daniel L. Overmyer）则于 1976 年出版《中国民间宗教教派研究》，运用宝卷资料来讨论明清新兴宗教；后来，欧大年又出版《宝卷：十六至十七世纪中国宗教经卷导论》等书，进一步强

---

① 傅惜华编《宝卷总录》，巴黎大学北京汉学研究所，1951 年；胡士莹编《弹词宝卷书目》，古典文学出版社，1957 年；李世瑜编《宝卷综录》，中华书局，1961 年。

② 李世瑜《宝卷新研——兼与郑振铎先生商榷》，《文学遗产》增刊第 4 辑，作家出版社，1957 年，第 170—186 页；李世瑜《江浙诸省的宣卷》，《文学遗产》增刊第 7 辑，作家出版社，1959 年，第 201—217 页。

③ 如江苏省音乐工作组编《江苏南部民间戏曲说唱音乐集》，音乐出版社，1955 年；叶德钧《宋元明讲唱文学》，古典文学出版社，1958 年；北婴《曲海总目提要补编》，人民文学出版社，1959 年。

④ 吉冈义丰《近代中国における宝卷流宗教の展开》，《宗教文化》3（1950. 7）：第 1—64 页；冢本善隆《宝卷と近代シナの宗教》，《仏教文化研究》1（1951. 6）：第 3—23 页。

⑤ 泽田瑞穗《宝卷の研究：总说・提要》，名古屋采华书林，1963 年；泽田瑞穗《增补宝卷の研究》，东京国书刊行会，1975 年。

⑥ 泽田瑞穗《增补宝卷の研究》，第 33 页。

调了“宝卷”内容的宗教性，而比较忽视其中的表演性或文学性。[①] 至于中国台湾地区，则随着1973年“中研院”开始整理所藏俗文学资料而出现了一阵研究宝卷的热潮，唯其成果较多呈现为一些博士、硕士学位论文，[②]这种热潮一直持续至今。

二、20世纪80年代以后的趋势

20世纪80年代以后，随着改革开放的进行和思想禁锢的解除，中国大陆对于宝卷的研究呈现出了蓬勃发展的景象。而中国台湾地区以及国外与中国大陆学界交流的日益频繁，也促进了有关宝卷研究水平的共同提高。总的来说，20世纪80年代以后中国的宝卷研究趋势，一是田野调查的展开和佚散宝卷的发现，二是馆藏宝卷的发掘与大型丛书的编纂，三是有关宝卷发展历史、内容形式及其社会影响的研究不断深入。以下结合国内外的情况，略作分述。

（一）田野调查的开展和佚散宝卷的发现

作为文化人类学重要方法的田野调查，虽然早在20世纪40年代就已被李世瑜运用，但由于1949年后在中国高校院系调整时未被纳入建制，因此相关调查活动停滞不前。而80年代以后有关宝卷和民间宗教研究的突破之一，即出现在田野调查领域，其中的代表性人物是扬州大学的车锡伦与山东大学的路遥。车锡伦通过长期对江苏靖江、苏州、无锡、常熟、张家港等地民间宝卷的搜集和对“宣卷”活动的调查，不仅发现了大批散存民间的宝卷文献，而且还对相关活动作了详细记录和分析，发表数

---

① Daniel L. Overmyer, Folk Buddhist Religion: Dissenting Sects in Late Traditional China (Cambridge, MA: Harvard University Press, 1976); Daniel L. Overmyer, *Precious Volumes: An Introduction to Chinese Sectarian Scriptures from the Sixteenth and Seventeenth Centuries* (Cambridge, MA: Harvard University Asia Center, 1999).

② 如曾子良《宝卷之研究》，政治大学中文所硕士论文，1975年；郑志明《明代罗祖五部六册宗教宝卷思想研究》，台湾师范大学国文所硕士学位论文，1984年。

十篇论文，并出版了《中国宝卷研究》等皇皇巨著。[①] 路遥则在长期研究义和团的基础之上，于1990年率领团队开始对山东、河北等地的民间秘密宗教展开大规模的田野调查，并利用所得宝卷文献、口述资料等撰成《山东民间秘密教门》，[②]为宝卷和民间宗教研究做出了贡献。

此外，其他学者也纷纷对各地民间的宝卷文献和“宣卷”活动展开调查，在《文化遗产》《民俗研究》《民间文化论坛》《民间文艺季刊》《民俗曲艺》(台北)等刊物上发表了数十篇调查报告和学术论文，并出版了一批著作，[③]显示了宝卷研究的蓬勃发展。与此同时，国外和中国台湾的一些学者也常来中国大陆进行调查、搜集材料，并撰写了不少新的研究成果，如Stephen Jones依据宝卷文献和调查材料写成的《采风：新旧中国时期乡村音乐家的生活》，[④]欧大年关注近现代中国农村寺庙和庙会的著作《二十世纪中国北方的地方宗教：社区宗教仪式及信仰的结构及组织》，[⑤]以及中国台湾学者丘慧莹的论文等。[⑥]

田野调查不仅可以使我们获得对“宣卷”活动的真切认识、了解文献记载以外的很多信息，同时，还有机会“发现”佚散民间的宝卷文献并对它们进行搜集整理。事实上，20世纪80年代以来学者们也确实在田野

---

① 车锡伦《江苏靖江的“讲经”》，《民间文艺季刊》第3辑(1988)：第165—189页；车锡伦《张家港市港口镇“做会讲经”调查报告》，《民俗研究》2(2002.6)：第52—61页；车锡伦《江苏“苏州宣卷”和“同里宣卷”》，《民间文化论坛》2(2007.4)：第55—63页；车锡伦《江苏常熟地区的“做会讲经”和宝卷简目》，《河南教育学院学报》6(2009.11)：第1—8页；车锡伦《中国宝卷研究》，广西师范大学出版社，2009年。

② 路遥《山东民间秘密教门》，当代中国出版社，2000年。

③ 段平《河西宝卷的调查研究》，兰州大学出版社，1992年；姜彬主编《吴越民间信仰民俗》，上海文艺出版社，1992年；王熙远《桂西民间秘密宗教》，广西师范大学出版社，1994年；董晓萍、欧达伟《乡村戏曲表演与中国现代民众》，北京师范大学出版社，2000年；钱铁民《江苏无锡宣卷仪式音乐研究》，上海音乐学院出版社，2005年；李豫《山西介休宝卷说唱文学调查报告》，社会科学文献出版社，2010年。

④ Stephen Jones, *Plucking the Wind: Lives of Village Musicians in Old and New China* (Leiden: Chie Foundation, 2004).

⑤ Daniel L. Overmyer, *Local Religion in North China in the Twentieth Century: The Structure and Organization of Community Rituals and Beliefs* (Leiden: Brill, 2009).

⑥ 丘慧莹《江苏常熟白茆地区宣卷活动调查报告》，《民俗曲艺》169(2010.9)：第183—247页。

调查的基础上搜集整理、编印出版了一批佚散民间的宝卷文献。[①]这些佚散民间的宝卷文献之整理编印，不仅很好地保存了中华文化典籍、促进了“非物质文化遗产”的保护，而且为学界提供了新的文献材料，有力地推动了有关宝卷的研究。近年来，一些青年学者如曹新宇、李志鸿等，更在田野调查、搜集宝卷的基础上取得了新的研究成果。[②]

（二）馆藏宝卷的发掘与大型丛书的编纂

随着学界研究宝卷的热情不断高涨，以及佚散民间宝卷的不断发现，不少学者也开始关注各地图书馆或博物馆秘藏的宝卷文献，并不断地利用编目等形式将其发掘出来。如20世纪80、90年代曾有《扬州师院图书馆馆藏宝卷目录》《天津图书馆馆藏善本宝卷叙录》《北京图书馆馆藏宝卷目录》《北京大学图书馆藏宝卷简目》等介绍国内图书馆收藏宝卷情况的文章问世，以及介绍国外和中国台湾地区收藏情况的《有关（日本）国立国会图书馆所藏的宝卷》《世界宗教博物馆搜藏的善书、宝卷与民间宗教文献》《刘文英宝卷考：附SOAS图书馆所藏宝卷目录》诸文。[③]

---

① 如车锡伦主编《中国民间宝卷文献集成·江苏无锡卷》，商务印书馆，2014年；段平编《河西宝卷》，兰州大学出版社，1988年；吴根元等整理《三茅宝卷》，江苏省民间文学集成办公室、靖江县民间文学办公室编印，1988年；郭仪、谭蝉雪等编《酒泉宝卷（上编）》，兰州大学出版社，1992年；永昌文化局编《永昌宝卷》，甘肃永昌文化局印，2003年；政协临泽委员会编《临泽宝卷》，内部发行，2006年；梁一波主编《河阳宝卷》，上海文化出版社，2007年；王奎、赵旭峰搜集整理《凉州宝卷》，甘肃武威天梯山石窟管理处编印，2007年；张旭主编《山丹宝卷》，甘肃文化出版社，2007年；徐永成、崔德斌主编《金张掖民间宝卷》，甘肃文化出版社，2007年；宋进林、唐国增《甘州宝卷》，中国书画出版社，2008年；李中锋、王学斌编《民乐宝卷精选》，甘肃省民乐县委员会，2009年；中共张家港市委宣传部主编《中国沙上宝卷集》，上海文艺出版社，2011年；常熟市文化广电新闻出版社编《中国常熟宝卷》，古吴轩出版社，2015年。

② 曹新宇《祖师的族谱：明清白莲教社会历史调查之一》，博扬文化公司，2016年；李志鸿《闽浙赣宝卷与仪式研究》，博扬文化公司，2020年。

③ 扬州师院图书馆流通部编《扬州师院图书馆馆藏宝卷目录》，油印本（1988）；谢忠岳《天津图书馆馆藏善本宝卷叙录》，《世界宗教研究》3（1990）：第54—66页；程有庆、林萱《北京图书馆藏宝卷善本提要（三种）》，《文教资料》4（1992）：第96—99页；李顶霞、杨宝玉《北京大学图书馆藏宝卷简目》，《文教资料》2（1992）：第96—107页；相田洋、冯佐哲、范作申《有关（日本）国会图书馆所藏的宝卷》，《世界宗教文化》3（1984）：第34—40页；王见川《世界宗教博物馆搜藏的善书、宝卷与民间宗教文献》，《民间宗教》1（1995）：第173—201页；砂山稔《刘文英宝卷考：附SOAS图书馆所藏宝卷目录》，*Artes Liberales* 58（1996.6）：第35—45页。

21世纪以后,这种“发掘”更加积极,如中国科学院文学研究所编《中国科学院文学研究所所藏弹词宝卷目》、车锡伦《海外收藏的中国宝卷》、关瑾华《中山图书馆藏粤版宝卷述略》、霍建瑜《哈佛燕京图书馆藏韩南所赠宝卷经眼录》、白若思(Rostislav Berezkin)《台北“国家图书馆”所藏宝卷》、上田望《苏州大学图书馆藏宝卷五种》、黄仕忠等《日本东京大学东洋文化研究所双红堂文库藏稀见中国钞本曲本汇刊》、崔蕴华《牛津大学藏中国宝卷述略》、山下一夫《日本广岛大学收藏宗教经卷的整理情况》、洪淑苓《台湾民间所藏宝卷初探》、郭腊梅《苏州戏曲博物馆藏宝卷提要》等俱属此类。[①] 不仅如此,一些图书馆如美国哈佛燕京图书馆、日本早稻田大学图书馆,甚至将所藏宝卷文献直接在网络上公布出来。[②] 这些工作,为学界了解各地图书馆收藏宝卷的情况提供了很大帮助。

在搜集民间佚散宝卷并发掘图书馆典藏典籍的基础上,不少学者又开始将各种宝卷汇编出版,从而形成了一些大型的宝卷文献丛书,如中国学者张希舜等主编《宝卷初集》40册、濮文起主编《中国宗教历史文献集成·民间宝卷》20册、马西沙主编《中华珍本宝卷》30册、车锡伦主编《中国民间宝卷文献集成·江苏无锡卷》15册,美国学者霍建瑜主编《美国哈佛大学哈佛燕京图书馆藏宝卷汇刊》7册,以及中国台湾地区学者王见川等主编《明清民间宗教经卷文献》12册、《明清民间宗教经卷文献(续

① 中国科学院文学研究所编《中国科学院文学研究所所藏弹词宝卷目》,中国科学院文学研究所图书馆,2000年;车锡伦《海外收藏的中国宝卷》,《中华文史论丛》63(2001):第176—184页;关瑾华《中山图书馆藏粤版宝卷述略》,《岭南学》第二辑,中山大学出版社,2008年,第173—179页;霍建瑜《哈佛燕京图书馆藏韩南所赠宝卷经眼录》,《书目季刊》44:1(2010.6):第99—119页;白若思(Rostislav Berezkin)《台北“国家图书馆”所藏宝卷——车锡伦〈中国宝卷总目〉补遗》,《中国文哲研究通讯》21:3(2011):第255—260页;上田望编《苏州大学图书馆藏宝卷五种》,金沢:金沢大学人间社会研究域,2011年;黄仕忠、大木康主编《日本东京大学东洋文化研究所双红堂文库藏稀见中国钞本曲本汇刊》,广西师范大学出版社,2013年;崔蕴华《牛津大学藏中国宝卷述略》,《北京社会科学》4(2015.4):第47—53页;山下一夫《日本广岛大学收藏宗教经卷的整理情况》,见王定勇主编《中国宝卷国际研讨会论文集》,广陵书社,2016年,第107—113页;洪淑苓《台湾民间所藏宝卷初探》,见王定勇主编《中国宝卷国际研讨会论文集》,第84—106页;郭腊梅主编《苏州戏曲博物馆藏宝卷提要》,国家图书馆出版社,2018年。

② 详见“哈佛燕京图书馆宝卷特藏”(http://guides.library.harvard.edu/Chinese)、“早稻田大学风陵文库”(http://www.wul.waseda.ac.jp/kotensek i/furyobunko/hokan.html)。

编)》12册,曹新宇主编《明清秘密社会史料撷真·黄天道卷》7册等;[①]此外,王见川等主编《民间私藏中国民间信仰、民间文化资料编》1—3辑、《民间私藏台湾宗教资料汇编》中也收有一些宝卷。[②] 这些大型宝卷丛书的编纂出版,为相关研究奠定了良好的材料基础。

(三)有关宝卷发展历史、内容形式及其社会影响的讨论不断深入

20世纪80年代以后,学界还对宝卷的形成发展、内容形式及其社会影响进行了热烈讨论,取得丰富的学术成果。不过,各家看法也存在着分歧,以下略作梳理。

1. 宝卷的渊源、形成与发展

有关宝卷的渊源,虽然大多数学者认同早期郑振铎、李世瑜之源于佛教"变文"的说法,但泽田瑞穗认为宝卷乃直接继承和模仿唐宋以来佛教的"科仪和忏法的体裁及其演出法"。[③] 后来,车锡伦又继之认为宝卷实源于佛教"俗讲",并多次重申这个观点。[④] 但事实上,正如向达及冉云华所言,"俗讲"乃是一种讲唱活动,而"变文"则是"记录这种俗讲的文字",两者其实是一体的。[⑤] 2010年,侯冲又指出以往学界认为佛教俗讲是"专为启发流俗的通俗讲演"并不属实,且经过考证后认为俗讲实际上

① 张希舜等主编《宝卷初集》,山西人民出版社,1994年;濮文起主编《中国宗教历史文献集成·民间宝卷》,黄山书社,2005年;马西沙主编《中华珍本宝卷》,社会科学文献出版社,2012年;车锡伦主编《中国民间宝卷文献集成·江苏无锡卷》;霍建瑜主编《美国哈佛大学哈佛燕京图书馆藏宝卷汇刊》,广西师范大学出版社,2013年;王见川、林万传编《明清民间宗教经卷文献(初编)》,新文丰出版公司,1999年;王见川、车锡伦等主编《明清民间宗教经卷文献(续编)》,新文丰出版公司,2006年;曹新宇主编《明清秘密社会史料撷珍·黄天道卷》,博扬文化公司,2013年。

② 王见川等编《民间私藏中国民间信仰·民间文化资料汇编》1—3辑,博扬文化公司,2011—2017年;王见川、李世伟编《民间私藏台湾宗教资料汇编·民间信仰·民间文化》,博扬文化公司,2009年。

③ 泽田瑞穗《增补宝卷の研究》,第33页。

④ 车锡伦《中国宝卷文献的几个问题》,《中国书目季刊》30:4(1997.3):第80—92页;车锡伦《中国宝卷的渊源》,《敦煌研究》2(2001.6):第132—138页。

⑤ 向达《敦煌变文集·出版说明》,人民出版社,1984年;冉云华《俗讲开始时代的再探索》,载饶宗颐主编《敦煌文薮》(上),新文丰出版公司,1999年,第115—130页。

是唐五代佛教在“三长月”举行的一种敦劝俗人施财输物的佛教法会，内容包括讲经和受斋戒两部分，且有专门的宗教仪式配合。[1] 其说令学界对宝卷的渊源有了更加深入的认识。

关于宝卷的形成时间，郑振铎先生曾因《香山宝卷》卷首题“宋崇宁二年天竺寺普明禅师编”而以为北宋时已有宝卷“实非不可能”。[2] 20世纪中期李世瑜曾批评郑氏这种说法，并以为宝卷名称最早实见于明正德年间罗教（无为教）的《五部六册》。[3] 80年代，马西沙据新发现的《佛说杨氏鬼绣红罗化仙歌宝卷》刊本中“金崇庆元年”（1212）及“至元庚寅”（1290）题识，认为金元时期已经有了宝卷。[4] 至90年代，车锡伦则认为马西沙所用刊本的题识应属后人伪托，可靠的早期宝卷当系题识为明太祖“宣光三年”（1372）的抄本《目连救母出离地狱生天宝卷》，因此可以推论宝卷产生于元代；但与此同时，车锡伦又认为，由于《目连救母出离地狱生天宝卷》与产生于南宋的《销释金刚科仪》演唱形态相同，“因此也可以说宝卷这种演唱形式形成于南宋时期”。[5] 后来，李世瑜维护其宝卷产生于明正德年间的说法，认为正德以前宝卷“其实从来就没曾有过”；[6]而侯冲则详细列举了新发现的早期宝卷及其内容，对李世瑜的说法予以了批评；[7]韩秉方更在考察北宋时期观世音信仰与妙善传说的关系之基础上，而肯定早期的郑振铎之北宋说“恰好就是历史真相”。[8] 总之，虽然诸家看法不尽一致，但其深入辨析却推动了宝卷研究的发展。

至于宝卷的发展历程，60年代李世瑜编《宝卷综录》曾指出在明万历、崇祯时期蔚为极盛，至清康熙后转为式微，但却一直流传至民国初年；

---

① 侯冲《俗讲新考》，《敦煌研究》4（2010.8）：第118—124页。

② 郑振铎《中国俗文学史》，第479页。

③ 李世瑜《宝卷新研——兼与郑振铎先生商榷》。

④ 马西沙《最早一部宝卷的研究》，《世界宗教研究》1（1986）：第56—73页。

⑤ 车锡伦《中国最早的宝卷》，《中国文哲研究通讯》3（1996）：第45—52页。

⑥ 李世瑜《民间秘密宗教与宝卷》，《曲艺讲坛》5（1998）。

⑦ 侯冲《早期宝卷并非白莲教经卷以〈五部六册〉征引宝卷为中心的考察》，《清史研究》1（2015.2）：第102—108页。

⑧ 韩秉方《观世音信仰与妙善的传说——兼及我国最早一部宝卷〈香山宝卷〉的诞生》，《世界宗教研究》2（2004.6）：第54—61页。

其间，清光绪、同治以后宝卷又以一种新的姿态出现，即“由布道劝善发展为民间说唱技艺之一”，内容以演唱故事为主，多数已经是纯粹的文学作品。90年代濮文起基本承袭了李世瑜的看法，但又指出清道光后民间教团中曾出现过一种名为“坛训”的经卷，内容均为扶鸾乩语。[①] 车锡伦则进一步认为：明代前期的宝卷是“世俗佛教宝卷发展时期”，内容多为讲经与说因缘故事；明中叶以后到清康熙年间是“民间宝卷发展时期”，内容多为宣讲教义、修持方式与宗教活动仪轨，也有一些改编的神道故事和民间传说故事；清末，各地民间教团又盛行“鸾书宝卷”（坛训）。此外，清代初年“宣卷”活动已流入南北各地民间，“成为民众信仰、教化、娱乐活动，因此民间宝卷盛行”。[②] 综观各家，有关宝卷发展趋势的说法大体一致，即都认为宝卷有一个由“宗教”向“世俗”发展的过程，只不过诸家对这个“转折”的时间点（清末或清初）之认识不同罢了。但这种看起来顺理成章的“趋势”却蕴含着一个难以回答的问题，即：如果宝卷在清代已经成为“民众”而非“信徒”的活动，甚至完全“发展为民间说唱技艺之一”，则为何清末还会出现宗教神秘色彩极其浓厚的、通过扶鸾降神而得的“鸾书宝卷”（坛训）？

此外，有关早期罗教经典《五部六册》的版本研究，以及对某些宝卷刊刻年代之真伪的讨论，也是近年一些学者关注的热点，如王见川、曹新宇等人曾在这方面颇有贡献。[③]

2. 宝卷的内容与形式

80年代以后关于宝卷之内容、形式的研究，首先是从宗教、文艺的视角切入，后来才渐有总体上的讨论。宗教学研究者关注的多属宝卷蕴含

---

① 濮文起《宝卷学发凡》，《天津社会科学》2（1999.4）：第78—84页。

② 车锡伦《中国宝卷总目》，燕山出版社，2000年，第3—25页。

③ 王见川《〈五部六册〉刊刻略表》，《民间宗教》第一辑，南天书局，1995年，第161—171页；王惠琛《现存德化堂手抄〈五部六册〉版本初探》，见范纯武编《善书、经卷与文献》第一辑，博扬文化公司，2019年，第79—90页；侯冲《早期宝卷并非白莲教经卷以〈五部六册〉征引宝卷为中心的考察》；王见川《民间宗教经典的年代与真伪问题：以〈九莲经〉〈三煞截鬼经〉为例》，《清史研究》1（2015.2）：第109—117页；曹新宇《新发现“成化禁书”与白莲教的关系——兼答王见川教授问题》，《清史研究》1（2015.2）：第118—125页。

的教派历史、教义思想、修持仪轨等内容，且主要通过两种方式来进行：一是从总体上审视“民间宗教”或“秘密结社”，二是专门讨论某一教派或某部宝卷。当时对民间宗教的总体研究，大陆学界以喻松青首开其风，[①]后来濮文起、马西沙、秦宝琦、王熙远及喻松青、路遥等人的著作则属代表性成果。[②] 此外，中国港台地区学者戴玄之、郑志明、黎志添与西方学者石汉椿(Richard Hon-chun Shek)、欧大年等，也有这方面的经典之作。[③]

80—90年代间对于某一教派或某部宝卷的专门研究，多表现为单篇的论文，如中国学者马西沙、韩秉方，中国台湾地区学者王秋桂、郑志明，[④]日本学者大部理惠、浅井纪以及加拿大学者那原道(Randall L. Nadeau)的诸篇论文。[⑤] 随着马西沙、徐小跃、韩秉方等的专著出版，[⑥]相关研究更加得到了深化。前述曹新宇、李志鸿等青年学者基于田野调查而出版的新著，则进一步丰富了学界的认识。

---

① 喻松青《明清时期的民间宗教信仰和秘密结社》，《清史研究集》第1辑，中国人民大学出版社，1980年，第113—153页。

② 濮文起《中国民间秘密宗教》，浙江人民出版社，1991年；马西沙、韩秉方《中国民间宗教史》，上海人民出版社，1992年；秦宝琦《中国地下社会》，学苑出版社，1993年；王熙远《桂西民间秘密宗教》；喻松青《民间秘密宗教经卷研究》，台北：联经出版事业公司，1994年。

③ 戴玄之《中国秘密宗教与秘密会社》，台湾商务印书馆，1990年。郑志明《台湾民间宗教结社》，南华管理学院宗教文化研究中心，1998年。黎志添《道教与民间宗教研究论集》，学峰文化出版社，1999年。Richard Hon-Chun Shek, “Religion and Society in late Ming: Sectarianism and Popular Thought in Sixteenth and Seventeenth Century China.” University of California-Berkeley: Ph. D. Dissertation, 1980. Daniel L. Overmyer, *Precious Volumes: An Introduction to Chinese Sectarian Scriptures from the Sixteenth and Seventeenth Centuries*. Cambridge MA: Harvard University Asia Center, 1999.

④ 马西沙《清前期八卦教初探》，中国人民大学清史所硕士论文，1982年；韩秉方《罗教“五部六册”宝卷的思想研究》，《世界宗教研究》4(1986)：第34—49页；C. K. Wang(王秋桂)“The Hsiao-shih Meng Chiang Chung-lieh Chen-chieh Hsien-liang Paochtian,” Asian Culture Quarterly vol. 7, no. 4(1979)；郑志明《明代罗祖五部六册宗教宝卷思想研究》。

⑤ 大部理惠《中国明清代民间宗教结社の教义に関する考察：黄天道の宝卷を中心として》，《言语・地域文化研究》2(1996.3)：第177—204页；浅井纪《黄天道とその宝卷》，《东海大学纪要・文学部》67(1997.9)：第1—19页；Randall L. Nadeau, “Popular Sectarianism in the Ming: Lo Ch'ing and Hi 's Religion of Non-Action'”(Ph. D. diss., University of British Columbia, 1990).

⑥ 马西沙《清代八卦教》，中国人民大学出版社，1989年；徐小跃《罗教・佛教・禅学：罗教与〈五部六册〉揭秘》，江苏人民出版社，1999年；韩秉方《清代弘阳教研究》，社会科学文献出版社，2002年。

文艺学界视角则更多地关注宝卷的外在形式，如文体变化、演唱形态、仪式结构、音乐类型等。这方面的研究也以单篇论文为主，较早涉猎者实是王秋桂，其《从宝卷到歌谣：以孟姜女故事的两种版本为例来研究文学改编》，依据不同版本的《孟姜女宝卷》讨论了文本之间的"改写"问题。[①] 中国学者在这方面取得研究进展则是在 21 世纪以后，如以车锡伦为代表的许多学者通过文献分析和田野调查，将宝卷及其演唱形式呈现给了学界。[②] 而董晓萍、陈平原、钱铁民、庆振轩等人的专著出版，[③]则在一定程度上推动了相关研究的系统化。

随着对宝卷内容和形式研究的不断深化，以总体之宝卷作为研究对象的著作也开始出现。如车锡伦曾于 1997 年出版《中国宝卷概论》，并在修订《中国宝卷总目》的基础上，连续推出了个人专著，还与其他学者合作出版了《靖江宝卷研究》《吴方言区宝卷研究》《北方民间宝卷研究》等。[④] 此外，其他一些学者也出版过关于区域宝卷的研究作品。[⑤] 不过，

---

① C. K. Wang, "From Pao-chtian to Ballad: A Study in Literary Adaptation as Exemplified by Two Versions of the Meng Chiang-niüStory", *Asian Culture Quarterly* 9 - 1(1981): 48—65.

② 车锡伦《宝卷中的俗曲及其与聊斋俚曲的比较》，《蒲松龄研究》3—4(2000)：第 370—378 页；车锡伦《明清教派宝卷的形式和演唱形态》，见《2001 海峡两岸民间文学学术讨论会论文集》，花莲师范学院民间文学研究所，2001 年；车锡伦《明清民间教派宝卷中的小曲》，《汉学研究》20：1(2002. 6)：第 189—220 页；尹虎彬《河北民间表演宝卷与仪式语境研究》，《民族文学研究》3(2004. 8)：第 78—85 页；薛艺兵《河北易县、涞水的〈后土宝卷〉》，《音乐艺术》2(2000. 6)：第 31—37 页；陈泳超《故事演述与宝卷叙事——以陆瑞英演述的故事与当地宝卷为例》，《苏州大学学报》2(2011. 3)：第 151—157 页；张灵《宝卷对小说的改编及其民间文学特征的彰显》，《文学评论》2(2012. 3)：第 209—217 页；王文仁《河西宝卷的曲牌曲调特点》，《人民音乐》9(2012. 9)：第 65—67 页；张馨心《河西宝卷与河西讲唱文学关系——以〈方四姐宝卷〉为例》，《敦煌学辑刊》1(2013. 3)：第 79—84 页；李贵生、王明博《河西宝卷说唱结构嬗变的历史层次及其特征》，《社会科学战线》11(2015. 11)：第 103—109 页。

③ 董晓萍、欧达伟《乡村戏曲表演与中国现代民众》；陈平原《现代学术史上的俗文学》，湖北教育出版社，2004 年；钱铁民《江苏无锡宣卷仪式音乐研究》，上海音乐学院出版社，2005 年；庆振轩《河西宝卷与敦煌文学研究》，人民出版社，2012 年。

④ 车锡伦《中国宝卷概论》，学海出版社，1997 年；车锡伦《信仰 · 教化 · 娱乐——中国宝卷研究及其他》，台湾学生书局，2002 年；车锡伦、陆永峰《靖江宝卷研究》，社会科学文献出版社，2012 年；陆永峰、车锡伦《吴方言区宝卷研究》，社会科学文献出版社，2012 年；尚丽新、车锡伦《北方民间宝卷研究》，商务印书馆，2015 年。

⑤ 刘永红《西北宝卷研究》，民族出版社，2013 年；刘永红《青海宝卷研究》，中国社会科学出版社，2013 年。

或许是由于宝卷的内容和形式过于庞杂,这类以总体之宝卷作为研究对象的专著,尚未能全面地做出深入研究。

此外,与宝卷内容形式研究相关的一个问题,即历史上各种宝卷应该如何分类。对于这个问题,民国时期率先研究宝卷的郑振铎以为可分为“佛教的”与“非佛教的”两类,而李世瑜则认为宝卷乃是民间宗教经卷,故可按其内容分为“演述秘密宗教道理的”“袭取佛道经文或故事以宣传秘密宗教的”“杂取民间故事传说或戏文的”三大类。泽田瑞穗又认为宝卷可分为“科仪卷”“说理卷”“叙事卷”“唱曲卷”“杂卷”五大类。20 世纪 90 年代以后,那原道发表文章认为:无论宝卷的产生年代或形式如何,所有宝卷的演出都是宗教仪式的一部分。[①] 总之,有关宝卷的分类问题,诸说可谓五花八门,各有其道理但也有明显漏洞,有待今后加强研究。

3. 宝卷的社会影响和作用

有关宝卷的社会影响,早期多在民间宗教研究著作中被提及。后来,一些论文也开始专门探讨宝卷与文学艺术、民间风俗、道德教化、农民运动以及语言、妇女、经济等的关系,同时也有学者从社会功能、文化生态等角度来谈论。

80 年代后学界在这方面关注最多的问题,是宝卷与文学艺术的关系,这或许与宝卷本身具有文艺形式有关。其中,刘荫柏、车锡伦、杨振良、高国藩、韩秉方诸文,属于这方面较有影响的作品,而泽田瑞穗著《中国的庶民文艺:歌谣、说唱与演剧》亦涉及宝卷文献。[②] 后来的很多文章,基本上都是围绕《西游记》《金瓶梅》等名著展开,似无太多新意,唯李

---

① Randall L. Nadeau, “Genre Classifications of Chinese Popular Religious Literature: Pao-chüan,” Journal of Chinese Religions 21(1993):121—128.

② 刘荫柏《〈西游记〉与元明清宝卷》,《文献》4(1987.12):第 48—62 页;车锡伦《〈金瓶梅词话〉中的宣卷》,《明清小说研究》3—4(1990.12):第 360—374 页;杨振良《孟姜仙女宝卷所反映的民间故事背景》,《汉学研究》8:1(1990.6):第 135—147 页;高国藩《论抄本〈金山宝卷〉的发现和它在白蛇传研究中的价值》,《中韩文化研究》第 3 辑,中文出版社,2000 年;韩秉方《〈香山宝卷〉与中国俗文学之研究》,《北京科技大学学报》3(2007.9):第 77—85 页;泽田瑞穗《中国の庶民文艺:歌謡(うた)・说唱(かたりもの)・演剧(しばい)》,东方书店,1986 年。

武莲、柳旭辉、杨永兵、孙鸿亮、丁一清等文,在宝卷与地方文艺的关系上贡献了不少新的材料。①

这一时期学者关注较多的另一问题是宝卷对于劝善、民俗的影响,如周谦、刘守华、陆永峰、尚丽新以及韩国学者李浩栽诸文,都从不同角度揭示了这层关系。② 而姜彬、刘祯、黄靖及香港学者游子安等著作,③也不同程度地论述了宝卷对于劝善、民俗的影响。

农民运动与宝卷的关系在这一时期也得到了讨论,如李济贤、李豫等两文。④ 不过,与20世纪50、60年代不同,此时学界关注的问题除了"起义"本身,还有宝卷内容与政治治乱的关系,如吴昕硕、欧阳小玲两文。⑤对于这方面的研究,国外学者的兴趣似乎比中国学者浓厚,如美国学者韩书瑞(Susan Naquin)的两本著作,⑥乃属具有创见的精耕细作成果,经过深入考辨后认为:民间宗教运动不是清代本身的社会危机引发的,起义的内在动因乃在于民间宗教教派对"千年王国"的信仰,及其组织内部所

① 李武莲《凉州宝卷渊源及其艺术特色》,《丝绸之路》10(2009.5):第87—88页;柳旭辉《娱乐的仪式河西宝骏念唱活动的意义阐释》,《中国音乐学》2(2012.4):第60—65页;杨永兵《山西永济道情宝卷文本研究初探》,《中国音乐》3(2012.7):第116—119页;杨永兵《山西河东地区宝卷及音乐研究》,《天津音乐学院学报》2(2012.5):第94—102页;孙鸿亮《山西介休宝卷与陕北说书》,《安康学院学报》4(2013.8):第53—56页;丁一清《西北宝卷与明清小说传播》,《哈尔滨师范大学学报》3(2014.10):第107—109页。

② 周谦《民间泰山香社初探》,《民俗研究》4(1989.12):第39—42页;刘守华《从宝卷到善书:湖北汉川善书的特质与魅力》,《文化遗产》1(2007.11):第80—85页;陆永峰《论宝卷的劝善功能》,《世界宗教研究》3(2011.6):第163—172页;尚丽新《〈黄氏女宝卷〉中的地狱巡游与民间地狱文化》,《古典文学知识》6(2013.11):第83—87页;李浩栽《韩祖庙会中的宗教文化表现》,《民俗研究》1(2006.3):第185—193页。

③ 姜彬《吴越民间信仰民俗》,上海文艺出版社,1992年;刘祯《中国民间目连文化》,巴蜀书社,1997年;黄靖《宝卷民俗》,古吴轩出版社,2013年;游子安《劝化金箴:清代善书研究》,天津人民出版社,1999年;游子安《善与人同:明清以来的慈善与教化》,中华书局,2005年。

④ 李济贤《徐鸿儒起义新探》,《明史研究丛论》,中国社会科学出版社,1982年,第265—289页;李豫、李雪梅《〈赵二姑宝卷〉与清代山西叩阍大案》,《山西档案》3(2003.6):第38—41页。

⑤ 吴昕硕《中国明清时期的黄天道:宗教与政治层面的考察》,政治大学宗教所硕士论文,2005年;欧阳小玲《民间宗教宝卷与政治斗争》,《云南档案》11(2012.11):第24—26页。

⑥ Susan Naquin, *Millenarian Rebellion in China: The Eight Trigrams Uprising of 1813* (New Haven: Yale University Press, 1976); Susan Naquin, Shantung Rebellion: The Wang Lun Uprising of 1774(New Haven: Yale University Press, 1981).

具有的动力。后来，刘平又从文化的角度入手，探讨了农民运动的文化因素和宗教因素。[①]

此外，一些文章还对宝卷与语言、妇女、经济及不同宗教之间的关系进行了讨论，如程瑶、张国良属于语言方面，[②]刘永红、张萍属于妇女方面，[③]丘丽娟属于经济方面，[④]而周育民、释见晔则属于宗教间关系。[⑤] 近期曹新宇的新著，又涉及了家庭(夫妇)、宗族、村落、地域(卫所)等问题。这类讨论的数量较少，但为我们研究宝卷文献提供了新的视角。

除了上述角度外，一些学者还试图综合地审视宝卷及民间宗教的影响，如王尔敏、濮文起等人的文章，[⑥]以及郑志明、宋光宇、车锡伦、李永平等人的著作。[⑦] 这种综合性的讨论，颇有助于我们在总体上认识宝卷及其影响。

三、有关“宝卷”研究之不足及展望

如上所述，有关宝卷的研究已经取得了巨大成绩，不仅大量的宝卷文献被编纂出版，而且相关的学术讨论也不断深入，这为今后的进一步研究奠定了基础。不过，目前的研究也存在着一些不足，在以下方面仍有发展空间。

---

① 刘平《文化与叛乱以清代秘密社会为视角》，商务印书馆，2002 年。

② 程瑶《河西民间宗教宝卷方俗语词的文化蕴藉》，《汉语学报》2(2015.4)：第 82—88 页；张国良《宝卷俗字札记》，《古汉语研究》2(2015.5)：第 11—15 页。

③ 刘永红《二元对立与狂欢：河西宝卷中的女性人类学解读》，《青海师范大学民族师范学院学报》22：1(2011.5)：第 18—21 页；张萍《明清时期秘密教门的妇女观：对〈血湖宝卷〉的释读》，《甘肃理论学刊》5(2013.9)：第 187—192 页。

④ 丘丽娟《设教兴财：清乾嘉时期民间秘密宗教经费之研究》，台湾师范大学历史所博士论文，2000 年。

⑤ 周育民《一贯道前期历史初探：兼谈一贯道与义和团的关系》，《近代史研究》3(1991.6)：第 75—87 页；释见晔《以罗祖为例管窥其对晚明佛教之冲击》，《东方宗教研究》5(1996.10)：第 115—134 页。

⑥ 王尔敏《秘密宗教与秘密会社之生态环境与社会功能》，《“中研院”近代史研究所集刊》10(1981.7)：第 33—59 页；濮文起《宝卷研究的历史价值与现代启示》，《中国文化研究》4(2000.12)：第 116—121 页。

⑦ 郑志明《中国社会与宗教》，台湾学生书局，1986 年；宋光宇《天道传灯：一贯道与现代社会》，台北三阳印刷公司，1996 年；车锡伦《信仰·教化·娱乐中国宝卷研究及其他》；李永平《禳灾与记忆：宝卷的社会功能研究》，中国社会科学出版社，2016 年。

（一）有关宝卷的性质与分类

1. 学科专业的樊篱与宝卷性质之争论

以往有关宝卷研究的一个不足，是学者们多只从自己的学科背景、专业角度出发来对宝卷的性质各自表述，以致相关认识颇显矛盾。这种矛盾，主要来自文学与宗教学两个领域，如接受文学训练的车锡伦强调宝卷是一种"说唱文本"，而从事宗教学研究的濮文起则继承其师李世瑜观点，将宝卷视为一种"宗教经典"。虽然这两个领域的学者亦在分别"认定"宝卷是"说唱文本"或"宗教经典"之后，同时表示宝卷还有其他属性（如宗教或文学），但若从其研究成果对于宝卷内容的关注重点来看，"文学"与"宗教"之间的樊篱是很明显的。而事实上，偏执于宝卷的"宗教"或"文学"属性都是不对的，因为从内容上来说，宝卷宣扬的确实是各种宗教教派的思想观念和行为规范，而从形式上来说，宝卷采用的却是民间说唱等文艺形式。内容和形式都是组成一个事物的必要条件，两者应该是统一的，而不可截然分离。以往学者产生偏执的原因，不仅是由于学科专业的限制，更在于割裂了内容与形式的关系。有鉴于此，我们应该融合不同的学科和专业，自觉地从其他学科专业来审视研究对象、考虑相关问题，以求避免盲人摸象的尴尬。

或许是为了破除上述樊篱，近年也有学者主张从"多元"的角度审视宝卷，如尚丽新认为宝卷具有"多元化的学科归属"，"既是一种集音乐与文学于一体的讲唱艺术，又是民间宗教信仰和民间信仰的表达方式，同时更是民间社会生存、生活方式的一个组成部分"。① 这种提倡"多元"的主张是可取的，但遗憾的是，尚丽新在研究实践中未能真正贯彻其合理主张，而是同样显示出了"偏执"的一面，如其自称在编辑《宝卷丛抄》时采取了"简化处理的方法"，"在内容上也更重视故事性，并不十分看重它们在宗教

---

① 尚丽新《宝卷丛抄・前言》，三晋出版社，2018 年，第 1 页。

宝卷史上的地位和作用”。① 不仅如此，尚丽新还在与车锡伦的合著中对甘肃“河西宝卷”被列为国家级“非物质文化遗产”表示非议，认为应该对其中所谓“教派宝卷”与“民间宝卷”进行严格区分，“有选择、有条件”地来申报“非遗项目”。② 应该说，这种偏执非但有损全面地把握宝卷之总体，而且有碍深入地理解宝卷之性质；由此也给我们留下了许多可以探讨的空间。

2. 宝卷如何分类还是一个难题

与对宝卷之内容形式的认知不同有关，学界关于宝卷分类的说法也有很多分歧。如前所述，郑振铎和李世瑜的分类有所不同。③ 20 世纪 90 年代，车锡伦又提出了如下新的分类方法：从历史发展时期来说，宝卷可以清康熙年间为界分为前期的“宗教宝卷”与后期的“民间宝卷”两大类；其中，前期的“宗教宝卷”又可以明正德年间为界划分为“佛教世俗化宝卷”“民间宗教宝卷”两小类，而后期的“民间宝卷”则可分为“劝世文”“祝祷仪式”“讲唱故事”“小卷”四小类。与此同时，他又把前后两个时期的“讲唱因缘”和“讲唱故事”几种单独提出而列为一大类，再分其为“神道故事”“妇女修行故事”“民间传说故事”“俗文学传统故事”和“时事故事”五小类。不仅如此，他还按照内容和题材，将宝卷分为“文学宝卷”和“非文学宝卷”两大类。④ 至于国外的许多学者，则多能跳出以“教派”来划分宝卷类型的窠臼，如前述泽田瑞穗与那原道（Randall L. Nadeau）即是如此。

或许是由于相关研究成果数量颇多，车锡伦的“宗教宝卷”与“民间宝卷”分类方法在学界影响很大。⑤ 但如果对这种颇显复杂的说法详加

---

① 尚丽新《宝卷丛抄 · 前言》，第 3 页。

② 尚丽新、车锡伦《北方民间宝卷研究》，第 422 页。

③ 详请参阅李世瑜撰《宝卷新研》及《江浙诸省的宣卷》两文。此外，李世瑜还在《宝卷综录》中说宝卷有“前期”与“后期”之分，并以同治光绪之前“演述秘密宗教道理的”“袭取佛道经文或故事以宣传秘密宗教的”两类为前期，而以同治光绪之后的“杂取民间故事传说或戏文的”为后期。

④ 车锡伦《中国宝卷的发展、分类及其社会文化功能》，《中国文学的多层面探讨国际会议论文集》，台湾大学中文系，1996 年。

⑤ 如主张宝卷是“宗教经典”的濮文起在最近出版的《宝卷研究》之“序”中也袭用车说，以为有“前期宝卷”（或“宗教宝卷”）、“后期宝卷”（或“民间宝卷”）之分。详见濮文起、李永平编《宝卷研究》，商务印书馆，2019 年，第 2 页。

考察，不难发现其主要架构实是糅合李世瑜与郑振铎的两种说法而来。而作为集大成者的车锡伦所做“糅合”却难言是成功的。且不说他将几种标准共享、不同层次相混可能令读者产生理解困难，仅其对郑、李两种说法的“吸取”也存在着一些问题，具体如下：首先，郑振铎所谓“佛教的”实际上是对宝卷这种特殊文本的性质之误判，因为很多民间宗教教派在创立和发展时皆曾大量吸收过佛教、道教的内容，但不能因此而将其视为佛教或道教的支系；对于这些文本，李世瑜将它们视为“袭取佛道经文或故事以宣传秘密宗教”是合理的，而车锡伦继郑振铎而来的“佛教世俗化宝卷”之看法，则属早期学界尚少关注和了解“民间宗教”这一领域的认识结果。其次，虽然李世瑜所谓清代以后的“杂取民间故事传说或戏文的”类型宝卷具有浓厚的民间文艺色彩，甚至已经“由布道劝善发展为民间说唱技艺之一”，但它们仍然属于民间宗教的文本，故不能冠以“民间宝卷”之名而与“宗教宝卷”并列。“民间宝卷”与“宗教宝卷”这两个概念（名称）并列，显示它们具有一定的对立（互斥）性，但事实上所谓后期的“民间宝卷”文本中又有大量内容与所谓“宗教宝卷”相同，故两者在逻辑上是不能“并列”的。正如笔者曾问：如果宝卷在清代已经成为“民众”而非“信徒”的活动，则为何清末还会出现宗教神秘色彩极浓的、通过扶鸾降神而得的“鸾书宝卷”（坛训）？事实上，车锡伦所谓“民间宝卷”同样具有明显的宗教元素，而据近年濮文起、李志鸿等人的调查研究，民国以来仍有不少宗教色彩浓厚的宝卷问世，且其“宣卷”也伴有大量的宗教仪式。[①] 由此可知如何对宝卷进行分类还是一个难题，需要我们继续思考和探索。

（二）有关宝卷的集成与编纂

近年不少学者将各种宝卷汇编出版，形成了一些大型的宝卷文献丛书。目前已经出版的宝卷文献，除了一些地方性汇编本如前述《河西宝

① 濮文起《当代中国民间宗教活动的某些特点——以河北、天津民间宗教现实活动为例》，《理论与现代化》2（2009. 3）：第 75—80 页；李志鸿《闽浙赣宝卷与仪式研究》，第 187—263 页。

卷》《三茅宝卷》《酒泉宝卷》《永昌宝卷》《临泽宝卷》《河阳宝卷》《凉州宝卷》《山丹宝卷》《金张掖民间宝卷》《甘州宝卷》《民乐宝卷精选》《中国沙上宝卷集》《酒泉宝卷》《中国常熟宝卷》等，还有几部大型的宝卷丛书，详如下表：

编　者	书　　名	册数	种数
张希舜等	《宝卷初集》	40 册	152 种
濮文起	《中国宗教历史文献集成·民间宝卷》	20 册	361 种
马西沙	《中华珍本宝卷》(前三辑)	30 册	137 种
车锡伦	《中国民间宝卷集成·江苏无锡卷》	15 册	77 种
霍建瑜	《美国哈佛大学燕京图书馆藏宝卷汇刊》	7 册	86 种
王见川等	《明清民间宗教经卷文献》及续编	24 册	414 种
曹新宇	《明清秘密社会史料撷珍·黄天道卷》	7 册	70 种

综观以上宝卷丛书，共收书逾 1 200 种，但有书名、版本重复情况，实际数量尚待进一步统计。而据车锡伦言，目前已知宝卷数量约 1 500 种，逾 5 000 版本，故知宝卷丛书缺收不少。此外，近年陆续有文章指出车氏《总录》有遗漏，如周晓兰《〈中国宝卷总目〉补遗》言福建师范大学图书馆藏有 60 余种宝卷未见《总录》著录；①若再加上民间散佚的宝卷文献，则上述“宝卷丛书”缺收的宝卷数量更多。因此，继续搜集缺收宝卷文献，并对所有宝卷加以精心整理、集成编纂，仍然有着很大的拓展空间。

（三）有关宝卷的功能与作用

所谓宝卷的功能和作用，涉及的实际上是宝卷与中国社会、文化的关系问题。由前所述，可知学界对宝卷与文学艺术、民间风俗、道德教化、农民运动关系的讨论较多，而对其他方面如方言俗字、女性问题、经济利益、

① 周晓兰《〈中国宝卷总目〉补遗》，《唐山学院学报》25：1(2012.1)：第 34—37 页。

宗教关系等的研究则较少。至于从总体上、理论上来探讨宝卷功能和作用的成果,更属凤毛麟角。研究较少的领域固然是需要大力发展的方面,而以往讨论较多的问题,也同样有着很大拓展空间,略如下述。

1. 关于宝卷与文学艺术关系的研究

以往学界关于宝卷与文学艺术关系的研究成果虽然较多,但却主要集中于《西游记》《金瓶梅》与《孟姜仙女宝卷》《香山宝卷》等著名作品,以及山西、河北两省的地方文艺,而较少关注其他文学作品和地方文艺。事实上,明清宝卷与中国文艺的关系,绝不仅限于这几部作品与这两个省份,如何更加广泛、全面地挖掘其他作品和其他地方的材料并加以深入研究,乃是今后研究获得突破的关键问题。

2. 关于宝卷与民间风俗、道德教化关系的研究

关于宝卷与民间风俗、道德教化关系的研究成果也不少,典型代表为黄靖、酒井忠夫以及游子安诸书。黄靖从物质生产、物质生活、社会组织、江湖民俗、人生礼仪、信仰民俗、民间语言民俗等很多方面,对宝卷展现出的"民俗"进行了全面描述,为学界提供了丰富翔实的资料。不过,黄靖似乎尚未能很好地把握"民俗"的内容,《宝卷民俗》一书描述的也更多属于"社会生活"或"日常生活"范围,而对一些积淀甚久的活动如岁时风俗、民间庙会等则几乎没有涉及,同时也缺乏对全国各地民俗的调查,这不能不说是遗憾!而酒井忠夫《中国善书研究》与游子安的著作虽可谓是研究明清善书的经典之作,且皆有专章涉及民间宗教和宝卷,对其劝善教化的内容予以了较好介绍,但两人关注的重点都是"善书"作为一个整体的情况,而无暇对作为一个部分的民间宗教宝卷之特殊作用进行探究,更没有对民间宗教宝卷与儒释道"善书"的关系及其对"三教合流"的影响展开讨论。因此,结合宝卷文献与田野调查资料,系统深入地发掘宝卷对中国民风民俗的影响,尤其是探讨宝卷在道德教化方面的特殊作用、与儒释道"善书"的关系及对"三教合流"的影响,乃是今后学界可以取得突破的方向。

3. 关于宝卷与农民运动/政治稳定关系的看法

20 世纪 50、60 年代的中国学界曾热烈讨论过宗教与农民运动(起

义)的关系,但近年学界关注的问题除了“起义”本身,还有宝卷内容与政治治乱的关系。这方面的代表作品是韩书瑞和刘平的研究,对50、60年代中国学界强调经济基础的做法可谓是一种修正,但同时也将民间宗教推向了一种在强调“政治”之现实中国的困难处境。只不过,刘平在书中又表示:农民“叛乱”乃是一种内外因素“综合作用的结果”,宗教因素只是促成“叛乱”的“桥梁”,而文化因素也仅是其中的一个非根本因素,它们与“叛乱”没有必然的关系。① 如此,则宝卷究竟在中国政治的治乱中起到了什么作用,对下层社会之稳定和谐的影响究竟如何,也就成了今后仍需继续讨论的问题。

4. 关于宝卷与方言俗字、女性问题、经济利益关系等的研究

如前所述,学界目前关于宝卷与方言俗字、女性问题、经济利益、宗教关系等的研究成果很少,所以研究这几个方面的问题在今后有着巨大的发展空间。其中,尤以宝卷与佛教、道教的关系属于亟待加强研究且具有发展空间的问题。至于宝卷与家庭、宗族、村落、地域等的关系,更是一些新提出来的问题。

此外,从综合的角度来讨论宝卷及民间宗教的影响,也是近年学界努力的一个方向。不过这方面的著作不多,目前仅有王尔敏、濮文起等文章,以及车锡伦、李永平等人的著作。其中,车锡伦与李永平所著属于专门探讨宝卷功能的著作,前者从信仰、教化、娱乐三个角度进行归纳,后者则从“禳灾”角度予以补充,可谓较好地把握住了宝卷的主要特点。不过,这种综合性的讨论还远不够全面和深入,如前述“治乱”“经济”“女性”“宗教”等问题,也属宝卷功能的组成部分,应该加以充分考虑和深入讨论。总之,有关宝卷功能和作用的研究,在很多问题上仍有进一步讨论的空间,需要今后继续加以探讨。

原载《汉学研究通讯》2021年第40卷第3期

---

① 刘平《文化与叛乱:以清代秘密社会为视角》,第342—349页。

第一章　英语世界中的中国宝卷研究概观

第一节　英语学术圈中国传统叙事诗与说唱文学的研究与翻译述略

一、说唱文学的重要性

与其他民族一样，中国人从一开始就互相讲故事。如果我们把司马迁（前145—前86年）旅行过程中从老人口中收集来的故事与保存在更早文献中的这些故事版本作一比较，就会发现《史记》中的叙述很明显经历了一个口头传播的时期。这些故事不仅仅被写作散文，还被写成韵文，以便背诵与歌唱。汉以后保存至今的最早的长篇叙事诗诸如《孔雀东南飞》与《木兰辞》，在当时比现在要更流行。当干宝（？—336年）在总结《搜神记》中的故事时，比如在讲到李寄的传奇以及复述韩凭夫妇的浪漫故事时，反复提到"其歌谣至今犹存"。到了唐代（617—906年），七字一行的韵文歌谣被称作词文，说唱的形式被广泛地运用于佛教与非佛教的变文当中。长篇叙事诗以韵文或者说唱叙事文学的形态呈现，在中国被归入说唱文学（或者涵盖更广的名词曲艺）范畴，直到上一个千年的古代中国依然繁盛。尤其是到了第二时期的清王朝(1644—1911 年),大量不同文体的文本以写本或者印刷品的形式被保存了下来。

但是说唱文学不仅仅是旧社会的产物,还是中国现代文化的一个重要方面,因为它展现出了对新媒体,尤其是晚清民初新的印刷术的高度适应能力。现代印刷文化不仅对传播新思想与文类起了很大的作用,还使得传统的文本以低廉的价格更加容易传播,从而拥有更广泛的受众。现代印刷工业要求巨大的原始投资,出版商们因此瞄准了可大量生产与大量销售的产品。出版商们偏爱已有现成需求的题目与文类。《康熙字典》是申报馆最好卖的产品之一。除了学术书籍,现代上海的出版商们还同时出版了很多版本的新旧小说。尤其是在 1890—1930 年间,平版印刷书籍的出版商们发行了超大量的各种说唱文类的作品,从宝卷、弹词、鼓词直到歌仔册。当旧作品的贮存用尽之后,用这些旧的文体创作的新作品又会涌现出来,以满足无休止的需求。

传统歌谣、说唱文学的大规模出版,大大增强了 20 世纪早期说唱文学文本在中国城市社会中的可见性,同时也助长了五四时期的民歌运动。这场发源于北京大学,后来以中山大学为中心的运动,对两次世界大战之间的中国知识生活起到了重要的作用,促进了知识界对民间故事与民歌的兴趣。这些年的民歌运动致力于文本的搜集,而这大大得益于现代平版印刷技术导致的书本普及。民国的主要研究机构“中研院”设立专项基金收集民间文学,所获甚丰,现藏于台北的“中研院”史语所傅斯年图书馆。这些收藏已经数字化(但登录有着严格的限制),并且最近因为重印出版了 620 巨册的《俗文学丛刊》而变得更加广为传播。同时还有很多中国与日本的个人学者,他们个人的蓄藏也相当丰富。

1949 年以后,为了迎合新的意识形态的需要,文本的收集工作与很多新的文本的生产仍然继续着。同时新的技术(磁带录音机)与新的意识形态(马克思主义),使得民间文学的研究学者们再次把工作聚焦于口头资料的收集以及表演研究上。不幸的是,很多在 20 世纪 50 年代收集的资料毁于“文化大革命”。到了 20 世纪 80 年代,新的全国性的项目开始收集与记录中国大众传统的民间故事、民歌、戏剧与曲艺。这些项目使得收藏与出版大量增加，有的现在还在继续。21 世纪以来中华人民共和国政府热心于支持联合国教科文组织的非物质文化保护项目，使得很多地方政府争相设立关于收集与记录的地方项目，以寻求对于地方歌舞、音乐与叙述的认同。同时很多收藏者与机构已经把他们的资料放到了互联网上。

二、中国文学史中所提到的说唱文学

尽管说唱文学在传统与现代文学中都特别重要，但在一般的中国文学史中，不管是中国的还是外国的，所占篇幅都很有限。一般来说，这一类历史书更加着重于留存稀少的变文与诸宫调，而不是明清时期更加丰富的传统；如果他们关注到明清时期的主要传统，也完全忽略 1890—1930 年间的繁荣的说唱文学——就算他们提到晚清时期的说唱文学，也只是带有明显改良运动色彩的少数文本。即使是中国民间文学史，也倾向于把更多的空间留给古代的寓言和谚语，而不是过去几个世纪的通俗文学。中国近年来的情况已经大有改观，我们现在至少已经有了若干种关于曲艺的详细历史，同时还有数目正在增长的各别文类与主题的专著。就我个人的研究而言，我不仅受益于郑振铎的《中国俗文学史》(1938 年)与陈汝衡的《说书史话》(1958 年)，还有倪钟之的《中国曲艺史》(1991 年)与姜昆、倪钟之的《中国曲艺通史》(2005 年)。日本在近几十年来也见证了中国传统韵文与叙事说唱文学的非凡复兴。

总的说来，英语世界中的中国文学通史中关于说唱文学的部分是十分有限的。近些年来所出版的大型关于现代中国文学的介绍，不超过四种。邓腾克(Kirk Denton)所编《哥伦比亚现代中国文学指南》(*The Columbia Companion to Modern Chinese Literature*, 2016 年)涵盖了 20 世纪。罗鹏(Carlos Rojas)与白安卓(Andrea Bachner)所编《牛津现代中国文学手册》(*The Oxford Handbook of Modern Chinese Literature*, 2016 年)延展到了清朝末年。张英进所编《现代中国文学指南》(*A Companion to Modern Chinese Literature*, 2016 年)覆盖了鸦片战争到当代。这三种著作按照系统的方式组织文章。范围最广的是王德威编的《新中国文学史》(*A New Literary History of China*, 2017 年),其中的文章从晚明开始,严格按照时间顺序。这四部著作,虽然有着各自的特点,但没有一章涉及说唱文学,没有一本有文章讨论民歌运动,没有一本留心到近代有关四大民间故事的重新阐释。这些书中涉及的文学不是中国文学,而是由中国知识分子为自己写的文学。

中国文学通史方面的情况要略好一些。21 世纪出版了两部大型的中国文学史,梅维恒(Victor Mair)主编的《哥伦比亚中国文学史》(*The Columbia History of Chinese Literature*, 2001 年),与孙康宜、宇文所安(Stephen Owen)主编的《剑桥中国文学史》(*The Cambridge History of Chinese Literature*, 2010 年)。梅维恒是有名的研究变文与看图说故事的专家。他的《哥伦比亚中国文学史》包括的文章有:白安妮(Anne Birrell)撰"乐府诗",梅的学生内尔·施密特(Neil Schmidt)撰"敦煌文学",马兰安(Anne E. McLaren)撰"口头程序传统",以及马克·本德尔(Mark Bender)撰"地方文学"。尤其是马兰安与马克·本德尔,对于中国说唱文学的以往有着很长的记录。马兰安是一位澳大利亚学者,跟随柳存仁(1917—2009 年)学习。她的研究领域首先是《三国志演义》及其版本。在发现和出版了成化年间关于花关索的一个很长的说唱词话文本后,她出版了一本关于这些重要文献的专著,并把这些说唱词话中的故事处理与江永女书中相同主题的叙事诗作了比较,尤其着重于女性形象的塑造。近年来她的研究兴趣转移到了吴方言区。在出版了一部关于发生在南汇的婚姻悲歌的著作以后,她又着手研究吴方言的长篇私会歌谣。马克·本德尔花了很多时间在中国进行学习、研究,作了关于评弹的博士论文,并随后将之修改出版。过去几十年里,他表现出了对于中国西南少数民族叙述传统的特殊兴趣。与梅维恒一起,马克·本德尔还编辑了《哥伦比亚中国民间俗文学选》(*The Columbia Anthology of Chinese Folk and*

Popular Literature, 2011年)。这一大型选本包括了来自汉族与其他少数民族的民歌与民间故事、少数民族的史诗节录、民间戏曲的范例以及一些说唱文学的"职业讲故事文本"的全部或部分的翻译。这本书包含了很多年轻一代学者关于民间文学与传统俗文学的研究成果。

《剑桥中国文学史》第一册中有一小节"敦煌文学",第二册中有一章"说唱文学与叙事诗",均由伊维德执笔。与《哥伦比亚中国文学史》由很多分析性的短篇所构成不同,《剑桥中国文学史》是由为数不多的长篇、编年的章节所构成。"说唱文学与叙事诗"作为"非历史性章节",被插在了商伟的"文人时代及其衰弱(1723—1840年)"与王德威的"1841—1937年的中国文学"章节之间。这种设置不经意间告诉人们,说唱文学是一种旧社会的现象,在中国现代化与近代文学中没有它的位置,即使在旧社会中国传统文学中也纯属异类——前现代文学很大程度上仍然被视为文人们的专有领地。

三、说唱文学研究的早期西方探索者

如果我们看一下西方文学史中史诗与传奇传统的重要性——无论是讨论古希腊、拉丁文学还是中世纪与文艺复兴时期的欧洲俗语文学——这种西方汉学界对于说唱文学的相对忽视,就尤其让人感到困惑。人们可能会以为欧美的中国文学读者会热切地接受中国传统叙事诗,但这显然并没发生。一个重要原因可能是因为西方的中国学家们把他们自己塑造成为了中国传统的知识分子。明末清初的耶稣会传教士们称他们自己为"西儒",希望能够被中国士大夫们平等对待。以中国学者为效法对象,这些传教士们研究儒家经典,鄙视佛道,对于世俗的娱乐视而不见。19世纪的新教传教士们在熟悉掌握汉语以后,也将他们的研究重点集中在儒家经典的翻译上。当19世纪末欧洲的汉学研究已经建立起来时,他们的代表人物对于清末文献学方面的大儒也充满了敬畏之情。具有讽刺意味的是,当20世纪初中国学者在日本与西方的影响下转向白话与通俗文学的研究时,欧洲的汉学家们正皓首穷经,在研究儒家经典与哲学家们的注释,尤其是最早期阶段的中国历史文化。这同时也对欧洲中文图书馆的收藏带来了巨大的冲击。虽然几乎每一个欧洲的著名中文图书馆中都会偶尔收一些清代的说唱文学文本,但是没有一家敢夸口说他们这一类的收藏是丰富的或者系统的。所以说唱文学的研究与翻译要等到第二次世界大战时那些居住在中国的通俗文艺爱好者来进行。

早在 18 世纪的上半叶,中国的白话故事与戏曲已经被翻译成法文,而 18 世纪下半叶也开始有被翻译成英文的中国小说出版。第一部说唱文学的翻译要一直等到 1824 年,当时居住在广州与澳门的英属东印度公司的印刷技师汤姆斯(Peter Perring Thoms),把木鱼书中最有名的《花笺记》译成了英文。他把翻译作品以自己设计的双语的形式出版了出来,把原文附在了翻译的旁边。这个中国浪漫故事的译本在欧洲引起了一些注意,歌德也读到了它。双语版也帮助这本书紧接着被翻译成诸如德语、荷兰语与法语等别的欧洲语言。汤姆斯在中国没有直接的后继者,到了 20 世纪初期他的译作已被遗忘。从现代的角度来说,他的译作中当然可以轻易地找出很多错误,但最近夏颂(Patri-cia Sieber)称颂他的译作为早期文学翻译的典范。

19 世纪下半叶少数的通俗文学翻译者之一是斯登特(George Carter Stent, 1833—1884 年)。第二次鸦片战争之后,他以英国公使护卫的身份来到了北京,若干年之后,当他的语言才能受到关注时,他加入了国际海关服务。在北京时,斯登特被当时中国的通俗音乐所吸引,他开始收集印刷的、手写的以及口头表演的歌谣。在 1874—1878 年间,他分别出版了两册译自中文的翻译。他富于韵律的中国歌谣翻译,表现出了卓越的维多利亚时代的诗风。稍作一些考订,他的译作在今天都可以追溯出来源。虽然他的翻译富于原创性与质量,但是他的两册书还是很快地被人遗忘——尽管今天它们可以很容易地在便宜的重印本中找到。

20 世纪上半叶我要提到魏莎(Genevieve Wimsatt, 1882—1967 年)的贡献。她来中国时是位记者,在北京住了好多年。今天她最著名的著作可能是关于中国古代诸如薛涛、鱼玄机这些才女的传记研究，同时她也研究当时诸如灯影戏一类的通俗娱乐。我们这里要提到的是她在1934年与Geoffrey Chen（Chen Sun-han）一起翻译的基于孟姜女故事的五章大鼓。这并不是有关这个传说的说唱文学改编的第一次翻译，因为斯登特在他的第二册书中已经包含了一个经过诗化的江南本。与斯登特一样，魏莎也用诗歌来进行翻译，但不幸的是她没有显示出她的前任的同等才能。

四、1945—1980年欧洲与北美关于说唱文学的研究

第二次世界大战以后，美国迅速地把自己建立为新的中国研究中心，不仅吸引了一些欧洲的杰出学者，也包括一些杰出的中国学者。在新建立的中国语言文学系（或者东亚语言文学系）中，很多学者开始专门研究中国文学，小说与戏曲的白话文学传统获得了与诗歌、散文相当甚至更加优先的位置。一些白话文学的专家，如韩南（Patrick Hanan, 1927—2014年）与杜德桥（Glen Dudbridge, 1938—2017年），偶尔也会讨论到某个说唱文学作品。唯一尝试为中国传统通俗文艺作一整体性介绍的是法国汉学家雅克·班巴诺（Jacques Pimpaneau）所著的《歌者、讲故事者与武术艺术家》（*Chanteurs*, *Conteurs*, *Bateleurs*, 1977年），但是这本插图丰富的著作至今仍未被翻成英文。

人们很快就明白，小说与戏曲的白话传统不能自动等同于通俗或民间传统。但是中华人民共和国的成立以及冷战政治很快使得几乎所有外国学者无法研究还活着的通俗与民间文艺。能够到达中国的外国专家大部分来自东欧。20世纪50年代在中国学习的俄罗斯年轻专家中，我们必须提到研究孟姜女传说的李福清（Boris Riftin, 1932—2012年）。在普实克（Jaroslav Prek, 1906—1980年）的带领下，布拉格把自己建成了一个“二战”后中国研究的主要中心，尤其着重于研究现代中国文学与通俗传统。但东欧学者访问中华人民共和国的这种优先权，随着中苏裂痕的扩

大而结束了，自从“文化大革命”爆发以后，中国对所有人都变得像月亮的背面一样难以抵达，这种情况直到 1978 年后才逐步改善。

这意味着整整几十年，外国的说唱文学研究只能集中在那些相对比较容易得到的印刷或别的文本上，而关于那些存活着的传统田野调查，只能在中国大陆以外的诸如台湾与香港地区进行。1957 年王重民等编的《敦煌变文集》的出版，大大促进了对于变文的研究，接着亚瑟·威利(Arthur Waley, 1889—1966 年)以此为基础出版了《敦煌民谣与故事》(*Ballads and Stories from Dunhuang*, 1960 年)的选本。诸如梅维恒一类的敦煌研究专家当然也会利用中华人民共和国以外的诸如伦敦、巴黎以及其他地方丰富的敦煌资料。Chen lili 于 1962 年在凌景埏注董解元《西厢记诸宫调》的基础上对此进行了翻译，并参考了 20 世纪 50 年代发现的更早版本的精美重印本。作者无考的残本《刘知远诸宫调》早在 20 世纪 30 年代已由郑振铎(1898—1958 年)出版了排字本，当原本由苏联归还中国后，影印本也很快出版出来。以这些材料为基础，米列娜(Milena Dolezelová-Velingerová, 1932—2012 年)在柯润璞(James Crump Jr, 1921—2002 年)的协助下，出版了英译本。陈凡平出版了王伯成的《天宝遗事诸宫调》。1967 年在上海郊外发现的说唱词话出版不久之后，《花关索》在 1989 年由盖尔·阿曼(Gail Oman King)翻译成了英文。

艾伯华(Wolfram Eberhard, 1909—1989 年)，“二战”前就因出版了关于中国民间故事的德文著作而建立了作为中国民间文学学者的声誉，战后在中国台湾地区继续他的田野调查。对于我们来说，这时期他最重要的出版是关于广东木鱼书与闽南歌仔册的目录。虽然这些目录涵盖不足，早已被更完整的书目所替代，但这些小书因为每个书名都附有简短的提要，对于外国学生来说仍然有用。艾伯华的木鱼书目录还包括了慕尼黑巴伐利亚州立图书馆收藏的早期木版印刷的四部木鱼书的复印件。施舟人(Kristofer Schipper)，一位以研究道教而闻名的荷兰裔法国汉学家，多年逗留于台南收集歌仔册，最后出版了包含六百多书名的目录，极大地促进了这个文类的研究，但他没有用英文或法文出版过这一专题的论著。

龙彼得(Piet van der Loon, 1920—2002年),一位任教于牛津与剑桥的荷兰汉学家,同样搜集闽南话方面的材料,但是从他的《古代闽南戏曲与弦管之研究》(*The Classical Theatre and Art Song of South Fukien*)一书中可以清楚地看出,他的研究主要集中于戏曲与傀儡戏。龙彼得在剑桥不多的博士之一是台湾学者王秋桂,他在博士论文中对孟姜女传说的发展作了详尽的论述。王秋桂没有把他的博士论文作为专书出版,而是再加工为了一系列的论文。

欧大年(Daniel L. Overmyer)的学术背景是宗教研究;他研究明代新宗派的起源,所以对这些运动中的宝卷写本有很多接触。在他出版的著作中,有大量这一类材料的征引。数十年后他出版了一部16—17世纪的这类文献的研究著作。音乐学者赵如兰(1922—2013年)与她的学生石清照(Kate Stevens, 1927—2016年)一样,与居住在中国台湾地区的大陆艺术家一起展开了工作。虽然赵如兰教授成功地把傅斯年图书馆的通俗文学的收藏做成了微缩胶卷(这些微缩胶卷后被哈佛燕京图书馆、加州大学伯克利分校以及剑桥大学获得),但是并没有马上形成基于这些材料的大规模研究。令人泄气的是,即使在中国台湾地区,这些材料在很长一段时间内也没有人加以利用。荣鸿曾(Bell Yung),一位长年任教于匹兹堡大学的民族音乐学家,他的主要研究领域是广东戏曲,基于他在香港的田野调查,在最早的《中国演唱文艺研究会论集》(Chinoperl Papers)中出版了关于木鱼书的论著。

五、20世纪80年代以后欧洲与北美关于说唱文学研究的主要议题

正如之前所指出的,20世纪80年代以来,说唱文学的研究条件已经得到了大大改善。同时这一类的研究已经变得更加急迫。很多艰难存活到那个时代的文类,有的甚至还经历了某种程度的复兴,但因为城市化和新媒体的竞争,正在快速地失去它们的传统听众。虽然非物质文化遗产

保护运动有很多的优势，同时它们也有可能把艺术转化为博物馆中的化石或者用来吸引旅游者，但是和中国学者（也包括一些日本的研究团队）的研究出产相比，西方学者的贡献在数量和规模上仍然是有限的。

说唱文学的所有文类都值得引起重视，但西方学者只对某一些文类特别关注。它们是宝卷、弹词和子弟书。我们上面已经提到了欧大年的著作《宝卷》。受到他的影响，很多中国民间宗教的学者也开始关注这个文类。很长一段时间人们认为这些文本不再被用来表演，所以有关宝卷表演的最初研究只能基于写本，就像我们在姜士彬（David Johnson）的著作中看到的那样。姜士彬是一位历史学家，他在写完变文的著作之后开始研究宝卷，很多年以来在加州大学伯克利分校主持一个大型的有关中国通俗文学的项目，出版过诸如山西戏曲方面的有分量的专著。性别研究学界也同样对宝卷表现出了兴趣。杜德桥有关妙善传说的研究与于君方有关观音在中国的专著都引用了大量献给这位菩萨的宝卷，而伊维德将《香山宝卷》及其相关文献翻译成了荷兰文和英文。管佩达（Beata Grant），一位研究中国宗教和妇女文学的专家，出版了很多关于黄氏传说的研究，这些传说经常是以宝卷的形式写成（这个宝卷更早的例子是在16世纪写成的小说《金瓶梅》中已被广泛征引）。一旦得知宝卷又在吴方言地区被广泛表演，西方学者一下子就被吸引住了。第一个发表这类论文的是马克·本德尔（Mark Bender）。近年来，白若思（Rostislav Berezkin）在圣彼得堡接受了最初的训练，又随梅维恒作了关于目连传说的宝卷改写的学位论文，就此现象发表了一系列的论文。在其他论文中，白若思关注了保存在俄罗斯的早期珍贵宝卷，以及保存在越南的《香山宝卷》的早期版本。伊维德出版了甘肃西部宝卷的翻译。

我们前面提到了马克·本德尔有关苏州评弹的专著。这本专著专注于弹词的现代表演，而 Qilang He 在他最近的专著中考察了20世纪50年代上海评弹演员的重组。然而，大部分西方的弹词研究，把研究对象设定为女性写作的弹词，这些女性作者都曾受过良好的教育。如果我们可以相信她们的介绍和序言，她们创作这些作品来作为女眷们的休闲阅读；很明显这些作品不是用来表演的(如果偶尔一个弹词作品被专业表演者所采用,则必须要经过重大的加工)。又一次地,很多女性研究者在搜集这些女性创作的文本时,很大程度地被性别研究所引导。毫无疑问,成百上千的女性诗集在清代被保存了下来,但诗词是高度成熟的文体,有着很多的成规来限制什么可以被述说。弹词叙述的虚构本质与文体的通俗性给了妇女们更大的空间来表达她们的情感与欲望。在哈佛关于妇女创作弹词的博士论文方面,胡晓真给了很多相关研究者们以重要的刺激。除了她的很多以中文出版的专著以外,胡还以英文就一些特别的议题发表了论文。魏爱莲(Ellen Widmer)研究了侯芝的编辑与写作活动,李惠仪在她最近的《中华帝国晚期文学中的女性与国难》(*Women and National Traumain Late Imperial Chinese Literature*, 2014 年)中重新提到了《天雨花》。Li Guo 在她的《中华帝国晚期与二十世纪初的女性弹词》(*Women's Tanci Fiction in Late Imperial and Early Twentieth-Century China*, 2015 年)中回顾了 18 世纪下半叶到 20 世纪初期的女性创作弹词的发展。性别研究视角还解释了为什么江永女书刚刚被中国以外的世界知悉时,一下子会有那么多的论文发表出来。为数不多的对江永妇女文化保持兴趣的学者之一是在美国接受训练的中国台湾人类学家刘斐玟。从 20 世纪 50 年代以来,因为很多总集的存在,子弟书对于许多读者来说已经很容易获得。近几十年来中国以外的学者对于这个文体的兴趣,可能还与“新清史”的出现、质疑满族的“中国化”、强调整个清代满族尽力保持着他们自己的民族身份认同有关。这当然牵扯出对于满族文化表现的兴趣,因为子弟书主要是由满族的业余爱好者们创作与表演。这也表明尤其是双语的子弟书已经引起了学者们的关注。还有一些被研究的议题是诸如《金瓶梅》《红楼梦》这些小说的情节改编。赵雪莹(Elena Chiu)的关于子弟书的专著很快将由哈佛大学出版。伊维德在他的关于孟姜女、白蛇传以及庄子让骷髅复活、考验他的妻子的忠诚的故事的专著中,也包含了一些子弟书的翻译。Margaret Wan 与古柏(Paize Keulemans)都还发表了关于鼓书与武侠小说兴起关系的研究。

六、一些关于我自己的说唱文学翻译的评论

尽管目前在欧洲与北美研究说唱文学的学者的数量十分有限，但要列出他们所有的名字仍然是不可能的。有关近年来学术圈的更加详细的综览，请参这篇论文后面所附的部分书目。在这个演讲的结论部分，我想倚老卖老，谈一下我对这个领域的贡献。我从很早开始就对叙事诗有兴趣。同样地，从我作为一个翻译者的经历来说，我经常觉得要对短的诗歌一视同仁是不可能的，因为它们的成功经常需要依赖于音韵与用典。长一点的诗歌，我觉得，更容易在翻译中取得成功，因为它们有自己的模式与氛围。所以在我的中国诗歌翻译中，与很多别的翻译者相比，我更倾向于翻译更多更长的诗歌。但在我任教荷兰期间（至 1999 年），我的关于说唱文学的翻译局限于早期的容易得到的现代注释本。那些年里我把《西厢记诸宫调》与《刘知远诸宫调》翻译成了荷兰文。后来我又翻译了两册的《变文》，并把《香山宝卷》翻译成了荷兰文。

那时候荷兰的大学还没有像美国的大学那样为本科生开设“中国文学翻译”课程。当来到哈佛以后，我想开设一门专门讨论说唱文学材料的课程，但面临着缺少合适材料的困难。当我为《剑桥中国文学史》撰写“说唱文学”章时，我更意识到被译成英文的材料少得可怜。在差不多同时，王德威与我开始合开一门叫做“重讲旧故事”的课程，主要是关于中国的四大民间故事（以及木兰的故事）如何在现代被不断地重新诠释。王负责现代改编乃至电影，我的任务则是处理这些故事直到清王朝时期的发展。由于缺少现成的可靠传统版本的翻译，我必须自己来做这些工作，所以我翻译了孟姜女传说的若干改编，梁山伯与祝英台爱情故事的一些不同版本，董永与七仙女传说的材料（董永遇仙），以及白蛇传故事的很多不同版本。有些研究者将一个故事的不同改编斥为大同小异，这种做法令我失望，因为我总是确信这些基于时间、文体与地区的不同可能是巨大的。为了证明自己的观点，我选择了十个不同版本的孟姜女故事加

以翻译,详细考察了两千多年以来这个故事的发展。原在克罗拉多大学波尔多分校、现在斯坦福的李海燕教授,慷慨地同意贡献一篇关于顾颉刚(1893—1980 年)对此故事的现代阐释的论文,华盛顿大学出版社也表示愿意出版此书。这种对一个故事的发展进行追踪,并对每个故事的不同版本进行翻译,并做成系列丛书的做法,才刚刚是一个开始。这些上面提到的传说故事(包括 Shiamin Kwa 研究的目连故事),将只在一定范围内流传,以让它们在课堂使用时更加吸引人。

一旦发现自己能够做翻译,也许更重要的一点是,能够找到出版商来出版它们,我便开始放纵自己的激情,投身于翻译更多的说唱文学。我又翻译了八篇成化年间说唱词话中的包公故事,并出版《包公与公案》(*Judge Bao and the Rule of Law*, 2010 年)。数十年前我就对庄子复活骷髅的故事感兴趣,现在我以东京大学收藏的明代道情戏写本复印件为基础做了翻译,同时还有一些后来的以这个故事改编的一篇子弟书与一篇宝卷[与鲁迅(1881—1936 年)在《故事新编》中戏剧性的改编差不多]。地方文类也可以汇编成册,我出版了江永女书的故事集(依据转写本);将很多闽南歌仔册(其中相对较早的文本,方言的因素还不多)做成了特别合刊的《台湾文学: 英译系列》(*Taiwan Lit-erature: English Translation Series*);将甘肃西部的宝卷汇编为一册。在我的《激情、贫困与旅行: 传统客家歌谣》中,包含了不同文类的文本。

很清楚,在这个"自卖自唱"中,我忽略了一些重要的文类,诸如鼓词、弹词与木鱼书。如果我确实是这样做了,那么原因很简单: 这类文类中最有名的篇目都非常长。另外弹词和木鱼书中的方言是最大的困难,不管是书后的注释还是专业辞典都不能完全解决。我曾有一次尝试翻译 19 世纪根据梁山伯与祝英台故事改编的弹词,但当我碰到仆人们用吴方言讲的对话时,不得不放弃,虽然我的说苏州话的学生孙晓苏,告诉我这些篇章特别地有趣。所幸的是,我为梅维恒与 Bender 的《哥伦比亚中国民间通俗文学选本》(*Columbia Anthology of Chinese Folk and Popular Literature*),翻译了同一故事改编的 18 世纪的弹词,其中没有涉及大段的吴方言。

我一直都是一个很学究的人。学生时代我就学习社会人类学的课程，但很快就发觉我不适合社会学的田野调查。这意味着我的翻译不是基于我自己采集来的田野文本与表演文本。现在对于那些读早期写本与印刷文本的人来说，这好像不成其为一个问题。但当人们开始阅读 1949 年以后中国制造的印刷版本时，不管是基于口头来源还是写本，就真成了一个问题。对文本进行编辑是不可避免的，尤其是对口头材料的文字化，需要编辑者做出很多的决定与修改。如果编辑者能够提供详细的有关如何编辑材料的信息，那么读者在阅读者就能够保持足够的警醒。但是多年来编辑者们很少提供有关他们编辑活动的信息，所以人们只能担心他们的编辑活动已经影响到文本的形式与内容等很多方面，而这样做是为了把从民众中搜集来的材料，在返回到民众中去之前，做所谓的“提升”。让我使用一个实例。在我的西部甘肃的宝卷选本中，包括了一篇关于孝顺鹦鹉的故事改写。故事讲述了一只年轻的鹦鹉离巢为自己生病的母亲寻找心爱的食物，但被猎人捕住了。在历尽艰险之后，他终于逃脱回到鸟巢，但当他到达时，发现母亲已经死去。当他失声痛哭时，别的鸟类也都赶来帮助他为母亲举行正式的葬礼，随后他皈依了观音菩萨。通常，孝顺鹦鹉故事可以通过观音被韦陀、善才与龙女围绕的木刻得到辨识。而我翻译的经过编辑的文本中，悲伤的鹦鹉没有皈依观音。是不是编辑者认为这一情节反映了迷信而除去了呢？还是一位更早的编辑者或表演者出于相同原因而做了同样的处理呢？还是从一开始这个特别的改写本就没有这个情节？因为相关编者的编辑风格以武断著称，我怀疑是排印本的编辑做出了这样的改动，但是人们需要确切地回答。而且如果这位编者在这里做了改动，那么在别的地方他又改了哪些？

在通俗歌谣与说唱文学中有一类经常遇到的故事是动物故事，在这些故事中动物们会以动物的身份互相交谈，但在前现代的高级文学中则很少见。在书写传统的大部分中国动物故事中，动物们要么沉默，要么改换成人形后才开始说话。描写动物谈话的故事其实很少。敦煌有两部改编的《燕子赋》,描写了燕子与麻雀在法庭上的争议。在帝国的晚期,最流行的动物故事是猫与老鼠在冥府的诉讼。我最近的项目搜集了有关这个故事的一些有代表的版本,其中叙述了猫鼠之战以及猫在老鼠婚礼上发动的袭击。我接下来的计划是研究有关昆虫的结婚、葬礼、战争与诉讼的歌谣,其中涉及虱子对抗蚊子与臭虫。还有很多工作等着去做!

关于说唱文学研究与翻译的书目

在帕里-洛德口头创作理论观照下的研究

Egan, C. H., "Were Yüeh-fu Ever Folksongs? Reconsidering the Relevance of Oral Theory and Balladry Analogies", *Chinese Literature: Essays, Articles, Reviews* 22(2000), pp. 31—66.

Frankel, H. H., "The Formulaic Language of the Chinese Ballad 'Southeast Fly the Peacocks'", *Bulletin of the Institute of History and Philology* 39(1969), pp. 219—244.

Lin Gang, "'Epic in Chinese': A Tentative Insight into the Problem under Discussion in the Twentieth Century", *Social Sciences in China*, Summer 2007, pp. 69—78.

McLaren, A. E., "The Oral-Formulaic Tradition", in Victor H. Mair, ed., *Columbia History of Chinese Literature*, New York: Columbia University Press, 2001, pp. 989—1014.

Roy, D. T., "The Fifteenth-Century Shuo-chang tz'u-hua as Examples of Written Formulaic Composition", *CHINOPERL* Papers 10(1981), pp. 97—128.

Wang, C. H., *The Bell and the Drum: Shih ching as Formulaic Poetry in an Oral Tradition*, Berkeley: University of California Press, 1974.

Wang, C. H., *From Ritual to Allegory Seven Essays in Early Chinese Poetry*, Hong Kong: Chinese University Press, 1988.

敦煌变文

Eoyang, E., "Oral Narrative in the *Pien* and *Pien-wen*", *Archiv Orientalni* 46/3(1978): 232—252.

Eoyang, E., trans. "The Great Maudgalyayana Rescues His Mother from Hell", in Ma, Y. W. and Joseph S. M. Lau, eds. *Traditional Chinese Stories: Themes and Variations*, New York: Columbia University Press, 1978, pp. 443—455.

Hdrlickova, V., "Some Questions Connected with Tun-huang *pien-wen*", *Archiv Orientalni*, 30(1962), pp. 211—230.

Johnson, D., "The Wu Tzu-hsü *Pien-wen* and its Sources, Part I", HJAS 50-1(1980), pp. 93—156; idem, Part II, HJAS 50-2(1980), pp. 456—505.

Mair, V. H., *Tun-huang Popular Narratives*, Cambridge: Cambridge University Press, 1983.

Mair, V. H., *Painting and Performance: Chinese Picture Recitation and Its Indian Genesis*, Honolulu: University of Hawaii Press, 1985.

Mair, V. H., T'ang Transformation Texts: A Study of the Buddhist Contribution to the Rise of Vernacular Fiction and Drama in China, Harvard University Press, 1989.

Waley, A., *Ballads and Stories from Tun-huang*, London: George Allen and Unwin, 1960.

宋元说唱文学：诸宫调

Chen, Fan-Pen, "Yang Kuei-fei in Tales of the *T'ien-pao* Era: A Chu-kung-tiao narrative", *Journal of Sung-Yuan Studies* 22(1990—1992), pp. 1—22.

Chen, Fan-pen, "Translations from Wang Bocheng's *Tales of the Tianbao Era* (Tianbao yishi): Genre and Eroticism in the Zhugongdiao", *Chinoperl Papers* 26(2005—2006), pp. 149—170.

Ch'enLili, "The Relationship between Oral Presentation and the Literary Devices Used in *Liu Chih-yuan* and *Hsi-hsiang chu-kung-tiao*", *Literature East and West*, 14(1970), pp. 519—528.

Ch'en Lili, "Outer and Inner Forms of *Chu-kung-tiao*, with Reference to *Pien-wen*, Tz'u and Vernacular Fiction", Harvard Journal of Asian Studies, 32(1972), pp. 129—149.

Ch'en Lili, "Some Information on the Development of *Chu-kung-tiao*", *Harvard Journal of Asian Studies*, 33(1973), pp. 224—237.

Chen, Li-li, *Master Tung's Western Chamber Romance* (*Tung Hs-hsiang chu-kung-tiao*), *A Chinese Chantefable*, Cambridge: Cambridge University Press, 1976.

Dolezelová-Velingerová, M., J. I. Crump, Ballad of the Hidden Dragon: Liu Chih-yuan chu-kung-tiao, Oxford: Clarendon Press, 1971.

Idema, Wilt L., "Performance and Construction of the *Chu-kung-tiao*", *Journal of Oriental Studies* 16(1978), pp. 63—78.

Idema, Wilt L., "Data on the *Chu-kung-tiao*, A Reassessment of Conflicting Opinions", T'oung Pao 79(1993), pp. 69—112.

Idema, Wilt L. "Satire and Allegory in All Keys and Modes", in Hoyt C. Tillman and Stephen H. West, Eds., *China under Jurchen Rule*, Albany: SUNY Press, 1995, pp. 238—280.

从明至今的说唱叙事

Altenburger, R., "Is It Clothes that Make the Man? Cross-dressing, Gender, and Sex in Pre-Twentieth-Century Zhu Yingtai Lore", *Asian Folklore Studies* 64(2005), pp. 165—2005.

Bender, M., "A Description of Telling Scriptures Performances", Asian Folklore Studies 60(2001), pp. 101—133.

Bender, M., "Tan-ci, Wen-ci, Chang-ci", *Chinese Literature: Essays*,

Articles, *Reviews* 6(1990), pp. 121—124.

Bender, M., Plum and Bamboo, *China's Suzhou Chantefable Tradition*, Urbana: University of Illinois Press, 2003.

Berezkin, R., "An Analysis of 'Telling Scriptures' (*Jiangjing*) During the Temple Festivals in Gangkou (Zhangjiagang), With Special Attention to the Status of the Performers", *Chinoperl Papers* 30(2011), pp. 43—94.

Berezkin, R., "Scripture-telling (Jiangjing) in the Zhangjiagang Area and the History of Chinese Storytelling", *Asia Major* Third Series 24/1 (2011), pp. 1—42.

Berezkin, R., "Academician Boris L'vovich Riftin (1932—2012): The Extraordinary Life of a Brilliant Scholar", *Chinoperl Papers* 31 (2012), pp. 259—272.

Berezkin, R., "The Three Mao Lords in Modern Jiangnan: Cult and Pilgrimage between Daoism and Baojuan Recitation", *Bulletin de l'école Franoaise d'Extrême Orient* 99(2012—2013), pp. 295—326.

Berezkin, R., "On the Survival of the Traditional Ritualized Performance Art in Modern China: A Case of Telling Scriptures by Yu Dingjun of Shanghu Town Area of Changshu City in Jiangsu Province", *Minsu quyi* 181 (2013), pp. 167—222.

Berezkin, R., "The Transformation of Historical Materials in Religious Storytelling: The Story of Huang Chao (d. 884) in the Baojuan of Mulian Resuing His Mother in Three Rebirths", *Late Imperial China* 34/2(2013), pp. 83—133.

Berezkin, R. "A Rare Early Manuscript of the Mulian Story in the Baojuan (Precious Scroll) Genre Preserved in Russia, and Its Place in the History of the Genre", *Chinoperl: Journal of Oral and Performing Literature* 32/2(2103), pp. 109—131.

Berezkin, R., "The Connection between the Cults of Local Deities and

Baojuan (Precious Scrolls) texts in Changshu County of Jiangsu: With Baojuan Performed in Gangkkou Area of Zhangjiagang City as Examples", *Monumenta Serica* 61(2013), pp. 73—111.

Berezkin, R., "Printing and Circulating 'Precious Scrolls' in Early Twentieth-Century Shanghai and its Vicinity: Towards and Assessment of the Multifunctionality of the Genre", in Clart, Philip and Gergory Adam Scott, eds. *Religious Publishing and Print Culture in Modern China*. Berlin: De Gruyter, 2014, pp. 139—185.

Berezkin R., "New Texts in the 'Scripture Telling' of Shangshu, Changshu City, Jiangsu Province: With the Texts Composed by Yu Dingjuan as an Example", *Xiqu xuebao* 12(2015), pp. 101—140.

Berezkin, R., "Pictorial Versions of the Mulian Story in East Asia (Tenth-Seventeenth Centuries): On the Conditions of Religious Painting and Storytelling", *Fudan Journal of Social Sciences* 8/1(2015), pp. 95—120.

Berezkin, R., "Illustrations of the Mulian Story and the tradition of Narrative Painting in China (Ten-Fifteenth Centuries)", Religion and the Arts 20(2016), pp. 5—28.

Berezkin, R., "The Precious Scroll of the Ten Kings in the Suzhou Area of China: With Changshu Funerary Storytelling as an Example", *Archiv Orientalni* 84(2016), pp. 381—412.

Berezkin, R., Victor, M., "The Precious Scroll on Boshisattva Guanshiyin from Jingjiang, and Confucian Morality", *Journal of Chinese Religion* 42/1(2014), pp. 1—27.

Berezkin, R., Boris, L. R., "The Earliest Known Edition of The Precious Scroll of Incense Mountain and the Connection between Precious Scrolls and Buddhist Preaching", *T'oung Pao* 99(2013), pp. 445—499.

Blader, S. "*San-xia wu-yi* and its Link to Oral Literature", *CHINOPERL Papers*, No. 8(1978), pp. 9—38.

Børdahl V. *The Oral Tradition of Yangzhou Storytelling*, London: Curzon, 1996.

BørdahlV. Ed. The Eternal Storyteller, Oral Literature in Modern China, London: Curzon, 1999.

Børdahl V. "Storytelling, Stock Phrases and Genre Conventions: the Case of 'Wu Song Fights the Tiger'", in Vibeke Børdahl and Maragaret B. Wan Eds. *The Interplay of the Oral and the Written in Chinese Popular Literature*. Copenhagen: NIAS Press, 2010, pp. 83—156.

Børdahl, V. *Wu Song Fights the Tiger: The Interaction of Oral and Written Traditions in the Chinese Novel, Drama and Storytelling*, Copenhagen: NIAS Press, 2013.

Børdahl, V. Kathryn, L., Eds. Storytelling. *In Honor of Kate Stevens*, Special issue, *Chinoperl Papers* 27(2007).

Børdahl, V. Jette R., Chinese Storytellers. *Life and Art in the Yangzhou Tradition*, Boston: Cheng and Tsui, 2002.

Børdahl V. Margaret, B. W., Eds. The Interplay of the Oral and the Written in Chinese Popular Literature, Copenhagen: Nordic Institute of Asian Studies, 2010.

Chao, P. R. "The Use of Music as a Narrative Device in the Medley Song: The Courtesan's Jewel Box" *Chinoperl Papers* 9(1979—1980), pp. 9—31.

Chiang, W. W. "*We Two Know the Script; We Have Become Good Friends*", *Linguistic and Social Aspects of the The Women's Script Literacy in Southern Hunan, China*, Lanham: University Press of America, 1995.

Chiu, E. S. Y., "The Origins and Original Language of Bannermen Tales(*Zidi shu*)", *Chinoperl Papers* 30(2011), pp. 1—22.

Chiu, E. S. Y., Bannermen Tale (Zidishu): *Manchu Storytelling and Cultural Hybridity in the Qing Dynasty*, Cambridge, MA: Harvard University Asia Center, 2017.

Cooper, G., The Market and Temple Fairs of Rural China: Red Fire, London: Routledge, 2013. Ch. 6, "The Popular Cultural Dimension" pp. 95—112.

Ding Y. K., "Southern Window Dream", trans. By Wilt L. Idema, Renditions 69(2008), pp. 20—33.

Dudbridge, G., "The Goddess Hua-yueh San-nian and the Cantonese Ballad Ch'en-hsiang T'ai-tzu", *Chinese Studies* 8/2(1990), pp. 627—646. Also reprinted as "The Goddess Huayue Sanniang and the Cantonese Ballad Chenxiangtaizi" in Glen Dudbridge, *Books, Tales and Vernacular Culture: Selected Papers on China*. Leiden: Brill, 2005, pp. 303—320.

Eberhard, W., "Notes on Chinese Storytellers", Fabula 11(1970), pp. 1—31.

Eberhard, W., *Cantonnese Ballads* (*Munich State Library Collection*), Taipei: Oriental Cultural Service, 1972.

Eberhard, W., Taiwannese Ballads; A Catalogue, Taipei: Oriental Cultural Service, 1972.

Elliott, M. C., Trans., "The 'Eating Crabs' Youth Book", in Susan, M., Cheng, Y. Y., Eds., Under Confucian Eyes, Writings on Gender in Chinese History, Stanford: Stanford University Press, 2001, pp. 262—281; 306—308.

Epstein, M., "Patrimonial Bonds: Daughters, Fathers, and Power in *Tianyuhua*", *Late Imperial China* 32(2011), pp. 1—33.

Ge, L. Y., "In Search of a 'Common Storehouse of Convention': Narrative Affinities between *Shuihu zhuan* and the Judge Bao *cihua* Cluster", in Vibeke, B., Maragaret B. W., Eds. The Interplay of the Oral and the Written in Chinese Popular Literature, Copenhagen: NIAS Press, 2010, pp. 31—60.

Goldman, A., "The Nun who Wouldn't Be: Representations of Female

Desire in Two Performance Genres of ' SiFan ' ", *Late Imperial China* 22/1 (2001), pp. 71—138.

Grant, B., "The Spiritual Saga of Woman Huang: From Pollution to Purification," in David, J., Ed., *Ritual*, *Opera*, *Operatic Ritual*, *' Mulian Rescues his Mother' in Chinese Popular Culture*, Berkeley: Chinese Popular Culture Project, 1989. pp. 224—311.

Grant, B., Wilt, L. I., Escape from Blood Pond Hell: The Tales of Mulian and Woman Huang, Seattle: University of Washington Press, 2011.

Guo, L., *Women's Tanci Narrative in Late Imperial and Early Twentieth-Century China*, West Lafayette: Purdue University Press, 2015.

Hanan, P., "The Yün-men chuan: From Chantefable to Short Story", *Bulletin of the School of Oriental and Arican Studies*. 36/2(1973), pp. 299—308.

He, Q. L., "Between Business and Bureaucrats: *Pingtan* Storytelling in Maoist and Post-Maoist China", *Modern China* 36 No. 3(2010), pp. 243—268.

He, Q. L., "High Ranking Party Bureaucrats and Oral Performative Literature: The Case of Chen Yun and Pingtan in the People's Republic of China", *Chinoperl Papers* 30(2011), pp. 95—119.

He, Q. L., *Gilded Voices: Economics*, *Politics and Storytelling in the Yangzi Delta since* 1949, Leiden: Brill, 2012.

Huang, D. W., Shu, J. Y., "Die kaizerlichte Wachtoffiziere shiwei der Qing Dynastie in der zidishu Literature" (Officers of the imperial guard shiwei of the Qing dynasty in zidishu literature), in Lutz, B., Erling, V. M, Marti-na, S., Ed. *Ad Seres et Tungusos: Festschrift für Martin Gimm*, Wiesbaden: Harrassowitz Verlag, 2000, pp. 55—85.

Hrdicka, Z., "Old Chinese Ballads to the Accompaniment of the Big Drum", *Archiv Orientalni* 25(1957), pp. 83—145.

Hrdlickova, V., "The Professional training of Chinese Story-Tellers and the Story-tellers's Guilds", *Archiv Orientalni* 33(1965), pp. 225—248.

Hu, S. C., "The Daughter's Vision of the National Crisis: *Tianyuhua* and a Woman's Writer's Construction of the Late Ming", in David, D. W. W., Shang W., Eds., *Dynastic Crisis and Cultural Innovation: From the Late Ming to the Late Qing and Beyond*. Cambridge MA: Harvard University Asia Center, 2005, pp. 200—231.

Hu, S. C., "Unorthodox Female Figures in Zhu Shuxian's Linked Rings of Jade", in Maghiel, V. C., Tian, Y. T., Michel, H., Eds., *Text, Performance, and Gender in Chinese Literature and Music: Essays in Honor of Wilt Idema*. Leiden: Brill, 2009, pp. 311—324.

Hung, C. T., "Reeducating a Blind Storyteller: Han Qixiang and the Chinese Communist Storytelling Campaign", *Modern China* 19 No. 4(1993), pp. 395—426.

Idema, W. L., "Prosimetric Literature." In Nienhauser Jr., William H. Ed. *The Indiana Companion to Traditional Chinese Literature*, Bloomington: Indiana University Press, 1986, pp. 83—92, and Nienhauser, J. R., William H., *The Indiana Companion to Traditional Chinese Literature Volume* 2, Bloomington: Indiana University Press, 1998, pp. 239—242 (additional bibliography).

Idema, W. L., "Guanyin's Parrot, A Chinese Animal Tale and its International Context", in Alfredo, C., Ed., *India, Tibet, China, Genesis and Aspects of Traditional Narrative*, Orientalia Venetiana VII. Firenze: Leo S. OlschkiEditore, 1999, pp. 103—150.

Idema, W. L., *Meng Jiangnü Brings Down the Great Wall: Ten Versions of a Chinese Legend*, With an Essay by Haiyan Lee, Seattle: University of Washington Press, 2008.

Idema, W. L., Personal Salvation and Filial Piety: Two Precious Scroll Narratives of Guanyin and her Acolytes, Honolulu: University of Hawai'i

Press, 2008.

Idema, W. L. *Heroines of Jiangyong: Chinese Narrative Ballads in Women's Script*. Seattle: University of Washington Press, 2009.

Idema, W. L., *Filial Piety and Its Divine Rewards: The Legend of Dong Yong and Weaving Maiden, with Related Texts*, Indianapolis/Cambridge: Hackett, 2009.

Idema, W. L., *The White Snake and her Son: A Translation of The Precious Scroll of Thunder Peak, with Related Texts*, Indianapolis/Cambridge: Hackett, 2009.

Idema, W. L., "Prosimetric and Verse Narrative", in Kang-i Sun Chang and Stephen Owen, Eds., The Cambridge History of Chinese Literature, Vol. II From 1375, ed. By Kang-i Sun Chang. Cambridge: Cambridge University Press, 2010, pp. 343—412.

Idema, W. L., *Judge Bao and the Rule of Law: Eight Ballad-Stories from the Period* 1250—1450, Singapore: World Scientific, 2010.

Idema, W. L., *The Butterfly Lovers: Four Versions of the Legend of Liang Shanbo and Zhu Yingtai*, with Related Texts, Indianapolis/Cambridge: Hackett, 2010.

Idema, W. L., "Four Miao Ballads from Hainan", *Chinoperl Papers* 29 (2010): 143—182.

Idema, W. L., Introd. and trans. "Fourth Sister Zhang Creates Havoc in the Eastern Capital", *Chinoperl Papers* 31(2012): 37—112.

Idema, W. L., main contributor, *Taiwan Literature*, *English Translation Series* Vols. 31—32(2013), Taiwan gezai, pp. 27—176; 225—244.

Idema, W. L., *The Resurrected Skeleton: From Zhuangzi to Lu Xun*, New York: Columbia University Press, 2014. viii+327pp.

Idema, W. L., Passion, Poverty and Travel: Traditional Hakka Songs and Ballads, Hackensack NJ: World Century, 2015.

Idema, W. L., *The Immortal Maiden Equal to Heaven, and other Precious Scrolls from Western Gansu*, Amherst MY: Cambria, 2015.

Idema, W. L., "AnimalsinCourt", *Etudeschinoises* 34(2) (2015), pp. 245—289.

Idema, W. L., "*Narrative daoqing, the Legend of Han Xiangzi, and the Good Life in the Han Xiangzi jiudu Wengong daoqing quanben*", *Daoism: Religion, History and Society* 8(2016), pp. 93—150.

Idema, W. L., Beata, G., *The Red Brush: Writing Women of Imperial China*. Cambridge MA: Harvard University Press, 2004 (contains examples of ballads in women's script from Jiangyong, as well as summaries and excerpts from a number of *tanci* written by women).

Iguchi J., "The Function of Written Texts in Oral Narrative: The Process of Composition in Laoting dagu", *CHINOPERL Papers* 27(2007), pp. 43—59.

Johnson, D., "Mu-lien in *Pao-chüan*. The Performance Context and the Religious Meaning of the *Yu-ming pao-ch'uan*", in David Johnson, Ed., *Ritual and Scripture in Chinese Popular Religion, Five Studies*. Berkeley: Chinese Popular culture Project, 1995, pp. 55—103.

Jones, S., *Ritual and Music of North China, Volume 2: Shaanbei*, Farnham: Ashgate, 2007. Esp. Part Two: "Turning a Blind Ear: Bards of Shaanbei", pp. 29—87.

King, G. O., "Discovery and Restoration of the Text in the Ming Chenghua Collection", *Ming Studies* 20(1985), pp. 21—34.

King, G. O., Trans. *The Story of Hua Guan Suo*, Tempe: Center for Asian Studies, Arizona State University, 1989.

Keulemans, P., *Sound Rising from Paper: Nineteenth-Century Martial Arts Fiction and the Chinese Acoustic Imagination*, Cambridge Mass.: Harvard Univeristy Asia Center, 2014.

Lawson, Francesca R. Sborgi., *The Narrative Arts of Tiānjīn: Between*

Music ad Language, Farnham: Ashgate, 2011.

Lawson, Francesca R. Sborgi., "Music Creating Literature and Literature Creating Music: Luo yusheng's Beijing Drum Song Versions of the Story of Yu Boya ad Zhong Ziqi", *Chinoperl: Journal of Chinese Oral and Performing Literature* 34/2(2015), pp. 115—138.

Lin, Da, "Heluo dagu chuantong dashu xuan(Selected Grand Stories from Heluo Drumsinging): An Attempt to Negotiate between the Fixed and Plastic Aspects of Chinese Traditional Narrative Oral Literature", *CHINOPERL: Journal of Chinese Oral and Performing Literature* 35/2(2016), pp. 134—142.

Liu, Fei-wen, "Narrative, Genre, and Contextuality: The Nüshu-transcribed Liang-Zhu Ballad in Southern China", Asian Ethnology 69 No. 2 (2010), pp. 241—264.

Liu, Fei-wen, Gendered Words: Sentiments and Expression in Changing Rural China, Oxford: Oxford University Press, 2015.

Liu, Wenjia, "The Dawn of 'Free Love': The Negotiation of Women's Roles in Heterosexual Relationships in Tanci *Feng shuang fei*", Frontiers in Literary Studes in China 9－1(2015), pp. 75—103.

Mair Victor H. And Mark Bender, Eds., The Columbia Anthology of Chinese Folk and Popular Literature, New York: Columbia University Press, 2011.

McLaren, Anne E., "Chantefables and the Textual Evolution of the 'San-kuo-chih yen-i'", *T'oung Pao* 81(1985), pp. 51—80.

McLaren, A. E., *Chinese Popular Culture and Ming Chantefables*, Leiden: Brill, 1998.

McLaren, A. E., Performing Grief: Bridal Laments in Rural China, Honolulu: University of Hawai'i Press, 2008.

McLaren, A. E., "Folk Epics from the Lower Yangzi Delta Region: Oral and Written Traditions", in Vibeke Børdahl and Maragaret B. Wan,

Eds., *The Interplay of the Oral and the Written in Chinese Popular Literature*, Copen-hagen: NIAS Press, 2010, pp. 157—186.

McLaren, A. E., "Oral Literature and Print Culture in China: Some Recent Scholarship", East Asian Publishing and Society 1(2011), pp. 74—91.

Needham, Joseph and Liao Hongying, "The Ballad of Meng Jiang nü Weeping at the Great Wall (A Broadsheet from the City God's Temple at Lanchow, Kansu)", *Sinologica* 1(1948), pp. 194—209.

Overmeyer, D. L., *Precious Volumes. An Introduction to Chinese Sectarian Scriptures from the Sixteenth and Seventeenth Centuries*, Cambridge MA: Harvard University Asia Center, 1999.

Pimpaneau, J., *Chanteurs*, *conteurs*, *bateleurs*, Paris: Université Paris 7, Centre de publications Asie Orientale, 1977.

Průsek, J., "Chui-tzŭ-shu-Folk-Songs from Ho-nan", in his Chinese History and Literature, Prague: Academia, 1970, pp. 170—198.

Pu Songling, "The Cold and the Dark; Extracts", Trans. C. D. Alison Bailey and Bonnie McDougall, *Renditions* 70(2008), pp. 65—88.

Qiu Jin, "Excerpts of *Stone of the Jingwei Bird*", in *Writing Women in Modern China*, ed. By Amy Dooling and Kristina M, Torgesen(New York, 1998), pp. 39—78.

Scott, M., Trans., "Three Zidishu on *Jin Ping Mei*, By Han Xiaochuang", *Renditions* 44(1995), 33—65.

Shepherd, Eric, "Singing Dead Tales to Life: Rhetorical Strategies in Shandong Fast Tales", *Journal of Oral Traditions* 26/1(2011), pp. 27—70.

Shi Yukun, *Tales of Magistrate Bao and His Valiant Lieutenants*, *Selections from Sanxia wuyi*, Trans. Susan Blader, Hong Kong: The Chinese University Press, 1998.

Shi Yukun and Yu Yue, *The Seven Heroes and Five Gallants*, Trans. By Song Shouquan, Beijing: Chinese Literature Press, 1997.

Stent, G. C., *The Jade Chaplet in Twenty-four Beads, A Collection of Songs, Ballads, Etc. (from the Chinese)*, London: Trübner and Co., 1874.

Stent, G. C., *Entombed Alive and Other Songs, Ballads, Etc. (from the Chinese)*, London: William H. Allen, 1878.

Stevens, K., "The Slopes of Changban, A Beijing Drumsong in the Liu Style", *Chinoperl Papers* 15(1990), pp. 69—79.

Sun Xiaosu, "Liu Qingti's Canine Rebirth and her Ritual Career as the Heavenly Dog: Recasting Mulian's Mother in Baojuan (Precious Scrolls) Recitation", *Chinoperl: Journal of Chinese Oral and Performing Literature* 35/1(2016), pp. 28—55.

Sung, M. H., *The Narrative Art of Tsai-sheng-yüan: A Feminist Vision in Traditional Chinese Society*, Taipei: CMT Publications, 1994.

Thoms, P. P., *Chinese Courtship, In Verse*, London: Parbury, Allen and Kingsbury, 1824.

Wadley, Stephen A. "The Mixed-Language Verses from the Manchu Dynasty in China", *Papers on Inner Asia* 16(1991), pp. 1—115.

Wan, M. B., "*The Chantefable and the Novel: The Cases of Lümudan and Tianbaotu*", HJAS 64－2(2004), pp. 367—388.

Wan, M. B., "Audiences and Reading Practices for Qing Dynasty Drum Ballads", in Vibeke Børdahl and Margaret B. Wan, Eds., *The Interplay of the Oral and the Written in Chinese Popular Literature*, [Copenhagen:]NIAS Press, 2010, pp. 61—82.

Wan, M. B. "Court Case Ballads: Popular Ideals of Justice in Late Qing and Republican China", in Li Chen and Madeline Zelin, Eds., *Chinese Law: Knowledge, Practice and Transformation*, 1530s to1950s, Leiden and Boston: Brill, 2015, pp. 297—320.

Wang, C. K., "The Tunhuang Versions of the Meng Chiang-nü Story", *Asian Culture Quarterly* 5/4(1977), pp. 67—81.

Wang, C. K., "The Formation of the Early Versions of the Meng Chiang-nü Story", *Tamkang Review* 9(1978), pp. 111—140.

Wang, C. K., "*The Hsiao-shih Meng Chiang Chung-lieh Chen-chieh Hsien-liang Pao-chüan—An Analytical Study*", Asian Cultural Quarterly 7/4 (1979), pp. 46—72.

Wang, C. K., "From Pao-chüan to Ballad: A Study in Literary Adaptation as Exemplified by Two Versions of the Meng Chinag-nü Story", *Asian Culture Quarterly* 9/1(1981), pp. 48—65.

Widmer, E., "The Trouble with Talent: Hou Zhi(1764—1829) and her *Tanci Zaizaotian* of 1828", *Chinese Literature: Essays, Articles, Reviews* 21 (1999), pp. 131—150.

Widmer, E., *The Beauty and the Book: Women and Fiction in Nineteenth-Century China*, Cambridge MA: Harvard University Press, 2006.

Wimsatt, G., Geoffrey C., Trans. *Meng Chiang Nü* (*Chinese Drum Song*), *The Lady of the Long Wall: A Ku Shi or Drum Song from China*. New York: Columbia University Press, 1934.

Yung, B., Eleanor Y., Ed., *Uncle Ng Comes to America: Chinese Narrative Songs of Immigrations and Love*, MCCM Creations, 2014.

Yung S. S., "Mu-yu shu and the Cantonese Popular Singing Arts", *The East Asian Library Journal* 2/1(1987), pp. 16—30.

Zhang Yu, "Writing Her Way through the Legend of Yue Fei: Zhou Yingfang and her *Jingzhong zhuan*", *Frontiers of Literary Studies in China* 9: 2(2015), pp. 281—305.

Zhao, Yingzhi, "Literati Use of Oral or Oral-Related Genres to Talk about History in the Late Ming and Early Qing: From Yang Shen to Jia Fuxi and Gui Zhuang, and from Education (Jiaohua) to Cursing the World (Mashi)", *Chinoperl: Journal of Chinese Oral and Performing Literature* 34/2 (2015), pp. 81—114.

学者和学术史研究

Altenburger, R., "Early French Sinology and the Question of 'Plagiarizing' Re-Translation: The Case of Heinrich Kurz'German Rendition of Huanjian ji", in Wong, Laurence Wang-chi and Bernhard Fuehrer, Eds., *Sinologists as Translators in the Seventeenth to Nineteenth Centuries*, Hong Kong: The Chinese University Press, 2015, pp. 205—244.

Hung, Chang-tai, *Going to the People: Chinese Intellectuals and Folk Literature*, 1918—1937, Cambridge Mass: Harvard University Press, 1985.

Idema, W. L., "English-Language Studies of Precious Scrolls: A Bibliographical Survey", *Chinoperl Papers* 31(2012), pp. 163—176.

Idema, W. L., "Old Tales for New Times: Some Comments on the Cultural Translation of China's Four Great Folk-tales in the Twentieth Century", *Taiwan Journal of East Asian Studies* 9 No. 1(2012), pp. 25—46.

Idema, W. L., "GeorgeCarterStent(1833—1884) as a Translator of Traditional Chinese Popular Literature", forth-coming Lee, Haiyan., "Tears That Crumbled the Great Wall: The Archaeology of Feeling in the May Fourth Folklore Movement", *Journal of Asian Studies* 64/1 (2005), pp. 35—65.

Leung, K. C., "Chinese Courtship: The Huajian ji in English Translation", *Chinoperl Papers* 20 - 22(1997—1999), pp. 269—288.

Liu, L. H., "A Folksong Immortal and Official Popular Culture in Twentieth-Century China", in Judith Zeitlin and Lydia H. Liu, Eds., *Writing and Materiality in China*, Cambridge MA: Harvard University Press, 2003, pp. 553—609.

Sieber, P., "Location, Location, Location: Peter Perring Thoms (1790—1855), Cantonese Localism, and the Genesis of Literary Translation from the Chinese", in Wong, Laurence Wang-chi and Bernhard Fuehrer, Eds., Sinologists as Translators in the Seventeenth to Nineteenth Centuries,

Hong Kong: The Chinese University Press, 2015, pp. 127—168.

（伊维德撰，张煜等译）

第二节　宝卷研究的英文文献综述

郑振铎于1927年在《中国文学研究》上发表的《佛曲叙录》可谓是现代宝卷研究之开端。这篇文章除简单涉及一些变文以外，还较为详细地介绍了36种宝卷。在其1938年出版的《中国俗文学史》一书中，郑振铎单列一章专门介绍宝卷。此章中，他罗列了他所能见到的各种宝卷的名目，并引用大量宝卷原文说明其观点。[①] 20世纪30年代，宝卷是"中研院"收藏的俗文学系列之一，1949年以后这批宝卷由大陆搬迁到台湾，目前藏于台北"中研院"史语所的傅斯年图书馆内。20世纪50年代，中国有关宝卷的研究基本限于整理编目。这时期出版的作品有傅惜华著《宝卷总录》(1951)，胡士莹著《弹词宝卷书目》(1957)，以及李世瑜著《宝卷综录》(1960)。傅惜华与胡士莹都是俗文学研究领域杰出的学者。李世瑜的华北民间宗教(教派)的研究也涉及"宝卷"，他将这部分研究成果发表于《现在华北秘密宗教》(1948)。[②] 1949年后的30年间，受政治影响，

① 参见白若思(Rostislav Berezkin)的论文《郑振铎对宝卷研究的贡献：宝卷文体的起源与其早期历史的问题》[Zheng Zhenduo's Contribution to the Study of Baojuan (Precious Scrolls): Problems of the Origin and Early History of the Genre. Book of Papers of 3rd International Scientific Conference "Issues of Far Eastern Litterateurs". Saint-Petersburg, June 24—28, 2008 (Saint-Petersburg University Press, 2008), Vol. 1, pp. 9—19]。

② 李世瑜也可被视为中国首位专门从事宝卷研究的学者。有关其生平和作品的研究参见倪钟之《论李世瑜先生的宝卷研究》,《民俗研究》12(2011)：第105—113页。早期宝卷研究者主要是从俗文学的角度来研究宝卷，而李世瑜则一直都是从民间宗教学的角度来研究宝卷。他在读研究生期间的一位导师是来自比利时的传教士贺登嵩(Willem A. Grootaers)。贺登嵩不仅是一名优秀的语言学家，他还发表了大量有关中国华北地区民间宗教研究的著述。贺登嵩对于民间教派研究的兴趣体现在他有关30种"一贯道"经卷概述的论文中。参见《现代秘密社团"一贯道"：文献注释》，发表于《民俗研究》[Une société secrète modern I-kuan-tao. Bibliographie annotée" in Folklore Studies, 5(1946): 316—352]。

对于和民间宗教有着千丝万缕的联系的宝卷研究也曾一度中断。但需要指出的是，在此期间，陈汝衡在其所著《说书史话》（1958 年，第 123—129 页）中将宝卷作为说唱文学的一种进行讨论。

20 世纪 50、60 年代，日本学者对于宝卷的研究仍在继续。早在 60 年代，酒井忠夫在其名著《中国善书研究》（第 437—485 页）中专门用一个章节来讨论明代的宝卷和民间教派。不过在此领域最重要的日本学者当属泽田瑞穗。泽田瑞穗发表了大量有关中国各种俗文学体裁的论著。他在宝卷研究方面最重要的贡献就是其 1963 年出版的《宝卷研究》。此书的增订版《增补宝卷研究》是 1975 年出版的。在此书第一部分，泽田瑞穗介绍了 300 多种宝卷，并且对每一种宝卷都提供了详细的内容提要以及有关作者和刊刻等方面的信息。第二部分用一系列文章探讨了 16、17 世纪各种新兴民间教派以及他们编制的用来宣传教义的宝卷——泽田瑞穗的这项论著成为后来海外宝卷研究者的主要参考依据。[①] 另一位在宝卷研究方面建树颇多的日本学者就是吉冈义丰。这位学者不仅考证了《金刚科仪》（常被视为现存最早的宝卷）的成书年代，他还在《道教研究》（1971 年，第 4 期）中影印了 1773 年刊印的《香山宝卷》，并将其与 19 世纪以来通行的“简集本”《香山宝卷》进行对比（18 世纪刊本的影印本和其相关研究论文重刊于《吉冈义丰著作集》，1989 年，第 4 卷，第 242—404 页）。[②] 21 世纪早期，日本早稻田大学由古屋昭弘领导的一批学者组成了说唱文学研究班，他们影印了一些石印本宝卷作品，并附现代排字印刷本、注释以及相关研究论述。这一系列包括《乌金宝卷：影印翻字注释》（2003 年）和《梅花戒宝卷：影印翻字注释》（2004 年）。[③]

① 当时驻日本的法国汉学家苏运鸣（Michel Soymié）在《道教研究》发表了《〈血盆经〉资料研究》，1965 年，第 1 期，第 109—166 页。在文中，他不仅简单介绍了《混元红阳血湖宝忏》，第 125—127 页，同时还概述了另外一些宝卷中对于血湖的描述，第 148—155 页。

② 前川亨：《禅宗史的终结与宝卷的生成—以〈销释金刚科仪〉与〈香山宝卷〉为中心》，《东洋文化》，东京大学，2003 年，第 83 期，第 231—265 页。此文讨论了 13 世纪在禅宗衰退背景下宝卷的出现。

③ 这两部作品都属于后期宝卷代表作，且仅存 20 世纪初期的石印本。古屋昭弘等学者主要关注这两部作品对苏州和绍兴方言的使用。

20世纪80年代以后，由于新一代学者对包括民间宗教在内的“台湾的中国文化”研究产生兴趣，宝卷研究开始在中国台湾地区复苏。在大陆，由于学者注意到宝卷演出依然在一些地区流行（比如甘肃西部和吴方言地区），宝卷研究在80年代再次受到关注，这也催生了90年代更多宝卷研究论著的陆续发表。近年来，受到国家保护和发展中国“非物质文化遗产”政策的影响，宝卷在中国受到更多关注。

一、早期宝卷研究的英文文献

东亚以外地区的宝卷研究发展较为缓慢。英国传教士艾约瑟（Joseph Edkins）可能算是西方最早关注到宝卷的人。他于1858年1月13日在英国皇家亚洲学会（香港分会）发表了一篇有关“无为教”的演讲。这篇演讲稿后来发表于第六期的《皇家亚洲学会中国分会学报》（Transactions of the Chinese Branch of the Royal Asiatic Society）。[①] 艾约瑟注意到兴盛于沿海省份的罗教，所以他以《罗祖出世退番兵宝卷》为基础论述了教派的起源。[②] 这部罗祖出身传说（根据艾约瑟的摘要）叙述了罗祖用神通击退番兵后反招来杀身之祸并身陷囹圄，向君王呈上“五部六册”后才得以免罪的故事。后来，罗祖在朝堂上又与七个番僧舌战，用其“无为大法”回答提问并最终征服了番僧，使其尽皆皈依。于是君王下令开造印版，将“五部六册”颁行天下。艾约瑟的论著出版后，其他传教士也偶尔会提及“无为教”和其他教派。[③] 义和团运动中，很多地方的基督教教徒遭到屠杀。此时，荷兰的汉学家高延（Jan Jakob Maria de Groot）详细考

① 此文后又以“无为教，一个改良过的佛教教派”为题重刊，见“Notice of the Wu-wei-kiau, a Reformed Buddhist Sect” in Chinese Buddhism: A Volume of Sketches, Historical, Descriptive, and Critical. London: Kegan Paul, Trench, Triibner and Co. 1880,371—379。

② 见于《太上祖师三世因由总录》，收入王见川、林万传编《明清民间宗教经卷文献》第6册，新文丰出版公司，1999年。此信息由田海（Barend ter Haar）提供。

③ 田海（Barend ter Haar）即将发表的专著《实践经文：晚期帝制中国的佛教居士运动》，便是以“无为教”为主题［Practicing Scripture: A Lay Buddhist Movement in Late Imperial China (Honolulu: University of Hawai'i Press, December 2014)］。

察了中国各时期的宗教迫害，特别是清政府时期对于各种新兴教派的镇压，以此挑战当时西方对于中国存有"官方和人民都持有宗教宽容"①的这一认识。其研究成果便是，高延著《中国的宗派主义和宗教迫害：宗教史之一页》[Sectarianism and Religious Persecution in China: A Page in the History of Religions. 2 vols. Verhandelingen der Koninklijke Akademie van Wetenschappen. Afdeeling Letterkunde, Nieuwe reeks, deel 4, no. 1—2, (Amsterdam, J. Muller, 1903)]。此书中，高延根据他于19世纪80年代后期在福建地区做有关宗教的田野调查时收集的丰富资料详细论述了"先天教"（第176—196页）和"龙华教"（第197—241页）。虽然高延在书中引用了大量他所收集到的文本（附中文引文），但他较少提及这些文本的名称。②

二、宗教研究与宝卷

20世纪初始，西方汉学研究的重心主要是上古时期，二战以后才转向明清时期的俗文学。不过欧洲和美国拥有丰富宝卷收藏的机构极少，且20世纪50、60年代的学术侧重于精英文化而不是通俗文化的研究。③后来状况有所改观，因为有更多的西方学者开始将文本研究与在新加坡、中国香港和台湾地区进行田野调查的结果相结合。他们在当地发现了各种小册子、经卷，其中也不乏那些不曾被学者重视却对当地信徒而言相当重要的宝卷文本。比如，早在1963年人类学家马乔里·托普莱（Marjorie

① 高延（J. J. M. de Groot），Sectarianism and religious persecution in China: A Page in the History of Religions, vol. 1,（Amsterdam: Johannes Muller, 1903）p. 1.

② 有关"先天教"的章节中有艾约瑟1858年发表的那篇演讲的摘要。

③ 俄罗斯的汉学研究不在此篇文章讨论范围之内，但这里有必要提及一些重要论著。李福清（Boris L. Riftin）在1950年代收集到一些孟姜女宝卷的资料，相关论述见《万里长城的传说与中国民间文学的体裁问题》（Skazanie o Velikoĭ stene i problema zhanra v kitažskom fol'klore, Moskva: Izd-vo vostochnoi lit-ry, 1961, pp. 144—179）。此篇的删节本中译文收录于李福清《中国神话故事论集》，马昌仪编，台北学生书局，1991年，第317—340页。司徒洛娃（Elvira S. Stulova）曾将黄天教的经卷《普明宝卷》（1599）介绍翻译成俄文，参见Baoczjuan' o Pu-Mine, faksimile, Moskva:"Nauka," Glav. red. vostochnoĭ lit-ry, 1979。这篇俄洋文还附保存在俄罗斯的这部稀见《普明宝卷》的复制本。

Topley)就关注到新加坡和马来西亚宗教团体的宗派经卷,其论述《先天大道:一个中国的秘密宗教教派》发表在《亚非学院院刊》上["The Great Way of Former Heaven: a Group of Chinese Secret Religious Sects", *Bulletin of the School of Oriental and African Studies*, 1963, 26, no. 2: 362—392]。

西方宝卷研究的领军人物是欧大年(Daniel L. Overmyer)教授。他所著的《中国民间宗教教派研究》[*Folk Buddhist Religion: Dissenting Sects in Late Traditional China*(Cambridge MA: Harvard University Press, 1976)]是继荷兰汉学家高延的作品后,西方首部系统介绍晚明清初时期新兴教派的论著。[①] 此项研究的第一手资料即是宝卷,作者在书中也大量引用了宝卷原文,有关宝卷的文体特征的论述见第176—186页。欧大年的第二本专著是与焦戴维(David K. Jordan)合著的《飞鸾:中国民间教派面面观》[*The Flying Phoenix: Aspects of Chinese Sectarianism in Taiwan*(Princeton: Princeton University Press, 1986)]。[②] 在此书中,欧教授主要讨论的是以"扶乩"为中心的拜鸾团体。欧教授的第三本专著还是回到了宝卷研究上,见其《宝卷:十六至十七世纪中国宗教经卷导论》[*Precious Volumes: An Introduction to Chinese Sectarian Scriptures from the Sixteenth and Seventeenth Centuries*(Cambridge MA: Harvard University Asia Center, 1999)]。[③] 如此书副标题所示,作者在书中主要论述的是产生于15至17世纪之间的民间教派宝卷,而并没有讨论"非教派"宝卷。这类"非教派"宝卷的数量从18世纪后半叶开始大量激增,并且在20世纪初由于上海石印出版业的繁荣而得以在中国各地广泛传播。[④] 此书第一章

① 中译本见刘心勇译《中国民间宗教教派研究》,上海古籍出版社,1993年。

② 中译本见周育民译《飞鸾:中国民间教派面面观》,香港中文大学出版社,2005年。

③ 中译本见马睿译《宝卷:十六至十七世纪中国宗教经卷导论》,中央编译出版社,2012年。

④ 白若思(Rostislav Berezkin)《上海二十世纪十至二十年代石印出版业的发展与宝卷文学形式的变迁:出版业与中国俗文学发展的关系》[The Lithographic Printing and the Development of Baojuan Genre in Shanghai in the 1900—1920s: on the question of the interaction of print technology and popular literature in China (preliminary observations)]。此文讨论的是20世纪前期商业出版社印刷的、便于读者阅读的石印宝卷。白若思也指出,当时新产生的一些宝卷模仿代言体弹词里的"起角色",区分刻画人物。

论述了产生于元代甚至更早时期的宝卷作品，例如，《金刚经科仪》（第34—38页），《香山宝卷》（第38—46页）以及《目连救母出离地狱生天宝卷》（第46—47页）。[①] 第二章“早期范本：十五世纪文本《皇极宝卷》中救赎的官僚性”（第51—91页）主要分析了《皇极宝卷》，也是已知最早以“宝卷”命名的教派经卷（15世纪早期）。[②] 第三章“罗清所撰无为教教派经卷”介绍了无为老祖罗清（1443—1527）和他的“五部六册”。第四章“1523年的《九莲宝卷》”（第136—177页）论述一个佚名文本，欧教授将其视为《皇极宝卷》的延续。在对个别文本做深度分析后，接下来的两章则将一系列材料做总体分析，分别为，“十六世纪后期宝卷的主题”（第178—215页）和“十七世纪的宝卷”（第216—247页）。第七章“《龙华经》”再次回到对个别文本的分析。最后一章为“结语”。

因为欧大年教授是比较宗教学研究者，所以他主要的研究兴趣在于这些教派经卷的内容，而不在经卷的表演或是文学性。他在书中使用大量的引文来支持其观点，这有助于读者对他所谈及文本的内容和形式形成一个清晰的认识。欧大年对于文本内容的强调在他数年发表的论文中也可窥见一斑。例如，发表于《哈佛亚洲研究学报》的《中国民间宗教文学之对君主与国家的态度：十六、十七世纪的宝卷》［“Attitudes Toward the Ruler and the State in Chinese Popular Religious Literature：Sixteenth and Seventeenth Century Pao-chuan”, *Harvard Journal of Asiatic Studies* 44（1984）：347—379］，收录于《晚期帝制中国的俗文化》的《教派文学作品的价值：明清宝卷》［“Values in Sectarian Literature：Ming and Ch'ing Pao-

① 在此我想强调的是，从16世纪的《金瓶梅》和17世纪丁耀亢的《续金瓶梅》里有关宣卷的描述来看，此类“非教派”宝卷在16世纪和17世纪继续流行。

② 也参见欧大年、李世瑜的论文《中国最早的教派经卷〈佛说黄极宝卷〉》，刊登于《中国宗教学刊》［Daniel L. Overmyer and Thomas Li Shiyu, The Oldest Chinese Sectarian Scripture, The Precious Volume, Expounded by the Buddha, on the Results of (the Teaching of) The Imperial Ultimate (Period) (Fo-shuo Huang-chi chieh-kuo pao-chuan, Pub. 1430), *Journal of Chinese Religions* 20(1992)：17—31］。欧大年认定此宝卷的成书年代受到其他一些学者的质疑。包括欧大年此篇论文的合作者李世瑜后来也否定1430年。李世瑜认为宝卷作为一种文体的确立应该以16世纪早期罗清的“五部六册”为标志。

chuan" in Popular Culture in Late Imperial China, Ed. By David Johnson a. o. Berkeley: University of California Press, 1985],收录于《北京至贝拿勒斯:佛教与中国宗教论文集一庆祝冉云华教授荣退》的《中国宗教中的妇女:屈服、斗争、超越》["Women in Chinese Religions: Submission, Struggle, Transcendence" in From Beijing to Benares: Essays on Buddhism and Chinese Religion in Honor of Prof. *Jan Yun-hua*. Ed. by Koichi Shinohara and Gregory Schopen, Oakville: Mosaic Press, 1991, pp. 91—120],①以及收录于《东亚之国家、公民社会与公共空间》的《社会学视角下的十五、十六世纪的中国教派经卷》["Social Perspectives in Chinese Sectarian Scriptures from the Fifteenth and Sixteenth Centuries" in État, société civile et sphère publique en Asie de l'Est, Ed. by Charles le Blanc and Alain Rocher (Montréal: Centre d' Études de l' Asie del' Est, Université de Montréal, 1998) pp. 7—35]。欧大年教授的著作列表(截至2008年)见那原道(Randall L. Nadeau),《回顾欧大年对中国宗教研究的贡献》(A Critical Review of Daniel Overmyer's Contribution to the Study of Chinese Religion),收录于《人与道:中国宗教之新研究一庆祝欧大年教授荣退》[The People and the Dao: New Studies in Chinese Religions in Honour of Daniel L. Overmyer, Edited by Philip Clart and Paul Crowe (Nettetal: Institute Monumenta Serica, 2009), pp. 23—35]。

近年来,欧大年教授致力于对中国北方乡村的寺庙和庙会活动的研究,参见其专著《二十世纪中国北方的地方宗教:小区宗教仪式与信仰的结构和组织》[Local Religion in North China in the Twentieth Century: The Structure and Organization of Community Rituals and Beliefs, (Leiden: Brill, 2009)]。其中一则个案研究关注的是定州北齐村里规模相当大的韩祖庙。韩祖也就是"红阳教"教主韩飘高(卒于1598年),他也为"红阳教"

① 可对照参考管佩达(Beata Grant)的论文《清代文学中女性宗教经验范式》(Patterns of Female Religious Experience in Qing Dynasty Literature),发表于《中国宗教学刊》(Journal of Chinese Religions) 23(1995):第29—58页。此文也涉及相当多的宝卷文学。

编制了一些宝卷。虽然当地村干部知道韩祖庙与教派之间的联系，并且还保存了教主编制的一些宝卷，但“对于普通信众而言，他只是当地的一位保护神”（第 159 页）。借鉴学者杜博思（T. D. Dubois）所著《神圣的村庄：华北平原的社会变迁与宗教生活》[The Sacred Village：Social Change and Religious Life in Rural North China（Honolulu：University of Hawai'i Press，2005）]的研究，欧大年教授在他书中概述了宗派团体向地方小区的转变（第 181—183 页）。[①] 如果说宝卷在北齐村的地位不算显著，那么它在北京以南的南高洛村村民的宗教仪式和音乐活动中占有突出的位置，参见民族音乐学家钟思第（Stephen Jones）的专著《采风：新旧中国的民间艺人生活》[Plucking the Wind：Lives of Village Musicians in Old and New China（Leiden：Chime Foundation，2004）]。书中所涉及的一些宝卷，例如《后土宝卷》《白衣宝卷》《地藏宝卷》存有 18 世纪的抄本。钟思第教授强调了这些抄本作为演出台本的特性。钟思第教授在书中只罗列了少量宝卷名目，这与目前在甘肃西部和江苏南部地区收集记录的大量宝卷名目形成鲜明对比。[②]

欧大年教授的一些学生也致力于宝卷研究，其中一位是那原道（Randall L. Nadeau）。他在加拿大英属哥伦比亚大学博士毕业时提交的论文《明代的民间宗派主义：罗清与“无为教”》[Popular Sectarianism in the Ming：Lo Ch' ing and his “Religion of Non-Action”（University of British Columbia，1990）]常被称为是在研究罗清和其著作方面最详尽的专题论文。他发表于《中国宗教学刊》的论文《中国民间宗教文学的文体分类：

① 也可参见范丽珠、欧大年《中国北方农村社会的民间信仰》，上海人民出版社，2013 年。

② 较早介绍甘肃西部宝卷的英文文献参见梅维恒（Victor H. Mair）著《绘画与表演：中国的看图讲故事和它的印度起源》（Painting and Performance：Chinese Picture Recitation and its Indian Genesis. Honolulu：University of Hawai'i Press，1988，pp. 8—13）。中译本见王邦雄、荣新江、钱文忠译《绘画与表演：中国的看图讲故事和它的印度起源》（北京燕山出版社，2000 年），以及 Wei Chiao《甘肃河西走廊地区的民间文学和民间信仰》[Folk Literature and Popular Beliefs in the Ho-hsi Corridor（Kansu Province）]，收录于《民间信仰与中国文化国际研讨会论文集》，汉学研究中心，1994 年，第 181—200 页。

宝卷》[Genre Classifications of Chinese Popular Religious Literature：Pao-chuan，*Journal of Chinese Religions* 21（1993）：121—128]提出令人信服的观点，即不论宝卷其产生年代或形式如何，所有宝卷的演出都是宗教仪式的一部分——这点不仅适用于16、17世纪的教派宝卷，也同样适用于19、20世纪的“非教派”宝卷。①

那原道的另一篇有关宝卷的论文是发表在《中国宗教学刊》上的《宝卷的家庭化：司命灶君宝卷》[The Domestication of Precious Scrolls：The Ssu-ming Tsao-jun pao-chuan，*Journal of Chinese Religion* 22（1996）：23—50]。② 珍妮特·寇尔（Janet Lynn Kerr）曾为《印地安那中国传统文学手册》撰写了一篇介绍“宝卷”的文章[The Indiana Companion to Traditional Chinese Literature，Volume 2，Ed. By William H. Nienhauser，Jr.（Bloomington：Indiana University Press，1998），pp. 117—121]，但不幸的是她过早离世，未能将其博士论文《中国民间宗教文化中的宝卷》[“Precious Scrolls in Chinese Popular Religious Culture，” 2 vols.（University of Chicago，1994）]修订成书出版。③

另一位与欧大年教授一样，长期从事晚明教派主义研究的学者是石汉椿（Richard Hon-Chun Shek）。他于1980年以题为《晚明的宗教与社会：十六、十七世纪中国的宗派主义和流行思潮》（Religion and Society in late Ming：Sectarianism and Popular Thought in Sixteenth and Seventeenth Century China）的论文在加州大学伯克利分校获得博士学位。他在宝卷

① 必须指出的是，作者在写作这篇文章时还无法获得有关当代宝卷表演的丰富资料。姜士彬（David Johnson）的论文《宝卷中的目连：〈幽冥宝传〉的演出场合和宗教意义》也详细介绍了文本资料中有关宝卷演出的记录。此篇论文“Mu-lien in Pao-chuan：The Performance Context and Religious Meaning of the Yii-ming Pao-ch'uan，”收录于《中国民间宗教中的仪式和经卷》（Ritual and Scripture in Chinese Popular Religion：Five Studies，ed. By David Johnson. Berkeley：Chinese Popular Culture Project，1995，pp. 55—103）。

② 有关灶君信仰的综合介绍，参见晁时杰（Robert L. Chard）《灶君的祭祀仪式与经卷》（Rituals and Scriptures of the Stove God），收录于《中国民间宗教中的仪式和经卷》（Ritual and Scripture in Chinese popular Religion：Five Studies，ed. By David Johnson. Berkeley：Chinese Popular Culture Project，1995，pp. 3—54）。

③ 《道教百科全书》中有关宝卷的介绍是由Catherine Bell撰写的，见The Encyclopedia of Taoism，ed. By Fabrizio Pregadio. London：Routledge，2008，pp. 212—215。

研究方面最重要的著作之一便是他那篇注释极为详细的论文《无生老母信仰之历史和伦理》(*Eternal Mother Religion: Its History and Ethics*，与Tetsuro Noguchi 合著)，收录于《晚期帝制中国之异端》[Heterodoxy in Late Imperial China. Ed. By Kwang-Ching Liu and Richard Shek (Honolulu: University of Hawai'i Press, 2004), pp. 241—280]。石汉椿教授其他有关宝卷的论著还有《太平盛世无叛乱：中国北方的黄天道》，发表于《现代中国》["Millenarianism without Rebellion: the Huangtian Dao in North China." *Modem China* 8, no. 3 (July 1982): 305—336]，以及《晚期帝制中国宗派主义中的道教元素》，收录于《亚洲历史上的千禧年主义》["Daoist Elements in Late Imperial Chinese Sectarianism." In Millenarianism in Asian History, ed. Ishii Yoneo (Tokyo: Institute for the Study of the Languages and Cultures of Asia and Africa, 1993, 117—142)]。

三、社会历史与宝卷

另一批在其研究中涉及教派宗教和教派经卷的学者是研究明清社会史的历史学家。韩书瑞(Susan Naquin)教授便是其中一位。从她的专著《山东叛乱：1774 年王伦起义》[Shantung Rebellion: The Wang Lun Uprising of 1774 (New Haven: Yale University Press, 1981)]来看，王伦和他的信众似乎并无经卷可依。① 不过，她在另一本书《千年末世之乱：1813 年八卦教起义》[Millenarian Rebellion in China: The Eight Trigrams Uprising of 1813 (New Haven: Yale University Press, 1976)]中大量引用黄育楩《破邪详辩》里的教派经卷来力图重现教徒们的信仰。② 韩书瑞教授在《白莲教在晚期帝制中国的传播》这篇论文里讨论了经卷(包含宝卷)在明清教派传播中所起的作用["The Transmission of White Lotus

① 中译本见刘平、唐雁超译《山东叛乱：1774 年王伦起义》，江苏人民出版社，2008 年。

② 中译本见陈仲丹译《千年末世之乱：1813 八卦教起义》，江苏人民出版社，2010 年。

Sectarianism in Late Imperial China" in Popular Culture in Late Imperial China, edited by David Johnson a. o. (Berkeley: University of California Press, 1985), pp. 255—291]。韩书瑞教授还与李世瑜教授合作撰写了一篇论文《保明寺：明清中国的宗教与君权》发表在《哈佛亚洲研究学报》上["The Baoming Temple: Religion and the Throne in Ming and Qing China," *Harvard Journal of Asiatic Studies* 48 (1988): 131—188]。在这篇长文中作者谈到了16世纪晚期年轻的女尼归圆在保明寺编制的五个宝卷作品以及后来依托这些宝卷的"大乘教"的历史。

另外一位在此值得一提的社会史学家是姜士彬(David Johnson)教授。他在20世纪80年代后期开始致力于中国俗文化的研究,他当时是加州大学伯克利分校"中国俗文化计划"(Chinese Popular Culture Project)的创办人之一。这个项目出版的第一本书是《宗教仪式戏曲及戏剧式的宗教仪式：中国民间文化中的"目连救母"——目连戏国际研究工作坊论文集》(另附管佩达著"黄氏女"研究)[Ritual Opera, Operatic Ritual:"mu-lien Rescues his Mother" in Chinese Popular Culture. Papers from the International Workshop on the Mu-lien Operas with an Additional Contribution on the Woman Huang Legend by Beata Grant(Berkeley, CPCP, 1989)]。

这本论文集中,沈雅礼(Gary Seaman)在其论文《台湾埔里的目连戏》(第155—190页)中谈到台湾中部的宗教仪式专家所使用的宝卷(以及戏曲演出)。管佩达(Beat Grant)在此书中的长篇论文《黄氏女的精神史诗：从不洁到净化》(第224—311页)详细描述了黄氏女故事的发展历史轨迹,涉及戏曲和很多种说唱文学作品。此论文有关宝卷作品中的黄氏女故事的论述(第227—236页)始于一段对16世纪小说《金瓶梅》第74回中宣《黄氏女卷》描写的论述。① 此外,管佩达还将一个19世纪晚期有关黄氏女故事的说唱文本《黄氏女对金刚》翻译成英文,收录于管佩达、

① 此回的英文翻译参见David Tod Roy(芮效卫)译。The Plum in the Golden Vase or Chin P'ing Mei, vol. 4: The Climax Princeton: Princeton University Press, 2011, pp. 420—455.

伊维德合著《逃离血湖地狱：目连与黄氏女的传说》[Beata Grant and Wilt Idema, Escape from Blood Pond Hell: The Tales of Mulian and Woman Huang (Seattle: University of Washington Press, 2011), pp. 147—229]。虽然这个文本不能算作宝卷,但它却显示出与民间教派之间的密切联系。

四、目 连 宝 卷

在“中国俗文化计划”中出版的第三本书《中国民间宗教中仪式和经卷》[Ritual and Sjripture in Chinese Popular Religion: Five Studies (Berkeley, CPCP, 1995)]中,姜士彬又贡献了一篇有关目连宝卷的重要论文,即《宝卷中的目连:〈幽冥宝传〉的演出场合和宗教意义》(第55—103页)。这篇论文详细讨论了一部19世纪似乎在中国北方十分流行的宝卷。而那时在江南地区流传甚广的一部目连宝卷则是《目连三世宝卷》。柏睿晨(Rudiger Breuer)发表在《波鸿大学东亚研究年鉴》上的论文《〈目连三世宝卷〉:一个综合情节体系中表演文体和传统价值的互动》["The Mulian Sanshi Baojuan (Precious Volume on Maudgaly ā yana's Three Life-Cycles): Interplay of Performative Genres and Traditional Values within a Complex Plot System," *Bochumer Jahrbuch zur Ostasienforschung* 33(2009): 143—168]对《目连三世宝卷》做了详细介绍。白若思(Rostislav Berezkin)发表于《清史问题》的论文《历史资料在宗教说故事中的转变:〈目连三世救母宝卷〉中的黄巢故事》讨论了目连转世成为暴虐、反叛的黄巢之事["The Transformation of Historical Materials in Religious Storytelling: The Story of Huang Chao in the Baojuan of Mulian Rescuing His Mother in Three Rebirths," *Late Imperial China* 34. 2 (2013): 83—133]。①

① Sufen Sophia Lai 的论文《父升天堂,母下地狱:性别政治与目连母亲形象的创作与转变》也简单涉及了《目连三世宝卷》,收录于《存在与表现:中国文学传统中的女性》[Father in Heaven, Mother in Hell: Gender Politics and the Creation and Transformations of Mulian's Mother, in Presence and Presentation: Women in the Chinese Literati Tradition, ed. By Sherry J. Mou (New York: St. Martin's Press, 1999), pp. 187—213, esp. pp. 197—198]。

《目连三世宝卷》的完整英译本是由伊维德(Wilt L. Idema)翻译,见于管佩达、伊维德合著《逃离血湖地狱:目连与黄氏女的传说》[Escape from Blood Pond Hell: The Tales of Mulian and Woman Huang (Seattle: University of Washington Press, 2011) pp. 35—145]。

白若思的博士论文《目连故事在宝卷文学中的演变(14至19世纪)以及宝卷文体的发展》论述了元代[①]至当代的宝卷作品对目连故事的改编["The Development of the Mulian Story in Baojuan Texts (14th—19th Century) in Connection with the Evolution of the Genre," Ph. D. dissertation, University of Pennsylvania, 2010]。白若思的论文不仅参考了中文、日文和英文文献,他还利用了一些俄语数据和俄罗斯境内图书馆所保存的中文古籍善本进行研究。[②]

白若思发表在《中国演唱文艺》上的论文,《一部保存于俄罗斯的早期目连宝卷写本及其历史地位》介绍了一部1440年的《目犍连尊者救母出离地狱生天宝卷》(现存两册)["A Rare Early Manuscript of the Mulian Story in the Baojuan (Precious Scroll) Genre Preserved in Russia, and its Place in the History of the Genre," CHINOPERL: *Journal of Chinese Oral and Performing Literature* 32-2 (December 2013): 109—131]。虽然这部写绘精致的抄本比元代写本《目连救母出离地狱生天宝卷》要晚,但保存的内容稍多。

五、有关观音和妙善的宝卷

在清代流通最广的宝卷之一就是《香山宝卷》。这部宝卷讲述了妙

① 有关目连故事在宋元时期的发展和已知最早的目连宝卷作品,参见日本学者吉川良和的论文《〈救母経〉と〈救母宝巻〉の目連物に関する説唱芸能的試論》,刊于《一桥大学研究年报/社会学研究》41(2003):第61—135页。这篇文章附录《目连救母出离地狱生天宝卷》的现代点校本,见124—133页。还可参见吉川良和的另一篇论文《〈救母経〉と〈生天宝卷〉の成書年代商榷》,刊于《人文研究:神奈川大学人文学会志》155(2005):第9—43页。

② 论著《宝卷文献在中国文化中的作用:以〈目连三世宝卷〉为例》(俄文)已由圣彼得堡东方学研究中心出版社出版,参见 Dragotsennye svitki (baotszuan') v duhovnoi culture Kitaia: na primere Baotszuan' o treh voplossheniiah Muliania, Saint-Petersburg Center for Oriental Studies。

善公主得道成为千手千眼观音菩萨的故事。虽然此卷的序言说此宝卷作于1103年,但学者们大多并不认可这个成书年代。虽然此卷的名称在15世纪晚期的文献中已被提及,但现存最早的版本来自18和19世纪。"繁本"的《香山宝卷》和其"简集本"都有所流通。如前文所述,日本学者吉冈义丰对这两个版本做了详细对比研究。最近,白若思和李福清合著的论文,《已知最早的〈香山宝卷〉版本及宝卷与佛教布道的联系》发表在《通报》上["The Earliest Known Edition of the *Precious Scroll of Incense Mountain* and the Connections Between Precious Scrolls and Buddhist Preaching," T'oung Pao 99 (2013): 445—499]。这篇论文论述了一个1772年在越南印制的《香山宝卷》,此刊本重新刊印了17世纪早期在南京刊刻的《香山宝卷》版本。① 越南重刊本(原版在南京刊印)的《香山宝卷》与在中国通行的《香山宝卷》所叙述的故事情节一致,但文字上有所不同,且篇幅比通行版本要短很多。白若思和李福清特别指出,越南重刊本成段引入《妙法莲花经·普门品》的内容,这种引入经文的形式类可见于《金刚科仪》以及其他两种早期宝卷作品。②

英国汉学家杜德桥(Glen Dudbridge)的专著《妙善传说》描绘了妙善传说发展的脉络[The Legend of *Miaoshan* (London: Ithaca Press, 1978)]。③ 此书的修订版由牛津大学出版社于2004年出版。在其1978年的书中,杜德桥教授讨论了两种通行的《香山宝卷》版本,见"宝卷传统的早期发展"(第44—50页/修订版第47—56页)。在"重新解读"这一章里(第68—87页/修订版第82—87页),他探讨了另一个宝卷,即《观音

① 与越南重刊本类似的版本是一个名为《香山救父道场》的抄本(1876年),此抄本见王见川、林万传编《明清民间宗教经卷文献续编》,台北:新文丰出版公司,1999年。

② 还可参见白若思、梅维恒合著论文《靖江地区的观音菩萨宝卷和儒家价值观》,刊于《中国宗教学刊》[Rostislav Berezkin and Victor H, Mair, "The Precious Scrollon Bodhisattva Guanshiyin from Jingjiang and Confucian Values," *Journal of Chinese Religions* 42—1(2014): 1—27]。

③ 中译本见李文彬译《妙善传说——观音菩萨缘起考》,巨流图书公司,1990年。

济度本愿真经》。[①] 这个宝卷是对妙善传说的改写,为"先天大道"教派布道所用。[②] 于君方(Chun-fang Yu)在其有关观音信仰在中国的专著《观音:菩萨的中国化的演变》中用相当大的篇幅专门讨论妙善传说[*Kuan-yin: The Chinese Transformation of Avalokitesvara* (New York: Columbia University Press, 2001)],特别是第八章"妙善公主与观音的女性化"(第293—350页)。杜德桥和于君方两位教授都在他们的书中强调了妙善传说中观音作为地狱众生救度者的角色。于君方教授还在第11章"观音老母:观音与明清的民间新兴教派"中论述了明清时期的民间教派作品(第449—486页)。她还介绍了三部将观音刻画为"观音老母"的宝卷作品(第467—477页),这三部作品分别是《销释白衣观音菩萨送婴儿下生宝卷》《救苦救难灵感观世音宝卷》以及《观音释宗日北斗南经》。[③]

也有一些学者从比较文学的角度探讨妙善传说的情节。比如,杜德桥教授就曾将妙善的故事情节与莎士比亚的《李尔王》和一些以固执、反

---

① 容易让人产生混淆的是《观音济度本愿真经》有时也以《香山宝卷》之名流通。早在1897年,荷兰汉学家亨利·包雷(Henri Borel)就在其荷兰语专著《观音:有关神灵和地狱的书》中详述了《观音济度本愿真经》的内容,参见 Kwan Yin, Een boek van de goden en van de hel (Amsterdam: P. N. van Kampen),第15—31页。他概述这个宝卷中有关地狱的描写见第86—106页。

② 这种将著名传说改写为教派布道用宝卷的例子并不鲜见。比如有关晚明教派对孟姜女故事的改写,参见 C. K. Wang 的论文《消释孟姜忠烈贤良宝卷》刊于《亚洲文化季刊》["The Hsiao-shih Meng Chiang Chung-lieh Chen-chieh Hsien-liang Pao-chuan," *Asian Culture Quarterly* 7 No. 4 (1979): 46—72]。又如,赵昕毅(Shin-yi Chao)的论文《〈真武菩萨得道宝卷〉:个案研究明清教派中的真武信仰》。赵教授此文论述如何将真武纳入16世纪教派宗教的神灵系统,并且介绍了一部19世纪的《真武菩萨得道宝卷》,此宝卷述观音为真武的上师。此论文收录于《人与道:中国宗教之新研究一庆祝欧大年教授荣退》["The Precious Volume of Bodhisattva Zhenwu Attaining the Way: A Case Study of the Worship of Zhenwu (Perfected Warrior) in Ming-Qing Sectarian Groups," in The People and the Dao: New Studies in Chinese Religions in Honour of Daniel L. Overmyer, ed. byPhilip Clart and Paul Crowe (Nettetal: Institute Monumenta Serica, 2009), pp. 63—82]。郑振铎在《佛曲叙录》中评价《鹦哥宝卷》中无教派宣教的内容,而伊维德的论文《改头换面的孝鹦哥:小议〈鹦哥宝卷〉》则讨论了此宝卷中所含教派宗教的教义,并将此宝卷与其他非教派布道书的孝鹦哥故事版本作比较(其中也不乏宝卷文本)。此论文发表于《中国宗教学刊》[Wilt L. Idema, "The Filial Parrot in Qing Dynasty Dress: A Short Discussion of the Yingge baojuan (Precious Scroll of the Parrot)," *Journal of Chinese Religions* 30(2002), 77—96]。

③ 于君方此专著的中译本见陈怀宇、姚崇新、林佩莹译《观音:菩萨中国化的演变》,法鼓文化,2009年;商务印书馆,2012年。

叛的小女儿最终慷慨救父为主题的民间故事做比较。伊维德在《中亚与东亚宗教研究学刊》上发表的论文《邪恶的父母与孝顺的儿女：论〈香山宝卷〉及其相关文本》中将《香山宝卷》与法国中世纪女圣徒的传说故事做比较[Evil Parents and Filial Offspring: Some Comments on the Xiangshan baojuan and Related Texts, *Journal of Central and East-Asian Religions* 12—13 (2001—2): 1—41]。此篇论文的修订版也作为"序言"[1]收录于伊维德《自我救赎与孝道：观音与其随侍宝卷两种》[Personal Salvation and Filial Piety: Two Precious Scroll Narratives of Guanyin and her Acolytes (Honolulu: University of Hawai'i Press, 2008)]。这本书收录的是"简集本"《香山宝卷》的英译文以及《善才龙女宝卷》的英译文。[2]

六、宝卷作品的英文翻译

目前尚未有任何民间教派宝卷作品被翻译成英文,但不少清代以来的"叙事性的非教派宝卷"作品已有了英译本。[3] 除了已提及的三部宝卷,即《目连三世宝卷》《香山宝卷》和《善财龙女宝卷》,伊维德还将其他一些宝卷作品翻译成英文出版。例如,《孟姜女哭倒长城：一个传说的十种文本》[Meng Jiangnu brings Down the Great Wall: Ten Versions of a

---

① 这篇序言还吸收了伊维德早先发表的一篇论文《观音的随侍》,收录于《庆祝施舟人教授六十五岁华诞——交联的信仰：中国宗教与传统文化论文集》[Wilt L. Idema, "Guanyin's Acolytes," in Linked Faiths. Essays on Chinese Religions and Traditional Culture in Honour of Kristofer Schipper. Ed. By Jan A. M. De Meyer and Peter M. Engelfriet (Leiden: E. J. Brill, 1999), pp. 25—26]。

② 伊维德也曾将这两种宝卷翻译成荷兰文出版,收录在伊维德著《妙善公主和其他有关大慈大悲观音菩萨的传说》[Wilt L. Idema, Prinses Miaoshan, en andere Chinese legenden van Guanyin, de bodhisattva van barmhartigheid (Amsterdam: Atlas, 2000)]。这本书里还收录了一个荷兰文译本的《提篮宝卷》。这部宝卷讲述的是观音为度人化身为一位美女鱼贩的故事。

③ 参见伊维德著《说唱文学和韵文学》一章,收录于孙康宜、宇文所安编《剑桥中国文学史》[Wilt L. Idema, "Prosimetric and Verse Narrative" in *The Cambridge History of Chinese Literature*. Ed. By Kang-I Sun Chang and Stephen Owen (Cambridge: Cambridge University Press, 2010), Vol. 2, pp. 343—412]。此章中对于宝卷文学的介绍见第 350—354 页和 399—401 页。《剑桥中国文学史》的中译本也在 2013 年由北京三联书店出版。

Chinese Legend (Seattle: University of Washington Press, 2008)]里收录了《孟姜贤女宝卷》(第112—159页)和《孟姜女哭长城宝卷》(第181—213页)的英译本。[①] 前一部宝卷广泛流传于19和20世纪初期的江南和其他地区,而后一部宝卷则在20世纪后期的甘肃西部张掖地区流行。《张四姐闹东京》也是一部流传在甘肃西部武威地区的宝卷,伊维德对这部宝卷的英文翻译发表于《中国演唱文艺》["Fourth Sister Zhang Creates Havoc in the Eastern Capital," *CHINOPERL Papers* 31 (2012): 37—112]。《雷峰宝卷》的英译文见伊维德著《白蛇和她的儿子:英译〈雷峰宝卷〉》和相关文本(第7—84页)[The White Snake and Her Son: A translation of The Precious Scroll of Thunder Peak, with related texts (Indianapolis: Hackett, 2009)]。伊维德著《回生起死的骷髅:从庄子到鲁迅》一书中包含《庄子蝶梦骷髅宝卷》(第220—253页)以及"五部六册"之一的《叹世无为卷》所附"叹世警浮清音之词骷髅二十一首"(第282—292页)的英译文[The Resurrected Skeleton: from Zhuangzi to Lu Xun (New York: Columbia University Press, 2014)]。[②]

更多宝卷作品的英译文参见,梅维恒(Victor H. Mair)与马克·本德尔(Mark Bender)合编《哥伦比亚中国民间俗文学选集》[*The Columbia Anthology of Chinese Folk and Popular Literature* (New York: Columbia University Press, 2011)]。例如有,伊维德译"《沉香宝卷》"[③](第380—405页)以及Qu Liquan与Jonathan Noble合译的靖江地区讲经所用的《三

---

① C. K. Wang有关孟姜女传说的研究论著中也涉及一些孟姜女宝卷,参见他的论文《消释孟姜忠烈贤良宝卷》,刊于《亚洲文化季刊》["The Hsiao-shih Meng Chiang Chung-lieh Chen-chieh Hsien-liang Pao-chuan," *Asian Culture Quarterly* 7 No. 4 (1979): 46—72]。他的另一篇论文《从宝卷到歌谣:对文学改编的研究,以孟姜女故事两种为例》论及宝卷对孟姜女传说的改变,并从一部晚明民间教派对此传说的改写开始谈起["From Pao-chuan to Ballad: A Study in Literary Adaptation as Exemplified by two Versions of the Meng Chiang-nu Story," Asian Culture Quarterly 9 No. 1 (1981): 48—65]。

② 《回生起死的骷髅:从庄子到鲁迅》一书还包含《梁皇宝卷》(1899年)后附"十骷髅"的英译文,见第293—296页。

③ 有关沉香传说的详细论述,参见杜德桥发表于《汉学研究》的论文《华岳三娘和广东木鱼书〈沉香太子〉》[Glen Dudbridge. The Goddess Hua-yueh San-niang and the Cantonese Ballad Ch' en-hsiang T'ai-tzu. Hanxue yanjiu 8 (1990): 627—646]。

茅宝卷》(节选,第 479—502 页)。由晁时杰(Robert L. Chard)翻译的《灶皇宝卷》(节选,第 57—63 页)被收录在狄百瑞(William Theodore de Bary)主编《中国传统数据集:现代篇》[The Precious Scroll of the Lord of the Stove, in Sources of Chinese Tradition: *The Modern Period*, Ed. By William Theodore de Bary (New York: Columbia University Press, 2008)]。

另外,还必须提到芮效卫(David Tod Roy)教授以 16 世纪小说《金瓶梅词话》为底本翻译的五卷英译本 *The Plum in the Golden Vase or Chin P'ing Mei* (Princeton: Princeton University Press), 1993—2013。众所周知,这部小说多处描写了尼姑宣经讲法的演出,也包括宣讲宝卷。英译本第 2 卷《对抗》(The Rivals),第 39 回(第 425—437 页)有一段对"说因果"表演的描写,其中有大段《五祖黄梅宝卷》的摘抄。英译本第 4 卷《高潮》(*The Climax*),第 74 回(第 437—452 页)有宣讲《黄氏女卷》的描述并包含完整卷文内容。第 4 卷(第 402—406 页)还有"讲说佛法",是宣讲五戒禅师的故事。英译本第 3 卷,《春药》(*The Aphrodisiac*),第 51 回(第 402—406 页)描写演颂《金刚科仪》。虽然演出刚开始不久就被打断,但书中还录有开始的内容。①

七、研 究 近 况

过去几十年内,国际宝卷研究的形势变化较大。日本与中国台湾地区的研究继续繁荣发展,而同时中国大陆有关宝卷的出版物数量也增长

① 在书中第 82 回里《红罗宝卷》只是顺便提及。有关《金瓶梅词话》的宝卷演出,陆戴维(David Rolston)在其一篇发表于《中国演唱文艺》上的论文有所涉及,参见《中国传统小说中的口头表演文学:〈金瓶梅词话〉中非现实性的运用和影响》[David Rolston, "Oral Performing Literature in Traditional Chinese Fiction: Nonrealistic Usages in the Jin Ping Mei cihua and Their Influence," *CHINOPERL* Papers 17 (1994): 24—25]。另可参见[David Rolston Imagined (or Perhaps Not) Late Ming Music and Oral Performing Literature in an Imaginary Late Ming Household: The Production and Consumption of Music and Oral Performing Literature by and in the Ximen Family in the Jin Ping Mei cihua (Plum in the Golden Vase), *CHINOPERL* Papers, 33.1 (2014),网络版见 http://mingstudies.arts.ubc.ca/2014/06/26/rolstonpreprint/]。

迅速。[①] 大量重印出版收藏在中国大陆和台湾的宝卷珍品方便了世界各地学者的研究。一些持有宝卷特藏的图书馆,例如美国哈佛燕京图书馆,[②]以及存有泽田瑞穗的宝卷收藏的日本东京早稻田大学,均已经将所藏宝卷数字化,读者可上网查阅。[③] 在中国许多地区,包括河北、山西、甘肃和江苏,19 世纪 80 年代以来宝卷表演就开始复兴,许多当地的宣卷艺人努力修复早年被毁坏的宝卷卷本。最近,很多地方都将当地的宣卷活动申报省级、国家级的"非物质文化遗产",由此收集到的宝卷卷本以及有关宣卷艺人和他们表演的资料带动众多大部头宝卷论著的出版。一个能说明宝卷研究繁荣发展的指标便是我们能获得的宝卷卷目与版本的数量:李世瑜在 1960 年编撰的《宝卷综录》含 500 种宝卷,而车锡伦于 2000 年出版的《中国宝卷总目》一书收录宝卷 1 500 多种,版本 5 000 余种。这个数量将随我们翘首以盼的、由车锡伦教授编著的"总目"的再次修订出版而被刷新。车锡伦教授有关宝卷的论述参见其《中国宝卷研究》(2009 年)。

近年来宝卷研究领域的一个重要转变是中西学者合作项目的增多,比如我们已知的有李世瑜和欧大年以及韩书瑞的合作。另外还有,苏为德(Hubert Seiwert)与马西沙合作的《中国历史上的民间宗教运动和异端邪教》[*Popular Religious Movements and Heterodox Sects in Chinese History*, (Leiden: Brill, 2003)]。越来越多的中国学者也热衷于用英文发表他们的论著,在这里我想举例由马西沙和孟慧英编辑,荷兰莱顿博睿出版社出版的《民间信仰和萨满教》[*Popular Religion and Shamanism* (Leiden: Brill, 2011)]。这本书里收录了马西沙著《罗教的演变和青帮的形成》(The Evolution of the Luo Teaching and the Formation of the Green Gang,

---

① 近年来有一些宝卷研究综述在大陆发表。已知最近的一篇是罗海燕著《多元化解读:21 世纪宝卷研究新态势》,《理论界》480(2013. 8):54—56。

② 哈佛燕京图书馆收藏的宝卷大多数是由已故的韩南(Patrick Hanan)教授于 1950 年代他在中国学习时收集到的,后来捐赠给燕京图书馆。

③ 哈佛燕京图书馆宝卷特藏:http://guides.library.harvard.edu/Chinese;早稻田大学风陵文库:http://www.wul.waseda.ac.jp/kotenseki/furyobunko/hokan.html。

pp. 167—206)；周育明著《一贯道早期历史和其于义和团关系的初探》(A Preliminary Investigation on the Early History of the Way of Penetrating Unity and Its Relationship with the Yihetuan, pp. 293—314)；以及喻松青著《明清时期民间秘密宗教中的妇女》(Women in the Secret Popular Religions of the Ming and Qing Dynasties, pp. 315—338)。另一个变化就是外国学者被允许与中国学者一同合作进行宝卷收集和宣卷表演的田野调查。特别是有关宣卷表演的调查工作极大地增进我们对于宝卷卷本、宣卷艺人、斋主、信众和一般观众的了解。很多日本学者已经充分利用这样良好的研究时机进行了田野调查研究。①

早期论述现代宣卷表演的英文论文有，马克·本德尔发表于《亚洲民俗研究》上的《靖江讲经记录》[Mark Bender, "A Description of Jiangjing (Telling Scriptures) Services in Jingjiang," *Asian Folklore Studies* 60 (2001)：101—133]。近期，白若思发表的这方面的英文论文有，《张家港地区的讲经和中国说故事的历史》["Scripture-telling (Jiangjing) in the Zhangjiagang Area and the History of Chinese Storytelling," *Asia Major* Third Series 24 (2011)：1—42]。《张家港港口镇的庙会讲经，特别关注讲经先生》["An Analysis of, 'Telling Scriptures' (jiangjing) during Temple Festivals in Gangkou (Zhangjiagang), with special attention to the status of the performers", 30 (2011)：25—76]，《现代中国幸存的传统宗教仪式化的表演：以江苏常熟尚湖镇余鼎君的讲经为例》["On the Survival of the Traditional Ritualized Performance Art in Modern China：A Case of Telling Scriptures by Yu Dingjun of Shanghu Town Area of Changshu City in Jiangsu Province," *Minsu quyi* 181 (2013)：167—222]，以及《论历史人物信仰与宝卷的关系：以〈千圣小王宝卷〉为例》["On the Connection of the Cult of

① 他们的研究成果参见，佐藤仁史主编《中国农民的民间艺能：太湖流域社会史口述记录集2》，汲古书院，2011年。这本书除了一系列论文以外，还附有大量中文对宝卷艺人的采访记录和一些宝卷文本的摘录。另一些采访收录于《中国农村的信仰与生活：太湖流域社会史口述记录集》，汲古书院，2008年。对这批日本研究论著的英文书评参见 Rostislav Berezkin, *CHINOPERL Papers* 31(2012)：211—217。

Historical Persons and *Baojuan*: With *Baojuan of Small King of Thousand Sages* as an Example," *Chung Hsing Journal of the Humanities* 50 (2013): 265—293]。①

宝卷业已成为中国宗教、社会史、文学和民族音乐学研究中的重要课题。随着收集到宝卷数量的增加、进行田野调查的可能性增多、国际学术交流合作的扩大和深入以及更多学者加入宝卷研究的行列,宝卷研究的未来将更加光明。欧洲与北美的学者也期待做出更多贡献。*

(伊维德撰,孙晓苏译)

第三节 "世界文学"景观中普适性与地方性

——汉学家伊维德中国宝卷研究路径与伦理身份

在中华民族千年未有之大变局来临之际,中国之世界以"世界文学"的面目首先降临。"世界文学(world literatures)"是具体存在的,在世界不同地域、不同民族,"世界文学"的实践形式多种多样。在古老的东方中国,中国文学与早期欧洲学者之间的阅读、翻译、研究、交流是"世界文学"的重要组成部分。② 深入历史的细部,可以说有多少民族和伦理视角,就有多少种"世界文学"(Saussy 11)。要通过中国思考"世界文学",就绕不过去一个重要概念"汉学"(Sinology)。如果要通过中国发现不一

---

① 另参见白若思《当代江苏南部宣卷与滩簧戏曲关系》,Xiju yanjiu 2013. 6: 57—67。

* 英文初稿"English-Language Studies of Precious Scrolls: A Bibliographical Survey"曾发表于美国学术期刊《中国演唱文艺》(CHINOPERL: Journal of Chinese Oral and Performing Literature, 2012 年,第 31 期,第 163—176 页)。此英文初稿由霍建瑜翻译,以"宝卷的英文研究综述"为题刊登于《山西大学学报》(2012 年,第 35 卷,第 6 期,第 13—19 页)。后又以"宝卷的英文研究: 文献调查"为题收录于霍建瑜编《美国哈佛大学哈佛燕京图书馆藏宝卷汇刊》(广西师范大学出版社,2013 年,第一册,第 5—15 页)。本文是对初稿的补充与修订,并经过重新翻译。

② 参见大卫·丹穆若什《什么是世界文学》"译者序",北京大学出版社,2013 年。

样的“世界文学”，那么生于荷兰达伦，大半生辗转于欧洲大陆、日本、美国哈佛，从事中国文学翻译和传播的汉学家伊维德（Wilt L. Idema）[①]就是一个典型。正如伽达默尔（Hans-Georg Gadamer）所说：“获得一个视域总是意味着我们学会了超越近在咫尺的东西去观看，但这不是为了避而不见这种东西，而是为了在一个更大的整体中按照一个更正确的尺度去更好地观察这种事物。”（Hans-Georg gadamer 304）作为中国文化的翻译和阐释者，伊维德在本土与他者语境间来回穿梭，由此在不同身份选择之间形成互动与张力。作为欧美汉学家的代表，他走过的汉学之路，可说是欧美汉学家的典型路径，这既是特定历史时期汉学家入门的典型路径，又在翻译的文类偏好、研究路径选择上极具身份特色，其中既有普遍性，又有特殊性。本文通过对资料的研究，结合与伊维德本人的学术交往，梳理这一过程，为新世纪中国成为真正“世界文学”的中心提供一个参照视角。

一、欧洲早期的汉学传统

在周宪看来，跨文化研究中对他者文本意义的理解和解释，受到多重语境、历史性、文化间互动以及解释共同体的制约。尽管人文学者的研究常常是个体性的，但是，任何人的研究始终受到解释共同体（interpretive community）的解释规则的制约。在这样的解释共同体中，翻译、阐释、研究活动存在一个解释共同体内部的协商过程，这一过程是历史性的、可交流和可理解的。[②] 因此，对伊维德与欧洲汉学的共有知识的互动路径的形成，有必要放在欧洲汉学的解释共同体内部，寻找坐标定位。

17 世纪之前的欧洲汉学一般被认为是“游记汉学”，到了 17—18 世

① 伊维德教授是笔者国家重大项目“海外藏中国宝卷整理与研究”项目组重要成员。本文的研究是建立在与伊维德教授邮件往来基础上的，论文同时也参考了时贤与伊维德教授的访谈录及伊维德教授的研究论著，在此对伊维德教授的支持帮助深表谢意。

② 参见周宪《文化间的理论旅行：比较文学与跨文化研究论集》，译林出版社，2017 年，第 22—23 页。

纪发展为“传教士汉学”，19 世纪后才出现了学理意义上的“专业汉学”。① 在这三个阶段当中，欧洲汉学研究的对象随着欧中互动的变化而变化。

从“大航海时代”到 19 世纪，随着资本主义的急剧扩张与世界秩序被重塑，欧洲汉学完成了“游记汉学”到“传教士汉学”的转变。早在 7 世纪，就有穆斯林探险家来到中国，陆续出版了中国游记。大约成书于 851 年的《中国与印度游记》(*Travels in China and Inida*)就已经全面介绍了中国的宗教、文化、风俗人情等。13 世纪的《马可·波罗游记》(*The Travels of Marco Polo*, 1997)记录了在中国的风物见闻，游记完成后风靡欧洲，成为中外关系史上的历史性文献。② 17—18 世纪，欧洲学者从这些中国游记中提取素材，掀起了 18 世纪欧洲的中国热，这不仅为日后“专业汉学”的兴起奠定了基础，而且影响了以伏尔泰为代表的“亲华派”的戏剧创作，为此后中国文化在欧洲的传播和交流起到了重要的先导作用。③

初到中国的传教士，为寻求主流社会的认同，一般都和西方汉学史公认的第一个汉学家利玛窦(Matteo Ricci)一样，以中国知识阶层为榜样，希望成为“西儒”。在东西方文化碰撞的时代，传教士群体注定是中西文化的中继站。从文化传统上看，中国文化传统对现世人伦的关切胜过对彼岸灵魂的安顿，这给了传教士群体成为“耶儒”的机会。从时代精神上看，晚明天崩地坼，释家渗入儒家使个性解放和精神自觉成为时代潮流，

① 有关汉学发展阶段划分，可参见张西平《雷慕沙：西方专业汉学第一人》，载《世界历史评论》2019 年第 4 期，第 5 页；张西平《西方游记汉学的奠基之作——〈马可波罗游记〉的历史价值》，载《社会科学论坛》2017 年第 8 期，第 115—122 页；张西平《卜弥格与欧洲专业汉学的兴起——简论卜弥格与雷慕沙的学术连接》，载《国际汉学》2014 年第 1 期，第 107—119、204—205 页；张西平《传教士汉学平议》，载《世界汉学》2006 年第 1 期，第 114—118 页。

② 参见钱林森《论游记在西方汉学中的地位和作用》，载《江苏社会科学》2000 年第 6 期，第 153—159 页。

③ 最早将中国俗文学作品翻译成欧洲语言的是法国的汉学家。18 世纪，欧洲已经出现了中国白话故事、戏剧和小说的法文和英文译本，其中，杂剧是最早被翻译的文本类型之一。1735 年，马若瑟(Joseph de Prémare)就将纪君祥的《赵氏孤儿》译为法文并出版，此后儒莲(Stanislas Julien)又重新翻译了全本的《赵氏孤儿》，并翻译了李行道的《灰阑记》和王实甫的《西厢记》。

这让传教士的理想抱负得以伸展。利玛窦在《天主实义》(1604)中力图证明基督教义是溥天之下的神学,他常重复陆九渊的一句话:“东海西海,心同理同。”不失时机地将自己绘制的《山海舆地全图》(1609)悬挂于起居室中,使得本来以为天下仅有十五省的中国士人群体感到极为震撼,起到了振聋发聩,颠倒众生“世界”观的重要作用。[①] 早期西方人不了解中国的宗教——道教、佛教,对抒情诗、白话小说、散文等不同的文学类型相当陌生,欧洲人只接受合乎理性主义与启蒙主义思想的那一部分中国文化,[②]其中的选择充满了西方东方主义的幻想、欲望和无意识的想象,是西方人的观看或表征(represent)。当然也与中国闭关锁国的外交政策有关,当时中国对传教士研习中国语言文化有极其严格的限制,因此这些传教士汉学家学习研究的资源受限。除了研习中国文化,来中国的传教士也扮演着对东方中国的“启蒙”的伦理角色,小说无疑被看作是深得人心的形式。19 世纪末之前,传教士创作、翻译的且具有鲜明宗教特色的小说,韩南认为最早的一部为米怜(William Milne)所著。最多产的作家要数郭实猎(Karl Gutzlaff)了,他在 19 世纪 30 年代写了七八部小说。但影响最大的传教士小说是李提摩太(Timothy Richard)为贝拉米(Edward Bellamy)的小说《回头看: 2000—1887》(*Looking Backward, 2000—1887*, 1988)所作的摘要。[③] 中国俗文学书籍出口到欧洲的数量在这一时期较少,因此,欧洲的图书馆收藏明清俗文学作品比较晚。“专业汉学”兴起较晚,说唱文学作品的研究起步更晚。

19 世纪的汉学,保持着当时的时代精神和潮流,是一种浪漫式的汉学,含有帝国主义、实证主义及历史主义的思想。身处欧洲本土的汉学研究与传教士汉学旨趣不同,为了熟悉中国人的日常生活,欧洲本土的汉学研究热衷于中国的古代小说和戏曲等俗文学。汉学也因此而客观化,并

---

① 参见卜正民《挣扎的帝国: 元与明》,潘玮琳译,中信出版社,2016 年,第 170—175 页。

② 参见 Gauting Herbert Franke. *Sinologie an Deutschen Universitaeten* (Wiesbaden, 1968)。译文引自《东方杂志》复刊第 20 卷第 8 期。

③ 参见韩南《中国近代小说的兴起》,徐侠译,上海教育出版社,2010 年。

且逐渐成为一门主要的学科。19 世纪后，专业汉学确立，欧洲人可以自由出入中国，汉学家越来越认识到，小说戏曲在中国地位低下。因此，他们逐渐对小说、戏曲等俗文学失去了兴趣。欧洲各大图书馆对俗文学的收藏也日渐失去兴趣。

20 世纪初，欧洲汉学家的主要关注点是中国古典文学和哲学，而中国学者开始将传统白话文引入文学研究，这一研究动态也受到西方学者的关注。二战后，汉学范式发生重要转型，以欧洲为主要研究阵地的"汉学"研究，转变为以美国为首的"中国研究"。近年来，这两种汉学模式互有借鉴、互有融合。

伊维德出生于欧洲早期汉学的摇篮——荷兰。1853 年夏，帕赫德氏（C. F. Pahud）在莱顿大学成立了汉语研究院（Sinological Institute of Leiden），十三年后，该中心的第一届学生施莱格尔（Gustave Schlegel）博士出版了他的成名作《天地会：海外华人秘密结社之研究》（*Thian Ti Hwui: the Hung League Heaven, Earth League, a Secret Society with the Chinese in China and India*, 1866），重点研究了海外华人天地会在组织结构和礼仪规定等方面的问题。[1] 1875 年，施莱格尔博士成为莱顿大学第一位汉学教授。[2]

19 世纪欧洲许多著名的汉学家都曾在莱顿大学学习，莱顿因此成为欧洲汉学早期的重镇。毕业于荷兰莱顿大学，先后在德国海德堡大学、荷兰莱顿大学任教，主要研究中国民间宗教和民间文化史的田海[3]（Barend J. ter Haar）就是其中成绩突出的一位。生于荷兰的伊维德就是在这种变动中的国际汉学环境中，继承了伦理身份，成长为日后在中国俗文学研究

---

① 参见 Gustave Schlegel, *Thian Ti Hwui: the Hung League Heaven, Earth League, a Secret Society with the Chinese in China and India*, Batavia: Lange & Co., 1866.

② 参见刘正《图说汉学史》，广西师范大学出版社，2005 年，第 74—75 页。

③ 田海著作有《中国历史上的白莲教》（The White Lotus Teachings in Chinese Religious History, 1992）、《讲故事：中国历史上的巫术与替罪》（Telling Stories: Witchcraft and Scapegoating in Chinese History, 2006）、《践行经文：中华帝国晚期的世俗佛教运动》（*Practicing Scripture: A Lay Buddhist Movement in Late Imperial China*, 2014）等。

领域最具国际影响力的汉学家。[1] 由于受到日本视域的影响，又伴随着国际汉学中心的迁移，作为叙述者的伊维德，在某种意义上超越了身为欧洲学者的东方主义“帝国之眼”的凝视，他的研究呈现出对世界文学更为丰富的认知。

二、从戏曲到宝卷的汉学路径

追本溯源，伊维德的汉学之路始于美国作家赛珍珠（Pearl S. Buck）的译作《牡丹》（1948 年）和荷兰汉学家、东方学家、翻译家、小说家高罗佩的《大唐狄公案》（2018 年）系列小说。那时赛珍珠刚获得诺贝尔奖，这让年轻的伊维德对中国文化产生了浓厚兴趣。在荷兰莱顿大学完成了本科、硕士及博士学位之后，伊维德到日本北海道大学、京都大学做访问学者（1968—1969 年），跟随京都大学人文科学研究所的田中谦二学习中国的元曲。田中谦二是继青木正儿（Masaru Aoki）之后，日本中国戏剧造诣最深之耆宿。在北海道大学社会学系访学时，伊维德学会了用社会学方法研究文学。近代以来，日本曾经扮演着近代社会变革语词“东渐”和中国文学“西游”的中介角色，这些对他之后的文学研究视域和偏好产生了深刻的影响。

研究生阶段，伊维德对白话叙事文学的兴趣让他走向了“杂剧”“散曲”研究之路，他在中国通俗小说、民间歌谣及女性文学领域发表了许多著述。伊维德的博士论文《中国白话小说：形成期》（*Chinese Vernacular Fiction: The Formative Period*, 1974），主要研究了中国早期的白话小说。他认为话本不一定是说书人的脚本，话本与戏曲、杂剧、小说等都互有影

---

① 包括：伊维德，荷兰汉学家，荷兰皇家艺术和科学院院士；欧大年（Daniel L. Overmyer），主要研究明代新教派的起源，对民间教派文研究著述颇丰，也是研究宝卷最早的欧洲学者之一；另有，荷兰皇家科学院院士，法国高等研究院特级教授，曾任荷兰莱顿大学汉学院院长的施舟人（Kristoffer Schipper），以研究道教闻名，著有《道体论》（1982）、《道藏通考》（2005）等；此外还有，荷兰汉学家龙彼得（Piet van der Loon, 1920—2002），他曾任教于牛津大学与剑桥大学，主要研究领域为戏曲与傀儡戏。

响,而且话本语篇形式的改变受到社会经济环境、表演形式、其他文本等影响。[①] 博士毕业后,伊维德选择留校任教,第一份工作是在莱顿大学汉学院的中国资料中心担任图书馆助理,书写图书卡片。这份工作对伊维德后期俗文学版本问题、故事结构演变等研究领域的形成有非常重要的影响。[②] 杂剧和散曲需要运用大量的白话,被广义地称为"元曲"。[③] 柯润璞(James Irving Crump, Jr.)认为"曲"既可以用来抒情也可以用来叙事,因而也包括了简单、直接和未加修饰的白话。[④] 伊维德在某种程度上因袭了从平话到白话,再到杂剧、戏曲的研究路线。

从戏曲入手,翻译、教学与研究相互促进,让伊维德的汉学研究独树一帜。翻译是汉学教学、研究的重要入门工作。在美国哈佛大学东亚语言与文明系任教期间,为了给美国博士生开设中国讲唱文学,给本科生开设中国民间故事、《聊斋志异》故事课,研究中国古代戏剧,伊维德开始翻译元杂剧。除此之外,他还翻译了闽南歌仔、宝卷、江水女书等。

伊维德的杂剧翻译实践,也经历了不同阶段。正如上文所述,一开始翻译的目的是为欧美学生学习汉语提供课外读物,后来是为了研究文学故事背后的社会现象,再后来是为了提供美国本科生选修课教材。伊维德认为不同的需求也影响翻译时杂剧文本的选择、体例的呈现,甚至这种翻译也能够反映出翻译者的文学、学术修养。有些译者会任意删除对他们来说没有意思的段落,同时也会修改文类样式以迎合西方读者的阅读习惯。

《中国文学导读》(*A Guide to Chinese Literature*, 1997)是在他1980年代授课演讲稿的基础上完成的。1996年出版了该书荷兰文增订本,1997年该书有了英文版。为了让欧美学生读懂中国典籍,伊维德与汉乐逸

---

① 参见 Wilt L. I. dema, *Chinese Vernacular Fiction: The Formative Period*, Leiden. 1974.

② 参见 Bcata Grant and Wilt L. Idcma: *Escape from Blood Pond Hell: The Tales of Mulian and Woman Huang*. Seattle: University of Washington Press, 2011. 其中,对"黄氏女"姓氏、情节和人物设置在不同版本的故事中的变化有详细考述。

③ 参见杰夫·凯勒、吴思远《柯润璞与中国口述表演文学研究》,载《中华戏曲》2015年第1期,第1—19页。

④ 同上。

(Lloyd Haft)合作,将大量中国文学翻译成荷兰文和英文。迄今为止,他已经将李白、杜甫、白居易、寒山等一大批诗人的作品翻译成荷兰语,并且还系统地介绍了敦煌变文、明清话本、笔记小说等诸多叙事文学,许多英文译著也都是荷兰文在先。目前,伊维德虽已荣休,回到莱顿,但依旧笔耕不辍。他计划完成与奚如谷教授合作的《杨家将演义》(待出版)译本的出版以后,接着出版"庄子遇骷髅"各种相关版本的英文版。回顾他的学术人生,伊维德十分感慨地说,他们那一代人对中国文化产生兴趣的时候正值冷战期间,对当代中国无法深入了解,只好将目光转向博大精深的古典文学。①

伊维德的戏剧研究,建立在与奚如谷(Stephen H. West)密切合作的基础上。早期合作的著作《中国戏曲资料(1100—1450)》(*Chinese Theater 1100—1450: A Source Book*, 1982),②收录了他们合译的南戏《宦门子弟错立身》(1982 年,出自《永乐大典》)、《紫云亭》(元刊本)、朱有燉的《复落娼》《香囊冤》和《蓝采和》五部剧作,③同时,也翻译了相关文献资料及第一手的宋、金、元、明时期的戏曲资料。与此同时,他还与奚如谷一起翻译了弘治版(1498 年)的《西厢记》,1991 年版更名为《月与琴：西厢记》(*The Moon and the Zither: The Story of the Western Wing*),④1995 年再版名称为《西厢记》(*The Story of the Western Wing*)。伊维德认为,将《西厢记》改为诸宫调或传奇,是考虑到表演程序上的实际需要,对原文本进行内容

① 参见凌筱峤《重构戏曲与文学史——伊维德教授的学术研究》,《戏曲研究》2014 年第 2 期,第 311—319 页。以及伊维德《海内外中国戏剧史家自选集》,大象出版社,2018 年。

② With Stephen H. West, *Chinese Theater 1100—1450: A Source Book. Münchener Ostasiatische Studien*, Wiesbaden: Franz Steiner Verlag, 1982, pp. 523.

③ 其中,《紫云亭》是《元刊杂剧三十种》中的孤本;两部朱有燉的剧作来自 15 世纪初期的刻本;《篮采和》来自 1588 年左右出版的《古名家杂剧》。《元曲选》中则选了《货郎担》的最后一折。参见伊维德《元杂剧版本与翻译》,《文化遗产》2014 年第 4 期,第 46—56 页。

④ 参见 Wang Shifu, *The Moon and the Zither*; *The Story of the Western Wing*, ed. and transl. with an Introduction by Stephen H. West and Wilt L. Idema, with a Study of its Woodblock Illustrations by Yao Dajuin, Berkeley: Univ. of California Press, 1991, pp. xiv + 506.

上的改编。[①] 伊维德是将中国古代通俗文学作品翻译为英文最多的西方学者，除了《西厢记》外，他英译的作品还有《汉宫秋》[②]、《迷青琐倩女离魂》[③]等元代戏剧，这些译作被欧美学界视为汉学研究最重要的参考文献。

最近十年，奚如谷与伊维德更侧重于14世纪刻本元杂剧的翻译。《和尚、强盗、战争与神仙：十一部早期中国戏曲》（*Monks, Bandits, Battles and Immortals: Eleven Early Chinese Plays*, 2010）[④]均以现存最早的版本为参校。其中关汉卿的《拜月亭》使用的是14世纪版本。朱有燉的两部“水浒戏”使用15世纪初的刻本。白朴《梧桐雨》选自《元曲选》，而其他的剧作翻译底本为《古名家》或《元曲选》。2012年出版的《战争、背叛与结拜兄弟——早期中国三国戏》（*Battles, Betrayals and Brotherhood: Early Chinese Plays on the Three Kingdoms*），其中翻译了七部杂剧。这七部杂剧，一部是朱有燉的创作、两部是内府本杂剧、一部是晚明刻本杂剧（另附《元曲选》本），还有三部14世纪的元刊杂剧，分别是关汉卿的《单刀会》《西蜀梦》和无名氏的《博望烧屯》。目前，奚如谷和伊维德将要出版的《赵氏孤儿及其他早期杂剧》（*The Orphan of Zhao and Other Early Plays*）翻译了七部14世纪刊本杂剧。他们分别是纪君祥的《赵氏孤儿》（附《元曲选》本）、杨梓的《霍光鬼谏》、张国宾的《薛仁贵》（附《元曲选》本）、高文秀的《好酒赵元》（附脉望馆钞校于小毂藏本）、孔文卿的《东窗

---

① 参见伊维德、凌筱峤《元杂剧：版本与翻译》，载《文化遗产》2014年第4期，第46—56、157—158页。

② 参见 Idema. Wilt L. “Li Kaixian's Revised Plays by Yuan Masters (Gaiding Yuanxian chuanqi) and the Textual Transmission of Yuan Zaju as Seen in Two Plays by Ma Zhiyuan.” Chinoperl Papers 26 (2005—2006): pp. 47—66.

③ 参见 Stephen H. West and Wilt L. Idema, *Monks, Bandits, Lovers, and Immortals: Eleven Early Chinese Plays*. Indianapolis/Cambridge: Hackett, 2010. pp. xlii + 478.《迷青琐倩女离魂》是元代杂剧作家郑光祖的代表作，简称《倩女离魂》。

④ 该著作翻译了关汉卿的《感天动地窦娥冤》《包待制三勘蝴蝶梦》《闺怨佳人拜月亭》；白朴的《唐明皇秋夜梧桐雨》；郑光祖的《迷青琐倩女离魂》；李行道的《包待制智勘灰阑记》；无名氏的《汉钟离度脱蓝采和》；朱有燉的《豹子和尚自还俗》《黑旋风李逵仗义疏财》；无名氏的《小孙屠》等11部戏剧，该书对外国人阅读元、明杂剧及南戏很有帮助。

事犯》、无名氏的《焚儿救母》。目前为止，14 世纪的三十种元刊杂剧中，他们已经翻译了十二种之多。①

在荷兰莱顿大学中国语言与文学系任教期间（1976 年 1 月至 1999 年 9 月），伊维德分别于 1977 年、1987 年、1993 年、1998 年、1999 年在夏威夷大学马诺阿（Manoa）分校、加州大学伯克利分校、法国高等研究学院和哈佛大学做客座教授。2000 年至 2018 年，伊维德前往哈佛大学东亚语言与文明系工作，此后，与国际汉学中心一道，他的研究也转移至美国，在哈佛大学从事教学科研长达二十余年直至荣休，其间先后出任哈佛大学费正清研究中心主任、东亚语言与文明系主任工作。可以说，伊维德是一位对欧洲和美国汉学博采众长、兼收并蓄的汉学家。

三、伊维德的宝卷研究之路

在莱顿大学工作时，由于学校中国俗文学典藏丰富，伊维德涉足了多种中国叙事文学传统（说唱文学/曲艺）。社会学、中国文学等跨学科学术训练让伊维德对传统叙事文学类型的多样性、不同文学类型的故事改编方式产生了浓厚的兴趣。由于对文类的理解，欧美学者会把宝卷看作小说。早在 1833 年，葡萄牙的郭实猎（Charles Gutzlaff）把从普陀寺得来的《香山宝卷》看作“一种易懂的、甚至粗浅的风格”写成的“佛教小说”，称《香山宝卷》为“香山的小说”（“The Story of Fragrant Hill”）。② 中国话本小说、戏剧与宝卷的改编关系让伊维德开始关注宝卷。因此，伊维德和其他汉学家一样，从汉学研究开始，从评话、戏剧、民间故事，再过渡到宝卷。20 世纪初，在俗文学转向的带动下，宝卷这一俗文学传统引起了西方学者的关注。在与管佩达（Beata Grant）合作完成的《黄氏女传说：从污染到净化》中，伊维德比较《金瓶梅》中《黄氏女故事》情节时了解到其

① 伊维德、凌筱峤《元杂剧：版本与翻译》，《文化遗产》2014 第 4 期，第 56 页。

② 韩南《中国近代小说的兴起》增订本引言，徐侠译，上海教育出版社，2010 年，第 67 页。

中多处对宝卷念唱活动的描写，这一部分的研究，在他为《剑桥中国文学史》(*Cambridge History of Chinese Literature*, 2010)撰写的第五章《说唱文学》中有充分的概括。[①]

2001年前后，伊维德参与撰写了《哥伦比亚中国文学史》(2001)第41章《传统戏剧文学》，[②]其中特别提到了宝卷研究。[③] 此后，伊维德为孙康宜、宇文所安主编的《剑桥中国文学史》撰写了第五章《说唱文学》，其中“早期的宝卷和道情”部分，伊维德结合自己多年的研究，对《香山宝卷》宝卷的题材来源做了深入的分析，认为《香山宝卷》宝卷的题材很可能源自一个在南宋依然表演着的“说因果”文本。无论它的实际创作年代究竟为何时，根据16世纪初期的一则史料，这个文本在16世纪后期就已经存在了。然而，现存最早的刻本刊刻于1773年。1773年刊刻的全本中还包括一些反教的片段，明显与海中小岛普陀山成为圣地这一流行现象有关。17世纪之后，道情中最具代表性的曲目是唐代儒学家、诗人韩愈被侄子韩湘子点化的故事。韩湘子是八仙之一，他的故事见载于16世纪的小说《东游记》。故事中，韩湘子再三希望点化叔叔，但是使出浑身解数，也无法动摇韩愈的儒家信念。当韩愈因反对皇帝奉迎佛骨被贬至潮州时，他才领悟到所有尘世的荣耀皆为虚空，从此一心修道。[④]

---

① 伊维德在研究管佩达的“*The spiritual Saga of Woman Huang from pollution to purification*”一文时，认为非教派宝卷持续流行于16、17世纪，这一点可由16世纪匿名小说《金瓶梅》及其17世纪的续书——丁耀亢的《续金瓶梅》中有关宣卷活动的描写得知，因此只有当类似《黄氏女对真经》《香山宝卷》等非宗教宝卷非常流行时，才可能被写进小说。参见Wilt L. Idema, “English-Language Studies of Precious Scrolls: A Bibliographical Survey.” *Chinoperl Papers* 31, 2012, pp. 163—176.

② 参见梅维恒主编《哥伦比亚文学史》，新星出版社，2016年。该书2001年在哥伦比亚大学出版社出版。

③ 第49章《口头程式传统》(马阑安, Anne E. Mclaren)，提到宗教宝卷于15世纪开始盛行，并开始具有许多小说的特质。这一提法也许是作者对宝卷故事与民间故事对比而来。同时，作者认为宗教宝卷也包含了源于民间娱乐的虚构内容，抄写宝卷可以积累功德。也提及《金瓶梅》的一个早期版本中“尼姑”为富户女眷表演宝卷的描写。参见梅维恒主编《哥伦比亚文学史》，新星出版社，2016年，第991、995、1102页。

④ 孙康宜、宇文所安《剑桥中国文学史》，刘倩等译，三联书店，2013年，第399—402页。

由于对中国戏剧版本问题的研究积累，伊维德认为，对传统戏剧作品版本的研究，不能仅限于文字的考证校订，也不能局限于作家思想与艺术特色的研究，要看到版本演变背后深层的社会政治、经济、文化等诸多因素的影响。不同时代、地区、文化对民间说唱文学都有影响。[1]

据伊维德本人讲，他翻译宝卷的一个主要原因（除了他们的文学质量外）是宝卷长度适中。[2] 许多著名的弹词和鼓词篇幅过大，伊维德认为不太适合翻译。但是，不可否认的是相较于《元曲选》等戏曲唱词，宝卷的韵文部分相对更加口语化，更容易理解和翻译。伊维德译介的宝卷整理如下：[3]

伊维德宝卷翻译底本一览表（数据截至 2021 年）[4]

<table>
<tr><th>序号</th><th>英译宝卷名称</th><th>汉语底本出处</th><th>有关译文集的书评</th></tr>
<tr><td>1</td><td rowspan="2">孟姜仙女宝卷
孟姜女哭长城宝卷[5]</td><td>哈佛燕京图书馆藏本</td><td rowspan="2">1. 戴文琛（Vinccnt Durand-Dastes）《中国宗教研究》（Journal of Chinrse Religions），2008 年。
2. 何瞻（James M. Hargett）《精选》（Choice：Current Reviews for Academic Libraries），2008 年。
3. 莫兰仁（Anne E. McLaren）《男女》（NanNu），2009 年。
4. 大卫·盖伊（David Gay）《西方民俗学》（Western Folklore），2010 年</td></tr>
<tr><td>2</td><td>段平《河西宝卷的调查研究》（1992 年）</td></tr>
</table>

[1] 参见伊维德、凌筱峤《元杂剧：版本与翻译》，《文化遗产》2014 年第 4 期，第 46—56、157—158 页。

[2] 这一观点源于伊维德与作者的通信内容。

[3] 参见 Wilt L. Idema. *English-language Studies of Precious Scrolls: A Bibliographical Survey* (An Updated Version), Leiden, August 30, 2014.

[4] 该表在收入本“导论”时，李永平对此做了增订。增订参考了 2021 届上海师范大学姚伟的博士论文《中国宝卷在英语世界的译介和研究》（未刊稿），第 117—118 页。

[5] 分别收录于 Wilt L. Idema, Trans. and Introd, *Meng Jiangnü Brings Down the Great Wall. Ten Versions of a Chinese Legend, with an essay bu Haiyan Lee*, Seattle: University of Washington Press, 2008, pp. 112—159, 181—213.

续 表

序号	英译宝卷名称	汉语底本出处	有关译文集的书评
3	香山宝卷 善财龙女宝卷①	张希舜《宝卷初集》(1994年)。参阅哈佛燕京图书馆藏1914年文益书局石印本,1931年杭州西湖慧空经房版。	1. 欧大年《中国宗教研究》(Journal Of Chinese Religions),2008年。 2. 于君方《中国研究》(Joumal of Chinese Studies),2009年。 3. 白若思《美国宗教学会会刊》,(American Academy of Religion),2011年
4		张希舜《宝卷初集》(1994年)②	
5	雷峰宝卷③	傅惜华《白蛇传集》(1959年)	1. 何谷里(Robert E. Hegel)《通报》(T'oung Pao),2010年。 2. 柯若朴(Philip Clart)《H-Net人文社科评论》(H-Net Reviews in the Humanities & Social Sciences),2011年
6	沉香宝卷④	杜颖陶《董永沉香合集》(1957年)	
7	目莲三世宝卷⑤	台湾"中研院"史所编《俗文学丛刊》(2004年)	1. 于君方《亚洲研究杂志》(The Joumal of Asian Studies),2012年。 2. 白若思:《亚洲民俗学》(Asian Ethnology),2012年。 3. 巴瑞特(T. H. Barrett)《男女》(Nan Nu),2012年。 4. 司马涛(Tbomas Zimmer)《亚非

① 《香山宝卷》《善财龙女宝卷》译著。收录于伊维德著《自我救赎与孝道:观音与其随侍宝卷两种》,参见 Idema, Wilt L. Trans. and Introd. Personal Salvation and Filial Piety: Two Precious Scroll Narratives of Guanyin and her Acolytes, Honolulu: University of Hawaii Press, 2008.

② 收录于 Wilt L. Idema, *Personal Salvation and Filial Piety. Two Precious Scroll Narratives of Guanyin and her Acolytes, Translated with an Introduction*. Honolulu: University of Hawaii Press, 2008, p. 227. Reprint: New Delhi: Munshiram Manoharlal Publishers, 2009.

③ 收录于 Wilt L. Idema, *The White Snake and Her Son: A Translation of The Precious Scroll of Thunder Peak, with Related Texts*, Indianapolis and Cambridge: Hackett, 2009, pp. 7—84.

④ 收录于 Wilt L. Idema, introd. and trans. "*The Precious Scroll of Chenxiang.*" The Columbia Anthology of Chinese Folk and Popular Literature. Ed. Victor Mair and Mark Bender, New York: Columbia University Press, 2011, pp. 380—405.

⑤ 参见 Beata Grant and Wilt L. Idema, *Escape from Blood Pond Hell: The Tales of Mulian and Woman Huang*, Seattle: University of Washington Press, 2011, pp. 35—145. 该书收录了《目连三世宝卷》和《黄氏女对金刚》英译本。《黄氏女对金刚》藏于台北"中研院"傅斯年图书馆,该版本是黄氏女故事的唱本,不属于宝卷,故不计入。

续　表

序号	英译宝卷名称	汉语底本出处	有关译文集的书评
			学院学刊》(Bulletin of the School of Oriental and African Studies), 2012 年。 5. 梅根·布莱森(Megan Bryson)《中国文学论文集》(CLEAR), 2014 年
8	庄周蝶梦骷髅宝卷①	中国社会科学院藏本	1. 利杰智(Jeffrcy L. Richey)《H-Net 人文社科评论》(H-Net Reviews in the Humanities & Social Sciences), 2015 年。 2. 霍兰(J. G. Holland)《精选》(Choice: Current Reviews for Academic Libraries), 2015 年。 3. 白若思《中国文学论文集》(CLEAR), 2016 年。 4. 陶全恩(Tobias Benedikt Züm)《中国宗教研究》(Journal of Chines Religions), 2016 年。 5. 古柏(Paize Keulemans)《中国演唱文艺》(CHINOPERL), 2017 年
9	叹世无为卷(选译)	张希舜《宝卷初集》(1994 年)	
10	梁皇宝卷(选译)	濮文起《民间宝卷》	
11	张四姐大闹东京宝卷②	方步和《河西宝卷真本校注研究》(1992 年)	
12	救劫宝卷		均收入 Wilt L. Idema. *The Immortal Maiden Equal to Heaven and Other Precious Scrolls from Western Gansu*. Amherst NY: Cambria Press, 2015 年。 1. 白若思《中国历史学前沿》(Frontiers of History China), 2016 年。
13	刘全进瓜宝卷		
14	老鼠宝卷		
15	唐王游地狱宝卷(选译)		

① 收入《起死回生的骷髅：从庄子到鲁迅》，Idema, Wilt L. Trans. and Introd. The Resurrected Skeleton: From Zhuangzi to Lu Xun[M], New York: Columbia University Press, 2014.

② 参见 Idema, Wilt L. Trans and Introd. Fourth Sister Zhang Creates Havoc in the Eastern Capital. CHINOPERL, Vol. 31, No. 1, 2012, pp. 37—112.

续 表

<table>
<tr><th>序号</th><th>英译宝卷名称</th><th>汉语底本出处</th><th>有关译文集的书评</th></tr>
<tr><td>16</td><td>胡玉翠骗婚宝卷</td><td>宋进林、唐国增《甘州宝卷》(2009 年)</td><td rowspan="3">2. 姜士彬《中国演唱文艺》(CHINOPERL), 2017 年。
3. 亚天恩《中国宗教研究》(Journal of Chinese Religions), 2017 年。
4. 凯西·弗里(Kathy Foley)《亚洲戏剧研究》(Asian Theatre Jouma), 2017 年</td></tr>
<tr><td>17</td><td>鹦哥宝卷</td><td>段平《河西宝卷选》(1988 年)</td></tr>
<tr><td>18</td><td>敕封平天仙姑宝卷①</td><td>濮文起《民间宝卷》(2005 年)</td></tr>
<tr><td>19</td><td>老鼠告狸猫卷②</td><td>车锡伦、尚丽新《北方民间宝卷研究》(2015 年)</td><td rowspan="2">1. 陈怀宇《中国研究书评》(China Review lnternational), 2019 年。
2. 安海曼(Ann Heirman)《亚非学院院刊》(Bulletin of the School of Oriental and African Studies), 2020 年</td></tr>
<tr><td>20</td><td>螳螂做亲宝卷</td><td>关德东《曲艺论集》(1958 年)</td></tr>
<tr><td>21</td><td>鼠瘟宝卷</td><td>《鼠瘟宝卷》清宣统三年石印本(1911 年)</td><td></td></tr>
<tr><td>22</td><td>佛说杨氏鬼绣红罗化仙宝卷</td><td rowspan="3">尚丽新《宝卷丛抄》(2018 年)</td><td rowspan="3">暂无书评</td></tr>
<tr><td>23</td><td>佛说王忠庆大失散手巾宝卷</td></tr>
<tr><td>24</td><td>黄氏女卷(选译)③</td></tr>
</table>

2021 年伊维德继续推出《鼠瘟宝卷》的英译,引发学界关注。同年 5 月,他又出版了《佛说杨氏鬼绣红罗化仙宝卷》《佛说王忠庆大失散手巾

① 收录于 Wilt L. Idema. *The Immortal Maiden Equal to Heaven and Other Precious Scrolls from Western Gansu*. Amherst NY: Cambria Press, 2015.

② 2019 年,伊维德还翻译了《老鼠告狸猫卷》《螳螂做亲宝卷》两部动物主题的宝卷,收入《中国文学中的鼠与猫:故事与评述》(Idema, Wilt. Trans. and Introd. Mouse vs. Cat in Chinese Literature: Tales and Commentary. Seattle: University of Washington Press, 2019)以及《中国文学中的昆虫:研究与选集》(Idema, Wilt. Trans. and Introd. Insects in Chinese Literature: A Study and Anthology. Amherst MY: Cambria Press, 2019)之中。

③ 收入《虔诚夫人的危机:两部明代宝卷》,参见 Wilt L. Idema. The Pitfalls of Piety for Married Women: Two Precious Scrolls of the Ming Dynasty, Cornell University Press, 2021。

宝卷》以及《黄氏女卷》的英译，收入《虔诚夫人的危机：两部明代宝卷》(The Pitfalls of Pietyfor Married Women：Two Precious Scrolls of the Ming Dynasty)之中。综合来看，伊维德无愧于“用英文翻译并介绍中国宝卷成果最多的西方学者”。①

由此可以看到，伊维德的宝卷翻译主要倾向于文学故事卷。同时，为了保证翻译质量，伊维德多采用合作翻译的模式，这样做更容易让目的语读者接受。在翻译《目连三世宝卷》和《黄氏女对金刚》时，管佩达(Beata Grant)先拟稿，伊维德再进行修饰润色。伊维德认为翻译的首要目标是让目的语读者以自己的方式和“味道”接受中国文化的熏陶，尽量减少翻译注解，让译作忠实于原作且通俗易懂。因此，涉及译文中提到的问题和人物时，他采取的是将详细信息和专家见解附在参考文献中的方式，②以尽量增强阅读的流畅感和舒适感。

在海外汉学家中，伊维德是为数不多的宝卷译介与研究并重的学者。中国学者研究宝卷多从宗教、文学和民俗入手，而海外汉学家却与之不同，除了宗教、文学之外，也从艺术角度入手译介和研究宝卷。伊维德研究宝卷，采用了历史、文学、艺术综合研究的方法，注重不同版本与故事演变的历史考察，也注重研究宝卷念唱的曲艺特点。他的论文《观音的鹦哥》(“Guanyin's Parrot. A Chinese Buddhist Animal Tale and Its International Context”, 1999)，对郑振铎的《鹦哥宝卷》的“劝孝”说予以反思，认为《鹦哥宝卷》中鹦鹉故事的本事是《杂宝藏经》中的佛本生故事。③ 正因为这种历史意识，伊维德在翻译研究的同时，特别注意对宝卷研究史的梳理。

---

① ［荷］伊维德《英语学界中国宝卷研究、翻译与书评文献述略》，孙晓苏译，《常熟理工学院学报(哲学社会科学)》2020 年第 3 期，第 8 页。

② 参见 Beata Grant and Wilt L. Idema, *Escape from Blood Pond Hell: The Tales of Mulian and Woman Huang*, Seattle：University of Washington Press, 2011, p. ix.

③ 在论文《改头换面的孝鹦哥——〈鹦哥宝卷〉短论》中，伊维德进一步研究 1967 年发现于上海嘉定的明成化说唱词话《全相莺歌行孝义传》和藏于“中研院”史语所图书馆的《鹦哥宝卷》(1872 年，南京刊本)后，认为不同版本中鹦鹉形象的演变与故事增删、改头换面的重写，形成一个谱系，它背后是思想史，不同时代的社会思潮、历史意识、读者接受等各方面的因素都左右着故事的流变过程。

从“早期研究”“宗教宝卷研究”“社会历史研究”“宝卷翻译”“研究近况”等五个方面，伊维德全面地分类、归纳、总结了欧美宝卷研究成就，完成学界广泛关注的综述《宝卷研究的英文文献综述》，[①]该综述为海外学者研究宝卷提供了重要的入门参考。

但是，由于文化差异的存在，伊维德的研究也存在伦理上的偏差。例如，在解读《香山宝卷》时，伊维德认为，中世纪女圣徒所遭受的性引诱在妙善身上同样存在。他列举了《香山宝卷》中妙庄王夜访监牢，探视狱中裸身带枷女儿的情节。在伊维德看来，由于妙庄王的妃嫔均无法诞下皇子，其必定遭受着同“女圣徒传说”那些男性追求者、暴君相似的“性受挫”(sexuality frustration)，致使其存在“乱伦”(incestuous)的动机，而这种动机最终会通过他的行为和语言表现出来。[②] 同时，伊维德视妙庄王火烧白雀寺的情节为“象征性强暴”(symbolic rape)，由此认为，在《香山宝卷》孝道故事的背后，隐含着父权家庭中，父亲想要在女儿身上强加想法的恐怖故事。[③] 对于熟悉中国文化的学者，我们可以说，伊维德有关《香山宝卷》与西方中世纪“女圣徒传说”共性的阐释，虽然带给我们启发，但引用西方颇具争议的“家庭情结”分析方法来解读一个妇女修行宝卷——《香山宝卷》中的父女关系，显然属于过度阐释。

1930年，陈寅恪先生曾提出“预流”与“未入流”之说。[④] 今天域外的“汉学”中的宝卷学[⑤]已成为当前的“预流”。研究人类社会记忆的学者

---

① “English-Language Studies of Precious Scrolls：A Bibliographical Survey”曾发表于美国学术期刊《中国演唱文艺》(*CHINOPERL: Journal of Chinese Oral and Performing Literature*, 2012. 31, pp. 163—176. 此英文初稿由霍建瑜翻译，以“宝卷的英文研究综述”为题刊登于《山西大学学报》2012年版第35卷第6期，第13—19页)。补充与修订后的重译稿收入王定勇主编《中国宝卷国际研讨会论文集》，广陵书社，2016年，第33—48页。

② Wilt L. Idema. trans. and introd. Personal Salvation and Filial Piety：Two Precious Scroll Narratives of Guanyin and her Acolytes. Honolulu：University of Hawaii Press，2008，p. 20.

③ Wilt L. Idema. trans. and introd. Personal Salvation and Filial Piety：Two Precious Scroll Narratives of Guanyin and her Acolytes. Honolulu：University of Hawaii Press，2008，p. 21.

④ 陈寅恪《金明馆丛稿二编》，三联书店，2001年，第266页。

⑤ “宝卷学”由国内学者李世瑜先生首倡，濮文起研究员做了进一步阐释。参见濮文起、李永平著《宝卷研究》，商务印书馆，2019年，第1页。

如巴尔特雷特（Frederic Bartlett）曾经提及，人们是透过一种过滤网一样的心理“结构”（schema）来认识外在世界和习得的故事的。[①] 这种心理结构是脑文本编码的元语言，“通过口头表达的文学能够以口耳相传的方式复制成脑文本”，[②]因此脑文本与口头文学关系更密切。[③] 由于身份限定，伊维德的语言习得基本都是通过书写文本完成的，口头文学比书写文本更接近伦理身份。因此，伊维德研究翻译中国戏曲、宝卷存在一定局限，对宝卷的伦理教诲体会不到位。

结论：伊维德译介、研究宝卷的路径与伦理身份

伊维德译介和研究宝卷的历史路径与伦理身份密切相关，概括起来有以下四方面：

首先，受欧洲汉学家对中国杂剧、戏曲译介文本限制的影响，早期部分传教士、汉学家等译介和研究杂剧、戏曲出于中国欧美文类的双向理解，他们认为和欧洲一样，戏曲在中国拥有较高的社会地位，因此，掀起了戏剧翻译的热潮。但是，19 世纪前的西方学者译介杂剧、戏曲时，难以理解唱词，一般不翻译唱词或大量删减唱词，多翻译宾白，也就是白话部分，形成了西方汉学界偏重译介和研究宾白部分的译介传统，造成了后继海外汉学者学习、翻译、研究杂剧、戏曲等时偏重白话文体研究的现象。伊维德译介、研究宝卷也继承了这一传统模式。

其次，宝卷与戏曲、杂剧在故事层面上的相似性，是伊维德研究介入宝卷的重要原因。宝卷在发展的过程中与戏曲、杂剧、弹词、诸宫调、小说等互相交融、相互借鉴、彼此杂糅。明清时期的戏曲、杂剧、宝卷三类文本都具有韵散结合、文白夹杂的文学特点。散文部分，可看作宾白，韵文同

---

① Bartlett, Frederic C.: *Memory: An Experimental Social Psychological Research*. Trans. Li Wei. Hangzhou: Zhejiang Education Press, 1998. p. 278.

② 聂珍钊《文学伦理学批评导论》，北京大学出版社，2014 年，第 270 页。

③ 聂珍钊、王永《文学伦理学批评与脑文本：聂珍钊与王永的学术对话》，载《外国文学》2019 年第 4 期，第 166—175 页。

唱词。但宝卷这种俗文学作品相较于戏曲和杂剧而言,语言更加简练,通俗易懂。尤其对国外汉学家和学习者或读者而言,更容易理解和接受,是一种较容易入手的文学形式。

再次,受西方高校教学、科研一体化的影响,伊维德译介、研究宝卷的缘起与翻译策略的选择出于教学研究需要与个人爱好。伊维德从社会学研究的角度出发认为俗文学"并非等同于老百姓的文学,写俗文学的人毕竟需要一定的文学背景,他们或者是没有中举、中进士者,或者是道士、和尚等,也有一些戏曲、小说的作者还有行政官职"。① 为了帮助欧美学生尽快了解这些作品,在翻译策略上,按照欧美学生的阅读和书写习惯,伊维德放弃了韵律,主要翻译文本意义,在书的正文前单辟一章对原文中的翻译所采用的策略进行举证说明。这些说明言简意赅,阐明了整体翻译策略和取舍缘由,读者可以先行阅读,这既使读者可以了解译作全文风貌,有提纲挈领的作用,也给读者带来了流畅的阅读体验。

最后,无论荷兰、日本还是在美国,我们常常在文学的地方性中思考"世界性",世界的构成就是在地方与地方之间的"共有知识""共有伦理"的关联中传播与生产的。在各民族文学板块"迁移"的边缘,我们发现"世界文学"。在存在的门槛上遐想世界的时候,我们与伊维德彼此相遇。世界文学一直存在,并在召唤中,我们要么做出反映,要么重新陷入遗忘和被遗忘:我们是谁?我们是什么?我们在哪里?

(李永平、乔现荣撰)

① 霍建瑜《徜徉于中国古代通俗文学的广场——伊维德教授访谈录》,载《文艺研究》2012 年第 10 期,第 77—88 页。

第二章　俄语世界中的中国宝卷研究盛况

第一节　俄罗斯宝卷研究述略

俄罗斯的中国宝卷研究，始于20世纪下半叶。研究所使用的宝卷，包括几部现藏于圣彼得堡俄罗斯国家科学院东方文献研究所的16、17世纪的宝卷木刻本。其中有《普明如来无为了意宝卷》（以下简称《普明宝卷》，1599年重印本）、《救苦救难灵感观世音宝卷》《佛说崇祯升天十忠宝卷》的残本（以下简称《崇祯宝卷》，孤本）等。20世纪的俄罗斯宝卷研究学者司徒罗娃（Elvira S. Stulova，1934—1993）通过文献档案分析，考证认为东方文献研究所收藏宝卷中的一些版本是18、19世纪由驻北京俄罗斯东正教传教团成员购买并带回俄罗斯的。

1715年，清政府批准成立的东正教传教团，是18、19世纪俄国汉学研究的中心。其成员的学术活动，极具西方汉学传统中的"传教士汉学"特色。使团成员不仅学习汉语、满语、蒙古语等亚洲语言，还搜集了一批这一时期具有代表性的中国白话文学珍稀文献（如《红楼梦》早期抄本"列藏本"）。宝卷这种讲唱文学的底本，也引起了当时传教团学者的注意。

第二批俄罗斯早期印刷宝卷保存在莫斯科的俄罗斯国家图书馆，由6篇无为教文本组成，包括罗清的三部宝卷（17世纪末再版）、《销释真空扫心宝卷》（时间不详）、《姚秦三藏西天取经解论》（1645年再版）等。这几部宝卷流入莫斯科的具体情况尚不清楚，很可能是20世纪上半叶由一位俄罗斯汉学家购买。

俄罗斯学者20世纪50年代才开始关注宝卷文本，这与当时苏联学界对中国通俗文学的研究兴趣有关。俄罗斯第一部提到宝卷文本特点的著作，是孟列夫（Lev N. Menshikov，1926—2005）所著的《中国古典戏剧的改革》（1958年）。其中把《雷峰塔宝卷》作为白蛇传说故事文学的一部分进行介绍。另一部有关中国俗文学研究的著作是李福清（Boris L. Riftin，1932—2012）编写的《万里长城的传说与中国民间文学的体裁问题》（1961年），其中涉及孟姜女传说宝卷，并对整个宝卷体裁作了基本介绍。李福清研究了孟姜女传说在中国文学中的发展，并用宝卷资料对这一传说的不同体裁版本进行了比较研究。他收集了孟姜女宝卷的两部珍稀刻本，这两种版本在海内外的其他收藏中从未见到。俄罗斯学者早期的宝卷研究深受郑振铎关于中国俗文学研究的影响，其俗文学研究成果在当时的俄罗斯汉学家中享有盛名。然而，尽管孟列夫和李福清都从中国白话文学史的角度涉猎宝卷文本，却没有发表关于宝卷的专门研究论著。

司徒罗娃是俄罗斯宝卷文献研究的主要学者。她对保存在现在东方文献研究所的16—20世纪的宝卷珍本进行了系统研究，并出版了一部东方文献研究所所藏宝卷的综述（一共18本）以及一部1599年的木刻版《普明宝卷》的注释译本。《普明宝卷》是16世纪中叶中国北方黄天教的早期经卷，俄罗斯所藏的版本被认为是宝卷孤本，后期在中国又发现了另一部保存完好的明代版本。因其缜密性和全面性，司徒罗娃对《普明宝卷》的研究仍具宝贵价值。在这部书的导言中，司徒罗娃讨论了明代宝卷的文学、历史和社会特征以及其他一些具体问题，例如文本中提及的内丹术等。在论述明清宝卷诵读的社会和表演语境时，司徒罗娃对小说

《金瓶梅》里关于讲唱宝卷的描述，以及以李世瑜（1922—2010）为主的中国学者所收集的一些田野资料均有所提及。她还运用中国诗歌作品中的古典格律模式，对《普明宝卷》独特的诗歌形式进行了分析。司徒罗娃还发表了关于收藏在圣彼得堡的其他宝卷的研究文章，包括《目连三世宝卷》（1876 年木刻本，1922 年石印本保存于圣彼得堡）和《崇祯宝卷》。她关注这些宝卷文本中的历史事件记述，如黄巢的反叛和李自成的“农民战争”。在民间信仰观点的影响下，这些事件得以在宝卷中被再次解读。司徒罗娃对《崇祯宝卷》进行了全文翻译，译本今保存在圣彼得堡东方文献研究所的档案中。1989 年，司徒罗娃到江苏省靖江市对当地的“做会讲经”进行了考察，见到了宝卷的活态传承。她是第一位在中国见证宝卷讲唱的外国学者，她回国后发表了关于靖江“讲经”的实地考察报告。遗憾的是，司徒罗娃离世后，她在中国的田野考察获得的材料没有得到进一步的研究。

最后，我想谈谈我自己的一些工作。我从大学时期开始研究 19 世纪晚期宝卷的叙事文本。2012 年，我出版了关于《目连三世宝卷》在中国民间文化中功能的俄文专著。书中分析了这一宝卷文本内容和形式上的特殊性，并结合中国通俗文学中目连题材的发展，特别是宝卷体裁的发展对其进行了分析。不同于以往俄罗斯学界宝卷研究主要依赖文献资料的方式，这部著作还涉及我在靖江、张家港、常熟地区的田野调查资料，在这些地方仍有讲唱《目连三世宝卷》的几种变体的传统。我将这些宝卷在民间仪式中的作用与中国仪式进行了比较，同时还结合弗里（John Miles Foley）的西方口头文学理论，对以目连故事为题材的宝卷进行了分析。我的英文著作《千面目连：明清时期的宝卷》对这个主题进行了进一步论述。在这本书中，我重点对 14—19 世纪《目连宝卷》的几种变体进行了分析研究。另外，我也撰写了多篇英文论文讨论几种宝卷珍本的特点、不同题材宝卷的内容演变、演唱传播方式等问题。

（白若思撰，姜婉婷译）

第二节　早期宝卷版本中的插图(15—16 世纪)及“看图讲故事”的理论问题

近年来,宝卷研究引起中国及海外学者的广泛关注。然而,大部分研究集中于宝卷内容的探讨,对于文本材料方面的讨论则鲜少提及。[①] 本文主要关注 15—16 世纪的早期宝卷抄本和木刻本中的插图问题。迄今为止,学界对于这一问题尚无细致讨论。

宝卷是给传统社会不同阶层的世俗观众——通常以女性观众为主——朗诵的通俗讲唱文本,用“散韵结合”的形式写成。宝卷体裁产生于 13—14 世纪,在 15—16 世纪变得相当普遍。在早期发展阶段,宝卷文本宣扬的是相对主流的佛教教义,16 世纪之后开始与快速发展的民间宗教结合起来,后者融入了中国主要的宗教思想,但通常注重的是对女性神灵——无生老母的崇拜。

关于宝卷文本的插图及其与宝卷表演的关系,美国学者梅维恒(Victor H. Mair)提出了最有影响力的理论。他将宝卷表演视为中国“看图讲故事”的案例。[②] 这一传统可以追溯到唐代,以变文为代表。虽然这些面向世俗的佛教布道讲唱文本由于官方禁止而逐渐消失,不过变文的抄本却得以保存于 1900 年发现的敦煌莫高窟藏经洞中。有文献证据能证明当时变文演唱采用展示画卷讲述故事的形式,被称为“转变”。[③] 这

---

① 如[日]泽田瑞穗『增补宝卷の研究』,国书刊行会,1975 年;Daniel L. Overmyer, *Precious Volumes: An Introduction to Chinese Scriptures from the Sixteenth and Seventeenth Centuries*, Cambridge: Harvard University Press, 1999;车锡伦《中国宝卷研究》,广西师范大学出版社,2009 年。

② Victor H. Mair, *Painting and Performance: Chinese Picture Recitation and its Indian Genesis*, Honolulu: University of Hawaii Press, 1988, p. 12.

③ Victor H. Mair, *T'ang Transformation Texts. A Study of the Buddhist Contribution to the Rise of Vernacular Fiction and Drama in China*, Cambridge: Harvard University Press, 1989, pp. 73, 99, 101—102.

些画卷或许是从“变相”之类的佛教画衍生而来,“变相”表现了各种神灵和佛教世界观。遗憾的是,现存只有一幅这种画卷(也发现于敦煌),绘有《降魔变文》的内容,变文文本中的诗句被题写在这幅画卷背面。唐代佛经故事的讲唱文本(所谓“讲经文”,应为变文的前身)也会使用图画。例如敦煌《悉达太子修道因缘》的结尾部分谈到在丝绸上绣出的图画以及壁画内容。[①] 讲述故事的佛僧大概用这两幅画来解释佛教的一些教义。

20 世纪 80 年代,梅维恒发现河西走廊的现代“念卷人”会在念唱宝卷中使用天堂与地狱的图像,他将这一现象与该地区的变文表演踪迹联系起来。[②] 变文与河西宝卷在内容与形式上有些相似,它们都讲述了世俗的故事,包括历史故事和著名的民间传说。郑振铎曾提出明清宝卷起源于唐代变文的看法,[③]后来几位中国学者(尤其是来自甘肃的)也支持这种假设。[④] 目前已有中国学者从变文与宝卷同源的观点出发,对河西宝卷念唱过程中使用的图像策略进行探讨。[⑤]

然而,最近这些观点被重新审视。没有历史证据显示变文与宝卷之间存在直接联系。首先,几位研究宝卷的知名学者,包括李世瑜、泽田瑞穗及车锡伦等,已经证明宝卷出现的时间较晚(13—15 世纪),不可能与变文有直接联系。[⑥] 比起变文,最早的宝卷风格与内容似乎更多与“讲经文”相关,那是另一种唐五代时期表演性的讲唱文本,唐代的讲经文也只幸存于敦煌,但该文学形式在更晚的时期也持续存在。[⑦] 其次,根据车锡

---

① 黄征、张涌泉主编《敦煌变文校注》,中华书局,1997 年,第 480 页。

② Victor H. Mair, *Painting and Performance*, pp. 11—12.

③ 郑振铎《中国俗文学史》(第二册),作家出版社,1954 年,第 306—307 页。

④ 如谢生保《河西宝卷与敦煌变文的比较》,《敦煌研究》1987 年第 4 期,第 78—83 页;段平《河西宝卷的调查研究》,兰州大学出版社,1992 年;方步和编著《河西宝卷真本校注研究》,兰州大学出版社,1992 年。

⑤ 庆振轩《图文并茂,借图述事:河西宝卷与敦煌变文渊源探论之一》,《敦煌学辑刊》2011 年第 3 期,第 41—48 页。

⑥ 李世瑜《宝卷论集》,台北兰台出版社,2007 年,第 50 页;泽田瑞穗『增补宝卷の研究』,国书刊行会,1975 年,第 28—29 页;车锡伦《中国宝卷研究》,广西师范大学出版社,2009 年,第 57—62 页。

⑦ 车锡伦《中国宝卷研究》,第 62—64 页。

伦等学者的研究,宝卷大约是在16世纪末至17世纪初由中国内陆地区传播到河西走廊。① 在河西已发现的几种较早文本,是从内地流传过来的。因此,我们需要重新思考涉及宝卷视觉部分的观点。本文通过探寻宝卷与图像之间的最早联系,着力探讨现存最早的宝卷版本中插图的作用,以探明这些图像的起源。

一、宝卷文本的插图

从宝卷抄本(14—15世纪)及16世纪的木刻本中,我们可以发现其中包含了两种插图类型。第一类是"叙述式",精细的图片贯穿整个文本;第二类是图片仅出现在卷首及卷尾。

(一)第一类插图本

第一类插图本以《目犍连尊者救母出离地狱升天宝卷》为代表(简称《目犍连宝卷》,车锡伦《中国宝卷总目》号691),现存两部残本分别为藏于中国国家图书馆的北元宣光三年(1372)脱脱氏施舍彩绘抄本与俄罗斯圣彼得堡冬宫博物馆的明正统五年(1440)抄本。《目犍连宝卷》抄本是现存最早的宝卷版本。由于这两部抄本较为出名,在此不赘述有关它们的起源及体裁特点。② 只讨论两部抄本彩色图像的特色,它们让人联想到变文表演者展开的画卷(见图1)。同时,这些抄本中的插图样式与假设的用于变文讲唱("转变")的画卷不同。它们不太适合在生动的表演中向观众展示,除非我们能想象集体阅读这些抄本的场景。

另外,《目犍连宝卷》抄本中的插图让我们联想到插图版《佛说目连救母经》(以下称《目连经》),1346年日本重刊的木刻本(原版刊刻于鄞

① 车锡伦《中国宝卷研究》,第268—271页。

② 见Rostislav Berezkin, "A Rare Early Manuscript of the Mulian Story in the Baojuan (precious scroll) Genre Preserved in Russia and its Place in the History of the Genre," *CHINOPERL: Journal of Chinese Oral and Performing Literature* 32.2 (2013.12): pp. 109—131.

图 1　刘青提升天图
(《目犍连尊者救母出离地狱升天宝卷》插图,1372 年抄本)

县,今属浙江省宁波市),原藏于京都金光寺(现存于东京国立博物馆)。[①]除了《目犍连宝卷》散文加入了几种不同韵律的韵文和曲牌之外,《目连经》和《目犍连宝卷》的文本内容十分相似。其插图细节也有很多相同之处,只是日本重刊的《目连经》版画有很多专门的题记文字,而《目犍连宝卷》没有。[②]《目连经》木刻本的插图风格不适合“看图讲故事”,却方便教育水平不高的人阅读。同时,它与一些现存的 14—15 世纪中国俗文学作品的木刻本也很相似,比如平话、词话——学者一般把它们视为阅读而

① 卷轴末尾也标注了另一日期: 1558 年。《佛说目连救母经》的原文(影印与排印本)见宮次男「目連救母說話とその繪畫-目連救母經繪の出現に因んで」『美术研究』255 号、1968 年第 1 期、第 154—178 頁;吉川良和「〈救母經〉と〈救母寶卷〉の目連物に関する說唱藝能的試論」,一橋大学『社会学研究』41 号、2003 年第 2 期、第 61—135 頁。

② 韩国也藏有该佛经的插图重刊本,但是其版本较晚(16 世纪末),其插图风格与日本重刊本的版画不同,因此在这里不讨论。

非口头讲唱用的材料。[①] 有关日本重刊《目连经》的用途，刘祯认为它原来为大众阅读材料，尽管它很可能改编自口述故事的版本。[②] 基于以上事实，我们可以对这种观点表示赞同。《目犍连宝卷》的插图本应当也属于这类阅读材料，这意味着卷中插图不太可能是具有"看图讲故事"功能的画卷。

（二）第二类插图本

第二类插图在宝卷的历史中也出现得相当早。许多文本只是在开头和结尾有插图。我所能见到的这类彩色插图的最早版本是1543年木刻版的《药师本愿功德宝卷》（简称《药师宝卷》，车锡伦《中国宝卷总目》号1451），它由嘉靖皇帝的德妃张氏和五公主出资印制。[③]《药师宝卷》明显属于民间教派宝卷，因为它宣扬无生老母及"真空家乡"的信仰，但是这一文本的具体宗教属性仍未可知。[④]《药师宝卷》的卷首有彩绘的插图，展示了佛教善行及佛菩萨对遭遇各种灾难的信仰者的拯救，这些插图明显与该文本宣扬的药师佛（Bhaiṣajya）信仰有关系，但是很难将它们与宝卷讲述的内容情节联系起来（见图2-1）。在最后卷有一张韦驮的图像，他是佛教的护法天神（见图2-2）。与《目犍连宝卷》不同，文本正文中没有图像来解释其内容，这是与《目犍连宝卷》中图像的不同之处。

这种插图版式明显与佛教和道教经文的插图相关，它们绘制于当时的朝廷。一个例子是木刻版《销释金刚科仪》（简称《金刚科仪》，车锡伦《中国宝卷总目》号1346），它原由周绍良（1917—2005）收藏，1999年在

---

① 见 Robert E. Hegel, *Reading Illustrated Fiction in Late Imperial China*, Stanford: Stanford University Press, 1998; Anne E. McLaren, *Chinese Popular Culture and Ming Chantefables*, Leiden: Brill, 1998.

② 刘祯《中国民间目连文化》，巴蜀书社，1997年，第241—257页。

③ 最初由郑振铎收藏，现存于中国国家图书馆；影印本见濮文起主编《民间宝卷》第七册，黄山书社，2005年，第671—727页。

④ Overmyer, *Precious Volumes*, pp. 308—310.

图 2－1 《药师本愿功德宝卷》扉页插图(1544 年木刻本)

图 2－2　佛教护法天神

台湾影印出版。[①]《金刚科仪》是用于宗教集会朗诵的文本,是中国极为流行的《金刚经》[由鸠摩罗什(334—413)翻译]的注释本,由宗镜和尚大约于 1242 年写成。它是宗教宝卷文本的一个重要前身,在之后的中国俗文学作品中其通常被称为宝卷。[②] 1528 年的版本开头是佛教大会的图片,结尾是韦驮的图片,这遵循了佛教经典插图的惯例。

这种插图版式在民间宗教宝卷木刻本中很常见,现存许多宝卷刻本是 16 世纪之后的。其中一部《正信除疑无修证自在宝卷》(车锡伦《中国宝卷总目》号 1518),被认为是罗清(1442—1527),即无为教的创立者所

① 王见川、林万传编《明清民间宗教经卷文献》第一册,台北新文丰出版公司,1999 年,第 5—61 页。

② 泽田瑞穗『增补宝卷の研究』,第 101—102 页;Overmyer, *Precious Volumes*, pp. 30—31;车锡伦《中国宝卷研究》,第 69—70 页。

撰，重刊于1584年，开头是佛教大会的图像。① 这是笔者能见到的最早的注有年代的宝卷木刻本，虽然罗清所撰的宝卷（总称"五部六册"）很早就被刊刻了（16世纪初），且这些版本仍然存世。② 相似的插图版式保存在16世纪末的民间宗教宝卷刻本中。比如《普明如来无为了意宝卷》木刻本（车锡伦《中国宝卷总目》号794，藏于圣彼得堡俄罗斯科学院东方文献研究所），传播黄天教的教义，标注年代为1599年，卷首有大佛会的图像（见图3）。③ 这表示其延续了更早的版本，虽然这一文本宣扬的是对无生老母及其使者的信仰，而不是主流的佛教教义。④

图3　大佛会

（《普明如来无为了义宝卷》扉页插图，1599年木刻本）

16世纪的几份叙述性宝卷文本，讲述了各种各样的流行神灵的故事（大部分由宗教信徒根据他们特殊的教义编辑而成），在卷首展示与文本

① 马西沙编《中华珍本宝卷》第1辑第2册，中华书局，2013年，第496—663页。

② 见 Overmyer, *Precious Volumes*, pp. 92—135; Barend J. ter Haar, *Practicing Scripture: A Lay Buddhist Movement in Late Imperial China*, Honolulu: Hawaii University Press, 2014, pp. 15—20.

③ 影印本见 *Baotsziuan' o Pu-mine*, ed., translated into Russian and annotated by El'vira S. Stulova, Moscow: Nauka, 1979.

④ 见李世瑜《现在华北秘密宗教》，台北兰台出版社，2007年，第429—463页；泽田瑞穗『增补宝卷の研究』，第343—365页；马西沙、韩秉方《中国民间宗教史》（上卷），中国社会科学出版社，2004年，第308—369页。

里讲述的神灵故事有关的神灵的插图。笔者所能见到的最早的注明年代的这类文本是1555年的《清源妙道显圣真君二郎宝卷》木刻本(车锡伦《中国宝卷总目》号837),其开篇是一张二郎神被其随从围绕的图像。[①]虽然这一木刻本标注的年代非常可疑(这一宝卷属于西大乘教系统,显然创作于16世纪末),[②]稍晚些的这类文本大多数仍然存世。这种插图版式基本无法用于"看图讲故事",并且这种起装饰作用的卷首插图在近代早期的东西方木刻本小说中很普遍。

尽管第二类插图在现存16世纪末的木刻版宝卷中很常见,但是也有当时的木刻本延续了《目犍连宝卷》中的插图分布原则,也就是分散在正文中的叙述性的图像。但是它们只是黑白的版画,即未着色的插图,在这方面与《目犍连宝卷》的彩图不一样。有几部宝卷被认为是韩太湖(或飘高祖,约1569—1598)所撰写,他是弘阳教的创立者,这几部一起被称为《五部经》(很明显是沿袭了罗清的经文传统)。这五部未注明年代的宝卷版本(大约16世纪末17世纪初),不仅在卷首和卷尾有"三教"祖师与护法神的图像(如在16世纪的其他民间宗教宝卷中一样),在文本每一篇的开头也有插图。[③] 如此,这些插图在弘阳教所宣扬的精神修行方法"七十二功"中承担了视觉引导的功能(见图4)。有历史资料能证明弘阳教与明朝皇宫的太监有关系,因此有学者推测韩太湖的五卷经卷是由万历年间的太监在"内经厂"这一宫廷出版机构刊刻。[④] 虽然这些刻本质量很好,与其他内经厂所出的书差不多,表明这种情况有可能存在,但很遗憾,现在很难从版本本身找出证据来证明这些弘阳教经卷的印刻与太

① 濮文起主编《民间宝卷》第四册,黄山书社,2005年,第584—682页。

② 陈宏《〈二郎宝卷〉与小说〈西游记〉关系考》,《甘肃社会科学》2004年第2期,第21—24页。

③ 濮文起主编《民间宝卷》第五册,黄山书社,2005年,第225—540页。

④ 马西沙、韩秉方《中国民间宗教史》(上卷),第377页;宋军《清代弘阳教研究》,社会科学文献出版社,2002年,第83页;关于内经厂的书籍刊刻,见Scarlett Jang, "The Eunuch Agency Directorate of Ceremonial and the Ming Imperial Publishing Enterprise," in *Culture, Courtiers, and Competition: the Ming Court (1368—1644)*, David M. Robinson, ed., Cambridge: Harvard University Asia Center, 2008, pp. 25—128。

监有关。同时这些插图版本似乎与同一时期的小说和戏剧刻本非常相近,但也没有明确特征表明它们与“配图讲唱”存在联系。

图 4 《弘阳悟道明心经》插图(16 世纪末木刻本)

二、宝卷表演中的画卷

关于 15—16 世纪宝卷演唱活动的材料不多。最详细的外部参考文献是创作于 16 世纪末 17 世纪初的小说——《金瓶梅词话》(约 1594 年)(简称《金瓶梅》)及《平妖传》(全名《三遂平妖传》),后者的四十回本由冯梦龙(1574—1646)约于 1620 年编辑而成——包含了对私人和公开场合进行的这类演唱的详细描述。① 然而，这些资料并未提及在宝卷演唱中展示的画卷，尤其是那些有叙述性的图像。

同时也有其他早期史料提到了这些演唱中的图像。明代诗人陈铎在散曲《道人》中（约 15 世纪末 16 世纪初）描述了这一种配图讲唱，他提到了专业法师使用通俗科仪文本，并把自己扮成完全不同于佛教僧侣或道教道士的模样。② 他在仪式中也要展示圣像：

> 称呼烂面，倚称佛教，那有师传。
> 沿门打听还经愿，整夜无眠。
> 长布衫当袈裟施展，旧家堂作圣像高悬。
> 宣罢了《金刚卷》，斋食儿未免，单顾嘴不图钱。

该“道人”使用的文本明显跟前面提及的《金刚科仪》有关系，并且陈铎所用的“宣唱”的称呼与现代中国传统以及《金瓶梅》中表现宝卷演唱的术语“宣卷”是一致的。这些圣像究竟是什么呢？很明显应该是有关各种神灵、天堂和地狱的挂轴，与河西和江苏东南部的现代宝卷演唱传统中的图像相似。

上述提及的《药师本愿功德宝卷》1543 年刻本卷末牌记也有这类神灵图像的记录，“圣像”也被用于下处：“大明德妃张氏同五公主谨发诚心，喜舍资财命工彩画佛总灵山会、西方境、斗母等圣像十四轴，道总、三皇圣祖、南北斗等圣像十四轴，共三十三轴。”③现在已无法确定这些图像是否存世，但它们明显不是《药师本愿功德宝卷》卷首的彩色插图，如欧

① 如泽田瑞穗『增补宝卷の研究』，第 285—299 页；Rostislav Berezkin，“On the Performance and Ritual Aspects of the *Xiangshan Baojuan*：A Case Studies of the Religious Assemblies in the Changshu Area，” *Hanxue yanjiu* 33. 3，cumulative 82，September 2015，pp. 335—337.

② 谢伯阳编《全明散曲》（第一卷），齐鲁书社，1988 年，第 547、613—624 页；亦见车锡伦《中国宝卷研究》，第 130—131 页。

③ 濮文起主编《民间宝卷》第七册，第 727 页。

大年(Daniel L. Overmyer)教授所认为的。[1] 扉页的图像内容完全不同(见上述)。上述牌记中所使用的词语“卷轴”,指的是在宝卷演唱中展示的挂轴。

为了探究现在宝卷表演中的图像起源,我们应该转而思考佛教和道教仪式中图像的作用。在这些仪式中展示神灵的图像很普遍,包括在中国几个地区的现代葬礼表演中,只是仪式主持人通常不会提及这些图像。这些图像只是营造了仪式表演的神秘气氛。尤其是水陆画,它应该是宝卷演唱中所用的图像前身。这一仪式具有召集并超度水上和陆上所有生物的作用,这些生物被绘制在举办仪式时展示的画卷上。[2] 这一联系表现在宝卷表演者所使用的术语中。比如,20 世纪中叶,天津郊区的弘阳教信徒在朗诵宗教宝卷时展示了十殿阎王的图像,并称他们为“水路/陆”。[3] 这些图像当然不同于平常精心制作的佛教寺院里的水陆画,而应当被视为民间对流行但复杂的佛教仪式的回应。然而,这二者都遵循相同的原则。

在河西和江苏宝卷演唱的现代传统中可以发现相似的示图情况。表演者通常在演唱地点展示神灵的图像。有时,还需要制作特殊的临时祭坛,比如,在朗诵《地狱宝卷》和《十王宝卷》时,在常熟和张家港(均在江苏苏州的管辖范围之内)展示神灵图像构成了葬礼仪式的一部分,“宣卷先生”(或被称为“讲经先生”)职业性表演者将画卷悬挂在“经堂”的墙壁上,展示十殿阎王。然而,如今他们在讲述有关十殿阎王的故事时并不会提及这些图像。[4] 过去十殿阎王和地狱的图像偶尔也可以成为“配图讲唱”的资料。例如,根据无锡“说因果”老艺人的回忆,清初江南民间流

---

① Overmyer, *Precious Volumes*, pp. 308—309.

② Daniel B. Stevenson, “Text, Image and Transformation in the History of the *Shuilu fahui*: the Buddhist Rite for Deliverance of Creatures of Water and Land,” in *Cultural Intersections in Later Chinese Buddhism*, ed. Marsha Weidner, Honolulu: Hawaii University Press, 2001, pp. 30—70;戴晓芸《佛教水陆画研究》,中国社会科学出版社,2009 年。

③ 李世瑜《现在华北秘密宗教》,第 354 页。

④ 如车锡伦《中国宝卷研究》,第 389—395 页。

行“念十王”讲唱的形式(亦称“露天宣卷”)。艺人演出时墙上悬挂十殿阎王的画卷,边指图像,边解说阎王的职权以及相关的故事。[①] 河西宝卷演唱也有类似配图解说地狱受苦的情况,而讲唱底本为《目莲救母三世宝卷》。[②] 但是这种讲唱方式是较少见的,宣卷表演者展示的神灵图像经常与讲唱内容无关。

在表演时展示神灵的图像明显成了仪式化表演中“邀请”及敬奉神灵的仪式的一部分,它最早出现在13—15世纪的宝卷中,在16世纪的文本中持续存在。它与16世纪宝卷文本的插图版式是类似的,在文本的前面有神灵的图像。早期宝卷文本也出现了这类图像,比如现存于山西省博物馆的《佛说杨氏鬼绣红罗化仙哥宝卷》(简称《红罗宝卷》,明代刻本,车锡伦《中国宝卷总目》号226)中,杨氏为了救回儿子化仙哥的性命,而绣了一顶红罗宝帐,上有许多天上和地狱的神灵图像。此前的研究已经表明了这种“万神殿”与水陆画之间可能存在联系。[③] 不过这一万神殿与主流的水陆画卷不同,因为其中一些神明具有明显的民间教派的色彩:在灵山召开的大会上有无生老母以及三世佛、佛祖和佛母。[④]《红罗宝卷》刻本扉页也有插图,但是它们所描绘的宝卷故事情节,其中没有万神殿图像。

这部《红罗宝卷》刻本卷末带有重刊于1290年的牌记(原版刻于1212年),这样它能成为已知最早的叙述性的宝卷文本。然而,中国和西方的学者质疑这部《红罗宝卷》出版年代:现在的版本或许要追溯到17世纪初,末页上的年代明显是伪造的。[⑤] 然而,由于《金瓶梅词话》第82章提及了《红罗宝卷》演唱,我们知道它存在于16世纪末。不管怎样,《红罗宝卷》证明了早期宝卷文本与万神殿图像之间存在联系。

---

① 朱海容《宗教观念与民间说唱艺术融合的奇葩——无锡地区“说因果”调查》,载上海民间文艺家协会编《中国民间文化研究》第6集,学林出版社,1992年,第203—204页。

② 段平《河西宝卷的调查研究》,第45页。

③ 车锡伦《中国宝卷研究》,第517页。

④ 马西沙编《中华珍本宝卷》第1辑第7册,中华书局,2013年,第206—209页。

⑤ Overmyer, *Precious Volumes*, pp. 287—289;车锡伦《中国宝卷研究》,第513—515页。

结　论

虽然15—16世纪宝卷中的图像并非都能满足“看图讲故事”的功能,但从以上梳理,我们能够看出宝卷在版本装饰方面扮演了重要角色,也为宝卷口头演唱营造了特殊的表演氛围。将图像加入宝卷中是为了将神灵具象化,在表演期间将神灵召唤出来;图像也有助于增强这些表演的形象性。同时,这些抄本和木刻本中的插图有各种风格。几部现存的15—16世纪的宝卷文本运用了连续叙事的插图风格。然而,在16世纪后的大多数刊本中,神灵(或者一些叙述性的场景)图像只出现在书面文本的开头。虽然两种风格都作为装饰出现在同一时期其他类型的本土文学版本中,但是第二种与明代本土小说的插图风格非常相近。

“看图讲故事”形式的存在是否与现代河西地区的宝卷演唱有关,这一点虽无法从早期宝卷发展史中获得确证,但我们可以认为,宝卷发展可能受到了其他的影响。借助图片讲故事的活动仍然存在于现代的中国内陆地区。同时,笔者也注意到,西藏地区的“看图讲故事”对距离河西不远的地区可能产生了影响①,当然这需要进一步专门考证。

(白若思)

第三节　迷上中国俗文学——白若思的中国宝卷情结

白若思(Rostislav Berezkin, 1982—)痴迷中国宝卷十余年,不仅出版了俄文、英文宝卷研究著作,还在《通报》(T'oung Pao)、《东方档案》

① Victor H. Mair, *Painting and Performance*, pp. 116—118.

(Archiv Oriental)、《大亚细亚》(Asia Major)等国际汉学刊物上，发表数十篇宝卷研究成果，引发中外学界关注。

一、偶遇中国"活态"宝卷

白若思与中国宝卷结缘有很大的偶然性，主要是受其导师孟列夫的影响。白若思最初关注的是唐宋文学，尤其是敦煌发现的俗文学资料。然而，孟列夫提醒他敦煌文献十分有限，建议他研究中国宝卷。孟列夫早年曾赴甘肃参加有关敦煌学的学术会议，那时便已注意到河西地区仍存在"活态"的宝卷，并带回了一些当地学者整理、出版的宝卷合集。考虑到当时俄罗斯很少有学者专门研究中国宝卷，白若思欣然接受了老师的建议，他的副博士论文即是以《目莲三世宝卷》为个案，考察宝卷在中国文化、社会中的功能。

留学美国后，白若思继续以宝卷作为自己的主攻方向。他师从海外"变文"研究名家梅维恒，继续从事《目莲三世宝卷》的研究。梅维恒早年也曾在甘肃酒泉地区做过旅行研究，在其1988年出版的《绘画与表演：中国的看图讲故事和它的印度起源》(*Painting and Performance: Chinese Picture Recitation and its Indian Genesis*)一书中，就详细论述过宝卷的讲唱特点。梅维恒有关"变文"对包括宝卷在内的中国后世俗文学影响的研究，给了白若思很大启发，使他认识到宝卷研究也需要关注宝卷故事特别是在评弹、戏曲、小说等其他俗文学体裁中的流变。白若思的博士论文即秉承这一研究思路。在这篇名为《14—19世纪宝卷文本中"目连故事"的演变——兼论该故事的演化过程》的论文中，白若思不仅比较了《目连救母出离地狱生天宝卷》《目莲三世宝卷》《地藏宝卷》中的"目连故事"，还将民间"目连戏"、敦煌《大目干连冥间救母变文》引入研究框架，借此全面考察该故事在俗文学中的演化过程。梅维恒极为推崇自己学生的研究，赞扬白若思"将宝卷研究带到了令人兴奋的高水平和精准度"。

二、梳理中国宝卷海外研究史

中国宝卷海外研究的历史脉络一直备受学界关注。1999年，加拿大汉学家欧大年（Daniel L. Overmyer）即在《宝卷：十六至十七世纪中国宗教经卷导论》（*Precious Volumes: An Introduction to Chinese Sectarian Scriptures from the Sixteenth and Seventeenth Centuries*）一书中提及了英国传教士艾约瑟（Joseph Edkins，1823—1905）以及荷兰汉学家高延（J. J. M. de Groot，1854—1921）的教派宝卷研究。2012年，荷兰汉学家伊维德（Wilt L. Idema）也在《宝卷研究的英文文献综述》（*English-language Studies of Precious Scrolls: A Bibliographical Survey*）一文中，系统总结了20世纪英语世界的宝卷研究。在欧大年、伊维德的研究基础上，白若思重点关注了欧洲大陆以及亚洲学者的宝卷研究成果。他考证了法国传教士禄是遒（Henri S. J. Dore，1859—1931）对早期吴语区宝卷研究的贡献。在他看来，尽管禄是遒在《中国迷信研究》（*Recherches sur les Superstitions en Chine*）一书中并未直接提及"宝卷""宣卷""讲经"这些词语，但有关"张仙信仰""妙善传说""做会"等许多江南习俗、民间信仰、宗教仪式的讨论都与宝卷讲唱直接相关，应该受到宝卷研究者的重视。

白若思还梳理了俄罗斯、日本的宝卷研究。据他考察，司徒洛娃（Elvira S. Stulova，1934—1993）是俄罗斯早期从事中国宝卷研究最重要的学者。她早年赴江苏靖江实地考察当地"讲经"仪式的经历，回国后对俄罗斯东方文献研究所所藏的明末清初宝卷珍本的研究和译注，给后世学者的启发是很大的。日本学者中，白若思最为推崇泽田瑞穗的宝卷研究。在他看来，泽田瑞穗1963年出版的《宝卷的研究》，是世界上第一部系统的、综合性的宝卷研究著作，对搜集的139种宝卷文本做了相当细致的解读和分析，极大地推动了海外中国宝卷研究的进程。

三、徜徉于中国宝卷的田野与文本之间

在白若思眼中，宝卷不仅是一种文献，还具有很强的表演属性，只有现场调查其演唱和社会功能，才能使研究更“接地气”。因此，从 2008 年开始，白若思多次深入上海、江苏的宣卷现场，以田野调查的方法研究宝卷。在此过程中，他拍摄了大量有关宝卷讲唱的一手影像资料，搜集了许多流行于吴语区的“宣卷”底本。经过反复研究，白若思发现在今天的上海宝卷宣讲已近乎失传，而在江苏靖江、常熟、张家港、无锡、吴江等地仍旧兴盛。究其原因是这些地方有适宜宝卷宣讲的民间集会和庙会，甚至在私人家里举办的禳灾法会和丧事上也会宣卷。

除了田野调查，白若思也很重视宝卷文本的比较研究。他携手孟列夫、李福清向学界引介了圣彼得堡艾尔米塔什博物馆藏明代《目犍连尊者救母出离地狱生天宝卷》以及越南汉喃研究院藏 1772 年版《香山宝卷》。在 2013 年发表的《一部保存于俄罗斯的早期目连宝卷手稿及其历史地位》一文中，他着重比较了俄藏本《目犍连尊者救母出离地狱生天宝卷》与其他版目连宝卷的联系和区别。白若思发现，尽管俄藏本与中国国家图书馆藏北元宣光三年(1373)残本《目连救母出离地狱生天宝卷》内容一致。但相较于“国图版”，这一版本的面貌更为完整，且是彩图本，研究价值更高。在同年发表的《已知最早的〈香山宝卷〉版本——兼谈宝卷与佛教布道之关系》(*The Earliest Known Edition of the Precious Scroll of the Incense Mountain and the Connections between Precious Scrolls and Buddhist Preaching*)一文中，白若思同样在比较后发现，“越南版”《香山宝卷》是目前所能看到的最早版本，与日本学者吉冈义丰收藏的 1773 年“乾隆版”及通行本《观音菩萨本行经简集》明显不同，是研究该宝卷流变过程不可或缺的珍贵材料。

四、推动中国宝卷域外传播

研究之余,白若思积极通过翻译推动宝卷的域外传播。早在俄罗斯求学时期,白若思就曾用俄文完整翻译过《目莲三世宝卷》,列入其副博士论文附录。在撰写博士论文时,他又以英文选译了《目连救母出离地狱生天宝卷》《目莲三世宝卷》的部分韵文。在白若思看来,"precious volumes"和"precious scrolls"两个术语,均无法诠释中国宝卷的全部文化信息。宝卷术语的翻译应像德国"民众书"(Volksbuch)那样,采取记音的方式,同时辅以详尽注释来说明这种民间说唱形式的主要特征。在翻译过程中,宝卷韵散结合的文体特征给白若思造成了不小的困扰。他注意到,当今英语国家很多流行诗歌都不押韵,于是果断放弃"以韵译韵"的想法,转而采取更加灵活的"自由体"诗歌形式进行翻译,以期最大限度地保证译文内容的完整迻译。

除翻译外,白若思还以书评的形式助推宝卷英译本的传播。2008—2015 年,伊维德陆续推出了《香山宝卷》《目莲三世宝卷》《平天仙姑宝卷》等多部宝卷英译本,其中开列出丰富的注释给白若思留下了深刻印象。白若思在《美国宗教科学院杂志》(*Journal of the American Academy of Religion*)、《亚洲民族学》(*Asian Ethnology*)、《中国历史学前沿》(*Frontiers of History in China*)等期刊上撰写多篇专业书评,不遗余力地向欧美国家中国文学、历史、文化专业的学生推荐伊维德的译作。在他看来,伊维德的宝卷翻译非常重要,不仅可以让西方不懂中文的读者阅读宝卷,更能使这一民族文学跻身世界文学之列。在白若思以及其他书评人的共同努力下,这些译本最终进入哈佛大学、科罗拉多大学博尔得分校等英语世界的大学课堂,成为中国俗文学、说唱文学课程中重要的阅读材料。

2013 年以后,随着国内宝卷研究热潮的来临,白若思的许多研究成果被译成了中文。他与国内学者和研究机构的合作也日益密切,参与了由陕西师范大学李永平教授主持的国家社科基金重大项目"海外藏中国宝卷整理与研究”、北京大学陈泳超教授主持的国家社科基金重大项目“太湖流域民间信仰类文艺资源的调查与跨学科研究”以及常熟理工学院有关宣卷文艺特点的教育部项目。通过这些项目,他与中国宝卷研究者定期见面交流,受益颇丰。在谈及宝卷及俗文学海外传播的前景时,白若思信心满满:“宝卷研究本来就有国际化的趋势。只要中国继续做好非物质文化遗产项目,出版更多的俗文学及口头文学整理本、影印本,继续加大俗文学的外译和研究,未来一定会有更多海外学者迷上中国宝卷,恋上中国俗文学。”

(姚 伟)

第三章 日语及越语世界中的中国宝卷研究要略

第一节 日本宝卷研究综述

宝卷作为民间宗教信仰活动中的文化文本，在宣传教义、教化百姓、禳灾祈福等功能方面发挥着不可替代的作用。自20世纪二三十年代我国学者顾颉刚先生、郑振铎先生将宝卷推介给学界并纳入中国俗文学体系以来，宝卷研究便如同星星之火般燎原至海外。根据车锡伦、马西沙、伊维德、相田洋、司徒洛娃、崔蕴华、陈安梅、山下一夫、白若思等人的搜集、整理、介绍，海外中国宝卷的收藏"地图"大致分为日本及东南亚、欧洲、北美三大地区。其中日本是搜集研究中国宝卷最多的国家。① 同时宝卷方面的研究成果日本也是最为显著的，这一切与日本学者对宝卷的大量收集和悉心研究密不可分。

关于宝卷在日本的搜集研究情况，日本东京都立大学名誉教授何彬在《20世纪80年代以后的日本宝卷研究俯瞰——以国会图书馆馆藏文

① 李永平、白若思《绘制海外中国宝卷收藏"地图"》，《中国社会科学报》2018年7月23日第004版。

献和日本知网文献为对象》[①]一文中检索罗列出日本国会图书馆馆藏宝卷以及日语有关宝卷的论文和著述。扬州大学陈安梅教授的《中国宝卷在日本》[②]一文从“二战前后”“八九十年代”“二十一世纪以来”这三个阶段对日本研究中国宝卷的情况进行了回顾和总结。本文将以这两篇文章作为重要参考资料，对日本学者的宝卷研究（包含研究论文和学术专著）进行更为深入且细致的综述。

一、介绍、收集宝卷的先驱（20世纪20—30年代）

日本最早开始搜集中国宝卷的是已故大渊慧真。[③] 他主要研究中国道教，1930年来中国搜集道教资料，集得明及清初刊宝卷10种，其中5种为现存孤本，这五种宝卷在泽田瑞穗《增补宝卷研究》第二部分“宝卷提要”中均有叙录。大渊慧真逝世后，其子大渊忍尔[④]继承父业，并增收明清宝卷数种。如清康熙十四年（1075）赵从德刊罗清《破邪显正钥匙卷》《巍巍不动泰山深根结果宝卷》等。[⑤] 1938年井上红梅[⑥]《中华万华镜》[⑦]出版，书中选取“缠足”“古董”“金瓶梅与红楼梦”“京剧”“说书”等37个日本人颇感奇异的话题，探求其背后的文化意义。书中最后一小节便是关于“宝卷”。作者先从宝卷概念、唱法、取材、形式等方面进行简单梳

① 何彬《20世纪80年代以后的日本宝卷研究俯瞰——以国会图书馆馆藏文献和日本知网文献为对象》，《东亚汉学研究》2019年特别号，第154—164页。

② 王定勇主编《中国宝卷国际研讨会论文集》，广陵书社，2016年。

③ 大渊慧真（1882—1948），1926—1930年曾作为日本文部省的海外调查员，前往中国和欧洲研究道教的历史，调查道教的文献。

④ 大渊忍尔（1912—），1938年毕业于东京帝国大学文学部，从事《道藏》和道教文化的研究。1950年任冈山大学文学部助教授，致力于道教的研究。主要著作：《敦煌道经目录》（法藏馆，1960年）、《道教史研究》（冈山大学共济会书籍部，1964年）、《中国人的宗教礼仪——佛教、道教、民间信仰》（福武书店，1983年）、《中国人的宗教礼仪 道教篇》（风响社，2005年）等。

⑤ 车锡伦《海外收藏的中国宝卷》，《中华文史论丛》2000年第63辑。

⑥ 井上红梅（1881—1949），本名井上进，中国文学、中国文化研究者，被誉为“中国通”，著有《匪徒（土匪研究）》（1923年）、《支那各地风俗丛谈》（1924年）、《酒・鸦片・麻雀》（1930年）、《中华万华镜》（1938年）等介绍中国风俗的书籍。

⑦ ［日］井上红梅《中华万华镜》，改造社，1938年。

理，并提及郑振铎先生的《佛曲叙录》，而后主要就《香山宝卷》《梁山伯宝卷》《白蛇宝卷》《孟姜女宝卷》《何仙姑宝卷》这五部卷子的基本概况、版本、故事梗概等方面进行了较为细致的解说。井上红梅《中华万华镜》是一部让日本人了解中国文化的入门书籍，介绍宝卷相关内容的比例虽不大，但自此宝卷逐渐进入日本大众的视野之中。

二、第一代学者：以道教学者为主（20 世纪 40—70 年代）

日本大规模搜集中国宝卷始于 20 世纪 30 年代末。1939 年 9 月日本近卫内阁支持设立“财团法人国家调查机构”东亚研究所，在中国占领区上海、北京等地设立分所，派遣许多汉学家到中国进行民间宗教、信仰和民俗调查。正是在这样的背景之下，不少日本学者纷纷来华留学，加之先前郑振铎先生宝卷研究的广泛影响力，致使宝卷研究者中道教出身者众多。像 1950 年成立的日本道教学会委员吉冈义丰、酒井忠夫、洼德忠皆为宝卷的收藏者和研究者。

吉冈义丰①主要从事道教研究，宝卷是其道教、民间宗教研究的重要一环。吉冈义丰在《道教实况》②一书中介绍了清人黄育楩《破邪详辩》中的宝卷目录。《道教研究》③开篇第一章《民众社会中的宝卷流宗教的展开》从宝卷的称呼、明初宝卷概况、罗祖五部六册和宗教思想、宝卷流宗教的思想类型、谱系、传承关系等方面进行了系统的梳理，吉冈认为宗教问题作为人类活动的自然体现，以平和的态度观察最为妥当。从这个意义上来说，宝卷流宗教的研究将有助于全面把握中国民众的社会生活。

① 吉冈义丰（1916—1979），高知县长冈郡人，大正大学文学部教授，日本道教学会理事。1939 年获得日本外务省中国留学资助前往北京留学，留学期间曾在道教本山白云观搜集调查道教方面资料。著有《道教实况》（1941 年）、《道教研究》（1952 年）、《道教经典史论》（1955 年）、《道教和佛教第一、第二、第三》（1950 年、1970 年、1976 年）等。

② ［日］吉冈义丰《道教实况》，兴亚宗教协会，1941 年。

③ ［日］吉冈义丰《道教研究》，法藏馆，1952 年。

此外,《中国民间的灶神信仰》[①]《销释金刚科仪的成立——初期宝卷的研究》《〈(乾隆版)香山宝卷〉付解说》[②]《中国民众信仰中的达摩大师——以达摩宝卷为中心》[③]《中国民间的地狱十王信仰——以玉历宝钞为中心》[④]等论文均从宗教研究的角度出发,对宝卷的内容梗概、版本、创作时间进行介绍和考证,通过宝卷这一民间经典考察其信仰在民众心中根深蒂固的核心原因。吉冈义丰研究最大的特点不仅只是文献的推敲,而是在自己实际生活经验的基础上,对于道教的教理,尤其是道士的生活样式进行了具体的说明。[⑤] 这与他在中国的留学经历密不可分。吉冈义丰除研究宝卷外,个人收藏了十余种宝卷。1943 年 7 月东方民俗研究会成立大会上举行了吉冈义丰收集宝卷的特别展览。[⑥]

另一位道教学会理事洼德忠,[⑦]同吉冈义丰一道特别注意搜集明清民间宗教的宝卷,尤其是明罗清的“五部六册”,例如《苦功补注开心法要二卷》《破邪补注开心法要四卷二十五品》《太山补注开心法要四卷二十四品》等,两人收藏的宝卷均收录于泽田瑞穗的《增补宝卷研究》一书中。

酒井忠夫[⑧]作为日本道教学会的理事,收藏的宝卷数量不及前面两

---

① [日] 吉冈义丰《中国民间的灶神信仰》,《宗教文化》第一辑,1949 年 12 月。

② [日] 吉冈义丰《乾隆版〈香山宝卷〉付解说》,《道教研究》第四册,1971 年 2 月。

③ [日] 吉冈义丰《中国民众信仰中的达摩大师——以达摩宝卷为中心》,(栉田博士颂寿纪念)《高僧传研究》,1973 年 6 月。

④ [日] 吉冈义丰《中国民间的地狱十王信仰——以玉历宝钞为中心》,川崎大师教学研究所纪要《佛教文化论集》第一辑,1975 年 3 月。

⑤ 李庆《日本汉学史》第三部,上海人民出版社,2010 年,第 547 页。

⑥ 参见[日] 吉冈义丰博士还历纪念论集刊行会《吉冈博士还历纪念道教研究论集》,国书刊行会,1977 年,第 6 页。

⑦ 窪德忠(1913—),生于日本东京,1937 年毕业于东京帝国大学(现东京大学)文学部,文学博士。历任东京大学教授、东大东洋文化研究所所长、日本宗教学会理事、日本道教学会理事、日本国立民族学博物馆评议员等职。主要著作有《道教和中国社会》《庚申信仰》《庚申信仰之研究——日中宗教文化交涉史》《中国的宗教改革》《道教史》《道教世界》等数十种。

⑧ 酒井忠夫(1912—2010),福井县人。1935 年毕业于东京文理科大学。1961 年以《中国善书研究》获文学博士。此后历任东京教育大学、筑波大学及立正大学教授。主要从事道教教团和中国秘密结社的研究,1950 年起任日本道教学会理事,1977—1981 年担任会长。主要著作有《中国善书研究》《中国帮会史的研究》《近现代中国的宗教结社研究》《道教的综合研究》等。

位，主要有《叹世无为卷一卷》和《正信除疑无修证自在宝卷一卷二十五品》这两部。他的宝卷研究一大特色就是将宝卷同善书进行对比研究。酒井忠夫在《中国善书研究》[①]第七章《明末的宝卷类邪经卷》一节中对比宝卷和善书的内容特点和流通形式时说："宝卷，从其在世间流行的历史性、社会性意义以及针对民众进行宣教与劝诫的内容来看，不仅具有与善书共同的社会意义，而且还包含了与善书中相同的庶民文化的重要因素。""善书是通过民间公共社会流传的，而宝卷则是以下层民众社会或者异端的社会阶层为背景而流传的，并经常对具有民众性的农民社会运动产生巨大影响力。在这一方面，宝卷具有重要的意义。"在第八章第七节中探讨了宝卷善书化的问题，酒井认为由于明末宝卷作为邪经、异端学说被压制，致使清代民间善书运动的兴盛，教派宝卷如西大乘教的十王宝卷，逐渐作为善书流通开来，可以说这是宝卷流新兴宗教结社向顺应王朝政策方向变化的体现。此外，酒井忠夫在《道家·道教史的研究》[②]《近现代中国的宗教结社研究》[③]一书中也有对宝卷研究的涉及。

与吉冈义丰相交甚笃的另一位宝卷研究大家——泽田瑞穗，[④]可以说他的研究代表着日本研究中国宝卷的最高水平。泽田的研究范围很广，中国的宗教文学、佛教、民间信仰和民间宗教都是他研究的对象。因日本国内的佛教学比较偏向于佛经文献学，结果像他那样的研究，只能在道教学的领域展开，也就是说，当时日本国内只有道教学这个领域能展开宝卷研究。[⑤] 泽田在《中国佛教唱导文学的生成》[⑥]一文中从中国文学史

① ［日］酒井忠夫《中国善书研究》，刘岳兵、孙雪梅、何英莺译，江苏人民出版社，2010 年。原版《中国善书研究》，1960 年由弘文堂出版。

② ［日］酒井忠夫《道家·道教史的研究》，曾金兰译，齐鲁书社，2017 年。原版收录于《酒井忠夫著作集 5 道家·道教史的研究》，国书刊行会，2011 年。

③ ［日］酒井忠夫《近现代中国的宗教结社研究》，收录于《酒井忠夫著作集 6》，国书刊行会，2011 年。

④ 泽田瑞穗（1912—2002），高知县人，早稻田大学文学部教授。泽田瑞穗作为中国宝卷学研究领域的先驱者、开拓者，致力于宝卷文学的系统研究。1977 年以《宝卷研究》一文取得早稻田大学文学博士学位。代表作《宝卷研究》（1963 年）、《校注破邪详辩——中国民间宗教结社研究资料》（1972 年）、《佛教与中国文学》（1975 年）、《增补宝卷研究》（1975 年）等。

⑤ 山下一夫在与笔者邮件往来中谈到。2021 年 8 月 28 日。

⑥ ［日］泽田瑞穗《中国佛教唱导文学的生成》，《智山学报》1939 年第 13 期，第 94 页。

的宏观角度，以时间发展为线索，梳理出中国佛教从布教到寺院文艺再到后来宝卷的历史变迁。他将佛教文学中的唱导文学分为10类，宝卷作为俗讲的成熟阶段被纳入其中。《校注破邪详辩——中国民间宗教结社研究资料》[①]是对清代黄育楩所著《破邪详辩》《续刻破邪详辩》《又续破邪详辩》《三续破邪详辩》进行断句、标点及校注等工作的校勘书籍，泽田以宝卷原文比较引文之删节，考订著录版本的存佚残整、校正文字讹误，如校定"总未谋逆"为"纵未谋逆"，一字之差，程度大为不同。并为便于日本学人研究使用而对若干语词进行说明。这种校注本对原著来说确已尽到了补充原文、考订版本、校正文字，详加注释的职责。[②] 这本书在校勘、注释方面所做贡献可谓史无前例，同时因该书所记载的经卷有一些已经失传，因而无论是对明清民间宗教史、社会史的研究还是对宝卷的研究，都是必不可少的资料，具有重要的参考价值。书后另附有泽田《龙华经研究》《〈众喜宝卷〉中的明清教门史料》《清代教案所见经卷明目考》这三篇研究秘密教门教义和经典的文章。1975年出版的《增补宝卷研究》[③]被誉为"第一部系统研究中国宝卷的专著"。[④]《增补宝卷研究》共分三个部分：第一部分"宝卷序说"，包括宝卷名称、系统、变迁过程、分类、构造和词章、与宗教、与文学关系、刊施、宣卷等十个章节。第二部分"宝卷提要"，介绍作者及日本公私收藏的209种宝卷。第三部分"宝卷丛考"，收录泽田《宝卷与佛教说话》《〈金瓶梅词话〉中所引的宝卷》《罗祖的无为教》《初期的黄天教》等7篇关于宝卷、民间宗教的文章。美国汉学家伊维德曾评价到："泽田瑞穗的这项论著成为后来海外宝卷研究

① ［日］泽田瑞穗《校注破邪详辩——中国民间宗教结社研究资料》，道教刊行会，1972年。

② 来新夏《〈破邪详辩〉初探》，《安徽史学》1985年第3期，第47页。

③ ［日］泽田瑞穗《增补宝卷研究》，国书刊行会，1975年。《增补宝卷研究》是对1963年采华书林出版的《宝卷研究》的进一步补充，现已绝版。

④ 台湾彰化师范大学国文学系丘慧莹教授在《阅读的宝卷：上海惜阴书局印行的宝卷研究》（《阅江学刊》2019年第4期）中说到。

者的主要参考依据。”[①]足见《增补宝卷研究》在中外宝卷研究史上的重要地位。泽田瑞穗的《校注破邪详辩》《增补宝卷研究》这两部皇皇巨著可以说将宝卷研究推向一个高峰，总结、分析前人研究成果的同时自成体系，确立泽田瑞穗在宝卷学界不可撼动的学术地位的同时，也为日后“宝卷学”这一学科门类的创设奠定了坚实的理论基础。

除以上道教研究者外，还有佛教学者的冢本善隆和语言学家太田辰夫。

冢本善隆[②]在《宝卷与近代支那宗教》[③]一文中，从“宝卷与宣卷”“宝卷的佛教色彩及其源流”“弥勒宝卷”“观音宝卷”“罗教及其他秘密结社宗教的宝卷”“现代宝卷”等六个部分进行了介绍说明。作者在文章最后总结了宗教性宝卷的六种信仰体现，并强调宝卷在中国宗教史上的重要价值，他说：“中国近世庶民社会的信仰深受宝卷普及的影响，受其感化之人不在少数，时至今日其教化作用仍不减当年。”“可以说宝卷就是在近代中国庶民信仰基础之上产生发展起来的。因此，宝卷不仅仅是近代中国民间文学的资料，更为研究近代庶民宗教提供了丰富的珍贵资料。”“对中国宗教研究者而言，宝卷是保藏中国民族宗教资料的宝库，也是探求佛教真相的佛教史料。”《近世中国大众的女身观音信仰》[④]一文中冢本通过对《香山宝卷》的分析，考察了王女妙善观音传说的成立和流传情况。他认为最古老的宝卷《香山宝卷》完成时间在元至明初，在男性神居多的佛教中，观音凭借其女性的形象和美丽善良的神格深受广大女性的

① ［美］伊维德《宝卷研究的英文文献综述》，孙晓苏译，《中国宝卷国际研讨会论文集》，广陵书社，2016 年，第 34 页。

② 塚本善隆（1898—1980），爱知县人，日本佛教学者。1926 年毕业于京都帝国大学。1928 年到中国北京辅仁大学留学。后专门从事中国佛教之研究。1933 年以《唐中期的净土教——特就法照禅师的研究》论文，获文学博士学位。曾任京都大学教授，人文科学研究所所长。著有《中国佛教史研究·北魏篇》《魏书释老志的研究》、《中国佛教史》《日中佛教交涉史研究》《肇论研究》《净土变文概说》等，并有《塚本善隆著作集》7 卷行世。

③ ［日］塚本善隆《宝卷与近代支那宗教》，《佛教文化研究》1 号，1951 年 6 月，第 3—23 页。

④ ［日］塚本善隆《近世中国大众的女身观音信仰》，《山口博士还历纪念：印度学佛教学论丛》，法藏馆，1995 年，第 262—280 页。

喜爱和尊崇,加之宝卷中公主成道故事的演绎,拉近了人神距离,使得观音信仰深入人心。

太田辰夫[1]长期从事中国语言和文学的研究,关于中国明清小说的研究成果较为突出。其著作《西游记研究》[2]一书的第五章[3]专门将朝鲜《朴通事谚解》中的西游故事与《销释真空宝卷》中西游故事情节进行比对,他认为因两者都有极为粗略的故事梗概,且专有名词及其出场顺序一致,所以推测两者属于同一系统。当然太田的文章是借助宝卷这一文本,考察《西游记》元本明本的发展历程,文章中心并非宝卷,但足见太田对宝卷这一文类的关注与重视。

另外,仓田淳之助[4]从目录学角度发表过一篇名为《吴语研究书目解说》[5]的论文,仓田淳之助从人文科学研究所 80 余种和自己收藏 90 余种宝卷中,选取了作为吴话研究材料的清民国刊本宝卷四十一种,著录在书目解说中。

三、第二代学者:以道教、历史学学者为主（20 世纪 80 年代—21 世纪初期）

第二代学者大都出生于二战后,这一时期的宝卷学者一派继续沿袭第一代道教学者的研究风格,从道教经典入手研究宝卷;另一类则是历史系出身的学者,分析方法与道教学者有所不同。像砂山稔、矶部彰等学者

① 太田辰夫(1916—1999),生于日本东京。文学博士。主要研究领域为中国语言及文学。历任神户外国语大学助教授、教授、名誉教授,京都产业大学教授。主要著作有《中国历代口语文》《中国语历史文法》《现代中日辞典》(合著)、《古典中国语文法》《西游记研究》《中国语史通考》等,译有《西游记》(合译)、《平妖传》《海上花列传》等。

② ［日］太田辰夫《西游记研究》,研文出版,1984 年。中文版于 2017 年 12 月由复旦大学出版社出版,王言译。

③ 《西游记研究》一书的第五章原刊于《神户外大论丛》第十五卷六号,1965 年。

④ 仓田淳之助(1901—1986),毕业于京都帝国大学文学部,京大人文研讲师、助教授、茶水女子大学教授。1965 年退休后,任京都产业大学教授。著书有《君山先生藏书目录》(近藤光男共编,京都大学人文科学研究所,1953 年)、《苏诗佚注》(小川环树共编,1965 年)、《汉诗大系第 18 黄山谷》(集英社,1967 年)。

⑤ ［日］仓田淳之助《吴语研究书目解说》,《神户外大论丛》,1953 年。

就属于前者。

砂山稔[①]致力于道教学研究,1994 年 4 月—1995 年 2 月作为文部省在外研究员前往伦敦大学亚非学院及法兰西学院中国学高等研究所研修,砂山稔借此契机,在伦敦大学 SOAS(伦敦大学亚非学院)图书馆接触到 31 种宝卷原本,并完成了《刘文英宝卷考——附 SOAS 图书馆收藏宝卷目录》[②]一文。文中先就中日俄美等国的宝卷收藏与研究工作进行了简要的回顾,然后介绍了伦敦大学 SOAS(伦敦大学亚非学院)所藏的《刘文英宝卷》,并与成化说唱词话中的《张文贵传》进行了对比考察,认为二者同属于说唱文学中的包公案。因《刘文英宝卷》承认玉皇大帝的权威、拥有还魂再生的思想主题,可称之为道教文学。文章最后附有 SOAS 图书馆所藏 31 部宝卷目录。

矶部彰[③]在 1995 年发表了《越中国学所藏宝卷・字典》[④]一文,文章中作者写道:"1984 年,我访问了赵景深的故居,在那里我第一次看到了宝卷的真实面目。得到赵景深氏的允许,对其中几部进行复印和拍照,并发表了简单的报告书。"从文中可以窥探,由于日本的大多数宝卷归私人所藏,大大地限制了其他学者对宝卷研究的广度和深度。在此文中,矶部彰还对 20 世纪 80 年代搜集到的十几种宝卷进行了详细的介绍和解说。自此,宝卷研究进入矶部彰的视野。在后来《西游记》的研究中,作者通

---

① 砂山稔(1947—),出生于大阪,1974 年毕业于东北大学大学院文学研究科,现为岩手大学人文社会科学部名誉教授。1981 年 10 月荣获日本中国学会赏(哲学)。1983 年 9—11 月在中国社会科学院世界宗教研究研修。1994 年 4 月—1995 年 2 月在伦敦大学亚非学院及法兰西学院中国学高等研究所研修。现为日本道教学会理事。著作有《道教研究最前沿》(堀池信夫/砂山稔共著,大河书房,2006 年)、《道教的信仰・灵验和俗讲・变文(书评)》(《东方》417 卷,2015 年)。研究课题有:《〈梦幻〉与〈秘异〉的道教学》(2013—2015)、《隋唐道教与文学》(2005—2007)、《道教中的女性观研究》(2002—2004)等。

② [日]砂山稔《刘文英宝卷考——附 SOAS 图书馆收藏宝卷目录》,アルテスリベラレス(58),1996 年 6 月。

③ 矶部彰,日本东北大学东北亚研究中心教授,从事《西游记》与亚洲出版文化研究,著有《西游记资料之研究》(东北大学出版会,2008 年)、《西游记受容史之研究》(多贺出版,1995 年)、《西游记形成史之研究》(创文社,1993 年)。

④ [日]矶部彰《越中国学所藏宝卷・字典》,《富山大学人文学部纪要》第 23,1995 年。该文是 1994 年至 1995 年科学研究费一般研究(C)"近世江南乡村社会宝卷功能研究"(课题号码:06610016)的研究成果之一。

过对宝卷中西游故事的考察，探求《西游记》一书形成的历史过程。这一点同太田辰夫的研究有相似之处，如《〈西游记〉物语绘史略》①一文中作者认为像罗教五部六册这样的教派系宝卷选取唐三藏西天取经的故事，一方面反映出明代中期西游记作为小说广泛流传的现象，另一方面也表现出教派为说明教义、确立权威对故事物语的利用。后来矶部彰的著作中出现了专门研究宝卷的文章，《关于明末清初教派系宝卷的版本》②一文通过社会科学院所藏教派系宝卷对吴晓玲旧藏宝卷进行确认，将二者宝卷目录合并，再结合普林斯顿大学藏本、新收藏家藏本，详细介绍了相关书志的情况。另外，作者对私藏《普覆周流五十三参宝卷》概要进行了详细介绍，为教派系宝卷目录的制作奠定了一定的基础。另一篇论文《明代教派宝卷的文学故事与清代故事宝卷之关系——关于西大乘教的五部宝卷》③以西大乘教宝卷发展历程为考察对象，认为明代教派宝卷在清代已分化成故事系宝卷与教派系宝卷两类：一种是借具体的故事来宣传教义，另一种则是通过为教典原文添加注释来深化教义。直至清末，宝卷依然具有极强生命力。

另一类宝卷研究者则是历史系学者出身，像相田洋、浅井纪等学者，他们将宝卷放置于整个明清宗教教派的长河之中，所以对宝卷的分析方法也跟道教学者有所不同。

浅井纪④在《明清时代民间宗教结社研究》⑤一书开篇就讨论了明清时期宝卷与民间宗教的关系，浅井纪选取明清时期的主要民间宗教如罗

① ［日］矶部彰《〈西游记〉物语绘史略》，《东北亚研究》第 3 号，1999 年。

② ［日］矶部彰《关于明末清初教派系宝卷的版本》，《东北亚研究》第 7 号，2002 年。该文是 2001 年至 1994 年科学研究费特定领域研究“中国教派系宝卷的出版体系研究”（课题号码：13021210）的研究成果之一。

③ ［日］矶部彰《明代教派宝卷的文学故事与清代故事宝卷之关系——关于西大乘教的五部宝卷》，载于《中国宝卷国际研讨会论文集》，王定勇主编，广陵书社，2016 年。该文是 2013 年至 2017 年科学研究费基盘研究（C）“明清教派系宝卷盛衰的研究——以武神和圣母神信仰为中心”（课题号码：25370040）的研究成果之一。

④ 浅井纪（1945—），出生于山口县获市，毕业于庆应义塾大学文学研究科，东海大学文学部教授，文学博士。主要论文有：《明末徐鸿儒之乱的史料》（《东洋学报》，1987 年）、《罗祖与王阳明》（《山根幸夫教授退休纪念·明代史论丛》，汲古书院，1990 年）。

⑤ ［日］浅井纪《明清时代民间宗教结社研究》，研文出版，1990 年。

教、闻香教、大乘圆顿教、西大乘教、黄天道、先天道的教义，通过对各教派宝卷的研究，他认为继承罗教五部六册的其他各教派之间一定存在直接或间接的联系。在后来的多部论文中，如《黄天道及其宝卷》[①]《明末清初的大乘圆顿教》[②]《明代保明寺和西大乘教》[③]《明代西大乘教的教义形成》[④]《〈九莲宝卷〉的成立》[⑤]均是通过考察各教派宝卷的形成过程及其具体内容，厘清明清时期民间宗教结社的发展变迁以及各教派之间复杂关系。

关于相田洋[⑥]的宝卷研究何彬教授做过这样评价：相田洋评价宝卷是有关中国民众文学史和民众、宗教史、民众精神史研究的重要史学资料。[⑦] 在《论国会图书馆所藏的宝卷》[⑧]一文中相田洋对国会图书馆收藏的四十四种宝卷进行了简要介绍，并就泽田瑞穗《增补宝卷研究》一书中尚未收录的《古佛当来下生弥勒出西宝卷》《明宗孝义达本宝卷》《清源宝卷》《清净宝卷》《雪山宝卷全集》《湛然宝卷》这六部宝卷作以详细解说。他指出这四十四种宝卷都是清末民国初的新宝卷，大部分是江浙一带出版。虽然所有宝卷上盖有“东亚研究收藏之印”的字样，但其来路尚不明晰。此外，相田洋在《金兰会·宝卷·木鱼书——中国的拒婚运动与民

---

① ［日］浅井纪《黄天道及其宝卷》，《东海大学纪要文学部》，第 67 辑，1997 年。

② ［日］浅井纪《明末清初的大乘圆顿教》，《东海大学纪要文学部》，第 73 辑，2000 年。

③ ［日］浅井纪《明代保明寺和西大乘教》，《明代史研究会创立三十五年纪念论集》，汲古书院，2003 年。

④ ［日］浅井纪《明代西大乘教的教义形成》，《东海大学纪要文学部》，第 81 辑，2004 年。

⑤ ［日］浅井纪《〈九莲宝卷〉的成立》，《东海大学纪要文学部》，第 86 辑，2006 年。

⑥ 相田洋（1941—），福冈教育大学名誉教授。出生于中国河北省张家口市。1964 年毕业于熊本大学法文学部，1973 年东京教育大学大学院博士课程满期退学，任福冈教育大学讲师，1975 年为副教授、1983 年为福冈教育大学教育学部教授、2001 年任青山学院大学文学部史学科教授，同年退休。著作有：《中国中世的民众文化——咒术、规范、反乱》（中国书店，1994 年）、《异人和市——境界的中国古代史》（研文出版，1997 年）、《桥和异人——境界的中国中世史》（研文出版，2009 年）。

⑦ 何彬《20 世纪 80 年代以后的日本宝卷研究俯瞰——以国会图书馆馆藏文献和日本知网文献为对象》，《东亚汉学研究》2019 年特别号，第 154—164 页。

⑧ ［日］相田洋《有关国会图书馆所藏的宝卷》，《东洋学报》六十四卷 3·4 号，1983 年（冯佐哲等翻译《有关国会图书馆所藏的宝卷》，载于《世界宗教资料》1984 年 3 号，中国社会科学出版社）。

间文艺》[1]一文中探讨了一般女性为逃避现实或远离家庭纷争不得已选择出家或自杀，但在广东珠江三角洲地区，女性之所以会发动拒婚运动是由于非汉族传统和养蚕、制丝业等经济独立的因素，以及《香山宝卷》《刘香宝卷》等女性成仙故事的盛行。在《红巾考——中国民间武装集团的传统》[2]《罗教的成立及其展开》[3]《关于白莲教研究的方法》[4]等文中也可见相田洋对民间宗教结社的深入研究。

除以上道教、历史学学者外，还有从社会学角度切入的宝卷研究者。

铃木健之[5]《活态的说唱"宝卷"——江苏省靖江县"做会讲经"的相关情况》[6]一文记录了1992年3月在车锡伦先生的带领下对靖江"做会讲经"的实地考察情况，其中包括对"做会""佛头""经堂陈设""做早功课和请佛报祖""讲经""度关""上茶和送佛"环节的详细解说，铃木认为靖江"做会讲经"因保留着明清宣卷的面貌，所以可称之为非常珍贵的说唱艺术和宗教活动。通过对做会讲经的考察，可以窥探到中国民间信仰的根深蒂固。此后《江苏靖江的说唱〈大圣宝卷〉和〈三茅宝卷〉》[7]中对宣卷文本做了进一步的介绍和分析。铃木健之文章的发表引起了同一时期其他研究者们的纷纷效仿和学习，90年代以来，陆续有许多学者围绕说唱文学的研究课题在中国展开田野调查，像矶部佑子的《生命力旺盛的宝卷（上）》[8]和《生命力旺盛的宝卷（下）》[9]就是在这一时期完成的。

---

① ［日］相田洋《金兰会·宝卷·木鱼书——中国的拒婚运动与民间文艺》，《中国的传统社会和家族：柳田节子先生古稀纪念》，汲古书院，1993年。

② ［日］相田洋《红巾考——中国民间武装集团的传统》，《东洋史研究》二八卷四号，东洋史研究会，1980年。

③ ［日］相田洋《罗教的成立及其展开》，青年中国研究者会议《续中国民众反乱的世界》，汲古书院，1983年。

④ ［日］相田洋《关于白莲教研究的方法》，《山根幸夫教授退休纪念明代论丛》，汲古书院，1990年。

⑤ 铃木健之，现为立正大学文学部社会学科教授。

⑥ ［日］铃木健之《活态的说唱"宝卷"——江苏省靖江县"做会讲经"的相关情况》，《东京学艺大学纪要》第3部门，社会科学（45），1994年。

⑦ ［日］铃木健之《江苏靖江的说唱〈大圣宝卷〉和〈三茅宝卷〉》，《说话·传承学》4，1996年4月，第38—52页。

⑧ ［日］矶部祐子《生命力旺盛的宝卷（上）》，《东方》1996年11月。

⑨ ［日］矶部祐子《生命力旺盛的宝卷（下）》，《东方》1996年12月。

四、第三代学者：多学科交叉研究（21 世纪以来）

进入 21 世纪以来，日本的宝卷研究不再是道家学者、历史学者的专利，哲学、文学、民俗学、社会学、宗教学等学科出身的汉学家纷纷投入宝卷研究的队伍中，加之国家对大学或机关团体研究项目的支持，新世纪的宝卷研究内容日趋多样化、数字化，研究形式趋向课题化、田野化、合作化发展。

2003 年，早稻田大学中国古籍文化研究所成立了说唱文学研究班，古屋昭弘[①]担任班长，早稻田大学、庆应义塾大学中国文学、东洋史专业的相关人士参与说唱文学方面的研究。出版发行了《乌金宝卷：影印·翻字·注释》[②]《梅花戒宝卷：影印·翻字·注释》[③]和《抢生死牌宝卷：影印·翻字·注释》[④]等宝卷相关书籍，书中包括文本篇和解说篇两大部分，文本篇中影印了早稻田大学图书馆风陵文库收藏的部分石印本宝卷作品，并附有相应的现代字体、字词注解和故事梗概，解说主要是对该宝卷文本、内容、变迁等相关研究的论述。2010 年早稻田大学将风陵文库藏书制作成全文影像库对外开放。这对于俗文学研究者而言可谓是一大幸事，足不出户便可纵览近两百种品质上乘的明版宝卷、数千册俗曲和戏曲，以及弹词、鼓词、影卷、剧本、宣讲、善书，还有民间信仰和秘密结社相关资料，其中包含大量流布民间而易于散佚的文献。这类文献在中国本土也已经不易寻见。[⑤]

在课题项目研究方面，各大学之间、各研究者之间的合作交流日益

---

① 古屋昭弘，早稻田大学文学学术院名誉教授。

② 中国古籍文化研究所说唱文学研究班编《乌金宝卷：影印·翻字·注釈》，中国古籍文化研究所单刊 1，2003 年 12 月。

③ 古屋昭弘、氷上正、王福堂编《梅花戒宝卷：影印·翻字·注釈》，中国古籍文化研究所单刊 3，2004 年 10 月。

④ 辻リン编著《抢生死牌宝卷：影印·翻字·注釈》，中国古籍文化研究所单刊 4，2005 年 3 月。

⑤ 黄仕忠《日本所藏中国戏曲文献研究》，高等教育出版社，2011 年，第 83—84 页。

频繁。

2006 年金沢大学教授上田望参与“散楽的源流与中国诸演剧・艺能・民间仪礼的影响研究”[①]特别领域研究项目，通过对浙江绍兴福全镇容山村“新春班”的三次调查，对宣卷的表演环境和《双状元宝卷》等展开调查和资料收集工作。此次影印的宝卷均属于民间艺人的手抄本。课题研究成果有《绍兴宝卷研究 付“双状元宝卷”校注影印》[②]《绍兴宝卷研究 2 付“双英宝卷”校注影印》[③]《绍兴宝卷研究 3 付“沈香扇宝卷”校注影印》。[④]

2008 年由金泽大学主持的“日中无形文化遗产项目”中宝卷方面的研究成果有《苏州大学图书馆藏宝卷五种》[⑤]《苏州大学图书馆藏宝卷六种》。[⑥] 前者包括苏州大学图书馆所藏的《珍珠塔宝卷》《玉蜻蜓宝卷》《白蛇宝卷》《赵五娘琵琶宝卷》《目连三世宝卷》的照片、校订及解说。后者包括《重刻观世音菩萨本行经简集（香山宝卷）梗概、校勘记》《达摩宝卷校勘记》《五祖黄梅宝卷梗概、校勘记》《刘香宝卷梗概、校勘记》《潘公免灾救难宝卷梗概、校勘记》和《绘像碧玉簪宝卷梗概、校勘记》六种宝卷。

近年上田望教授一直从事中国演剧和讲唱文学的资料整理与研究工作，先后几次到中国江苏和浙江展开宝卷方面的田野调查工作。“中国演剧・讲唱文学资料综合数据库的建立和新中国艺能史研究”[⑦]这一课

① “散楽的源流与中国诸演剧・艺能・民间仪礼的影响研究”，2005 年度—2009 年度科学研究费补助金特定领域研究，课题号码：17083019，课题负责人：加藤徹。

② ［日］上田望《绍兴宝卷研究 付“双状元宝卷”校注影印》，《平成 18 年度科学研究费补助金（特定领域研究）研究成果报告书》，2007 年。

③ ［日］上田望《绍兴宝卷研究 2 付“双状元宝卷”校注影印》，《平成 20 年度科学研究费补助金研究成果报告书》，2008 年。

④ ［日］上田望《绍兴宝卷研究 付“沈香扇宝卷”校注影印》，《平成 21 年度科学研究费补助金研究成果报告书》，2010 年。

⑤ 《苏州大学图书馆藏宝卷五种》：上田望编，金泽大学中日无形文化遗产项目报告书第 12 集，金泽大学人间社会研究域，2011 年 3 月。

⑥ 《苏州大学图书馆藏宝卷六种》：上田望编，金泽大学中日无形文化遗产项目报告书第 23 集，金泽大学人间社会研究域，2011 年 3 月。

⑦ “中国演剧・讲唱文学资料综合数据库的建立和新中国艺能史研究”，2018 年度至 2022 年度科学研究费基盘研究（C），课题号码：18K00350，研究负责人：上田望。

题项目尚在进行中，因受日新冠病毒的影响，原本预计前往在中国大陆、台湾等地区进行的现场调查和资料收集工作都未能完成，但对于已经收集到的资料，像金泽大学收藏的宝卷唱本《绘图珍珠塔宝卷全集》《绘图玉蜻蜓宝卷》《白蛇宝卷》《赵五娘琵琶宝卷》《目莲三世宝卷》等文字检索用的文本数据已建成。

原滋贺大学副教授佐藤仁史[①]和原广岛大学副教授太田出[②]分别担任"关于清末民国时期、长江三角洲农村的地域统合和民间信仰的基础研究"[③]和"解放前后太湖流域农渔村的乡土社会和田野调查"[④]课题项目的负责人，两者研究内容的共同点在于对太湖流域农村，即乡土社会中的民间信仰展开田野调查。其共同研究成果《中国农村的信仰和生活——太湖流域社会史口述记录集》[⑤]《中国农村的信仰和生活——太湖流域社会史口述记录集 2》[⑥]《太湖流域社会的历史学研究——源于地方文献和现场调查的研究》[⑦]中结合地方文献，记录、整理当地的村干部、说唱艺人、宗教人士的口述调查，其中包括宣卷人讲述唱卷的现实情况。采访较为注重个人经历的记录，能将口述资料集原汁原味地结集出版，在日

① 佐藤仁史(1971—)，生于日本爱知县名古屋市。庆应义塾大学大学院文学研究科博士后期课程毕业。历史学博士。现任日本一桥大学大学院社会学研究科教授。主要研究中国近现代社会史、近现代东亚史、口述史。2015 年获得第一届井筒俊彦学术奖，主要著作有《近代中国的乡土意识》《嘉定县事：14 至 20 世纪江南地域社会史研究》(合写)，《中国农村農村の民间艺能；太湖流域社会史口述记录集 2》《中国农村の信仰と生活：太湖流域社会史口述记录集》《太湖流域社会の历史学的研究：地方文献と现地调查からのアプローチ》(合编)。

② 太田出(1965—)，历史学家、文学博士。1993 年毕业于大阪大学。曾任广岛大学大学院文学研究科副教授，现为京都大学大学院人类・环境学研究科教授。研究方向是中国近代史—现代史、台湾现代史、日中战争史，近年除了中国法制史、中国农村实地调查之外，还着手研究中国海洋战略史等。

③ "关于清末民国期长江三角洲农村的地域统合和民间信仰的基础研究"，2006 年度至 2008 年度科学研究费若手研究(B)，课题号码：18720189。

④ "解放前后太湖流域农渔村的乡土社会和田野调查"，2008 年度至 2010 年度科学研究费基盘研究(B)，课题号码：20401028。

⑤ [日]佐藤仁史、太田出、稻田清一、吴滔等编《中国农村的信仰和生活——太湖流域社会史口述记录集》，汲古书院，2008 年。

⑥ [日]佐藤仁史、太田出等编《中国农村的信仰和生活——太湖流域社会史口述记录集 2》，汲古书院，2011 年。

⑦ [日]佐藤仁史、太田出等编《太湖流域社会的历史学研究——源于地方文献和现场调查的研究》，汲古书院，2007 年。

本学者的调查传统中可谓是一次创举。当然，调研工作的背后少不了中方人员的支持，中山大学历史系教授吴滔与佐藤仁史的协同合作就体现出新时代的研究特色。①

2011 年，庆应义塾大学山下一夫②教授负责主持“近代中国民间宗教经卷资料的跨学科研究”③这一课题项目，此项目以“宝卷”为研究中心，从中国文学、历史、宗教学、文化人类学等多角度进行跨学科研究，研究成果丰硕。《日本广岛大学收藏宗教经卷的整理情况》④一文介绍了日本广岛大学收藏的二十二部宝卷，这一基础性工作为海外藏中国宝卷的研究与整理提供了重要支持。在《王屋山与无生老母》⑤中山下一夫通过对《普明如来无为了义宝卷》《龙华宝卷》等多部宝卷中无生老母的形象分析以及王屋山无生老母香会活动的考察，探讨道教名山供奉民间教派人物的原因，作者认为这是民间教派的民间信仰化的体现，也是道教同民间教派、民间信仰交融的必然结果。二阶堂善弘⑥在《宝卷资料之元帅神形象》⑦中分析了《混元金科》《护国佑民伏魔宝卷》《古佛当来下生弥勒出

---

① 吴滔与佐藤仁史共著书籍有《嘉定县事》（广东人民出版社，2014 年）、《垂虹问俗——田野中的近现代江南社会与文化》（广东人民出版社，2018 年），都是关于太湖流域社会与文化的著作。

② 山下一夫（1971—），庆应义塾大学理工学部副教授。著书有《台湾社会持续性发展中民间信仰的意义——以妈祖信徒组织为例》（庆应义塾大学出版会，2013 年）《近现代中国的芸能和社会——皮影戏·京剧·说唱》（好文出版，2013 年）、《中国皮影戏调查记录集——皖南·辽西篇》（好文出版，2014 年）、《明清以来通俗小说资料汇编》（博扬文化事业有限公司，2016 年）。

③ “近代中国民间宗教经卷资料的跨学科研究”，2011 学年度至 2014 学年度科学研究费基盘研究（B），课题号码：23320076，课题负责人：山下一夫。

④ ［日］山下一夫《日本广岛大学收藏宗教经卷的整理情况》，《中国宝卷国际研讨会论文集》，王定勇主编，广陵书社，2016 年，第 107—113 页。

⑤ “近现代中华圈的传统艺能和地域社会：以台湾的皮影戏·京剧·说唱为中心”，20115 学年度至 2018 学年度科学研究费基盘研究（B），课题号码：15H03195，课题负责人：氷上正。

⑥ 二阶堂善弘（1962—），现任关西大学文学部教授，东西学术研究所亚洲文化交流中心（CSAC）研究员。主要研究方向为中国道教与民间信仰，以及宗教文艺与戏剧等。主要著作有《亚洲的民间信仰与文化关联》（关西大学出版部，2021 年）、《明清时期的武神与神仙的发展》（关西大学出版部，2009 年）、《道教与民间信仰中的元帅神之变形》（2006 年）等。

⑦ ［日］二阶堂善弘《宝卷资料之元帅神形象》，《中国宝卷国际研讨会论文集》，王定勇主编，广陵书社，2016 年，第 235—239 页。

系宝卷》等文本中的元帅神形象，指出这些宝卷还保留着宋元时期的元帅神传统，部分宝卷则受到小说杂剧的影响，致使元帅神的性格发生了一定的变化。并强调研究时要注意宝卷的成立背景。

2015 年，在“近现代中华圈的传统艺能和地域社会：以台湾的皮影戏·京剧·说唱为中心”[①]的课题项目成果中，佐藤仁史《“迷信”与非遗之间：关于江南的民间信仰与农村妇女的一些思考》[②]一文中作者以太湖流域广泛流传的宣卷及其背后的民间信仰为研究对象，概观江苏吴江宣卷被认定为非遗的背景基础之上，讨论非遗的认定反而给文化带来新偏见的问题，并着眼于被称为“巫”的宗教职能者和农村妇女，探讨宣卷及其背后存在民间信仰之复兴情况。《近代江南的村落社会与艺能——以宣卷和堂名为中心》[③]一文中指出在太湖流域农村，无论是宣卷还是堂名，市镇的茶馆发挥着“牌话”招聘、签约艺人的中介功能，观众对于流动于市镇、农村之间的民间艺人们的评价标准可以从田仲一成的观赏性、城市性这一坐标轴进行理解。《垂虹问俗：田野中的近现代江南社会与文化》[④]第八章中以宣卷艺人演出记录为线索，参照几位宣卷艺人和在几个村落的口述调查，从宣卷的角度初步考察了民间信仰与太湖周边农村之间的关系。文中指出伴随着农村与市镇之间关系的脱离，农村宣卷和市镇娱乐之间差异变得更加明显。

2016 年，在“关于中国道教圣地与巡礼的综合调查与研究”[⑤]课题研

---

① “近现代中华圈的传统艺能和地域社会：以台湾的皮影戏·京剧·说唱为中心”，2015 学年度至 2018 学年度科学研究费基盘研究（B），课题号码：15H03195，课题负责人：氷上正（庆应义塾大学），共同研究者：二阶堂善弘（关西大学）、平林宣和（早稻田大学）、千田大介（庆应义塾大学）、山下一夫（庆应义塾大学）、佐藤仁史（一桥大学）、户部健（静冈大学）。

② ［日］佐藤仁史《“迷信”与非遗之间：关于江南的民间信仰与农村妇女的一些思考》，《民俗研究》2018 年第 1 期，第 42—50 页。

③ ［日］佐藤仁史《近代江南的村落社会与艺能——以宣卷和堂名为中心》，《近代中国的地域社会和艺能——皮影戏·京剧·说唱》，氷上正、佐藤仁史、千田大介、二阶堂善弘、山下一夫、平林宣和、太田出、户部健共著，好文出版，2013 年。

④ ［日］佐藤仁史、吴滔、张舫澜、夏一红共编《垂虹问俗：田野中的近现代江南社会与文化》，广东人民出版社，2018 年。

⑤ “关于中国道教圣地与巡礼的总和调查与研究”，2016—2018 年度科学研究费基盘研究（B），课题号码：16H03349，课题负责人：土屋昌明。

究成果中，山下一夫的《销释准提复生宝卷初探》[①]探讨了《销释准提复生宝卷》（以下简称《准提宝卷》）与明代准提信仰之间的关系，并考察了《准提宝卷》的性格特征。山下认为《准提宝卷》是基于《了凡四训》等三部佛教著作改编而成，着重强调准提菩萨与功过格之间的关系。时至今日，山下一夫仍在主持“近现代中华圈艺能文化的传播·流通·变容”[②]这一课题项目，其中包括江南地区的宣卷。

相对于山下一夫、佐藤仁史等来自关东地区的研究团队，以松家裕子[③]为代表、小南一郎[④]、矶部佑子[⑤]为主要成员的关西研究团队也在多项科研项目中取得了丰硕的研究成果。

2008 年至 2011 年日本学术振兴会科学研究费基盘研究（C）项目“中国近世唱导文艺研究——江南地区的实地调查”（课题号码 20520341）通过实地考察和文献调查相结合的研究方法，对绍兴、平湖等地的宝卷（宣卷）展开田野调查。《绍兴宣卷——2009 年·马山镇宁桑村》[⑥]一文详细记录了宣卷现场的所见所闻，《绍兴民间的〈卖花宝卷〉文本》[⑦]《绍兴的宝卷——以〈三包宝卷〉为中心》[⑧]两篇文章记录了 2010 年春在绍兴实地考察的宣卷过程和所使用的宣卷唱本“三包宝卷”的相关情况，从宣卷传

---

① ［日］山下一夫《销释准提复生宝卷初探》，《经典、仪式与民间信仰》，侯冲主编，上海古籍出版社，2018 年，第 83—94 页。

② “近现代中华圈艺能文化的传播·流通·变容”，2020—2024 年度科学研究费基盘研究（B），课题号码 20H01240，课题负责人：山下一夫。

③ 松家裕子，日本追手门大学国际教养学部教授。著有《亚洲的城市与农村》（和泉书院，2013 年）。

④ 小南一郎（1942—），生于京都市，毕业于京都大学文学部，曾任京都大学人文科学研究所教授、龙谷大学文学部教授、泉屋博古馆馆长、东方学会理事长。1973 年获得日本中国学会赏，1984 年获得东方学会赏。代表著作有《中国的神话传说与古小说》（岩波书店，1984 年；中华书局，1993 年）、《唐代传奇小说论》（岩波书店，2014 年；北京大学出版社，2015 年）。

⑤ 矶部祐子，现为富山大学人文学部教授。

⑥ ［日］松家裕子《绍兴宣卷——2009 年·马山镇宁桑村》，《亚洲学科年报》第 4 号（追手门大学），2011 年，第 89—112 页。

⑦ ［日］松家裕子《绍兴民间的〈卖花宝卷〉文本》，《中国近世唱导文艺研究——江南地区的实地调查研究报告书》，2011 年，第 38—66 页。

⑧ ［日］矶部祐子《绍兴的宝卷——以〈三包宝卷〉为中心》，《桃之会论集五集》，2011 年 11 月，第 57—72 页。

承性的角度分析了宝卷发展的实际背景。并将现场所见的宝卷文本与图书馆藏的文本进行比对,强调说唱本文极强的“可变性”。相较于松家、矶部两位研究者的田野调查,小南一郎则更偏重唱导文学的文献研究,在《香山宝卷——观世音菩萨的中国生涯》[①]一文中通过对宝卷这一民间文学中观世音菩萨在人间经历的分析,探讨了观世音信仰在中国近世得以广泛流传和接受的原因。

2011年至2014年日本学术振兴会科学研究费基盘研究(C)项目《中国江南唱导文艺研究——上演·文本·信仰》(课题号码23520445)持续对江南地区的口传文艺予以关注,此课题不仅有明清江南社会史的研究人员要木(藤田)佳美[②]的加入,而且研究对象除宝卷外还有关于对金华道情及婺剧的调查研究。关于宝卷的相关研究有小南一郎的《初期的宝卷——以〈销释金刚科仪〉为中心》,[③]该文探究了《销释金刚科仪》背后的宣卷场合及其内容中所具有特征性的形态要素,以期为同敦煌的宗教文艺作比较提供基础性素材。松家裕子《〈太平宝卷〉全本宣卷调查报告》[④]《绍兴小目连〈太平宝卷〉——安昌镇大和班的宣卷调查》[⑤]两篇文章通过对《太平宝卷》的实地考察,阐述了宝卷的重要功能在于安抚意外死亡的灵魂,即抚慰孤魂。《绍兴宣卷的调查报告——现代中国唱导的现状》[⑥]《相信故事的力量——鲁迅和宣卷的绍兴》[⑦]两篇文章指出绍兴宣卷的宗教性质因信仰混乱而含混不清,其内容也常常被低估、被忽视。

---

① [日]小南一郎《香山宝卷——观世音菩萨的中国生涯》,《桃之会论集五集》,2011年11月,第101—114页。

② 要木(藤田)佳美,岛根大学讲师。

③ [日]小南一郎《初期的宝卷——以〈销释金刚科仪〉为中心》,《中国江南唱导文艺研究——上演·文本·信仰 科研费研究报告书》,2014年3月,第5—14页。

④ [日]松家裕子《〈太平宝卷〉全本宣卷调查报告》,《中国江南唱导文艺研究——上演·文本·信仰科研费研究报告书》,2014年3月,第33—48页。

⑤ [日]松家裕子《绍兴小目连〈太平宝卷〉——安昌镇大和班的宣卷调查》,《桃之会六集》,2013年10月,第201—218页。

⑥ [日]松家裕子《绍兴宣卷的调查报告——现代中国唱导的现状》,《说话·传承学》第22号,2014年4月,第204—224页。

⑦ [日]松家裕子《相信故事的力量——鲁迅和宣卷的绍兴》,《亚洲的都市与农村》,和泉书院,2013年10月。

作者分析因《三包宝卷》中都有抚慰孤魂的情节，以此为突破口，才有可能深度解读绍兴宣卷。

2014年至2016年日本学术振兴会科学研究费基盘研究（C）项目《浙江金华口承文艺研究——以说唱艺术“金华道情”为中心》（课题号码26370418）中关于宝卷研究成果的论文有《〈太平宝卷〉的六种文本——兼论民间文本的价值》①《〈花名宝卷〉考》②《太平宝卷》和《花名宝卷》同为绍兴宣卷的重要演出剧目，前者主要用于免灾镇魂，后者则具有极强的劝善目的。此外，《〈惜谷宝卷〉——咸丰期宝卷中的文学和宗教》③《中国近世宗教文艺的特性——以宝卷（宣卷）为中心》④都探讨了宝卷的文学特征和宗教属性。研究成果中还包括小南一郎的著书《〈佛说大目连经〉校勘译注稿》⑤和《〈大目连经〉和〈目连救母经〉——目连救母传承中的定位》。⑥

时至今日，松家裕子主持的相关研究课题，2017—2020年度的“中国浙江讲唱文艺研究——从劝善·免灾的功能展开”（课题号码17K02652）、2020—2023年度“中国近世宗教文艺研究——以宝卷为中心”（课题号码20k00378）仍在持续进展中，期待松家裕子团队的最新研究成果。

以上均为宝卷研究的项目课题情况介绍。新时期宝卷研究的个人成就也占有较大比重。

---

① ［日］松家裕子《〈太平宝卷〉的六种文本——兼论民间文本的价值》，《中国宝卷国际研讨会论文集》，王定勇主编，第209—234页。

② ［日］矶部祐子《〈花名宝卷〉考》，《富山大学人文学部纪要》63，2015年，第105—124页。

③ ［日］松家裕子《〈惜谷宝卷〉——咸丰期宝卷中的文学和宗教》，《桃之会论集七集》，2016年，第59—104页。

④ ［日］小南一郎《中国近世宗教文艺的特性——以宝卷（宣卷）为中心》，《松家科研费基盘研究报告书》，第83—95页。

⑤ ［日］小南一郎《〈佛说大目连经〉校勘译注稿》，アインズ，2015年。

⑥ ［日］小南一郎《〈大目连经〉和〈目连救母经〉——目连救母传承中的定位》，アインズ，2015年。

藤野七穗[①]所著《伪史源流行》是一部关于寻找探索像《竹内文献》《宫下文献》《上津文》等被称为"古史古传"伪书群(伪史群)"源流"的连载文稿,共由24篇文章构成,其中《伪史源流行(12)〈神灵宝卷〉的译文何时形成》[②]《伪史源流行(13)分析〈神灵宝卷〉的原文》[③]《伪史源流行(17)在天津教史中解读〈神灵宝卷〉》[④]三篇文章从形成史、宝卷的原文解读和放在教史中解读三个角度对《神灵宝卷》进行了较为详细的研究。

吉川良和[⑤]早期著作《关于在日本发现的元刊〈佛说目连救母经〉》[⑥]中对唐代变文以及有关目连故事等资料与《救母经》进行比较考察,吉川认为《佛说目连救母经》(以下简称《救母经》)是填补唐代变文到元明时期《目连救母出离地狱升天宝卷》(以下简称《升天宝卷》)为止这段空白期的重要过渡资料,通过比较发现《救母经》不但继承了《净土盂兰盆经》和变文各部分,而且在其中也产生了新的内容、事项以及情节的不同顺序。与《升天宝卷》相比,《救母经》的道白部分常出现同样字句,接近于戏曲艺术形式。《救母经》虽然在形式上与变文、宝卷不同,但是道白在字句的重复和"表"的多寡方面有共同之处。文章末尾附有《佛说目连救母经》全文。在《〈救母经〉和〈生天宝卷〉的成书年代商榷》[⑦]一文中吉川

---

① 藤野七穗,伪史研究者。主要研究以《上津文》《宫下文献》为主的"伪史"传播、接受等问题。此外对神代文字、言灵学、太灵道等日本"秘教"潮流的文献学也有相关研究。论文有《伪史和野心的沉没大陆》《伪书铭铭传》《神代文字论中"古史古传"的出现》《"古史古传"等悬而未决的传言》《伪史源流行》等。

② [日]藤野七穗《偽史源流行(12)〈神霊宝巻〉訳文はいつ書かれたか?》,《歴史読本》45(17),第216—222页,2000年12月。

③ [日]藤野七穗《偽史源流行(13)幻の〈神霊宝巻〉原文を分析する》,《歴史読本》46(1),第216—222页,2001年1月。

④ [日]藤野七穗《偽史源流行(17)〈神霊宝巻〉を天津教史に読み解く》,《歴史読本》46(5),第222—228页,2001年5月。

⑤ 吉川良和(1943—),出生于大阪府堺市。神奈川大学教授、一桥大学教授。1972—1974年赴香港新亚研究所留学,1997—1998年赴巴黎东方语言研究所研修。主要作品有《中国音乐与艺能》(创文社,2003年)、《北京近代传统戏剧的曙光》(创文社,2013年)等。

⑥ [日]吉川良和《关于在日本发现的元刊〈佛说目连救母经〉》,《戏曲研究》第37辑,文化艺术出版社,1991年6月,第177—206页。

⑦ [日]吉川良和《〈救母经〉和〈生天宝卷〉的成书年代商榷》,神奈川大学《人文研究》第155期,2005年。

认为因现如今已经证实《救母经》是南宋末年的作品，并未受到明清目连故事影响的《天生宝卷》不应追溯到北元宣光三年即明朝洪武四年，而应该与《救母经》一样是由目连故事衍生出的元朝末期的作品。

山本范子在《粗暴仙女张四姐——以河西宝卷〈张四姐大闹东京〉为中心》[①]一文中，从文学的角度对河西宝卷《张四姐大闹东京》进行了分析和阐述。通过分析文本的说唱系统、故事梗概及其特征，作者认为河西宝卷《张四姐大闹东京》是一部继承得宝故事、下凡故事等民间故事类型特征的作品，要注意张四姐的个性和包公故事的两面性。作品内容反映了民众的愿望，这与明末女性故事盛行关系密切。同时，说唱文学通过吸取大量的民间故事以取悦观众这一点不容忽视。

德永彩理《关于宝卷中"割股疗亲"孝行的推进》[②]一文中分析宝卷中对"割股疗亲"这一中国传统民间医疗风俗的描写均为肯定、赞扬的溢美之词，多数神明也都是割股疗亲的践行者。虽然鲁迅在《狂人日记》中对此持否定态度，但自清朝以来有不少女性在宝卷这一说唱文学的影响之下，与割股疗亲的主人公产生共鸣而接受、肯定割股疗亲这一奉亲之道。

仇俊在《〈姑嫂双修宝卷：宝卷的幽默〉》[③]一文中介绍了《姑嫂双修宝卷》的梗概、版本和语言（吴方言），并从宝卷的语言和内容两方面分析宝卷的幽默性，作者认为此宝卷除表现一般宝卷救济苦难的主题外，还描绘了因主人公言行引起骚乱的情节，凸显宝卷世俗化、娱乐化的特性。《姑嫂双修宝卷》的着力点在于题目中的"双"字，"双"既指两位主人公，同时也强调了此宝卷将日常道德教化和娱乐功能集于一身的功能。

---

① ［日］山本范子《粗暴仙女张四姐——以河西宝卷〈张四姐大闹东京〉为中心》，大阪市立大学中国学会编《中国学志》（通号临 19），2004 年，第 23—41 页。

② ［日］德永彩理《关于宝卷中"割股疗亲"孝行的推进》，《亚洲的历史文化》第十二卷，2008 年 3 月，第 89—110 页。

③ 仇俊《〈姑嫂双修宝卷〉：宝卷的幽默》，《亚洲学科年报》第 8，2014 年 12 月，第 23—42 页。

大冢秀高[①]在《先天元始土地宝卷》[②]一文中探讨了《先天元始土地宝卷》的研究史，他认为《土地宝卷》是在《中国俗文学史》公刊《先天元始土地宝卷》以后据其第五到第十一品新作而成，而后介绍了《土地宝卷》的构成和梗概，并考察了《土地宝卷》与《西游记》的关联性，大冢秀高推测《先天元始土地宝卷》中有跟《大唐三藏取经诗话（取经记）》相关的记载，《土地宝卷》的成书时间追溯到世德堂本《西游记》成立以前的可能性较大，宝卷中土地大闹天宫有可能就是《西游记》中孙悟空大闹天宫的原型。

近年来除日本本土学者的丰硕成果外，在日中国学者的研究也不容忽视。辻リン[③]（柯凌旭）的《宝卷与女性文化》[④]是日本为数不多的以宝卷为题的博士论文，十分引人注目。《宝卷与女性文化》考察了宝卷的“沉衰期”（明末至清嘉庆年间）从宗教性质的古宝卷到娱乐性质的新宝卷这近百年间的继承、发展、变迁过程，强调女性在这一过程中的重要作用，作者认为宝卷的变迁史绝不是单纯的古宝卷衰退、新宝卷登场的单线变迁，而是女性大众间宗教性和故事性的复线展开。作为说唱文学的宝卷在女性听众间广为流传，非文字化的故事创作、古宝卷时代女性听众的诉求，都是由足不出户的女性传承下来。在迈向新宝卷时代之前，宝卷的连续性发展同女性的信仰、娱乐需求融为一体，所以说“沉衰期”的百年也可认为是酝酿古宝卷向新宝卷发生质变的助跑期。此后，辻リン还完

---

① 大塚秀高（1949—），生于东京都，1979年取得东京大学博士学位，师从著名的前野直彬教授，现为埼玉大学名誉教授，首任日本中国古典小说研究会会长。主要进行中国古典小说的研究，创立日本的中国古典小说研究会，创办学术杂志《中国古典小说研究》，著有《增补中国通俗小说书目》《中国小说史的视点》等。为《古本小说丛刊》《中国古代小说总目》《中国古代小说研究》等编委。

② ［日］大塚秀高《先天元始土地宝卷》，《埼玉大学纪要》（教养学部）第50卷第2号，2015年。

③ 辻リン，浙江人，原名柯凌旭，浙江大学外语学院1992届日语系本科毕业，现为早稻田大学副教授，早稻田大学古籍文化研究所说唱文学研究班研究员。主要著作《中国古籍流通学的确立——流通的古籍·流通的文化》（雄山阁，2007年）《抢生死牌宝卷：影印·翻字·注释》（中国古籍文化研究所，2005年）。

④ ［日］辻リン《宝卷与女性文化》，早稻田大学博士学位论文，2007年1月。

成了多篇文章，主要有《“裁决”与众神的共同点：从〈贤良宝卷〉的变化看宝卷的变迁》[①]《从包公信仰到观音信仰——关于“生死牌”故事的变迁》[②]《关于哈佛大学图书馆收藏的宝卷》[③]《白马主题的变奏：关于白马宝卷的两种版本》[④]《从宝卷看俗曲与日本明清乐——从通俗文艺的接受和改变的视角出发》[⑤]等。去年她担任“宝卷的变迁史——明末清初故事宝卷流传情况研究”[⑥]这一课题项目的负责人，主要考察众多以洗刷冤屈的明清通俗文艺作品中是如何描绘明代官僚制度以及由此产生的社会，且两者之间存在怎样的关联，并完成《关于何文秀故事的流变》[⑦]一文。辻リン研究的一大特色是从历史发展的角度考察宝卷的变迁史，并善于将中日两国的通俗文艺进行比较研究，这与她个人的双重身份密不可分。

总　　结

自 20 世纪 30 年代起，中国宝卷研究已经历了近百年的风雨。在这几十年间，出现过像《增补宝卷研究》巨著问世的高峰期，也有过继泽田、吉冈之后因受史料资源制约出现的低谷期，然而现如今的宝卷研究可谓是协同合作、全面发展的繁荣期。

就研究方法而言，与第一代将收藏整理与传统文献研究并行的学者相比，第三代学者在传承老一辈学人精细研求的文本考据同时，研究方法更

① ［日］辻リン《“裁决”与众神的共同点：从〈贤良宝卷〉的变化看宝卷的变迁》，《中国文学研究》44，2018 年 12 月，第 99—114 页。

② ［日］辻リン《从包公信仰到观音信仰——关于“生死牌”故事的变迁》，《人文論集》(57)，2019 年 2 月，第 1—19 页。

③ ［日］辻リン《关于哈佛大学图书馆收藏的宝卷》，《中国古典小说研究》(22)，2019 年 3 月，第 75—100 页。

④ ［日］辻リン《白马主题的变奏：关于白马宝卷的两种版本》，《中国文学研究》45，2019 年 12 月，第 39—56 页。

⑤ ［日］辻リン《从宝卷看俗曲与日本明清乐——从通俗文艺的接受和改变的视角出发》，《人文论集》58，2020 年 2 月，第 61—87 页。

⑥ 2020 年 4 月—2023 年 3 月日本学术振兴会科学研究费助成事业基盘研究(C)，“宝卷的变迁史——明末清初故事宝卷流传情况研究”(课题号码：20K00376)。

⑦ ［日］辻リン《关于何文秀故事的流变》，《中国文学研究》46，2020 年 12 月，第 80—99 页。

加接近社会学、人类学的作风，注重实地考察，通过亲身体验感受最鲜活的口承文化，进一步考察文献背后的宗教信仰、传承变迁和功能作用等问题。

就研究形式而言，伴随着网络信息技术的不断发展和汉籍数据库的成立，为传统文献研究者们提供了技术支持和资源保障，在这样便捷、优渥的环境里，宝卷研究呈现出更加开放、协同合作的新局面。不同院校、机构、专业、国籍的学者，因为宝卷走到了一起。中日学者之间不断交流为宝卷研究源源不断注入活力，极大地促进了宝卷研究的发展进程。

（范夏苇）

第二节　从小说到宝卷：小南一郎的俗文学研究路径

1904年，王国维发表《红楼梦评论》，标志着中国现代意义上的中国小说研究掀开序幕。1919年五四新文化运动前后，以胡适有关中国古代小说名著的系列考证与鲁迅《中国小说史略》为代表，更自觉地将古代小说当作一门学问来研究。① 日本对中国文学的研究古已有之，近代以来，以京都学派为主导，狩野直喜、青木正儿、吉川幸次郎等为代表的日本汉学家将小说类同传统经史子集一道纳入其汉文范围之内，在古小说研究领域取得了丰硕成果。作为吉川幸次郎的得意弟子，小南一郎继承先师衣钵，不断推进中国古代小说之研究。

然而，作为俗文学（民间文学）和民俗文艺的后起之秀——宝卷研究，自20世纪20年代，经顾颉刚、郑振铎等老一辈先驱的研究介绍，进入大众视野。顾颉刚首先将宝卷推荐给学术界，郑振铎将宝卷纳入中国俗

① 黄霖《中国古典小说研究三十年：热点透视与范式转型（专题讨论）》，《河北学刊》2017年第1期。

文学史研究体系，到1950年以前，中国学者对宝卷从不同的角度做了初步的探讨。[①] 同时，这一“新兴”的学科也引起了海外学者的关注。海外中国宝卷的收藏“地图”大致可分为日本及东南亚、欧洲、北美三大地区。其中日本是搜集研究中国宝卷最多的国家。[②] 在中国学者的引领下，日本涌现出一批宝卷研究者，以泽田瑞穗为首，像大渊慧真、吉冈义丰、仓田纯之助、酒井忠夫等日本汉学家们都十分重视宝卷的搜集、整理和研究，构成了近代宝卷研究中的坚实力量。近年来，小南一郎、松家裕子、矶部佑子、上田望、山本范子等日本学者的宝卷研究成果引发了学术界越来越多的关注，并影响着中国俗文学研究现状和未来走向，其中又以小南一郎为翘楚。

一、从中国小说到宝卷的研究路径

纵观小南一郎汉学研究的历程，根据不同时期的研究内容，笔者认为其汉学研究大致分为以下三个阶段：[③]

第一阶段，20世纪60年代到80年代初。

作为学术研究前期，小南先生多以先秦至汉代的古典文学著作研究作为学术活动重心，这一阶段的主要成果有著作《楚辞及其注释者们》(《楚辞とその注釈者たち》于2003年由朋友书店出版，是小南一郎的博士学位论文)、译注《诗经·国风》《论语》、论文《〈搜神记〉的文体》《〈汉武帝内传〉的成立》等，并于1973年10月荣获日本中国学会赏。[④] 这一

---

① 车锡伦《中国宝卷研究的世纪回顾》，《东南大学学报(哲学社会科学版)》2001年第3期。

② 李永平、白若思《绘制海外中国宝卷收藏“地图”》，《中国社会科学报》2018年7月23日。

③ 2020年2月4日，小南一郎给笔者的邮件中提供了著作目录，这是笔者如此划分的依据。

④ 日本中国学会赏由日本中国学会于1969年设立。此学会是以中国相关学术研究为目的，以从事中国哲学、中国文学、中国语学研究者为主的全国性综合学会。此奖项具有鼓励性质，原则上要求获奖者不超过40岁，并主要以在《日本中国学会报》上发表的论文为评选对象。每年选出哲学1名，文学·语学1名，共2名左右。

阶段的代表作为《中国的神话传说与古小说》。这本由南开大学孙昌武教授翻译的，分别于1993年和2006年由中华书局出版和再版的《中国的神话传说与古小说》，是以岩波书店1984年出版的《中國の神話と物語り—古小說史の展開—》为底本的。本书正文共四个章节，分别为《西王母与七夕文化传承》《〈西京杂记〉的传承者》《〈神仙传〉——新神仙思想》《〈汉武帝内传〉的形成》。小南先生从这四个方面考察了从后汉到南北朝时期这一社会大变动中，文艺是如何在动荡的社会背景之下不断产生出反映时代的作品的。其中《西王母与七夕文化传承》一章，分析说明该神话的核心部分可以追溯到农耕肇始时期的文化传统，之后由文化传统的礼仪结构所维持，历经演变，突破了时代的限制，流传到后世。《〈西京杂记〉的传承者》一章紧承上文，专门探求魏晋时期社会中的专门的故事讲述人，即探讨职业说话人的来源。小南先生认为，文艺作品的成熟度越高，传说者就越不会直接出现在传说的表面，而《西京杂记》是成熟完整的文艺作品，通过它去探求传说者，十分困难。他推论，该作品的完整成熟，不是只依赖于士大夫的伦理观念，而更主要的是建立在新兴的都市平民的生活情感和价值观上的。后两章则侧重于神仙、道教思想的发展与神仙传说的形成两者之间的关系。《〈神仙传〉——新神仙思想》一章，着力于探讨所谓"古代"神仙术和魏晋时代人人都可能成神的"新神仙说"，从而阐释汉魏三国两晋时代新神仙说的意义。《〈汉武帝内传〉的形成》一章中，作者认为，道教在当时为知识分子普遍接受，在此背景下产生了《汉武帝内传》，之后该作品又在一定程度上脱离了道教，成为独立的文艺作品；道教在这一过程中，只是用以营造故事形成所必需的"道教的气氛"的背景。小南一郎认为，这表明该部作品的作者在某种意义上是反对当时道教的状态的，具体而言，反对的是南方道教与现实政治权力的妥协，表现为在本作品中辩论汉武帝"作为帝王而求道"的是非曲直。

在前述几方面的讨论之后，小南先生总结文学发展的一个基本规律，即文学潮流的发展演变与思想观念的发展演变是不同步的，文学的发展较之于思想的发展，总是会略有延迟的，并常常会出现对思想的先进性抱持怀疑与否定的倾向。原因在于,人的文学行为是基于人的日常生活的实感,是文学总是要彻底探讨人及其社会底蕴(本质)的表现。这一点或许可以被理解为是小南一郎对文学的本质的表述。《中国的神话传说与古小说》这部著作最终阐释了一个极其平凡的道理:“产生文艺并使之得以发展的,绝非少数天才文学家的细腻的感受,只有人们共通的生活实感才是它的原动力。因此,只要人类社会存在,文艺(当然由于样式变化也许不再叫作文艺)创作就总会不断地产生并流传下去。笔者认为,正是这一平凡的道理,不仅被作为观念而理解,更感受到它的巨大分量,才给予自己的文学史研究以某些确切感。”①

国内复旦大学杨满仁先生从“他者”视域对小南一郎的这本著作进行了分析,认为《中国的神话传说与古小说》是国外学者中较早广泛利用跨学科的理论和成果来研究中国古代小说的优秀著作。小南一郎的研究方法代表了日本“中国学”研究重镇京都学派的学术特色,具体表现在运用新理论、重视新材料、继承旧传统三个方面。② 相对于杨满仁先生的肯定,上海大学黄景春先生更多的是对此书的批判。他主张我国神仙思想从来不强调学仙者的身份,所以既没有基于英雄崇拜的“古代神仙思想”,也没有基于祖灵崇拜的“新神仙思想”,小南一郎新旧神仙思想的提法建立在对中国传统文化的诸多误解之上,应予以批评和纠正。③

虽然国内学者对这部著作观点不一,但必须承认,此书材料丰富、论证详密。小南先生的研究不仅只是章句之学,还包括在传统文学研究之外的延伸和扩展,他将被文字文本固定化的文学作品活态化,以广博的文化视野进行“跨学科”交叉研究,从神话学、宗教学、考古学的角度考察文化现象。可以说,像这样广泛利用跨学科的理论和成果来研究古代文学

① ［日］小南一郎《中国的神话传说与古小说》,孙昌武译,中华书局,2006 年,第 12 页。

② 杨满仁《“他者”视域中的中国古小说图景——评小南一郎〈中国的神话传说与古小说〉的三大特色》,《传奇·传记文学选刊(理论研究)》2010 年第 3 期。

③ 黄景春《秦汉魏晋神仙思想的继承与嬗变——兼谈小南一郎“新神仙思想”说存在的问题》,《武汉大学学报(人文科学版)》2010 年第 3 期。

是不多见的，同时这一切也为日后小南先生的宝卷研究打下了坚实的基础。

第二阶段，20 世纪 80 年代初到 21 世纪初。

这一时期是小南先生学术地位确立、奠定其学术地位之作相继问世的重要阶段。其标志性事件是他于 1984 年 11 月荣获“东方学会赏”。[①]在这一阶段，小南先生的研究视角逐步转向神话传说、志怪小说、宗教信仰、民俗文艺等方面，代表著作有《唐代传奇小说论》《中国古代的礼制研究》，论文有《六朝文人之梦》《佛教中国传播的情况——从图像配置方面的考察》《道教信仰及其死者的救济》等。

第二阶段的代表作当数《唐代传奇小说论》。[②] 这本著作通过具体分析唐代《古镜记》《莺莺传》《李娃传》《霍小玉传》等传奇小说，探讨了唐代传奇小说超越魏晋时期志怪小说的种种表现，以及传奇小说集中出现在中唐很短的一段时期的深层原因。著者认为唐代传奇小说是在世间发生的种种事象里，以“话”为叙述特征，同记录者“传”（传奇）的创作意识相结合、相融合而成。

唐传奇小说的精华大部分具有男女恋爱故事以及超越士大夫阶层伦理的两点要素。[③] 以第四章中对《霍小玉传》的解读为例，著者开篇便提出“狭义”与“广义”的传奇小说概念，“作品的主题和形态均有其独立性

① 东方学会赏是为纪念日本全国性学术团体“财团法人东方学会”创立 35 周年，于 1982 年 2 月正式设立的。该奖项设立的目的在于表彰日本从事东方学研究的中青年学者的业绩，以资斯学之发展。得奖论文《颜之推的〈冤魂志〉——兼论六朝志怪小说的性格》（发表于《东方学》第 65 辑）。对该文的推荐书中说：“颜之推其人诚如《颜氏家训・妇心》中显示的具有佛教徒色彩，在《冤魂志》中，他不满足于来世受报应，而欲见害人者于现世受到报复。文章论述此乃出于中国古来传统思想、天帝主宰一切之世界观。文章进而论述作为《冤魂志》思想基础的当时知识分子所怀有的对恢复人与人信赖关系的希求。颜之推的这种现实性态度，成为六朝的杰出思想体系，他的作品被视为历史书的原因亦在于此。论文从整体上越过小说技巧问题，努力去阐明六朝精神史之一方面，应予高度评价。”（摘自吴锡北《日本的“东方学会赏”》，《文学遗产》1987 年第 3 期）

② 《唐代传奇小说论》是依照岩波书店于 2014 年出版的《唐代伝奇小説論—悲しみと憧れと》一书由南京大学童岭教授翻译而成，于 2015 年由北京大学出版社出版。

③ ［日］小南一郎《唐代传奇小说论》，童岭译，伊藤令子校，北京大学出版社，2015 年，第 18 页。

的称之为狭义的、本质上的传奇小说”。[①]《莺莺传》《李娃传》《霍小玉传》在作者看来这类以色爱与婚仕矛盾为主题的作品都为“狭义传奇小说”。谈及这些作品的创作意图时，小南先生认为小说创作的契机不仅仅只有政治性，它反映的是官僚社会的伦理规则，即“色爱与婚仕”的概念。无论是《李娃传》还是《莺莺传》，“色爱与婚仕的关系可谓是‘狭义传奇小说’多共同面临的主要问题之一”。[②]“婚仕”即与官职、家族密切相连的婚姻关系，父母之命、媒妁之言、门当户对才是中晚唐官僚世界的行为准则。

对于《霍小玉传》中李生与霍小玉最终的爱情悲剧，小南先生分析认为“支撑起《霍小玉传》问题意识的基础是对这种官僚世界规则支配下的强行选择的怀疑与批判……这一作品的根本主张也是希望超越官僚组织的规则，重视作为人应该履行的情理”。[③] 对于小说中在此之后随着两者矛盾的不断激化，小说结尾才出现的“黄衫豪侠”这一人物形象，小南先生认为“豪侠的行动会引起城市居民的关注，往往能代表人们的普遍诉求”，[④]他代表了都市居民的价值观。由此，小南先生将传奇小说与唐代都市民众价值观念关联在一起，突出强调传奇小说这一盛行于唐代的文学样式在连接个体与时代之间的媒介作用的重要性。

扬州大学顾农先生就《唐代传奇小说论》评价道：“书中讨论的四篇作品都是读者耳熟能详的名篇，就此要讲出新的意见来是不容易的事情，而小南一郎先生却分别提出了令人耳目一新的高见。”[⑤]并分别就这四部作品结合自己的研究，总结了小南先生所提出的新观点。张丽华则认为，此书是一部文体研究的佳作，它将唐代传奇小说起源的社会语境置于研究的中心地位，成功地勾连起这一文体的形式与内容、文本与社会，将鲁

---

① ［日］小南一郎《唐代传奇小说论》，童岭译，伊藤令子校，第 156 页。
② ［日］小南一郎《唐代传奇小说论》，童岭译，伊藤令子校，第 169 页。
③ ［日］小南一郎《唐代传奇小说论》，童岭译，伊藤令子校，第 170—171 页。
④ ［日］小南一郎《唐代传奇小说论》，童岭译，伊藤令子校，第 178 页。
⑤ 顾农《读小南一郎〈唐代传奇小说论〉》，《国际汉学》2017 年第 1 期。

迅、陈寅恪所开启的研究格局，向前推进了许多。[①] 鲁慧敏在其题为《论小南一郎的唐传奇小说研究》的毕业论文中，从小南一郎对唐代传奇小说发生机制、个案分析以及整体方法评述三大方面进行了分析阐释。作者认为，小说发生机制研究既是小南一郎对唐代传奇小说所作的“文体史”的梳理，又是其唐代传奇小说研究的总体思路，即从作品形成的语境（场合）出发，探索其形成的社会语境，分析各阶层的价值观及其变化，并将小南一郎研究唐代传奇小说的整体方法归纳为：视叙谈场合为作品与社会语境之间的媒介、重视社会价值观的变化、运用民俗学和人类学理论。[②]

目前国内有关《唐代传奇小说论》一书的评论并不多，通过《唐传奇小说论》这本书，可以看到无论是其学术思想渊源，还是研究内容、研究方法已不仅是狭义的古典文学，而且延伸到文化、历史领域。小南先生在文中说到：“文学史研究的终极目的之一，就是去具体而微地阐明文艺形态和社会之间紧密结合的固有关系，以及支撑这一关系的基础条件。”[③]小南先生在秉承鲁迅、陈寅恪先生小说研究传统的基础之上，运用直接研究文体与当时社会之间关系的方法，为我们揭示了唐传奇得以产生的社会情境。

21 世纪以降，该阶段小南先生学术研究进入第三阶段，走向成熟。这一时期除延续之前研究领域之外，民间宗教中的宝卷进入小南先生的研究视野。小南先生自己曾有这样的表述：“最近在集中阅读明清时期的宝卷，并去浙江省调查宣卷，[④]大约一年一次。如何理解民间的宗教性文艺，目前我还在摸索之中。”[⑤]由此可以认为，此时小南一郎已经转向宝

① 张丽华《唐传奇的文体与社会》，《读书》2016 年第 9 期。

② 鲁慧敏《论小南一郎的唐传奇小说研究》，华东师范大学 2018 年学位论文。

③ ［日］小南一郎《唐代传奇小说论》，童岭译，伊藤令子校，第 157 页。

④ 宣卷即宣讲、讲唱宝卷，始于宋元时期，由宝卷发展而来，是至清代形成的一种曲艺形式。原来专唱佛教故事，后来逐渐以演唱民间传说故事为主。

⑤ 童岭《从〈楚辞〉到唐传奇：矛盾之上，产生伟大作品——小南一郎先生访谈录》，《中华读书报》2015 年 12 月 16 日。

卷研究领域，并进行过相关的田野调查，以宗教性的文艺为切入点展开其独特的宝卷研究。

二、小南一郎近二十年的宝卷研究

宝卷是在宗教和民间信仰活动中，按照一定仪轨演唱的一种说唱文本，它与小说同属叙事文学，两种文本有大量故事元素重合交叉，有些甚至直接改编自小说。[①] 小南一郎在2000年发表《论〈十王经〉中的信仰和仪礼》，由于佛教的宝卷在初期似以劝世经文为最多，故宝卷往往被称为经[②]，故而《十王经》亦可理解为《十王宝卷》。根据小南先生提供的著作目录，笔者推测这篇论文应是他有关宝卷论述的最早的文章。2003年《从〈盂兰盆经〉到〈目连变文〉——讲经和说唱文艺之间》、2009年《〈白蛇传〉与宋代的杭州》、2015年《〈大目连经〉和〈目连救母经〉——论目连救母传承中的定位》以及2016年《关于灶神的习俗和信仰》等文章，虽并未冠以“宝卷”之名，但都与《目连宝卷》[③]《雷峰宝卷》《灶王宝卷》等有着不可分割的联系。

田仲一成先生专门就《目连救母经》到《目连宝卷》的演变进行过深入研究。他通过列表比较两者在文字之间的异同，指出《目连宝卷》在文字方面对《目连救母经》有近70%的继承，认为《目连宝卷》是对《目连救

---

① 张灵《宝卷对小说的改编及其民间文学特征的彰显》，《文学评论》2012年第2期。

② 郑振铎《中国俗文学史》，商务印书馆，2005年，第540页。

③ 目连救母这一故事最早见于东汉初《佛说盂兰盆经》（以下简称《盂兰盆经》），讲述佛陀弟子不忍其母堕饿鬼道受倒悬之苦，拯救母亲出地狱的故事，因劝人向善、劝子行孝颇受国人喜爱，同时纪念目连为父母供养十方大德众僧，以解脱其母饿鬼之苦的盂兰盆节也在民间广泛流传。最具代表性的当属变文的流行。敦煌变文中有关慕目莲救母内容的十余卷，均据相传为《佛说盂兰盆经》演绎而成。其中《目连救母变文》就是如此，但它并没有拘泥于《盂兰盆经》所表述的内容范围和结构层次，作者根据变文本身的需要，对经文做了大胆的删节、改编和调整。但是宋代以后变文逐渐退出大众视野，取而代之的便是元代佛典《佛说目连救母经》（以下简称《目连救母经》）、元明之际的《目连救母出离地狱升天宝卷》（简称《目连宝卷》）和《目犍连尊者救母出离地狱生天宝卷》（简称《升天宝卷》）。

母经》的继承，不但其情节，而且其文字表现也跟《目连救母经》相同不二。[①]

据分析，另一部《生天宝卷》与《目连宝卷》相对照虽然结构不同（这部宝卷以“分”来划分段落），但是内容极其接近，甚至有些句式是完全一样的。因从《目连宝卷》到《生天宝卷》不到二百年的时间里，以目连救母故事为题材的各种形式文艺作品（如宝卷、戏曲、民间小曲等）相继问世，并广泛得以传播，故事的内容也在传播过程中由简而繁，逐渐丰富，所以后来的《生天宝卷》中，才增加了刘价、益利、金卮、阿奴等人物故事情节。[②]

小南先生于2009年12月完成的《〈白蛇传〉与宋代的杭州》一文，讨论了《白蛇传》这一作品。作为中国古代“四大民间传说”之一，有关其起源记载一说源于唐传奇《白蛇记》（《太平广记》卷458），一说源于宋话本《西湖三塔记》。白蛇故事从宋以来的民间说唱到明中叶冯梦龙话本《白娘子永镇雷峰塔》，再到已佚的明陈六龙《雷峰记》传奇，经清乾隆三年黄图珌看山阁集本《雷峰塔》传奇、梨园旧钞本和乾隆三十六年方成培《雷峰塔》传奇，直到晚清弹词、宝卷和各种民间说唱，这种发展是一个并非直线的复杂过程。[③] 宝卷中有关讲述白蛇传故事的有《绣像白氏宝卷》[④]《浙江杭州府钱塘县雷峰宝卷》。[⑤]

言而要之，宝卷这种说唱文学形式，它大多取材于历史、小说、民间故事。小南先生21世纪初的著述虽未提及宝卷，但对目连变文、白蛇传等的研究都与宝卷有着密切的联系。基于前期小南一郎对小说、民俗的深入研究，具备了深厚的知识储备和学养积淀，可以认为他在新世纪对宝卷

---

① ［日］田仲一成《元代佛典〈佛说目连救母经〉向〈目连宝卷〉与闽北目连戏的文学性演变》，《人文中国学报》2013年第19期。

② 戴云《〈佛说目连救母经〉研究》，《佛学研究》2002年第11期。

③ 虞卓娅《〈雷峰塔〉传奇与〈雷峰宝卷〉》，《浙江海洋学院学报（人文科学版）》1999年第4期。

④ 《绣像白氏宝卷》，清光绪三十四年（1908年）刻本。

⑤ 《浙江杭州府钱塘县雷峰宝卷》，杭州浙江景文斋，玛瑙经房。

展开研究，是他对之前的学术研究的自然延伸。

文学研究从来都不是单纯的文学领域内之事，而是跨学科的、综合性的研究。小南一郎的文学研究历程，从最初古典文学，到后来神话传说、民间文学，再到现如今的宗教文学，研究方向的几次转向凸显出文学研究的多元化、综合化、跨学科化的特性，从纯文学到文化历史，再到民间宗教，这一历程恰恰也是文学研究的多层次性和体系化的所在。

在通往宝卷研究这条道路之上，中日两位大家，车锡伦和泽田瑞穗两位先生，给小南先生带来了决定性的影响。小南一郎本人在回复笔者的邮件中谈道："关于我的宝卷研究，最初受到泽田瑞穗先生中国说唱文艺研究的影响，从宗教文艺的观点出发，对宝卷产生了兴趣。真正接触宝卷实物是在车锡伦教授的帮助下，向各地的大学和图书馆询问了有关日本收藏宝卷情况以后的事情了。"①

近几年来，小南先生以宝卷命名的论文，有 2011 年的《香山宝卷——观世音菩萨的中国生涯》、2014 年《初期的宝卷——以〈销释金刚科仪〉为中心》以及 2018 年《中国近世宗教文艺的特性——以宝卷（宣卷）为中心》这三篇。

在《香山宝卷——观世音菩萨的中国生涯》②一文中，作者通过对宝卷这一民间文学中观世音菩萨在人间经历的分析，探讨了观世音信仰在中国近世得以广泛流传和接受的原因。

第一部分，作者对吉冈义丰收藏的乾隆版《香山宝卷》和宋代祖琇《隆兴佛教编年通论》这两部作品中的妙善传说故事梗概进行介绍，并加以比较分析。作者认为两部作品整体布局、故事情节大体相同，只有些细微的差异。但也正是这不容忽视的细小差别，反映出宝卷这一民间文学艺术的特性。譬如，当被父亲逼迫结婚时，《编年通论》中的妙善秉持佛教教规，祈愿潜心修行脱离苦海。而《香山宝卷》中的妙善先是强调死后

① 2020 年 1 月 17 日，小南一郎给笔者的邮件中提到的内容。
② 小南一郎于 2011 年 11 月发表在《桃之会论文集 5 集》上的一篇论文。

坠入地狱之恐怖,而后表示如若非要嫁人,世间名医也可。从妙善的言语态度中我们可以看到她对超越身份差异、追求平等关系的渴求。小南一郎指出这种平等在敦煌的俗文学中也屡见不鲜,面对无常(死亡)的时候,贵贱区分毫无意义,它强调的是在虚无面前的平等。

第二部分,作者就《刘香宝卷》的大致内容进行介绍,《刘香宝卷》与《香山宝卷》的共同点是都讲述了女性在经营家庭生活的同时修行佛道,受尽千辛万苦之后修成正果成仙成佛的主题思想。所以作者将这类宝卷统称为妇女修行故事宝卷。通过对两部作品的对比分析,小南一郎认为宝卷中记述的女性苦难,不仅是在中国传统家庭体制的重压下所受的苦难,更是对这种不合理的家庭制度发起挑战而造成的苦难。香山宝卷所讲述的观世音菩萨的现世经历,集中反映了中国近代时期,克服各种困苦、坚持信仰、努力修行的女性们的愿望和生活实态。正是因为现实中的女性生活痛苦,希望通过观音信仰跨越苦难,所以宝卷故事才得以广泛流传。这也是中国的观世音菩萨多为女性的原因所在。

第二篇《初期的宝卷——以〈销释金刚科仪〉为中心》,①作者以初期的宝卷——销释金刚科仪为例,探究其背后宣卷场合及其内容中具有特征性的形态要素。作者首先介绍了销释金刚科仪中《金刚般若经》讲释前后发愿、诵经、结愿等一系列规仪。其次,作者认为《销释金刚科仪》中记载的金刚道场不仅与禅宗有密切关系,其中也混杂较多的净土思想。并以其中离相寂灭分第十四分为例,说明《销释金刚科仪》是遵循一定程序通过说唱相互交替的形式对《金刚般若经》进行经典解释,这一形式类似于敦煌的讲经文。最后,通过长篇小说《金瓶梅》中的记叙,让我们清晰地看到明代《金刚科仪》现场表演的具体情况。作为初期宝卷的《销释金刚科仪》同敦煌讲经文之间的关系等问题非常重要,有必要继续探讨。

第三篇《中国近世宗教文艺的特性——以宝卷(宣卷)为中心》一文

---

① 小南一郎于2014年3月完成科学研究费"中国江南唱导文艺研究——表演·文本·信仰"的研究报告。

中以浙江省为中心对中国华东乡村地区的民间文艺进行了田野调查。

第一部分，小南先生认为宝卷这一说唱艺术直接承袭引用了明清以后的宝卷传统，与具有宗教性质的宋代宝卷大相径庭，现如今在浙江周边的宣卷艺术大多数题材为世俗故事，并且对绍兴近郊农村地区名为宣卷的民间艺术之说唱内容以及具体仪式经过进行了概括综述；并将中国的表演艺术实态同日本的传统艺能（表演艺术）加以比较，认为相比日本艺能，中国文艺即使唱词被艺术化，说唱内容被世俗化，但故事情节依旧作为原有宗教礼仪结构中的一部分被保留了下来。

第二部分，借田仲一成的观点表示中国戏剧的历史是以安抚孤魂这一要素为契机，实现宗教礼仪向表演艺术的飞跃。戏剧在宋代之后的都市文化发展过程中，宗教色彩逐渐淡化，向艺术表演方向改变。而后用盂兰盆会·中元节祭祀变迁以及《目连宝卷》内容为例，展示了在共同进行宗教祭祀之时，有关孤魂救济这一祭祀目的的异同，强调了中国近世文艺的发展与孤魂观念存在着必然联系。

小南先生宝卷研究路径的形成，就客观性而言，因宝卷是宗教和民间信仰活动相结合的说唱文学形式，它大多取材于历史、小说、民间故事，而小南先生从20世纪起就一直从事神话历史、古小说、民间风俗的研究，所以向宝卷俗文学方向转移具有一定的必然性。就主观性而言，小南先生深受车锡伦和泽田瑞穗中日两位宝卷大家的影响，自成一家，形成了独树一帜的研究风格。

小南先生侧重于对中国江南地区宝卷，特别是浙江地区宝卷说唱形态及特征的研究分析，曾多次前往绍兴进行实地调查，“在新甸村聆听了《割麦龙图》《卖花龙图》和《卖水龙图》的‘三包龙图’曲目……听取了《张四姐宝卷》《贤孝宝卷》《忠孝龙图宝卷》《玉钗宝卷》《碧玉带宝卷》《双贵图宝卷》和《双状元宝卷》……”①此外，有关研究方法，小南先生在遵循唯物主义立场之上，十分重视文本与外部社会之间的关系研究。他

① 陈安梅《中国宝卷在日本》，王定勇主编《中国宝卷国际研讨会论文集》，第58页。

本人在致笔者的邮件中说道："宝卷，作为文字文本并不难懂，但是其产生的社会背景却很难把握。目前，我从明朝后半期的善书与宝卷的关系出发，考虑宝卷所具有的社会机能。同时，我对现在浙江等地进行的宣卷实况及其社会背景颇有兴趣……在日本很难接触到贵国（中国）民间文艺的实际状态，即便做研究，也有一种强烈的隔靴搔痒之感。"①从上文小南先生对《香山宝卷》《销释金刚科仪》等宝卷研究的展开看得出他侧重于从时代的大背景出发探讨宝卷形成和发展过程中的相关问题，在研究宣卷等说唱表演艺术形式时则注重与现代社会环境之间的关系。他曾说过："对于小说史的研究，迄今所进行的主要是从广阔历史观点所作的某一时代的分析，和有关作者传记与版本等个别详细事实的探讨。但是笔者认为在目前看来是有些过分热衷于这些方法的情况下，除了由'宏观'出发所做出的历史分析和深入'微观'发掘的个别分析之外，还有必要确定把特定作品或作品群的个性与时代结合起来加以分析的'中观'。"②小说史的研究如此，宝卷研究亦是如此。在"宏观"和"微观"视角之外，将文本同时代环境相结合的"中观"法亦是小南先生独特的研究方法。

宝卷中包含着广大人民群众伦理信念、道德理想最直接的诉求，在发挥文娱功能的同时，也抒发民众的宗教情感。所以对宝卷的研究亦是对中国古代社会民众宗教信仰、伦理传统、意识形态等方面的探索。小南先生将宝卷作为一种文化现象进行研究，对于探求不同时代的社会背景、考察民间的文艺价值以及弥补传统古典文学"雅文学"之外的空缺具有重要意义，同时通过"他者"视角展开宝卷的整理与研究也会为我们提供新的启示和帮助，这对我国的宝卷研究而言也必将是浓墨重彩的一笔。此外，自狩野直喜率先在日本京都帝国大学建立中国俗文学学术体系以来，

① 邮件原文："宝巻は、テキストとしてはそれほど読みにくいものではありませんが、それを産み出した社会背景はなかなか把握しにくく、現在のところ、明朝後半期の善書と宝巻との関係から宝巻の持つ社会的機能を考えようとしております。また、現在、浙江省などで行なわれている宣巻の実態とその社会的背景にも興味があります。……日本におりますと、貴国の民間文藝の実態にはなかなか触れがたく、研究をしていても、隔靴掻痒の感じが強くいたします。"（笔者译）

② ［日］小南一郎《中国的神话传说与古小说》，孙昌武译，第2页。

相继涌现出像青木正儿、吉川幸次郎、田中谦二这样中国戏曲研究史大家。小南一郎作为吉川幸次郎的得意门生亦备受瞩目。前人多注重元明清的小说戏曲，而小南先生在秉承广博深厚的日本汉学传统上，将目光转向俗文学的另一大领域即讲唱文学。作为"变文"的嫡系子孙——宝卷，其关注的人寥寥无几。小南先生"会通古今、打透雅俗"，取溶西学，融通中日，旧学新知，在前人构建的俗文学体系之下，进一步拓宽研究领域，深化日本汉学传统，其意义价值不言而喻。

三、京都学派与小南一郎的俗文学研究方法

2010 年 3 月 21—25 日，年近七旬的小南一郎同松家裕子、矶部佑子三人到绍兴钱清镇新甸村翁宅、斗门镇荷湖村关帝庙和东浦镇杨川村龙口庙进行宣卷的实地调查工作。① 支撑这位古稀老人漂洋过海进行田野考察的想必是对京都学派作风一贯的坚守。1960 年小南一郎考入日本京都大学文学部中国文学科，师从吉川幸次郎和小川环树两位大家。1969 年京大博士毕业后便留校任教，直到 63 岁退休。

明治以来，日本"脱亚入欧"，但是在汉学研究方面，原来江户时代的学术传统、研究成果，仍然被以各种不同的方式继承着。② 京都学派中国俗文学研究的开山祖师狩野直喜其治学特色或学风，用他自己的话说就是"考证学"，他认为中国学研究有两个方面，一是经史之理论研究，二是现实中国之风俗习惯研究。研究客体不同，研究方法亦不同，换言之，一则由古及今，一则由今及古，前者乃和汉学者③之方法，后者乃是现今西洋汉学家之方法。④ 继狩野先生之后，在中国小说戏曲研究领域堪称领袖、小南一郎的老师吉川幸次郎先生曾这样评价京都学派："京大继承了

① ［日］矶部祐子《绍兴的宝卷——以〈三包宝卷〉为中心》，《桃之会论集五集（吴羽专号）》2011 年 5 月。

② 李庆《日本汉学史·第一部·起源和确立》，上海人民出版社，2010 年，第 5 页。

③ 和汉学者即研究日本和中国学问的学者。

④ 张真《狩野直喜与日本的中国俗文学研究》，《国际汉学》2018 年第 4 期。

清朝的考证学,重视数据的斟酌、新资料的发现、作品的精密解读;又在元曲研究上参考了法国人的论著之类,强调科学主义的立场。尔来,东大是在汉学的传统上加以西洋文学的方法论;京大则是清朝的考证学加欧洲的东洋学。东西各自保其学风,作为我国中国文学研究的核心,扮演了重要的角色。”[①]刘正曾将东洋史学京都学派的治学方法归纳为四点:“考证学为方法、考古学为辅助、语言学为工具、文献学为核心。”[②]

梁启超在《清代学术概论》中指出:(考据学)其治学之根本方法,在“实事求是”“无征不信”。其研究范围以经学为中心,而衍及小学、音韵、史学、天算、水利、典章制度、金石、校勘、辑佚,等等。[③] 上承清代考据学的京都派学人,从“京都中国学”奠基人狩野直喜到“汉学泰斗”吉川幸次郎,再到现如今第三代京都学派代表人物小南一郎,一脉相承的是历史唯物主义“实事求是”“无征不信”的治学方法,亘古不变的是严谨细致、求真务实的治学态度。

以前文提到的《中国的神话传说与古小说》一书为例,此书与其他学术著作最大的不同在于,小南先生使用近 80 幅考古出土的实物图像,充分运用京都学派崇尚的考据学方法,对各种文化现象赋予新的阐释。以第一章节“西王母与七夕文化传承”为例,作者在分析牵牛织女的故事时,先引用了一段王蒂桥的童年回忆(口传叙述),将梁祝二人死后升天变成牵牛织女的故事通过口传的形式展现出来,以示牵牛织女故事的传承具有较强的可塑性。而后通过对中国山东、河南出土的牵牛织女画像石、朝鲜墓葬壁画等考古文物(物的叙事、图像叙事),以及《诗经》《古诗十九首》《太平御览》等传世文献中的记载(间接书证的文字叙述)进行分析,将牵牛织女等一系列民间故事进行了分类整理,然后通过民间传说故事的不断变换显示出世俗化倾向。紧接着是对牛郎织女这一故事中西王母女神形象进行分析,用直接书证的文字叙述证明在殷商卜辞中已可见

① [日]吉川幸次郎《中国文学研究史》,《全集》第 17 卷,第 396 页。
② 刘正《京都学派》,中华书局,2009 年,第 219—220 页。
③ 梁启超《清代学术概论》,朱维铮导读,上海古籍出版社,2004 年,第 5 页。

西王母前身的踪影,殷商之后的传世文献如《山海经》《穆天子传》《汉武帝内传》等均有对西王母的描述。通过对不同时期西王母形象传承的考证,作者将各种性质的传承分为神话的(宗教的)传承和传说的传承两类。在不同时代的社会环境中,以神话传承为核心的西王母从最初的"神化"逐渐"人化",通过这一文艺形式的流传方式,可以窥探时代独有的社会背景和人际关系。小南一郎通过祖述的考据方法,对文献旁征博引、精细研求以及详尽且极具说服力的阐释,完美展现了对京都学派传统学术思想和方法的继承。

除了以对祖述考据为研究态度之外,小南一郎又融合了西方汉学的实证主义研究方法。

19 世纪末,在福泽谕吉"如果想使本国文明进步,就必须以欧洲文明为目标,确定它为一切议论的标准"①的现代文明论背景之下,兰克史学传入日本,并受到日本学者的重视和推崇。兰克认为撰写历史,必须要秉持客观公正的原则。就是在这种以"如实直书"为指导、文献考证为基础的实证主义研究方法的影响之下,才有了后来日本学人白鸟库吉的"尧舜禹否定论"的出现。虽然最初以西洋为标准、特别推崇实证主义之风的东京学派,与由乾嘉考证学发展而来的京都学派互有所长,但经过近一个世纪的发展,狩野直喜口中的"和汉学者之方法"与"西洋汉学家之方法"已经融合在一起。

继承吉川幸次郎衣钵的小南先生,承袭传统考据方法之外,最具创新的当属将文化人类学、考古学的基本研究方法论——田野调查直接运用到宝卷研究之中,通过直接观察法的实践和应用,获取原始资料。因宝卷内容涉及宗教思想、文学故事、民间习俗、民间音乐等多个层面,承载着民众伦理道德和精神信仰,所以如果死守文本中心主义、学科中心主义,那么所谓的研究也只能是"闭门造车",走进了"死胡同"。因此,小南先生的研究除集纳神话学、宗教学、民俗学等理论之外,还展开田野调查。大

① ［日］福泽谕吉《文明论概略》,北京编译社译,商务印书馆,2019 年,第 11 页。

量的田野调查让小南先生获得了许多重要的第一手资料，使得其研究在丰富、扎实资料的基础之上，充满活力。正如小南先生在向童岭介绍自己的研究思路时说的："我自己在分析文化现象时，比民族学（文化人类学）更加重视的是民俗学的视野。柳田国男的民俗学，或者是宫本常一的《忘れられた日本人》等著作，给我的影响很大。"[①]鲁慧敏认为，小南先生民俗学、人类学应用受到杜德桥的启迪，也可能受到了宫本常一的"叙谈场合观察法"和柳田国男的民间故事分类法的影响。[②] 是否如鲁慧敏所言还有待进一步考察，但是小南先生通过民俗学、人类学的方法考辨文本背后的社会风貌，挖掘其文字背后流传的真正动力这是不争的事实，这也应该是他多年以来治学目的之所在。

正如李庆先生的评价："他（小南一郎）的研究是实证型的，而又充满着思想和创造性，可以说，他的研究，反映了新一代日本文学研究家的特色。"[③]小南先生曾于2005年在皋埠镇收集宝卷，2010年收集到东浦镇宝卷、钱清镇宝卷和河阳宝卷，向当地民众请教相关宣卷、做会等相关事宜，等等。在产生于西方的人类学、文化人类学的影响之下，小南先生拓宽了原有日本汉学的研究范围和研究方法，运用人类学学科的基本方法论解读中国的民间宗教及民俗宝卷方面诸多问题，在对历史唯物主义基本立场的坚持和对文艺作品客观性结构主义分析的基础之上，广泛搜集最新材料，并展开精细的考证和研读，这无疑是对"精耕细作"的京都学派风格的继承、发扬和创新。

通过以上考察能够较为系统地看出小南一郎俗文学研究一以贯之的几点学术观念及方法：

其一，传承学意识。社会人文学科领域的各分支学科，均有构成其基础的事实与资料，这些资料会随着社会历史时代潮流的发展演变而得以

① 童岭《从〈楚辞〉到唐传奇：矛盾之上，产生伟大作品——小南一郎先生访谈录》，《中华读书报》2015年12月16日。

② 鲁慧敏《论小南一郎的唐传奇小说研究》，华东师范大学2018年学位论文。

③ 李庆《日本汉学史·第五部·变迁和展望》，上海人民出版社，2010年，第315页。

传承,但在具体的传承过程中,这些资料会因各种复杂而具体的主客观因素的影响而产生取舍、选择和变化;反过来说,通过考察这些资料在传承中所发生的变化,就能认识理解该取舍选择变化所发生时代的价值观特征;传承学的意义在于,探讨在这一传承过程中所发生的变化及其所反映的不同时代的表现为价值观的时代特征,并分析其具体过程和意义,以便尽可能地揭示把握特定时代的本质。

所以,关于人的文化现象的整体探讨,首先应当从传承学的观点出发加以探讨,对个别文化现象的分析,也应当在基于传承学观念所进行的基本研究之上,在对其进行充分消化之后,再去进行研究。传承学意识,不仅是其著作的指导思想,也是小南在以后所进行的几乎所有学术研究的基本指导思想。

其二,中观意识。“中观思想”是源于佛教中观学派的一种思维方法,意为观察中道的佛家思想。“中观”指作为正确见解的、佛教自古以来注重的对“中”和“道”的观察。[①] 当然此处的中观并非佛教思想,而是指介于宏观意识和微观意识两者之间的一种理论方法。小南先生认为,小说史研究中有两种常见的理论和方法,一是从广阔的历史观点出发,对具体的作品进行研究,以分析探索某一时代的现象、特征、规律,这是宏观意识;一是偏重对具体的作者、文本等个别详细事实的探讨,这是微观意识。

小南先生主张,一部作品的意义既不能完全由时代环境直接说明,也不能完全由作者个人的个性特点和生活经历来说明,这是中观意识成立的理论前提,而把特定作品或作品群的个性特点,与其所处的时代结合起来分析,即为中观。笔者认为,小南先生的“中观意识”实则是对“宏观意识”和“微观意识”的折中和融合,既不是探寻宏大的历史背景,也不是仅注重对个别对象的分析,而是将两者巧妙有机地结合起来,这实际是历史

---

① ［日］斋藤明《中观思想的形成与发展——以龙树的定位为中心》,何欢欢译,《世界哲学》2013 年第 4 期。

唯物主义的立场观点和方法。

其三,结构主义的方法。用结构主义的理论和方法,对具体作品依据其内在结构来进行分析,特别适用于民间故事之类的作品。但必须指出,在进行具体的作品分析时,小南一郎还是有所保留的,他并没有通过客观解构,把作品架空到彻底脱离时代历史背景的纯客观高度,分解到无机物状态,然后又重新加以组合,而是在中观意识和方法的基础上,力求确定作品在历史环境中的位置,特别是具体作品所具有的特定位置、作用和客观意义。

由此来看,小南一郎并不是一个结构主义学者,某种程度上,或许可以认为他是一个历史唯物主义的践行者,是在历史唯物主义的理论基础上,用现代思想观念意识方法,思考分析古代传说,其中借鉴使用了结构主义方法。

其四,京都学派的学术传统。京都学派是日本国内研究传承中国文化历史哲学的重要学术派别,一般认为,京都学派在学术方法上全面直接地承袭了中国清代乾嘉学人的考据学传统,注重严格的古典文献学训练,针对所要研习的著作,首先进行目录学、版本学的甄选,以确定最佳版本;然后进行严格的语言文字的考校勘定;之后才是通常意义上的研习。而在具体的学术实践中,校勘考订和研习通常会交织杂糅在一起。

京都学派的古典文献学的严格训练,在某种意义上或许可以理解为具有一定的强制性,但是并不意味着其对学术思想和方法的限制,在完成了这一文献学训练之后,学生可以自主决定接下来的工作学习内容和方法。正是在这一可以自主决定研究内容和方法的阶段,作为京都学派第三代杰出人物的小南一郎,继承了前辈学者的传统和成果,吸取了现代欧美学者的理论观点方法,将这些融入了自己的研究,取得令人瞩目的成果,不仅促进了京都学派的有影响力的发展,也对当代日本汉学做出了杰出贡献。

综上所述,小南先生作为京都学派中宝卷学的领军人物,既有对京都学派传统学风、传统研究方法的秉承与坚持,与此同时又融合西方汉学的实证主义研究之法，引用文化人类学的田野调查，尤其注重宝卷在历史长河中与民众信仰的关联以及在现代社会中的传承、流布和存续等问题，为中国宝卷研究多元化、国际化的发展注入新鲜活力，也正因如此令其在日本汉学宝卷学领域中独领风骚。

最后借小南先生自己的话做以总结："探讨文化现象，犹如深海探宝。有时候潜入到文化现象的深处，以为发现了那里无限美好的珠宝，可当把它们打捞出海面，赋予它们语言形式的时候，往往留在手中的却只是失去美感的普通顽石。然而尽管如此，仍然要不断地精进努力，对美的探求永无怨悔，这大概就是有志探寻文化现象历史的研究者的宿命吧。"①

（李永平、范夏苇）

第三节　《香山宝卷》在越南的传播及流变*

宝卷是中国宗教说唱文学文本，集信仰、娱乐、教化为一体，是民间宗教信仰与文化生活的重要体现。在中国俗文学史上，《香山宝卷》作为早期宝卷，带着变文向宝卷过渡中的重要痕迹。《香山宝卷》在中国广泛刻印、传抄，车锡伦编《中国宝卷总目》中《香山宝卷》条下列抄、印本有二十八种，最早版本为清代乾隆三十八年（1773）古杭昭庆大字经坊刊行，原书为日本学者吉冈义丰收藏；另列河内存清刊本一种，但未交代任何版本信息。② 笔者据实地考察发现越南所存《香山宝卷》刊印时间为 1772 年，但并不是中国刊本，而是据中国楞严寺底本在越南重印本。由于《香山宝卷》在宝卷乃至俗文学中占有重要一席，它曾引起国内外学者的广泛

① ［日］小南一郎《中国的神话传说与古小说》，孙昌武译，第 440 页。

* 本文系国家社科一般项目"越南北使汉文文学整理与研究"（项目批准号 18BZW094）、国家社科基金重大招标项目"海外藏中国宝卷整理与研究"（项目编号：17ZDA267）阶段性成果。

② 车锡伦编著《中国宝卷总目》，"中研院"中国文哲研究所，1999 年，第 160—161 页。

关注，不仅车锡伦、李世瑜、马西沙等前辈学者在著述中多有提及，而且韩秉方进一步指出《香山宝卷》诞生于宋代，①李永平从人类学角度探究其产生根源，②白若思则对常熟地区《香山宝卷》作具体研究。③虽然近年来中国传播至域外的俗文学成为研究界关注热点之一，但宝卷在海外的传播关注者很少，且多以欧美地区留存宝卷为重点，如崔蕴华曾就牛津大学博德利图书馆藏中国宝卷30种进行介绍。④越南作为汉文化圈中重要成员，曾长期流传着中国宝卷，学界却知者寥寥。本文拟以《香山宝卷》作为切入点，探讨越南汉喃院存1772年安南本《香山宝卷》的版本价值，同时探究《香山宝卷》在越南本土化中喃字改译本与越南语改写本的特征。以祈君子大家指教。

一、重印：安南本《香山宝卷》的刊本特征

在汉文化圈中，日、朝、越三国受中国文化影响至深。中国有许多古籍通过人员交流传播至这三个国家。它们还积极翻刻中国典籍，现有大量早已散佚的中国古籍借此得以保存。为了与中国刻本相区别，学界称之为“和刻本”“高丽本”“安南本”。越南地处南方，湿热多虫，外加连年兵火频仍，许多书籍湮灭无存。越南留存古籍多为19世纪抄本，且有许多抄本重复誊抄。在域外三类刻本中，“安南本”存世量少、精刻者稀见，因而尤为凸显价值。

据现有研究看，《香山宝卷》传入越南早期主要以汉字重印本形式传播。越南存1772年版《香山宝卷》即为报恩寺主持，众多寺庙中僧侣参

---

① 韩秉方《观世音信仰与妙善的传说——兼及我国最早一部宝卷〈香山宝卷〉的诞生》，《世界宗教研究》2004年第2期。

② 李永平《神授天书与代圣立言：〈香山宝卷〉的人类学考察——以〈香山宝卷〉为中心的考察》，《民俗研究》2012年第6期。

③ ［俄］白若思《当代常熟〈香山宝卷〉的讲唱和相关仪式》，《常熟理工学院学报》2017年第3期。

④ 崔蕴华《牛津大学藏中国宝卷述略》，《北京社会科学》2015年第4期，第47—53页。

与印制。此外还存一本《观音济度本愿真经》的重印本，为陈智成重印于河内玉山三圣庙，题中国“咸丰九年(1859)新镌原板”“惟诚堂刊于光绪十二年(1886)丙戌孟冬”。书前有东阳主人董沐敬跋。① 据车锡伦《中国宝卷总目》所题其编撰者广野山人月魄氏，为清代道光年间青莲教首彭德源。② 越南书籍印刷中占比较多的形式有官刻、坊刻、寺院刻三种，不同刻印机构各有侧重：越南官刻由中央政府把持，主要刊印正史、儒书、御制书；越南坊刻由众多书坊组成，主要刊印通俗文学、举业书、医药书；寺院刻书主要是佛经及与佛教人物相关的书籍。寺庙是越南书籍刊刻的重要基地，据刘玉珺考证至少有139座以上。③ 中国宝卷中很多内容都直接与宗教相关，因而也成为寺庙刊印选材之一。除此之外，越南还有一些村社、宗祠乃至家宅刻印也是书籍刊印的一种形式。村社是越南基层社会中重要的一种社会形式，宗祠成为连接越南家族形式的重要方式，它们常是越南基层民众集体活动的基本社会组织。这些村社组织及个人也常因信仰的需要按实际能力刊印一些与宗教相关的书籍，但现存并未见村社及家族刊印的《香山宝卷》流传。

《香山宝卷》何时传至越南因囿于资料无从考证。越南河内汉喃院现存安南本《香山宝卷》一种，藏书编号VHc.346。136页，高28厘米，宽16厘米。单边框，正文八栏，每栏十八字，板心题“香山宝卷”及页码。封面题《香山宝卷》，文内正文题《大悲观世音菩萨香山宝卷》。书中收录序文三篇，前两篇为景兴三十三年(1772)再版序文：《御制刊刻香山宝卷序》、洞宗本来和尚《重刊大悲菩萨香山宝卷序》。第三篇序文亦题为《重刊大悲菩萨香山宝卷序》，但未题撰写人及撰写时间。该书由报恩寺僧正毗丘海阔督刻，越南著名刊刻中心柳幢社刊刻，板留报恩寺中。其卷末处有“嘉兴府楞严寺重刻《香山宝卷》，寓金陵聚宝门里东廊下，陈龙山经房印请流通诸经”。以一双边黑方框重点标识，方框上饰荷叶下绘莲花

① 《观音济度本愿真经》，越南河内汉喃院藏，藏书编号AC.154。
② 车锡伦编著《中国宝卷总目》，第94页。
③ 刘玉珺《越南汉喃古籍的文献学研究》，中华书局，2007年，第109页。

点缀。从中可知其所据刊刻底本为嘉兴府楞严寺的刻印本。虽然未知其底本的具体刊刻年代,但从嘉兴府楞严寺在明代刊印有多本经书来看,安南本所据的底本可能也是明代刊刻。楞严寺现存明刊本有万历十四年(1586)《玄奘辩机: 大唐西域记》,崇祯七年(1634)的《神僧传》等。安南本《香山宝卷》,字体工整,文本精美,是越南刊刻本中难得的精品。

安南本《香山宝卷》不题撰写人,《越南汉喃文献目录提要》题为"宋 · 蒋之奇撰",[①]此处有明显失误之处。其错录作者原因在于误读该本序文。安南本《香山宝卷》序三中称:

> 宋间开国公蒋之奇撰《汝州香山大悲菩萨传》。昔有终南山宣律师行道之时,日夜精进,感得天神侍卫。律师问云:"我闻观音大士而于此土有大因缘,未知菩萨灵踪,发于何地。"天神答曰:"菩萨灵异于此,功不可思,欲人人而获福,令个个免灾殃。"粤中有贵官某尝闻此经,深蒙感应。遂捐己资及募众缘,命工浸梓,以广流传。而请余言席之。[②]

序二洞宗本来和尚在文中亦称:"造像、刊经留传,自大宋至兹,无方不有。"然该书序中所提蒋之奇所撰《汝州香山大悲菩萨传》虽与《香山宝卷》渊源极深,但并不是《香山宝卷》。蒋之奇所撰《汝州香山大悲菩萨传》后经蔡京所书,题名《香山大悲菩萨传碑》(俗称"蔡京碑"),立于"汝州香山寺"(现为河南平顶山市香山普门禅寺)中。该碑于北宋元符三年(1100)所立,现仍存,碑文中称:

> 道宣律师在长安终南山灵感寺行道。律师宿植德本,净修梵行。感致天神给侍左右。师一日问天神曰:"我闻观音大士于此土有缘,

① 刘春银、王小盾、陈义主编《越南汉喃文献目录提要》,"中研院"中国文哲研究所,2003年,第620页。

② 《香山宝卷》,越南河内汉喃院藏,藏书编号VHc. 346。

不审灵踪？发何地最胜？”天神曰：“观音示现无方，而肉身降迹，惟香山因缘最为胜妙。”师曰：“香山今在何所？”天神曰：“嵩岳之南二百余里，有三山并列，其中为香山，即菩萨成道之地。”①

中国有关观音的宝卷存世者众，现存安南本《香山宝卷》以中国刻本为底本，在文献刊刻形式上与中国相似。安南本《香山宝卷》的主要刊刻地柳幢所学的印刷技术就来自中国。越南后黎朝使臣梁如鹄在越南被尊称为刻字业的“祖师爷”。他于1443年与1459年两次出使明朝，学习中国雕板刻印技术并带回家乡海阳嘉禄县的红蓼，很快这一技术就传播至同县柳幢。红蓼、柳幢也成为越南的刻印中心。然越南现存安南本《香山宝卷》作为目前已知存世最早的版本，相较于中国刊本，它仍有自己的特征与价值，主要有以下几点：

从刊刻者身份上看，安南本《香山宝卷》由越南皇帝亲自参与主持。中国宝卷多在民间流通，虽出现一部分刊刻者依附于官府现象，如明正德初年罗清所著《五部六册》，在清代刊本上也常在卷首出现一图画，上书“御制”及“皇帝万岁万岁万万岁”字样，但实多为避免官府追查而托伪粉饰。宝卷因与民间宗教联系密切，因而在印刷时常受阻扰且常受官府查处，如明代朱国祯《涌幢小品》中载明成化年间查处多部“邪书”且称“妖书图本，举皆妄诞不经之言……传习者必有刑诛”。② 清政府查办“邪教”档案载的民间宗教经卷中也有多部宝卷，如《伏魔宝卷》《龙牌宝卷》《皇极宝卷真经》《九莲宝卷》《普贤菩萨度华亭宝卷》等。③ 由于佛教在越南独特的地位，李、陈朝时期被列为“国教”，黎、阮朝虽尊奉儒教，但依然是“儒、道、释三教统一”的局面，因而宝卷在越南流通时从未出现被抑制现象。景兴三十三年，黎朝显宗皇帝在《御制刊刻香山宝卷序》中对《香山

① 碑现存于河南平顶山市香山普门禅寺中。

② （明）朱国祯《涌幢小品》，《百部丛书增编（二）》070，海豚出版社，2016年，第477页。

③ 车锡伦编著《中国宝卷总目》，第276—286页。

宝卷》有高度评价，其言：

> 朕览普门品寔，能利人济物。如昊日当天，迷云顿净；如清钟响夜，幻梦于消。来龙象于无穷，垂浩劫而不泯。用是采辑校刊，昭示宇内，俾知敬仰大法。朕念释教东来，阅三千载，著书行世，莫匪至人本一性之圆通，作万年之寔语，即此经卷可信为真，古德之所显言，当来之所默印。是以序而传之。非曰朕之序句，可与从上大善知识比肩也。观者切莫哂焉。①

除了皇帝亲自参与，还有多位高官参与刊印，如丁未科(1727)进士尚书义方侯阮嶧、辅国上将军都督府少保严郡公郑柄等。可见《香山宝卷》在越南受重视程度。

从刊刻流通者人员看，越南有众多寺庙僧侣参与安南本《香山宝卷》的刊刻、流通。中国现存《香山宝卷》多由某一寺庙承印，如在光绪四年(1878)南海普陀山常明禅院、光绪十二年(1886)万松经房印；或由个人主持刊于书坊，如智公禅师重修刊于光绪十九年(1893)东瓯郭文元堂等。与中国《香山宝卷》中列出较少的参与者相比，安南本《香山宝卷》虽由报恩寺督刻却有众多寺庙也参与其中。在该本卷首列出众多寺庙的僧侣，既有与统治者密切相关者，如王府奉颁主持仙迹寺准应和尚、王府正法事莲宗和尚、王府正法事统宗大和尚护国僧等，也有一些地方村舍的僧侣前来参加，如来自定香社崇宁寺、光览社市村福林寺等寺庙者。

从捐资人身份上看，安南本《香山宝卷》有众多捐赠者，尤其是女性。中国现存观音宝卷多由个人或僧侣募捐刊刻，如惟诚堂刊于光绪十二年《观音济度本愿真经》中东阳主人董沐敬跋称："思欲刻施流布，有志未逮。藏诸笥中已数十年于兹矣。因思善与人同，遂出此书以告同志，皆大

① 《香山宝卷》，越南河内汉喃院藏，藏书编号 VHc. 346。

赞叹,踊跃乐为剞劂。因捐囊共襄力盛举。”①中国清刊本上列捐资者寥寥,安南本《香山宝卷》却有众多的捐资者,书末附功德板列捐资人三类:一是以全家名义捐赠,如阮伟、阮名荧、阮登劳、高得璠等人;二是寺庙僧尼,如镇国寺、含龙寺、延福寺等僧尼;三是众多的女信徒,包括职官太太、儒生之妻甚至有公主黎氏玉琰、宫嫔阮氏尧等。

从上述内容可见,安南本《香山宝卷》以中国刻本为底本,在刊本的形式体制方面直承于中国。但它在刊刻主持者、刊本流通参与者、捐资人等方面与中国宝卷刻本又有一定的差异性。安南本《香山宝卷》作为现知最早的《香山宝卷》刊本,其在版本价值、中越文化流通史中都占有重要价值。

二、流传:现存《香山宝卷》的喃译本

宝卷作为一种说唱文本,在中国的传播方式有文字、口头两种形式。口头传播即按照一定的仪轨说唱宝卷内容,俗称“念卷”“宣卷”。由安南本《香山宝卷》在景兴三十三年(1772)刊印可知《香山宝卷》在18世纪越南民间已有广泛流传。但这部以汉字为基础的说唱类作品,如何在发音方式上与汉字迥异的民族语境里流通传播呢?

越南佛教主要是北传佛教,很多佛家经典都来源于中国,如《大越史记全书·黎卧朝纪》载丁未十四年“黄成雅献白犀于宋,乞大藏经文”;《李太祖纪》丁巳八年,“遣员外郎阮道清、范鹤如宋,乞三藏经”;广南阮氏在重修天姥寺时“遣人如清,购《大藏经》与《律论》千余部置寺院”。②汉字一直是越南文人科举、文学作品书写的基础。自丁部领脱离宋朝自治至1919年阮朝官方正式废除,汉字一直是越南的官方文字。科举作为

① 《观音济度本愿真经》,同治庚午年(1870)刻本影印本,《民间宝卷》第十辑,黄山书社,2005年,第381—382页。

② 阮朝国史馆编撰《大南实录前编》,庆应义塾大学语学研究所影印本,1961年,第118页。

越南选官制度,在科考中也是使用汉字。由此,越南文人、僧侣都熟知汉字,可以通读汉文书籍。这才出现《香山宝卷》在越南的重刊重印。

但越南建立独立政权之后,汉字与越南地方口语差别越来越大。随着社会的发展,汉字在越南最终脱离了人们的日常生活。这给越南民众生活带来诸多不便。一些有识之士就借助汉字构造出符合越南人口语的新字即喃字,被民众称为 Chũ' Nôm(字喃)。虽然喃字产生后,越南官方并不重视,甚至严厉打压。但喃字因为贴近口语却被老百姓普遍接受。喃字产生之后,越南人的口头文学被记录成文,大量的中国戏剧、小说以及与人民生活密切相关的蒙学、医学等书籍都被翻译成喃字形式。在一些普通百姓中如乡约、碑文、家谱等都用喃字书写,可以说喃字成为记录民间文化的重要形式。《香山宝卷》主要流通于民间,也必然需要喃字译本的出现以适应普通百姓的需求。

随着《香山宝卷》的流传,越南文人本土喃译随之出现,《香山宝卷》的喃译本主要有以下两种流通方式:

其一,通过改译,以喃译印本形式传播。《香山宝卷》在越南有多种不同版本的喃译本,目前存世印本有四种:六八体喃诗传《观音真经演义》,[①]又名《德佛婆传·南海观音事迹歌》,存印本七种,启定元年(1916)嘉柳堂印本,106 页;《观世音圣象真经》,[②]存印本一种,54 页,收录汉文《高王观世音真经》六八体喃文《德佛婆传·南海观音事迹歌》,前者讲述观世音菩萨求度众生脱苦海及一些报应故事等内容,后者讲述婆主㔷(即为三公主)于香山寺修行成佛故事;《南海观音本行国语》,[③]存印本一种,86 页,观音佛本行故事,有插图;另有《观音济度本愿真经》的喃译本《南海观音本行国语妙译重刊》。[④]《香山宝卷》的喃译者有僧侣和文人两类人,喃译后的体裁主要是六八体喃诗传形式。喃诗传采用上

① 《观音真经演义》,越南河内汉喃院藏,藏书编号 AB. 631。
② 《观世音圣象真经》,越南河内汉喃院藏,藏书编号 VNv. 286。
③ 释慧灯编撰《南海观音本行国语》,越南河内汉喃院藏,藏书编号 AB. 550。
④ 《南海观音本行国语妙译重刊》,越南河内汉喃院藏,藏书编号 NC. 489。

六下八句韵文体制，模仿汉文律诗音韵格律，但篇幅与韵律都很灵活。喃诗传既有诗歌的韵味又适合敷衍故事，因此为越南文人广泛用于喃译中国叙事文学作品。

其二，通过抄写，以喃字抄本形式传播。佛教宣扬抄、颂、藏佛教典籍是一种积德行善的功德，受此影响，一些信徒请人抄录或自己亲自抄写。由于喃诗传富有一定的文学性，尤其是经过知名文人润色过的作品还有一些文人抄录收藏。现存喃字抄本三种：《香山观世音真经新译》，[①]抄本一种，为越南知名文人乔莹懋喃译于维新己酉年（1909），并附有《题香山诗》；六八体喃诗传《观音真经演义》抄本两种，98 页。虽然目前所知抄本有限，但考虑到越南民间古籍的大量散佚，不排除有更多抄本存世的可能。

从以上两种书面传播方式可见，《香山宝卷》流传至越南后除少量据中国原书重印以外，主要以喃字改译的方式传播。汉字印本主要流传在僧侣及文人中，因为他们是汉字读本的受众。同时，这些僧侣、文人接受汉文本的《香山宝卷》后又进行喃译，将之传播到普通民众中。

《香山宝卷》在越南也产生重要影响：一方面它促进观音信仰在越南传播。观音在越南被称为“佛婆”“观音佛婆”，《香山宝卷》中三公主“妙善”之名也影响到女性信仰者，越南众多女尼及女信徒都以“妙”字为起首。如赖德公主号“妙莲”，并将个人诗文集题为《妙莲集》。观音类书籍也大量传播，据陈文玾《北书南印板书目》[②]《南书目录》[③]中收录众多观音经传及观音故事，如《观音注解》《观音送子》《观世音圣像》《观音注解传》《香山观世音真经新译》《观音佛事迹演音》等。另一方面，《香山宝卷》还一定程度上丰富了越南文人创作，在越南文坛中出现有关观音的喃诗传、汉喃字小说乃至越南语作品。《香山宝卷》本土化后的“香迹山”

---

① 乔懋莹喃译，陈春韶注释，王丹桂评论《香山观世音真经新译》，越南河内汉喃院藏，藏书编号 AB. 271。

② 陈文玾《北书南印板书目》，越南河内汉喃院藏，藏书编号 VHv. 2691。

③ 陈文玾《南书目录》，越南河内汉喃院藏，藏书编号 VHv. 2692。

也成为越南文人诗赋、散文游记题写对象,如《游香迹山笔记》《香迹峒日程》等。

越南有没有《香山宝卷》的口传形式呢?越南除少数华裔背景的文人能写汉字说汉语外,许多熟练运用汉字的文人都只能书写,却口不能言。如越南出使中国使节多出身科举,精汉诗词赋,但出使中国期间与中国文人只能通过“笔谈”形式交流。口头交流的缺乏由此可见一斑。但考虑到喃字作为越南口语的文字记录方式,口传亦有本可据。这还需要大量的田野调查数据作支撑。

三、流变:《香山宝卷》的越南语改写本

《香山宝卷》在越南重印、喃译后进一步在普通民众中流传。它在流传的过程中逐渐出现本土化现象。越南文人对《香山宝卷》也由最初形式体制上的喃译发展到内容上的改编。在这些故事流变中,以《观音乡迹》《氏敬观音》流传最广。现代越南语随着法国在越南的殖民推广,汉、喃两种文字也随之在19世纪末20世纪初逐渐没落。随着拼音化越南语在民众中的普及,越南文人也用越南语大量翻译改写汉、喃两种文字记载中广为流传的作品,《观音乡迹》《氏敬观音》也得以广泛传播。

Quan Âm Huöng Tích(《观音乡迹》)故事内容主要本于《香山宝卷》,提到妙庄王三公主妙善修行得道之事。但文中有关观音的故事却出现一些越南本地化的改编:

一是将《香山宝卷》中所描述观音故事的发生地改为越南境内。《香山宝卷》中所称“香山寺”源自北宋时观世音信仰圣地汝州香山寺,但随着观音故事的流传,越南文人却将这一“香山寺”搬到越南境内,越南香迹山成为《香山宝卷》中的故事发源地。越南学者称越南香迹山发源于15世纪:“香迹区的寺庙修建,开始于公元15世纪。”①中国观音形象很早

① 何文晋、阮文巨《越南寺院》,世界出版社,2013年,第248页。

就传到越南并对越南民众有很深影响。李太祖己丑六年(1049)建延佑寺[即现在越南河内知名的独柱寺(chùa Một Cột)]便是观音信仰在越南的体现,“初,帝梦观音佛坐莲花台,引帝登台。及觉,语群臣,或以为不祥。有僧禅慧者,劝帝造寺,立石柱于地中,构观音莲花台于其上,如梦中所见。僧徒施绕,诵经求延寿,故名延佑”。[①] 越南李圣宗(1054—1072年在位)时期,观音已在越南有较广流传。李圣宗征占城,皇妃倚兰夫人辅政时“民心化洽,境内安堵,尊奉佛教,人称‘观音女’”。[②]

二是将《香山宝卷》中故事情节与越南历史人物产生关联。安南本《香山宝卷》中有一段情节:“于是,老人引定公主,不觉到了香山。果然好景。公主告曰:‘我三朝二日无饭,如何忍饥。’老人怀中取出一颗仙桃,递与公主吃了。即时身轻体快。”《观音乡迹》中称“香迹山有得道修行人并救度了无数众生的传言从河东省传到了京城,李太宗闻此,便前往香迹山祭拜,李太宗便是十世佛玛转世前给观音指路前往香山洞修行的人,他带了很多白色的荷花前来祭拜,这一年是丁巳年”。[③] 李太宗(1028—1054年在位)原名李佛玛,李朝第二任皇帝,越南历史上有名的英主。李太宗在位期间推崇禅宗佛教,创建“无言通派”,还把佛教定为国教。故事中提到李太宗为观音前往香山洞指路,并于丁巳年(1017)持白荷花前往香山洞祭拜。故事还提到李太宗在香山洞亲听妙善观音弘扬佛法,并赐观音封号为“大德”。“传言皇帝在香山洞里看到了妙善观音并听其弘扬佛法,对她的德行、智慧甚为佩服。皇帝回朝后便向天下颁布诏书曰观音菩萨已经在大越国修成正果,为其赐号‘观音大德’。”[④]

Quan Âm Thị Kính(《氏敬观音传》)[⑤]原为六八体喃诗传,该书通行版本为越南现代学者韶蹊注解本,在越南流传较广。该书讲述氏敬在生

---

① 吴士连著,陈荆和校《大越史记全书》,东京大学东洋文化研究所,1985年,第236页。

② 吴士连著,陈荆和校《大越史记全书》,东京大学东洋文化研究所,1985年,第245页。

③ 释一行编撰《观音乡迹》,加州合流出版社,1997年,第15页。

④ 释一行编撰《观音乡迹》,第16页。

⑤ 韶蹊注解《观音氏敬》,河内文学出版社,1994年,第3—41页。

活中忍辱、慈悲，终于得道，并以自身经历事迹打动亲人皈依佛门的故事。但将《氏敬观音传》与中国《香山宝卷》相比较，即可明显看出两者因袭关系：

一是女主人公都能忍辱修行、慈悲为怀。《氏敬观音传》中的主人公氏敬在生活中屡受猜忌，她先是受丈夫善士的怀疑。因某日善士睡觉时，氏敬看他脸上有一撮胡子，便拿剪刀来剪。孰料却惊醒善士，以为她想谋害于他，便把氏敬赶出家门。随后又被疑忌，氏敬离开家化身男子到庙里皈依佛门，师父赐一法名“敬心”。寺院附近村舍有一位叫氏牟的女子爱上敬心，但表明心迹后却屡被敬心拒绝。后来氏牟因与人私通怀孕，她谎说是与敬心私通所致。于是敬心遭村民鞭罚一百。在这两次因疑忌所受之辱中，氏敬始终没作任何解释，对施暴者毫无怨言。不仅如此，她还不顾众人笑骂，将氏牟所生的男婴独自抚养长大。《香山宝卷》中妙善因信佛先被贬至后花园受苦，又被关在白雀寺受火烧，最后还遭受死刑的命运。但即便如此，妙善始终未对施暴者庄王有任何怨言，还施舍自己手、眼治庄王恶疾。

二是情节上曲折与结局的相通。《氏敬观音》中氏敬得道前的人生曲折，直至某日敬心重病，她临去世前写下两封信，一封给父母，一封给善士，说明事情始末。其后世人才知她原来为女身，被她的隐忍和慈善打动。于是给她举行超度法会，这时天空出现五色祥云，云中端坐如来佛祖法身，授她“观音菩萨”法号。氏敬的父母和善士在读信后，也动身去找氏敬，并亲见氏敬成为观音菩萨。《香山宝卷》中妙善终于以施手、眼救庄王的善行感化了庄王，于是庄王、王后众人开始信佛，也修成正果。两书中主人公在得道前艰难的修行之路，尤其是受家人的无端迫害后却又感化家人信佛可谓有异曲同工之处。

三是人物造型设计上存在因承关系。在《氏敬观音》的结尾处，善士看了氏敬的信后很后悔，发愿出家。三年后，善士也修成正果，化身一只嘴里含串珠子的八哥。这一观音伴着八哥的造像也成为越南经典观音菩萨造像之一，有越南研究者称“越南佛教的观音菩萨造像有一个独一无二的特点,就是观音的身旁始终伴随着一只八哥”。[①] 而这一被越南学者视为越南独有的观音造像却可从《香山宝卷》的许多版本中找到相同造像。中国“咸丰癸丑年(1853)重镌”的《观音济度本愿真经》及“西湖玛瑙明台经房印造流通”的《香山宝卷》刻本中卷首有观音法像一幅,观音法像右上角即有一只嘴中叼一串佛珠的鸟。从人物形象、情节设置,《氏敬观音》都体现出《香山宝卷》中儒家仁、孝文化与佛教文化的碰撞与共生。

越南《观音乡迹》中对观音事迹进行改编,《氏敬观音传》中将人物故事进行转化,都体现出《香山宝卷》在传播本土化中被越南民众接受的进程。一些研究者认为《氏敬观音传》一书约成书 17 世纪。[②] 但从笔者将其与《香山宝卷》中的文本关系比对中可见,该书中故事是《香山宝卷》妙善故事在越南的本土化,应当在安南本《香山宝卷》广泛传播出现众多改写后成书。

结　　语

安南本《香山宝卷》是中越文化交流中的结晶。《香山宝卷》在越南的流传与本土化也是中越文化同源的一则例证。《香山宝卷》传播至越南后,出现“汉文原文—喃文改译—喃文改编—越南语改写”的传播轨迹。《香山宝卷》在越南流传广泛,有众多的改写本。这一方面是观音信仰在越南民众中的传播。由于越南佛教中观音信仰源远流长,《香山宝卷》在民间有广泛的信仰基础。安南本《香山宝卷》文首《御制刊刻香山宝卷序》中也称:“我朝夙有崇佛之习而然也。”[③]另一方面,相较于宗教类宝卷,越南民众更易于接受通俗故事类宝卷。《香山宝卷》情节曲折动人,相较于其他宗教书籍更易于被越南普通民众所接受。此外,越南母道

① 乔氏云英《越南北方佛教女性神研究》,中央民族大学 2010 年博士论文,第 40 页。
② 阮氏和《越南观世音菩萨信仰之研究》,福建师范大学 2016 年硕士论文,第 42 页。
③ 《香山宝卷》,越南河内汉喃院藏,藏书编号 VHc. 346。

信仰利于观音宝卷的传播。越南民间信仰中有众多的女性神,且地位较高,如被称为四不朽之一的“柳杏公主”,还有仙容公主、潘神娘、丁圣母、云葛神女、武氏烈女等。越南对女性神祇崇拜及记载其事迹的传统,也利于《香山宝卷》在民众中被迅速接受。中国流传到越南的宝卷还有很多种,如“目连宝卷”《佛说目连救母经演音》《佛说正教血盆经》及《佛说因果本行》等。中国其他宝卷在越南的传播还有待于有识之士进一步开拓。

(严　艳)

第四章　国外关于中国江南地区宝卷研究举隅

第一节　国外有关中国宝卷的研究：以江南宝卷、宣卷为主

国外有关中国宝卷的研究并不多，但也有一些比较重要的研究成果。本文主要介绍作者认为比较出色的国外对中国宝卷的代表性研究。国外有关宝卷的研究涉及这种文献的不同侧面。一方面，作为文献，它有不同形式的文字版本。它最早应该主要是靠抄本传播的，但在历史上也出现了大量的木刻本和石印本，这些文献在民间主要是作为讲唱文艺的底本。这种讲唱就是所谓的“宣卷”，实际上每个地方的说法不太一样，像江苏常熟一带一般叫“讲经”，北方则叫“念卷”。明清时代，它在中国很多地方非常盛行，但是目前只有几个地方还保留着宝卷讲唱的习俗，其中常熟就是一个非常重要的宣卷中心。在常熟，宝卷的讲唱一直存在，且在不断地传播和发展。常熟目前有多少宣卷先生也没有完整的统计，①但按照

① 当地学者部分统计见陆永峰《当代常熟宣卷的新变》，载冯锦文主编《中国宝卷生态化保护与传承交流研讨会论文集》，河海大学出版社，2014 年，第 29—30 页。

民间的说法有两百多个,每个镇都有几位宣卷先生。

宝卷讲唱的主要特点是它跟民间信仰和民间习俗联合在一起,例如常熟人的一生中,所有的所谓"过渡礼仪"基本都会出现讲经,不同的场合讲的文本还不一样,内容非常丰富。但是,这种传统文艺在传统的中国学术中并没有被很好地研究,因为传统文人对这种东西不太重视,所以一些主流历史文献中很难查到相关的资料。但是,国外学者很早就注意到这种文献,并关注它的社会和文化价值。

有关宝卷文献及其讲唱的国外研究有几篇专门介绍的论文,其中也有中文的论文,[①]这些论文详细地讨论了海外的宝卷的研究情况。但是这些论文的资料不全,出版也有几年时间了,它们列出的国外成果也比较简单。拙文深入讨论相关的国外研究的特点,补充一些近几年的信息,并以最近江南宝卷文献、宣卷活动研究为主。另外,作者本人正在参加由陕西师范大学李永平教授主持的国家社科重大研究项目"海外藏中国宝卷整理与研究"(17ZDA266),所以这里也简略地介绍海外收藏宝卷的情况。[②]

西方学者对宝卷文献感兴趣,跟早期西方传教士关注研究中国民众文化有关。这些传教士对汉学的贡献国内外已经有很多专门研究,这里就不多说了。早期的传教士为传教专门研究中国民俗与信仰,其中也关注到宝卷。最早开始研究宝卷文献的应该是德国传教士郭实猎(Karl Friedrich Gützlaff, 1803—1851),其文章讲述了《香山宝卷》的主要内容,即妙善公主的故事,他还翻译了该书序文的一部分。[③] 他用的是1833年从普陀山佛僧处得到的《观音菩萨本行经简集》的一种版本。这一宝卷是江南民间文化中非常重要的文献。[④] 妙善公主的故事在中国民间宗教

---

① 伊维德著、孙晓苏译《宝卷研究的英文文献综述》,陈安梅《中国宝卷在日本》,载王定勇主编《中国宝卷国际研讨会论文集》,广陵书社,2016年,第33—48、49—63页。

② 见李永平、白若思《绘制海外中国宝卷收藏地图》,载《中国社会科学报》2018年7月23日文学版。

③ Karl Friedrich Gatzlaff, Remarks on Buddhism: Together with Brief Notices of the Island Poo-too, Chinese Repository, 1833, 2(5), pp. 223—224.

④ 见白若思《当代常熟〈香山宝卷〉的讲唱和相关仪式》,载《常熟理工学院学报》2017年第3期,第17—34页。

史里有特别的地位，它讲述了观世音菩萨的女相，即妙善公主在修行中克服重重困难，最终成道的过程，早已引起国外学者注意。

法国传教士 Henri S. J. Dore（中文名叫禄是遒，1859—1931）是一个比较有名的中国早期民间信仰研者，他也关注到妙善公主的故事。他用法文写了一套综合介绍江南人的习俗、日常生活中的信仰的丛书《中国迷信的研究》（法语：Recherches sur les superstitions en Chine；英文：Researches into Chinese Super-stitions），原文有 18 册，随后被翻译成英文，现在也有了中文译本。[①]

禄是遒的研究成果很重要，因为禄是遒的中文非常好，更关键的是他有很多中国弟子，他们给禄是遒提供了不少关于他们老家习俗的资料，这些资料主要包括了江苏、浙江、安徽等长江流域地区的民俗文化与民间信仰材料。虽然禄是遒没有在书中直接提到“宣卷”或“讲经”这些词语，但是其中讨论的很多民间信仰、仪式和宝卷讲唱习俗都有直接的关系。例如他介绍的张仙信仰，这是和求子相关的。这个故事在常熟有相关的宝卷版本，就是“张仙射天狗”的传说。[②] 禄是遒的书不单是依靠口头资料和文献，它还有许多图像资料，这个非常重要，因为当时的中国学者不太关注图像方面的资料。例如，他的书中有张仙和妙善公主故事的图像。

禄是遒关于妙善公主故事所用的资料主要是来自通俗小说《观音略传》（又名《南海观音全传》，约 16 世纪末至 17 世纪初），插图也来自这个小说刊本。同时，他也注意到了《香山宝卷》，提出这部宝卷的出现要比小说早。另外，他还提到了“做会”的说法。“做会”“佛会”“善会”都可以作为讲唱宝卷的场合，但在长江以北的靖江，当地人把讲唱宝卷的习俗叫作“讲经做会”。禄是遒也提到了一种特殊的信仰“血湖会”，这是专门为超度女人亡魂办的，当时用的资料是海州的“道奶奶”办的仪式。这个

---

① 见 Henri S. J. Dore, Researches into Chinese Superstitions, M. Kennelly et al., transl., Shanghai: T'usewei Press, 1914—1938；重刊本：Taibei：Ch'eng-wen, 1966—1967；禄是遒《中国民间崇拜：中国众神》，王定安译，李天纲校，上海科学技术文献出版社，2009 年。

② 见孙晓苏《江苏省常熟尚湖地区“斋天狗”仪式及其相关宝卷作品初探》，载王定勇主编《中国宝卷国际研讨会论文集》，第 242—257 页。

习俗和其他地方的宝卷讲唱的内容和相关仪式也是有关系的。“目连救母”是一个很有名的中国佛教故事，它在民间传播很广，和孝道有关，传说目连的母亲死后被关在血湖，目连要救母亲出来让她升天。“破血湖”仪式至今在靖江讲经中也是常见的，它要讲唱《血湖宝卷》，讲述目连救母的故事。可见旧时目连故事、“血湖会”在江苏一带流传很广，而禄是遒的资料正可以作为证明。

江南民俗的研究是早期西方汉学研究的一方面，另一方面则是对教派宝卷的研究，最早也是传教士开始关注到教派宝卷。许多民间的教派把宝卷当作自己的经典，这早在明代就已经出现了，所谓“早期宝卷”很多是与教派有关系的。[①] 我现在所能找到的西方最早记载这类宝卷的人是英国的传教士艾约瑟（Joseph Edkins），他于1858年在英国皇家亚洲学会（香港分会）做了一次有关“无为教”（罗教）的演讲，里面提到了有关无为教（罗教）的宝卷。这篇演讲发表于1880年第六期《皇家亚洲学会中国分会学报》。[②] 当时做中国宗教研究很有名的西方传教士是高廷（Jan Jakob Maria de Groot，1854—1921），他和禄是遒研究的地域不同，他主要是在厦门，他在厦门发现了罗教的分支，也关注到他们的宝卷和仪式。[③]

早期的传教士并没有专门去解读这些教派宝卷。在研究教派宝卷方面，最有名的海外学者是加拿大籍的汉学家欧大年，他也有传教士的背景，他的父母在中国做传教士。后来他在英国哥伦比亚大学（UBC）做教授时收集了很多明清时代的宝卷，然后把它们介绍给西方学界。[④] 西方

---

① 有关宝卷早、晚期的观念，见车锡伦《中国宝卷研究》，第2—5页。

② 后来以《无为教，一个改良过的佛教教派》为题重刊，见 Joseph Edkins, Notice of the Wu-wei-kiau, a Reformed Buddhist Sect, in Chinese Buddhism: Avolume of Sketches, Historical, Descri-ptive, and Critical, London: Kegan Paul, Trench, Trübner and Co. ,1880, pp. 371—379.

③ 见 Jan Jakob Maria de Groot, Sectarianism and Religious Persecution in China: a Page in the History of Religions, Amsterdam, J. Miller, 1904.

④ Daniel L. Overmyer, Precious Volumes: an Introduction to Chinese Sectarian Scriptures from the Sixteenth and Seventeenth centuries, Cambridge: Harvard University Asia Center, 1999; 中译本：欧大年《宝卷：十六至十七世纪中国宗教经卷导论》，马睿译，中央编译出版社，2012年。

学者很重视明清时期的民间教派宝卷，因为这种民间信仰也是中国传统文化中很重要的一部分；但是这种宝卷在中国历来受到文人的歧视，其中有一部分的文化、政治原因。在明清时期，民间宗教的宝卷是被政府禁止传播的，但在民间还是能找到。当时的外国传教士就收集了一些宝卷，其中有一些较为珍贵的版本，一些明清时代版本就这样被带到了国外，现在国外图书馆保存了不少这种资料。早期宝卷版本的特点是制作精美，都是木刻本，裱装也很漂亮。欧大年也有弟子继续做他的研究，他的弟子和同事也注意到宝卷在民间发挥的仪式功能，宣卷作为崇拜民间流行神灵的一种活动被记载了下来。① 在20世纪七八十年代，西方学者基本没法来中国做田野调查，所以对于各地当代宝卷讲唱的资料他们还是比较缺乏的，但是他们从分析文献的角度来对宝卷讲唱的仪式功能做了比较好的解释。

西方对宝卷研究的另一方向是探讨有关女性修行成道故事的宝卷。关于女性修行的过程是18至19世纪宝卷比较重要的题材，这些宝卷至今在民间还有讲唱和传播，如上面提到的《香山宝卷》。实际上，最早专门研究《香山宝卷》故事的来源和演变的是英国的汉学家杜德桥（Glen Dudbridge，1938—2017）。他研究的角度是俗文学，因为他的研究以小说戏曲为主。他有一本书就是专门讲妙善公主故事的演变的，里面指出妙善传说故事所蕴藏的女性价值，即女性所应具有的信仰、修行自由的权利。杜德桥的《妙善传说》2004年出了增订版，也有中文译本，可惜台湾学者翻译的是1978年的原版，而不是增订版。② 其他类似的“宝卷”也有

① Nadeau, Randall L., Domestication of Precious Scrolls: the Ssu-ming Tsao-chün pao-chüan, Journal of Chinese Religions, 1994(22), pp. 23—50; Johnson, David, Mu-lien in Pao-chüan: the Performative Context and Religious Meaning of the You-ming pao-chüan, in David Johnson, ed., Ritual and Scripture in Chinese Popular Religion: Five Studies, Berkeley: University of California Press, 1995, pp. 55—103.

② Glen Dudbridge, The Legend of Miao-shan（修订版：New-York: Oxford University Press, 2004；初版：London: Ithaca Press, 1978）；中译本：《妙善传说——观音菩萨缘起考》，李文彬译，台北巨流图书公司，1990年。

相关的西方研究,包括《刘香女宝卷》和《黄氏女宝卷》。[①] 这个题材的特点在于它在某种程度上反映了当时信佛女性的生活场景,所以也是很重要的文化资料。

《香山宝卷》受到了西方不少学者的关注,很多西方汉学家都关注该文本与中国观音菩萨信仰,也有关于观音信仰演变过程的专著,就是华人学者于君方教授编写的《观音：菩萨中国化的演变》。[②] 她是从女性文化和女性信仰角度来分析观音崇拜的,她讨论的主要问题是:"观音为什么在中国变为女性?"为了分析观音信仰在中国传播演变的过程,于君方教授专门来中国收集女性观音信仰相关的宝卷,并把这些题材整理成一种系统研究。

20 世纪五六十年代,西方学者也关注到晚期的民间宝卷(清末民初时期)的版本,当时这些叙事性的宝卷在江南的大城市广泛传播,出现了石印本宝卷。有关石印本宝卷我发表过一些论文。[③] 这里我要提到一些国外收藏的石印本宝卷的情况,一些在 20 世纪 50 年代来华的国外学者专门收集这样的文本以作研究之用,例如现在的哈佛燕京图书馆就有不少这样的石印本,这些石印本已经在中国出了影印本。[④] 这些石印本原来是由韩南教授(Patrick Hanan)收藏的,他来中国留学时在北京买了这批宝卷以做讲唱文学的研究。

---

① 见 Overmyer, Daniel L., Values in Chinese Sectarian Literature: Ming and Ch'ing Pao-chüan, in Johnson, David, ed., Popular Culture in Late Imperial China, Berkeley: University of California Press, 1988, pp. 219—254; Grant, Beata, The Spiritual Saga of Woman Huang: from Pollution to Purification, in Johnson, David, ed., Ritual Opera, Operatic Ritual: "Mu-lien Rescues His Mother" in Chinese Popular Culture, Papers from the International Workshop on the Mu-lien Operas, Berkeley: University of California Press, 1989, pp. 224—311.

② Yu, Chün-fang, Kuan-yin: The Chinese Transformation of Avalokiteśvara, New York: Columbia University Press, 2001;中译本:《观音：菩萨中国化的演变》,陈怀宇等译,台北法鼓文化,2009 年;北京商务印书馆,2012 年。

③ Rostislav Berezkin, Printing and Circulating "Precious Scrolls" in Early Twentieth-Century Shanghai and its Vicinity: Towards an Assessment of Multifunctionality of the Genre, in Religious Publishing and Print Culture in Modern China 1800—2012, ed., Philip Clart and Gregory A. Scott, Berlin: de Gruyter, 2014, pp. 139—185.

④ 霍建瑜编《美国哈佛大学哈佛燕京图书馆藏宝卷汇刊》,广西师范大学出版社,2013 年。

这里还要提到一个比较重要也较为复杂的问题，就是有关宝卷来源的研究。实际上，国外学者在这方面是有一定贡献的。原因是宝卷文献和敦煌那边发现的唐五代俗文学文献有一定的关系，从它们的形式上就能看出许多的相似性。而敦煌的文献大部分流失到国外，于是就有国外学者对它们做了很多整理和研究的工作。这里我要介绍美国宾夕法尼亚大学梅维恒（Victor H. Mair）教授的研究，他是西方最有名的研究唐代变文的专家。变文是和佛教有关的文本，所以他探讨变文来源时参考了印度和中亚的许多资料，也考证了很多相关的西域古代语言词汇。他编撰的有关变文的历史及其对后期中国白话文学影响的专著已被翻译成中文。[①]

变文在中国的发展问题很复杂，关于变文名称的来源，学界有不同的说法。梅维恒教授在这方面有个比较重要的观点：它是和“配图讲唱”有关系的。[②] 巴黎图书馆藏有变文的画卷，它的正面是变文题材的插图，背面是变文的诗文，这个应该是当时讲唱变文的表演者的脚本，他们看着背后的文字念诵诗文，但是给听众看的是正面的这些插图。虽然在敦煌莫高石窟只发现了一个这种画卷，但是实际上，变文题材也出现在其他图像上，比如榆林石窟壁画里就出现了目连救母故事（约 11 世纪），壁画内容和敦煌藏经洞发现的《目连变文》抄本的内容是完全一致的。[③] 这种插图本传统在后期是一直存在的，虽然相关资料不多，有很多只是保存在国外，但是它和宝卷的产生也是有关系的，特别是目连救母这个故事。

《目连宝卷》底本应该是《佛说目连救母经》，从佛教精英角度来讲，这应该属于“伪经”，该“伪经”现仅存于日本和韩国。目前日本藏有 1346 年京都重刊的插图本，它的版本可以追溯到宋代。它的内容和唐五代的

① ［美］梅维桓著，杨继东、陈引驰译，徐文勘校《唐代变文：佛教对中国白话小说及戏曲产生的贡献之研究》，中西书局，2011 年。

② 参见［美］梅维恒著，王邦维、荣新江、钱文忠译《绘画与表演：中国绘画叙事及其起源研究》，中西书局，2011 年。

③ 见樊锦诗、梅林《榆林窟第十九窟目连变相考释》，载敦煌研究院主编的《段文杰敦煌研究五十年纪念文集》，世界图书出版公司，1996 年，第 46—60 页。

《目莲变文》非常相似，只是没有韵文的部分，全为散文；同时也给后来元朝的《目犍连尊者救母出离地狱生天宝卷》（又名《目连救母出离地狱生天宝卷》，简称《目连宝卷》）做了基础。[①]《目连宝卷》是少见的前期佛教宝卷重要文献。[②] 它有一个抄本也只保存在国外，现收藏在圣彼得堡埃尔米塔什博物馆，我曾撰专文讨论其特点。[③] 它的历史和文化价值很高，是正统五年（1440）一个姓姜的皇妃出资制造的彩色插图本。在中国也有类似的《目连宝卷》抄本，原由郑振铎先生收藏，书牌上题为北元宣光三年（1373）制造。[④] 这两个抄本都是残本，俄罗斯收藏本比郑振铎先生的稍微全一点，现存三册，做得很精致。这部《目连宝卷》抄本明显是继承了文图并用的讲故事的方式，但和那幅在敦煌发现的变文画卷形式已经有许多不一样了。

这种配图讲唱在现在的江南宣卷传统中也能找到一些痕迹，例如常熟和张家港讲《十王宝卷》《目连宝卷》（又名《目莲宝卷》）和其他有关的民间故事，也会挂神像，包括地藏王的神像、《十王图》。现在当然已经简化了，只有一幅十殿阎王像，以前要挂十幅，每个阎王都有一幅，刚好和讲述的内容相符。[⑤]《十王宝卷》描述冥间十殿情况，也加入相关的民间故事。过去河西走廊的民间艺人也会给听众显示类似图像讲唱宝卷里的故事。有关宝卷与图像的关系也有不同看法，这里不赘述。[⑥]

这里也要提一下日本学者对宝卷体裁起源研究的贡献。20 世纪 30 年代开始，日本学者收集和研究宝卷，他们的目的和西方学者是类似的，

---

① 见吉川良和《救母經と救母寶卷の目連物に関する説唱藝能的試論》，载《社會學研究》41 期（2003－02），第 61—135 页。

② 见车锡伦《中国宝卷研究》，第 72—76 页。

③ 见 Rostislav Berezkin, A rare early manuscript of the Mulian story in the Baojuan (Precious Scroll) genre preserved in Russia and it splace in the history of the genre, CHINOPERL: Journal of Chinese Oral and Performing Literature, 2013, 32(2), pp. 109—131; 亦见 Rostislav Berezkin《俄罗斯收藏明初〈目犍连尊者救母出离地狱生天宝卷〉写本的特色与价值》，载王定勇主编《中国宝卷国际研讨会论文集》，第 74—83 页。

④ 见车锡伦《中国宝卷研究》，第 72—74 页。

⑤ 见车锡伦《中国宝卷研究》，第 399—401 页。

⑥ 见白若思《早期宝卷版本中的插图（15—16 世纪）及“看图讲故事”的理论问题》，载《形象史学》第 20 辑（2019），第 57—65 页。

他们也把宝卷作为中国传统文化和传统信仰的资料，其中最著名的著作是泽田瑞穗的《宝卷的研究》，这本书早在 1963 年就出版了，1975 年又出了增订版。泽田瑞穗搜集了很多资料，在分析解读资料方面，他对有关宝卷的来源、宝卷演变过程的研究做了很多纠正，他的看法到现在还是很值得参考的。近些年也有日本学者在苏州、绍兴地区做田野调查，研究当地宝卷讲唱的社会功能及其与地方文化的关系。①

俄罗斯有关宝卷的研究是比较特殊的课题，国外学者一般了解较少。俄罗斯研究宝卷的学者并不多，但是对国际"宝卷学"也有一定的贡献。20 世纪 50 年代，俄罗斯学者开始关注中国宝卷的资料，例如孟列夫（Lev N. Menshikov, 1926—2005），俄罗斯科学研究院东方研究所（列宁格勒分所）研究员，他是专门研究唐代敦煌文献的，但他也做中国戏曲的研究，他的第一本书讲的就是有关中国传统戏曲的改革。② 他是俄罗斯第一个提到宝卷文献的学者。在《中国传统戏曲的改革》中，孟列夫讨论了《雷峰塔宝卷》，并指出其在白蛇故事题材发展过程中地位。俄罗斯的宝卷研究一开始主要是受到郑振铎先生的影响。另一位研究中国俗文学的俄罗斯学者李福清院士（Boris L. Riftin, 1932—2012）在中国非常有名，他也是 50 年代开始收集和讨论宝卷文本，他的第一本书是讨论孟姜女的故事在不同俗文学体裁中的发展演变，里面用了几种宝卷题材；而且他指出了宝卷文献的特点以及宝卷和其他形式的文献的区别。③

20 世纪 60 年代，俄罗斯出现了一位专门研究宝卷的专家，她叫司徒洛娃（Elvira S. Stulova, 1934—1993），她是在北大读的本科，所以她的中文特别好；后来她在俄罗斯科学院东方研究所列宁格勒分所（今为圣彼

---

① 见佐藤仁史等《中国農村の民間藝能：太湖流域社会史口述記錄集》，东京汲古书院，2011 年。

② L. N. Menshikov, Reforma kitaiskoi klassicheskoi dramy (Reform of Chinese classical drama), Moscow: Nauka, 1959.

③ B. L. Riftin, Skazanie o Velikoi stene i problema zhanra v kitaiskom fol'klore (Legends about the Great Wall and the Problem of Genre in Chinese Folklore), Moscow: Nauka, 1961；有关李福清的学术见 Rostislav Berezkin, Academician Boris L. Riftin (1932—2012): the Extraordinary Life of a Brilliant Scholar, CHINOPERL papers, 2012(31), pp. 260—272.

得堡东方文献研究所)工作了很多年,那里收藏了俄罗斯传教士约18世纪末至19世纪初在北京收集的几部明末清初的宝卷珍本。① 其中一个很有名的文本是《普明如来无为了意宝卷》(1599年重刊本,简称《普明宝卷》),起初学者以为这是独一无二的海外收藏的孤本,后来在中国发现了它的另一个版本。司徒洛娃早已把它翻译成俄语并且做了非常详细的研究。②《普明宝卷》是明代黄天道的重要经典,讲了当时许多民间教派的教义,司徒洛娃特别关注里面讲的内丹的修行方法,她对道家内丹的研究还是很有价值的。③ 另外,司徒洛娃在描述现代宝卷演唱方面也有贡献。她是第一个到中国江苏实地考察宝卷的国外学者,她跟着当时结识的中国学者做田野调查,她还去靖江地区观察了当地的"讲经"仪式,回到俄罗斯后发表了相关的论文。④ 可惜的是司徒洛娃去世得早,所以没有整理完她在中国收集的资料,对东方文献研究所收藏的宝卷资料也没有翻译整理完,包括清初孤本《佛说崇祯升天十忠宝卷》。这本宝卷是很珍贵的海外藏俗文学文献,因为它提供了一种特殊的看待明末历史事件的视角。

接下来简单地介绍一下西方学者在宝卷文献翻译方面所做的工作。这一工作十分重要,因为他们把宝卷资料介绍给了不会中文的国外读者,宝卷才逐渐变成世界文学遗产的一个部分。其中最有名的是伊维德(Wilt L. Idema)教授,他是荷兰人,在莱顿大学、哈佛大学教了很多年书,他的英文特别好,所以他将很多宝卷翻译成了英文,其中有名的有《香山

---

① 见 E. S. Stulova, Annotirovannoe opisanie sochinenii zhanra baotsziuan'v sobranii LO IV AN SSSR (Annotated description of texts of the baojuan genre in the collection of LO IV AN SSSR), in Pis'mennye pamyatniki Vostoka: 1976—1977 (Written monuments of the Orient: 1976—1977), Moscow: Nauka, 1984, pp. 271—312.

② E. S. Stulova, ed., tr., intro., Baotsziuan' o Pu-mine (Puming baojuan), Moscow: Nauka, 1979.

③ E. S. Stulova, Daosskaia praktika dostizheniaia bessmertiia (Daoist practice of attaining Immortality), in Iz istorii traditsionnoi kitaiskoi ideologii (From the history of traditional Chinese ideology), Moscow: Nauka, 1984, pp. 230—271.

④ E. S. Stulova, Prostionarodnaia pesenno-povestvovatel'naia literature v KNR (Popular storytelling literature in PRC), Naucha-naia konferenciia Obschestvo i gosudarstvo v Kitae (Scientific conference Society and State in China), Moscow, 1991(22), part 3, pp. 179—184.

宝卷》《善才龙女宝卷》《目莲宝卷》《雷峰塔宝卷》《沉香宝卷》等。① 伊维德的翻译水平很高，其译本在西方学术界有挺大的影响。最近，他还翻译了一些河西流传宝卷的文本，专门出版了河西宝卷译文的合集，包括《平天仙姑宝卷》（1679 年木刻本的影印版）、《刘全进瓜宝卷》《鹦哥宝卷》《老鼠宝卷》《救劫宝卷》《胡玉翠骗婚宝卷》。② 伊维德用的是甘肃当地学者编辑整理的宝卷文本，他在那些文集里专门挑选在河西产生的宝卷文本。

说到河西宝卷的翻译问题，本文虽然主要针对的是江南一带的宝卷、宣卷资料，但也要提一下西方学者对于北方宝卷的一些研究。虽然研究北方宝卷的国外学者并不多，但也有一些重要的成果。例如英国的音乐学家 Stephen Jones，他是从民族音乐的角度来接触宝卷的，他去了北方的很多地方，在河北考察了“音乐会”；③他也去了山西，最近他还去了宁夏，那边也发现了宝卷的讲唱。

20 世纪 90 年代开始出现了专门研究苏南宝卷讲唱的国外学者。如美国的汉学家本德尔（Mark Bender）就去过靖江调查当地的“做会讲经”。本德尔 1992 年在车锡伦教授等中国学者的陪同下去靖江观察“做会讲经”，并发表了相关的论文。④ 他的角度很特别，他主要研究的是苏州评弹，他将靖江的讲经与苏州的评弹进行了初步比较。

---

① Wilt L. Idema, transl., intro., Personal Salvation and Filial Piety: Two Precious Scroll Narratives of Guanyin and Her Acolytes, Honolulu: Hawaii University Press, 2008; Id., transl., intro., Meng Jiangnü Brings down the Great Wall: Ten Versions of a Chinese Legend, Seattle: University of Washington Press, 2008; Id., transl., intro., The White Snake and Her Son: A Translation of The Precious Scroll of Thunder Peak with Related Texts, Indianapolis: Hackett Pub. Co., 2009; Precious Scroll of Chenxiang, in The Columbia Anthology of Chinese Folk and Popular Literature, ed., Victor H. Mair and Mark Bender, New-York: Columbia University Press, 2010, pp. 380—405.

② Wilt L. Idema, ed., transl., intro., The Immortal Maiden Equal to Heaven and Other Precious Scrolls from Western Gansu, Amherst, New York: Cambria Press, 2015.

③ Stephen Jones, Plucking the Winds: Lives of Village Musicians in Old and New China, Leiden: CHIME foundation, 2004.

④ Mark Bender, A Description of “Jiangjing” (Telling Scriptures) Services in Jingjiang, China, Asian Folklore Studies, 2001, 60(1), pp. 101—133.

下面我简单说一下我最近的研究方向。我原来研究的课题是目连故事题材的宝卷,我的英文专著《多面目连:明清时期宝卷》是写该故事在宝卷文学形式中的流传演变,同时我也关注到《目连宝卷》的不同版本的社会、文化功能。① 在这里我要感谢当地的学者、宣卷艺人协助我完成了田野调查。我几次去了张家港的恬庄、港口镇以及靖江、常熟地区,观察到他们现在讲唱目连故事相关的特别仪式。在靖江做延寿法会、在常熟张家港一带超度亡魂时,都会讲唱《目连宝卷》。我觉得这个还是挺重要的,我们研究时不能只看文本,也要关注到文本在民间的用途,因为这种讲唱并不是偶然的,是有一定的文化意义的。另外,我也关注了当代常熟地区《香山宝卷》等文本的讲唱场合,也做了一些其他的研究,但主要还是以地方神信仰和佛教的故事宝卷为主,大部分是英文文章,介绍了常熟张家港一带宝卷讲唱仪式的特点。②

最后再谈谈江南的宣卷研究,关于江南宝卷,我们要关注其总的文化背景,很多早期的资料很重要,例如洪迈的《夷坚志》,这个很多西方学者也关注,因为其内容非常丰富,并且它就是讲那些鬼神的故事的,数量也非常多,可以用来和现在的资料对照,其中有一些跟当代宣卷、民间习俗是相和的。其中最有名的是五通神信仰,经过了好几次演变,五通(五圣)的信仰出现在当代常熟讲经中,并且在当地很受欢迎。③

---

① Rostislav Berezkin, Many Faces of Mulian: The Precious Scrolls of Late Imperial China, Seattle: University of Washington Press, 2017.

② Rostislav Berezkin, The Connection Between the Cults of Local Deities and Baojuan (Precious Scrolls) in Changshu county of Jiangsu, Monumenta Serica, 2013(61), pp. 73—106; Id., On the Perfor-mance and Ritual Aspects of the Xiangshan Baojuan: A Case Study of the Religious Assemblies in the Changshu Area, Chinese Studies, 2015, 33(3), pp. 307—344; Id., Precious Scroll of the Ten Kings in the Suzhou Area of China: with Changshu Funerary Storytelling as an Example, Archiv Orientalni, 2016(84), pp. 1—32; Id., Paying for Salvation: the Ritual of "Repaying the Loan for Life" and Telling Scriptures in Changshu, China, Asian Ethnology, 2018, 77(1/2), pp. 307—329. 部分中文译文见白若思《当代常熟〈香山宝卷〉的讲唱和相关仪式》;白若思《常熟地区丧葬仪式的宝卷讲唱及其文化意义》,载侯冲主编的《经典、仪式与民间信仰》,上海古籍出版社,2018 年,第 95—119 页。

③ 见陈泳超《太姥宝卷的文本构成及其仪式指涉》,载《民俗文学研究》2017 年第 2 期,第 5—17 页;陈泳超《苏州上方山信仰及仪式文艺的调查报告》,载《民俗曲艺》2018 年第 200 期,第 201—255 页。

苏南的宣卷和道教也是有关的。我的一个朋友高万桑(Vincent Goossaert),他是法国高等研究实践学院的研究员,专门做民间道教信仰研究的,我们一起去茅山进行了实地考察。现在茅山的元符万宁宫还收藏着20世纪20年代的《三茅宝卷》石印本,和靖江现在经常讲唱的版本有所不同。后来我们联名写了一篇论文,讨论这部《三茅宝卷》的不同版本与相关的习俗。①

我最近做的一个课题是研究越南收藏的中国宝卷版本与妙善故事在当地传播的历史,这个课题很特别,因为这算是江南的底层文化传到国外的一个很特殊的现象。越南保存了《香山宝卷》1772年的河内重刊本,其原本为南京陈龙山经房的重刊本,应该是明代文本,但其原版在中国尚未发现。本人专门讨论了河内重刊本的内容与形式特点,以及其在宝卷文学形式发展历史中的位置(与李福清教授合作)。② 在越南,观音信仰一直到现在都很盛行,也有很多女性观音的故事,其中不少就来自中国。越南后黎王朝的高僧、文人信徒都能看懂汉文,所以重刊了中国的《香山宝卷》,但是同时也出现了妙善故事的喃字改编本,并且该故事至今也有口头形式的流传。③ 越南的资料证明中国宝卷从18世纪就有了国际化的层面,对周围国家、地区的文化、文学、习俗也有影响。

总的来说,国外有关宝卷的研究是多方面的,但是早期的一些研究比较关注宝卷与佛教、民间信仰的关系,也有几位学者指出其在中国俗文学发展史中的重要地位,探讨宝卷来源及其与其他讲唱文学体裁互动关系

---

① Rostislav Berezkin and Vincent Goossaert, The Three Mao Lords in Modern Jiangnan: Cult and Pilgrimage between Taoism and Baojuan Recitation, Bulletin de l'École française d'Extrême-Orient, 2014(99), pp. 295—326.

② Rostislav Berezkin and Boris L. Riftin, The Earliest Known Edition of The Precious Scroll of the Incense Mountain and the Connections Between Precious Scrolls and Buddhist Preaching, T'oung Pao, 2013, 99(4—5), pp. 445—499.

③ 见 Rostislav Berezkin and Nguyen To Lan, On the Earliest Version of the Miaoshan-Guanyin Story in Vietnam: An Adaptation of a Chinese Narrative in the Nom Script, Journal of Social Sciences and Humanities (University of Social Sciences, Hanoi, Vietnam), 2016, 2(5), pp. 552—563; Nguyen To Lan and Rostislav Berezkin, From Chinese Precious Scrolls to Vietnamese True Scriptures: Transmission and Adaptation of the Miaoshan Story in Vietnam, Journal of East Asian Publishing, 2018, 8, pp. 107—144.

的问题。在这两个方向上，国外学者取得了重要成果，对国际宝卷研究有极大贡献。一开始，大部分国外研究集中于明末清初的宝卷（所谓早期宝卷），但逐渐也扩大至清末民初的叙述性宝卷文本甚至民间表演。国外藏了不少明末清初中国宝卷珍本，早期（19世纪至20世纪下半叶）国外学者主要收集分析宝卷文本；但是从20世纪末开始，有些学者开始关注民间宝卷讲唱、宝卷在民间仪式中的功能，甚至最近有学者到中国乡村观察宝卷的讲唱，研究宝卷与当地习俗、地方文化的关系，对当代中国“活态”宝卷——宣卷研究也有贡献。以上介绍的大部分是西欧、北美国家的用英语编写的宝卷研究文本；同时，日本和俄罗斯也形成了独特的宝卷研究传统。

（白若思：国外有关中国宝卷的研究：以江南宝卷、宣卷为主。）

第二节　江苏常熟“讲经”传统中的《血湖宝卷》

《血湖宝卷》是一份新近发现的、应用于常熟“讲经”[①]传统中的抄本，而讲经则代表了取材于通俗叙事文本——宝卷——的仪式化讲唱活动。[②] 正如抄本在文末的注释所示，这是李德生在癸酉年（约为1993年）抄写的；现为居住于常熟张桥卫家塘村的女性讲经先生徐菊珍（生于1950年）所存。[③] 因为通常讲经先生会继承他们老师和长者的抄本，于是

① 感谢盛益民教授（复旦大学）对苏州话进行音译方面提供的帮助。

② 有关宝卷文献历史，请参阅，例如澤田瑞穗《增补宝卷の研究》，東京国書刊行会，1975年；Overmyer, Daniel L. *Precious Volumes: An Introduction to Chinese Scriptures from the Sixteenth and Seventeenth Centuries*. Cambridge. Harvard University Press, 1999；车锡伦《中国宝卷研究》，广西师范大学出版社，2009年；Berezkin, Rostislav. *Many Faces of Mulian: The Precious Scrolls of Late Imperial China*. Seattle: University of Washington Press, 2017, pp. 3—34.

③ 笔者正在使用常熟宝卷集里的标点本，参见吴伟《中国常熟宝卷》，古吴轩出版社，2015年，第2卷，第1116—1132页。徐菊珍四十五岁开始讲经；原参加业余文娱团，还会唱锡剧，见吴伟《中国常熟宝卷》，第2卷，第2549页。常熟讲经传统的职业女艺人出现在1980年代初；原来这种职业是男性专属，因为只有男性可以进行相关仪式（余鼎君，个人交流2011年6月2日）。徐菊珍的丈夫是道士（主持当地的民间仪式），这也解释为什么她对讲经的行业感兴趣（讲经先生经常与道士合作提供仪式服务）。

我们可以推测李德生代表了这一地区传统的讲经方式。据常熟尚湖镇的世袭讲经先生余鼎君先生所述（生于 1942 年），①此版本至今仍被张桥镇的宣卷先生使用。②

尽管李德生抄本的封面标题为《血湖宝卷》，但此文本实为《目莲宝卷》的改编本，而《目莲宝卷》至今仍被用于常熟的讲经活动。此结论既能从抄本的内容得到证实，还因为抄本经常自称为《目莲宝卷》。例如，此文的结尾韵文处说道："目莲救母宝卷已满。"③同样，它名为《血湖宝卷》，显示了它的传统仪式功能。

这里有必要对常熟"讲经"的历史和当代发展状况予以简要介绍。"讲经"在整个江南地区普遍称为"宣卷"。由职业或者半职业的"讲经先生"进行表演；除了宣卷，他们还为当地信徒举行"人生中仪式"（life-cycle rituals）。④ 宝卷被当作这类讲唱活动的底本，因此它在当地被称为"讲经"。尽管当地民众普遍认为宝卷是佛教经文，⑤但宝卷也讲述了不同起源的神的故事，包括地方神灵、英雄。⑥

这种传统的确切起源尚不清楚，但总体上它的发展可以追溯至传播于 19 世纪长江下游吴方言区的"宣卷"传统。⑦ 最早与常熟讲经有关的

---

① 余鼎君的父兄也是讲经先生；关于他的背景和贡献，参见 Berezkin, Rostislav. "On the Survival of the Traditional Ritualized Performance Art in Modern China: A Case of Telling Scriptures by Yu Dingjun in Shanghu Town Area of Changshu City in Jiangsu Province," Minsu quyi 民俗曲艺（Journal of Chinese Theatre and Folklore）181（2013. 9）: pp. 103—156.

② 吴伟《中国常熟宝卷》，第 2 卷，第 1116 页。

③ 吴伟《中国常熟宝卷》，第 2 卷，第 1131 页。

④ 关于常熟"讲经"，参见邱慧莹《江苏常熟市白茆地区宣卷活动调查报告》，《民俗曲艺》第 169 期，2010 年，第 183—247 页；余鼎君《江苏常熟的讲经宣卷》，《妈祖与民间信仰研究》，台北博扬文化事业有限公司，2012 年；Berezkin, Rostislav. "On the Survival of the Traditional Ritualized Performance Art in Modern China: A Case of Telling Scriptures by Yu Dingjun in Shanghu Town Area of Changshu City in Jiangsu Province," Minsu quyi 民俗曲艺（Journal of Chinese Theatre and Folklore）181（2013. 9）: pp. 103—156.

⑤ 因此，常熟的"讲经"也被称为"佛事"。

⑥ 常熟及周边地区"讲经"的讲唱方式在此不再赘述。简要的说它交替使用散文叙事和韵文演唱，这是"宝卷"文体的典型特征；主要使用简单的打击乐器伴奏，参见 Berezkin, Rostislav. "On the Survival of the Traditional Ritualized Performance Art in Modern China: A Case of Telling Scriptures by Yu Dingjun in Shanghu Town Area of Changshu City in Jiangsu Province", pp. 198—200.

⑦ 车锡伦《中国宝卷研究》，第 207—233 页。

文本可上溯至1811年(发现于2012年当地表演者的收藏)。[①] 与此同时,现代讲经传统甚至使用更古老的文本,这些文本的历史可以追溯到16—17世纪。[②] 尤其是涉及常熟地区特有的提供"丧葬"仪式的"讲经"活动。[③] 这些材料可以证明这种讲唱在常熟地区可能有更早的起源,可追溯到所谓宗教宝卷(16—18世纪)的阶段。[④]

在本节中,笔者以李德生抄本为个案,分析宝卷在常熟当代讲经背景下的功能。通过分析此文本的特殊性,可以发现更多关于讲经在仪式和文化语境下的细节。同时,这些材料也可以用来表明常熟的讲经传统与附近地区类似传统之间的差异。笔者主要使用2011—2018年收集于常熟及附近地区的实地调查材料,同时也参考中国学者的相关调查报告。

一、《血湖宝卷》和《目莲三世宝卷》

《血湖宝卷》的内容,可追溯到自19世纪末期以来,广泛流传于江南地区的《目莲宝卷》的传统版本。即著名的《目莲三世宝卷》,其现存最早的刊本为1876年刊本。[⑤] 此宝卷在19世纪末至20世纪初,由江南地区市中心出版商制作的各种木刻和石刻版中,都得到体现。[⑥]

虽然僧人目连(佛经中释迦牟尼的主要弟子之一;或被称"目莲")将

---

① 吴伟《中国常熟宝卷》,第2卷,第1116页。

② 车锡伦《中国宝卷研究》,第394—395页。

③ 关于这些,也见Berezkin, Rostislav. *Many Faces of Mulian: The Precious Scrolls of Late Imperial China*. Seattle: University of Washington Press, 2017, pp. 155—163.

④ 参见陆永峰、车锡伦《吴方言区宝卷研究》,社会科学出版社,2012年,第98—105页。

⑤ 此版本的副本在上海市图书馆和哈佛燕京图书馆有藏,数字版参见https://iiif.lib.harvard.edu/manifests/view/drs:23707586$1i。关宝卷文重他版本,参见濮文起《民间宝卷》,黄山书社,2005年,第11卷,第34—72页;黄宽重、李孝悌、吴政上等《俗文学丛刊:戏剧类,说唱类》,台北新文丰出版公司,2002年,卷352,第199—305页。此《目莲三世宝卷》有完整的英文译本(南京制作的1885年德斋版),伊维德教授翻译,参见Grant, Beata, and Wilt L. Idema, Translated and Introduced. *Escape from Blood Pond Hell: The Tales of Mulian and Woman Huang*. Seattle: University of Washington Press, 2011, pp. 35—145。

⑥ 有关其刊本和抄本的书目,参见Berezkin, Rostislav. *Many Faces of Mulian: The Precious Scrolls of Late Imperial China*. Seattle: University of Washington Press, 2017, pp. 181—183。

母亲的灵魂从地狱中解救出来的故事流传久远，但到 8 至 9 世纪这一原本是佛教题材的发展形式出现在通俗叙事——“变文”中。[①] 后来，此题材被用在各种戏剧和讲唱形式中。[②] 这一主题在传统通俗文学中的流行，通常被解释为它强调了中国社会的核心价值观——孝（也被认为是调和佛教戒律与儒家观念的一种尝试）。作为目连叙事之典型，它强调对有罪之人进行来世惩罚的描述，在中国传统社会亦具有重要的教化意义。

《目莲三世宝卷》的刊本与李德生抄本有许多共同的特征。李德生抄本保留了《目莲三世宝卷》的主要故事情节，即以目莲的三次转世为中心——作为富有地主傅相（傅员外）的儿子——傅萝卜、作为反抗军领袖黄巢以及屠夫何因；在此期间，他拯救了他罪恶母亲刘青提的灵魂。在转世为屠夫何因之后，他走上自我圆满的道路，并且因此重回了他原始身份——僧人目莲。《目莲三世宝卷》代表了这个故事发展到后期的形态。伴随着为目莲的两次转世另外添加的细节，原本宣传素食和修行思想的佛教故事，交织、杂糅着唐朝末年黄巢起义（875—884）的历史传说，以及传播清朝末期的民间融合宗教的教义。[③] 这种关于原本目莲故事的扩展，是整个《目莲三世宝卷》文本系统的特点，其原本可能是在 19 世纪中期江南某地编写的。

许多其他微小的细节同样能够证明《血湖宝卷》和《目莲三世宝卷》之间紧密的联系。例如，两个文本都以解释目莲的俗家名字——罗卜（莱菔）——的来源为开端。文称此名缘起目莲的父亲傅相将莱菔送给

---

① 关于这个故事的起源和发展，参见如 Teiser, Stephen F. *The Ghost Festival in Medieval China*. Princeton: Princeton University Press, 1988, pp. 43—195); Mair, Victor H. *T'ang Transformation Texts: A Study of the Buddhist Contribution to the Rise of Vernacular Fiction and Drama in China*. Cambridge: Harvard University Press, 1989, pp. 14—15, 17—18, 123—127)；刘祯《中国民间目连文化》，巴蜀出版社，1997 年，第 1—64 页等。

② 关于这一主题在宝卷中的发展，参见 Berezkin, Rostislav. *Many Faces of Mulian: The Precious Scrolls of Late Imperial China*. Seattle: University of Washington Press, 2017, pp. 48—170.

③ 参见 Berezkin, Rostislav. “Transformation of historical material in religious storytelling: the story of Huang Chao in Baojuan of Mulian Rescuing His Mother in Three Rebirths.” Late Imperial China 34. 2 (2013. 12): pp. 83—133.

一名行者和尚作为施舍,而目莲就是此行者的转世。在清代宝卷不同版本中,此细节为《目莲三世宝卷》所独有,并且这也接近浙江地方戏剧(尤其是绍兴市)《目连救母》,而这些地方戏的表演地靠近《目莲三世宝卷》在19世纪中叶被写作的地方。[①] 这一细节表明宝卷与地方戏曲在目连主题上的互动,此互动也表现在宝卷内容的其他方面(见本文的第3和4部分)。

另一证明《血湖宝卷》和《目莲三世宝卷》是共同来源的细节是,当目莲前往西天寻找母亲灵魂,而观音考验目莲的诚意的一幕。甚至《血湖宝卷》的几处诗赞体部分也显示了它与《目莲三世宝卷》的关联。如它包含一首偿还母亲十大慈悲的咏叹调,这是专门表达孩子对母亲的感激之情的。这些所有的细节都可以证明张桥镇的《血湖宝卷》起源于《目莲三世宝卷》。

基于以上比较,可以确认《血湖宝卷》是《目莲三世宝卷》删减改编而成的版本。此推断同样可以被常熟讲经先生所持的《目莲三世宝卷》刊本证实。例如,余鼎君先生拥有此文本的石印本,是1907年印制于上海的。丘慧莹教授采访的常熟白茆区的表演者之一,就存有一本此文的木刻复印版,印于1886年常州。[②] 可以推测的是,此种刊本在早期也已在常熟地区流传了。

李德生抄本同样继续了《目莲三世宝卷》中,融教化和宗教宣传与众多叙事细节的娱乐元素(包括一些滑稽性场景),以及主要叙事线的仪式功能(与虔诚信徒在来世得到救赎的信息相关联)于一体的原始话语。[③] 不过,还有一些细节同样表明李德生抄本是《目莲三世宝卷》原始文本的修改版。意义重大的是,在《血湖宝卷》中许多故事的细节已经被缩写

---

① Berezkin, Rostislav. *Many Faces of Mulian: The Precious Scrolls of Late Imperial China*. Seattle: University of Washington Press, 2017, pp. 140—141.

② 邱慧莹《江苏常熟市白茆地区宣卷活动调查报告》,第214页。

③ 参见 Berezkin, Rostislav. "Transformation of historical material in religious storytelling: the story of Huang Chao in Baojuan of Mulian Rescuing His Mother in Three Rebirths." Late Imperial China 34. 2 (2013. 12): pp. 83—133.

了。例如，目连舅舅刘假，说服刘青提打破素食的禁忌并开始宰杀动物，这一原本重要的情节，[①]在《目连三世宝卷》中有细节的叙述，却在《血湖宝卷》中仅被简要提及。

值得注意的是，《血湖宝卷》中的许多情节是用韵文叙述的，这就打破了通常的原则，因为大部分宝卷在此部分仅仅是单调重复的偈赞和小曲。这种使用韵文的趋势是晚期宝卷（19 世纪末—20 世纪初）的典型特征，一般情况下可归结为宝卷文学特性的发展，如注重叙述的流畅性、娱乐性元素、细节化的描述等。

此文本在民间流传版本中的许多变化，很明显都是来自抄写者的错误。如《血湖宝卷》中傅罗卜和他父亲的姓被写成“父”，这明显是音讹。[②] 同时，此文本中还有许多故意的替换。如文称傅罗卜在其母去世之前就已经去了寺院并且成为僧人，但是在《目连三世宝卷》中他是在刘青提死后才做的这些。这个细节与 19 世纪末的其他宝卷版本以及一些地方戏剧相似。[③]

其他变化的细节主要体现在黄巢叛乱的情节中。虽然《目连三世宝卷》叙述了朱温（852—912，后梁王朝的开创者）故事的一些细节，但他的名字没有出现在《血湖宝卷》中。《目连三世宝卷》说到黄巢占领唐朝都城长安后，被李存孝（？—894）打败，而《血湖宝卷》此情节提到的却是五代时期的另一位名将王彦章（863—923）。[④] 由于这两位军事领导人在中国历史上都很有名，因此在这里显然可以看到不同的历史叙述对这两部宝卷编撰的影响。

两个宝卷文本在关于地狱的细节描写上，同样存在不同。相比于《目连三世宝卷》的标准版本，此文本的这部分被大大简化了。这里很难

① 在《血湖宝卷》中，他的名字写作另外一个字：贾。

② 这个字从不用于中国人姓氏；这明显来自字符替换的错误。

③ 参见如佚名《目莲救母幽冥宝传》，1900 木刻版（光绪，庚子），第 41a—42b 页。

④ 在《目莲三世宝卷》中，此整个故事情节都是从小说中借来的，可以追溯到约 16 世纪末至 17 世纪初，见 Berezkin，Rostislav. “Transformation of historical material in religious storytelling：the story of Huang Chao in Baojuan of Mulian Rescuing His Mother in Three Rebirths”，pp. 86—93.

看到通常关于每个地狱隔层的描述,就如同《目莲三世宝卷》所做的那样。而这种僵化的以平散文与韵文交替使用的描述程式,是宝卷早期发展的特征,并且因此可以看作是该体裁早期传统遗留物在晚期样本中的体现。[①]

然而,李德生抄本关于地狱的相对细节化的描述,延续了此宝卷标准版本中的说教话语。我们同样可以看到一些新加入的细节,也暗示了当地说书人对其他资料的使用。例如,不肯守寡的寡妇因她们所犯的再婚罪被锯成两部分。此细节在《目莲三世宝卷》中是缺失的,但是在中国当代文学中却很出名。[②] 这一细节也暴露了这个版本《血湖宝卷》的编者们极其保守的立场,也因此证明了此文的起源相对较早。

《血湖宝卷》的几个特征与此叙事的表演性背景有关。毋庸置疑,该文本使用了流行于苏南,并作为吴方言中的一种的当地方言中的词汇和表达方式。[③] 于是,这就对于主要由低教育水平的人群所组成的当地听众而言变得更容易理解了。

宣卷的仪式功能在此宝卷抄本中也得到了强调。它的仪式意义明确地体现在对作为民间信仰中的幽冥之教主的地藏菩萨名字的呼唤上。[④]《血湖宝卷》开篇部分说道:

> 炉内乍热放毫光,普照十方透上苍。
> 上请诸佛来赴会,下敬幽冥地藏王。
> 带领护法父员外,目莲圣僧救娘亲。[⑤]

---

① 参见 Berezkin, Rostislav. *Many Faces of Mulian: The Precious Scrolls of Late Imperial China*. Seattle: University of Washington Press, 2017, pp. 127—128.

② 参见鲁迅(1881—1936)的著名短篇小说《祝福》,鲁迅《鲁迅全集》,人民文学出版社,2005年,第2卷,第8页。

③ 为了文章体量起见,我不详细介绍其语言特征。

④ 关于中国地藏菩萨崇拜的发展,见 Zhiru. *The Making of a Savior Bodhisattva: Dizang in Medieval China*. Honolulu: University of Hawaii Press, 2007.

⑤ 吴伟《中国常熟宝卷》,第2卷,第1116页。关于晚期宝卷的开篇("开经")和结语("结经")的仪式方面论述,参见 Berezkin, Rostislav. *Many Faces of Mulian: The Precious Scrolls of Late Imperial China*. Seattle: University of Washington Press, 2017.

此文以对地藏菩萨名号的呼唤结束："南无本尊地藏王菩萨（重复一千次）。"[①]根据《血湖宝卷》的文本，也即是沿袭《目莲三世宝卷》的情节，目莲和他的父亲傅相被任命为地藏王菩萨在地下世界的助手。[②] 在讲经的仪式背景下，这种强调与地藏联系的说法尤其重要，因为丧事讲经通常也包括对地藏前世的叙述宝卷（见下一节）。

因此，《血湖宝卷》可归结为《目莲三世宝卷》的一个改编版，在常熟周围的几个地区被用于讲经中的仪式化设置。

二、常熟宗教实践中的《血湖宝卷》

因强调佛教对孝道和女性救赎的解释，使得目莲题材的宝卷极其适合作为妇女丧葬仪式的讲唱材料，尤其是在长期受佛教思想影响的江南地区。而在常熟地区，《血湖宝卷》和《目莲宝卷》通常被认为是两种不同的为拯救妇女亡魂而宣唱的文本。[③] 他们出现在"诵读地狱卷"的丧葬仪式上，主要是在主母死后的第一天，[④]以及"五七"[⑤]这两个场合。在这两种情况下，伴随着叙述主人公经过所有的地狱观察罪人的痛苦，地狱主题的讲经都是为了通过"游地狱"的方式，将人的灵魂从地狱的折磨中解救出来。[⑥]

---

① 吴伟《中国常熟宝卷》，第 2 卷，第 1132 页。

② 吴伟《中国常熟宝卷》，第 2 卷，第 1132 页。

③ 这个概念也包括现代张家港市的一些地区。在 1962 年，原常熟县北部地区改建为沙洲县（亦包括江阴的一部分）。在 1986 年，沙州更名为张家港市。现常熟市和张家港市均属苏州市管辖。关于张家港凤凰镇（港口镇）地区的"讲经"，见虞永良《河阳宝卷调查报告》，《民俗曲艺》第 110 期，1997 年，第 67—88 页；车锡伦《中国宝卷研究》，第 386—419 页。

④ 人死后第一天举行的仪式，称为"随身"。

⑤ 在这一天，死者的灵魂被认为会回家享受救赎的祭品和仪式。

⑥ 自宝卷的早期历史以来，阴间旅行（游遍地狱）的主题就很常见，参见澤田瑞穗《增补宝卷の研究》，東京国書刊行会，1975 年，第 66—68 页；Overmyer，Daniel L. *Precious Volumes: An Introduction to Chinese Scriptures from the Sixteenth and Seventeenth Centuries*. Cambridge. Harvard University Press，1999，pp. 38—47，240—247；车锡伦《中国宝卷研究》，第 65—89 页；Grant，Beata. The Spiritual Saga of Woman Huang：From Pollution to Purification. In *Ritual Opera*，*Operatic Ritual:* "*Mu-lien Rescues His Mother.*" *Chinese Popular Culture. Papers from the International Workshop on the Mu-lien Operas.* Edited by Johnson David. Berkeley：University of California Press：1989，pp. 224—311.

1997 年,车锡伦教授在张家港市,见证了一场在“五七”法会时宣唱《血湖宝卷》的场景。① 在 2017 年 9 月 17 日,常熟虞山镇的一个农房里(离常熟老县城不远),笔者也曾观察过在“五七”仪式上宣唱《血湖宝卷》和《目莲宝卷》的景象,此次法会是为年轻讲经先生的已故女性亲属举行的,是一场非常传统的仪式。② 同时,2017 年那次使用的《血湖宝卷》的内容与李德抄本的完全不同。③ 虽然其中提到了目莲救母的故事,但并没有像李德生抄本的那样有详细的叙事内容。④

在常熟,其他宣唱于上述场合的叙事性宝卷有《地藏宝卷》《土地宝卷》《十王宝卷》和《梁王法忏宝卷》(《梁王宝卷》的一个变体,自 19 世纪以来在江南吴语区非常受欢迎)⑤。前两部作品专门介绍地狱神祇的起源(被认为是神化的历史人物,就像中国流行宗教的典型特征一样),而后两部(连同《目莲宝卷》)则讲述了关于来世报应和救赎的故事。⑥ 为死者举行的“讲经”法会还包括一些救赎仪式,而仪式会根据场合的不同而发生变化,如根据第一天或“五七”法会分配不同仪式。⑦ 例如,在笔者

---

① 车锡伦《中国宝卷研究》,第 391 页。

② 为了文章体量起见,我不会对此类法会进行详细的民族志描述;有关详细信息,请参阅余鼎君《江苏常熟的讲经宣卷》,第 2587—2593 页。

③ 我也见过类似《血湖宝卷》的抄本,为余宝均先生 1991 年抄,现藏于其弟余鼎君先生手中。这本宝卷的另一个版本保存在常熟市图书馆(抄本未注明日期,约为 20 世纪上半叶),发表于吴伟《中国常熟宝卷》,第 2 卷,第 1109—1115 页)。它也可能是从当地表演者那里收集的。这说明《血池宝卷》已经有好几个版本广泛分布于常熟附近地区。

④ 相似文本,亦名《血湖宝卷》[系周素莲所有,日期为戊辰年(1928?)],不包含目莲故事的叙事发展部分,属于较早时期。影印本被收入在濮文起《民间宝卷》,第 14 卷,第 156—69 页。它的起源地和仍然未知,但它也肯定来自江苏南部。

⑤ 有关这些宝卷文本亦见 Berezkin, Rostislav. “Precious Scroll of the Ten Kings in the Suzhou Area of China: with Changshu Funerary Storytelling as an Example”, Archiv Orientalni, 84 (2016): pp. 381—411;“Narrative of Salvation: The Evolution of the Story of the Wife of Emperor Wu of Liang in the Baojuan Texts of the Sixteenth-Nineteenth Centuries”, Chinese Studies (Hanxue yanjiu 汉学研究), vol. 37, no. 4 (December 2019): pp. 1—46; “The Dizang Baojuan in the Performance Context of ‘Telling Scriptures’ in Changshu, Jiangsu.” Journal of Chinese Religions 48. 2: pp. 205—232.

⑥ 关于常熟传统中地藏菩萨的传说,参见吴伟《中国常熟宝卷》,第 3 卷,第 974—1006 页,亦见 Berezkin, Rostislav. “Narrative of Salvation: The Evolution of the Story of the Wife of Emperor Wu of Liang in the Baojuan Texts of the Sixteenth-Nineteenth Centuries”, Chinese Studies (Hanxue yanjiu 汉学研究), vol. 37, no. 4 (December 2019): pp. 1—46.

⑦ 吴伟《中国常熟宝卷》,第 2 卷,第 2589—2593 页。

于虞山镇看到的那场法会中,《地藏宝卷》(此变体关于地藏转世为女性)、《十王宝卷》《目莲宝卷》,以及《血湖宝卷》都被宣唱,伴随着特殊的祝祷,加之供养死者灵魂和地狱十王,以及“五七”时接收死者灵魂回家(《五更宝卷》)的仪式。讲经的先生们通常也会背诵《血湖经》,此经是对《血湖宝卷》的一个重要补充。这个文本有道教背景:譬如,在张家港收藏的其中一个版本的完整标题是“太乙救苦天尊说拔罪酆都血湖妙经”。① 这种经文的道教色彩也与中国关于血湖信仰的历史有关(见第三节)。② 这一特点也反映了常熟“讲经”活动的混合宗教背景。

《目莲宝卷》是为死去妇女举行葬礼和忌日时宣唱的主要文本之一。③ 此文本在常熟地区有多种版本。笔者见到的最长版本是为余鼎君家族所藏,题为《目莲救母地狱宝卷》。④ 仪式化动作伴随着《目莲宝卷》第 1 卷第 2 部分所划分的十九个章节。它们分别描述了地狱的十九个隔层,也即为目莲为了寻找母亲而穿过的十九个地狱,这与《目莲三世宝卷》标准版的相关部分一致(见第 2 节)。相应的,讲经先生们要跪拜十九次,并为每层地狱烧制十九份牒文。因此,他们模仿了存在于《十王宝卷》和《地狱宝卷》(后者现在在常熟专门为男性死者演唱,而不是为女性死者)中的类似仪式行为。⑤

根据笔者在现场的观察和对表演者的采访,《血湖宝卷》的宣唱与此相反,并不伴有任何仪式动作。因此,它似乎与道教的“破血湖”道场很不一样。而“破血湖”道场通常在讲经活动结束的第二天举行。并且,与

---

① 对于已出版的文本(标点本),参见梁一波《中国河阳宝卷集》,上海文化出版社,2007 年,第 2 卷,第 1361 页。

② 该文本的另一个版本,也与道教仪式传统有关,是《血湖忏》,已出版的文本(标点本),参见吴伟《中国常熟宝卷》,第 3 卷,第 2277—2280 页。据余鼎君先生所说,是借道教仪式来讲经。

③ 据余鼎君先生介绍,这段经文的第二部分也可以在求子的仪式中念诵(在夫妻不育或流产的情况下)。见余鼎君《江苏常熟的讲经宣卷》,第 2565—2566 页。然而,许多其他地方的讲经先生在这种场合并不使用它,所以这不能算是这本宝卷的惯用功能。

④ 对于已发表的文本,请参见吴伟《中国常熟宝卷》,第 3 卷,第 1033—1055 页。

⑤ 其全名是《销释明证地狱宝卷》。这是常熟现代仪式化讲唱中使用的明朝宝卷文本,见车锡伦《中国宝卷研究》,第 394—395 页。

通常在夜间进行的荐亡讲经不同,道场是在讲经之后的白天表演的。[1]笔者在 2017 年虞山镇的那次“五七”法会中目睹了这种情况。道教仪式中的“破血湖”也在那次法会举行,但它是以仪式行动为中心,包括破坏用稻米画在地板上的象征血池的图像,以及用碗代表的湖本身。死去妇女的后代要喝一些红色的水,这代表了母亲在池塘里的血。由于这里的重点不是道教仪式,笔者将不再详细描述细节。而此处重要的是道教仪式与相关宝卷讲经传统中完全不同的形式。从这个角度来看,常熟的道教仪式似乎是对地狱主题的讲经活动的补充。

因此,李德生抄本《血湖宝卷》中体现了两种仪式文本——《目莲宝卷》和《血湖经》——的结合。在这里,目莲从地狱中救出母亲灵魂的故事被用来证实“破血湖”的传统仪式,而这种仪式于常熟的乡村中仍然普遍存在。另一方面,此文本的重点不在于仪式实践,而在于叙事部分在常熟的传统环境中所具有的娱乐性。[2]

三、血湖信仰和《目莲宝卷》

很明显发展自中国佛教和道教文学中血盆形象的“血湖”观念,约自 12—13 世纪以来,成为目莲文学中的重要观念。它还与拯救妇女灵魂脱离来世痛苦的仪式实践有关。

根据在中国传统社会底层传播的民间信仰(其起源没有明确的记载),妇女死后会被囚禁于由经血和产妇生育时的血露形成的冥府[也就是地狱(hell)的中国版本,有时被理解为西方信仰中的炼狱]血湖中。而可发现最早提及此信仰的道教仪式文本可追溯至 1194 年。[3] 有时,被困

① 有关常熟讲经先生与道士的合作,见邱慧莹《江苏常熟市白茆地区宣卷活动调查报告》,第 201—202 页;余鼎君《江苏常熟的讲经宣卷》,第 2573—2574、2587 页。

② 据老艺人回忆,在这样的场合讲经也可吸引各种各样的听众,尤其是前来聆听的妇女和儿童。

③ 苏远鸣《血盆經の資料的研究》,《道教研究第一册》. 吉岡義豐、M. スワミエ教授共编. 昭森社, p. 132.

于血湖被归因为违反产后禁忌的惩罚（如《目莲三世宝卷》及其在江南讲经宣卷传统中的衍生物所示）。[①] 但是，大多数时候，它在仪式文本中被归结为妇女仪式性不洁的必然结果。孝子贤孙们有责任为救赎母亲的灵魂举行仪式，以此来报答母亲“生儿育女”的恩情。

这些信仰的基础是佛教中关于妇女身体生理不洁，以及一个人对母亲应尽孝道观念的结合。[②] 在《佛说大藏正教血盆经》中也宣传了此信仰，这是一部具体出现时间未知（约为12世纪）的中国短篇经文。属于本土佛经（或“伪经”）的范畴，虽然一般不被上层（精英）僧侣所信奉，但仍构成中国佛教文化的一个重要组成部分。[③] 在这种情况下，《佛说大藏正教血盆经》是一种中国大众仪式实践的宗教性基础。将此与目连主题的后期宝卷相联系，它的另一个重要方面是明确提到了目连从血湖中救出母亲的故事。[④] 因此，孝子们会效法目连，举行拯救母亲脱离血湖的仪式。

目连故事的详尽阐述与血湖神话的融入，共同成为佛教救赎祖先仪式的核心，而这特别是针对女性祖先。自早期（12—13世纪）开始，血湖仪式也被用在道教传统中。[⑤] 最早在宝卷中提到血湖，和旨在从血湖中获得救赎的仪式性法会，可以追溯到14世纪下半叶。它是在《目连救母出离地狱生天宝卷》中出现的，此宝卷被认为是现存最早的宝卷版本。[⑥]

---

① 根据传统观念，妇女在分娩后必须在屋子里待一个月（坐月子），见 Pillsbury, Barbara L. K. “Doing the Month”: Confinement and Convalescence of Chinese Women after Childbirth. Social Science and Medicine 1978, 12: pp. 11—22.

② Cole, Alan R. *Mothers and Sons in Chinese Buddhism*. Stanford: Stanford University Press, 1998, pp. 197—214.

③ 例如，参见 Buswell, Robert E., Jr. *Chinese Buddhist Apocrypha*. Honolulu: University of Hawaii Press, 1990.

④ Xue pen jing. Fo shuo Dazang Zhengjiao Xue Pen Jing 佛說大藏正教血盆經. In Manji zoku zokyo 卍字續藏經. Rpt. as Xu zangjing 續藏經. 151 vols. Hong Kong: Xianggang yingyin Xu zangjing hui, 1967. vol. 1, p. 414.

⑤ 苏远鸣《血盆經の資料的研究》,《道教研究第一冊》. 吉岡義豐、M. スワミエ教授共编. 昭森社, pp. 132—133.

⑥ 这是一本不完整的配有彩色插图的抄本，现在已装裱成册（原为“经折本”），为1373年作。为著名文人郑振铎（1898—1958）所有，现由中国国家图书馆收藏。日本学者吉川良和（Yoshikawa 2003, pp. 123—134）已经转录出版了本文剩余部分标点本。类似的抄本残本，名为《目犍连尊者救母出离地狱生天宝卷》，传抄于1440年；其部分保存于俄罗斯（原为私人收藏，后来被圣彼得堡的冬宫博物馆购买）；参见 Berezkin, Rostislav. *Many Faces of Mulian: The Precious Scrolls of Late Imperial China*. Seattle: University of Washington Press, pp. 48—71.

这个文本提到了“血盆盂兰胜会”，此会帮助目连转世为狗以解救他的母亲（在她已经摆脱了冥府的囚禁并且以饿鬼转世后）：①

> 世尊说：若你母脱离狗体，拣七月十五日中元节。今日修设血盆盂兰胜会，启建道场。汝母才得脱狗超升。②

在这段话中，血盆的仪式聚会与盂兰盆法会相结合。盂兰盆法会是一个重要的佛教节日，有关目连及其母亲的仪式最初是在6—9世纪围绕这个节日发展起来的。③

为在世妇女赎罪（以及在葬礼中）的特殊仪式中，诵读《血盆经》（以及类似的文本）的实践，最早在16—17世纪的文学作品中被提及。④ 血湖作为地狱的一部分也出现在由安徽人郑之珍（1518—1595）在该剧早期版本基础上编纂的《新编木莲救母劝善戏文》的“三殿寻母”一幕中（自序于万历十年，即1582年）。⑤ 后期（明清时期）血盆经卷的扩展版本通常以“忏法”的形式出现，并且直接起到消除所有妇女的罪恶的功用。有几本涉及血湖救赎（其中一份可追溯到明朝末年），并且其内容和形式都非常接近宝卷的忏法文本得到保存。⑥ 它们在当代仍在流传，其中一本忏法书，即《慈悲血盆宝忏》至今仍在台湾印刷。如上所述，这种形式的仪式文本也是从常熟的表演者们那里收藏来的。

此外，血湖的形象也被纳入16—17世纪民间教派的仪式体系，并出现在其信徒编撰的宝卷中。其中一个例子是《目犍连尊者救母出离地狱

---

① 这个细节可以追溯到早期的目连故事题材讲唱文学（变文抄本，约8—9世纪）却在《目莲三世宝卷》中缺席，并且其衍生于苏南宣卷传统，包括李德生的版本。

② 吉川良和《〈救母經〉と〈救母寶卷〉の目連物に関する説唱藝能的試論》. 一橋大學《社會學研究》2003，第41卷，第131页。

③ Teiser, Stephen F. *The Ghost Festival in Medieval China*. Princeton: Princeton University Press, 1988；王馗《鬼节超度与劝善目连》，学苑出版社，2023年。

④ 王馗《鬼节超度与劝善目连》。

⑤ 见郑之珍《新编目连救母劝善戏文》，《皖人戏曲选刊：郑之珍卷》，黄山出版社，2005年，第371—379页。关于这个主题的戏剧自12世纪以来就在中国广为人知，但早期版本已不复存在，参见刘桢《中国民间目连文化》，第32—50页。

⑥ 代表性的例子参见李正中《中国宝卷精粹》，台北兰台出版社，2012年，第157—162、363—392页。

生天宝卷》，这很可能是无为教的信徒在16—17世纪对早期《目连救母出离地狱生天宝卷》（1373、1440年抄本）的改编版。它关于血湖地狱有一个特别的章节（第55章节）。[①] 即一些教派团体利用血湖救赎的仪式宣传他们的教义。[②] 例如，有一部弘阳教的经文，标题是《混元弘阳血湖宝忏》，该书可追溯到16世纪末或17世纪初，解释了血湖的起源和逃离血湖的方法。它告诉人们，1594年弘阳教的创始人飘高（原名韩太湖，1570—1598年），应信徒的要求建立了“血湖胜会”。[③]

同时，直至今日，血湖救亡的仪式也是中国普通民众仪式实践的一个重要组成部分。在中国南方的许多地区（包括台湾岛），这种仪式与关于目连的戏剧作品一起表演。[④] 血湖也经常在19世纪的宝卷中被提及，包括《目莲三世宝卷》，这个宝卷也与现今江南地区的仪式实践相关联。[⑤]

在李德生抄本中，血湖情节起到重要的作用，并遵循了《目莲三世宝卷》的原始文本。当涉及刘氏死后被带到血湖这一情节时，韵文说道：

初来妇人讲你听，在生末生男育女造孽深。
未曾满月堂前过，触犯家堂与六神。
却来满月天井过，触犯三光日月星。
刘氏一听如此罪，啼啼哭哭受灾辛。[⑥]

---

① 原为傅惜华（1907—1966）藏，现藏于美术学院戏剧研究所。关于此文本，请参见车锡伦《中国宝卷研究》，第491—496页。

② 这些教派的信徒通常为百姓提供仪式服务，参见 Berezkin, Rostislav. *Many Faces of Mulian: The Precious Scrolls of Late Imperial China*. Seattle: University of Washington Press, 2017, pp. 114—116。

③ 濮文起《民间宝卷》，第106卷，第117—118页。

④ 例如，见 Seaman, Gary. Mu-lien Dramas in Puli, Taiwan. In *Ritual Opera, Operatic Ritual: "Mu-lien Rescues His Mother" in Chinese Popular Culture. Papers from the International Workshop on the Mu-lien Operas*. Edited by David Johnson. Berkeley: University of California, IEAS Publications, 1989, pp. 155—190；段明《超度亡魂的过桥仪式》，《民俗曲艺》第118卷，第152—160页；王馗《鬼节超度与劝善目连》。

⑤ 见 Berezkin, Rostislav. *Many Faces of Mulian: The Precious Scrolls of Late Imperial China*. Seattle: University of Washington Press, pp. 163—167.

⑥ 吴伟《中国常熟宝卷》，第2卷，第1118页。相似的韵文可在《目莲三世宝卷》中发现，《目莲三世宝卷》，镇江宝善堂，1876年，第8a—10a页。

然后，血湖中的妇女向她们的儿子和女儿讲话，要求他们向阎王（Yama 王，阎摩王）进行供奉，[①]以便阎王能够赦免她们的罪过。[②] 据此，在李德生抄本中，血湖救赎的话题得到了充分反映。

因此，目连叙事与血湖仪式的关联可以追溯到明清时期，并以仪式化的故事讲唱（讲经宣卷）以及仪式剧的形式出现。这就可以解释尽管在20世纪下半叶宝卷普遍衰落，并且其背诵也受到遏制的情况下，以该主题的宣卷依然在现代得到生存和发展的原因。

四、与靖江实践相比较

在与常熟一江之隔的靖江，也存在类似“讲经”（靖江方言：kaŋ35tɕiŋ44）传统中使用目连故事宝卷的例子。与常熟类似，靖江的讲经也是在宗教集会（“做会”）上进行的，如今主要安排在信徒的家里。据推测，宝卷宣讲最初是由长江以南（苏州地区）传到这里，因为靖江的许多定居者都来自长江以南的地区。[③]

《血湖宝卷》是靖江“讲经”的一个重要文本。[④] 与李德生抄本所代表的常熟版本相似，靖江版本也将目连的故事与旨在拯救女性灵魂的仪式实践结合起来。与此同时，靖江版的许多叙述细节却与李德生抄本不同。

就此而言，需要注意的是，现代（1950—2000）靖江地区的专业说书人［当地称为“佛头”（靖江方言：vəʔ2diɤ31）］[⑤]所演唱的宝卷文本主要

① 冥界十王之一，在民间信仰中通常被解读为其中的主要人物。

② 吴伟《中国常熟宝卷》，第2卷，第1119页。

③ 这被靖江讲经仍在使用的一种吴方言证实，而这个方言同样起源于江南，见陆永峰、车锡伦《靖江宝卷研究》，第9—12页。

④ 相关研究，请参见车锡伦《中国宝卷研究》，第348—363页，另请参见 Berezkin, Rostislav. *Many Faces of Mulian: The Precious Scrolls of Late Imperial China*. Seattle：University of Washington Press, pp. XV—XXIV.

⑤ 关于这个词在靖江的起源和使用，见陆永峰、车锡伦《靖江宝卷研究》，第120—124页；Berezkin, Rostislav. “The Social Setting of Chinese Religious Storytelling in the Late Sixteenth - Early Seventeenth Centuries：A Passage from the Novel Pacification of the Demons' Revolt (1620)”. *Sino-Platonic Papers* 2021, pp. 13—14.

以口头形式存在,最初由师傅通过口授传给弟子。[1] 这意味着同一宝卷文本存在多个不同的由个体表演者背诵的版本。例如,标记着从现场朗诵会的录音带中记录的《血湖宝卷》文本,是由当地学者破译并出版。[2] 此外,靖江“做会讲经”活动中的《血湖宝卷》演唱背景与在常熟的法会中不同。

在靖江,讲经不是在死者的葬礼或忌日进行的。相反,它是为在世的人预修的消罪仪式,通常是在庆寿场合(六十或七十岁)进行,因此被称为“延生会”。忏悔生理上的不洁之罪既是为仍然活着的妇女进行的,也是为了防止她死后坠入血湖。而导致与常熟地区存在此种差异的原因尚不清楚,可能是由于当地文化的特殊性。在现代,靖江地区的葬礼(和超度)仪式是由当地的道士主持,但不清楚这种情况是否与过去相同。在妇女的葬礼上,靖江的道士也举行“血湖道场”(这和常熟地区相似),但是在这种情况下,与佛头所举行的“现世”仪式相比,它被认为是一种度亡的仪式。

由于笔者在靖江地区目睹了此仪式的这两种形式,可以把它们的主要区别归纳为“叙述”(讲唱、说教)与“行动”(表演性和戏剧性)。宝卷的表演者明显强调目连故事的劝善教化作用,而道士们则专注于实物——象征着血湖(在地上画出地狱的特殊图案,并且碗放在其间)——的真实破坏。虽然宝卷对当地观众来说是可以理解的,但道士的仪式咒语却不是,而且道士仪式的意义主要体现在“行动”部分。此外,以破坏血湖为主题的“讲经”也涉及仪式动作,这使得它们成为救赎妇女灵魂相似实践的两种仪式变体。

尽管本文中笔者所参考的,来自靖江和常熟两种《血湖宝卷》的叙事版本存在巨大的文本差异,但它们可能有共同的来源——《目莲三世宝

---

① 这是当代靖江“讲经”的一大特色,使它看起来与中国其他传统的宣卷有很大不同。

② 尤红《中国靖江宝卷》,第1卷,江苏文艺出版社,2007年,第407—430页。这是佛头王国良的版本,当地学者也进行了大量编辑。

卷》。虽然如前所述,靖江的讲经文本在近代主要以口头方式的传播,但也有学者认为靖江最初是存在书面文本的。中国专门研究靖江宝卷现代变体的专家——车锡伦和陆永峰教授认为此地大部分的宗教内容(所谓"圣卷")的文本,最初是由宝卷的书面文本改编而来,以印刷本或抄本的形式传到这里。[①] 姑且不论这一假设是否正确,可以注意到的是,靖江传统中包括《血湖宝卷》在内的几个主要文本,确实可以追溯到书面版本。

首先,与旧刊本《目莲三世宝卷》的比较,显示出其与《血湖宝卷》(靖江版)的亲缘关系。当然,许多元素是由当地的表演者添加的,特别是在靖江关于这个文本的仪式实践中添加的。第二,现代佛头拥有的书面材料可以证明,这些刊本可能在很久之前就已经传到靖江。例如,一位佛头拥有 1922 年宏大善书局制作的《目莲三世宝卷》石印本。[②] 尽管不清楚此本是什么时候传到靖江地区的,但似乎与在常熟地区发现的《目莲三世宝卷》旧刊本情况相似。

五、苏南仪式实践中的《血湖宝卷》

与靖江材料的比较显示了目连故事的后期宝卷版本被广泛应用于苏南地区的仪式实践中。苏州其他地区在 20 世纪上半叶宣唱宝卷的数据也进一步证实了这一点。虽然现在苏州郊区的"宣卷先生"大多不宣唱《血湖宝卷》或《目莲宝卷》,甚至也不同于他们的常熟同行,往往不参加葬礼(超度)仪式,但是在 1950 年以前,情况肯定与此不同。此外,现有关于苏州地区宣卷的历史证据表明,《血湖宝卷》和《目莲宝卷》的另一种表演背景是由当地妇女组织的集体仪式法会,来为她们的来世"提前"进行祈祷。

根据胜浦的宣卷先生金文胤[③](1926—?)的资料,此种"血湖会",以

① 陆永峰、车锡伦《靖江宝卷研究》,第 436—437 页。
② 标点本被收入尤红《中国靖江宝卷》,第 1 卷,第 379—405 页。
③ 其人曾做过苏州东郊颇具人气的宣卷班班长,于 1980 年恢复了他的演出。

“缴血湖”闻名，曾经在苏州地区大范围内较为普遍。[①] 这些法会是以社区为单位组织的，并且要求这些社区里的大多数老年妇女参与。这些社区法会通常持续三天时间，包括各种仪式的表演，并且傍晚时分，各家各户都会宣唱宝卷。不幸的是，现在没有多少关于这些集会的证据。毋庸置疑，《目莲宝卷》文本曾经在这些场合被广泛使用。这种文本也曾在苏州地区传播。例如，高竹卿抄写的《血湖宝卷》，可追溯至 1922 年，现存于苏州中国戏剧博物馆。[②] 该博物馆收藏的宝卷（大部分是 19 世纪末至 20 世纪初的抄本），是在 1960 年初考察当地宣卷表演者时从那里收集到的。在这些抄本中，有相当数量的名为《目莲宝卷》的抄本，大多与《目莲三世宝卷》的内容密切相关。[③]

根据金文胤的证据，自 1930 年以来由于日军侵略造成的破坏，大规模的血湖会衰落了，但一些相关的仪式成分，包括宣唱宝卷，被转移到通常为老妇人（家庭的主母）举行庆寿法会的私人住宅中。同样，常熟地区的公共法会传统，可被视为是这一古老习俗的遗留。根据余鼎君先生的说法，这种“血湖会”偶尔仍然在常熟举行。这也是社区里的所有老年妇女都参加的公共仪式。[④] 这些法会也包括宣唱《血湖宝卷》《血湖忏法》《目莲救母地狱宝卷》和《梁王忏法宝卷》。显而易见，这个法会与保留在公共“佛会”中的“讲经”习俗有关，包括仍然存在于常熟地区的，为各种神灵举行的寺庙庆典。[⑤]

与靖江传统中的私人法会——“延生会”，以及苏州郊区的大型法会相似，这些血湖会代表了死后救赎仪式的“提前”举办，而道教在当地妇女的葬礼上举行的“破血湖”仪式紧随其后。这种法会类似于中国南方

---

① 正如车锡伦教授在 1995 年和 1998 年采访他时所报道的，参见车锡伦《中国宝卷研究》，第 364—365 页。

② 郭腊梅《苏州戏曲博物馆藏宝卷提要》，国家图书馆出版社，2018 年，第 258 页。

③ 郭腊梅《苏州戏曲博物馆藏宝卷提要》，第 121—122 页。

④ 余鼎君《江苏常熟的讲经宣卷》，第 2584—2585 页。

⑤ 参见 Berezkin, Rostislav. “Baojuan (Precious Scrolls) and Festivals in the Temples of Local Gods in Changshu, Jiangsu.” *Journal of Chinese Ritual, Theatre and Folklore* 民俗曲艺 206 (2019. 12): 115—175.

农村地区（包括广东和福建），为妇女举行的“先期仪式”。[①] 在传统社会中，这些仪式也具有净化和保养已到更年期妇女的意义。然而，中国南方的这些法会并不宣唱宝卷。而将宝卷中的白话叙述与仪式动作结合起来的“讲经”（或称宣卷）的形式，似乎为苏南地区独有，现在在常熟、靖江、江阴等地得到最完好的保存。

尽管当代《目莲三世宝卷》及其衍生品在苏州地区非常流行，但不应过分强调它对当地文化的影响。这一点可以从当地的仪式实践，与书面文本中宣传的价值观之间的差异得到很好的证明。虽然李德生抄本的《血湖宝卷》与《目莲三世宝卷》一样，鼓励观众保持素食习惯，[②]但这一禁令对现实生活中的“讲经”行为并无多大影响。虽然在常熟，祭祀前一天禁食肉类是很常见的，但葬礼上宣唱宝卷通常会使用肉类供品，这与佛教的主流做法相悖。[③] 显然，尽管《目莲三世宝卷》为了常熟地区的仪式化宣唱已经被改编了，但该文本的宗教禁令并没有被常熟当地社会接受。该文本的主要宗教价值和教义没有完全被当地的“讲经”仪式所吸收。

结　论

李德生的《血湖宝卷》抄本，展示了出于仪式目的，而在民俗讲唱的现代实践中，使用一种古老的叙事文本的情况。虽然此抄本在常熟的丧葬“讲经”活动中并不典型，但代表了一种将关于目连故事宝卷的通俗叙事与破坏血湖仪式文本相结合的努力，并作为一种当地改编本而存在。虽然这一版本明显没有反映仪式动作，但却直接参考了流行的妇女的救

① 例如，马建华《女性の救济——莆仙目連戲と〈血盆經〉》，野村伸一编著，《東アジアの祭祀伝承と女性救済：目連救母と芸能の諸相》，風響社，pp. 353—408.

② 在《血湖宝卷》的结语中清楚地表达了这一点：“目莲救母卷已满，龙华会内劝良善。劝得善人持斋戒，修行得道往西天。”见吴伟《中国常熟宝卷》，第 2 卷，第 1131 页。

③ 虽然余鼎君坚持这个场合只能使用素食祭品，但这与该地区的惯例相矛盾。见余鼎君《江苏常熟的讲经宣卷》，第 2587 页；凤凰镇地区的情况也是如此，参见虞永良《河阳宝卷调查报告》，第 76 页。

赎仪式。此文本显然改编自著名的、自19世纪末以刊本和抄本的形式在苏南地区流传的《目莲三世宝卷》。反过来说，19世纪末的刊本肯定也是深深植根于江南（长江下游）地区的讲唱和仪式实践中。

李德生抄本代表了古老的佛教文学题材在江南当代礼仪环境中的生存样态。虽然它起源于早期叙事（基本上从唐代的“变文”开始），但这一主题因它以佛教形式宣传了对传统中国非常重要的孝道思想，而仍然吸引着当地信徒的注意。因此，它特别适合于为救赎母亲的灵魂而举行的葬礼和忌日——这是常熟地方仪式文化的一个重要元素。仪式的意义（逃离血湖地狱）与通俗语言形式的故事讲唱中所包含的说教和娱乐元素的结合，形塑了这种类型的民间实践的独特品格。

李德生抄本包含有关《目莲宝卷》（《目莲三世宝卷》的苏南改编本）的使用及其传播地区的额外信息。它显示了，19世纪末20世纪初，根据江南各城市编辑印刷的宝卷文本改编而来的目连故事题材，被用于靖江和常熟（更广泛地说，在过去的苏州地区）的、以“破血湖”为中心的仪式性法会。这使人们对靖江的“讲经”传统有了新的评价角度，因为它可能与传统江南文化有关。宝卷题材和仪式背景在这些地区的一些共同点，有助于研究讲经（宣卷）活动在苏州、常熟与靖江地区之间的关联。而重建这些文本的确切传播和改编历史（如果可能的话，鉴于现在缺乏可信的历史数据）仍有待进一步研究。

（白若思撰，党从心等译）

第三节　当代常熟《香山宝卷》的讲唱和相关仪式

《香山宝卷》（也称《观世音菩萨本行经》）是中国文学和宗教史上的著名典籍。它主要讲述了观世音菩萨的女相——妙善公主在修行过程中克服重重困难，冲破其父妙庄王的阻拦，最终成道的故事。

《香山宝卷》这类传统讲唱文学的底本采用散文和韵文相结合的形式，最初为佛教传教的文学作品，用于教化世俗信徒。有关《香山宝卷》产生时代有几种说法。《香山宝卷》1773年版本（全名为《观世音菩萨本行经》）由杭州昭庆大字经房刊刻，其序言宣称该书是由杭州上天竺寺的普明禅师于1103年编撰。[①] 然而，由于此版本中有一些晚期情节与语言特点，因此大多数学者对这一编纂时间持怀疑态度，并把它的产生时间定为14或15世纪。越南社会科学院汉喃研究所藏有这部宝卷更早的版本，题为《大悲菩萨香山宝卷》，景兴三十三年（1772年）在河内报恩寺重刊，原版为南京重刊本，未注年代，其内容与1773年版本有差别，据其内容与形式特点可以推测为明代末期版本，它在中国大部分地区[②]已失传了。[③] 一些历史记载能证明《香山宝卷》在15—16世纪已在中国有些地方流传很广。[④] 19世纪至20世纪初期在江南地区流行的是《观世音菩萨本行经》的简要本，题为《观世音菩萨本行经简集》，在民间同时流传着几部不同版本的《香山宝卷》。[⑤]

尽管对宝卷的研究受到普遍重视，但大多数研究仅集中在文献角度，很少有学者注意到它的现实讲唱。事实上，从《香山宝卷》现在依然在江浙部分地区流行的事实可以看出，宝卷最重要的就是它的表演和宗教性。于君方教授在其关于中国观音崇拜发展史的研究中就指出，在江苏有一

---

① 本书影印本参见吉冈义丰（1916—1979）《乾隆版〈香山寶卷〉（覆製）付解説》，载吉冈义丰、苏远鸣合编《道教研究》，东京边境社，1971年，第四册，第115—194页；转引自《吉冈义丰著作集》第四册，东京五月書房，1990年，第242—307页。

② 最近在中国东南和西南地区发现了该版本的手抄本，见王见川等主编的《明清民间宗教经卷文献续编》第8册，台北新文丰出版社，2006年，第341—389页；侯冲《宝卷新研——以罗祖〈五部六册〉征引四种宝卷为中心》，2014年上海师范大学“经典、仪式与民间信仰国际学术研讨会”论文（未刊）。

③ Rostislav Berezkin, Boris L Riftin. The earliest known edition of the Precious Scroll of Incense Mountain and the connections between precious scrolls and Buddhist preaching. *T'oung Pao*, 2013, 99(4/5), 445—499.

④ 车锡伦《中国宝卷研究》，第112—113页。

⑤ 详见车锡伦《中国宝卷研究》，第109—112、548—552页；《中国宝卷总目》，第307—310页。

些佛教信徒在寺庙法会中，或在自家的佛会中，都会宣唱《香山宝卷》。[①]遗憾的是，她没有具体说明这些信徒宣唱《香山宝卷》的目的及其特点。关于宝卷在江苏不同地方的作用的田野调查报告中，也提到了当地人诵念《香山宝卷》的现象。但报告也只是提到了这一现象，并没有对场面进行详细的描述和分析。事实上，其他宝卷的宗教性功能早已得到各国学者的一致认同，如江苏个别地方的信徒在举行"破血湖"仪式时，会讲唱《目莲宝卷》的不同版本。[②]《香山宝卷》也有宗教性意义，在宝卷讲唱过程中要举行许多仪式。

本文主要探讨当代江苏省常熟市（以及原属常熟县管辖，现在的张家港市[③]）的"讲经宣卷"活动中《香山宝卷》的讲唱内容及仪式意义。文章主要引用笔者2009到2015年在常熟和张家港的田野调查结果。主要使用了常熟市练塘镇余鼎君先生提供的资料，也参考了常熟市虞山镇几位年轻的讲经先生的讲经方式。另外，笔者还研究了张家港市港口镇恬庄村的夏根元先生（1945年出生，来自港口镇双塘村）和狄秋燕先生（1963年生，女）的讲经仪式，作为比较资料。[④] 在常熟讲经存在地区和门派的区别，主要表现在其音乐和内容细节上，本文没有把这些区别当作讨论重点。应该注意的是，余鼎君、狄秋燕两位讲经先生出身于世代讲经的家庭，他们的父辈均于1949年前开始讲经，夏根元的老师钱筱彦（1932年生，港口镇清水村人）从小学讲经，在港口地区很有名气，这三位讲经先生代表了传统的讲经方式。1980年代开始的讲经形式出现了一些变

---

① Yu Chün-fang, *Kuan-yin: The Chinese Transformation of Avalokiteśvara*. New York: Columbia University Press, 2001年，第536页第12脚注。

② 参见车锡伦《中国宝卷研究》，第220页；亦见Beata Grant and Wilt L. Idema, tr. And introduced, *Escape from Blood Pond Hell: the Tales of Mulian and Woman Huang*（脱离血湖地狱：目连与黄氏女的传说），Seattle: University of Washington Press, 2011，第23—26页；Rostislav Berezkin, *Dragocennye svitki (Baotsiuan') v duhovnoi kul'ture Kitaia: na primere Baotsiuan' o Treh Voplosheniyah Muliania*（宝卷文献在中国文化的作用：以目莲三世宝卷为例），Saint-Petersburg: Saint-Petersburg Center for Oriental Studies, 2012。

③ 现张家港港口与恬庄原属常熟县管辖，1962年归入新成立的沙洲县，1996年为张家港市管辖。

④ 1950年代前常熟原来只有男性讲经先生，1980年代才出现女性讲经先生。

化，其现状与旧时（1949年前）不一样。本文主要通过当代讲经方式，也参照旧时的讲经情况，探讨讲经过程中添加的讲述内容和仪式，进而分析讲经活动的社会和心理意义。

一、常熟地区讲经中《香山宝卷》的使用情况

常熟地区称宝卷宣讲为“讲经”，江浙一带则普遍使用“宣卷”这一说法。讲经是在当地举行宗教集会——“举斋”——时进行的。当地的宗教集会分为私人家的法会（有的地方被称为“善会”）和社区的“社会”“庙会”（或被称为“佛会”）。这种使用宝卷讲唱的“佛会”旧时（19世纪末至20世纪初）在整个苏南地区很流行，现在的苏州和无锡地区仍然存在，但规模已缩小了。① 常熟地区讲经有很多特色，其使用的宝卷内容特别丰富。常熟宣讲宝卷的人被称为“讲经先生”，他们通常都是职业的，专门学习讲经并在宣讲时对信众收费。

近年来，常熟地区的讲经已引起中外学者的关注，现已出版了《中国常熟宝卷②》，也有了许多研究成果。③ 但是这些研究都忽视了对《香山宝卷》（当地经常称为《大乘香山》）在讲经传统中的重要地位的研究。事实上，《香山宝卷》在当地的讲经活动中占据非常重要的地位，通常在延生、祈福的“会”上讲唱，当地讲经先生甚至有“没有《香山宝卷》，就没有

---

① 钱铁民《江苏无锡宣卷仪式音乐研究》，曹本冶主编《中国民间仪式音乐研究：华东卷》，上海音乐学院出版社，2007年。

② 吴伟主编《中国常熟宝卷》（下文简称ZCBJ），其中有很多宝卷的版本与张家港地区收集的两部宝卷集相同，参见《中国河阳宝卷集》（下文简称ZHBJ），上海文化出版社，2007年；《中国沙上宝卷集》（下文简称ZSBJ），上海文艺出版社，2011年。

③ 具体成果有：虞永良《河阳宝卷调查报告》；车锡伦《江苏张家港港口镇的做会讲经（调查报告）》《江苏常熟“做会讲经”和宝卷简目》，收录在他的著作《中国宝卷研究》第384—400、401—415页；李淑如《江苏地区同里、张家港宝卷流传现况调查与实例》，《云汉学刊》第21期（2010—06），第133—146页；Rostislav Berezkin, Scripture-telling (jiangjing) in the Zhangjiagang Area; Ibid., An Analysis of Telling Scriptures (jiangjing) during Temple Festivals; Ibid., On the Survival of the Traditional Ritualized Performance Art in Modern China: a Case of Telling Scriptures by Yu Dingjun in Shanghu Town Area of Changshu City in Jiangsu Province（谈宗教性讲唱文学在当代中国的传承与创造：以江苏省常熟市尚湖镇余鼎君“讲经宣卷”为例），《民俗曲艺》第181期，2013年，第167—222页。

常熟讲经宣卷”的说法。[①] 笔者亲历的常熟、张家港地区的三场家会和七场庙会中，都唱诵了《香山宝卷》。

三场“家会”包括：2012 年 10 月 9 日常熟市尚湖镇管辖下村庄的“安宅”讲经（当地称为“谢鸿”），2012 年 11 月 11 日张家港地区恬庄镇为一位老年妇女“延寿”的法会，以及 2015 年 6 月 27 日常熟市虞山镇管辖下村庄的“保太平”会。三场法会中，都有几位讲经先生参加，他们会轮流讲经。第一场的讲经人是余鼎君以及来自尚湖镇的蒋秀金（1950 年生）和秦小凤（1952 年生）的女徒弟；第二场的讲经先生是狄秋燕与两位男性讲经人夏根元、李大卫（来自常熟虞山镇）；第三场的三位讲经先生，两位男性、一位女性，分别来自虞山、谢桥与尚湖镇，他们属于年轻一代的艺人。

“家会”的程序基本相同，都属于当地“香山完愿”讲经的种类。[②] 从“香山完愿”的名称便可看出，讲经的主要内容是《香山宝卷》。这些法会的主要目的是为家庭成员祈福，资助法会的人（斋主）通常会许愿诵读宝卷来感谢神灵的护佑。具体说来，做法会的目的包括：为老人延寿、驱邪、祛病消灾、保护家里的小孩等，一场讲经就可能包含所有这些目的。例如上文提到的尚湖那次讲经主要是为了驱邪治病；恬庄的法会主要是为老人延寿；虞山的法会则主要是消灾，保护小孩。当地人新房落成（或装修）之后必须感谢天地鸿恩，要进行“安土镇宅”法会，要请道士办道场或讲经先生讲唱宝卷，尚湖的法会就有“谢鸿镇宅”的意思。[③] 讲经先生会将每场法会的目的、诵读宝卷的数量和题目记在“疏表”上（见图 1）。如第一场尚湖法会的疏表表明：“至今年闰×月间水木漆全部竣工。恐未避凶趋吉。有犯土府神君。今特宣卷酬鸿。敬谢诸君。恭送普庵向后。人宅均安。”（见附录 1）。讲经完成后，讲经人要诵读一遍疏表再将之焚

① 吴伟主编《中国常熟宝卷》（略作 ZCBJ）第 1 册，第 54 页。

② 当地讲经内容主要分为四大种类：“香山完愿”“还受生经”（给老人祝寿）、《地狱卷》（超度亡魂）与“佛会”（主要为庙会），参见 ZCBJ 第 3 册，第 2554 页。

③ 2012 年 6 月 9 日，笔者观察了张家港塘桥同样目的“谢鸿”讲经，由狄秋燕主持。

图 1

烧,交给神灵。

为了说明《香山宝卷》在讲经活动中重要的仪式性意义,笔者在附录 2 中对三次讲经的具体内容做了详细说明。尽管《香山宝卷》是最重要的讲经内容,但讲唱的经文不仅限于这一宝卷,讲经先生也会诵唱讲述其他全国性神灵故事的宝卷,包括《玉皇宝卷》(又名《昊天玉皇大卷》)、《祖师宝卷》(即《真武宝卷》)、《三官宝卷》(又名《三元大帝宝卷》)、《门神宝卷》(又名《门丞户尉宝卷》)、《财神宝卷》《灶皇宝卷》(又名《灶王宝卷》),以及其他关于常熟地方保护神的宝卷,如《猛将宝卷》《高神宝卷》《千圣小王宝卷》《西湖贤良宝卷》《李王宝卷》《周神宝卷》,以及《路神宝卷》(又名《马路宝卷》)。① 每次讲经宝卷的选择是由传统、做会的目的和地理位置共同决定;不同地方的人崇拜不同的地方神,这主要与当地的“社庙”观念有关系。②

“香山完愿”讲经有非常复杂的仪式。“法会”时讲经人要在“斋主”(举办法会的人)的客厅里摆置“经堂”,在北边的墙上挂“圣像”,下面放三张八仙桌拼接成“佛台”,把“佛马”(也叫“纸马”)、“斗灯”(礼拜北斗

① 这些宝卷中提到的神灵有的是神化的真实历史人物,有的则是杜撰。刘猛将(全称“扬威侯天曹猛将”)是宋朝大将刘锜(1098—1162);高神是宋朝将军高怀德(926—982);千圣大王是张佽,唐朝大臣张巡(709—757)的儿子,但在史料中并没有找到这一个人物;路神是方弼、方相,商朝(约公元前 1600—1046)的两位传奇将军。上述几位神灵相关的宝卷文本见 ZCBJ 第 1 册,第 609—625、855—862、704—710 页,ZHBJ 第 1 册,第 194—208、119—122、147—149、178—181 页。亦见拙著 An Analysis of “Telling Scriptures” (jiangjing) during Temple Festivals(详见书目); On the connections of the cults of historical persons and baojuan storytelling: with Baojuan of the Small King of Thousand Sages of the Changshu area of Jiangsu province as an example(历史人物崇拜与宝卷讲唱的关系),《兴大人文学报》2013 年第 50 期(2013—03),第 265—294 页;The Connection Between the Cults of Local Deities and Baojuan (Precious Scrolls) in Changshu county of Jiangsu(江苏省常熟县地方神信仰与宝卷之间的关系),*Monumenta Serica*(华裔学志),2013 年第 61 期,第 73—106 页。

② 有关常熟的社庙参见余鼎君《常熟宝卷与常熟社庙》,载冯锦文主编的《中国宝卷生态化保护与传承交流研讨会论文集》,河海大学出版社,2014 年,第 240—243 页。

的灯位）、蜡烛三对、香炉三只以及供品都摆在“佛台”上（见图 2）。“经堂”是讲经先生和他的助手“和佛人”专门的场地。“和佛人”主要是一些年老妇女，讲经先生唱完每一句韵诗末尾时，她们要跟着哼唱佛名“南无阿弥陀佛”（见图 3）。常熟讲经只用打击乐器，主要为木鱼和引磬（当地称为“星子”）。在常熟尚湖地区，《香山宝卷》里的大部分韵文是用“平调”唱的。

图 2

讲经开始前，讲经先生们要点香、请佛，领着“斋主”向神灵们供奉（见图 4）。讲经完毕，为取悦神灵、替斋主求福，讲经先生还会举行一些仪式，如“献荷花”“解结”“散花”“收香”“送佛”“通疏”，以及焚烧由“和佛人”在讲经过程中准备好的“钱礼”（当地称“元宝”“千张”）。因本文主要是论述《香山宝卷》的表演，对常熟地区的讲经方式以及不同仪式的含义就不再做详细介绍。①

笔者亲历的三场法会均开始于早上6:30到8:30之间，晚上6:00到6:30结束。整个讲经过程可分为早场、下午场和晚场三个部分，中间休息两次吃午饭、享用点心。尚湖镇的讲经时间最长，唱诵的经卷数量也最多(多达21本，恬庄和虞山分别只有12本和15本)。在常熟地区的传统中，全国性的神(当地称"素佛")和地方神的供品分别为素供品和荤供品，讲经的内容也不同。因此，当一位讲经先生在主祭坛(即"香山斋坛")唱诵"素卷"时，会有另一位讲经先生在另一间房间里的"荤台"(或称"妆台"，即"荤祭坛")唱诵"荤卷"(见图3)。"荤台"供奉的主要神灵是五圣，即在当地被称为"上方山老爷"的神灵及其母亲太姆(太姥)。这种信仰与宋元明清时期的"五通"信仰有关系。财神五通的信仰在整个江南都非常流行，苏州的上方山则是五圣(五通神)的圣地。② 讲述五圣与其母亲的《太姥宝卷》(又名《太姥元君宝卷》)是尚湖"荤台"上主要的讲经内容。③ 最近几年，尚湖讲经先生为了节省时间，会把《财神宝卷》《灶皇宝卷》等一些"素卷"移到"荤台"上讲诵。"荤""素"之分在常熟地区由来已久，在该地区的不同门派中也有类似的划分方式。④ 但现在张家港港口地区已经逐渐打破这种传统，地方神和全国性的神在同一祭坛接受供奉，笔者亲历的恬庄法会中就是如此。在恬庄"延寿会"上，讲经先生讲完"素卷"之后，在主坛("香山斋坛")上摆设荤供品，讲唱"荤卷"。

上述三场法会中还包含着一些关于"生命礼仪"(life-cycle rituals)的

---

① 详见丘慧莹《江苏常熟白茆地区宣卷活动调查报告》、余鼎君《江苏常熟的讲经宣卷》，以及拙著 Scripture-telling (jiangjing) in the Zhangjiagang Area, On the Survival of the Traditional Ritualized Performance Art.

② 关于五通信仰由来与发展，详见 Richard Von Glahn, *The Sinister Way: The Divine and the Demonic in Chinese Religious Culture*(左道：中国宗教文化中的神灵与鬼怪)，Berkeley: University of California Press, 2004；田野调查见蔡利民主编的《苏州民俗采风录》，苏州古吴轩出版社，2014年，第241—262页；周凯燕《〈太郡宝卷〉和五通神信仰的变迁》，《常熟理工学院学报》2009年第3期，第121—122页。

③ 常熟《太姥宝卷》的不同版本，见ZCBJ第1册，第585—594、595—608页。

④ 丘慧莹《江苏白茆地区宣卷》，《民俗曲艺》2010年第169期，第202—203页。

图 3

内容。例如,在尚湖法会中,讲经先生唱诵了《鲁班宝卷》《解神宝卷》《星宿宝卷》《药王宝卷》,目的是“镇宅、祛病”,法会的疏文说:“伏愿家门康泰,人口平安,三灾不来,五福齐临。”恬庄法会中,讲经先生诵唱了祈祷老人长寿的《合家延寿》。在这两场法会中,都有“退星”(《禳星科范》)的程序。这一仪式源于道教,目的是驱邪,保佑家庭成员健康平安。虞山的讲经活动中,讲经先生进行了“过关”仪式,宣唱相关的《度关宝卷》,这个仪式的作用主要是为了保护家里的小孩。

笔者亲历的讲唱《香山宝卷》的庙会有:2009 年 4 月 16 日张家港港口镇双塘村刘神庙(河阳庙)庙会;2010 年 4 月 19 日港口镇城墩村金总管、刘猛将联合庙庙会;2011 年 6 月 5 日张家港恬庄镇城隍祠庙会;2011 年 8 月 20 日恬庄镇财神庙庙会;2014 年 4 月 1 日常熟市藏海寺报国院(即真武院)的庙会;2014 年 4 月 20 日常熟市福山镇新华村周神庙的庙会;2014 年 10 月 12 日常熟市莫城镇三塘村猛将堂(三塘庙）的“观音会”等。[1] 以上庙会讲经的地点就设在寺庙内。本文的重点是家庭法会，对庙会讲经的详细情况及其与法会的区别就不再详述。[2] 在此只指出一点，家会和庙会的讲经程序基本相同：首先是《香山宝卷》，其次是关于全国性和地方神灵的宝卷，如《路神宝卷》《财神宝卷》《灶皇宝卷》《八仙上寿》《猛将宝卷》(《刘神卷》)、《高神宝卷》《周神宝卷》《千圣小王宝卷》等。这二者之间的主要不同点在于它们的讲经目的：家会讲经主要是为家庭成员祝祷求福，庙会讲经则是为了整个社区的繁荣。在家会和庙会中，诵读内容均为《香山宝卷》，仪式也多有相似之处。

常熟地区讲经中《香山宝卷》的使用情况是非常复杂、多样的。佛教、道教的思想与地方神灵的崇拜在讲经内容中相互交织。在当地家会和庙会复杂的仪式中，《香山宝卷》只是一个组成因素，讲经时的社会环境也会对讲经内容和仪式产生影响。原本作为佛教经典的《香山宝卷》，与当地各种驱邪、祛病、超度仪式联系在了一起。

二、《香山宝卷》宣讲“开卷”与“结卷”仪式

常熟地区讲经使用的主要是《香山宝卷》的简缩本《观世音菩萨本行经简集》。该版本是由清梅院的净宏从全本改编而成，这也证明了僧人在编写和传播《香山宝卷》中所起的作用。[3] 其版本现存最早的刊本由杭州善书出版局翁云亭 1868 年重印；原本为杭州昭庆慧空经房木刻本。[4] 港口地区的讲经先生们使用的是无锡万松经房 1886 年重刊的木刻本复印本。[5] 余

---

① 刘神是刘猛将的另一名称，金总管也是宝卷中的人物，是常熟地区重要的地方神。见 ZHBJ 第 1 册，第 131—134 页。

② 关于港口地区庙会讲经详情，见拙著 An Analysis of “Telling Scriptures” (jiangjing) during Temple Festivals.

③ 1868 年版《观世音菩萨本行经简集》书末记载的资助人名单中，还包括一些僧尼的名字；见《吉冈义丰著作集》第 4 册，第 359—360 页。

④ 该书复刻版见《吉冈义丰著作集》第 4 册，第 318—360 页。

⑤ 该书修订版见 ZHBJ 第 1 册，第 32—60 页；笔者引用的是 1886 年的版本。

鼎君和他的徒弟们使用的则是杭州昭庆慧空经房1931年重刊本的手抄本。[①] 常熟大部分讲经先生使用《香山宝卷》的手抄本，手抄本以该宝卷的简集本为底本，但是对该文本进行了一些改编。[②]

另外，刊印版的宝卷（包括1886年与1931年重刊本）在讲经活动中得到了充分的应用。但是，讲经先生们讲的不完全是《香山宝卷》的内容，而是加进了一些内容，特别是“开卷”和“结卷”的部分，这使讲唱更具有仪式感。可以说，这是讲经先生对刊印版宝卷的开头和结束部分不满意的结果。

常熟地区使用的《香山宝卷》版本已经有了开篇文章。这与18—19世纪大多数的宝卷都有特殊的开经仪式有关。开经仪式的起源可以追溯到16到17世纪的早期宝卷，甚至13到14世纪宣讲佛经的活动中就已出现。[③] 一些常用的开经方法在1868年及随后的宝卷中已经出现：以“登台开白”开始，为讲经人和信众定行为规矩，其中有引自佛经的话语和介绍性诗赞（被称为“偈文”）；随后便是宝卷名，即《观世音菩萨本行经》；正文则用散文体进行讲述。“登台开白”规定了讲说该宝卷的时间，即二月十九日——观世音菩萨的诞辰：“岁次某年二月十九日恭遇大悲观世音菩萨降诞良辰。”通过这些开篇文章也可以了解到讲经活动的现实情况：二月十九日这一天很多地方都会举行讲经活动；不过，正如我们所看到的，讲经不仅限于这一天。“登台开白”还规定，听众必须认真聆听讲经的内容，不允许讲话、嬉笑、喧哗吵闹：“我今登坛宣演《观音宝卷》，众等务宜摄心端坐，齐身恭敬，不可言语笑谈，切忌高声混乱。（鸣尺）必须谛听宣扬，清静耳闻，从闻思修，圣凡不二。”而讲经中所谓的“引用”佛经其实是对《妙法莲华经·普门品》内容的大概讲述，这部分内容是观音信仰的基础，很受世俗信众欢迎。[④] 开篇诗歌由四行七言诗句组

① 该版本收入ZCBJ第1册，第54—93页。

② 其他手抄本的修订版，参见ZSBJ第2册，第959—977、978—993页。

③ 车锡伦《中国宝卷研究》，第149—150页。

④ 参见Yu Chün-fang, *Kuan-yin: The Chinese Transformation of Avalokiteśvara*，第37—39、45—46页。

成,确保不分民族,每个人都能受到大慈大悲观世音菩萨的护佑:“观音原住古灵台,慈悲念重降世来。不问回回并达达,闻声菩萨笑盈腮。”①

具体讲经中,《香山宝卷》的“开卷”仪式比文本开篇内容更复杂,很多内容在原文中没有的。此处列举余鼎君讲经的一例,②具体内容如下:

(1) 开卷偈

香山宝卷初展开,观音菩萨坐莲台。

善财龙女分左右,净瓶杨柳消灾难。

(2) 三皈依③

稽首皈依一切佛,佛慈广大度众生。

稽首皈依一切法,法轮常转度众生。

稽首皈依一切僧,僧伽说法度众生。

(3) 读序(即刻本原有的“序文”)

(4) 歌颂观音菩萨的偈文

观音菩萨临凡间,保佑斋主减罪愆。

百亿分身来变化,唤醒南柯梦里人。④

(5) 观音赞

慈云遍复,感应佛门,八千手眼证金身。

誓愿法宏深,证(正)果成真,出世尽沾恩。

南无香云盖菩萨摩诃萨⑤(三次)。

(6) 开正文,从“登台开白”开始。

① 亦见《吉冈义丰著作集》第4册,第318—319页。

② 记谱见ZCBJ第3册,第2432—2433页。

③ 佛教用语,“三宝”即佛宝、法宝、僧宝,是佛教的教法和证法的核心;佛宝,是指已经成就圆满的一切诸佛;法宝,即诸佛的教法;僧宝,即依诸佛教法如实修行的出家沙门。

④ 出自唐代李公佐(约770—850)《南柯太守传》,收入《太平广记》卷475《昆虫三》,这可以作为佛教本土化的标志。

⑤ 佛教用语,摩诃萨陀或摩诃萨埵的简称,梵语mah ā sattva,对菩萨的尊称。见望月信亨《望月佛教大辭典》,東京世界聖典刊行協会,1968—1971年,第581页。

常熟地区不同讲经先生开篇的方式稍有区别，例如港口镇的讲经先生们会以赞歌和佛偈开始，但这些也与余鼎君的开篇诗歌有一定相似性。

《香山宝卷》的开篇诗与正文内容密切相关，并为讲经活动营造出浓厚的宗教氛围。其中涉及一些常用的佛教术语，如三宝、法轮、摩诃萨埵、众生、慈云、正果等。讲经人还会提到观音的形象："金身"、千手千眼、手执杨柳枝净瓶、随类应化等。一些开篇诗还会提到观世音菩萨身边的徒弟：善财童子和捧珠龙女。[①] 当地群众最关注的讲唱宝卷的神迹效果也在开头诗中有所涉及。显然，讲经先生添加这些内容的目的是增强讲经的宗教意味。

此外，讲经先生对宝卷的结束部分也进行了扩展。余鼎君唱诵《香山宝卷》就以"回向赞"结尾：

宣卷功德殊胜行，无边胜福皆回向。

普愿沉溺诸众生，速往无量光福(佛)刹。

香山宝卷全部宣完，善财童子十三参。

平步上云端，九曜回銮，赐福保平安。

南无观世音菩萨摩诃萨。南无降吉祥菩萨摩诃萨。南无收宝藏菩萨摩诃萨。

宣卷功德殊胜行，无边胜福皆回向。

普愿沉溺诸众生，速往无量光福(佛)刹。

香山宝卷全部宣完，善财童子十三参。

平步上云端，九曜会銮，赐福保平安。

南无观世音菩萨摩诃萨。南无降吉祥菩萨摩诃萨。南无收宝藏菩萨摩诃萨。

---

① 详情见 Idema, *Personal Salvation and Filial Piety*, Honolulu: University of Hawaii Press, 2008: 30—41.

这首诗由《香山宝卷》原文中的四行诗扩展而来：

宣卷功德殊胜行，无边胜福皆回向。
普愿沉溺诸众生，速往无量光佛刹。[①]

港口地区讲唱该宝卷结束时也有类似的长诗。[②] 这种长诗在早期的宝卷中便已出现，其韵文形式起源于中国中古时期佛僧唱诵佛经的传统方式。[③] 讲经先生就是通过这些方式，将佛经的教义总结传播给大众。

尚湖和港口的法会中，《香山宝卷》讲完后，便是《结缘卷》(《结缘偈》)，这其实是对《香山宝卷》内容的总结以及对诵唱《香山宝卷》神迹的概述。《结缘卷》全用韵文写成，主要是祝祷的内容，祈祷斋主一切安康。[④] 除此之外，内容的灵活性也是《结缘卷》的显著特点：讲经先生可以根据不同的场合对内容做相应的调整，他们经常会加入现实生活的很多因素。[⑤]《香山宝卷》与常熟其他讲经文本结合为一体，使讲经受到当地人民的欢迎并一直存留至今。

三、《香山宝卷》讲经中添加的内容

事实上，在讲经过程中，来自其他经卷的内容不仅会出现在《香山宝卷》的开头和结尾，正文部分也有所涉及。这些内容主要属于小卷，它们出现在故事的关键部分，用来丰富讲经的内容。这些内容通常由讲经先生手抄，附在刊印版宝卷的后面(见图4、图5)。其实讲经先生们早已将这些内容熟记于心，对徒弟的传授也主要是通过口授进行。在讲经先生

① 详见《香山宝卷》卷2，第57a页。
② 详见ZHBJ卷1，第60页。
③ 车锡伦《中国宝卷研究》，第150—151页。
④ 详见ZCBJ第3册，第2563页。
⑤ 张家港讲经先生《结缘卷》的两种整理版，参见ZHBJ第2册，第1333—1334页；ZSBJ第2册，第1227—1229页。

用的刊印版上会注明哪里有添加内容。

《香山宝卷》讲经正文中主要会添加五个小卷的内容：(1) 进白雀；(2) 斩三公主；(3) 游地府；(4) 送还阳；(5) 请灵丹。《进白雀》的主要内容是：妙善公主不愿听从父亲妙庄王让她招驸马、生育王位继承者的命令，决心皈依佛门，出家白雀寺；但妙庄王反对她出家为尼，命手下的将军火焚白雀寺，烧死了白雀寺所有僧尼。《进白雀》描述了妙善进入白雀寺、祭拜主殿三宝的过程。常熟地区保存了几种《进白雀》的版本，《中国常熟宝卷》收入两种简缩本和繁本，繁本

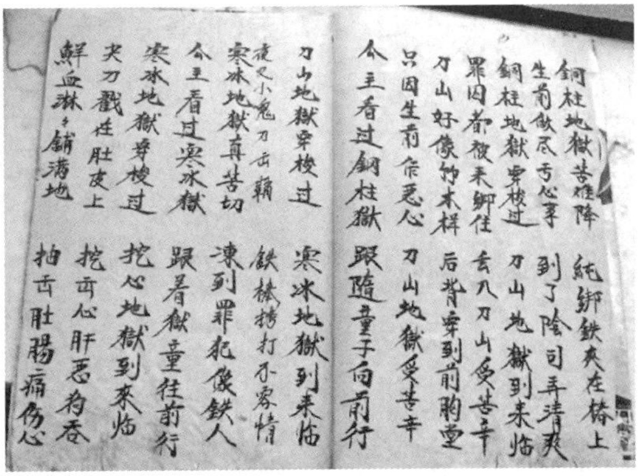
銅柱地獄苦难降　純卿鉄夾在椿上
生前做尽亏心事　到了陰司弄清爽
銅柱地獄穿梭过　刀山地獄到来临
罪因都被来綁住　丢入刀山受苦辛
刀山好像竹木样　后背穿到前胸堂
只因生前作恶心　刀山地獄受苦辛
令主看过銅柱獄　跟随童子向前行
刀山地獄穿梭过　寒冰地獄到来临
夜叉小鬼刀舌[illegible]　鉄棒拷打不容情
寒冰地獄真苦切　凍到罪犯像鉄人
令主看过寒冰獄　跟着獄童往前行
寒冰地獄穿梭过　挖心地獄到来临
尖刀戳在肚皮上　挖去心肝恶为吞
鲜血淋淋铺满地　抽去肚腸痛伤心

图 4

图 5

的名称为《游白雀》,详细描述白雀寺内外景。[①] 现在常熟讲经先生主要用简缩本,繁本则是旧时讲经时间充裕的情况下用的。另外,简缩本分为两种形式:讲经先生坐着讲的和站着唱的——这种区别与陪同讲经的仪式有关系。《中国常熟宝卷》收入余鼎君 2005 年的抄本,"坐着式"的版本为散韵结合形式,"站立式"的版本则主要为韵文。[②] 笔者观察的法会中都采用了"站立式"。

《斩三公主》讲述了妙庄王斩杀妙善公主的情形。[③] 妙善公主不肯听从她父亲和其他家庭成员的劝告、警示,即使赴死也不愿背弃她的信仰。这个故事体现了妙善公主皈依佛门的决心和她父亲妙庄王的残忍。

在常熟地区的讲经内容中,《游地府》是所有小卷中篇幅最长的一部。该卷主要讲述了妙善死后,在地府童子的护送下游历地府的故事。由于妙善内心虔诚,品行端庄,她死后,阎王没有对她造成任何伤害,反而邀请她游历地府,了解罪人们死后在地狱面临的惩罚。该小卷也有几种版本,《中国常熟宝卷》收入了四种版本:第一种为"民国"时期沙家浜桑雪元藏本;第二种 20 世纪 70 年代的版本,名为《魂游十殿》(摘仪)(由余鼎君收藏);第三、四种是现在使用的简缩本,分别由马雪峰和余鼎君收藏。[④] 作此版本的比较可以看出小卷产生时间与讲经门派的区别。其中民国时期的版本内容最丰富,对地府情形进行了详细的描绘。[⑤] 文中描述,地狱分成十个部分,称为"十殿",每个殿都有专门的王管理(第五殿的阎罗王是其中最重要的一个);地狱分为十八层,即"十八重地狱"。最后的第十九层称为"阿鼻",是为目莲的母亲刘青提专门建造:刘青提死后,"阎王就造该座阿鼻城,叫十八层加一层,十九层地狱阿鼻城"。[⑥] 刘

① ZCBJ 第 1 册,第 111—114、127—132 页。

② ZCBJ 第 1 册,第 111—114 页;张家港地区的版本见 ZHBJ 第 2 册,第 1395—1396 页。

③ 余鼎君使用本见 ZCBJ 第 1 册,第 114—116 页。

④ ZCBJ 第 1 册,第 94—110、120—126、132—137、116—119 页。

⑤ 另见《河阳宝卷集》中收录的港口镇庄泾村胡正兴讲经先生的一份无明确日期的抄本整理版,内容相似。见 ZHBJ 第 1 册,第 153—157 页。

⑥ 吴伟主编《中国常熟宝卷》(略作 ZCBJ)第 1 册,第 98—99 页。

青提生前悍恶，死后被关押在此，直到目莲两次投胎后才把她救出去。这就是著名的"目连（目莲）救母"的故事，这段故事讲述在常熟地区有专门的《目莲宝卷》。[①]《游地府》讲述了罪人在每一层地狱遭受的折磨，穿插了一些罪人受罚的故事；并对地狱中惩罚罪鬼的工具也进行了详细的介绍，如孽镜台、血湖、破钱山、刀山、热油锅、炙热铜柱（炮烙）、食人恶犬等。

港口镇庄泾村讲经先生胡正兴藏的《游地狱》版本中也列出了每一位阎王的名字和生日，并且提供了在每个殿逃脱惩罚的办法。例如，如果希望得到一殿阎王秦广大王的原谅，就得发誓不做任何恶事，并在秦广大王每年生日这天——农历二月初一——诵念"定光文佛"一千遍。[②] 常熟地区《游地狱》小卷沿袭了中国中古时期有关冥间世界的描述，唐宋以来，这些形象和观念就出现在中国的宗教文学中，明清的善书和宝卷中也经常可以看到这些形象。[③] "十八重地狱"是佛经中常见的内容，而"第十九层地狱"应该是民间的观念。《游地狱》小卷有很明显的劝人向善的目的，如1970年代的版本有这样的诗句：

奉劝在堂大众听，为人心平行正胜看经。
但看妙善三公主，后来修成结果有分明。[④]

可以说，这一小卷主要承担了宝卷的劝善任务。

---

① 故事详情参见 Kenneth Ch'en, Filial Piety in Chinese Buddhism（中国佛教中的孝道），*Harvard Journal of Oriental Studies*，第28期（1968年），第81—97页；Stephen F. Teiser, *The Ghost Festival in Medieval China*（中国中世纪的鬼节），Princeton：Princeton University Press，1988；王馗《鬼节超度与劝善目连》，台北出版社，2010年。

② 《中国河阳宝卷集》（简称ZHBJ）第1册，上海文化出版社，2007年，第153页。

③ 示例参见 Eberhard, Wolfram, *Guilt and Sin in Traditional China*（中国传统罪与过的观念），Berkeley and Los Angeles：University of California Press，1967：24—55；澤田瑞穗《地獄變：中國の冥界說》，京都法藏館，1968年；Stephen F. Teiser, *The Scripture of the Ten Kings and the Making of Purgatory in Medieval Chinese Buddhism*（《十王经》与中世纪中国佛教地狱的构造），Honolulu：University of Hawaii Press，1994；Grant and Idema, *Escape from Blood Pond Hell*，Seattle：University of Washington Press，2011：23—26.

④ 吴伟主编《中国常熟宝卷》（略作ZCBJ）第1册，第126页。

如果把《香山宝卷》1886年刊本与常熟《游地狱》小卷各版本比较，能了解当地讲经先生对妙善公主游地府的情节进行了补充扩展。《香山宝卷》正文中只对冥府进行了大概的介绍，只提到了其中一些重要的地方，如“先过鬼门关一座，铁人见此也心酸。阿鼻地狱高万丈，铁围幽暗绝光明。三司案前无私曲，十八狱主没人请”；而《游地狱》则详细介绍了每个地狱的情形。① 但《香山宝卷》也讲述了妙善在地狱拯救受苦罪鬼的故事：“公主见说……乃发愿云：‘度尽鬼囚，方证菩提。’作是念已，忽见五色莲花开满桥下，罪人见已合掌欢喜，便登岸拜谢而去。”②《游地狱》保存了《香山宝卷》的宗旨，但对它增加了许多细节。这些内容与《香山宝卷》附带的超度灵魂功能密切相关——当地人希望通过做会宣讲《香山宝卷》，帮助他们的祖先投生到更好的地方去，使他们生前所犯的罪孽获得原谅。常熟讲经先生在“香山完愿”法会中会办专门的超度祖先仪式，《超度宝卷》便是从妙善《游地狱》改编而来的。甚至常熟一些地区，如古里，有丧事中讲唱妙善游地狱内容的宝卷习俗。③ 这使“香山完愿”讲经与当地包含讲经仪式的丧事有了类似的作用。但其与为活人讲经的形式和内容都不一样。④ 显然，《游地狱》中罪与赎的主题以及对地狱的丰富想象都源自丧事中唱诵的宝卷，例如《地狱宝卷》《十王宝卷》（《幽冥十王宝卷》）、《目莲宝卷》等。⑤

《游地狱》1930年抄本也能证明当地讲唱《香山宝卷》时添加小卷的传统较古老。它也具有吴方言的特征，例如目莲救母故事的叙述如此：“公主吓，个歇目莲笃娘叫刘青提夫人，俚一世人勿肯念佛个，专门打僧

① 净宏编辑《观世音菩萨本行经简集》（简称《香山宝卷》）第2卷，无锡万松经房，1886年木刻本，第17b页。

② 净宏编辑《观世音菩萨本行经简集》（简称《香山宝卷》）第2卷，第20b页。

③ ZCBJ第3册，第2301—2304、2569页；ZCBJ第2册，第1064页。

④ 见ZCBJ第3册，第2587—2593页；车锡伦《江苏张家港港口镇的做会讲经》，《中国宝卷研究》，第386—400页。

⑤ 这些宝卷的不同版本见ZCBJ第2册，第1064—1077、1033—1055页；ZHBJ第1册，第135—140、218—232、277—280、281—289页；ZSBJ第2册，第1046—1054、1110—1122页。

骂道。”[①]余鼎君认为此版本的语言接近苏州吴县方言，因此可能从苏州市地区传到常熟。

《游地狱》的结尾，妙善公主参观完十八层地狱后，阎王把她送回了阳间。接着，讲经先生会讲《送还阳》，如1970年代《游地狱》版本说：

> 游过地狱归正卷，下一回公主送还魂。
> 阴司地狱说不尽，再说香山宝卷文。[②]

《送还阳》篇幅较短，主要讲述了妙善公主到香山一路上得到众神帮助，最终成道的故事。[③] 最后一部小卷是《请灵丹》，与治病的仪式相关，本文第四部分有详细介绍，此处不再赘述。

据讲经先生介绍，现在讲经经常省略“小卷”。1980年代，法会讲经在组织形式和时间长度上有较大调整。在此之前，做会讲经会整整进行一天一夜，到第二天早上才结束。余鼎君回忆：“以前乡下没有什么娱乐活动，如果哪一家讲经，乡邻们便早早准备，一吃过夜饭就过来听，直到深夜；热情与听书看戏一样。”[④]讲经先生为了取悦听众，讲《香山宝卷》时，会添加其内容。除了小卷以外，旧时讲经先生会在《香山宝卷》正文增加许多“摘注”，如唱到“万象交参贺太平”，会讲解“此时庄皇有道，万民安乐，外国年年进贡，岁岁来朝，边邦齐来献宝，永祝君皇万万岁也”，然后再接正文紧后一句，回到宝卷原文。[⑤] 这种“摘注”与“小卷”一样，一般没有文字，是口传的版本，但也逐渐出现了整理本《香山摘注》。例如，余鼎君藏有1922年姚振芳抄本，能证明《香山宝卷》在1920年代已有这种表演特点。[⑥] 本卷内容只到妙善被杀，接下去是《游地府》的内容，但没有

① 吴伟主编《中国常熟宝卷》（略作ZCBJ）第1册，第99页。
② 吴伟主编《中国常熟宝卷》（略作ZCBJ）第1册，第126页。
③ 吴伟主编《中国常熟宝卷》（略作ZCBJ）第3册，第2438页。
④ 吴伟主编《中国常熟宝卷》（略作ZCBJ）第3册，第2561页。
⑤ 吴伟主编《中国常熟宝卷》（略作ZCBJ）第1册，第138页。
⑥ 整理本见ZCBJ第1册，第138—152页。

其还阳以后的摘注,应该是跟当时讲经的时间安排有关系。当时讲经,游完地府,应该已到半夜,听卷人都疲累,所以《游地府》以后一般不加"摘注",即使加了,也不会特别多。这些"摘注"在讲经各门派中也有区别。[①]

现在的听众对讲经已没有这么大的兴趣,讲经一般只持续 12 到 14 个小时,讲经人为了节约时间,便省去了这些添加内容,包括"摘注"和"小卷";只有余鼎君和狄秋燕维持了传统的讲经安排,一般要包括"小卷",但使用的是其现代的"简缩本"。常熟地区对《香山宝卷》添加内容的处理很灵活,讲经先生可以根据不同的情况决定缩减还是扩展内容,这体现了常熟讲经接近民间口头文学的特点。

四、《香山宝卷》讲经过程中举行的仪式

讲到《香山宝卷》的重要转折点时,讲经先生都会举行特殊的仪式,以强调这些节点的重要性。这些重要的转折点包括:(1) 妙善公主进入白雀寺;(2) 下册开始时的祭文;(3) 送还阳;(4) 请灵丹。

讲到前三个关键点时,所有听众都站起来,表达对菩萨的尊敬。这时讲经人也站起来,点香,带领所有听众一起拜菩萨。一些讲经人在讲到这三个地方时,还会唱《大悲咒》,听众中的大多数妇女也会一起和唱,因为她们早已将这些内容熟记于心。在讲到"妙善公主进入白雀寺"时,他们一起模仿妙善初到白雀寺的情形(见图 6)。讲经人唱:"奉请两廊立起身,相送公主出皇城。"[②]这是当地人民佛教信仰的直接表达。这与讲经的开始仪式相似(参见本文第二部分),同时也加强了整个讲经活动的神圣感。

第二个重要转折点是妙庄王斩杀妙善公主。妙善公主尚在人世时,妙庄王就命人为她建生祠、写祭文。这个情形在《香山宝卷》中是这样描

① 吴伟主编《中国常熟宝卷》,第 153—172 页。
② 吴伟主编《中国常熟宝卷》,第 113 页。

图 6

写的:“众等至此恭肃站听,首者出位跪读祭文。”[①]此时,讲经先生也会让听众起立、鞠躬,再现宝卷中描述的情景,并击磬诵祭文加上一段唱词。余鼎君门派这段唱词采用特别的“九唵调”(亦称“武侯调”“符合调”“和合调”),与平时用的“平调”不一样。[②] 同样的场景在讲述妙善“还阳”的第三个转折点也会出现:讲经先生要立起来,击磬唱特殊的“偈文”,此时斋主要捧香拜佛。以上两个转折点强调妙善脱离生死之苦,体现了讲经的超度功能。一些讲经先生还加了“妙善成道”仪式,也要起来敬菩萨。

但在讲《香山宝卷》过程中,最精彩的还属“请灵丹”部分。根据宝卷的内容,众神惩罚妙庄王的罪孽,让他得了一种奇病,唯一能治愈这种病的药就是无怒之人的手眼。妙庄王了解到唯一愿意把手眼给他治病的,是一名住在香山紫竹林庵的仙人(即成道的妙善),因此,他派大臣刘钦

① 净宏编辑《观世音菩萨本行经简集》(简称《香山宝卷》)第 2 卷,第 1a 页。
② 记谱见 ZCBJ 第 3 册,第 2436 页。

去为他求取“灵丹”。[①] 讲经先生讲到这里时，会准备一些“灵丹”，其实只是在两只茶杯里面放三种茶食，茶杯用红纸覆盖，有着吉祥的寓意，做会时许多供品都是用红纸覆盖的；另外点三支香，放在茶杯上。讲经先生击磬唱诵“奉诸两廊立起身，叩取灵丹救凡人”，让听众站起来，听灵丹的故事，然后再诵唱《大悲咒》、妙庄王给大臣发布的“圣旨”以及几首“偈文”；与此同时，另一名讲经先生（或和佛人）则端着茶盘站在一旁；“斋主”一家双手捧香，虔诚地跪在一旁（见图 7）。

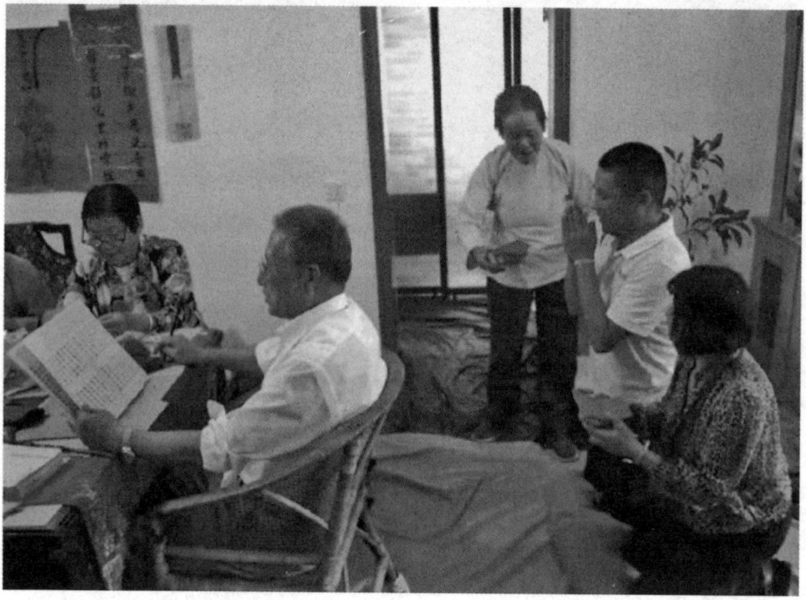

图 7

关于小卷中灵丹的内容，不同地区的讲经先生处理方式不同，余鼎君先生主要在《香山宝卷》的内容上加了四首短诗（偈文）讲述相关内容，该韵文也是用“九唵调”唱的。[②] 讲完“灵丹”段落后，要用开水冲“灵丹”，讲经先生会让斋主服下。斋主须跪在佛台前，持“灵丹碗”三拜后服用，

① 净宏编辑《观世音菩萨本行经简集》（简称《香山宝卷》）第 2 卷，第 36a—40a 页。
② 吴伟主编《中国常熟宝卷》（略作 ZCBJ）第 3 册，第 2439 页。

然后要给每位讲经先生几元小费，称作“利市”。这些流程完成后，讲经继续。

“请灵丹”是《香山宝卷》讲唱的高潮部分。这一部分体现了妙善公主的善心：她对父亲十分孝顺，情愿做出自我牺牲。杜德桥教授认为她的牺牲有双重的价值，在减轻她父亲身体上痛苦的同时，也把他黑暗的灵魂引向了光明。[①] 妙庄王恢复健康后，忏悔前罪，皈依佛教，并与其家人一起生在净土，逃出轮回之苦。在这一部分中，随着妙善修行水平的提高，佛教的“不成婚”戒律发展成了极致的孝顺，这是儒释两家思想融合的结果。妙善自己的话也体现了思想的融合：“奴思养育恩难报，出家学道为双亲”；“万古有天能盖地，当然子孝奉双亲。”[②]《香山宝卷》强调，妙庄王之所以能升天，是因为妙善出家修行成道：“大皇宿福深厚，舍一女出家，九族升天。”[③]这是劝告听众们在何种情况下都要孝顺自己的父母，再次体现出《香山宝卷》劝善的意义。

通过讲经，妙善公主的慈悲为广大信众所熟知。除此之外，人们相信“灵丹”对斋主和所有的听众都有神奇的作用：它可以包治百病。例如余鼎君先生门派的“请灵丹”有以下内容：

> 大慈悲救苦难，观音大士妙仙丹；
> 肩背药箱暗里救，要救凡人不为难……
> 观音赐下灵丹药，凡人吃了病除根。[④]

据讲经先生介绍，过去，每次讲唱《香山宝卷》都会举行“求灵丹”仪式，全家都服灵丹，现在则多是在为治病而做的法会上举行。此外，在为老人“延寿”的法会上，这也是必不可少的内容。可见，“请灵丹”仪式现在主

---

① Glen Dudbridge. *The Legend of Miao-shan*. Rev. ed. NewYork: Oxford University Press, 2004: 52.

② 净宏编辑《观世音菩萨本行经简集》（简称《香山宝卷》）第 2 卷，第 48b—50a 页。

③ 净宏编辑《观世音菩萨本行经简集》（简称《香山宝卷》）第 2 卷，第 54b 页。

④ 吴伟主编《中国常熟宝卷》（略作 ZCBJ）第 3 册，第 2561—2562 页。

要出现在法会上，是为特定的人——斋主祈福。如港口女讲经人张咏吟（1939 年生）“请灵丹”的手抄本里有这么几句：

今为××患在身，净手拈香扣（叩）仙人。
拈香恭敬来礼拜，妙药灵丹赐下来。①

常熟信徒普遍维持“灵丹”防病消灾的信仰：“有病治病，无病防病。”这种“灵丹”的使用不限于家会，在庙会中也会使用，此时它的含义是祝福所有参加庙会的人健康长寿。例如，在恬庄财神庙庙会时，讲经先生准备了一大盆“灵丹”（用红糖上色的开水），所有庙会的参与者，为庙会的组织出了一份力的人都可以分到一杯“灵丹”（见图 8）。显然，这是家庭仪式在社区中的推广。

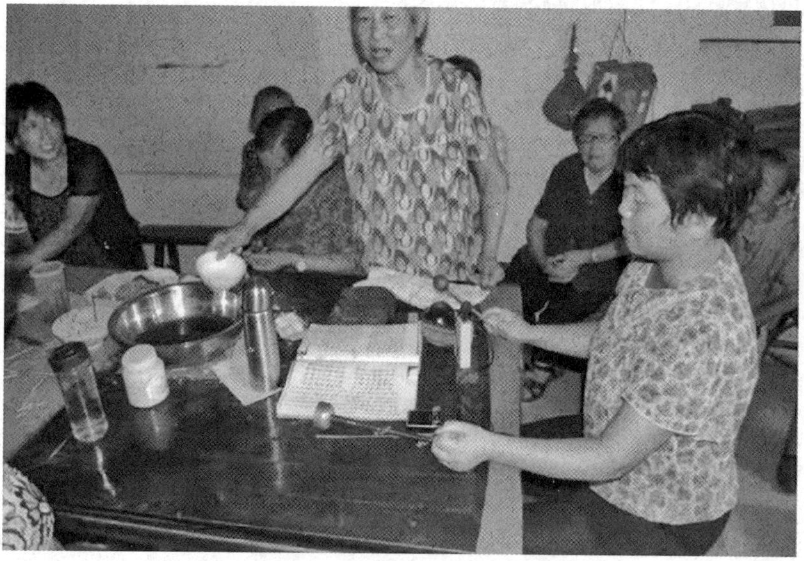

图 8

① 《中国河阳宝卷集》（简称 ZHBJ）第 2 册，第 1407 页。

"请灵丹"最高程度上体现了民间信众普遍支持的讲经能消灾驱邪的功能。这种信仰对旧时讲经在常熟地区的流行应该起了很重要的作用。"民国"时期文人吴双热(约1889—约1938)《海虞风俗记》是有关常熟风俗很重要的史料,其中记载:"凡蛇现于室,蚁缘于床,鸡飞上屋,犬声如哭,鼠子切切作求签声;有一于此,迷信者皆以为不祥,辄问卜于瞽者。小则诵经,大则建醮,盖所以禳也。"[①]这里所提到的"诵经"应该是常熟"讲经宣卷"。虽然这一段记载不详细,并没有提到《香山宝卷》,但是结合其他史料,我们可以推测当时该宝卷已做了这种"保太平"法会的主要内容。常熟讲经至今仍保持禳灾的功能。

有关"请灵丹"仪式的来源,我们可以参照中国不同地区民间佛教与道教普遍使用的一种仪式,即所谓"破血湖"。它的一般形式与常熟地区"请灵丹"相似。"破血湖"一般是为了使女性死后到地狱免受血湖之灾。过去中国各地的人相信女性生孩子时流出的血积在地狱里,女性死后必然坠血湖地狱受苦。按照古代习俗,在仪式中,妇女的儿女喝完染红的水或红酒,表示代母亲喝完血湖里的血。[②] 此仪式明清时代已经存在,至今仍在江南各地流行,并且与"讲经宣卷"结合。以与张家港一江之隔的江苏靖江地区为例,作"延生会"时要唱讲述目莲救母故事的《血湖宝卷》,并举行"破血湖"仪式。[③] 据笔者了解,过去常熟地区讲经中也有类似的仪式,现在已经取消,取而代之的是讲经先生在妇女的葬礼上诵《血湖经》和《血湖宝卷》;现在常熟的民间道士一般在妇女丧礼上会办"破血湖"仪式,但其形式与靖江讲经中的仪式有些区别。[④]《中国常熟宝卷》收

---

① 吴双热《海虞风俗记》,《中国风土志丛刊》第32册,卷1,广陵书社,2003年,第9页。

② 有关"血湖"观念的由来,见 Michel Soymié (苏远鸣)《〈血盆經〉の資料的研究》,载吉冈义丰、苏远鸣合编《道教研究》,东京边境社,1965年,第1册,第109—166页;马建华《女性の救济——莆仙目連戯と〈血盆經〉》,载野村伸一《東アジアの祭祀伝承と女性救済:目連救母と芸能の諸相》,东京風響社,2007年,第353—408页;Grant and Idema, *Escape from Blood Pond Hell*, Seattle: University of Washington Press, 2011: 23—26.

③ 车锡伦《中国宝卷研究》,第348—363页。

④ 吴伟主编《中国常熟宝卷》(略作ZCBJ)第3册,第2588—2591页。

入的是《血湖宝卷》的旧版本，原来由张桥一带的讲经先生使用，与靖江《血湖宝卷》的内容相似，同样讲述目莲救母的故事，里面可见这种仪式的痕迹。[①] 因此，“请灵丹”仪式的由来可能与“破血湖”仪式有关系。

五、《香山宝卷》讲经过程中的仪式的作用

上文已经提到，讲经先生对《香山宝卷》传统刊印本的内容和仪式方面进行了扩充。这些相关的仪式和内容突出了宝卷讲唱的主要目的，即虔诚（供奉佛神）、超度、说教以及治病。这些构成了《香山宝卷》讲唱的宗教框架。

在学界上已经达成共识的是，宝卷讲唱主要吸引女性听众，有不少著作讨论明清时期宝卷与女性的关系，但是主要从文献角度出发——以宝卷文本以及小说笔记为根据，基本没用田野调查所得到的现代宝卷讲唱的资料。[②] 常熟讲经主要听众从古至今大多数是女性。常熟《香山宝卷》的讲唱资料能证明它与女性生活有密切关系，这种关系也表现在陪同仪式上。笔者之所以分析这些仪式，是因为它们成为表演者直接与听众交流的方式。尽管《香山宝卷》是以明朝时期的白话写成，且以故事讲述为主，它的语言对于现代讲经听众来说还是比较难懂的。而讲经听众这一群体又以老年农村妇女为主，其中多数人不识字，对她们而言，《香山宝卷》就像是用神圣的语言写就的经书。而对不识字的人来说，仪式远比书本好接受。

美国伯克利大学姜士彬（David Johnson）教授已经注意到这些仪式在

---

① 吴伟主编《中国常熟宝卷》（略作 ZCBJ）第 2 册，第 1116—1132 页。

② 专门研究见 Beata Grant, Patterns of Female Religious Experience in Qing Dynasty Popular Literature, *Journal of Chinese Religions*, 1996, 23: 29—58；辻リン《宝卷の流布と明清女性文化》，载中国古籍文化研究所编著《中国古籍流通学の確立：流通する古籍；流通する文化》，东京雄山阁，2007 年，第 258—282 页；郑如卿《清代宝卷中的妇女修行故事研究》，花莲师范大学硕士学位论文，2005 年；陈桂香《妇女修行故事宝卷研究》，中正大学硕士学位论文，2006 年；许允贞《从女性到女神：女性修行信念宝卷研究》，中国社会科学研究院文学研究所，2010 年；等。

有关目连的民间戏曲中的作用。他认为,尽管戏曲中的说教内容已被广泛接受,但在表演过程中,这些仪式和吸引听众的设计仍然非常重要。①姜士彬对以目莲故事为主题的宝卷讲唱和戏曲表演进行对比以后发现,宝卷讲唱主要是进行口头的说教,但它代表的不是大众的真实想法,而是传达接受过教育的精英阶层的理念。② 他这种观点是片面的,明显是由于对宝卷讲唱了解不够所致。他对戏剧化的仪式倾予了过多注意力,却忘了他关于说唱宝卷的所有信息都来自其他中国人的描述。常熟地区讲唱《香山宝卷》的过程中有许多仪式,这表明了民间仪式与宝卷文本在当地讲经传统中的紧密联系。因此,姜士彬的结论可能是对当代宝卷讲唱活动的误导。如上文所述,讲经过程中的一些程序戏剧化程度非常高,从这个角度来看,这些程序(仪式)与中国的目连戏和其他仪式戏剧有一定相似性。

斋主和其他听众的参与也是讲经的重要组成部分。如上文所述,听众们鞠躬,下跪,跟着讲经先生和唱经卷、咒语,很多情况下他们是在模仿故事中人物的行为:妙善拜佛时,他们也焚香;他们还会为妙善唱祭文、服“灵丹”。就这样,他们扮演妙善公主、大臣和妙庄王的角色。

毫无疑问,女性听众与妙善故事有着紧密的情感联系,她们中大多数人都认为自己是佛教信徒;尽管讲经的内容中融入了很多当地的观念、信仰,她们还是会把讲经理解成佛事。③ 因此,她们会把妙善想象成自己,让她帮助自己实现自我完善。妙善最终成道,成为万能的菩萨;妙善对家庭也是尽职尽责,因为她治好了她父亲的病,并帮助全家人获得救赎。因

① David Johnson, Actions Speak Louder than Words: the Cultural Significance of Chinese Ritual Opera(动作比语言好接受:谈中国仪式性戏曲的文化价值), in David Johnson, ed., *Ritual Opera, OperaticRitual: "Mu-lien Rescues His Mother" in Chinese Popular Culture*. Papers from the International Workshop on the Mu-lien Operas(仪式性戏曲与戏曲性仪式:“目连救母”故事在中国通俗文化),Berkeley: University of California Press, 1989: 1—45.

② David Johnson, Mu-lien in Pao-chüan: the Performative Context and Religious Meaning of the Yu-ming pao-chuan(目连在宝卷:《幽冥宝卷》表演环境与宗教意义), in David Johnson, ed., Ritual and Scripture in Chinese Popular Religion: Five Studies(中国民间宗教的仪式与经典:五篇论文), Berkeley: University of California Press, 1995: 101—103.

③ 当地通常把讲经的场合称为“做佛事”。

此，对女听众们来说，妙善是一位非常“亲民”的神灵，她为她们树立了榜样，因为她们在农村艰难的生活中，也期待灵魂得到救赎。每一次讲经，妇女们都跟着妙善一起面对困难、被杀害、游历地狱，然后经历妙善与父母矛盾缓解、全家得到团圆的过程。这些听众每次都止不住对妙善生出同情之心，并与她感同身受。

这种听众的情感反应早已引起了研究宝卷学者的注意。例如，最早开始研究宝卷的中国学者郑振铎（1898—1958）这样描述旧时《香山宝卷》在乡下讲唱的效果：“每见妇女听宣《香山宝卷》竟有为观音受难而坠泪者。回想儿时居乡，和村公请一盲者宣卷，远近咸至，返家竞相转述，当时情绪之激涨，今犹历历如在目前。”①他在《中国俗文学史》里，也提到了《香山宝卷》对女性听众的影响：“他们所唱的《香山宝卷》、《刘香女宝卷》等等，为宣扬佛教的最有力的作品。不知有多少妇人女子曾被他们所感动，曾为‘卷’中的女主人翁落泪，叹息，着急，乃至放怀而祈祷着。”②妇女们对《香山宝卷》十分痴迷，每次为活着的人讲经，《香山宝卷》都是必不可少的内容。事实上，讲经确实可以解决当地一些家庭和社会问题。

一些古书上也提到了《香山宝卷》与女性听众的关系。例如，明代高僧云栖袾宏（1535—1615）在《正讹集》上发表了对《观音香山卷》的评价：“卷中称观音是妙庄王女，出家成道而号观音，此讹也。观音过去古佛，三十二应，随类度生。或现女身耳，不是才以女身始修成道也。彼‘妙庄’既不标何代国王，又不说何方国土。虽劝导女人不无小补，而世僧乃有信为修行妙典者，是以发之。”③虽然他批评《香山宝卷》的内容，但也指出其在教育女性信众上有一定的价值。晚明小说，陆人龙编撰的《型世言》（约 1627—1644 年）第 10 回“烈妇忍死殉夫，贤媪割爱成女”提到了万历十八年（1590）苏州昆山县陈鼎彝与妻周氏去杭州上天竺寺还香愿，

---

① 郑振铎《郑振铎说俗文学》，上海古籍出版社，2000 年，第 276 页。
② 郑振铎《中国俗文学史》第 2 册，作家出版社，1954 年，第 307 页。
③ 蓝吉富主编《大藏经补编》第 23 册，华宇出版社，1986 年，第 385 页。

香客坐“香船”，在路上听宣卷。[1] 虽然这里没有出现《香山宝卷》的书名，但是我们可以推测《香山宝卷》是当时这种宣卷活动的重要内容，因为上天竺寺是观音信仰重要的中心。并且，朝圣进香活动明清时期已成为妇女宗教文化的重要部分，后期仍然与宣卷有密切的关系。[2]

另一部晚明小说也很详细地描述《香山宝卷》故事讲唱引起听众情感的强烈共鸣。《北宋三遂平妖传》冯梦龙改编本（约 1620 年）第 11 回“得道法蛋僧访师，遇天书圣姑认弟”，这样描述该圣姑在杨巡检家园内佛会上的“讲经”：

> 贫道今日也不讲甚经说甚法，且把诸佛菩萨的出身，叙与大众听着。你道观音菩萨是甚样出身？偈曰：
>
> 观音古佛本男人，阿弥陀佛。
>
> 要度天下裙钗化女身，南无阿弥陀佛。
>
> 做了妙庄皇帝三公子，阿弥陀佛。
>
> 不享荣华受辛苦，南无阿弥陀佛。
>
> 那婆子将观音菩萨九苦八难，弃家修行的事迹，敷演说来。说一回，颂一回，弄得这些愚夫愚妇眼红鼻塞，不住的拭泪。[3]

这段里虽然也没提到《香山宝卷》，但圣姑讲述故事的底本一定是该宝卷，并且听众很同情妙善。虽然小说里讲经人为女性，与常熟旧时讲经有区别，其描述的场景与现代常熟宝卷讲唱特别接近，甚至使用了“讲经”这个名称。

19 世纪，《香山宝卷》在江南各地讲唱，特别是在苏州周围地区很流行，并且特别受到了女性的欢迎。清朝官员，曾任江苏巡抚的裕谦（1793—1841）在“禁五通淫祠并师巫邪说示”（道光十五年，1837 年）这

---

① 陆人龙《型世言》，江苏古籍出版社，1993 年，第 179 页。
② 车锡伦《中国宝卷研究》，第 219—220 页。
③ 冯梦龙《平妖传》，青年出版社，1980 年，第 70 页。

样描述宝卷的讲唱："一男巫之最盛者曰宣卷，其所宣之卷有《观音卷》《十王卷》《灶王卷》等名目，共词俚鄙，皆无赖为之，其中并有女巫掺入，名曰'和卷'。凡宣卷必俟深更，天明方散。一家宣卷，相邻聚观，妇女成群，高声唱和，男女混杂，殆不可问。"[①]他所提到的《观音卷》应为《香山宝卷》。更晚的毛祥麟（约1814—1875）的笔记《墨余录》用类似的词语描述宣卷的活动："吴俗尚鬼，病必延巫，谓之'看香头'。其人男女皆有之……所最盛行者曰'宣卷'，有《观音卷》《十王卷》《灶王卷》诸名目，俚语悉如盲词，'和卷'则并女巫搀入。又，凡宣卷必俟深更，天明方散，真是鬼蜮行径。"[②]其中提到的很多特点与现代常熟讲经表演很相似。

另外，《吴门新乐府》中收录的清代嘉庆、道光年间诗人程寅锡编的《听宣卷》一首诗更明显地展示了《香山宝卷》与女性的关系："听宣卷，听宣卷。婆儿女儿上僧院。婆儿要似妙庄王，女儿要似三公主。"[③]这首诗写的是苏州地区寺庙中《香山宝卷》讲唱的情况，描述了当时妇女们把自己想象成妙善故事里的人物的情形。在中国传统家庭里，上下辈人之间经常存在矛盾，而《香山宝卷》的内容代表类似矛盾的理想解决，宝卷讲唱缓解了母女、婆媳之间的矛盾，解决了中国的传统家庭中的一个难题。当代《香山宝卷》讲经过程中的各种仪式，则使文学与现实生活的紧密联系更为明显。

《香山宝卷》的不同版本不仅在常熟的原管辖区域内演绎，中国的其他地方，包括江苏、浙江部分地区，甘肃河西走廊和岷县，中国台湾等地区，都有讲说《香山宝卷》不同版本的传统。[④] 不过各地宝卷讲唱的方式

① 裕谦《勉益斋续存稿》，1876年木刻本的影印本收入《清代诗文集汇编》第579册，上海古籍出版社，2010年，第48a（436）页。

② 毛祥麟《墨余录》，上海古籍出版社，2010年，第140页。

③ 张应昌编《清诗铎》，中华书局，1960年，第903页。

④ 参见郭仪等编《酒泉宝卷》卷1，甘肃人民出版社，1991年，第1—89页；曾子良《宝卷之研究》，台北政治大学中国文学研究所1975年硕士论文，第148—149页；白若思《宝卷文本在台湾的流传及其使用（1855至2011年）》，收入《继承与发展——庆祝车锡伦先生欣开九秩论文集》，浙江大学出版社，2018年。

有很大差别。只论江苏南部各地宝卷讲唱的区别,就能发现无锡地区"宣卷"、靖江地区的"讲经"与常熟讲经很相似,宣卷先生(讲经先生)在家会或公会(庙会)时讲唱宝卷,不受时间限制。但在苏州市附近的一些城镇,如胜浦、角直、斜塘、吴江等地,《香山宝卷》的唱诵(当地被称为"宣卷")则主要是在二月十九日、六月十九日和九月十九日祭拜观音时进行。[①] 这些差异不是本文谈论的主题,在此就不再细谈。

结　　语

19 世纪下半叶,一名僧人在 14—15 世纪《香山宝卷》版本的基础上,编写出简略本《香山宝卷》,这一版本在常熟地区的讲经传统中广泛应用,至今依然受到广大群众的喜爱。尽管原文主要是为了宣传佛教教义,但常熟地区现在的讲经活动中,它与当地人民的日常生活和信仰融为一体,为个人和社区祈福纳祥。《香山宝卷》的这一作用是中国文化中口头传承与书面文学、宗教与世俗、精英文化与大众文化相互影响的范例。

以上分析也证明,研究《香山宝卷》这样的通俗文学,仅作书面的研究不能揭示出它们的文化价值和对大众的吸引力。只有通过田野调查才能真正了解宝卷的影响和仪式功能。在常熟地区讲经的发展过程中,《香山宝卷》添加了许多内容和仪式;在实际的讲经过程中,这些正文外的添加部分可以扩展,也可以省略,这说明了讲经的灵活性与通俗性。讲经传统发展出的成熟仪式的行为,能够引起女性听众的强烈共鸣。因此,讲经具有的民间信仰、宣教、抚慰心灵以及拯救灵魂的功能,在帮助当地妇女融入社会生活方面发挥着重要的作用。

---

① 通常认为,这三个日期是妙善公主和她两个姐姐的诞辰。参见《香山宝卷》1868 年版卷首;与斜塘宣卷人徐先生交流所得;佐藤仁史等编著《中国農村の藝能：太湖流域社会史口述記錄集 2》,东京汲古书院,2011 年,第 130 页。

附录1：常熟尚湖地区一户人家为新房修建办“香山完愿”讲经法会的疏表

一诚上达,万佛昭彰

今据江苏省常熟县归政乡齐门里柴司徒大王土地界内奉

佛圣呈供,酬恩释愆,宣扬完愿,禳星祈福,保泰延生信人×××是日焚香拜投

莲座具情伏诉

【以下是家庭人员姓名、年龄、出生时间】

合家人眷等向叨

佛光慈照,常享安宁。仰感天地覆载之洪恩,久赖日月照临之大德,言念生居虞地,幸处人伦,业托工商,经营收成。岂无小虞小过之愆。昔日常有东厨爨炊,早暮米粒必有轻抛之咎。日常生计难免造业之罪,谅有星辰冒犯。口过日积,不胜忏悔。何以消融?爰为于去年农历×月×××日动工,将庭院改建为前厅。至今年闰×月间水木漆全部竣工。恐未避凶趋吉,有犯土府神君。今特宣卷酬鸿,敬谢诸君,恭送普庵向后,人宅均安。

【以下列举各家庭成员身体、事业、学业问题,请神灵保佑顺利安康,因有个人信息省略】

是于发心了愿,特请佛教弟子来家修说经言,聊表片善之功,题作修会之过。仰祈普门大士而悯鉴,皈投星府以抒情。伏查太岁部下今岁流年:合属如有凶星在命,奉请福禄寿三老星君,汇同当坛。灵感观世音菩萨,暨上方山太郡太姥元君、灵公、夫人、本社千圣小王大神,并行退解,排除凶星斥命,满门吉宿来临。星恒列曜。男三方,女四政,调顺年庚。全仗瑶天,益寿延年,具录一宗,咸皈三教。由是涓于今月之××日虔设斋坛,焚香佛科,法卷玄文,功德告竣,持鱼朗诵《大悲真言神咒》,又诵《昊天玉皇大卷》,附宣《太阳》《祖师》二卷,正宣《大乘香山》妙典,再宣《三

元大帝宝卷》，特宣《鲁班》《星宿》《解神》《药王》四卷，虔宣《路神》《财神》二卷，贺诵《莲船》《上寿》偈文，诚宣《家堂》《灶皇》二卷，敬宣《太姥元君宝卷》，尊宣《贤良》《小王》《双忠》《城隍》四卷，后宣《门丞户尉宝卷》，跪念《禳星科范》，燃化十一大曜星图，虔做"解结""散花"功德，"荷花""元宝"，称念弥陀洪名法号，众贺华筵佳音，咸奉天地水府、三界高真、诸佛列圣，恭干太上介泰不辍。伏愿家门康泰，人口平安，三灾不来，五福齐临，凡干一切，全仗匡扶，具备清香明烛，仙茶果品，甘露香馐，斋供之仪，云马金资，一切上供。

右疏上奉南洋教主大悲观世音菩萨，暨上方山太郡太姥元君、灵公、夫人、本社千圣小王大神，筵前恭望洪慈俯垂，洞鉴具格文疏。

时维岁次壬辰年农历×月××日，具疏信人×××【花押】百拜上呈（押"三宝证盟"印）。

附录 2：三场主讲《香山宝卷》法会的日程安排

（张家港）恬庄，2012 年 11 月 11 日，8:00—18:30	（常熟）尚湖，2012 年 10 月 9 日，6:30—18:00	（常熟）虞山，2015 年 6 月 27 日，6:30—18:00
早场，6:30（8:00）—11:00（11:30）		
点香	点香	点香
请佛	请佛	请佛
玉皇宝卷	玉皇宝卷	玉皇宝卷
	太阳宝卷	太阳宝卷
	祖师宝卷	祖师宝卷
香山宝卷（上卷）	香山宝卷（上卷）；及（下卷）的前半部分	香山宝卷（上卷）

续　表

<table>
<tr><td colspan="5">下午场，12:00（12:30）—17:00</td></tr>
<tr><td rowspan="3">香山宝卷（下卷）</td><td>素坛</td><td>荤坛</td><td rowspan="3">素坛</td><td rowspan="3">荤坛</td></tr>
<tr><td>香山宝卷（下卷）后半部分</td><td>太姥宝卷</td></tr>
<tr><td>打莲船</td><td>西湖贤良宝卷</td></tr>
<tr><td>结缘卷</td><td>三官宝卷</td><td>千圣小王宝卷</td><td>香山宝卷（下卷）</td><td>白衣观音宝卷（小香山卷）</td></tr>
<tr><td>灶皇宝卷</td><td>鲁班宝卷</td><td>双忠宝卷</td><td>“超度亡魂”</td><td>太姥宝卷</td></tr>
<tr><td>合家延寿</td><td>星宿宝卷</td><td>城隍宝卷</td><td>开关宝卷（关煞开通宝卷）</td><td>西湖贤良宝卷</td></tr>
<tr><td rowspan="2">路神宝卷</td><td>解神星君宝卷</td><td>路神宝卷</td><td>马路宝卷</td><td rowspan="2">李王宝卷</td></tr>
<tr><td>药王宝卷</td><td>家堂宝卷</td><td>（路神宝卷）</td></tr>
<tr><td rowspan="2">五路财神宝卷</td><td>八仙上寿</td><td>财神宝卷</td><td rowspan="2">财神宝卷</td><td>总管宝卷</td></tr>
<tr><td>门神宝卷</td><td>灶皇宝卷</td><td>（金神宝卷）</td></tr>
<tr><td rowspan="2">退星</td><td colspan="2"></td><td>灶王宝卷</td><td rowspan="2"></td></tr>
<tr><td colspan="2"></td><td>（灶皇宝卷）</td></tr>
<tr><td rowspan="2"></td><td colspan="2"></td><td colspan="2">八仙宝卷</td></tr>
<tr><td colspan="2"></td><td colspan="2">八仙上寿</td></tr>
<tr><td colspan="5">晚场，17:00—18:30</td></tr>
<tr><td>猛将宝卷</td><td colspan="2" rowspan="4">退星</td><td colspan="2">解结</td></tr>
<tr><td>千圣小王宝卷</td><td colspan="2">散花</td></tr>
<tr><td>高神宝卷</td><td colspan="2">送寿盘（送盘）</td></tr>
<tr><td>献荷花</td><td colspan="2">收香</td></tr>
<tr><td>解结</td><td colspan="2">解结</td><td colspan="2">通疏</td></tr>
<tr><td>散花</td><td colspan="2">散花</td><td colspan="2">献荷花</td></tr>
<tr><td>送盘</td><td colspan="2">送盘</td><td colspan="2">送佛</td></tr>
<tr><td>收香</td><td colspan="2">收香</td><td colspan="2">烧纸</td></tr>
</table>

续　表

通疏	通疏	
送佛	献荷花	
烧纸	送佛	
	烧纸	

（白若思）

下　编

海外藏中国宝卷概览[①]

---

①　在海外调查的基础上，该目录还参考了车锡伦、伊维德、霍建瑜、砂山稔、山下一夫、白若思、相田洋、崔蕴华、徐巧越等学者的调查成果，具体在各部分都一一做了标注，调查还在继续，编目有疏漏之处敬请同仁谅解。

导论　绘制海外中国宝卷收藏“地图”

宝卷是由俗讲演变而来，历经宋代谈经、说参请、说诨、讲史等，并受到中国传统艺术形式话本、小说、诸宫调及戏曲等影响，明清以来流行于甘肃河西、洮岷地区，青海河湟谷地，山西介休、江苏常熟、靖江等地，是以祈福禳灾为主要功能的文化文本。

近一百年，宝卷著录编目中涉及了部分海外藏中国宝卷。1951 年傅惜华编《宝卷总录》（巴黎大学北京汉学研究所，1951 年刊行），该书对日本东方文化研究所藏的宝卷著录编目。车锡伦《中国宝卷总目》著录了部分海外入藏中国宝卷，基本延续了《海外收藏中国宝卷》（《中华文史论丛》第 63 辑）的思路，注重善本、孤本、稀见版本的著录整理，却未能全面系统地反映海外藏中国宝卷的整体情况。根据车锡伦、马西沙、伊维德、相田洋、司徒洛娃、崔蕴华、陈安梅、山下一夫、白若思等人的搜集、整理、介绍，海外中国宝卷的收藏“地图”大致分为日本及东南亚、欧洲、北美三大地区。

一、收藏海外珍本　补充本土研究

日本是搜集研究中国宝卷最多的国家。已故学者大渊慧真 20 世纪

30年代搜集明清宝卷10种。40年代,日本泽田瑞穗和吉冈义丰组织“风俗研究会”,泽田瑞穗在中国搜集宝卷达139种(版本190多个),这部分宝卷现藏于早稻田大学图书馆。其中有明刻本《福国镇宅灵应灶王宝卷》两卷、《销释孟姜忠烈贞节贤良宝卷》二卷、《销释准提复生宝卷》,清光绪十五年(1889年)重镌金陵一得斋版《三世化生宝卷》二卷、清康熙三十三年(1694年)刻本《太上老子清静科仪》一卷。继泽田瑞穗之后,仓田淳之助也搜集中国宝卷共计90种,现藏于京都大学。日本广岛大学太田出教授搜集有关民间宗教和民间信仰的宝卷23种,日本国会图书馆藏中国宝卷44种。

越南河内汉喃研究院藏有两种中国宝卷的重刻本:《香山宝卷》(1772年河内报恩寺重刊本)与《观音济度本愿真经》(河内玉山三圣庙1881年重刊本)。所藏《香山宝卷》,有后黎王朝景兴三十三年(1772年)再版序文二篇,其中一篇为后黎显宗永皇帝御制序文。其原版为南京陈龙山经房的木刻本(未注年代)。这是目前所发现的最早《香山宝卷》的版本,与吉冈义丰所藏的《香山宝卷》1773年杭州重刊本形式与内容细节有所不同,同时也是最早的在中国境外传播并重刻的宝卷。中国最近也发现了与河内重刻本内容相同的《香山宝卷》抄本(1876年),并在台湾影印出版。

俄罗斯现存有中国宝卷二十余种。俄罗斯国家图书馆收藏《苦功悟道卷》《破邪显证钥匙卷》《巍巍不动太山深根结果宝卷》《释金刚科仪》等6种宝卷(均为清初木刻本)。俄罗斯科学院东方文献研究所收藏18种宝卷,其中有几部明末清初珍本:《普明如来无为了意宝卷》(1599年重刊本)、《救苦救难灵感观世音宝卷》(康熙四十四年刊本)、《灵应泰山娘娘宝卷》(明末刊本,未注年代)、《佛说崇祯升天十忠臣尽节宝卷》(又名《佛说崇祯爷升天十忠臣尽节宝卷》《佛说崇祯爷升天宝卷》)。另外,圣彼得堡也收藏几部罕见的宝卷清代木刻本,如《慈灵宝卷》(清同治九年宁郡大壮斋刻本)、《观音济度本愿真经》(清咸丰二年上海翼化堂善书局刻本)、《无极金母五更家书》(光绪二十六年丹阳杨兆兴刻本)、《十月怀胎宝卷》（清同治五年上海三元堂刻本）、《观世音菩萨本行经》（《香山宝卷》，清同治十一年上海翼化堂善书局刻本）等。因为郑振铎收藏《普明如来无为了意宝卷》刻本为残本，专门研究中国宝卷的俄罗斯科学院东方文献研究所列宁格勒分所研究员司徒洛娃认定俄罗斯藏《普明如来无为了意宝卷》明刻本为孤本，把它翻译成俄文并影印出版，并添加了学术研究部分与注释。

圣彼得堡冬宫博物馆藏明正统五年（1440 年）抄本《目犍连救母出离地狱生天宝卷》（插图本残本，存第一、三、四册），它同中国国家图书馆藏北元宣光三年（即洪武五年，1372 年）彩绘抄本《目连救母出离地狱生天宝卷》的内容、形式完全一样。中国国图本原由郑振铎收藏，也为残本，只存第三册的后部分与四册，重新裱装；因此俄罗斯藏本能补充一部分内容。除此之外，俄罗斯著名汉学家李福清个人收藏《孟姜女宝卷》2 种。

据学者崔蕴华调查，英国藏中国宝卷主要收藏于伦敦大学亚非学院图书馆和牛津大学博德利图书馆，总数近 30 种。牛津大学博德利图书馆所藏宝卷是汉学教授龙彼得于 20 世纪 70 年代从中国书店购得。其中包括抄本 2 种，泰国刻本 7 种，其他刻本 8 种。

欧洲大陆收藏的宝卷并不多，但其中有几部早期的珍本甚至孤本。其中法国学者 M. 苏远鸣（M. Soymie）个人收藏中国宝卷 21 种，其中 11 种现藏里昂市图书馆。车锡伦鉴定认为其中有明弘阳教宝卷 12 种，其中孤本 3 种：（1）《弘阳佛说镇宅龙虎妙经》，存上、中 2 卷，明刊折本，2 册。明韩太湖撰。（2）《混元弘阳明心宝忏》，3 卷。明刊折本，3 册。弘阳教忏法书。（3）《佛说弘阳青花报恩天通宝经》，存下卷。清康熙三年刊折本，1 册。荷兰莱顿大学目前收藏有 5 部施舟人收集的宝卷旧刻本，德国海丁堡大学藏有明代《灵应泰山娘娘宝卷》残本。欧洲收藏的宝卷许多为个人收藏，如捷克布拉格卡罗大学教授哈德利科娃（Hrdlickova）收藏 7 种，其中有光绪二十四年燕南胡思真重刊本《目连救母幽冥宝传》、宣统三年（1911 年）《麻姑菩萨宝传》李正旺捐资重镌本，光绪二十九年抄本《延寿宝卷》、汤寿山备用抄本《女延寿卷》、树德堂洪道果敬印送刊本《消灾延寿阎王卷》(又名《吕祖师降谕遵信玉历钞传阎王经》)等。

美国的大学收藏宝卷相当多,其中有不少明末至清初的珍本甚至孤本,如普林斯顿大学图书馆藏《销释佛说保安宝卷》即为孤本。哈佛燕京图书馆收藏宝卷 86 部,有 74 种为哈佛大学著名学者韩南(Patrick D. Hanan)个人捐赠。这部分宝卷包括“五部六册”、《正信除疑无修证自在宝经》《姚秦三藏西天取清经解》《潘公免灾救难宝卷》《目连卷全集》《重刻修真宝传》《目连救母幽冥实传》《观音菩萨劝女人修行偈》《李鳖救母》《山西平阳府平阳郡秀女宝卷》《三世修道黄氏宝卷》《新刻洛阳宝卷》等,大部分是故事宝卷。

二、守护文化传统　提升国际影响

稳定的研究对象,成熟的研究史,系统的文献整理,会形成一个新的研究领域——“中国宝卷学”研究。由于空间阻隔及经费短缺等原因,海外藏中国宝卷的调查摸底、编目、整理、研究不够全面。我们可以通过对这部分宝卷及相关著述的系统搜集、整理与研究,夯实“宝卷学”研究领域的文献基础,搭建其理论框架。

2017 年 1 月,中共中央办公厅、国务院办公厅印发了《关于实施中华优秀传统文化传承发展工程的意见》,要求着力构建有中国底蕴、中国特色的思想体系、学术体系和话语体系,要“实施国家古籍保护工程,完善国家珍贵古籍名录和全国古籍重点保护单位评定制度,加强中华文化典籍整理编纂出版工作。完善非物质文化遗产、馆藏革命文物普查建档制度”。宝卷就属于要重视保护和发展的“具有重要文化价值和传承意义的‘绝学’、冷门学科”,对宝卷的整理研究,就是对中华优秀传统文化的重要守护。

宝卷的内容劝人向善,提倡通过“修炼”提升人生境界,宝卷的宣卷仪式在一年的岁时节日中演述,祈福禳灾纳吉。围绕人生的关节点,宝卷演述以护生延寿,禳灾祛病为表征,这表达了人们对生活、对人生的美好愿景，也体现出对社会规范的遵守，对社会道德的建构，对精神家园的守护，这一切都具有弘扬社会正能量的积极意义。

近三十年来，由于缺乏相应的话语立场和话语体系，中国的“世界文学史”和“世界文学作品选”编纂相对滞后。哈佛大学伊维德教授带领团队翻译中国的《黄氏女宝卷》《目连宝卷》，美国欧大年、韩书瑞，日本泽田瑞穗、吉冈义丰等一大批学者的研究翻译，使得宝卷这个相对边缘的文类，已经随着翻译、流通、阅读化身为能动性的“文学事件”，成为“世界文学”的一部分，这对构筑对外话语体系，提升中国文化的国际影响力，争取新世界秩序中的中国话语权有积极意义。

（李永平、白若思）

第一章　北美藏中国宝卷

第一节　美国哈佛大学燕京图书馆(波士顿)[1]

1. 阿育王宝卷一卷

甲子年(1924年)上海翼化堂印本。封内有“甲子年孟夏敬印”“上海翼化堂善书局发行”“新北门内城隍庙后豫园路二百三十号”。

《中国宝卷总目》未著录该卷。

2. 八宝鸾钗宝卷二卷

上海惜阴书局印本。封内有“上海惜阴书局印行”。

《中国宝卷总目》编号004:简名《鸾钗宝卷》。参见另本《鸾钗宝卷》。

3. 白蛇宝卷一卷

清同治九年吴际升抄本,封内有“雷峰塔原本”“袁蔚山题”。《中国

---

① 燕京图书馆善本书库中的宝卷均为韩南教授于1996年10月所捐赠,共74种。置于贴有「The Patrick D. Hanan Collection」藏票的淡黄色纸袋中。本目录的编撰参考了霍建瑜《哈佛燕京图书馆藏韩南所赠宝卷组眼录》,《书目季刊》第四十四卷,2010年第1期。研究生舒显彩、同明英参与了部分初稿的整理工作。

宝卷总目》未收录该版本。

可参考《中国宝卷总目》编号 026：参见《雷峰宝卷》《雷峰古迹》《雷峰塔宝卷》《白蛇传宝卷》《金山宝卷》《义妖宝卷》《白状元祭塔宝卷》。

4. 刺心宝卷二卷

民国六年(1917 年)上海何广记书局刻本。封内有“民国六年七月出版”“上海何广记书局石印”。《中国宝卷总目》未收录该版本。

可参考《中国宝卷总目》编号 065：全名《浙江省嘉兴府秀水县刺心实卷》。参见《曹王宝卷》。

5. 佛说梁皇宝卷二卷

（一）民国二十二年(1933 年)宁波学林堂书局石印本。

（二）清光绪二十五年罗浮山朝元洞藏版刻本。

（三）时间、版本不详。

《中国宝卷总目》编号 237：参见《梁皇宝卷》。

6. 福缘宝卷一卷

民国六年(1917 年)上海姚文海书局石印本。二册。扉叶作“绘图普通文明福缘宝卷。民国六年季春出版。上海姚文海书局印行”。姚文海书局创设于清末，曾印有《妙音宝卷》《河南开封府花枷良愿龙图宝卷》《改良幼学须知句解》《最新正草白话尺牍》等书。

《中国宝卷总目》编号 0279：郯城赵福缘编。参见《福缘指迷宝卷》。

7. 观音灵感宝卷一卷

民国上海宏大善书局石印本。又名《观音宝卷》。证忠居士选，封面题：上海宏大善书局石印。

《中国宝卷总目》编号 0313。

8. 观音游地狱宝卷一卷

清光绪三十四年(1908 年)抄本，《中国宝卷总目》未著录。

9. 还金镯宝卷二卷

又名《魁星宝卷》。民国五年(1916 年)上海文益书局石印本，一册。

《中国宝卷总目》编号 420：又名《魁星宝卷》《文星阁》《王御宝卷》。

10. 合同记宝卷一卷

时间不详上海惜阴书局印本。封内有:“为善者如春园之草。日茂也。为恶者如磨刀之石。日损也。”“上海惜阴书局印行”“附大悲咒”“吴江陈熙署”。

《中国宝卷总目》编号 342:又名《素贞宝卷》。另见《新编合同记宝卷》二卷,附《大悲咒》,民国年间刻本。

11. 何文秀宝卷一卷

民国二十五年(1936 年)学林堂书局刻本。封内有“民国二十五年仲春重刊”“宁波崔衙前学林堂书局发行”。

《中国宝卷总目》编号 345:又名《恩怨实卷》《四喜宝卷》《贤良宲卷》《贞烈宝卷》《忠烈何文秀宝卷》《文秀宝卷》。参见《双恩实卷》《妙莲宝卷》《义夫节妇宝卷》《何文秀三探桑园宝卷》。

12. 弘阳苦功悟道经二卷

清康熙年间刻本。

《中国宝卷总目》编号 551:简名《悟道卷》,又名《苦工(功)经》《苦功宝卷》《苦心悟道经》《苦行悟道卷(经)》《大乘苦功悟道卷(经)》《净心经》等。

13. 红楼镜宝卷一卷

上海惜阴书局印本。封内有“为善者如春园之草。日茂也。为恶者如磨刀之石。日损也”“上海惜阴书局印行”。

《中国宝卷总目》编号 376:又名《金枝宝卷》《金枝玉集宝卷》。

14. 花名宝卷一卷

《花名宝卷》民国抄本。又名《四季花名宝卷》《新抄经卷合刻》。

《中国宝卷总目》编号 351:参见《花名新卷》《四季花名宝卷》。

15. 化劫宝卷一卷

(1) 民国乙丑年(1925 年)上海提篮桥东平凉路榆林里佛堂印本。封内有“民国乙丑年十月降谕”“盐城观音禅寺慈航普度中教收圆第九佛堂”“盐渎姜文访题”。

《中国宝卷总目》编号325：薛慧上撰。

（2）民国丁丑年（1937年）上海中教佛堂大中国印刷公司盐城观音禅寺石印本。扉页题“民国丁丑（1937）”“盐城观音禅寺”，序下题“中教佛堂印”，卷末牌记“版存上海大中国印刷公司”。

16. 黄糠宝卷一卷

民国宁波百岁坊学林堂书局石印本。封内有“校对无讹”“上元李节斋题”。

《中国宝卷总目》编号401：又名《报恩宝卷》《黄糠欺贫卷》《欺贫重富宾卷》《欺贫宝卷》《欺贫糠噎宝卷》。参见《皇封霎卷》。

17. 五祖黄梅宝卷一卷

民国十一年（1922年）浙江杭州慧空经房刻本。一册。封内有“民国万岁万万岁”“国清镇国无双国 天顺齐天第一天”“河山永固”。卷末刻“中华民国拾壹年岁次壬戌四月重刊”“板存浙杭西湖慧空经房印造流通”。

《中国宝卷总目》编号1170：又名《黄梅五祖宝卷》《黄梅宝卷》。参见《仙桃宝卷》。

18. 绘龙图宝卷一卷

时间不详上海文元书局印本。封内有“包公巧断血手印”“袁蔚山题”。

《中国宝卷总目》编号661：全名《河南开封府花枷良愿龙图宝卷》，又名《花枷良愿宝卷》《良愿龙图实卷》《包公巧断血手印宝卷》《良愿宝卷》。参见《林招得宝卷》。

19. 绘图百花台宝卷一卷

民国六年（1917年）文益书局刻本。封内有“民国六年夏月出版”“校正者 江西谢氏少卿”“总发行 上海文益书局”“今发所 杭州聚元堂书庄 绍兴聚元堂书庄”“分售处 各省大书坊”。

《中国宝卷总目》编号037：又名《双云实卷》《双恩宝卷》《花台宝卷》《月祯宝卷》《逼婿为奴宝卷》《逼婿为仆宝卷》。参见《百花台宝卷》（二）。

20. 绘图董永宝卷一卷

民国上海文元书局石印本。

《中国宝卷总目》编号 0179：又名《董永卖身宝卷》《小董永卖身宝卷》《董永行孝宝卷》《董永孝子宝卷》。参见《天仙配宝卷》《柳阴记宝卷》《路结成亲宝卷》。

21. 绘图何仙姑宝卷一卷

民国三年(1914 年)文益书局印本。封内有“民国三年出版”“总发行上海文益书局”“分发行 杭州聚元唐书庄 绍兴聚元唐书庄 南京聚珍山房”“分售处 各省大书坊”。

《中国宝卷总目》编号 347：又名《吕师度何仙姑宝卷》《何仙宝卷》《孝女宝卷》。

22. 绘图金不换宝卷一卷

时间不详上海惜阴书局印本。页首有“败子回头金不换”“绘图金不换宝卷”“吴江陈润身题”“上海惜阴书局印行”。

《中国宝卷总目》编号 0455：又名《双全宝卷》。参见《金不换宝卷》(二)。

23. 绘图卖花宝卷一卷

时间不详宁波百岁坊学林堂书局印本。首页有“张氏三娘卖花宝卷”。

《中国宝卷总目》编号 0734：又名《包公案》《卖花古典》。参见《张氏三娘卖花宝卷》《龙图案宝卷》《售花遇佞宝卷》《贞节宝卷》。

24. 绘图梅花戒宝卷二卷(上下卷)

民国间石印本，版式同上海文元书局印行《龙图宝卷》，又名《梅花戒宝卷》。

《中国宝卷总目》编号 0718：江西谢少卿校正。又名《双英宝卷》。参见另本《双英宝卷》(一)。

25. 绘图南楼宝卷一卷

时间不详上海惜阴书局印本。封内有“天理昭穆”“上海惜阴书局印行”。

《中国宝卷总目》编号 0763：本卷为《倭袍宝卷》的续编，接续《果报录宝卷》。

26. 绘图十美图宝卷二卷（上下集）

时间不详上海惜阴书局印本。页首有“果报分明”“绘图十美图宝卷”“吴江陈熙署首”“上海惜阴书局印行”。

《中国宝卷总目》编号 0957。

27. 绘图双剪发宝卷二卷

时间不详上海文益书局刻本。页首有“版权所有”“总发行上海文益书局”“杭州聚元堂书庄”“绍兴聚元堂书庄”“各省大书坊”。

《中国宝卷总目》编号 1040：参见《梅英宝卷》。

28. 绘图双珠球刘子英宝卷二卷（上下集）

又称《双珠球宝卷》《刘子英宝卷》。

民国甬江林赓记书局刻本。页首有“刘子英宝卷”“林赓记书局印行”“地址甬江天后宫”“侧冷藏公司封面”。

《中国宝卷总目》编号 1071：又名《刘子英打虎双珠球宝卷》。参见《珠球宝卷》。

29. 绘图新出鸡鸣宝卷二卷（上下集）

民国四年（1915 年）上海文益书局刻本。页首有“版权所有”“总发行 上海文益书局”“分发行 上海聚元堂书庄 杭州聚元堂书庄 本埠各省诸大书坊”。下卷页首有“甲子年”“赵福珍藏”“鸡鸣宝卷下”。

《中国宝卷总目》编号 0543。

30. 绘图延寿宝卷一卷

民国上海文益书局石印本。页首有“版权所有”“总发行 上海文益书局”“分发所 杭州聚元堂书庄、绍兴聚元堂书庄、各省大书坊”。

《中国宝卷总目》编号 1404。

31. 江南松江府华亭县白沙邨孝修回郎宝卷一卷

清光绪二十六年（1900 年）上海翼化堂刻本。附《七七经》一卷，《吃素经》一卷《花名卷》一卷《法船经》一卷。封内有“光绪更自仲夏月重刊”。

《中国宝卷总目》编号336：又名《回郎宝卷》《曹三郎怀郎宝卷》。

32. 金凤宝卷二卷

清宣统三年(1911年)上海文益书局印本。扉叶印“绘图龙凤锁宝卷续集”。又印“上海文益书局印行。杭州聚元堂总发行”。书口印“金凤宝卷”。封内有“辛亥仲春月”“每部定价三角”“翻印必究”。《中国宝卷总目》未著录该版本。

可参考《中国宝卷总目》编号459：参见《龙凤锁宝卷》。

33. 李鳌救母宝卷一卷

时间、版本不详。页首有“最乐堂善书 借看数日收回 勿渎勿失”。《中国宝卷总目》未著录该版本。

34. 菱花镜宝卷一卷

民国宁波朱彬记书庄排印本。二册。封内有“慈水九老山人觉悟子童香山普镜氏编辑”“宁波甘条桥朱彬记书庄发行”。《中国宝卷总目》未著录该版本。

可参考《中国宝卷总目》编号617：又名《菱花宝卷》。参见《佛说高仲举破镜宝卷》。

35. 刘文英宝卷二卷

民国十三年(1924年)上海文益书局刻本。页首有“总发行 上海文益书局”“分发行 杭州聚元堂书庄 绍兴聚元堂书庄 南京聚珍山坊书庄”“分售处 各省大书坊”。

《中国宝卷总目》编号0640：又名《玉带记宝卷》《白马卷》。参见《白马宝卷》。

36. 洛阳宝卷一卷

民国十八年(1919年)浙江杭州玛瑙经房刻本。封内有“民国十八年芙月”“板存杭省玛瑙经房印造流通”。

《中国宝卷总目》编号597：又名《受生宝卷》《洛阳受生宝卷》《洛阳造桥》《洛阳大桥》。参见《寿生实卷》《阴司赎罪宝卷》。

37. 孟姜女宝卷一卷

时间不详上海文元书局石印本，又名《孟姜仙女宝卷》。封内有“万里长城宝卷”“上海文元书局印行”。《中国宝卷总目》未著录该版本。

可参考《中国宝卷总目》编号707：参见《销释孟姜忠烈贞节贤良宝卷》《佛说贞烈贤孝孟姜女长城宝卷》《长城宝卷》《孟姜女哭长城宝卷》《孟姜绣龙袍宝卷》《孟姜仙女宝卷》《孟姜女长城找夫》《孟姜女过关宝卷》《许孟姜宝卷》《南瓜宝卷》《孟姜女寻夫宝卷》《贞烈寻夫宝卷》。

38. 蜜蜂记宝卷二卷

民国上海惜阴书局石印本。封内有“养儿知亲恩。天下父母心。孝亲儿孝己。现样说法身”“上海惜阴书局印行”“吴江陈润身编题”。

《中国宝卷总目》编号730：又名《蜜蜂宝卷》。

39. 目莲宝卷全集一卷

清光绪三年（1877年）慧空经房刻本。

《中国宝卷总目》编号688：又名《忏母升天目莲卷》《目莲宝卷》。参见《目莲宝卷》（一）。

40. 目莲救母幽冥宝传一册

光绪二十六年（1900年）刻本，封面印“目莲宝传”。封内有“光绪庚子年新刊”“板存 省肃昌泰有印宋者板不取资问你东华文星堂书局便知”。

《中国宝卷总目》编号690：简名《幽冥宝传》《幽冥传》，又名《目连救母宝传》《目连僧救母幽冥宝卷》《幽冥宝卷》《幽冥实训》。参见《目连宝卷》（一）。

41. 目莲三世宝卷三卷

清光绪二年（1876年）镇江宝善堂刻本，封内有“光绪丙子董初新镌”“镇江宝善堂善书坊藏板”。

《中国宝卷总目》编号694：又名《目连救母三世宝卷》《三世救母目连宝卷》《目连宝卷》。参见《目连宝卷》（一）、《三世救母目连记全传》。

42. 潘公免灾救难宝卷三卷

清同治九年（1870年）姑苏玛瑙经房刻本。卷中末刻“版存杭城新宫桥聚文斋富润德刻字店。如印送者,每部工料钱文”。卷下末刻“乐善君子刷印敬送每部纸料工钱□文”。书末又刻“临邑从汝厅敬印伍百部、嘉邑梅会里王安清印送伍拾部、暨邑俞旺瑞印送壹百部、暨邑俞尘解印送壹百部、俞门陈氏印送伍拾部”。

《中国宝卷总目》编号 804:清潘沂(功甫)撰。简名《潘公宝卷》《免灾宝卷》《潘公免灾宝卷》。又名《免灾就难宝卷》。

43. 庞公宝卷一卷

清光绪宁波大酉山房刻本。卷首有云山风月主人序。有图一幅,图中文云:“欲回昆仑佳景游,睁开慧眼认根由。菩提径捷休迟进,茅塞途长速转头。回想庞公金入海,关心儒士银还酬。叮咛学道诸君子,好把良因作样修。云山氏题赞。朱良茂绘图”。图后有赞云:“昆仑大会三千年,屈指蟠桃已熟完。王母安排迎道侣,群真打点赴华筵。有缘仙子天然乐,无分凡夫梦里眠。饮罢琼浆朝帝阙,玉莲稳坐证瑶天。”

《中国宝卷总目》编号 806。

44. 破邪显证钥匙宝卷二卷(上下卷)

罗清编,明刻本,经折装,半页 4 行 12 字至 13 字不等,前有扉画,后有韦陀合十图。

《中国宝卷总目》编号 0779:明罗清撰。罗著“五部六册”之一。简名《破邪经》《破邪宝卷》《钥匙经卷》。又名《破邪显证宝经》《破邪显证钥匙经》《破邪显证钥匙宝经》《大乘破邪显证钥匙宝经》等。

45. 秦雪梅三元记宝卷一卷

民国上海惜阴书局石印本,封内有“守节扶孤,始终如一”。

《中国宝卷总目》编号 0921:又名《三元记宝卷》。

46. 如意宝卷一卷

时间不详,上海文元书局印行,封面签题“绘图如意宝卷。文元书局印行”。封内有“李节斋题”。

《中国宝卷总目》编号 885:参见《金如意宝卷》。

47. 三世修道黄氏宝卷二卷

民国八年(1919年)杭州弼教坊玛瑙经房刻本。卷末刻"版存杭州弼教坊玛瑙经房印造""中华民国八年重刊"。

《中国宝卷总目》编号914：简名《黄氏宝卷》,又名《黄氏女宝卷》《黄氏宝传》《对金刚宝卷》《三世修道黄氏宝卷》。参见《佛说黄氏女看经宝卷》。

48. 山西平阳府平阳村秀女宝卷一卷

(1) 清光绪三十四年(1908年)杭州玛瑙经房刻本。封面题签刻"秀女宝卷全集。玛瑙经房印造流通"。书口刻"秀女卷"。卷末刻"版存杭州大街弼教坊玛瑙经房洽记置存。汪生记镌版,愿祈天下太平,君民共乐,慈悲善良,处处康宁。大清光绪三十四年仲春重刊"。

(2)《秀女宝卷》一卷,清光绪二十三年(1897)裕安山人刻本,封内有"光绪二十三年冬至日 裕安山人重刊""板藏罗浮山朝元洞"。

《中国宝卷总目》编号1281：又名《秀女宝卷》。

49. 善宗宝卷一卷

民国壬戌年(1922)宏大善书局印本。封内有"壬戌仲春之吉""宏大善书局印行"。

《中国宝卷总目》编号1018：韩修编。

50. 双钉记宝卷一卷

陈德(润身)编。又名《张义宝卷》《金龟宝卷》。时间不详上海惜阴书局石印本。封内有"天道无私,不爽毫厘""上海惜阴书局印行""陈德编题"。

《中国宝卷总目》编号1030。

另有《绘图张义双钉记宝卷》二卷。民国年间上海惜阴书局石印本,扉页题"上海惜阴书局印行",又名《金龟宝卷》《钓金龟宝卷》《双钉记宝卷》《张义宝卷》。

51. 新出绘图双玉燕宝卷二卷

杨菊生辑。民国二十年(1931年)石印本。二册。

《中国宝卷总目》编号1068：萧山杨菊生编辑。参见《双玉燕宝卷》(一)。

52. 正本双珠凤奇缘宝卷

民国十年(1921年)上海文益书局刻本。封内有"文必正卖身投靠霍定金女扮男装""上海文益书局印行"。

《中国宝卷总目》编号1070：又名《珠凤宝卷》《双珠宝卷》《双珠凤奇缘实卷》《五美图实卷》《文必正双珠凤实卷》。

53. 太华山紫金岭两世修行刘香宝卷二卷

(1) 清粤东省城文魁阁书坊刻本。封内有"皇图巩固帝道遐昌 佛日增辉法轮常转"。

(2) 清光绪二十四年(1898年)苏城玛瑙经房善书局刻本。扉叶刻"刘香宝卷。光绪二十四年春重刻。苏城玛瑙经房善书局藏板"。又有龙形碑座并"玛瑙经房善书局藏板"。封面印"大乘法宝刘香宝卷全集"。

(3) 民国十九年(1930年)春宁波学林堂书局石印本。封内有"共和巩固生盛遐德昌 诚信虔诵福寿绵长",时间、版本不详,又名《真阳子宝经》。

《中国宝卷总目》编号642：简名《刘香宝卷》,又名《大乘法宝刘香宝卷》。

54. 叹世无为宝卷一卷。

时间、版本不详。

《中国宝卷总目》编号1142：明罗清撰。罗著"五部六册"之一。又名《叹世无为经》《叹世无为宝经》《大乘叹世无为宝卷》。简名《叹世宝卷》《无为卷》。

55. 唐僧宝卷二卷

民国年间文元书局石印本,封面题"文元书局印行"。封面签题"绘图唐僧宝卷。文元书局印行"。卷下末有"愿以此功德,普度于一切。宣卷保平安,消灾增福寿。南无阿弥陀佛"。

《中国宝卷总目》编号1128：又名《唐僧取经宝卷》《三藏取经》《真经宝卷》。参见《江流实卷》《江流僧复仇报本宝卷》《唐僧出世宝卷》《西游记宝卷》《西藏宝卷》《三藏法师出世因由宝卷》《长生宝卷》(一)。

56. 叹孤孀卷一卷。

清光绪二十八年(1902 年)宁郡三余堂刻本。一册。书名据书口及封面所题。第一页下有“宁郡县东巷三余堂发兑”。卷末刻“时在光绪二十八年岁次壬寅季夏”。

《中国宝卷总目》编号 1140。

57. 田素贞宝卷一卷

时间不详,上海广记书局刻本。页首有“上海广记书局印行”。封面印“增像田素贞宝卷”。扉叶印“田素贞宝卷。海广记书局印行”。《中国宝卷总目》未著录。

58. 巍巍不动太山深根结果经(宝卷)一卷

(1) 明刻本,封尾有“说上咒 无一物 无有比赛”“说等咒 无朋伴 独自为尊”。

(2) 清初抄本。

《中国宝卷总目》编号 1224:明罗清(梦鸿)著。罗撰“五部六册”之一。简名《太(泰)山宝卷》《太(泰)山经》《泰山深根宝卷(经)》《巍巍不动泰山经》,又名《巍巍不动泰山根深 结果经》《大乘太山不动宝卷》等。

59. 五常宝卷一卷

民国十年(1921 年)杭州郑小康武林印书馆石印本,版心下题“州武林印书馆(代)印”,卷末“中华民国十年岁次辛酉嵊”“郑小康等集资重印以广流通”。《中国宝卷总目》未著录该版本。

可参见《中国宝卷总目》编号 1150。

60. 现世宝卷二卷

清光绪五年(1879 年)杭州玛瑙寺经房刻本。卷末刻“大清光绪五年重刊”“版存杭州大街玛瑙经房流通上下二本共钱□□”。

《中国宝卷总目》编号 1307。

61. 香山宝卷二卷(上下卷)

时间不详,刻本。卷末有“宋天竺普明禅师编集 清梅院后学净宏简行”。

《中国宝卷总目》编号1290：题宋天竺普明禅师编集。简名《香山卷》。又名《观世音菩萨本行经》《观世音菩萨本行经简集》《三皇姑出家香山宝卷》《大乘法宝香山宝卷全集》等。参见《观音宝卷》《观音得道宝卷》《观世音菩萨香山因由》《观音济渡本愿真经》《妙善宝卷》《大香山宝卷》《南无大慈大悲救苦救难观世音菩萨证果香山宝卷》。

62. 新出抢生死牌宝卷一卷

民国石印本。书口上印"抢生死牌宝卷"。此本即《平安宝卷》，又名《铁莲花》。

《中国宝卷总目》编号0847：又名《铁莲花宝卷》。

63. 醒心宝卷二卷

清岳邦翰撰，清光绪十九年（1893年）常州乐善堂刻本。封内有"光绪岁次癸巳嘉平月 敬刊""板存常郡庙府培本堂"。扉叶有"光绪岁次癸巳嘉平月敬刊板存常郡府庙培本堂"。正文前有圣谕广训十六条。光绪二十年（1894年）岳邦翰序、光绪十九年岳可明序。岳可明序后刻"光绪岁次甲午春月之吉常郡蒋玉真撰、陈灿子书"。

《中国宝卷总目》编号1385。

64. 杏花宝卷一卷

民国二十年（1931年），宁波学林堂书局印刻。封内有"民国二十年仲冬""宁波学林堂书局发行"。

《中国宝卷总目》编号1279：又名《积谷宝卷》《杏花得道》。

65. 雪梅宝卷二卷

民国石印本。正文前有"先排香案，开卷举赞"，有云："宝卷初展开，香风满大千。宣卷功德大，福理广无边。今日虔心宣卷，大众须要诚心静听，不可言谈着语。听卷之人休说话，求福禄转家门。南无阿弥陀佛。"

《中国宝卷总目》编号1309：又名《陈世美宝卷》《世美宝卷》《三官堂雪梅实卷》《贪图皇亲卷》。

66. 雪山宝卷全集二卷

民国石印本，作者、版本不详。

《中国宝卷总目》编号 1310：又名《雪山太子宝卷》。参见《悉达太子宝卷》《净土实录宝卷》《雪山本行宝卷》。

67. 姚秦三藏西天取清解论一卷

明朝刻本，经折装。半页 4 行 13 字至 15 字不等。

《中国宝卷总目》编号 1412：又名《姚秦三藏清解论宝经》。

68. 再生缘宝卷二卷

民国上海惜阴书局石印本。扉页题“上海惜阴书局印行”。封内有“天理无私”。

《中国宝卷总目》编号 1493。

69. 张氏三娘卖花宝卷一卷

光绪十九年(1893 年)玛瑙经房刊刻。封内有“光绪十九年春重刻”“苏城玛瑙经房藏板”。

《中国宝卷总目》编号 734：又名《包公案》《卖花古典》。参见《张氏三娘卖花宝卷》《龙图案窦卷》《售花遇佞宝卷》《贞节宝卷》。

70. 修真宝卷

(1) 上海惜阴书局刻本，又名《绘图真修宝卷》。封内有“修真真修修真道，诚虔虔诚诚虔心”“佛性题赠”“上海惜阴书局印行”。

(2) 光绪十四年(1888 年)徐宝珩刻本，又名《砭心真修宝卷》。封内有“光绪戊子年仲秋月重刊”“板存盐邑武庙内”。

《中国宝卷总目》编号 1302：清青莲教宝卷。简名《修真宝传》《修真宝卷》，又名《修真全传》《修真因果宝传》《修真宝传因果》《修真宝传因果全集》《修真因果宝卷》《十供神仙传》《十供神仙修真宝传因果全部》《金刚菩萨修真传》《金刚化度修真宝传》等。

71. 针心宝卷一卷

民国己未年(1919 年)宏大书局刻本。封内有“民国己未秋月”“宏大善书局出版”。

《中国宝卷总目》编号 1550。

72. 正信除疑无修证自在宝卷一卷

明刻本。

《中国宝卷总目》编号 1518：明罗清(梦鸿)撰。罗撰“五部六册”之一。简名《正信经》《正信宝卷》,又名《去疑经》《正心除疑经》《正信除疑无修证自在经》《大乘正性除疑无修证自在经》等。

73. 新编清风亭宝卷二卷

王尘隐编。民国上海惜阴书局石印本。扉叶印“绘图天雷报宝卷。一名清风亭宝卷。太原王尘隐编。吴江陈润身署首。上海惜阴书局印行”。

《中国宝卷总目》编号 0833：又名《天雷报宝卷》。

第二节　欧大年收藏宝卷[①]

1. 家堂宝卷

(1) 清同治八年(1869 年)金仰贤抄本(卷内有“同治捌年岁在己巳荷月初旬金仰贤抄录”)。

(2) 又名《观音宝卷》。抄本,封面题“华汉文藏”,未注年代与抄写人。

《中国宝卷总目》编号 0493：又名《金沙滩》。参见《观音家堂宝卷》《卖鱼观音宝卷》。

2. 佛说红灯宝卷

又名《红灯宝卷传》。民国三十六年(1947 年)宋子鑫抄本。

《中国宝卷总目》编号 0232：简名《红灯宝卷》。

3. 善恶宝卷

清同治八年(1869 年)金仰贤抄本。卷内有“同治八年岁在己巳巧月

① 原加拿大比西省立大学亚洲研究系 D. L. Overmyer 藏卷,现存于新泽西州普林斯顿东亚系图书馆。

中浣金仰贤抄录”。

《中国宝卷总目》编号 1014：又名《十忙卷》。

4. 花裥宝卷

上海惜阴书局石印本，未注年代，陈润身编辑。

《中国宝卷总目》编号 0720（收录名《梅氏花裥宝卷》）：简名《花裥宝卷》。刊印本卷首多题名为《湖广荆州府永庆县修行梅氏花裥宝卷》。又名《失罗帕》《姣贞宝卷》。

5. 庚申宝卷

清光绪十九年（1893 年）樊俊卿抄本，卷内有“樊经德堂俊卿抄”。

《中国宝卷总目》编号 0294。

6. 回心愈疾宝卷

抄本，年代不详，卷末题：“旨在庚申年黄钟月中旬浮悟居士敬录。”卷名《回心宝卷》。

《中国宝卷总目》编号 0341。

7. 女延寿宝卷

抄本，年代不详。注释：讲述卜素玉善女的故事。

《中国宝卷总目》编号 0753：又名《卜素玉宝卷》《卜芙蓉宝卷》。

8. 白云香山宝传

木刻本，“京都如心堂惜字社存板”，年代不详。

《中国宝卷总目》编号 0033。

9. 鸾续鹦鹉忠孝成仙传

木刻本，甲子年重刊，如心堂善社藏板。《中国宝卷总目》未著录该卷。

10. 目连三世宝卷

木刻本，清光绪二十四年（1898 年）重刊，板藏鼓山涌泉寺。

《中国宝卷总目》编号 0694：又名《目连救母三世宝卷》《目连三世救母宝卷》《三世救母目连宝卷》《目连宝卷》。参见《目连宝卷》（一）、《三世救母目连记全传》。

11. 佛说明宗孝义经宝卷

经折本，两册。台中民德堂1980年重刊，原本为鼓山涌泉寺民国四年(1915年)的木刻本。《中国宝卷总目》未著录该卷。

12. 达摩宝卷

北平怀一印刷所民国乙亥年(1935年)排印本，卷名《达摩宝传》。

《中国宝卷总目》收录编号0178：又名《达摩祖卷》《达摩宝传》《达摩祖师宝卷》《达摩西来直指单传返本还源归根复命破惑指迷宝卷》。

13. 灶君宝卷

排印本。台湾鹤岭观音山天乙宫1985年重刊。

《中国宝卷总目》编号1498：参见《灶皇宝卷》《灶界宝卷》《灶家宝卷》《福国镇宅灵应灶王宝卷》《家堂灶界宝卷》。

14. 观音济度本愿真经

台中瑞成书局1969年排印本。

《中国宝卷总目》编号0318：清广野山人月魄氏(彭德源)撰。青莲教宝卷。首载《观音梦受经》《观音古佛原叙》(题“永乐丙申”)、《观音济度本愿真经叙》(题“康熙丙午”)、《观音古佛原本读法十六则》。按，叙中所署年代均系伪托。

15. 观音十二圆觉

清咸丰四年(1854年)—洞天聚贤堂刊本。

《中国宝卷总目》收录编号0323：清浩然祖师(彭德源)撰。青莲教宝卷。简名《十二圆觉》《圆觉经》《圆觉真经》《圆觉志经》，又名《十二圆觉宝经》《十二圆觉宝卷》《观音十二圆觉全传》《观音化度十二圆觉宝卷》《观音菩萨度十二圆觉真经》等。

16. 香山宝卷

现代台湾重印本，两卷。出版地、年代不详。备注：封面题“大乘法宝香山宝卷”。

《中国宝卷总目》编号1290。

17. 刘香宝卷

木刻本,两卷。华邬休庵比丘烈正校对增补。光绪二十四年(1898年)重刊,吴氏重刻,苏城玛瑙经房藏板。扉页题为“光绪二十四年(1878年)重刊,浙湖王文光斋书坊藏板”。

《中国宝卷总目》编号0642。

18. 彩莲宝卷

民国二十七年(1938年)抄本。

《中国宝卷总目》编号0075:全名《新编彩莲宝卷全集》,又名《金钗彩莲宝卷》。

19. 会元宝卷

(1) 汉口同仁堂原刊,1968年台湾嘉义市玉珍书局影印本。

(2) 台北万有善书局1981年排印本。

《中国宝卷总目》编号0407。

20. 佛说离山宝卷存一卷

不著撰人,明刊梵夹本,五行十七字,存卷下一册。

《中国宝卷总目》编号0235:明西大乘教宝卷。又名《佛说离山老母宝卷》《离山老母宝卷》。

21. 佛说销释保安宝卷二卷二册

不著撰人姓名,清康熙刊折本,二册,四行十五字,梵箧装。

《中国宝卷总目》编号0253。

22. 救苦忠孝药王宝卷存一卷一册

不著撰人姓名,清康熙间刊梵夹本,存卷下一册,四行十五字。

《中国宝卷总目》编号0505:简名《药王宝卷》。又名《药王救苦忠孝宝卷》。

23. 破迷宝忏

清光绪三十四年(1908年)东阳松云山房刊本,一册。

《中国宝卷总目》编号0778:又名《破迷真经》。

24. 齐天大圣开元宝忏

明善堂刊本,一册。

《中国宝卷总目》编号 0850。

25. 王母消劫救世经

清光绪二十六年(1900 年)一洞天聚贤堂刊本,一册。

《中国宝卷总目》编号 1181。

26. 协天大帝玉律经宝卷二卷

清光绪乙巳(三十一年,1905 年)常州宝善书庄刊本,一册。

《中国宝卷总目》编号 1286:简名《玉律宝卷》《玉律经卷》《关圣玉律宝卷》,又名《玄天大帝降鸾书》。

27. 玉露金盘

清光绪二十一年(1895 年)刊本,一册。

《中国宝卷总目》编号 1468。

28. 齐天大圣开元宝忏

明善堂刊本,一册。

《中国宝卷总目》编号 0850。

29. 七真天仙宝传四卷三十二回

清宣统三年(1911 年)养真仙苑刊本,四册。题中一老人鉴定。

《中国宝卷总目》编号 0811。

30. 无生经

清光绪三十年(1904 年)山东济南府临邑县乔家庄刊本,一册。

《中国宝卷总目》编号 1206。

第三节　芝加哥大学图书馆收藏宝卷

1. 江南松江府上海县太平村兰英宝卷

清光绪十年(1884 年)杭州西湖玛瑙经房刊本。

《中国宝卷总目》编号0675。

2. 泰山东岳十王宝卷二卷二十四品

清刊折本，上下二卷。

《中国宝卷总目》编号1120：明悟空撰。西大乘教宝卷。又名《东岳泰山十王宝卷》。参见《十王宝卷》。

3. 救苦忠孝药王宝卷二卷二十四品

清刊折本，上下二卷。

《中国宝卷总目》编号0505：简名《药王宝卷》，又名《药王救苦忠孝宝卷》。

4. 灵应泰山娘娘宝卷二卷二十四品

清刊折本，上下二卷。

《中国宝卷总目》编号0679：明悟空编。西大乘教宝卷。又名《娘娘经》《泰山真经》。参见《泰山天仙圣母灵应宝卷》。

5. 目连三世宝卷

民国壬戌(1922年)上海翼化堂善书坊刊本。

《中国宝卷总目》编号0694：又名《目连救母三世宝卷》《三世救母目连宝卷》《目连宝卷》。

6. 清净宝卷

清浙江胡清泉、朱永泉刊本。

《中国宝卷总目》编号0834：又名《无为清净》。

7. 醒世宝卷

清宣统元年(1909年)据朱昌英、李慧灵抄本刻印本。

《中国宝卷总目》编号1383。

8. 何仙姑宝卷

版本不详。

《中国宝卷总目》收录编号0347：又名《吕祖度何仙姑因果宝卷》。参见《何仙宝传》《孝女宝卷》。

9. 醒世宝卷

清宣统元年(1909年)据朱昌英、李慧灵抄本刻印本,一册。“板存江北岸桃花渡天复源”。

《中国宝卷总目》编号1383。

10. 黄梅宝卷

版本不详。

《中国宝卷总目》编号1170:又名《黄梅五祖宝卷》《黄梅宝卷》。

11. 兰英宝卷

又名《江南松江府上海县太平村兰英宝卷》。清光绪十年(1884年)杭州西湖玛瑙经房刊本,二卷一册。

《中国宝卷总目》编号0675。

12. 刘香宝卷

清同治八年(1869年)钱塘华邬休庵比丘烈正校补重刊本,二册。

《中国宝卷总目》编号0642:简名《刘香宝卷》,全名《太华山紫金岭两世修行刘香宝卷》,又名《大乘法宝刘香宝卷》。

第四节　加利福尼亚大学伯克利分校图书馆收藏宝卷[1]

1. 关帝伏魔宝卷批注

光绪二十二年(1896年)降乩批注,吉林北山关帝庙学善堂藏版。

《中国宝卷总目》编号0435:又名《关帝伏魔宝卷批注》《伏魔宝卷降乩批注》。

明万历三十三年神宗封关羽为“三界伏魔大帝神威远镇关圣帝君”之后,关羽得到官方认可的祭祀,所以《护国佑民伏魔宝卷》自明万历四

① 崔若男博士在本部分编目中给予了大力协助,在此表示诚挚感谢。

十五年（1617 年）刊行以来，版本甚多。惟上海宏大书局的《伏魔宝卷》值得关注，该卷实名为《伏魔宝卷降乩注释》，为光绪二十二年吉林北山关帝庙学善堂刻本，分元亨利贞四册，有各类乩文，注解正文托为吕祖降注，其中对该卷编撰者的说明有参考价值。

2. 妙英宝卷

广州文在兹民国三年（1914 年）本。

《中国宝卷总目》编号 0699、0700：又名《白衣宝卷》《白衣观音宝卷》《白衣成证宝卷》《庙行宝卷》《妙音宝卷》《妙音劝善宝卷》《徐妙英宝卷》。

3. 关帝伏魔宝卷

清光绪二十年（1894 年）吉林萃一堂重刊本，二册。序为光绪乙未（1895）。卷首载关帝等乩训十篇。

明悟空撰西大乘教宝卷，简名《伏魔宝卷》。泽田瑞穗将《伏魔宝卷》成书时间定为康熙丁巳年。谢忠岳、车锡伦皆认为不当。另谢忠岳据《伏魔宝卷》中“展放开玄中玄妙，专讲论皇天圣道”等句子认为是明代皇（黄）天道的经卷，而车锡伦也有此判断，但后来又添西大教。事实上有些经卷在清以来各教派互用。

《中国宝卷总目》编号 0434。

4. 真修宝卷

光绪辛卯（1891 年）冬刻本，金陵一得斋善书坊藏板。

另有清同治十二年（1873 年）扬州见性斋木刻本。

《中国宝卷总目》编号 1550：又名《针心宝卷》。

5. 灶君宝卷

出版地不详，甲申年（1884 年）跋。

《中国宝卷总目》编号 1498。

6. 达摩宝卷

清光绪九年（1883 年）金陵一得斋善书坊刊本。

《中国宝卷总目》编号 0178：又名《达摩祖卷》《达摩宝传》《达摩祖

师宝卷》《达摩西来直指单传返本还源归根复命破惑指迷宝卷》。

第五节　康奈尔大学图书馆

1. 黄梅宝卷

封面题签“光绪甲辰新刻”黄梅宝卷。

《中国宝卷总目》编号1170。

2. 花絧宝卷

清光绪三十年(1904年)重刻本,罗浮山朝元洞藏板。《中国宝卷总目》未著录该版本。

可参见《中国宝卷总目》编号0720(收录名《梅氏花絧宝卷》):简名《花絧宝卷》。刊印本卷首多题名为《湖广荆州府永庆县修行梅氏花絧宝卷》。又名《失罗帕》《姣贞宝卷》。

3. 妙英宝卷

民国三年甲寅重刊本,河南洪德大街文在兹承印。《中国宝卷总目》未著录该版本。

可参见《中国宝卷总目》收录编号0699、0700:又名《白衣宝卷》《白衣观音宝卷》《白衣成证宝卷》《庙行宝卷》《妙音宝卷》《妙音劝善宝卷》《徐妙英宝卷》。

4. 庞公宝卷

清光绪三十一年(1905年)重刊本,一册。粤省河南鳌洲外街中和堂善书坊藏板。

《中国宝卷总目》编号806。

5. 善才龙女宝卷

民国甲寅(1914年)粤东文魁阁书坊藏板。《中国宝卷总目》未著录该版本。

可参见《中国宝卷总目》编号1013:简称《善才宝卷》。

第二章　欧洲藏中国宝卷

第一节　伦敦大学亚非学院图书馆收藏宝卷①

1. 绘图珍珠塔宝卷全集一册

宣统纪元(1909年)杭州聚元堂石印。扉页署“绘图珠塔宝卷全集”。

首四句:珠塔宝卷初展开,诸佛菩萨降临来。善男信女前来听,增福延寿得消灾。

末四句:只因存仁当中,拿着一名江洋大盗,命下官审问,吩咐外班伺候。[下阙]

参见美国哈佛大学《绘图珍珠塔宝卷》二卷。《中国宝卷总目》编号1540。

2. 山西平阳府平阳邨秀女宝卷(附刻安土咒搜箭咒)

民国五年(1916年)仲春洽记经房刻本。封面署“殷纪扬”。正文末

① 结合调查成果,同时参考了砂山稔《刘文英宝卷考——附SOAS图书馆所藏宝卷目录》,Artes Liberales, 1996年第58卷。英国谢菲尔德大学的研究生刘昊冉在本部分编目中给予了大力协助,研究生马楠参与了部分初稿的整理工作。

题“大清光绪三十四年仲春重刊”。

卷首“山西平阳府平阳郙秀女宝卷全集”，版心“秀女卷”，题签“秀女宝卷全集”。

首四句：秀女宝卷初展开，诸佛菩萨降临来。善男信女虔诚听，增福延寿免三灾。末四句：秀女宝卷宣圆全，一年四季免灾星。天下太平民安乐，万年天子永长春。

参见美国哈佛大学《山西平阳府平阳村秀女宝卷》一卷。《中国宝卷总目》编号1281。

3. 雪梅宝卷二卷

二册。版心・见返“雪梅宝卷”，民国三年(1914年)三官堂出版。

参见美国哈佛大学《雪梅宝卷》二卷。《中国宝卷总目》编号1309。

4. 雪山太子宝卷二卷

民国间石印本。卷首“雪山宝卷全集”，题签“绘图雪山太子宝卷”。

首四句：雪山宝卷初展开，诸佛菩萨降临来。天龙覆护真如塔，赐福增祥尽消灾。

末四句：公主好不聪明，不知因果受□。只顾眼前快乐，谁知向后难。

此种与上海姚文海书局所印刷之同名宝卷版式一样，应为同一版本。

参见美国哈佛大学《绘图雪山太子宝卷》二卷。《中国宝卷总目》编号1310。

5. 绘图还金镯宝卷一册

又名“魁星宝卷”，版心“魁星宝卷”，见“绘图还金镯宝卷”，上海惜阴书局发行。卷首开始少2页。〈备考〉卷后“本局最近出版各种宝卷目录”中记载32种宝卷名称。

首四句：[上阙]再宣送信老家人，送到王家坟堂门。闻得姑爷王公子，岳母暗内送佳音。末四句：斋主年年增百福，儿孙代代出贤人。世人若肯行正道，后来自然表扬名。

参见美国哈佛大学《还金镯宝卷》一卷。《中国宝卷总目》编号0420。

6. 回郎宝卷全帙一册

附,七七宝卷·吃素(斋)经·花名宝卷·〔法船经〕。

卷首“江南松江府华亭县白沙郫孝修回郎宝卷”,版心“回郎宝卷”。

清末刻本。正文前附《柳华阳真人警世文》《关圣帝君篆书句》及《申文定公百字铭》。

四周双边。白口,单鱼尾,象鼻。书口记“回郎宝卷”。

参见美国哈佛大学《回郎宝卷》。《中国宝卷总目》编号 0336。

7. 红楼镜宝卷二卷二册

1936 年石印本。卷首“新出绘图金枝宝卷上集 又名红楼镜”,版心“红楼镜宝卷”。

首四句:金枝宝卷初展开,参请神圣降临台。善男信女虔心听,增福延年永消灾。

末四句:一善能降千年福,千金难买子孙贤。宣部金册金枝卷,一年四季保平安。

参见美国哈佛大学《红楼镜宝卷》一卷。《中国宝卷总目》编号 0376。

8. 绘图如意宝卷上集一册

上海惜阴书局石印,卷首“如意宝卷”,版心“如意宝卷上集”,封面上部写有“宣讲欢善民间故事”。

首四句:如意宝卷初展开,诸佛菩萨降临来。善男信女虔诚听,增福延寿保安宁。

末四句:忽然腹中来疼痛,叫天叫地无人应。二娘产生娇儿子,下卷之中宣分晓。[下阙]

参见美国哈佛大学《如意宝卷》一卷。《中国宝卷总目》编号 0885。

9. 梁皇宝卷全集一卷一册

光绪二年(1876 年)杭州玛瑙经房印造。卷首“梁皇宝卷全集”,版心“梁皇宝卷”附十骷髅,上大人诗注,〈备考〉卷后记载着捐赠者之名。

《中国宝卷总目》未著录此版本。

10. 梁皇宝卷全集

1920年上海道德书局铅排本。卷首·版心“梁皇宝卷全集”,附十骷髅。

首四句:天地乾坤日月圆,阴阳男女五行全。家家户户都安乐,风调雨顺国家安。

末四句:愿以此功德,普及于一切。宣卷化贤良,消灾增福寿。

《中国宝卷总目》未著录此版本。

11. 刘香宝卷二卷二册

同治九年(1870年)本,上海翼化堂藏板。卷首“太华山紫金镇两世修行刘香宝卷全集”,版心“刘香宝卷”。

参见美国哈佛大学《太华山紫金岭两世修行刘香宝卷》二卷。《中国宝卷总目》编号0642。

12. 刘文英宝卷二卷

民国十九年(1930年)上海文益书局石印本。卷首·版心有“刘文英宝卷”。

首四句:文英宝卷初展开,诸佛菩萨降临来。在堂大众同声贺,能消八难免三灾。

末四句:愿以此功德,普度如一切。宣卷保平安,消灾增福寿。

参见美国哈佛大学《刘文英宝卷》二卷(上下卷)。《中国宝卷总目》编号0640。

13. 花枷良愿龙图宝卷一卷一册(仅下卷)

石印本。卷首“花枷良愿龙图宝卷”,版心“龙图宝卷”。

首四句:[上阙]那小姐骂道,这个雪春贱人,你哄我园中无人,你看花茶树上可在么。

末四句:下世灾难全无福寿增,今朝宣了花伽愿。处处安宁保太平,大众念佛一堂回向。

参见美国哈佛大学《绘图龙图宝卷》二卷。《中国宝卷总目》编号0661。

14. 花枷良愿龙图宝卷一卷(仅上卷)一册

玛瑙经房本。卷首"河南开封府花枷良愿龙图宝卷全集",版心"良愿卷",题签"良愿龙图宝卷全集"。

首四句:良愿宝卷初展开,诸佛菩萨降临来。大众虔心来听卷,增幅延寿免三灾。

末四句:招得分别双下泪,小姐上楼也泪淋。雪春扯了小姐手,忙揩眼泪进房门。[下阙]

参见美国哈佛大学《绘图龙图宝卷》二卷。《中国宝卷总目》编号 0661。

15. 增像龙图宝卷二卷一册

下卷卷首"花枷良愿龙图宝卷",版心"龙图宝卷",题签"增像龙图宝卷""蒙古路晋康里广记书局"。〈备考〉仅存留上卷末尾二页和下卷卷首五页。但版心的卷数为"卷三"。

末四句:[上阙]招得分别双下泪,小姐上楼也泪淋。雪春扯住小姐手,忙揩眼泪进房门。[下阙]

《中国宝卷总目》未收录此版本。

16. 目莲救母三世宝卷,三卷一册

宏大善书局印行。卷首"绘图目莲救母三世宝卷",版心"目莲宝卷"。

首四句:一炷真香举起来,登坛说法把经开。合堂男女静心听,降福延年无后灾。

末四句:在此一样修行,有何不好。劝君不必推迟,听我道来。

《中国宝卷总目》编号 0694(收录名《目连三世宝卷三卷》):又名《目连救母三世宝卷》《三世救母目连宝卷》《目连宝卷》。参见《目连宝卷》(一)、《三世救母目连记全传》。

17. 目莲三世宝卷三卷

光绪丙戌(1886 年)常州培本堂善书局刻本。

首四句:一炷真香举起来,登坛说法把经开。合堂男女静心听,降福延年无后灾。

末四句：目莲三世宝卷，冤缘果报还原。救母超升天堂，父母子永长春。

《中国宝卷总目》编号 0694。

18. 八宝双鸾钗宝卷全集二卷

上海文益书局石印本。卷首·版心·见返“八宝双鸾钗宝卷”，题签“八宝双鸾钗宝卷全集”。

首四句：鸾钗宝卷言世非祖言世佛，大宋留下到此间。众位善男并信女，听信次卷莫淡言。末四句：古名八宝鸾钗记，玉钗名字是新增。忠孝节义宣完成，古镜重磨照太平。

《中国宝卷总目》编号 0004。

19. 绘图百花台宝卷二卷二册

民国六年（1917 年）上海文益书局本。卷首“百花台双恩宝卷”，版心“百花台宝卷”，见返·题签“绘图百花台宝卷”。

首四句：双恩宝卷初展开，诸佛菩萨降临来。善男信女虔诚听，此卷名叫百花台。

末四句：善男信女听宣卷，福也增来寿又添。宣卷之人转家门，归家也要去修行。

《中国宝卷总目》编号 0037（收录名《百花台宝卷（一）》）：又名《双云宝卷》《双恩宝卷》《花台宝卷》《月祯宝卷》《逼婿为奴宝卷》《逼婿为仆宝卷》。参见《百花台宝卷》（二）。

20. 白蛇宝卷二卷

民国四年（1915 年）上海文益书局石印本。

封面：白蛇宝卷/雷峰塔原本/袁蔚山题。卷首“浙江杭州府钱塘县白蛇宝卷”，版心“白蛇宝卷”。

首四句：白蛇宝卷初展开，报德报恩到武林。善男信女虔诚听，明心见性便成□。

末四句：修身养性并修口，那有男女不成仙。修到身心无挂碍，逍遥自在上西天。

参见美国哈佛大学《白蛇宝卷》。《中国宝卷总目》收录编号0026。

21. 双珠凤宝卷

亚非学院藏该卷两种版本如下：

（1）双珠凤宝卷二卷二册，上海广记书局石印本。卷首“正本双珠凤奇缘宝卷”，版心“双珠凤宝卷”，见返“绘图双珠凤宝卷”，题签“增像双珠凤宝卷”。

首四句：珠凤宝卷初展开，诸佛菩萨降临来。在堂大众齐声贺，一年四季永无灾。

末四句：珠凤宝卷宣完成，大众虔诚福寿增。卷也完来佛也满，三千诸佛念团圆。

（2）正本双珠凤奇缘宝卷二卷，上海文元书局石印本。卷首“正本双珠凤奇缘宝卷”，版心“双珠凤宝卷”“绘图双珠凤宝卷”。书口记“双珠凤宝卷”。

首四句：珠凤宝卷初展开，诸佛菩萨降临来。在堂大众齐声贺，一年四季永无灾。

末四句：珠凤宝卷宣完成，大众虔诚福寿增。卷也完来佛也满，三千诸佛念团圆。

参见美国哈佛大学《双珠凤宝卷》一卷。《中国宝卷总目》编号1070。

22. 唐僧宝卷二卷二册

卷首·版心“唐僧宝卷”“忍辱报夫仇绘图唐僧宝卷”，上海惜阴书局印行。

首四句：法堂初起道场开，斋主虔诚福寿来。香花灯烛佛首供，家家护福尽消灾。

末四句：一般都是凡胎骨，炼得丹成上九霄。大众恭贺斋主寿，瓜瓞绵绵福寿高。

参见美国哈佛大学《唐僧宝卷》二卷。《中国宝卷总目》编号1128。

23. 绘图再生缘宝卷全集二卷

上海惜阴书局印本。卷首·版心“再生缘宝卷”，见返·题签“绘图再生缘宝卷”。

首四句：再生缘卷接上文，诸佛菩萨笑盈盈。在堂父母增福寿，合家快乐过光阴。

末四句：听我宣卷多吉利，无灾无虑过时光。听我宣卷多福寿，财运临头世无双。

参见美国哈佛大学《再生缘宝卷》二卷。《中国宝卷总目》编号1493。

24. 刺心宝卷一卷一册

民国十九年（1930年）石印本。卷首“浙江嘉兴府秀水县刺心宝卷”，版心“刺心宝卷”。

首四句：刺心宝卷初展开，诸佛菩萨降临来。善男信女虔诚听，迎祥集福与消灾。

末四句：我今宣完刺心卷，奉劝大众早修行。万事如意回家去，隐修佛道永安宁。

参见美国哈佛大学《刺心宝卷》。《中国宝卷总目》编号0065：全名《浙江省嘉兴府秀水县刺心宝卷》。参见《曹王宝卷》。

25. 延寿宝卷一卷一册

奉城六吉斋石印本。卷首·版心“延寿宝卷”，正文分为“延寿宝卷”“戒色延寿”“百字歌”“劝修行”“莲池大师法语”及“老农曰”。四周单边，书口记“延寿宝卷”及“六吉斋代印”。

首四句：天地恩光大，至显是神明。祖宗为上尊，祭祀要虔诚。

末四句：安特修身避冤枉愆，一遭冤愆不安善。俗话劝此化书籍造，遗传后世万万年。

参见美国哈佛大学《桃花延寿宝卷》一卷。《中国宝卷总目》编号1124。《中国宝卷总目》未著录此版本。

26. 花名宝卷一卷一册。

大观书局印本。卷首“绘图花名宝卷全集”，版心“花名宝卷”，见返有“皆大欢喜弥陀真经”“往生净土神咒”“解结咒”“大悲咒”“般若密多心经”“观音高山真经”“太阳经”“太阴经”“灶君出身真经”“孝子报父母感恩歌”“十月怀胎宝卷”等，并列举附载的经名，次页题名“改良花名宝卷”。

参见美国哈佛大学《花名宝卷》。《中国宝卷总目》编号0351。

第二节　牛津大学博德利图书馆[①]

1. 香山宝卷

光绪十二年（1886年）刻本，封面署“锡山大文堂藏板”。

首四句：大悲观世音菩萨，降诞良辰。我今登坛，宣演观音宝卷。

末四句：宣卷功德殊胜行，无边胜福皆回向。普愿沉溺诸众生，速往无量光佛刹。

参见美国哈佛大学《香山宝卷》二卷。《中国宝卷总目》编号1290。

2. 立愿宝卷

光绪七年（1881年）刻本，有同治十年紫琳氏赵定邦序。正文前有序一篇，末署“同治十年夏六月知浙江湖州府长兴县事古润洲紫琳氏赵定邦谨识”。四周双边，书口记“立愿宝卷”。

首四句：三炷清香炉内栽，圣贤仙佛一齐来。祥云朵朵从天降，香篆腾腾接上台。

末四句：愿以此功德，普及于一切。度尽有缘人，共生极乐园。

参见美国哈佛大学《辟邪归正消灾延寿立愿宝卷》一卷。《中国宝卷总目》编号0801。

3. 因果宝卷

光绪元年（1874年）杭州慧空经房刻本，有咸丰辛亥红那居士序。

---

① 英国藏的这一批宝卷有31种，分别刻印自上海、杭州、苏州、普陀山、常州、丰化、镇江和无锡地区的18个出版机构。也就是说绝大部分在江浙地区出版。其中有23种版本未被《中国宝卷总目》著录，包括牛津大学藏本18种，伦敦大学亚非学院4种，大英图书馆1种。结合课题组的调查结果，本部分目录整理时还参考了崔蕴华《牛津大学所藏中国宝卷》，《北京社会科学》2015年第4期；徐巧越《英国所见宝卷综录》，《戏曲与俗文学研究》第6辑。牛津大学中国研究中心主任 Barend J. ter Haar 教授为调研提供了大力帮助，在此表示诚挚感谢。

《中国宝卷总目》编号 1401：又名《因果经》《因果真经》《因果还报真经》。

4. 金牛宝卷

又名《金牛太子宝卷》,1950 年边德荣抄本。

首四句：金牛太子宝卷开,诸佛菩萨降临来。善男信女虔心听,增福延寿免三灾。

末四句：三教经书言词开,无非皆说一点心。一本宝卷以圆成,在位人人增福寿。

《中国宝卷总目》未著录该版本,可参见编号 0473。

5. 丝绦宝卷

又名《大丝绦(套)宝卷》《丝绦党宝卷》《忠义双全宝卷》等。抄本,时间不详。

首四句：为人在世善为先,存心仁厚品端严。臣子宜忠子当孝,家和敬长重苍天。

末四句：丝绦宝卷宣完成,诸佛龙天□□□。奉劝为人心正直,皇天不欺善□□。

《中国宝卷总目》编号 0946。

6. 雪山宝卷

(1) 1957 年暹京复阳善堂铅排本。封面署“暹京复阳善堂重印”“上海印务局承印”。

首四句：雪山宝卷初展开,诸佛菩萨降临来。天龙覆护真如塔,赐福祯祥尽消灾。

末四句：愿以此功德,普及于一切。宣卷化贤良,皆共成佛道。

《中国宝卷总目》未著录该版本。

(2) 1960 年代泰国宝文印务局铅排本。

首四句：雪山宝卷初展开,诸佛菩萨降临来。天龙覆护真如塔,赐福祯祥尽消灾。

末四句：愿以此功德,普及于一切。宣卷化贤良,皆共成佛道。

《中国宝卷总目》未著录该版本。

7. 何仙姑宝卷

(1) 清光绪三十年(1904年)重刻本,署“苏城玛瑙经房藏板”。四周单边,书口记“何仙姑宝卷”。

(2) 光绪三十二年(1906年)重刻本,粤东河南中和堂藏板。正文前有“劝世歌”两面。四周单边,书口记“何仙姑宝卷”。

首四句:点化凡人宝卷开,名山洞府众仙来。终南山上神仙地,神仙洞里有大材。

末四句:只愁衣食耽劳碌,那怕阎君就取勾。继子阴孙图富贵,更无一个肯回头。

《中国宝卷总目》未著录此版本。

(3) 1956年台中瑞成书局印行,平装,1册,19公分,上下2卷。和清光绪三十年(1904年)重刊本内容相同。

(4) 1970年台中瑞成书局印行。平装,1册,19公分。和清光绪三十年(1904年)重刊本内容相同。

见美国哈佛大学燕京图书馆藏《何仙姑宝卷》。《中国宝卷总目》编号0347[收录名《何仙姑宝卷》(二卷)]:又名《吕祖师度何仙姑因果宝卷》。参见《何仙宝传》《孝女宝卷》。

8. 新刻韩仙宝传

又名《白鹤传》。光绪乙巳(1905年)刻本,粤东河南□□□藏板,有绣像三页。

有“玉清内相金阙选仙孚佑帝君吕祖降叙”,末署“大清同治十一年八月十五日降于黔南”及“文昌宫内甘霖书馆”。正文卷末题“壬申季秋望九南山居士书”及“韩仙宝传于甲乙集善书馆”。

《中国宝卷总目》未著录该版本,可参见编号0417。

9. 目莲三世宝卷

牛津藏该卷三个版本:

(1) 光绪二十年(1894年)刻本。后印本削去原书坊名。封面有印章一枚,上题“七略轩藏书馆”。

首四句：一柱真香举起来,登坛说法把经开。合堂男女静心听,降福延年无后灾。

末四句：目莲三世宝卷,冤缘果报还原。救母超升天堂,殳母子永长春。

《中国宝卷总目》未著录该版本。

(2) 1956年泰京善德佛堂铅印本,“泰京宝文印务局印”。

首四句：一炷真香举起来,登坛说法把经开。合堂男女静心听,降福延年无后灾。

末四句：目莲三世宝卷,冤缘果报还原。救母超升天堂,父母子永长春。

《中国宝卷总目》未著录该版本。

(3)《三世因果目连救母》

1961年台中瑞成书局印本。平装,1册,19公分,再版,不分卷。内容与清光绪甲午版一致。

《中国宝卷总目》编号0694[收录名《目连三世宝卷》(三卷)]：又名《目连救母三世宝卷》《三世救母目连宝卷》《目连宝卷》。参见《目连宝卷》(一)、《三世救母目连记全传》。

10. 灶君宝卷

光绪十年(1884年)常州培本堂善书坊刻本。

正文末有跋文,述劝孔君出资刊刻此书一事,署“光绪十年甲申孟冬上浣毗陵守然子谨跋”。

首四句：焚香一炷叩穹苍,谢天谢地谢君王。灶神宝卷来宣讲,听之心性发光明。

末四句：身归极乐无生灭,历劫尘根彻底清。待佛如来亲授记,却来尘世度群生。

同美国哈佛大学《灶君宝卷》一卷。《中国宝卷总目》编号1498。

11. 刘香宝卷

(1) 1978 年台北万有善书出版社刻本。

(2) 太华山紫金镇两世修行刘香宝卷二卷。同治十一年(1872 年)重刊本,羊城合成斋藏板刻本,有绣像,名《刘香女宝卷》。正文首页有印章一枚,上题“七略轩藏书馆”。

首四句: 宝卷初开起,香风满大千。仙如多宝藏,福利广无边。

末四句: 宣卷功德殊胜行,无边胜福皆回向。普愿沉溺诸众生,速往无量光佛刹。

《中国宝卷总目》未著录该版本。

(3) 太华山紫金镇两世修行刘香宝卷 残存下卷

清同治九年(1870 年)上海翼化堂善书局刻本。四周双边,书口记“刘香卷”。

首四句: [上阙]那香女,端以沿街抄化度日。散步逍遥,日间沿门抄化,夜来孤庙安宿。

末四句: 宣卷功德殊胜行,无边胜福皆回向。普愿沉溺诸众生,速往无量光佛刹。

(4) 清咸丰元年(1851 年)刊本,静斋藏版。线装一册,封面背面是刘香女绣像,中间有脱文。封皮有“无为教书”;内题大宋真宗山东太华山紫金岭两世修行刘香宝卷全集。

首四句: 宝卷初展开,香风满大千。犹如多宝藏,福利广无边。

末四句: 刘香宝卷宣卷完,胜读莲华一部经。人人都恭敬,个个虔心听。

见美国哈佛大学《太华山紫金岭两世修行刘香宝卷》二卷。《中国宝卷总目》编号 0642。

12. 白侍郎宝卷

(1) 己亥年(1959 年)泰国善德佛堂铅字排印本。全书为朱字。书口记“白侍郎宝卷”及“泰京天外天街”。

首四句: 昔日有个白侍郎,得遇明师在路旁。夫妇五人同修道,普下经文度贤良。

末四句：三千诸佛男人做，八万仙女女人修。劝君存记良言语，不住灵山住瀛洲。

《中国宝卷总目》未著录此版本，可参见编号0025：又名《指迷觉悟》《鸟窠禅师度白侍郎》。参见《白侍郎宝卷》(一)。

(2)《鸟窝禅师度白侍郎卷》，1956年台中瑞成书局印本。平装，1册，19公分，不分卷。又名《白侍郎宝卷》《鸟窠禅师度白侍郎》。

《中国宝卷总目》编号0024：又名《侍郎宝卷》。参见《鸟窠禅师度白侍郎回心向善修行归西》《白侍郎宝卷》(二)。

13. 庞公宝卷(消灾延寿阎王卷)

民国二十五年(1936年)重刻本。署"福建政和云林阁印·罗浮山朝元洞藏板"。内封后有序两篇。序一为"政和县文旆山赞化宫重刊庞公宝卷序"，末署"华荣无为子谨识"；序二末署"光绪乙未 月 日 云山风月主人"。

首四句：庞公宝卷今展开，诸佛菩萨降临来。善男信女虔诚听，增幅延寿得消灾。

末四句：但看庞家都成佛，何不同作佛家人。果然虔诚无退悔，许你莲台上品乘。

见美国哈佛大学《庞公宝卷》。《中国宝卷总目》编号806。

14. 绣像孟姜宝卷

民国甲寅年(1914年)粤东文魁阁刻本。署云山风月主人编辑，琅琊松堂氏评订，有绣像。

《中国宝卷总目》未著录该版本。

15. 潘公免灾宝卷

咸丰八年(1858年)厦门文德堂刻本，有咸丰四年"虞山同人谨志"。正文首页有印章一枚，上题"七略轩藏书馆"。

首四句：免灾宝卷乍宣扬，满堂善气降嘉祥。潘公救世婆心切，西归托梦到家乡。

末四句：须知道：良心圆满光明现，自性庄严即福田。方便法门生路广，枝头甘露洒三千。

《中国宝卷总目》未著录该版本，可参见编号0804［收录名《潘公免灾救难宝卷》（三卷）］：清潘沂（功甫）撰。简名《潘公宝卷》《免灾宝卷》《潘公免灾宝卷》。又名《免灾救难宝卷》。

16. 轮回宝卷

光绪六年（1880年）重刻本，封面署“光绪庚辰年重镌，板存省世堂”。末行题“新刻轮回传全部终南山敬录于甘霖馆”。

首四句：诗曰：自古修真贵于虔，三皈五戒总宜坚。善善恶恶终有报，听说轮回一段缘。

末四句：自此永得自在逍遥，永证金身。则大道当前，岂有不同登彼岸也哉。

《中国宝卷总目》未著录此版本，可参见编号0633：又名《轮回宝传》。

17. 梁皇宝卷

1967年泰京宝文印务局铅排本。封面署“泰京宝文印务局·罗浮山朝元洞藏板”。正文上端记“梁皇宝卷”，下端记“泰京宝文承印”。

首四句：天地乾坤日月圆，阴阳男女五行全。家家户户都安乐，风调雨顺庆尧天。

末四句：大众及早行善道，好上西天托骷髅。西方极乐无量好，永享龄遐万万秋。

《中国宝卷总目》未著录该版本，可参见编号0607：参见《佛说梁皇宝卷》。

18. 五祖黄梅宝卷

20世纪50年代泰京宝文印务局刻本。

首四句：五祖宝卷才展开，诸佛菩萨降临来。大众虔诚齐念佛，能消八难免三灾。

末四句：愿以此功德，普及于一切。宣卷化贤良，皆共成佛道。

可参见美国哈佛大学《黄梅五祖宝卷》一卷。《中国宝卷总目》未著录该版本,可参见编号 1170。

19. 鹦哥宝卷附叹五更十叹无常一卷

光绪辛巳年(1881 年)镇江宝善堂刻本。有江山老人题词。残本。卷末附《叹五更》《十叹无常》。

首四句: 无极开天辟地,威英化育生人。三皇五帝,执乾坤,八卦阴阳立定。

末四句: 翠竹黄花满地途,八百余家呈妙手。大家依样画葫芦,鹦儿孝母宝卷终。

《中国宝卷总目》编号 1453:《鹦歌宝卷》又名《鹦儿宝卷》《鹦歌孝母宝卷》。参见《莺哥孝母宝卷》《鹦哥经》及《鹦哥宝卷》(二)。

20. 八宝双鸾钗宝卷二卷

上海文益书局石印本。书口记"八宝双鸾钗宝卷"。首四句: 鸾钗宝卷言世非祖言世佛,大宋留下到此间。众位善男并信女,听信次卷莫淡言。末四句: 古名八宝鸾钗记,玉钗名字是新增。忠孝节义宣完成,古镜重磨照太平。

《中国宝卷总目》编号 0004: 收录名《八宝双鸾钗宝卷》(二卷)。简名《鸾钗宝卷》。参见另本《鸾钗宝卷》。

21. 双珠凤宝卷

版本不详。

见美国哈佛大学《双珠凤宝卷》一卷。《中国宝卷总目》编号 1070。

22. 珍珠塔宝卷

版本不详。

见美国哈佛大学《绘图珍珠塔宝卷》二卷。《中国宝卷总目》编号 1540。

23. 还金镯宝卷

未说明收录版本。

见美国哈佛大学《还金镯宝卷》一卷。《中国宝卷总目》编号 0420。

24. 消灾延寿阎王卷

清光绪二十二年(1896 年)重刊本,苏城玛瑙经房藏版。线装,1 册,有图 20 帧。内题:吕祖师降谕遵信玉历抄传阎王经。

首四句:近时世人根行愈薄,动辄作恶。上天慈悲,准菩萨诸神议奏。末四句:何善举之事,皆可以作一功而两德。叮咛叮咛,至嘱至嘱。

《中国宝卷总目》编号 1306(收录名《消灾延寿阎王经》):又名《消灾延寿阎王宝卷》《吕祖师降谕遵信玉历钞传阎王经》。

25. 延寿宝卷一卷

1960 年代泰国宝文印务局铅排本。四周单边,书口记"延寿宝卷"。

首四句:宣杨宝卷感天曹,诸佛龙天下九霄。南极老翁来上寿,西池王母献蟠桃。末四句:愿以此功德,普及于一切。消灾并延寿,全凭信愿力。

可参见美国哈佛大学《绘图延寿宝卷》一卷。《中国宝卷总目》未著录此版本,可参见编号 1404。

26. 普陀宝卷

1964 年台中瑞成书局发行,平装,1 册,19 公分。内题:普陀观音宝卷。

《中国宝卷总目》编号 0800(收录名《普陀观音宝卷》):清张德方撰。简名《普陀宝卷》,又名《观音建普陀宝卷》《黄(王)有金宝卷》。参见《清凉势至宝卷》。

27. 观音济度本愿真经

(1) 1967 年台北万有书局印行。平装,1 册,19 公分,上下 2 卷,上卷首有观音图像和赞,下卷末有图。该印行本上注明了此版翻印的是民国四年(1915 年)上海宏大善书局石印本的原本。扉页左侧注明:台湾万有书局翻印。

(2) 1969 年台中瑞成书局印本。平装,1 册,19 公分,上下 2 卷,上卷首有观音图像和赞,下卷无图。

《中国宝卷总目》编号 0318(收录名《观音济度本愿真经二卷》):清广野山人月魄氏(彭德源)撰。青莲教宝卷。首载《观音梦受经》《观音古佛原叙》(题"永乐丙申")、《观音济度本愿真经叙》(题"康熙丙午")、《观音古佛原本读法十六则》。按,叙中所署年代均系伪托。

第三节 大英图书馆(伦敦)[①]

1. 孟姜女过关宝卷(又名《孟姜女万里寻夫》)一卷

清同治戊辰(1868年)刻本。封面署"同治戊辰年新刻,登庸堂梓"。

首四句:自古从来一枝兴,勿唱卢凤淮扬□。徽宁池太多勿唱,单唱松江一座城。

末四句:百岁光阴一瞬过,当年事迹未消磨。祖龙空有求鸾志,节操真关黄鹄歌。

《中国宝卷总目》未著录此版本,为此种目前已知最早刊本。

2. 绘图百花台宝卷二卷二册

民国六年(1917年)上海文益书局印本。卷首"百花台双恩宝卷",版心"百花台宝卷",见返・题签"绘图百花台宝卷"。

首四句:双恩宝卷初展开,诸佛菩萨降临来。善男信女虔诚听,此卷名叫百花台。

末四句:善男信女听宣卷,福也增来寿又添。宣卷之人转家门,归家也要去修行。

《中国宝卷总目》编号0037(收录名《百花台宝卷(一)》):又名《双云宝卷》《双恩宝卷》《花台宝卷》《月祯宝卷》《逼婿为奴宝卷》《逼婿为仆宝卷》。参见《百花台宝卷》(二)。

3. 观音济度本愿真经二卷

清同治九年(1870年)刊本,一册。清广野山人月魄氏(彭德源)撰,

---

① 本编目参考了徐巧越《英国所见宝卷综录》,刊载于《戏曲与俗文学研究》第6辑。时在英国做访问学者的中山大学徐巧越博士对本编目和《丛刊》的编撰提供了很多帮助,在此致以诚挚的感谢。

青莲教宝卷。首载《观音梦受经》《观音古佛原叙》(题“永乐丙申”)、《观音济度本愿真经叙》(题“康熙丙午”)、《观音古佛古佛原本读法十六则》。按,叙中所署年代均系伪托。

《中国宝卷总目》编号0318。

4. 慈航普渡二卷

同治庚午年(1870年)兴源堂刻本,题签书页题签为“慈航普渡”。上卷首一有观音绣像一幅;下卷文末有人物绣像一幅。观音济度本愿真经/同治庚午年重镌。正文前有“观音古佛原叙”,文末题“丙申岁六月望日书”。正文前有“西天打磨祖师题赞”,正文前有“孚佑大帝吕祖题赞”留首。正文前有“观音济度本愿真经叙”,文末题“大庆康熙丙午岁冬至后三日广野山人月魄氏沐手敬叙于明心山房”。正文卷端:首行题“观音济度本愿真经”及卷次,次行下端题“后学兴源堂敬刊”。其他标记:封面右下端右红印一枚,“浙湖经文堂/贤造经懴 善书流通”。

首四句:尔时慈航尊者在,在大罗天宫逍遥声景。座入宝金莲,受用无疆。末四句:无上甚深妙义,包罗万典千篇,遵依体贴细钻研,齐上瑶池阆苑。

《中国宝卷总目》未著录该卷。

第四节　剑桥大学藏宝卷

1. 孟姜仙女宝卷一卷

民国初年刻本。署云山风月主人编辑,琅琊松堂氏评订,裕仁氏题签。有绣像两幅。

首四句:孟姜宝卷初展开,重宣根由表古怀。善男信女虔心听,增幅延寿得消灾。

末四句:孟姜节义天下少,留得芳名万古存。诸位听得仙女卷,寿也增来福也增。

《中国宝卷总目》编号0707。

2. 新刻花名宝卷一卷

杭州文汇斋清末刻本。四周单边,书口记"花名宝卷"。

首四句:花名宝卷初展开,诸佛菩萨降临来。茶花开来早逢春,媳妇贤良敬大人。

末四句:花名宝卷宣完成,奉劝贤良敬大人。若能敬信花名卷,胜造浮屠塔七层。

可参见美国哈佛大学《花名宝卷》。《中国宝卷总目》编号0351。

3. 太华山紫金岭两世修行刘香宝卷(大乘法宝刘香宝卷)二卷

清光绪四年(1878年)南海普陀山常明禅院刊本。玛瑙寺经房印造流通刻本。下卷正文后附跋文一篇,文末题"净业弟子李西缘谨跋"。

首四句:刘香宝卷初展开,诸佛菩萨降临来。善男信女虔诚听,增幅延寿得消灾。

末四句:宣卷功德殊胜行,无边胜福皆回向。普愿沉溺诸众生,速往无量光佛刹。

第五节 捷克·布拉格·卡罗大学教授哈德利科娃(Hrdlickova)

1. 目连救母幽冥宝传

光绪二十四年(1898年)燕南胡思真重刊本。

《中国宝卷总目》编号0690:简名《幽冥宝传》《幽冥传》,又名《目连救母宝传》《目连僧救母幽冥宝卷》《幽冥宝卷》《幽冥宝训》。参见《目连宝卷》(一)。

2. 麻姑菩萨宝传

宣统三年(1911年)正月李正旺捐赀重镌,中一老人鉴定,青阳山人易南子序。

《中国宝卷总目》编号 0739（收录名《麻姑菩萨宝卷》）：题“中一老人鉴定，青阳山人易南子拜阅”。又名《麻姑菩萨宝传》。参见《麻姑宝卷》。

3. 延寿宝卷

光绪癸卯（1903 年）抄本。

《中国宝卷总目》收录的延寿宝卷多达数十种，包括《女延寿宝卷》《男延寿宝卷》《延寿宝卷》（一）、《延寿宝卷》（二）、《延寿宝卷》（三）等，无法判断其关系。

4. 女延寿卷

汤寿山备用抄本，年代不详。

《中国宝卷总目》编号 0752（收录名《女延寿宝卷（一）》）：又名《坤延寿宝卷》《延寿宝卷》。参见《桃花宝卷》。

5. 修真宝传

光绪十六年（1890 年）刊本。卷名《修真宝传因果》；载乾隆庚申（1740 年）岐山复性子《修真宝传原序》。

《中国宝卷总目》编号 1302。

6. 消灾延寿阎王卷

又名《吕祖师降谕遵信玉历钞传阎王经》，树德堂洪道果敬印送刊本。年代不详。

7. 回文宝卷

光绪二十五年（1899 年）岁次屠维大渊献季夏月刊本；载光绪二十五年正月二十日毗陵辅坛后学吴沙居士序。

《中国宝卷总目》编号 0340（收录名《回文宝卷》）：又名《回文宝传》《钱果顺回文宝传》。

第六节　法国苏鸣远教授收藏[1]

1. 弘阳妙道玉华随堂真经

又名《弘阳妙道玉华真经》，明代木刻本，一册，年代不详。卷首载《混元教主提纲序》。

《中国宝卷总目》编号 0333：明弘阳教宝卷。“小五部经之一”。又名《弘阳妙道玉华真经随堂宝卷》《弘阳妙道玉华随堂宝卷》。

2. 销释混元无上大道玄妙真经

简名《玄妙真经》。明代木刻本，一册，年代不详。题下注“一卷”，与《销释混元无上普化慈悲真经(二卷)》《销释混元无上拔罪救苦真经(三卷)》《销释混元弘阳拔罪地狱宝忏(卷四)》《销释混元弘阳救苦生天宝忏(卷五)》合刊，各一册。

《中国宝卷总目》编号 1340：明弘阳教宝卷“小五部经”之一。简名《玄妙真经》《大道玄妙真经》《无上大道经》《混元无上大道玄妙真经》。

3. 销释混元无上普化慈悲真经

简名《慈悲真经》。明代木刻折本，一册，年代不详，与《销释混元无上大道玄妙真经(一卷)》《销释混元无上拔罪救苦真经(卷)》《销释混元弘阳拔罪地狱宝忏(卷四)》《销释混元弘阳救苦生天宝忏(卷五)》合刊，各一册。

《中国宝卷总目》编号 1341：明弘阳教宝卷。“小五部经”之一。简名《慈悲真经》《普化慈悲真经》。又名《混元无上普化慈悲真经》。

4. 销释混元无上拔罪救苦真经

明弘阳教宝卷，简名《救苦真经》。明代木刻折本，一册，年代不详。

---

① 感谢法国高等研究实践学院(EPHE)“道教与中国宗教史”(histoue du tadsme et des relgionschinoses)研究主任著名汉学家高万桑(Vincent Goossaert)教授的邀请。

卷末附《救苦报恩号》《十戒礼忏文》《救苦回向科文》。与《销释混元无上大道玄妙真经(一卷)》《销释混元无上普化慈悲 真经(二卷)》《销释混元弘阳拔罪地狱宝忏(卷四)》《销释混元弘阳救苦生天宝忏(卷五)》合刊,各一册。

《中国宝卷总目》编号 1342。

5. 销释混元弘阳拔罪地狱宝忏

简名《地狱宝忏》。明代木刻本,一册,年代不详。题下注“卷四”,与《销释混元无上大道玄妙真经(一卷)》《销释混元无上普化慈悲真经(二卷)》《销释混元无上拔罪救苦真经(三卷)》《销释混元弘阳救苦生天宝忏(卷五)》合刊,各一册。

《中国宝卷总目》编号 1343: 明弘阳教忏法书。简名《地狱宝忏》,又名《弘阳拔罪地狱宝忏》。

6. 销释混元弘阳救苦生天宝忏

明代木刻本,一册,年代不详,题下注“卷五”,与《销释混元无上大道玄妙真经(一卷)》《销释混元无上普化慈悲真经(二卷)》《销释混元无上拔罪救苦真经(三卷)》《销释混元弘阳拔罪地狱宝忏(卷五)》合刊,各一册。

《中国宝卷总目》编号 1344: 明弘阳教忏法书。简名《生天宝忏》,又名《混元弘阳救苦生天宝忏》。

7. 弘阳佛说镇宅龙虎宝忏

清康熙甲辰(三年,1664 年)刊折本。题下注“中”,与《弘阳佛说镇宅龙虎妙经》(上)、《佛说弘阳青花报 恩天通宝卷》(下)合刊,各一册。海内外孤本。

《中国宝卷总目》编号 0331: 明弘阳教忏法书,简名《龙虎宝忏》。

8. 弘阳佛说镇宅泰山

清康熙甲辰(三年,1664 年)刊折本。题下注“上”,与《弘阳佛说镇宅龙虎宝忏》(中)、《佛说弘阳青花报恩天通宝卷》(下)合刊,各一册。海内外孤本。

《中国宝卷总目》编号 0330：明弘阳教宝卷，简名《龙虎妙经》。

9. 佛说弘阳青花报恩天通宝经

清康熙甲辰（三年，1664 年）刊折本，题下注“下”，与《弘阳佛说镇宅龙虎妙经》（上）、《弘阳佛说镇宅龙虎宝忏》（中）合刊，各一册。海内外孤本。

《中国宝卷总目》编号 0230：明弘阳教宝卷。

10. 混元弘阳明心宝忏。

清初刊折本，三册。年代不详。

《中国宝卷总目》编号 0391：明弘阳教忏法书。

11. 弘阳后续燃灯天华宝卷三卷

版本、年代不详。

《中国宝卷总目》编号 0332：三十二品明清虚道人撰。明弘阳教宝卷。

12. 佛说弘阳慈悲中华救苦宝忏

明万历二十二年（1594 年）陆邵河庵校正本，与《混元弘阳血湖宝忏》合刊，一册。题下注“上卷”，卷首载《弘阳宝忏中华序》。

《中国宝卷总目》编号 0231：又名《混元弘阳中华宝忏》《佛说弘阳慈悲明心救苦宝忏》。明弘阳教忏法书。

第七节　法国苏远明教授收藏（现为里昂市图书馆所藏）①

1. 普陀宝卷

1964 年台中瑞城书局印本。

《中国宝卷总目》编号 0800（收录名《普陀观音宝卷》）：清张德方撰。

---

① 该部分的编目得到了法国著名汉学家陈庆浩先生以及中山大学博士、法国高等研究实践学院东亚文明研究中心刘蕊的大力支持，在此深表谢忱。

简名《普陀宝卷》,又名《观音建普陀宝卷》《黄(王)有金宝卷》。参见《清凉势至宝卷》。

2. 潘公免灾宝卷

清咸丰戊午(1858年)重刻本。厦门文德堂藏板。白口,单鱼尾,无界行,半叶九行二十字,四周双边。内封页题“咸丰戊午重刊/厦门文德堂藏板”。

《中国宝卷总目》编号0804(收录名《潘公免灾救难宝卷三卷》):清潘沂(功甫)撰,简名《潘公宝卷》《免灾宝卷》《潘公免灾宝卷》。又名《免灾救难宝卷》。

3. 目连三世救母宝卷

光绪二十四年(1898年)新镌,白口,单鱼尾,无界行,半叶九行二十二字,左右双边。上书口刊“目莲宝卷”。内封页题“光绪弍拾肆年新镌”。

《中国宝卷总目》编号0694(收录名《目连三世宝卷三卷》):又名《目连救母三世宝卷》《三世救母目连宝卷》《目连宝卷》。参见《目连宝卷》(一)、《三世救母目连记全传》。

4. 金刚科仪宝卷

1963年台中瑞成书局印本。板藏闽省鼓山涌泉禅寺。

《中国宝卷总目》编号1346:宋宗镜撰。简名《金刚科》《科仪卷》。又名《金刚科仪宝卷》《金刚经科仪》《金刚经科仪宝卷》《销释金刚科仪宝卷》等。参见《销释金刚科仪会要》《销释金刚科仪会要注解》《销释金刚科仪录说记》。

5. 三宝证盟宝卷

刻本,年代不详,约20世纪初。

《中国宝卷总目》编号0892。

6. 何仙姑宝卷

又名《吕祖师度何仙姑因果卷》。两册,清末木刻本,出版地与年代不明。

见美国哈佛大学燕京图书馆藏《何仙姑宝卷》。《中国宝卷总目》编号0347。

7. 司命宝卷

1941年台南排印本,出版社不详。

《中国宝卷总目》未著录。

8. 观世音菩萨鱼篮宝卷。

1944年台中瑞成书局排印本。

《中国宝卷总目》编号1482(收录名《鱼篮宝卷》):全名《鱼篮观音二次临凡度金沙滩劝世修行宝卷》。又名《金沙滩卷》《鱼篮长生卷》。参见《卖鱼观音宝卷》。

9. 太华山紫金镇两世修行刘香宝卷全集

两册,清末木刻本,出版地与时间不明。

《中国宝卷总目》编号0642(收录名《刘香女宝卷二卷》):简名《刘香宝卷》,全名《太华山紫金岭两世修行刘香宝卷》,又名《大乘法宝刘香宝卷》。

10. 妙英宝卷。

1899年翼化堂重刊本。

《中国宝卷总目》编号0698(收录名《妙音宝卷》):又名《妙英宝卷》。参见《妙英宝卷》(一)。

11. 河南开封府花枷良愿龙图宝卷全集

简名《良愿龙图宝卷全集》。昭庆慧空经房,年代不详,两册。

《中国宝卷总目》编号0661:收录名《龙图宝卷(一)》。全名《河南开封府花枷良愿龙图宝卷》,又名《花枷良愿宝卷》《良愿龙图宝卷》《包公巧断血手印宝卷》《良愿宝卷》。参见《林招得宝卷》。

12. 慈悲梁皇宝忏三卷三册

清光绪十五年(1889年)金陵刻经处重刊本。残本。存卷一之三、卷四之六、卷七之十。白口,无鱼尾,半叶九行十八字,左右双边。同年题识。

《中国宝卷总目》未著录该卷。

13. 慈悲药师宝忏二卷三册

民国二十八年(1939年)台中瑞成书局刻本。经折装。半折五行十四字，四周双边。卷末有版权页。

《中国宝卷总目》未著录该卷。

14. 任汤宝卷二卷一册

上海宏大善书局石印本。内封背页题“上海河南路中市宏大善书局藏版”。卷端题“庚申年七月初七日戊刻判”。

《中国宝卷总目》未著录该卷。

15. 大乘出谷归元还乡宝卷不分卷一册

清光绪十三年(1887年)上海宏大善书总发行所石印本。内封背页题“上海河南路中市宏大善书局藏版”。光绪十三年(1887年)序。

《中国宝卷总目》未著录该卷。

16. 重刻敬灶宝训合编不分卷一册

清光绪十八年(1892年)序刻本。白口，单鱼尾，半叶九行二十三字，左右双边。光绪十八年(1892年)怡心居士序。咸丰九年(1859年)善化道人原序。钤“雪庵藏书”“董海云印”“老峰”等朱印。

《中国宝卷总目》未著录该卷。

17. 慈悲兰盆目连忏法道场

清康熙十年刻本。

第八节　德国莱比锡大学柯若朴藏卷[①]

新刻韩仙宝传[②]

书口记“光绪癸未(1883)年重刊”“板存广西州学院街王姓”“白

① 2019年7月13日目验，莱比锡大学亚洲研究中心图书馆藏宝卷均为复制本，不再著录。

② 该卷为莱比锡大学著名汉学家柯若朴(Philip Clart)教授个人收藏中国宝卷。柯教授不辞劳苦，把他的这部宝卷委托机构拍照，收入李永平主编的《汇刊》之中。感谢莱比锡大学柯若朴(Philip Clart)教授邀请我与白若思、吴真、崔蕴华参加莱比锡大学举办的“Temple, Marketplace, Teahouse and Schoolroom: Local Settings and Social Contexts of Prosimetric Texts in Chinese Popular Traditions”(寺庙、市场、茶馆和学校：中国大众文化兴盛时期文本的地方机构和社会语境)工作坊。

鹤传”。

整体版本情况参见牛津博德利图书馆《新刻韩仙宝传》。《中国宝卷总目》编号0417[收录名《韩仙宝传》(十二回)],又名《白鹤传》。参见《韩湘宝卷》。

第九节　德国柏林图书馆藏中国宝卷

1. 绘图何仙姑宝卷二卷

上海宏大善书局1922年石印本。

版本概况见美国哈佛大学燕京图书馆藏《何仙姑宝卷》。《中国宝卷总目》编号347:又名《吕师度何仙姑宝卷》《何仙宝卷》《孝女宝卷》。

2. 药王宝卷第一册抄本。

不详。

《中国宝卷总目》编号0505:简名《药王宝卷》,又名《药王救苦忠孝宝卷》。

第十节　莱顿宝卷目录[①]

1. 黄天道普静如来钥匙宝卷三、四抄本

《中国宝卷总目》编号0790。

2. 销释归家报恩宝卷

《中国宝卷总目》编号1336。

3. 巍巍不动太山深根结果宝卷

《中国宝卷总目》编号1224。

---

① 该部分1—7种宝卷收藏于高罗佩特藏室。南京师范大学孙晓苏博士根据伊维德教授提供信息编目,图书馆未编目,8—14种图书馆目录可查。

4. 佛说钥匙开藏双救宝卷

《中国宝卷总目》未著录该卷。

5. 姚秦三藏西天取经解论

《中国宝卷总目》编号 1412：又名《姚秦三藏清解论宝经》。

6. 空化鹏鸟元初无字经

明李资原撰。

7. 直指真宗三元辐辏皈源宝卷上下卷

8. 观音济度本愿真经上下卷

厦门宝华斋 1864 年刻本[Special Collection Reading Room Special Collections (KL)　SINOL. KNAG 40]。《中国宝卷总目》未著录该版本。

9. 潘公免灾宝卷

厦门文德堂 1858 年刻本[Special Collection Reading Room, Special Collections (KL)　SINOL. Go 84]。

《中国宝卷总目》编号 0804。

10. 黄梅宝卷 1900s

细节未知(University Library　Closed Stack 4　SINOL. 5726. 4)。

《中国宝卷总目》编号 1170。

11. 刘香宝传 1900s

细节未知(University Library　Closed Stack 4　SINOL. 5726. 3)。

《中国宝卷总目》编号 0642。

12. 慈悲道场忏法卷第八真观法师 1800s

细节未知[Special Collections Reading Room　Special Collections (KL)　SINOL. VGK 1846. 1]。

《中国宝卷总目》未著录该卷。

13. 王氏女真经全本 1900s

细节未知(University Library　Closed Stack 4　SINOL. 5726. 2)。

《中国宝卷总目》编号 0912。

14. 佛说观世音菩萨救苦经 1800s

细节未知[Special Collections Reading Room　Special Collections (KL) SINOL. VGK 1846.5]。

第三章　俄罗斯藏中国宝卷

第一节　俄罗斯国家图书馆[1]

1. 苦功悟道卷一卷十八品

清康熙戊寅（三十七年，1698 年）重刻本，一册。明代无为教创始人罗祖（罗清）《五部六册》之一。

见美国哈佛大学燕京图书馆藏目。《中国宝卷总目》编号 0551：明罗清（梦鸿）撰。“五部六册”之一。简名《悟道卷》。又名《苦工（功）经》《苦功宝卷》《苦心悟道 经》《苦行悟道卷（经）》《大乘苦功悟道卷（经）》《净心经》等。

2. 破邪显证钥匙卷二卷二十四品

明代无为教创始人罗祖（罗清）《五部六册》之一。清康熙三十七年（1698 年）重刻经折本，二册。

同美国哈佛大学《破邪显证钥匙宝卷》二卷（上下卷）。《中国宝卷总目》编号 0779。

① 以前称为列宁图书馆，收藏地在莫斯科。该馆收藏中国宝卷目见李福清等人评介李世瑜《宝卷综录》的论文，载《亚非人民》1963 年第 1 期。

3. 巍巍不动太山深根结果宝卷一卷二十四品

明代无为教创始人罗祖(罗清)《五部六册》之一。清康熙刻本,一册。

《中国宝卷总目》编号 1100(收录名《太山补注开心法要四卷二十四品》):明罗清撰。明兰风评释,王源静补注。按,本卷为罗清《巍巍不动太山深根结果宝卷》的评注本。

4. 销释金刚科仪一卷

宋代僧人宗镜编著。清刻本,一册。

《中国宝卷总目》编号 1346:宋宗镜撰,简名《金刚科》《科仪卷》。又名《金刚科仪宝卷》《金刚经科仪》《金刚经科仪宝卷》《销释金刚科仪宝卷》等。参见《销释金刚科仪会要》《销释金刚科仪会要注解》《销释金刚科仪录说记》。

5. 销释真空扫心宝卷二卷

清刻本,二册。无为教宝卷。

《中国宝卷总目》编号 1375:明孙真空(孙祖)撰,简名《真空宝卷》,又名《扫心经》。

6. 姚秦三藏西天取清解论

清初刻经折本,一册。卷末题记"万历壬子(四十年,1612 年)孟秋校证、乙酉年(清顺治二年,1645 年)重刊"。明无为教宝卷。

同美国哈佛大学《姚秦三藏西天取清解论》一卷。《中国宝卷总目》编号 1412:又名《姚秦三藏清解论宝经》。

第二节 俄罗斯科学院东方文献研究所[①]

1. 慈灵宝卷

清同治九年(1870 年)宁郡大壮斋刻本,一册。

---

① 该所收藏中国卷目见司徒洛娃《苏联科学院东方研究所列宁格勒分所收藏宝卷述评》,载《东方文献·历史语言学研究年刊》(1976—1977),莫斯科,Hayka,1984 年。

《中国宝卷总目》编号 0079。

2. 佛说崇祯升天十忠臣尽节宝卷二卷二十四品

清初刊本，二册。海内外孤本。

《中国宝卷总目》编号 0215：简名《崇祯宝卷》，又名《佛说崇祯爷宾天十忠臣尽节宝卷》《佛说崇祯爷宾天宝卷》。

3. 观音济度本愿真经二卷

清咸丰壬子（二年，1852 年）上海邑庙后花园内翼化堂善书坊刻本，二册。

《中国宝卷总目》编号 0318：清广野山人月魄氏（彭德源）撰。青莲教宝卷。首载《观音梦受经》《观音古佛原叙》（题"永乐丙申"）、《观音济度本愿真经叙》（题"康熙丙午"）、《观音古佛原本读法十六则》。按，叙中所署年代均系伪托。

4. 观音十二圆觉

清代青莲教宝卷。

（1）清光绪戊寅（四年，1878 年）鼓山涌泉寺重刻本，一册。卷名《观音菩萨度十二圆觉真经》法国里昂市图书馆有藏。

（2）清宣统元年（1909 年）上海翼化堂刻本，三册。首载无名氏《圆觉经序》。卷名《观音十二圆觉宝卷》。

《中国宝卷总目》编号 0323：清浩然祖师（彭德源）撰。青莲教宝卷。简名《十二圆觉》《圆觉经》《圆觉真经》《圆觉志经》，又名《十二圆觉宝经》《十二圆觉宝卷》《观音十二圆觉全传》《观音化度十二圆觉宝卷》《观音菩萨度十二圆觉真经》等。

5. 金母家书

又名《无极金母五更家书》。清光绪二十六年（1900 年）丹阳杨兆兴刻本，一册。附《普门大士救劫渡生经》。

《中国宝卷总目》编号 0471：参见《无极金母五更家书》。

6. 救苦救难灵感观世音宝卷

清康熙四十四年（1705 年）刻经折本，四卷。

《中国宝卷总目》编号 0504：又名《救苦救难灵感观音宝卷》。

7. 吕祖真经

清宣统三年(1911)广经阁刻本,一册。附《博济仙方》。

《中国宝卷总目》未收录。

8. 灵应泰山娘娘宝卷二卷二十四品

明悟空编,西大乘教宝卷。又名《娘娘经》《泰山真经》。参见《泰山天仙圣母灵应宝卷》。明刻,经折本,二册。

《中国宝卷总目》编号 0679。

9. 目连三世宝卷三卷

民国十一年(1922 年)上海宏大善书局石印本,一册。

《中国宝卷总目》编号 0694：又名《目连救母三世宝卷》《三世救母目连宝卷》《目连宝卷》。参见《目连宝卷》(一)、《三世救母目连记全传》。

10. 普明如来无为了义宝卷[①]

明万历二十七年(1599)重刻经折本,二册。

《中国宝卷总目》编号 0794：明普明(李宾)撰,黄天教宝卷。简名《普明宝卷》。

11. 普陀观音宝卷

清光绪庚子(二十六年,1900 年)常州乐善堂刻本(彭门徐氏捐刻),一册。

《中国宝卷总目》编号 0800：清张德方撰。简名《普陀宝卷》,又名《观音建普陀宝卷》《黄(王)有金宝卷》。

12. 钱孝子宝卷二卷

清光绪十三年(1887 年)常郡乐善堂刊,一册。卷首载咸丰九年(1859 年)茶亭王圣序、光绪十三年(1887 年)毗陵孙德真序,卷末附白佣子跋、咸丰二年(1852 年)王贵罗撰《公建茶亭钱孝子碑记》、光绪三年白

---

① 该卷集中反映了李宾的宗教思想。遗憾的是,目前我们能见到的是其外孙女普贤删改后的刊本。该卷为东方文献研究所收藏,日本广岛大学藏万历二十七年(1599 年)重刊折本下卷,中国大陆天津图书馆只藏有残本。

兰昌跋。

同美国哈佛大学《孝心宝卷》一卷。《中国宝卷总目》编号 0862：清毛芷元(今吾)编。又名《孝心宝卷》《阁老访儿卷》。

13. 十月怀胎宝卷

清同治五年(1866 年)上海三元堂刻本,一册。

《中国宝卷总目》编号 0966。又名《怀胎宝卷》。

14. 善宗宝卷六集

韩修编,民国壬戌(十一年,1922 年)上海宏大善书局石印本,一册。卷末附宏大善书局印行书籍目录、价格。

《中国宝卷总目》编号 1018。

15. 香山宝卷二卷

题为普明禅师 1103 年编著。又名《观世音菩萨本行经》。卷首题《观世音菩萨本行经》,署“天竺普明禅师编集,江西宝峰禅师流行,梅江智公禅师重修,太源文公法师传录”。清同治十一年(1872 年)上海翼化堂善书局刻本,二册。

《中国宝卷总目》编号 1290。

16. 灶君宝卷

清光绪十年(1884 年)常州大街郡庙前培本堂善书坊新刻本,一册。题“三宝莲社校正”,卷末毗陵守然子跋。

同美国哈佛大学《灶君宝卷》一卷。《中国宝卷总目》编号 1498。

17. 灶君经

清上洋(上海)文盛堂刻本,一册。

《中国宝卷总目》编号 1499：又名《灶王经》《灶王真经》《灶君真经》《出身灶君经》。

第三节　俄罗斯科学院李福清院士个人收藏(莫斯科)

1. 孟姜女过关宝卷

杭城聚元堂发兑的木刻本,两册,年代不详。全本用七言诗体。

《中国宝卷总目》未著录该版本。

2. 长城找夫

又名《孟姜女长城找夫》,丁卯(1927年)重刊本,德州城东王官压不二坛存版。

清光绪二十六年十月十八日湖北省吴祖彬由二十四孝上成齐案好歹勿改勿添。

附《大清光绪三年三月初日孟姜女回文》。

《中国宝卷总目》编号0709:简名《长城找夫》。参见《孟姜女宝卷》。

第四节　国立冬宫博物馆(收藏地:圣彼得堡)

1. 目犍连尊者救母出离地狱生天宝卷

正统五年(1440年)插图本残本,存第一、三、四册。题为"大明正统五年皇妃姜氏敬献"。

《中国宝卷总目》收录编号0691(收录名《目连救母出离地狱生天宝卷》):简名《目连宝卷》。参见《目连宝卷》(一)。

2. 慈灵宝卷

清同治九年(1870年)宁郡大壮斋刻本。海内外孤本。

《中国宝卷总目》编号0079。

3. 观音济度本愿真经

清咸丰壬子(1852年)上海翼化堂善书局刻本。

4. 无极金母五更家书

光绪二十六年(1900年)丹阳杨兆兴刻本。

《中国宝卷总目》编号1204。

5. 十月怀胎宝卷

又名《怀胎宝卷》。清同治五年(1866)上海三元堂刻本。

《中国宝卷总目》编号966。

6.《观世音菩萨本行经》

同治十一年(1872年)上海翼化堂善书局刻本。

第四章　日本藏中国宝卷[①]

第一节　国立国会图书馆东方分馆

1. 达摩宝卷一卷

(1) 清光绪二十四年(1898 年)胡思真刊本。

(2) 清通济禅院比丘缘明刊,浙省玛瑙经房印本,一册。卷名《达摩祖师宝卷》,全名《达摩西来直指单传返本还源归根复命破惑指迷宝卷》。

《中国宝卷总目》编号 0178: 又名《达摩祖卷》《达摩宝传》《达摩祖师宝卷》《达摩西来直指单传返本还源归根复命破惑指迷宝卷》。

2. 古佛当来下生弥勒出西宝卷一卷

民国初年赵源斋铅印本。版心《出西宝卷》。

《中国宝卷总目》编号 0747: 清普善撰。简名《出西宝卷》,全名《古佛当来下生弥勒出西宝卷》。

---

① 本编目在调查的基础上,得到了日本庆应义塾大学山下一夫先生的多次帮助,同时参考了相田洋《有关日本国会图书馆所藏的宝卷》(《东洋学报》第 64 卷第 3—4 号,1983 年);陈安梅《中国宝卷在日本》(《中国宝卷国际研讨会论文集》,广陵书社,2016 年)以及日本全国汉籍网 http: /kanji zinbun kyoto-uac jp/的资料。研究生邵越扬参与了初稿的整理工作。

3. 韩湘宝卷两种

清光绪甲午(二十年,1894年)杭城文宝斋刻字铺刊本,二册。版心《蓝关宝卷》、见返《绣像韩湘宝卷》。

《中国宝卷总目》编号0414：题云山烟波钓徒风月主人撰。参见《韩仙宝传》《韩祖成仙宝传》《韩湘子度妻宝卷》《韩湘子宝卷》《湘子问道宝卷》《湘子度林英宝卷》《升仙宝录》《兰关宝卷》。

4. 河南开封府花枷良愿龙图宝卷全集二卷

光绪年间杭州西湖昭庆寺慧空经房刊本。下卷首题《花枷良愿龙图宝卷》,题签《良愿龙图卷全集》。

同美国哈佛大学《绘图龙图宝卷》二卷。《中国宝卷总目》编号0661。

5. 湖广荆州府永庆县修行梅氏花网宝卷二集

清光绪八年(1882年)杭城玛瑙经房陈春发重刊本,二卷二册。

参见欧大年藏本。《中国宝卷总目》编号0720,简名《花网宝卷》。刊印本卷首多题名为《湖广荆州府永庆县修行梅氏花罔宝卷》。又名《失罗帕》《姣贞宝卷》。

6. 江南松江府华亭县白沙邨孝修回郎宝卷一卷

清光绪三年(1877年)刊本。玛瑙经房刊本一册。附录《七七宝卷》《吃素经》《花名宝卷》《法船经》。

同美国哈佛大学《回郎宝卷》。《中国宝卷总目》编号0336。

7. 金刚经科仪宝卷一卷

清抄本。

《中国宝卷总目》编号1346：宋宗镜撰。简名《金刚科》《科仪卷》。又名《金刚科仪宝卷》《金刚经科仪》《销释金刚科仪》《销释金刚科仪宝卷》等。参见《销释金刚科仪会要》《销释金刚科仪会要注解》《销释金刚科仪录说记》。

8. 梁皇宝卷全集三种

(1) 清光绪二年(1876年),杭州玛瑙经房重印本。附《十骷髅》《上大人诗注》。

(2) 清光绪二年(1876年),刊本。重刊本一册。付《十骷髅》《上大人诗注》。

(3) 清光绪十四年(1888年),杭省西湖昭庆寺慧空经房刊本一册。付《十骷髅》《上大人诗注》。

参见牛津大学博德利图书馆《梁皇宝卷》。《中国宝卷总目》编号0607。

9. 灵应泰山娘娘宝卷二卷

清咸丰五年(1855年)开封聚文斋刻字店刊本。二十四品。题签《泰山真经》。

《中国宝卷总目》编号0679:明悟空编,西大乘教宝卷。又名《娘娘经》《泰山真经》。参见《泰山天仙圣母灵应宝卷》。

10. 妙音宝卷一卷

清光绪二十五年(1899年)愿学主人抄本。

《中国宝卷总目》编号0698:又名《妙英宝卷》。参见《妙英宝卷》(一)。

11. 妙英宝卷全集一卷

(1) 清杭州玛瑙经房刊本。附《嘉兴倪秀章六代持斋拯火有求必应志》《张德方劝世文》。

(2) 清光绪刊本,一册。

《中国宝卷总目》编号0700:参见《妙英宝卷》(一)、《妙音宝卷》。

12. 明宗孝义达本宝卷二卷

清光绪九年(1883年)许自然杭城玛瑙经房刊本刊本。版心《达本宝卷》。

《中国宝卷总目》编号0702:明释子大宁撰,无为教宝卷。简名《达本宝卷》《明宗经》《明宗孝义经》《明宗卷》。清刊本题"新安善明居士译",系伪托。

13. 目连宝卷全集一卷

(1) 清光绪三年(1877年)杭城玛瑙寺明台经房刊本,一册。卷首载无名氏序。卷尾题《忏母升天目连卷》。版心《目连宝卷》。

（2）旧刊本，一册。

《中国宝卷总目》编号 0688：又名《忏母升天目连卷》《目连宝卷》。参见《目连宝卷》（一）。

14. 潘公免灾救难宝卷三卷

（1）清同治九年（1870 年）刊本，一册，附《般若波罗蜜多心经》。

（2）清咸丰五年（1855 年）刊本，一册。首载洪福生序。

《中国宝卷总目》编号 0804：清潘沂（功甫）撰，简名《潘公宝卷》《免灾宝卷》《潘公免灾宝卷》。又名《免灾救难宝卷》。

15. 清净宝卷一卷

清光绪胡清泉、朱永泉重刊本。版心“清净宝卷”“无为清净”。索书号 Se122。

《中国宝卷总目》编号 0834：又名《无为清净》。

16. 如如老祖化度众生指往西方宝卷全集一卷

清杭州玛瑙寺经房刊本。题签“如如宝卷全集”。

《中国宝卷总目》编号 0883：简称《如如宝卷》《如如宝卷全集》。参见《佛说如如老祖宝卷》。

17. 山西平阳府平阳郝秀女宝卷全集一卷

清光绪三十四年（1908 年）杭州大街弼教坊玛瑙经房重刊本。题签《秀女宝卷全集》。洽记存板、汪生记镌板，重刊本，一册。附《安土咒》《搜箭咒》。

同美国哈佛大学《山西平阳府平阳村秀女宝卷》一卷。《中国宝卷总目》编号 1281。

18. 太华山紫金岭两世修行刘香宝卷全集二卷

（1）清光绪九年（1883 年）杭州玛瑙寺经房刊本，题签“刘香宝卷全集”。

（2）清同治十二年（1873 年）古抗昭庆寺慧空经房刊本，题签“大乘法宝刘香宝卷全集”。

(3) 清刊本。

见美国哈佛大学《太华山紫金岭两世修行刘香宝卷》二卷。《中国宝卷总目》编号 0642。

19. 无上圆明通正生莲宝卷二卷

清浙越剡北孙兴德等捐钱助刊本,一册。卷首乾隆五十年无云子(周惟清)《圆明通正生莲序》,卷末附刊《扫邪归正论》《无云子遗训》。

同美国哈佛大学《无上圆明通正生莲宝卷》二卷。《中国宝卷总目》编号 1211。

20. 杏花宝卷一卷

清光绪五年(1879 年)常郡乐善堂善书局重刊。附录《张德芳劝善文》。

同美国哈佛大学《杏花宝卷》一卷。《中国宝卷总目》编号 1279。

21. 修行明宗月微宝卷三卷

清光绪二年(1876 年)余姚刊本,一册。卷首载同治十三年(1874 年)余姚谢氏通顺主人序,邵光绪纂辑。

《中国宝卷总目》编号 1301: 清余姚邵光绪纂辑,东山谢尚德检阅,简名《月微宝卷》。

22. 秀英宝卷一卷

(1) 清光绪己丑(十五年,1889 年)苏城玛瑙经房刊本,一册。卷首载光绪十一年上海高用濂序,《列位师尊赞》等。

(2) 清光绪十五年(1889 年)苏城玛瑙经房刊本。光绪十一年高用廉序。附"列为师尊赞"。

(3) 民国上海惜阴书局石印本,二册。

同美国哈佛大学《秀英宝卷》二卷。《中国宝卷总目》编号 1282。

23. 雪梅宝卷全集二卷两种

清光绪乙酉(十一年,1885 年)杭省慧空经房刊、景文斋刻字铺刻本,二册。

同美国哈佛大学《雪梅宝卷》二卷。《中国宝卷总目》编号 1309: 又名《陈世美宝卷》《世美宝卷》《三官堂雪梅宝卷》《贪图皇亲卷》。

24. 雪山宝卷全集一卷

清光绪二年(1876年)浙省西湖玛瑙明台经房刊本。卷末题"大清同治十三年岁次甲戌佛圆月敬抄",卷首有"北大清光绪二年丙子四月佛诞日敬刊,版存浙省西湖玛 瑙明台经房印造流通,住大街弼教坊便是"。

同美国哈佛大学《绘图雪山太子宝卷》二卷。《中国宝卷总目》编号1310。

25. 延寿宝卷一卷

清光绪十四年(1888年)常郡乐善堂善书局刊本。

同美国哈佛大学《绘图延寿宝卷》一卷。《中国宝卷总目》编号1404。

26. 灶君宝卷一卷

清光绪十年(1884年)常州郡庙前培本堂善书坊刊本,卷末毗陵守然子跋。

同美国哈佛大学《灶君宝卷》一卷。《中国宝卷总目》编号1498。

27. 湛然宝卷二卷

清光绪二年(1876年)杭省玛瑙经房刊本,一册。卷末载咸丰六年(1856年)唐思恩及无名氏跋。

同美国哈佛大学《湛然宝卷》二卷。《中国宝卷总目》编号1571。

28. 张氏三娘卖花宝卷全集一卷

(1) 清光绪三十年(1904年)祥兴斋刊本一册。题签"壳花宝卷全集"。

(2) 清光绪十九年(1893年)苏城玛瑙经房重刻本。

《中国宝卷总目》编号1567。

29. 赵氏贤孝宝卷二卷

清刊本,二册。上卷末题"赵氏五娘贤孝宝卷"、下卷末题"贤孝宝卷全集"。

《中国宝卷总目》编号1574:简名《贤孝宝卷》,又名《赵五娘琵琶记宝卷》《赵五娘贤孝宝卷》。参见《琵琶宝卷》。

30. 真修宝卷一卷

清光绪二年(1876 年)周乐安重刊本,一册。卷首载刘映华序、周乐安序,卷末附《身试目击神效方》。

同美国哈佛大学《真修宝卷》。《中国宝卷总目》编号 1550。

31. 七七宝卷一卷

又名《七七经》。清光绪三年(1877 年)杭城玛瑙经房刊《回郎宝卷》附刊本。

《中国宝卷总目》编号 0809。

32. 吃斋经一卷

清光绪三年(1877 年)杭城玛瑙经房刊《回郎宝卷》附载。

《中国宝卷总目》编号 0091(收录名《吃素经》)。

33. 花名宝卷一卷

清光绪三年杭州玛瑙经房刊《回郎宝卷》附刊本。

见美国哈佛大学《花名宝卷》。《中国宝卷总目》编号 0351。

34. 法船经一卷

清光绪三年(1877 年)杭城玛瑙经房刊《回郎宝卷》附刊。

《中国宝卷总目》编号 0264。

35. 观音济度本愿真经二种

(1) 咸丰二年(1852 年)上海翼化堂善书坊重刊本二册。

(2) 观世音菩萨本行经一卷。题签《大乘法宝香山宝卷全集》。普明禅师编、宝峰禅师流行、智公禅师重修、文公法师传录。刊本二册。

36. 清源宝卷二卷

光绪十六年(1890 年)杭州玛瑙经房刊本二册。版心“清源”。附“救死方法”“催生神法”。

《中国宝卷总目》编号 0836。

37. 新刻十供神仙修真宝传因果全部一卷。

民国十六年常郡乐善堂书庄刊本,一册。见返“十供神仙传”。光绪五年复性子序。

38. 销释延寿阎王经一卷。

光绪二十二年苏城玛瑙经房刊本，一册。

《中国宝卷总目》编号 1306：又名《消灾延寿阎王宝卷》《吕祖师降谕遵信玉历钞传阎王经》。

39. 众喜粗言五卷。

清陈众喜撰。民国十八年(1929 年)浙绍嵩坝龙惠山尚德斋主人谢氏重刊本，五册。见返“众喜粗言宝卷”。题签“众喜宝卷”。

《中国宝卷总目》编号 1559。

40. 修真因果宝传

青莲教宝卷。民国十六年(1927 年)常郡乐善堂刊本，一册。载复性子序。

《中国宝卷总目》编号 1302：简名《修真宝传》《修真宝卷》，又名《修真全传》《修真因果宝传》《修真宝传因果》《修真宝传因果全集》《修真因果宝卷》《十供神仙传》《十供神仙修真宝传因果全部》《金刚菩萨修真传》《金刚化度修真宝传》等。

41. 护国佑民伏魔宝卷二卷二十四品

清刊本，二册。

《中国宝卷总目》编号 0434。

42. 李三娘磨房宝卷

民国上海惜阴书局石印本，陈润身校正，二册。

《中国宝卷总目》编号 0585：简名《李三娘宝卷》《磨房宝卷》。参见《白兔记宝卷》。

43. 普陀观音宝卷

清光绪二十年(1894 年)苏城玛瑙经房刊本，一册。

《中国宝卷总目》编号 0800：清张德方撰。简名《普陀宝卷》，又名《观音建普陀宝卷》《黄(王)有金宝卷》。参见《清凉势至宝卷》。

第二节　东京大学东洋文化研究所

1. 关帝伏魔宝卷批注四卷

清光绪二十五年(1899 年)奉天复善堂重刊本。

见美国伯克利大学图书馆藏本。《中国宝卷总目》编号 0435：又名《护国佑民伏魔宝卷注解》《伏魔宝卷降乩注解》。

2. 目莲宝卷二卷

清光绪二十年(1894 年)刊本。

《中国宝卷总目》编号 0688：又名《忏母升天目连卷》《目连宝卷》。参见《目连宝卷》(一)。

3. 庞公宝卷二卷

清光绪三十一年(1905 年)重刊本。

同美国哈佛大学《庞公宝卷》一卷。《中国宝卷总目》编号 806。

4. 如来佛祖度王文宝卷二卷

清光绪三十一年(1905 年)重刊本。《中国宝卷总目》未著录该版本。

可参见《中国宝卷总目》编号 0884：参见《佛说如如居士度王文生天宝卷》。

5. 针心宝卷一卷

民国九年(1920 年)上海燮记书局石印本。

同美国哈佛大学《真修宝卷》。《中国宝卷总目》编号 1550。

第三节 早稻田大学图书馆“风陵文库”①

1. 白衣观音菩萨送婴儿下生宝卷二卷

经折本。

《中国宝卷总目》编号1334。

2. 达摩宝传一卷

（1）民国刊本，二卷，一册卷名《达摩宝传》。题悟真子补述，陈士绅、钱紫英校阅。卷首载甲寅年（1914）悟真子序。

（2）清光绪二十九年（1903年）金陵一得斋善书坊重刊本，二册。

《中国宝卷总目》编号0178：又名《达摩祖卷》《达摩宝传》《达摩祖师宝卷》《达摩西来直指单传返本还源归根复命破惑指迷宝卷》。

3. 佛说准提复生宝卷二卷（存上卷）

明刊折本，存上卷十四品，一册。海内外孤本。

《中国宝卷总目》编号0259：又名《销释准提复生宝卷》《销释准提菩萨度生宝卷》。

4. 福国镇宅灵应灶王宝卷二卷

清康熙直隶河间府沧州刊折本，二册。

《中国宝卷总目》编号0277：清郭祥瑞撰。简名《灵应灶王宝卷》《灶王宝卷》《灶王卷》。参见《灶君宝卷》。

5. 古佛天真考证龙华经四卷

（1）清康熙丁巳（十六年，1677年）辅仁堂重印本。首页有“丁巳年仲月春，龙华经全部，辅仁堂重印”。

（2）民国十八年（1929年）慈诚印刷局石刊本。首页有“民国己巳年三月出版，民国庚午年十月再版，龙华宝经，北京前门外皈子庙路西，慈诚

① 泽田瑞穗的藏书（包括宝卷）现已全部捐赠早稻田大学图书馆“风陵文库”。

印刷局出版”。

《中国宝卷总目》编号 0283：简名《龙华经》《龙华宝卷》《龙华宝经》。又名《古佛天真考证龙华宝卷》。

6. 还乡宝卷一卷

清光绪二十五年(1899 年)苏州玛瑙经房重刊本。封面有“还乡宝卷慎勿轻亵”,封内有“光绪岁次已亥重刊,还乡宝卷,苏城玛瑙经房印刷流通”。

《中国宝卷总目》编号 1458。

7. 韩祖成仙宝卷

(1) 清光绪三十年(1904 年)京都朝阳门内东斌魁斋刻字铺刊本,一册。卷首载道光元年二五道人序。首页有“光绪甲辰嘉平月刊,湘子传,板存,京都朝阳门内南小街南头路东斌魁斋刻字铺印”。

(2) 版本不详。

《中国宝卷总目》编号 0418：又名《湘祖成仙传》《湘子成仙全传》《湘子宝传》《元阳宝传》《韩湘子升仙》《韩湘成仙宝卷》。参见《韩湘宝卷》《湘子宝卷》。

8. 何仙姑经上下卷

(1) 清光绪六年(1880 年)常州乐善堂善书局重刻本。封面有“仙姑宝卷,置放净处,切勿秽亵”。封内有“光绪庚辰孟冬重刊,何仙姑宝卷,常州乐善堂善书局藏板”。

(2) 清宣统三年(1911 年)京东玉邑蒋正贵刊本,一册。卷首载青阳山人易南子序,潘惟一校评。

(3) 民国四年(1915 年)鼓山涌泉禅寺刊本。尾页有“民国四年仲秋,吉日释腾空敬刊,板存鼓山”。附刊《曾二娘经》。

《中国宝卷总目》编号 0347：又名《吕祖师度何仙姑因果卷》。参见《何仙宝传》《孝女宝卷》。

9. 弘阳后续燃灯天华宝卷三卷(存上卷)

旧抄本,折本三册。卷首载龙章戊辰(崇祯元年,1628 年)变通道人无玄清序。

《中国宝卷总目》编号 0332：明清虚道人撰，明弘阳教宝卷。

10. 弘阳苦功悟道经二卷

抄本。

《中国宝卷总目》编号 0387，明韩太湖撰。弘阳教“五部经”（总称《混元中华明经》《混元教弘阳中华经》）之一。简名《苦功经》《弘阳苦功悟道经（宝卷）》，又名《混元弘阳苦功悟道宝经（卷）》《混元门元沌教弘阳法》。

11. 弘阳妙道玉华随堂真经

刊折本。

《中国宝卷总目》编号 0333：明弘阳教宝卷。“小五部经之一”。又名《弘阳妙道玉华真经随堂宝卷》《弘阳妙道玉华随堂宝卷》。

12. 弘阳显性结果经二卷

抄本。

《中国宝卷总目》编号 0334：又名《弘阳秘妙显性结果根深宝卷》。明弘阳教宝卷。

13. 红罗宝卷一卷

民国上海文元书局石印本，一册。鹤山记旧抄本，一册。封面有“红罗宝卷，鹤山记”。

《中国宝卷总目》编号 0379：又名《晚娘宝卷》《晚娘红罗宝卷》《绣红罗宝卷》《五圣家堂红罗宝卷》。参见《佛说杨氏鬼绣红罗化仙哥宝卷》《红罗宝卷简集》。

14. 欢喜宝卷上下集

又名《懊恼祖师欢喜宝卷》。民国六年（1917 年）上海文益书局石印本。封面有“欢喜宝卷，上海文益书局石印”。

《中国宝卷总目》编号 0003。

15. 皇极金丹九莲正信皈真还乡宝卷三种

（1）清乾隆刊本，折本二册。存下卷一册。

（2）清宣统元年（1909年）刊本。题“元始天尊化身黄九祖著、中一老人鉴定、青阳山人易南子校正”。封面有“皇极金丹九莲归真宝卷，敬惜字谷”。封内有“元始天尊化身黄九祖师着，皇极金丹九莲归真宝卷，大清宣统元年春王正月鑴”。

（3）刊折本。又名《皇极经》《皇极宝卷》《皇极宝卷真经》《皇极还乡经》《皇极还乡宝卷》《皇极金丹九莲宝卷》《九莲经》《九莲正信宝卷》《九莲如意皇极宝卷真经》《金丹九莲经》《金丹九品正信归真还乡宝卷》等。

《中国宝卷总目》编号369。

16. 黄氏宝卷

（1）清咸丰四年（1854年）学善堂刻本，卷名《黄氏宝传》。封内有“甲寅年重刻，黄氏宝传，学善堂梓”。

（2）光绪五年（1879年）刻本，卷末有“大清光绪五年重刊”。

（3）民国四年（1915年）上海文益书局石印本，二册。

《中国宝卷总目》编号0914：简名《黄氏宝卷》，又名《黄氏女宝卷》《黄氏宝传》《对金刚宝卷》《三世修道黄氏宝卷》。参见《佛说黄氏女看经宝卷》。

17. 回郎宝卷

（1）清光绪十二年（1886年）杭州绍庆寺经房刻本。封面有“回郎宝卷全帙”。尾页有“版存杭城西湖钱塘门昭庆经房印造流通，大清光绪十二年丙戌夏月本房弟子敬刊”。

（2）清光绪二十四年（1898年）杭省文宝斋藏板。封面有“张福瑞，回郎宝卷全”。封内有“光绪戊戌重镌，回郎宝卷，杭省三元坊下首，文宝斋藏板”。

（3）民国七年（1918年）上海文益书局石印本，一册。附载《七七宝卷》。

（4）民国上海惜阴书局石印本，一册。

《中国宝卷总目》编号0336：全名《江南松江府华亭县白沙郡孝修回

郎宝卷》。另有《回郎宝卷》(二)、《曹三杀怀郎宝卷》。

18. 绘图顾鼎臣双玉玦宝卷二卷

(1) 民国五年(1916年)上海文益书局石印本,二册。江西谢少卿校正。封面有"顾鼎臣双玉玦宝卷"。封内有"丙辰年春月出版,校正者江西谢氏少卿,总发行上海文益书局,分发所,杭州聚缘堂书庄,绍兴聚缘堂书庄,分售处各省大书坊"。

(2) 民国上海惜阴书局石印本,二册。

《中国宝卷总目》编号0309:参见《双玉诀宝卷》。

19. 绘图玉带记宝卷二卷

上海惜阴书局刊本。封面有:"玉带记宝卷,惜阴书局,宣讲劝善民间故事,出版社上海闸北路二十六号内,发行所上海四马路山东路口。世风不古,人心险诈。如能循循善诱,未尝不可改进也。本局在昔向以武侠小说风行海内,持公道人心,警世俗贤愚。岂知阅者误会,反足遗误青年。本局慨念前非,决去武化,改求善化,引人以正,戒之以邪略,警人心以补世风耳。惜阴主人敬。"

《中国宝卷总目》编号0640。

20. 混元弘阳飘高祖临凡经二卷

明刊折本,二册。

《中国宝卷总目》编号0388:明韩太湖撰。弘阳教"五部经"之一。卷首题《混元弘阳佛如来无极飘高祖临凡宝卷》。简名《临凡经》,又名《混元弘阳临凡飘高经》。

21. 节义宝卷一卷

清光绪二十六年(1900年)玛瑙经房刊本。封面有"节义宝卷"。封内有"光绪庚子年新刻,乐善者印送不取板资,节义宝卷,苏城玛瑙经房刷印流通"。

《中国宝卷总目》编号0523:参见《三世姻缘宝卷》。

22. 金仙认祖

清光绪二十四年(1898年)燕南青阳山人冠五氏募刊本。封面有"金仙认祖”。首页有“光绪念四年祝光明先生着金仙认祖燕南青阳山人冠五氏募刊”。尾页有“善知识展智能理会同参杨受一敬印壹百本”。

《中国宝卷总目》编号 0482：清祝光明撰。

23. 兰英宝卷

（1）民国上海文益书局石印本，上下集二册。封面有“兰英宝卷，李节齐题”。封内有“版权所有，总发行上海文益书局，分发所：杭州、聚缘堂书庄，绍兴、聚缘堂书庄，南京、聚珍山房。分售处：各省大书坊”。

（2）民国上海惜阴书局石印本，二册。

见芝加哥大学图书馆藏《兰英宝卷》二卷。《中国宝卷总目》编号 0675。

24. 立愿宝卷

（1）清同治八年（1869 年）苏城元妙观得见斋刊本。封内有“同治己巳仲春镌，上海翼化堂藏板。立愿宝卷。苏城元妙观得见斋刻刷印”。

（2）《辟邪归正消灾延寿立愿宝卷》一卷。光绪七年（1882 年）苏州得见斋重刻本。页首有“光绪壬午孟夏重镌”“常州乐善书局藏版”。

同美国哈佛大学《辟邪归正消灾延寿立愿宝卷》一卷。《中国宝卷总目》编号 0801。

25. 麻姑菩萨宝卷一卷

清宣统三年（1911 年）李正旺捐资重刊本，一册。封面有“麻姑菩萨宝传”，封内有“中一老人鉴定，麻姑菩萨宝卷，大清宣统三年岁次辛亥正月李正旺捐赀重镌”。首载易南子序。

《中国宝卷总目》编号 0739：题“中一老人鉴定，青阳山人易南子拜阅”。又名《麻姑菩萨宝传》。参见《麻姑宝卷》。

26. 妙英宝卷

清道光十一年（1831 年）姚声齐抄本，一册。首页有“□□□刑文贤记”。尾页有“道光辛卯岁季夏弟子姚沐手敬录”。

《中国宝卷总目》编号 0699：又名《白衣宝卷》《白衣观音宝卷》《白衣成证宝卷》《庙行宝卷》《妙音宝卷》《妙音劝善宝卷》《徐妙英宝卷》。

参见《妙英宝卷》(二)、《妙音宝卷》。

27. 木人开山显教明宗宝卷四卷

昭和二十八年(1953 年)风陵道人抄本。首页有“木人开山显教明宗宝卷”。尾页有“昭和二十八年九月十日日夜,抄写之,风陵道人识”。

《中国宝卷总目》编号 1358：清李明宗撰。又名《销释木人开山宝卷》,简名《木人开山宝卷》。

28. 目连宝卷三卷

(1) 清宣统元年(1909 年)苏州玛瑙经房刻本。封面有“目莲宝卷,苏城元妙观前,玛瑙经房印造”。封内有“宣统元年春王月刻目莲三世宝卷苏城玛瑙经房藏版”。尾页有“苏城玛瑙经房藏版印造经忏道书善卷流通”。

(2) 民国十一年(1922 年)上海宏大善书局石印本,一册。

《中国宝卷总目》编号 0694：又名《目连救母三世宝卷》《三世救母目连宝卷》《目连宝卷》。参见《目连宝卷》(一)、《三世救母目连记全传》。

29. 太上老子清静科仪一卷

清康熙二十三年(1684 年)京都陈家老铺刊折本。封面有“太上老子清静科仪”,尾页有“京都北城鼓楼迤东万宁寺陈家老铺印造流同”。

《中国宝卷总目》编号 1101：清瀛海道人同尘子述。

30. 太子宝卷

清慧空经房刻本。封面有“太子宝令,慧空经房印造”。

同美国哈佛大学《雪梅宝卷》二卷。《中国宝卷总目》编号 1310。

31. 王氏女三世宝卷

清光绪十五年(1889 年)金陵一得斋书坊刊本。封面有“王氏女三世宝卷”,封内有“光绪己丑年重镌,王氏女三世宝卷,金陵一得斋书坊藏板”。

同美国哈佛大学《三世化生宝卷》二卷。《中国宝卷总目》编号 0912。

32. 五祖黄梅宝卷

旧刊本,一册,封面有“五祖黄梅宝卷”。

同美国哈佛大学《黄梅五祖宝卷》一卷。《中国宝卷总目》编号 1170：

又名《黄梅五祖宝卷》《黄梅宝卷》。参见《仙桃宝卷》。

33. 希奇宝卷

又名《吃狗屎骂爹娘故典》。清同治丙寅(五年,1866年)苏州元(玄)妙观得见斋刊本,一册。首页有"同治丙寅新镌希奇宝卷苏城元妙观得见斋刷印"。尾页有"上海三马路定价洋八千顷堂书局"。

《中国宝卷总目》编号1280。

34. 惜谷宝卷一卷

清光绪十三年(1887年)苏城得见斋刊本。封面有"惜谷宝卷"。封内有"光绪十三年新镌惜谷宝卷苏城元妙观内得见斋藏板"。尾页有"金邑姚涵齐捐助板资"。

同美国哈佛大学《惜谷免灾宝卷》一卷。《中国宝卷总目》编号1315。

35. 香山宝卷二卷

(1) 同治壬申年(1872年)宝善堂刻本,"同治壬申年重镌""杭城宝善堂藏板"。

(2) 民国三年(1914年)上海文益书局刊本。首页有"民国三年仲夏出版,香山宝卷,上海文益书局印行"。

同美国哈佛大学《现世宝卷》二卷。《中国宝卷总目》编号1290:题宋天竺普明禅师编集。简名《香山卷》。又名《观世音菩萨本行经》《观世音菩萨本行经简集》《三皇姑出家香山宝卷》《大乘法宝香山宝卷全集》等。参见《观音宝卷》《观音得道宝卷》《观世音菩萨香山因由》《观音济渡本愿真经》《妙善宝卷》《大香山宝卷》《南无大慈大悲救苦救难观世音菩萨证果香山宝卷》。

36. 消灾延寿阎王卷

清树德堂洪道果刊本。封面有"消灾延寿阎王卷"。尾页有"树德堂洪道果敬印送"。

同牛津大学《消灾延寿阎王经》一卷。《中国宝卷总目》编号1306。

37. 销释孟姜忠烈贞节贤良宝卷二卷

清抄折本。

《中国宝卷总目》编号 1355：简名《孟姜忠烈宝卷》，又名《长城宝卷》，参见《孟姜女宝卷》。

38. 雪山太子宝卷

（1）清光绪二年（1876 年）杭州明台经房刊本。封面有“雪山太子宝卷，文海书局印”，首页有“雪山太子宝卷，袁氏蔚山署首”。次页有“版权所有。校正者，上元李氏虎目。总发行：上海铁马路宝顺里内，姚文海书局。分发行：湖州姚文海书庄。分售处：各大书坊”。

（2）民国上海姚文海书局石印本，一册。季虎臣校。

（3）清浙江杭州慧空经房刊本，一册。

同美国哈佛大学《绘图雪山太子宝卷》二卷。《中国宝卷总目》编号 1310。

39. 延寿宝卷

（1）清光绪十二年（1886 年）杭城西湖钱塘门昭庆经房刊本，一册。

（2）清光绪十四年（1888 年）常郡培本堂善书局刊本。封面有“延寿宝卷置放静处切勿秽亵”。首页有“延寿宝卷置放静处”。尾页有“常郡培本堂善书局藏板”。

（3）清光绪二十四年（1898 年）杭州文宝斋刊本，一册。

（4）民国七年（1918 年）上海文益书局石印本，一册。

同美国哈佛大学《绘图延寿宝卷》一卷。《中国宝卷总目》编号 1404。

40. 英台宝卷

清光绪三十二年（1906 年）顾智德堂钞本。首页有“丙午年菊月立顾智德堂抄”。

《中国宝卷总目》编号 1408：参见《梁祝宝卷》。

41. 幽冥宝传

清光绪二十四年（1898 年）燕南胡思真重刻本一册。卷首载光绪七年王作砺序，部分重印本卷首载光绪二十五年（1899 年）易南子序。封面有“幽冥宝传”。封内有“光绪二十四年秋望刊，幽冥宝传，燕南胡思真重刊”。尾页有“戊午年六月十九日王国□浩然乙□谨遵圣谕敬印壹百本”。

《中国宝卷总目》编号 0690：简名《幽冥宝传》《幽冥传》，又名《目连救母宝传》《目连僧救母幽冥宝卷》《幽冥宝卷》《幽冥宝训》《目连救母幽冥宝传》。参见《目连宝卷》(一)。

42. 云香宝卷

民国辛酉(十年，1921 年)德善堂刊本，一册。卷首有民国十年李松云序。封面有“云香宝传”。首页有“民国辛酉年孟冬月刊，云香宝传，德善堂藏版”。此卷为海内外孤本。

《中国宝卷总目》编号 1483：又名《云香宝传》。

43. 增补真修宝卷

(1) 清光绪十九年(1893 年)盐邑西门大街藜照阁书局刊本，一册。卷首载光绪癸巳射水广信坛同人序、光绪壬辰楚水常铭恩序，及陈玉树、张觐恩等人序。卷末附《劝世词》。

(2) 民国八年(1919 年)上海大丰善书刊行所石印本，一册。封面有“针心宝卷”。首页有“周铭琴奉母命刷印千部敬赠。针心宝卷。嘉善施清署”。次页有“版存上海河南路抛球场北首大丰善书刊行所。贵客赐顾。祇取工料”。卷首载民国八年(1919 年)盐邑同善分社序、唐光先序。卷名《缄心宝卷》。卷末载《宝卷流通八法》。

同美国哈佛大学《真修宝卷》。《中国宝卷总目》编号 1550。

44. 珍珠塔宝卷全集

清光绪十六年(1890 年)杭州慧空经房刊本。封面有“珍珠塔宝卷全集浙江西湖慧空经房印造流通”。尾页有“板存杭省下城头巷景文斋刻字铺”。

同美国哈佛大学《绘图珍珠塔宝卷》二卷。《中国宝卷总目》编号 1540。

45. 治国兴家增福财神宝卷二卷

清康熙癸亥(二十二年，1683 年)刊折本，二册。卷末题记“康熙岁次癸亥乙卯月奉佛弟子郭祥瑞注，奉佛弟子傅昌业录”。尾页有“康熙岁次癸亥乙卯月奉佛弟子郭祥瑞注奉佛弟子传昌业录”。

《中国宝卷总目》编号 1537：参见《财神宝卷》。

46. 忠良宝卷

民国六年（1917 年）文益书局石印本，吴下朱芝轩校正。封面有“□□宝卷，文益书局，石印”。首页有“梅花服全卷，忠良宝卷，杭州聚元堂发行”。次页有“版权所有。民国六年出版。校正者，下吴朱芝轩。总发行，上海铁度桥河滨德安里文书局。发行所：杭州聚缘堂书局；发行所：绍兴聚缘堂书局。每部定价洋二角。分售处：各省大书坊”。

《中国宝卷总目》编号 1528：又名《梅花服忠良宝卷》。

47. 周元遇正德

抄本，一册。封面有“周元遇正德”。

《中国宝卷总目》编号 1394：又名《呆中福宝卷》《周元招亲》《周元宝卷》。参见《游龙宝卷》。

48. 东歧宝卷

又名《河北蓟县城西南高家庄开天坛鸾谕》。民国二十四年（1935 年）排印本，一册。

《中国宝卷总目》编号 0164。

49. 二十四孝报娘恩

清末刊本。巾箱本，一册。卷首题《佛说报恩卷》，书口题《怀胎卷》。

《中国宝卷总目》编号 0201：又名《佛说报恩卷》《怀胎卷》。参见《怀胎宝卷》。

50. 佛说定劫经宝卷

旧抄本，一册。《中国宝卷总目》编号 0223：简名《定劫经》，又名《佛说定劫经诸神下界》《佛说定劫宝卷》《佛说定劫照宝卷》。参见《定劫宝卷》。

51. 佛说准提复生宝卷二卷二十八品

明刊折本，存上卷十四品，一册。

《中国宝卷总目》编号 0259：又名《销释准提复生宝卷》《销释准提菩

萨度生宝卷》。

52. 法船经

清光绪三年(1877年)杭城玛瑙经房刊《回郎宝卷》附刊。

《中国宝卷总目》编号0264。

53. 观音济度本愿真经二卷

(1) 清咸丰丙辰(六年,1856年)云邑培贤斋刊本,一册。

(2) 民国乙丑(十四年,1925年)北京前门外宏文斋刻字铺刊本,一册。卷首增加清同治九年张拱辰、张抚臣序。

《中国宝卷总目》编号0318。

54. 观音十二圆觉

(1) 清光绪六年(1880年)沙市公义堂重刊本,一册。卷名《十二圆觉》,卷首题《圆觉志经》。

(2) 清光绪二十四年(1898年)燕南青阳山人冠五氏刊本,一册。卷名《圆觉真经》。

《中国宝卷总目》编号0323:清浩然祖师(彭德源)撰。青莲教宝卷。简名《十二圆觉》《圆觉经》《圆觉真经》《圆觉志经》,又名《十二圆觉宝经》《十二圆觉宝卷》《观音十二圆觉全传》《观音化度十二圆觉宝卷》《观音菩萨度十二圆觉真经》等。

55. 虎眼禅师遗留唱经卷二卷

清康熙刊折本,二册。首载康熙壬申岁贡生萃贤堂,李蔚序。海内外孤本。

《中国宝卷总目》编号0361:明黄天教宝卷。

56. 蝴蝶杯宝卷

民国上海惜阴书局石印本,二册。

《中国宝卷总目》编号0409:又名《忠义宝卷》。参见《佛说高唱游龟山蝴蝶杯宝卷》《游龟山宝卷》。民国上海惜阴书局石印本,二册。

57. 韩仙宝传十二回

(1) 清光绪八年(1882年)德扬氏、静安氏重刊,浦市芝汉堂印本,二册。卷首载同治十一年(1872 年)序,云山氏跋。

版本整体情况参见牛津大学博德利图书馆《新刻韩仙宝卷》。《中国宝卷总目》编号 0417:又名《白鹤传》。参见《韩湘宝卷》。

(2) 韩湘宝卷十八回。民国十七年(1928 年)上海宏大善书局石印本,二册。卷首载冼桐轩主人序、金友生序,卷末云山氏跋。

58. 还金镯宝卷

民国上海文元书局石印本,一册。

同美国哈佛大学《还金镯宝卷》一卷。《中国宝卷总目》编号 0420:又名《魁星宝卷》《文星阁》《王御宝卷》。

59. 护国佑民伏魔宝卷二卷二十四品

(1) 清初刊折本,二册。

(2) 民国初年石印折本,二册。

(3) 民国石印本,一册。卷首载民国二十三年(1934 年)正一堂修士道恕(朱培兰)序。

《中国宝卷总目》编号 0434:明悟空撰,西大乘教宝卷。简名《伏魔宝卷》。

60. 护国佑民伏魔宝卷注解四卷

(1) 清光绪二十二年(1896 年)吉林北山关帝庙学善堂刊本,四册。

(2) 民国二十二年(1933 年)上海宏大善书局石印本,四册。

《中国宝卷总目》编号 0435:又名《关帝伏魔宝卷注解》《伏魔宝卷降乩注解》。

61. 救苦宝卷

清宣统元年(1910 年)济南城西刘家庄明圣坛重刊本,一册。

《中国宝卷总目》编号 0503:全名《观音菩萨救苦宝卷》。

62. 孔圣宝卷二十四品

民国十六年(1927 年)直隶丰润县南曹道口庄广泰长石印本,五册。据清吉林西马鞍山清静观刊本重印。

《中国宝卷总目》编号 0547:又名《圣像全圆忠孝经》《先师孔子鸾传

十忠十孝经》。

63. 龙图宝卷(一)

(1) 清光绪杭州西湖昭庆寺慧空经房刊本,二册。

(2) 民国上海惜阴书局石印本,二册。

《中国宝卷总目》编号0661:全名《河南开封府花枷良愿龙图宝卷》,又名《花枷良愿宝卷》《良愿龙图宝卷》《包公巧断血手印宝卷》《良愿宝卷》。参见《林招得宝卷》。

64. 灵应泰山娘娘宝卷二卷二十四品

(1) 明刊折本,二册。

(2) 明刊折本,存上卷一册。

《中国宝卷总目》编号0679:明悟空编,西大乘教宝卷。又名《娘娘经》《泰山真经》。参见《泰山天仙圣母灵应宝卷》。

65. 梅花戒宝卷上下集

江西谢少卿校正。又名《双英宝卷》。参见另本《双英宝卷》(一)。

《中国宝卷总目》编号0718:民国上海文元书局石印本,二册。

66. 鸟窝禅师度白侍郎回心向善修行归西

清光绪十五年(1889年)鼓山涌泉寺刊本,一册。

版本情况见牛津大学藏《白侍郎宝卷》。《中国宝卷总目》编号0769:又名《鸟窝禅师度白侍郎行脚》。参见《白侍郎宝卷》。

67. 七七宝卷

(1) 清光绪十二年(1886年)杭州昭庆经房刊《回郎宝卷》附刊本。

(2) 清光绪二十四年(1898年)杭州文宝斋刊《回郎宝卷》附刊本。

(3) 民国七年(1918年)上海文益书局石印本《回郎宝卷》附印本。

《中国宝卷总目》编号0809:又名《七七经》。

68. 清太祖出家扫尘缘

民国丙寅(十五年,1926年)德州城东三官庄重刊本,一册。卷首载民国癸丑(二年)静缘子序,卷末载精一子评。卷名《扫尘缘》。

《中国宝卷总目》编号0835:又名《清太祖扫尘缘》《扫尘缘》。

69. 三茅真君宣化度世宝卷二卷

清光绪三年(1877年)苏州元(玄)妙观内得见斋刊本,一册。

《中国宝卷总目》编号0908:简名《三茅宝卷》。又名《三茅宝经》《三茅真君宝卷》《三茅帝君宝卷》《三茅应化真君宝卷》。

70. 苏凤英药茶记宝卷上下集

民国上海惜阴书局石印本,二册。

《中国宝卷总目》编号0949:简名《药茶宝卷》《药茶记宝卷》。

71. 双凤宝卷二卷

民国四年(1915)上海文元书局石印本,二册。扉叶印“绘图双凤宝卷。放下屠刀,立地是佛。吴江陈润身署首。上海惜阴书局印行”。

《中国宝卷总目》编号1032:又名《双凤奇缘宝卷》《苏武牧羊宝卷》。

72. 泰山东岳十王宝卷二卷二十四品

(1) 民国十年(1921年)北京宏文斋刊本,一册。

《中国宝卷总目》编号1120:明悟空撰,西大乘教宝卷,又名《东岳泰山十王宝卷》。参见《十王宝卷》。

(2)《十殿宝卷》。民国上海惜阴书局石印本,一册。

《中国宝卷总目》编号0954。

73. 五圣宗宝卷

(1) 民国六年(1917年)庄阿县青堆子西黄柏树屯务善堂重刊本,一册。卷首乩序四篇。

《中国宝卷总目》编号1168:清刘佐臣撰,八封教宝卷。又名《五菩萨宝卷》《五佛宝卷》。参见《五老母点化真经》。

(2)《五老母点化真经》。民国六年(1917年)刘锡彬、王润石印本,一册。

《中国宝卷总目》编号1158。

74. 无极金母五更家书

民国丁卯(十六年,1927年)如心堂重印石印本,一册。封题“甲子年正月许昌喜经理重印”。

《中国宝卷总目》编号 1204：参见《金母家书》《五更家书》《龙囊宝卷》。

75. 孝灯宝卷上下

(1) 民国上海惜阴书局石印本，二册。

(2) 民国上海广记书局排印本，二册。卷名《王月英宝卷》。

《中国宝卷总目》编号 1263：又名《王月英宝卷》《孝灯记宝卷》。

76. 希奇宝卷

清同治丙寅（五年，1866 年）苏州元（玄）妙观得见斋刊本，一册。

《中国宝卷总目》编号 1280：又名《吃狗屎骂爹娘故典》。

77. 徐子建双蝴蝶宝卷

(1) 民国五年（1916 年）上海文益书局石印本，一册。

(2) 民国上海惜阴书局石印本，二册。附载《校正阿弥陀真经》《校正般若波罗密多心经》。

《中国宝卷总目》编号 1303：谢正卿校正，参见《双蝴蝶宝卷》。

78. 莺哥孝母宝卷

民国上海广记书局排印本《朱买臣宝卷》附载。

《中国宝卷总目》编号 1452：参见《鹦哥宝卷》（一）。

79. 再生花宝卷

民国上海惜阴书局石印本，一册。

《中国宝卷总目》编号 1492：吴江陈润身辑。《姊妹花宝卷》后部。

80. 再生缘宝卷二集

民国上海惜阴书局石印本，二册。

《中国宝卷总目》编号 1493。

81. 正信除疑无修证自在经会解二卷二十五品

明崇祯二年（1629 年）南京句容县信女孔氏刻本，二册。

《中国宝卷总目》编号 1520：明罗大士（清）撰，明王海潮会解，海滨校正，邢振羽、章浑参阅。

82. 赵氏贤孝宝卷二卷

（1）清杭州西湖慧空经房刊本，一册。

（2）清杭州弼教坊洽记经房刊本，一册。

（3）民国上海惜阴书局石印本，二册。

《中国宝卷总目》编号 1574：简名《贤孝宝卷》，又名《赵五娘琵琶记宝卷》《赵五娘贤孝宝卷》。参见《琵琶宝卷》。

83. 绘图白鹤图宝卷二卷

民国上海惜阴书局石印本。封面有“绘图白鹤图宝卷，惜阴书局”。首页有“绘图凤凰白鹤图宝卷，上海惜阴书局印行”。

《中国宝卷总目》编号 0015：又名《义成宝卷》《东方圣宝卷》《龙凤白鹤图宝卷》。参见《白鹤宝卷》《鹤图宝卷》。

84. 绘图百花台宝卷二卷

（1）民国上海惜阴书局石印本，陈润身校正，上下集二册。首页有“绘图百花台宝卷，上海惜阴书局印行，吴江陈润身书”。

（2）谢少卿校正。民国六年（1917 年）上海文益书局石印本，上下集二册。

《中国宝卷总目》编号 0038。

85. 刺心宝卷

（1）民国二至七年（1913—1918 年）上海文益书局石印本，二册。

（2）民国上海惜阴书局石印本，二册。

《中国宝卷总目》编号 0065：全名《浙江省嘉兴府秀水县刺心宝卷》。参见《曹王宝卷》。

86. 雌雄杯宝卷上下集

民国上海惜阴书局石印本，二册，简名《雌雄宝卷》。

《中国宝卷总目》编号 0083。

87. 纯阳祖师说三世因果宝卷一卷

（1）旧刊本，一册。封题《吕祖三世因果说》。卷首载《道祖吕师宝诰》那红居士原序，卷末附《吕纯阳祖师降诗》四首、《放心咒》《救急经验神方》。

(2) 清光绪元年(1875年)杭州昭庆寺慧空经房重刊本,一册。

《中国宝卷总目》编号0108:又名《三世因果纯阳宝卷》《吕祖三世因果说》《吕帝三世因果经》《孚佑帝君纯阳祖师三世因果说》。简名《因果宝卷》《纯阳宝卷》。

88. 董永卖身宝卷

民国上海惜阴书局石印本,二册。卷首题名《小董永卖身宝卷》。

《中国宝卷总目》编号0179。

89. 佛说三皇初分天地叹世宝卷二卷十八品

清道光二十八年(1848年)正白旗岳泰捐资,北京素存斋刻字铺刊本,二册。本卷为明末明空撰,清道光戊申(二十八年)北京素存斋刊。海内外孤本。

《中国宝卷总目》编号0245:明明空撰。无为教宝卷。又名《三皇初分叹世经》。

90. 化意宝卷

清光绪十九年(1893年)京都前门外杨梅竹斜街街头路北聚文斋刻字铺刊本,一册。

《中国宝卷总目》编号0328。

91. 回家宝卷

民国二十六年(1937年)枣邑倘村存刻字石印周石印本,一册。

《中国宝卷总目》编号0338。

92. 合同记宝卷

民国上海惜阴书局石印本,一册。

《中国宝卷总目》编号0342:又名《素贞宝卷》。

93. 花名宝卷(一)

清光绪二十四年(1898年)杭州文宝斋刊《回郎宝卷》附刊本。

《中国宝卷总目》编号0351。

94. 红楼镜宝卷

民国上海惜阴书局石印本，二册。

《中国宝卷总目》编号 0376：又名《金枝宝卷》《金枝玉叶宝卷》。

95. 黄糠宝卷

民国惜阴书局石印本，一册。

《中国宝卷总目》编号 0401。

96. 护国威灵西王母宝卷二卷二十四品

清康熙十六年（1677 年）重刊折本，二册。首载崇祯七年（1634 年）直隶沧州庠生王胤芳序。

《中国宝卷总目》编号 0433：明刘香山撰。西大乘教宝卷。又名《西王母诸仙庆贺蟠桃宝卷》。

97. 李三娘磨房宝卷

民国上海惜阴书局石印本，陈润身校正，二册。

《中国宝卷总目》编号 0585：简名《李三娘宝卷》《磨房宝卷》。参见《白兔记宝卷》。

98. 洛阳桥宝卷

民国上海惜阴书局石印本，一册。

《中国宝卷总目》编号 0597：又名《受生宝卷》《洛阳受生宝卷》《洛阳造桥》《洛阳大桥》。参见《寿生宝卷》《阴司赎罪宝卷》。

99. 落金扇宝卷

民国上海惜阴书局石印本，上、下集二册。

《中国宝卷总目》编号 0619：又名《王龙斗法宝宝卷》。

100. 轮回宝卷

民国三年（1914 年）沙市文善堂刊本，一册。卷名《轮回宝传》。

《中国宝卷总目》编号 0633。

101. 刘文英宝卷上下集

民国上海惜阴书局石印本，二册。

《中国宝卷总目》编号 0640。

102. 龙凤配宝卷上下集

民国上海惜阴书局石印本，二册。

《中国宝卷总目》编号 0654：太原醉痴生编。

103. 龙凤锁宝卷二卷

民国上海惜阴书局石印本，二册。

《中国宝卷总目》编号 0655：又名《金凤宝卷》。参见另本《金凤宝卷》《风春宝卷》。

104. 梅氏花网宝卷

民国上海惜阴书局石印本，二册。

《中国宝卷总目》编号 0720：简名《花网宝卷》。刊印本卷首多题名为《湖广荆州府永庆县修行梅氏花网宝卷》。又名《失罗帕》《姣贞宝卷》。

105. 蜜蜂记宝卷(二)

民国上海惜阴书局石印本，二册。

《中国宝卷总目》编号 0730：吴江陈润身编。

106. 破邪显证钥匙卷二卷二十四品

明万历四十三年(1615 年)南京三山街第一家经房胡仰山刊罗文举校证本，折本，存卷上一册。

《中国宝卷总目》编号 0779：明罗清撰。罗著"五部六册"之一。简名《破邪经》《破邪宝卷》《钥匙经卷》。又名《破邪显证宝经》《破邪显证鎗匙经》《破邪显证钥匙宝经》《大乘破邪显证钥匙宝经》等。

107. 普陀观音宝卷

清光绪二十年(1894 年)苏城玛瑙经房刊本，一册。

《中国宝卷总目》编号 0800：清张德方撰。简名《普陀宝卷》，又名《观音建普陀宝卷》《黄(王)有金宝卷》。参见《清凉势至宝卷》。

108. 潘公免灾救难宝卷三卷

(1) 清光绪九年(1883 年)姑苏玛瑙经房刊本，一册。首载同治十年(1872 年)赵定邦序、洪福生《五好愿百字铭》等。

(2) 清上海城隍庙内翼化堂刊本，一册。首载劫海慈航图、潘公托梦图、晦斋居士赞。

《中国宝卷总目》编号 0804。

109. 抢生死牌宝卷

民国上海文元书局石印本，二册。

《中国宝卷总目》编号 0847：又名《铁莲花宝卷》。

110. 三世化生宝卷

（1）清光绪己卯（五年，1879 年）镇江宝善堂书坊刊本，一册。

（2）清光绪十五年（1889 年）金陵一得斋刊本，一册。

《中国宝卷总目》编号 0912：又名《王氏女三世化生宝卷》《王氏女宝卷》《王氏女三世宝卷》《化身宝卷》。

111. 三元记宝卷

民国上海惜阴书局石印本，二册。

《中国宝卷总目》编号 0921：又名《秦雪梅三元记宝卷》。

112. 十美图宝卷

民国上海惜阴书局石印本，二册。

《中国宝卷总目》编号 0957。

113. 升仙宝录四卷二十七回

清光绪三十年（1904 年）德州城东王官庄存板，济南同善书局印行，四册。

《中国宝卷总目》编号 0986：参见《韩湘宝卷》。

114. 双花宝卷（一）

清光绪乙巳（三十一年，1905 年）东海遵荣抄本。

《中国宝卷总目》编号 1038：又名《双花奇冤》《访兄遭祸》《双金花卷》《寻兄遭祸双花卷》。参见《双金花宝卷》（一）、《双花宝卷》（二）。

115. 双玉燕宝卷（二）

民国上海惜阴书局石印本，二册。

《中国宝卷总目》编号 1068：萧山杨菊生编辑。参见《双玉燕宝卷》（一）。

116. 双珠凤宝卷

民国上海惜阴书局石印本,二册。卷名《文必正双珠凤宝卷》。

《中国宝卷总目》编号 1070:又名《珠凤宝卷》《双珠宝卷》《双珠凤奇缘宝卷》《五美图宝卷》《文必正双珠凤宝卷》。

117. 太平宝卷(一)

民国二十四年(1935 年)上海惜阴书局石印本,二册。卷名《太平赵素贞宝卷》。

《中国宝卷总目》编号 1095:又名《太平赵素贞宝卷》《赵素贞宝卷》。

118. 唐僧宝卷

民国上海惜阴书局石印本,二册。

《中国宝卷总目》编号 1128:又名《唐僧取经宝卷》《三藏取经》《真经宝卷》。参见《江流宝卷》《江流僧复仇报本宝卷》《唐僧出世宝卷》《西游记宝卷》《西藏宝卷》《三藏法师出世因由宝卷》《长生宝卷》(一)。

119. 叹世无为卷一卷

明万历四十三年(1615 年)刊罗文举校正本,一册。南京三山街第一家经房胡仰山刻。

《中国宝卷总目》编号 1142:明罗清撰。罗著“五部六册”之一。又名《叹世无为经》《叹世无为宝经》《大乘叹世无为宝卷》。简名《叹世宝卷》《无为卷》。

120. 乌金记宝卷二卷

民国上海文元书局石印本,一册。

《中国宝卷总目》编号 1197:又名《拾金不昧宝卷》。

121. 倭袍宝卷

民国上海惜阴书局石印本,题“尘影室主”编。上下集二册。

《中国宝卷总目》编号 1201:本卷后续《南楼宝卷》《果报录宝卷》。

122. 巍巍不动太山深根结果宝卷一卷二十四品

(1) 明万历四十三年(1615 年)罗文举校证本,南京三山街第一家经房胡仰山刊折本,一册。

《中国宝卷总目》编号 1224：明罗清(梦鸿)著。罗撰“五部六册”之一。简名《太(泰)山宝卷》《太(泰)山经》《泰山深根宝卷(经)》《巍巍不动泰山经》,又名《巍巍不动泰山根深结果经》《大乘太山不动宝卷》等。

(2)《巍巍不动太山深根结果经会解二卷》。明崇祯二年(1629 年)刊本,二册。上卷句容县信士 强守礼等助刻,下卷张廷珠等助刻。

《中国宝卷总目》编号 1225。

123. 仙女宝卷(二)二卷

民国上海惜阴书局石印本,一册。

《中国宝卷总目》编号 1245：又名《思凡宝卷》。卷首题《绘图天仙宝卷》。参见《天仙宝卷》。

124. 孝灯宝卷上下

民国上海广记书局排印本,二册。卷名《王月英宝卷》。

《中国宝卷总目》编号 1263：又名《王月英宝卷》《孝灯记宝卷》。

125. 孝女宝卷四卷二十五回

民国十年(1921 年)同善书局重刊本,四册。卷首题“辛酉年桃月重刊,山东济南府西段店后刘家庄明圣坛存板”。

《中国宝卷总目》编号 1268：又名《何仙姑孝女宝卷》《何仙姑传》。参见《何仙姑宝卷》。

126. 杏花宝卷

民国上海文元书局石印本,一册。

《中国宝卷总目》编号 1279。

127. 秀英宝卷

民国上海惜阴书局石印本,二册。

《中国宝卷总目》编号 1282：又名《碧玉簪宝卷》《秀英碧玉宝卷》。参见另本《碧玉簪宝卷》。

128. 修真因果宝传

(1) 清光绪十六年(1890 年)刊本,一册。卷名《修真宝传因果》,载乾隆庚申（五年，1740年）岐山复性子序。

（2）清刊本，一册。卷名《修真宝传因果全集》。首载乾隆七年（1742年）复性子序。

（3）民国北京天华馆排印本，一册。卷名《修真因果传全集》。

参见哈佛大学《修真因果宝传》。《中国宝卷总目》编号1302。

129. 销释大乘宝卷一卷二十四品

明万历三十二年（1604年）重刊折本，一册。卷首载万历十二年（1584年）定西侯蒋建元序。

《中国宝卷总目》编号1335：明归圆撰。西大乘教“五部六册”之一。简名《大乘宝卷》。

130. 销释显性宝卷一卷

明万历十三年（1585年）刊折本，一册。卷首载万历十二年（1584年）蒋建元序。卷末刊记：定西侯蒋建元、永康侯徐文烽、安乡伯张铉等重刻。

《中国宝卷总目》编号1368：明归圆撰。西大乘教“五部六册”之一。

131. 献龙袍宝

旧抄本，一册。

《中国宝卷总目》编号1394：又名《呆中福宝卷》《周元招亲》《周元宝卷》。参见《游龙宝卷》。

132. 玉露金盘

庚申年青堆子西务善堂刊本，一册。卷首载光绪庚辰（六年，1880年）序。

《中国宝卷总目》编号1468。

133. 玉蜻蜓宝卷

民国上海惜阴书局石印本，上下集一册。

《中国宝卷总目》编号1471。

134. 玉英宝卷

民国三年（1914年）上海文元书局石印本，二册。

《中国宝卷总目》编号1473。

135. 玉连环宝卷

民国上海惜阴书局石印本，上下集二册。

《中国宝卷总目》编号 1476。

136. 姊妹花宝卷

民国上海惜阴书局石印本，一册。

《中国宝卷总目》编号 1502：吴江陈润身辑。《再生花宝卷》前部。

137. 忠良宝卷

民国六年（1917 年）上海文益书局石印本，二册。吴下朱芝轩校正。

《中国宝卷总目》编号 1528：又名《梅花服忠良宝卷》。

138. 珍珠没麒麟接宝卷

（1）清光绪十六年（1890 年）杭州玛瑙经房（慧空经房）刊本，杭州城头巷景文斋刻字铺藏板，二册。

（2）民国上海惜阴书局石印本，二册。

《中国宝卷总目》编号 1539：又名《火烧麒麟寺》。

139. 张氏三娘卖花宝卷

清光绪三十年（1904 年）苏州祥兴斋重刊本，一册。

《中国宝卷总目》编号 1567：简名《张氏宝卷》《卖花宝卷》《张氏卖花宝卷》《卖花记宝卷》。参见另本《卖花宝卷》及《龙图案宝卷》。

140. 销释混元弘阳大法祖明经三卷

明刊折本，一册。

《中国宝卷总目》编号 1338。

第四节　京都大学人文科学研究所东方研究部

1. 白氏宝卷二卷

清宣统元年（1909 年）杭州文宝斋刊本。又名《雷峰古迹》。

《中国宝卷总目》编号 0611：题风月主人撰。卷首载清光绪三十四年（1908 年）云山烟波氏序、白氏像及“读法”。参见《白蛇宝卷》。

2. 纯阳祖师说三世因果宝卷一卷

光绪元年（1875 年）杭州昭庆寺经房刊本。卷末有“光绪元年岁在乙亥黄钟月重刊，版存杭州钱塘门外昭庆寺经房印造流通”。封题《吕祖三世因果说》。卷首载《道祖吕师宝诰》那红居士原序，卷末附《吕纯阳祖师降诗》四首、《放心咒》《救急经验神方》。

《中国宝卷总目》编号 0108：又名《三世因果纯阳宝卷》《吕祖三世因果说》《吕帝三世因果经》《孚佑帝君纯阳祖师三世因果说》。简名《因果宝卷》《纯阳宝卷》。

3. 大乘因果九环出尘宝卷一卷

民国十年（1921 年）嵊县郑小康等出资、杭州武林印书馆排印本，一册。

《中国宝卷总目》编号 0127：简名《出尘宝卷》。

4. 大圣弥勒化度宝卷一卷

光绪二十六年（1900 年）杭州玛瑙明台经房重刊本。卷末题记：“光绪二十六年孟夏北京朝阳门外党小庵原版印刷，今在杭州玛瑙明台经房印造流通，愿祈天下太平风调雨顺者重刊。”

《中国宝卷总目》编号 0142。

5. 何仙姑宝卷二卷

清光绪六年（1880 年）姑苏玛瑙经房刊本。

《中国宝卷总目》编号 0347：又名《吕祖师度何仙姑因果卷》。参见《何仙宝传》《孝女宝卷》。

6. 河南开封府花枷良愿龙图宝卷

（1）光绪杭州昭庆寺慧空经房重刊本。卷末有“版存杭州西湖昭庆寺慧空经房，大清光绪，年岁在，月重刊印刷”。

（2）民国上海惜阴书局石印本。封面有“绘图龙图宝卷，惜阴书局”。首页有“绘图龙图宝卷，上海惜阴书局印行，吴江陈润身题”。

同美国哈佛大学《绘图龙图宝卷》二卷。《中国宝卷总目》编号0661。

7. 弘阳后续燃灯天华宝卷三卷

旧抄本，折本三册。卷首载龙章戊辰（崇祯元年，1628年）变通道人无玄清序。

《中国宝卷总目》编号0332：明清虚道人撰。明弘阳教宝卷。

8. 弘阳妙道玉华随堂宝卷一卷

版本不详。

《中国宝卷总目》编号0333：明弘阳教宝卷。“小五部经之一”。又名《弘阳妙道玉华真经随堂宝卷》《弘阳妙道玉华随堂宝卷》。

9. 红罗宝卷一卷

民国上海文元书局石印本。卷首有“绘图，宝卷，上海文元书局印行”。

10. 湖广黄州府麻城县葵花宝卷二卷

清光绪二年（1876年）杭州玛瑙寺经房重刊本。卷尾有“版存杭州大街弼教坊玛瑙寺经房流通，浙越剡北孙兴德公堂喻氏重刊，大清光绪二年岁在丙子菊月中旬日镌印”。

《中国宝卷总目》编号0569。

11. 湖广荆州府永庆县修行梅氏花网宝卷二卷

（1）清光绪三十二年（1906年）杭省钱塘门外慧空经房重刊本。卷末有“清光绪三十二年三月杭省钱塘门外慧空经房重刊印流通”。

（2）民国上海惜阴书局石印本。封面有“绘图梅氏花网宝卷，惜阴书局”。首页有“绘图花网宝卷，上海惜阴书局印行，吴江陈润身署首”。

《中国宝卷总目》编号0720：简名《花网宝卷》。刊印本卷首多题名为《湖广荆州府永庆县修行梅氏花网宝卷》。又名《失罗帕》《姣贞宝卷》。

12. 护国佑民伏魔宝卷二卷

明刊本。

《中国宝卷总目》编号0434。

13. 欢喜宝卷二卷

民国上海文元书局石印本，二册。谢少卿校。

《中国宝卷总目》编号 0003：又名《懊恼祖师欢喜宝卷》。

14. 皇极开玄出谷西林宝卷三卷

民国二十二年(1933 年)浙江绍兴厉德升等重刊、尚德斋印本，三册，上卷末署“乾隆五十二年丁未……浙绍龙惠山尚德斋郑小康、厉芝享弟子重刻”，下卷末署“民国二十二年重刻板存尚德斋刷印”。

《中国宝卷总目》编号 0368：清无云子(周惟清)撰。简名《西林宝卷》《开玄出谷西林宝卷》。

15. 绘图八宝鸾钗宝卷二卷

民国上海惜阴书局石印本。封面有“绘图八宝鸾钗宝卷，惜阴书局”。首页有“绘图八宝鸾钗宝卷，上海惜阴书局印行”。

《中国宝卷总目》编号 0004：简名《鸾钗宝卷》，又名《八宝双鸾钗宝卷》。参见另本《鸾钗宝卷》。

16. 绘图白鹤图宝卷二卷

民国上海惜阴书局石印本。封面有“绘图白鹤图宝卷，惜阴书局”。首页有“绘图凤凰白鹤图宝卷，上海惜阴书局印行”。

《中国宝卷总目》编号 0015：又名《义成宝卷》《东方圣宝卷》《龙凤白鹤图宝卷》。参见《白鹤宝卷》《鹤图宝卷》。

17. 绘图白蛇传宝卷二卷

民国上海惜阴书局石印本。封面有“绘图白蛇传宝卷，惜阴书局”。首页有“绘图白蛇传宝卷，上海惜阴书局印行，吴江陈润身署”。

《中国宝卷总目》编号 0613：又名《雷峰宝卷》。参见另本《白蛇宝卷》。

18. 绘图百花台宝卷二卷

民国上海惜阴书局石印本，陈润身校正，上下集二册。首页有“绘图百花台宝卷，上海惜阴书局印行，吴江陈润身书”。

《中国宝卷总目》编号 0038：又名《百花台双恩宝卷》。参见《百花台宝卷》(一)。

19. 绘图秀英碧玉簪宝卷二卷

民国上海惜阴书局石印本。封面有“绘图秀英碧玉簪宝卷,惜阴书局”,首页有“绘图碧玉簪宝卷,上海惜阴书局印行,陈润身书”。

《中国宝卷总目》编号1282。

20. 绘图雌雄杯宝卷二卷

民国上海惜阴书局石印本。封面有“绘图雌雄杯宝卷,惜阴书局”,封面字图均为红色。首页有“绘图雌雄杯宝卷,上海惜阴书局印行,吴江陈熙署”。

《中国宝卷总目》编号0083:简名《雌雄宝卷》。

21. 绘图刺心宝卷二卷。

民国上海惜阴书局石印本。封面有“绘图刺心宝卷,惜阴书局”。首页有“绘图刺心宝卷,上海惜阴书局印行”。

参见伦敦大学亚非学院藏本。《中国宝卷总目》编号0065:全名《浙江省嘉兴府秀水县刺心宝卷》。参见《曹王宝卷》。

22. 绘图董永卖身宝卷二卷

民国上海惜阴书局石印本。封面有“绘图董永卖身宝卷,惜阴书局”,首页有“绘图董永卖身宝卷,上海惜阴书局印行”。

同美国哈佛大学《绘图董永宝卷》一卷。《中国宝卷总目》编号0179。

23. 绘图窦娥六月雪宝卷二卷

民国上海惜阴书局石印本。封面有“绘图窦娥六月雪宝卷,惜阴书局”,首页有“绘图窦娥宝卷,又名六月雪宝卷,吴江陈润身编并题,上海惜阴书局印行”。

同美国哈佛大学《绘图窦娥六月雪宝卷》一卷。《中国宝卷总目》编号0196。

24. 绘图果报录宝卷二卷

民国上海惜阴书局石印本,二册。封面有“绘图果报录宝卷,惜阴书局”。首页有“绘图果报录宝卷,上海惜阴书局印行”。

《中国宝卷总目》编号0289：简名《果报录》，本卷为《南楼记宝卷》续编。

25. 绘图还金镯宝卷一卷

民国上海文元书局石印本。封面有“绘图还金镯宝卷，文元书局印行”。首页有“还金镯宝卷”。

同美国哈佛大学《还金镯宝卷》一卷。《中国宝卷总目》编号0420。

26. 绘图合同记宝卷二卷

民国上海惜阴书局石印本。封面有“绘图合同记宝卷，惜阴书局”，首页有“绘图合同记宝卷，附大悲咒，上海惜阴书局印行，吴江陈熙署”。

《中国宝卷总目》编号0342：又名《素贞宝卷》。

27. 绘图红楼镜宝卷二卷

民国上海文元书局石印本。封面有“绘图红楼镜宝卷，文元书局印行”。首页有“绘图红楼镜宝卷，知我山人题”。

《中国宝卷总目》编号0376：又名《金枝宝卷》《金枝玉叶宝卷》。

参见美国哈佛大学《红楼镜宝卷》一卷。

28. 绘图蝴蝶杯宝卷二卷

民国上海惜阴书局石印本。封面有“绘图蝴蝶杯宝卷，惜阴书局”。首页有“绘图蝴蝶杯宝卷，上海惜阴书局印行”。

《中国宝卷总目》编号0409：又名《忠义宝卷》。参见《佛说高唱游龟山蝴蝶杯宝卷》《游龟山宝卷》。

29. 绘图黄糠宝卷二卷

民国二十二年（1933年）浙江绍兴厉德升等重刊、尚德斋印本，三册，上卷末署“乾隆五十二年丁未……浙绍龙惠山尚德斋郑小康、厉芝享弟子重刻”，下卷末署“民国二十二年重刻板存尚德斋刷印”。封面有“绘图黄糠宝卷，惜阴书局”，首页有“绘图黄糠宝卷，陈德题”。

同美国哈佛大学《绘图黄糠宝卷》。《中国宝卷总目》编号0401。

30. 绘图回郎宝卷一卷

清光绪十九年（1893年）苏城玛瑙经房重刊本《回郎宝卷》附刊“七

七宝卷一卷，吃斋经一卷，花名宝卷一卷，法船经一卷”。

同美国哈佛大学《回郎宝卷》。《中国宝卷总目》编号0336。

31. 绘图李三娘宝卷二卷

民国上海惜阴书局石印本。封面有“绘图李三娘宝卷，惜阴书局”。首页有“苦尽甜来磨房卷，绘图李三娘宝卷，上海惜阴书局印行，陈润身署首”。

《中国宝卷总目》编号0585：简名《李三娘宝卷》《磨房宝卷》，参见《白兔记宝卷》。

32. 绘图刘香女宝卷二卷

(1) 民国上海惜阴书局石印本。封面有“绘图刘香女宝卷，惜阴书局”。首页有“绘图刘香女宝卷，上海惜阴书局印行，陈德书”。

(2) 清姚邑聚文炳记刊本。封面有“刘香宝卷，姚邑聚文炳记藏板”。

见美国哈佛大学《太华山紫金岭两世修行刘香宝卷》二卷。《中国宝卷总目》编号0642。

33. 绘图龙凤配宝卷二卷

民国上海惜阴书局石印本。封面有“绘图龙凤配宝卷，惜阴书局”。首页有“绘图龙凤配宝卷，上海惜阴书局印行”。

《中国宝卷总目》编号0654：太原醉痴生编。

34. 绘图龙凤锁宝卷

民国上海惜阴书局石印本。封面有“绘图龙凤锁宝卷，惜阴书局”。首页有“龙凤锁宝卷，又名金凤卷，史梅亭跋”。

《中国宝卷总目》编号0655：又名《金凤宝卷》。参见另本《金凤宝卷》《凤春宝卷》。

35. 绘图洛阳桥宝卷一卷

民国上海惜阴书局石印本，封面有“绘图洛阳桥宝卷，惜阴书局”。首页有“绘图洛阳桥宝卷，上海惜阴书局印行，吴江陈润身书首”。

《中国宝卷总目》编号0597：又名《受生宝卷》《洛阳受生宝卷》《洛阳造桥》《洛阳大桥》。参见《寿生宝卷》《阴司赎罪宝卷》。

36. 绘图落金扇宝卷二卷

民国上海惜阴书局石印本。封面有“绘图落金扇宝卷，惜阴书局”。首页有“绘图落金扇宝卷，上海惜阴书局印行，吴江陈润身署”。

《中国宝卷总目》编号0619：又名《王龙斗法宝宝卷》。

37. 绘图梅花戒宝卷二卷

民国五年（1916年）上海文益书局石印本，二册。封面有“绘图梅花戒宝卷，文元书局印行”。首页有“梅花戒宝卷”。

同美国哈佛大学《绘图梅花戒宝卷》二卷（上下卷）。《中国宝卷总目》编号0718。

38. 绘图蜜蜂记宝卷二卷

民国上海惜阴书局石印本。首页有“绘图蜜蜂记宝卷，上海惜阴书局印行，吴江陈润身编题”。

《中国宝卷总目》编号0730：吴江陈润身编。

39. 绘图南楼宝卷二卷

民国上海惜阴书局石印本。封面有“绘图南楼宝卷，惜阴书局”。首页有“绘图南楼宝卷，上海惜阴书局印行”。

《中国宝卷总目》编号0763：本卷为《倭袍宝卷》的续编，接续《果报录宝卷》。

40. 绘图赵五娘琵琶记宝卷二卷

民国上海惜阴书局石印本。封面有“绘图赵五娘琵琶记宝卷，惜阴书局”。首页有“绘图琵琶记宝卷，上海惜阴书局印行，吴江陈润身署首”。

《中国宝卷总目》编号1574：简名《贤孝宝卷》，又名《赵五娘琵琶记宝卷》《赵五娘贤孝宝卷》。参见《琵琶宝卷》。

41. 绘图杀子报宝卷二卷

民国上海惜阴书局石印本。封面有“绘图杀子报宝卷，惜阴书局”。首页有“绘图杀子报宝卷，上海惜阴书局印行”。

《中国宝卷总目》编号1008：又名《伸冤宝卷》《通州案宝卷》。

42. 绘图生死牌宝卷二卷

民国上海文元书局石印本。封面有“绘图生死牌宝卷，上海文元书局印行”。首页有“抢生死牌宝卷，袁氏蔚山署首”。

同美国哈佛大学《新出抢生死牌宝卷》一卷。《中国宝卷总目》编号0847。

43. 绘图十美图宝卷二卷

民国上海惜阴书局石印本。封面有“绘图十美图宝卷，惜阴书局”，封面字图均为红色。首页有“绘图十美图宝卷，上海惜阴书局印行，吴江陈熙署首”。

同美国哈佛大学《绘图十美图宝卷》二卷（上下集）。《中国宝卷总目》编号0957。

44. 绘图双贵图宝卷二卷

民国上海惜阴书局石印本。封面有“绘图双贵图宝卷，惜阴书局”。首页有“绘图双贵图宝卷，上海惜阴书局印行”。

《中国宝卷总目》编号1035。

45. 绘图双蝴蝶宝卷二卷

民国上海惜阴书局石印本。封面有“绘图双蝴蝶宝卷，惜阴书局”。首页有“绘图徐子建双蝴蝶宝卷，上海惜阴书局印行，陈德署首”。

《中国宝卷总目》编号1037：以“双蝴蝶”为异名的宝卷有《白罗三宝卷》《徐子建双蝴蝶宝卷》《梁祝宝卷》三种。

46. 绘图双兰英宝卷二卷

民国上海惜阴书局石印本。封面有“绘图双兰英宝卷，惜阴书局”。首页有“绘图双兰英宝卷，原名双金花大团圆，上海惜阴书局印行，陈润身署”。

见芝加哥大学图书馆藏《兰英宝卷》二卷。《中国宝卷总目》编号0675。

47. 绘图双玉玦宝卷二卷

民国上海惜阴书局石印本。封面有“绘图双玉玦宝卷，惜阴书局”。

首页有“绘图双玉玦宝卷,上海惜阴书局印行,陈润身书”。

《中国宝卷总目》编号 0309:参见《顾鼎臣双玉玦宝卷》。

48. 绘图双玉燕宝卷二卷

民国上海惜阴书局石印本。封面有“惜阴书局”。首页有“绘图双玉燕宝卷,上海惜阴书局印行”。

同美国哈佛大学《双玉燕宝卷》二卷。《中国宝卷总目》编号 1068。

49. 绘图太平赵素贞宝卷二卷

民国二十四年(1935 年)上海惜阴书局石印本,二册。卷名《太平赵素贞宝卷》。封面有“绘图太平赵素贞宝卷,惜阴书局”。首页有“绘图太平赵素贞宝卷,上海惜阴书局印行”。

《中国宝卷总目》编号 1095:又名《太平赵素贞宝卷》《赵素贞宝卷》《太平宝卷》。

50. 绘图天仙女宝卷二卷

民国上海惜阴书局石印本。封面有“绘图天仙女宝卷,惜阴书局”。首页有“绘图仙女宝卷,上海惜阴书局印行,陈德署”。

《中国宝卷总目》编号 1083。

51. 绘图倭袍宝卷二卷

民国上海惜阴书局石印本。封面有“绘图倭袍宝卷,惜阴书局”。首页有“绘图倭袍宝卷,上海惜阴书局印行”。

《中国宝卷总目》编号 1201:本卷后续《南楼宝卷》《果报录宝卷》。

52. 绘图乌金记宝卷二卷

民国上海惜阴书局石印本。封面有“绘图乌金记宝卷,惜阴书局”。首页有“绘图乌金记宝卷,上海惜阴书局印行”。

《中国宝卷总目》编号 1197。

53. 绘图孝灯记宝卷二卷

民国上海惜阴书局石印本。封面有“绘图孝灯记宝卷,惜阴书局”。首页有“绘图孝灯记宝卷,上海惜阴书局印行,吴江陈润身署首”。

《中国宝卷总目》编号 1263。

54. 绘图杏花宝卷一卷

民国上海文元书局石印本。封面有"绘图杏花宝卷,文元书局印行"。首页有"杏花宝卷"。

《中国宝卷总目》编号1279:又名《积谷宝卷》《杏花得道》。

55. 绘图养媳妇宝卷二卷

民国上海惜阴书局石印本,吴江陈润身辑。封面有"绘图养媳妇宝卷,惜阴书局",首页有"绘图养媳妇宝卷,上海惜阴书局印行,吴江陈润身辑并署"。

《中国宝卷总目》编号1308:简名《养媳妇宝卷》。

56. 绘图药茶记宝卷二卷

民国上海惜阴书局石印本。封面有"绘图白鹤图宝卷,惜阴书局"。首页有"绘图凤凰白鹤图宝卷,上海惜阴书局印行"。

同美国哈佛大学《绘图苏凤英药茶记宝卷》一卷。《中国宝卷总目》编号0949。

57. 绘图玉带记宝卷二卷

民国上海惜阴书局石印本。封面有"绘图白鹤图宝卷,惜阴书局"。首页有"绘图凤凰白鹤图宝卷,上海惜阴书局印行,东邑题"。

同美国哈佛大学《刘文英宝卷》二卷(上下卷)。《中国宝卷总目》编号0640。

58. 绘图玉连环宝卷二卷

民国上海惜阴书局石印本。封面有"绘图玉连环宝卷,惜阴书局"。首页有"绘图玉连环宝卷,上海惜阴书局印行,陈润身题"。

《中国宝卷总目》编号1476:又名《玉环宝卷》。

59. 绘图玉蜻蜓宝卷二卷

民国上海惜阴书局石印本。封面有"绘图玉蜻蜓宝卷,惜阴书局"。首页有"绘图玉蜻蜓宝卷,上海惜阴书局印行,吴江陈润身署"。

同美国哈佛大学《玉蜻蜓宝卷》二卷(上下卷)。《中国宝卷总目》编号1471。

60. 绘图玉英宝卷一卷

(1) 清光绪三年(1877年)越郡剡北重刊本。卷末有“越郡剡北重刻”。

(2) 民国三年(1914年),上海文元书局石印本。封面有“绘图玉英宝卷,文元书局印行”。首页有“玉英宝卷,民国三年春月出版,李节齐题”。

同美国哈佛大学《玉英宝卷》一卷。《中国宝卷总目》编号1473。

61. 绘图珍珠塔宝卷二卷

(1) 清光绪十六年(1890年)杭州玛瑙经房(慧空经房)刊本。卷末有“板存杭省下城头巷景文斋刻字铺”。

(2) 民国上海惜阴书局石印本。封面有“绘图珍珠塔宝卷,惜阴书局”。首页有“绘图珍珠塔宝卷,上海惜阴书局印行,陈德书”。

同美国哈佛大学《绘图珍珠塔宝卷》二卷。《中国宝卷总目》编号1540。

62. 绘图姊妹花宝卷二卷

民国上海惜阴书局石印本。封面有“绘图姊妹花宝卷,惜阴书局”。首页有“绘图姊妹花宝卷,上海惜阴书局印行,吴江陈润身辑”。

《中国宝卷总目》编号1502:吴江陈润身辑,《再生花宝卷》前部。

63. 兰英宝卷二卷

民国上海惜阴书局石印本。

见芝加哥大学图书馆藏《兰英宝卷》二卷。《中国宝卷总目》编号0675。

64. 梁皇宝卷全集一卷

清光绪十四年(1888年)杭省西湖昭庆寺慧空经房刊本,一册。卷末附《叹骷髅》《上大人诗注》。卷末有“板存杭省西湖昭庆寺慧空经房印造,大清光绪十四年岁戊子浴佛节校订”。

《中国宝卷总目》编号0607:参见《佛说梁皇宝卷》。

65. 卖花宝卷一卷

清光绪十九年(1893年)苏城玛瑙经房刊本。卷首有“光绪十九年春重刻，卖花宝卷，苏城玛瑙经房藏板”。

同美国哈佛大学《金不换宝卷》二卷。《中国宝卷总目》编号1567。

66. 孟姜仙女宝卷一卷

民国上海文元书局石印本。

《中国宝卷总目》编号0712：云山风月主人编，琅琊松堂氏评订。简名《孟姜宝卷》《孟姜女卷》《仙女卷》，又名《孟姜仙女节义卷》。参见《孟姜女宝卷》。

67. 弥勒佛说地藏十王宝卷二卷附附录一卷

上卷清光绪三十年（1904年）长桥清瑞庵重刊，下卷杭城玛瑙经房重刊本，附录清光绪二十五年（1899年），剡东净心庵刊。

《中国宝卷总目》编号0746：简名《十王宝卷》《地藏十王宝卷》《弥勒地藏十王宝卷》。参见另本《十王宝卷》。

68. 妙英宝卷全集一卷

参见《妙英宝卷》（一）、《妙音宝卷》。清光绪十六年（1890年）玛瑙经房刊本。

卷末有“玛瑙经房印造”。

《中国宝卷总目》编号0700。

69. 目连三世宝卷三卷

宣统元年（1909年）苏城玛瑙经房刊本。卷首有“宣统元年春王月刻，目连三世宝卷，苏城玛瑙经房藏板”。

《中国宝卷总目》编号0694：又名《目连救母三世宝卷》《三世救母目连宝卷》《目连宝卷》。参见《目连宝卷》（一）、《三世救母目连记全传》。

70. 潘公宝卷三卷

（1）清光绪二年（1876年）重刊本。封面有“潘公免灾宝卷”。首页有“光绪二年丙子春校正重镌，潘公免灾宝卷，三卷合编”。次页有《劫海慈航图》。

（2）清光绪二十五年（1899年）香鸾山斋刊本。封面有“潘公宝卷，普善堂”。首页有“光绪己亥冬重镌，香鸾山斋藏板”。次页有“雅溪张门蔡氏同子月华思翻刊”。

《中国宝卷总目》编号0804：清潘沂（功甫）撰，简名《潘公宝卷》《免灾宝卷》《潘公免灾宝卷》。又名《免灾救难宝卷》。

71. 普陀宝卷一卷

清光绪二十年（1894年）苏城玛瑙经房刊本。

《中国宝卷总目》编号0800：清张德方撰，简名《普陀宝卷》，又名《观音建普陀宝卷》《黄（王）有金宝卷》。参见《清凉势至宝卷》。

72. 全图十殿宝卷一卷

民国上海惜阴书局石印本。

《中国宝卷总目》编号0954：参见《十王宝卷》。

73. 如如老祖化度众生指往西方宝卷全集一卷

清玛瑙寺经房刊本。卷末有“板存玛瑙寺经房印造流通，现住武林大街弼教坊便是”。

《中国宝卷总目》编号0883：简称《如如宝卷》《如如宝卷全集》。参见《佛说如如老祖宝卷》。

74. 三世修行黄氏宝卷二卷

清杭州昭庆寺慧空经房刊本，一册。嘉郡倪秀章、倪之端校订。

同美国哈佛大学《三世修道黄氏宝卷》一卷。《中国宝卷总目》编号0914。

75. 山西平阳府平阳村秀女宝卷全集一卷

民国三年（1914年）杭州玛瑙经房刊本。

同美国哈佛大学《山西平阳府平阳村秀女宝卷》一卷。《中国宝卷总目》编号1281。

76. 鼠瘟宝卷一卷

清李善保撰，宣统三年（1911年）天津黄氏石印本，一册。卷末载宣统二年李善保跋、宣统三年泉唐信士何炯跋。

《中国宝卷总目》编号1020。

77. 太子宝卷一卷

清浙杭慧空经房刊本。

同美国哈佛大学《悉达太子宝卷》一卷。《中国宝卷总目》编号1314。

78. 唐僧宝卷二卷

民国上海惜阴书局石印本。

同美国哈佛大学《唐僧宝卷》二卷。《中国宝卷总目》编号1128：又名《唐僧取经宝卷》《三藏取经》《真经宝卷》。参见《江流宝卷》《江流僧复仇报本宝卷》《唐僧出世宝卷》《西游记宝卷》《西藏宝卷》《三藏法师出世因由宝卷》《长生宝卷》(一)。

79. 无上圆明通正生莲宝卷二卷附扫邪归正论一卷附无云子遗训一卷

清浙越剡北孙兴德等捐钱助刊本，一册。卷首乾隆五十年无云子(周惟清)《圆明通正生莲序》，卷末附刊《扫邪归正论》《无云子遗训》。

《中国宝卷总目》编号1211。

80. 五祖黄梅宝卷二卷

民国十一年(1922年)浙杭西湖慧空经房刊本。卷末有“中华民国拾壹年岁次壬戌四月重刊，板存浙杭西湖慧空经房印造流通”。

同美国哈佛大学《黄梅五祖宝卷》一卷。《中国宝卷总目》编号1170。

81. 现世宝卷二卷

清光绪五年(1879年)杭州玛瑙寺经房重刊本。卷尾有“大清光绪五年重刊，版存杭州大街玛瑙寺经房流通”。

同美国哈佛大学《现世宝卷》二卷。《中国宝卷总目》编号1307。

82. 香山宝卷

同治十年(1871年)世家堂刊本。封面有“同治拾年新镌，香山宝卷，世家堂藏版”。

同美国哈佛大学《香山宝卷》二卷。《中国宝卷总目》编号1290。

83. 修行明宗月微宝卷三卷

清光绪二年(1876年)余姚刊本，一册。卷首载同治十三年(1874

年)余姚谢氏通顺主人序。卷首有“乐山谢尚德检阅,越东余姚邵光绪纂辑,刘氏烈女翼教辅由”。

《中国宝卷总目》编号 1301：清余姚邵光绪纂辑,东山谢尚德检阅,简名《月微宝卷》。

84. 绣像韩湘宝卷十八回

清光绪二十年(1894 年)上海翼化堂刊本。卷首有“光绪甲午重镌,绣像韩湘宝卷,上海翼化堂藏版”。

《中国宝卷总目》编号 0414：题云山烟波钓徒风月主人撰。参见《韩仙宝传》《韩祖成仙宝传》《韩湘子度妻宝卷》《韩湘子宝卷》《湘子问道宝卷》《湘子度林英宝卷》《升仙宝录》《兰关宝卷》。

85. 雪梅宝卷全集二卷

清光绪十一年(1885 年)杭省慧空经房刊、景文斋刻字铺刻本。封面有“雪梅宝卷全集,浙杭慧空经房印造流通”。卷末有“板存杭省下城头巷内景文斋刻字铺刷印寄售”。

同美国哈佛大学《雪梅宝卷》二卷。《中国宝卷总目》编号 1309。

86. 延寿宝卷一卷

宣统元年(1909 年)上海翼化堂善书局刊本。

《中国宝卷总目》编号 1404。

87. 灶君宝卷一卷

民国十一年(1922 年)上海翼化堂善书坊刊本。首页有“民国十一年春月新刊,灶君宝卷,上海翼化堂善书坊发行”,卷末载清光绪十年毗陵守然子跋。

同美国哈佛大学《灶君宝卷》一卷。《中国宝卷总目》编号 1498。

88. 湛然宝卷一卷

清光绪二年(1876 年)杭省玛瑙经房刊本,一册。卷末载咸丰六年(1856 年)唐思恩及无名氏跋。卷末有“板存玛瑙经房住杭省大街弼教坊”。

同美国哈佛大学《湛然宝卷》二卷。《中国宝卷总目》编号 1571。

89. 赵氏贤孝宝卷二卷

清杭州慧空经房刊本。卷末有“板存西湖慧空经房”。民国上海惜阴书局石印本，二册。

《中国宝卷总目》编号 1574：简名《贤孝宝卷》，又名《赵五娘琵琶记宝卷》《赵五娘贤孝宝卷》。参见《琵琶宝卷》。

90. 真修宝卷二卷

民国上海惜阴书局石印本。

同美国哈佛大学《真修宝卷》。《中国宝卷总目》编号 1550。

91. 二十四孝报娘恩

清末刊本，卷首题《佛说报恩卷》，书口题《怀胎卷》。巾箱本，一册。

《中国宝卷总目》编号 0201：又名《佛说报恩卷》《怀胎卷》。参见《怀胎宝卷》。

92. 混元弘阳飘高祖临凡经二卷二十四品

明刊折本，二册。卷名《混元弘阳临凡飘高经》。

《中国宝卷总目》编号 0388：明韩太湖撰。弘阳教“五部经”之一。卷首题《混元弘阳佛如来无极飘高祖临凡宝卷》。简名《临凡经》，又名《混元弘阳临凡飘高经》。

93. 混元弘阳显性结果经二卷二十四品

明末清初刊折本，存上卷一册。

《中国宝卷总目》编号 0392。

94. 结经分句略解

清光绪十一年（1885 年）杭州昭庆寺玛瑙经房刊本，书口题《结经宝卷》。与《天缘经偈略解》合刊一册。书名《天缘结经注解》，又名《天缘结经录》。卷末附《大乘堂规》二十八条。

《中国宝卷总目》编号 0515：又名《结经宝卷》。

95. 七真祖师列仙传一卷

清光绪十九年（1893 年）序刊本，一册。附《性命至理论》一卷。

《中国宝卷总目》编号 0812。

96. 三官宝卷

清光绪十三年(1887年)杭州玛瑙经房重刊本。

《中国宝卷总目》编号0898:又名《三元宝卷》。参见《三元成道宝卷》《三官显圣宝卷》《太上三元忠孝三官宝卷》。

97. 双珠凤宝卷

民国上海惜阴书局石印本,二册。卷名《文必正双珠凤宝卷》。

《中国宝卷总目》编号1070:又名《珠凤宝卷》《双珠宝卷》《双珠凤奇缘宝卷》《五美图宝卷》《文必正双珠凤宝卷》。

98. 玄妙镜入道真诠二卷

清光绪三十二年(1906年)苏城玛瑙经房重刊本,二册。

《中国宝卷总目》编号1252。

99. 消灾延寿阎王卷

清树德堂洪道果刊本。封面有"消灾延寿阎王卷"。尾页有"树德堂洪道果敬印送"。

同牛津大学《消灾延寿阎王经》一卷。《中国宝卷总目》编号1306。

100. 众喜粗言五卷。

民国十八年(1929年)浙绍蒿坝龙惠山尚德斋主人谢氏重刊本,五册。见返"众喜粗言宝卷"。题签"众喜宝卷"。

《中国宝卷总目》编号1559:清陈众喜撰,又名《众喜粗言》。

第五节　广 岛 大 学[①]

1. 报母血盆经(存上卷)附莲花乐

民国六年(1917年)务善堂书局刊本,一册。卷末附《莲花乐》曲。

---

① 本目的编撰参考了山下一夫论文《日本广岛大学收藏宗教经卷的整理情况》,该文收入《中国宝卷国际研讨会论文集》,广陵书社,2016年。部分宗教经卷并非宝卷,编目时已做了界定区分。

《中国宝卷总目》编号 0052。

2. 翠莲宝卷(存上卷)

版本不详。卷末有“众姓捐赀开后”,并列举出资者姓名,其中有永和县、祁县、涉县、蒲县、塘城、长邑、屯邑、寿阳等地名。

《中国宝卷总目》编号 0086:又名《借尸还魂宝卷》《送南瓜宝卷》。参见《李翠莲拾金钗大转皇宫》。

3. 皇极金丹九莲正信皈真还乡宝卷二卷二十四品

(1) 嘉靖二年(1523 年)重刊本。嘉靖刊本卷末有“嘉靖二年五月吉日重刊”。

(2) 宣统元年(1909 年)刊本。宣统刊本卷首有“元始天尊化身黄九祖师著,中一老人鉴定,青阳山人易南子沐手拜阅校正”。

同早稻田大学《皇极金丹九莲正信皈真还乡宝卷》二卷(上下卷)。《中国宝卷总目》编号 0369。

4. 苦功悟道经一卷十八品

崇祯元年(1628 年)王海潮重刊本。卷末有“崇祯元年岁次戊辰孟春谷旦,华阳道人王海潮重梓”。

《中国宝卷总目》编号 0551:明罗清(梦鸿)撰,“五部六册”之一,简名《悟道卷》,又名《苦工(功)经》《苦功宝卷》《苦心悟道经》《苦行悟道卷(经)》《大乘苦功悟道卷(经)》《净心经》等。

5. 潘公免灾救难宝卷三卷

版本不详。

《中国宝卷总目》编号 0804:清潘沂(功甫)撰。简名《潘公宝卷》《免灾宝卷》《潘公免灾宝卷》。又名《免灾救难宝卷》。

6. 破迷宗旨一卷四论

清刊本。封面有“破迷宗旨,儒童老人著”。卷首有“咸丰四年秋易三子沐手敬撰”。首页有“后学锦圆氏、青溪氏、仁德氏、智体氏、德全氏同梓”。

《中国宝卷总目》编号 0777:清儒童老人(彭德源)撰。

7. 普明佛收元送道一卷

版本不详。卷末附《是非异端邪正》《坤道师表》《坤道必读》《绿规章四则》《静室规条》。

《中国宝卷总目》未著录。

8. 普明古佛遗留白花玉篆之图一卷

版本不详。封面有“观世音菩萨经”。封内有“普明古佛遗留白花玉篆之图”。

《中国宝卷总目》未收录。

9. 普明古佛遗留慕篆文底一卷

折抄本。

《中国宝卷总目》未收录。

10. 普明如来无为了义宝卷二卷

万历二十七年(1599年)重刊折本(存下卷)。万历刊本卷末有“万历二十七年孟冬重刻”。

《中国宝卷总目》编号0794:明普明(李宾)撰。黄天教宝卷。简名《普明宝卷》。

11. 双花宝卷

光绪二十年(1894年)钱泰昌抄本。封面有“双花宝卷,钱椿念”。末页有“光绪贰拾年杏月立日,钱泰昌沐手抄录”。

同美国哈佛大学《双花宝卷》一卷。《中国宝卷总目》编号1038。

12. 五公末劫真经一卷

民国十八年(1929年)北京杨竹斜坊永盛斋刊本。封面有“民国己巳年戊辰月,五公末劫真经,板存北京杨竹斜街坊永盛斋”。

《中国宝卷总目》编号1156。

13. 五字真经杳杳冥冥清净持诵宝卷一卷

宣统元年(1909年)抄本。卷末有“邱祖龙门派记□□弟子抄,宣统元年己酉庚午月足王日”。

《中国宝卷总目》未收录。

14. 修真宝传

版本不详。首页有“修真宝传因果全集”。

同美国哈佛大学《重刻修真宝传》一卷。《中国宝卷总目》编号 1302。

15. 幽冥宝传

（1）光绪二年（1876 年）清源堂重刊本。封面有“光绪二年重刊，幽冥宝传，清源堂”。

（2）兴和明善堂书局石印本。封面有“幽冥宝传，兴和明善堂书局石印”。

（3）积善堂刊本。封面有“幽冥宝传，积善堂”。

《中国宝卷总目》编号 0690：简名《幽冥宝传》《幽冥传》，又名《目连救母宝传》《目连僧救母幽冥宝卷》《幽冥宝卷》《幽冥宝训》。参见《目连宝卷》（一）。

16. 玉英宝卷一卷

越郡剡北重刊本。卷末有“越郡剡北重刻”。

同美国哈佛大学《玉英宝卷》一卷。《中国宝卷总目》编号 1473。

17. 月结宝卷一卷

抄本。卷首有“新抄月结宝卷壹部”。

《中国宝卷总目》未收录。

18. 正信除疑无修证自在经一卷二十五品

版本不详。卷首有“明金台雾灵山罗大士著述，金陵华阳居士王海潮会解，中岳少室沙门海滨较正，淳溪常住居士邢振羽、濑上常明居士章浑参阅”。

见美国哈佛大学《正信除疑无修证自在宝卷》一卷。《中国宝卷总目》编号 1518。

第六节　佛教大学

1. 何仙姑宝卷二卷

版本不详。

《中国宝卷总目》编号 0347：又名《吕祖师度何仙姑因果卷》。参见《何仙宝传》《孝女宝卷》。

见美国哈佛大学燕京图书馆藏《何仙姑宝卷》。

2. 江南松江府华亭县白沙邨孝修回郎宝卷

清光绪十九年(1893 年)苏城玛瑙经房刊本。封面有“光绪十九年春重刻,苏城玛瑙经房藏板”。卷末有“光绪二十年十一月望日毕工退补卢主人校准印行,苏城玛瑙经房印造流通”。卷末附七七卷、吃斋经、花名宝卷、法船经。

同美国哈佛大学《回郎宝卷》。《中国宝卷总目》编号 0336。

3. 妙英宝卷全集

清光绪十六年(1890 年)苏城玛瑙经房刊本。封面有“光绪十九年春重刻,苏城玛瑙经房藏板”。卷末有“板藏苏城护龙街中玛瑙经房,印造各种经忏善书良方书籍发兑”。

《中国宝卷总目》编号 0700：参见《妙英宝卷》(一)、《妙音宝卷》。

4. 鸟窝禅师度白侍郎

清光绪十一年(1885 年)步云阁刊本。卷末有“光绪拾壹年仲夏,步云阁重刊”。

见牛津大学藏《白侍郎宝卷》。

5. 钱果顺回文宝传

清光绪二十五年(1899 年)刊本。卷首有“光绪二十五年正月二十日成刻”。

同美国哈佛大学《回文宝卷》一卷。《中国宝卷总目》编号 0340。

6. 秀英宝卷

清光绪十五年(1889 年)刊本。封面有“光绪己丑年孟春新刊,苏城玛瑙经房藏板”。

同美国哈佛大学《秀英宝卷》二卷。《中国宝卷总目》编号 1282。

7. 延寿宝卷

清宣统元年(1909 年)上海翼化堂书局刊本。卷末有“上海翼化堂书局藏板”。

同美国哈佛大学《绘图延寿宝卷》一卷。《中国宝卷总目》编号 1404。

8. 灶君宝卷

民国十一年(1922 年)上海翼化堂善书坊刊本。封面有“民国十一年春月新刊,上海翼化堂善书坊发行”。卷末有“板存上海邑庙园内翼化堂书房刷印”。

同美国哈佛大学《灶君宝卷》一卷。《中国宝卷总目》编号 1498。

9. 张氏三娘卖花宝卷全集

清末苏城玛瑙经房刊本。卷末有“板藏苏城玛瑙经房印造”。

同美国哈佛大学《金不换宝卷》二卷。《中国宝卷总目》编号 1567。

10. 真修宝卷

清道光十二年(1832 年)序刊本。序有“道光壬辰孟冬阳湖刘暎华”。

同美国哈佛大学《真修宝卷》。《中国宝卷总目》编号 1550。

11. 指真宝卷

清光绪二十六年(1900 年)苏城玛瑙经房刊本。封面有“光绪庚子年新刻,苏城玛瑙经房印造”。

同美国哈佛大学《孝道宝卷》一卷。《中国宝卷总目》编号 1541。

12. 重刻辟邪归正消灾延寿立愿宝卷

清光绪七年(1881 年)刊本。封面有“光绪七年重镌”。

同美国哈佛大学《辟邪归正消灾延寿立愿宝卷》一卷。《中国宝卷总目》编号 0801。

第七节　矶部彰[1]

1. 纯阳宝卷

清光绪三十三年(1907 年)翼化堂刊本。

同美国哈佛大学《纯阳祖师说三世因果宝卷》一卷。《中国宝卷总目》编号 0108。

2. 观音十二圆觉

清光绪九年(1883 年)刊本。

参见早稻田大学风陵文库。《中国宝卷总目》编号 0323。

3. 何仙姑宝卷

清刊本。

《中国宝卷总目》编号 0347：又名《吕祖师度何仙姑因果卷》。参见《何仙宝传》《孝女宝卷》。

见美国哈佛大学燕京图书馆藏《何仙姑宝卷》。

4. 湖广荆州府永庆县修行梅氏花綱宝卷

清刊本。

参见欧大年藏本。《中国宝卷总目》编号 0720：简名《花网宝卷》。刊印本卷首多题名为《湖广荆州府永庆县修行梅氏花网宝卷》。又名《失罗帕》《姣贞宝卷》《梅氏花网宝卷》。

5. 黄氏宝傅

甲寅年刊学善堂刊本。

同美国哈佛大学《三世修道黄氏宝卷》一卷。《中国宝卷总目》编号 0914。

---

① 矶部彰先生藏卷目录,参看陈安梅教授《中国宝卷在日本》,该文收入王定勇主编《中国宝卷国际研讨会论文集》,广陵书社,2016 年,第 61—62 页。

6. 立愿宝卷

清光绪二十四年(1898年)抄本。卷末有"立愿宝卷终光绪戊戌二拾四年菊月周氏抄藏立",并有"啸园"印章。《辟邪归正消灾延寿立愿宝卷》与《仙传立愿宝卷》均简称《立愿宝卷》,未见矶部彰所藏原本,故同列两卷版本。

《中国宝卷总目》编号1248:简名《立愿宝卷》。

7. 众喜粗言

清光绪六年(1890年)重刊本。

《中国宝卷总目》未收录。

8. 刘香宝卷全集

清光绪二十四年(1898年)重刻本。

见美国哈佛大学《太华山紫金岭两世修行刘香宝卷》二卷。《中国宝卷总目》编号0642。

9. 香山宝卷

清同治十一年(1872年)重刊本。

同美国哈佛大学《香山宝卷》二卷。《中国宝卷总目》编号1290。

10. 圆明十报恩宝卷

民国十六年(1927年)重刊本。

《中国宝卷总目》编号1485:简名《圆明宝卷》《十报恩》。又名《大道无相圆明结果十报恩》。

第八节　大渊忍尔、大渊慧真父子[①]

1. 护国灵感隆恩真君宝卷二卷二十四品

清刊折本,二册。

---

① 大渊忍尔,日本冈山大学教授。本编目参考了日本大正大学吉冈义丰《故大渊慧真教授的遗业》,《东方宗教》第3号。

《中国宝卷总目》编号 432：明弘阳教宝卷。简名《灵官宝卷》。

2. 大梵先天斗母圆明宝卷二卷二十品

清康熙刊折本，二册。

《中国宝卷总目》编号 0131：清金尔善撰。

3. 东岳天齐仁圣大帝宝卷二卷二十四品

清初刊折本，存上卷十二品。

《中国宝卷总目》编号 0167。

4. 皇极金丹九莲正信归(皈)真还乡宝卷

二卷二十四品，清乾隆(?)刊本，折本二册。

《中国宝卷总目》编号 369：又名《皇极经》《皇极宝卷》《皇极宝卷真经》《皇极还乡经》《皇极还乡宝卷》《皇极金丹九莲宝卷》《九莲经》《九莲正信宝卷》《九莲如意皇极宝卷真经》《金丹九莲经》《金丹九品正信归真还乡宝卷》等。

5. 护国灵感隆恩真君宝卷二卷二十四品

清刊折本，二册。

《中国宝卷总目》编号 0432：明弘阳教宝卷。简名《灵官宝卷》。

6. 金阙化身玄(元)天上帝宝卷二卷二十四品

明刊折本，存上卷十二品，一册。海内外孤本。

参见《中国宝卷总目》编号 477：简名《玄(元)天上帝卷》《真武宝卷》。按，清代文献中“玄”字讳作“元”。

7. 巍巍不动太山深根结果宝卷一卷二十四品

清康熙十四年(1675 年)赵从德刊本，一册。

《中国宝卷总目》编号 1224。

8. 销释混元弘阳大法祖明经三卷

明刊折本，一册。

《中国宝卷总目》编号 1338。

9. 销释普贤菩萨度华亭宝卷二卷

明刊折本，存上卷一册，海内外孤本。

《中国宝卷总目》编号 1359：又名《销释普贤菩萨度华亭县生天宝卷》。

第九节　日本大正大学吉冈义丰

1. 古佛天真考证龙华宝经四卷二十四品

清初刊折本，二册。

《中国宝卷总目》编号 0283：简名《龙华经》《龙华宝卷》《龙华宝经》。又名《古佛天真考证龙华宝卷》。

2. 古佛天真收圆结果龙华宝忏八卷四十八品

民国七年（1918 年）四川合川县慈善会重刊本，二册。卷首载“大明礼部尚书马自强奏九华山老僧悉缘奉龙华忏经一部进呈御览，万历二十七年闰四月钦奉上论”及《刻龙华忏序》（两篇）、《重刊龙华宝忏序》。海内外孤本。

《中国宝卷总目》编号 0284：简名《龙华宝忏》《龙华忏经》。

3. 混元弘阳显性结果经二卷二十四品

明刊大型折本，一册。

《中国宝卷总目》编号 0392：明韩太湖撰。弘阳教“五部经”之一。简名《结果经》《弘阳显性结果经》，又名《弘阳秘妙显性结果经》。卷末附《凡圣交参中华序》。

4. 苦功悟道卷一卷十八品

（1）明嘉靖二十八年（1549 年）刊折本，一册。附载《铁酸馅》〔驻云飞〕三十二分。

（2）明万历二十三年（1595 年）刊折本，一册。

《中国宝卷总目》编号 0551：明罗清（梦鸿）撰。“五部六册”之一。简名《悟道卷》。又名《苦工（功）经》《苦功宝卷》《苦心悟道经》《苦行悟道卷（经）》《大乘苦功悟道卷（经）》《净心经》等。

5. 弥勒佛说地藏十王宝卷二卷

清光绪十一年(1885年)北京党版杭城重刊本,二册。

《中国宝卷总目》编号0746：简名《十王宝卷》《地藏十王宝卷》《弥勒地藏十王宝卷》。参见另本《十王宝卷》。

6. 破邪显证钥匙卷二卷二十四品

明正德四年(1509年)原刊折本,二册。吉冈义丰藏本存卷下一册。

《中国宝卷总目》编号0779：明罗清撰。罗著“五部六册”之一。简名《破邪经》《破邪宝卷》《钥匙经卷》。又名《破邪显证宝经》《破邪显证鎗匙经》《破邪显证钥匙宝经》《大乘破邪显证钥匙宝经》等。

7. 太上说双珠球义侠记道场

吉冈义丰收藏本宝卷上卷。

《中国宝卷总目》编号1103：清江太吉撰,参见《双珠球宝卷》。

8. 巍巍不动太山深根结果宝卷一卷二十四品

(1) 明正德四年(1509年)原刊折本,一册。

(2) 明万历刊折本,一册。

(3) 清康熙刊本,一册。

《中国宝卷总目》编号1224：明罗清(梦鸿)著。罗撰“五部六册”之一。简名《太(泰)山宝卷》《太(泰)山经》《泰山深根宝卷(经)》《巍巍不动泰山经》,又名《巍巍不动泰山根深结果经》《大乘太山不动宝卷》等。

9. 香山宝卷二卷

(1) 乾隆三十八年杭州木刻本《观世音菩萨本行经》(《大悲观世音菩萨本生经》),收录于《吉冈义豊著作集》(东京：五月书房,1988—1990年),第四卷,第242—307页。

(2) 清同治十年(1871年)世家堂刊本,一册。

《中国宝卷总目》编号1290：题宋天竺普明禅师编集。简名《香山卷》。又名《观世音菩萨本行经》《观世音菩萨本行经简集》《三皇姑出家香山宝卷》《大乘法宝香山宝卷全集》等。参见《观音宝卷》《观音得道宝卷》《观世音菩萨香山因由》《观音济渡本愿真经》《妙善宝卷》《大香山宝卷》《南无大慈大悲救苦救难观世音菩萨证果香山宝卷》。

10. 销释混元弘阳大法祖明经三卷

（1）明刊小本，一册。

（2）残清抄本，一册。

《中国宝卷总目》编号1338：明弘阳教宝卷。“小五部经”之一。简名《大法明经》《混元大法祖明经》。又名《销释混元大法祖明经》《混元弘阳大法祖明经》《太上混元弘阳大法祖明经》。

11. 销释木人开山宝卷四卷二十四品

清乾隆飞云阁抄本，残，存四品。

（1）清初刊本，存一、二卷，折装二册。

（2）清抄本，存十二品，折装一册。

《中国宝卷总目》编号1358：清李明宗撰。又名《木人开山显教明宗宝卷》，简名《木人开山宝卷》。

12. 正信除疑无修证自在宝卷一卷二十五品

明正德四年（1509年）原刊折本，一册。

《中国宝卷总目》编号1518：明罗清（梦鸿）撰，罗撰“五部六册”之一。简名《正信经》《正信宝卷》，又名《去疑经》《正心除疑经》《正信除疑无修证自在经》《大乘正性除疑无修证自在经》等。

第十节　仓田淳之助

1. 百花宝卷

民国二十年（1931年）宁波学林堂书局排印本。该版本为《百花宝卷》的孤本。

《中国宝卷总目》编号0036。

2. 百花台宝卷(二)

民国上海惜阴书局石印本,陈润身校正,上下集二册。

《中国宝卷总目》编号0038。

3. 彩莲宝卷

民国上海惜阴书局石印,二册。

《中国宝卷总目》编号0075:又名《金钗彩莲宝卷》。

4. 纯阳祖师说三世因果宝卷一卷

清光绪三十三年(1907)上海翼化堂善书局刊本,一册。

《中国宝卷总目》编号0108。

5. 陈英宝卷

民国上海广记书局排印本,二册。

《中国宝卷总目》编号0113:简名《果报录》。本卷为《南楼记宝卷》续编。

6. 董永卖身宝卷

民国上海惜阴书局石印本,二册。卷首题名《小董永卖身宝卷》。

《中国宝卷总目》编号0179。

7. 果报录宝卷二集

民国上海惜阴书局石印本,二册。

《中国宝卷总目》编号289。

8. 皇封宝卷

民国二十二年(1933年)浙江绍兴厉德升等重刊、尚德斋印本,三册,上卷末署"乾隆五十二年丁未……浙绍龙惠山尚德斋郑小康、厉芝享弟子重刻",下卷末署"民国二十二年重刻板存尚德斋刷印"。

《中国宝卷总目》编号0367。

9. 红楼镜宝卷

民国上海惜阴书局石印本,二册。

《中国宝卷总目》编号0376。

10. 黄慧如宝卷二卷简名《慧如宝卷》

民国二十二年(1933 年)上海惜阴书局石印本,二册。

《中国宝卷总目》编号 0395。

11. 黄金印宝卷

民国上海惜阴书局石印本,二册。

《中国宝卷总目》编号 0397:又名《金印宝卷》《访奸失印卷》《遇奸失印卷》。

12. 黄糠宝卷

民国惜阴书局石印本,一册。

《中国宝卷总目》编号 0401:又名《报恩宝卷》《黄糠欺贫卷》《欺贫重富宝卷》《欺贫宝卷》《欺贫糠噎宝卷》。参见《皇封宝卷》。

13. 还金镯宝卷

民国上海惜阴书肩石印本,一册。

《中国宝卷总目》编号 0420。

14. 金不换宝卷二集

陈润身编。民国上海惜阴书局石印本,二册。

《中国宝卷总目》编号 0456。

15. 鸡鸣宝卷上下集

民国上海惜阴书局石印本,二册

《中国宝卷总目》编号 0543。

16. 李桂香打柴宝卷

民国上海广记书局排印本。

《中国宝卷总目》编号 0583:简名《李桂香宝卷》。

17. 梁皇宝卷

清光绪十四年(1888 年)杭省西湖昭庆寺慧空经房刊本,一册。卷末附《叹骷髅》《上大人诗注》。

《中国宝卷总目》编号 0607。

18. 梁山伯宝卷上下集

民国上海惜阴书局石印本，一册（或分装二册）。

《中国宝卷总目》编号 0608：参见《梁祝宝卷》。

19. 落金扇宝卷

民国上海惜阴书局石印本，上、下集二册。

《中国宝卷总目》编号 0619。

20. 龙图宝卷（一）

清光绪杭州西湖昭庆寺慧空经房刊本，二册。

《中国宝卷总目》编号 0661：全名《河南开封府花枷良愿龙图宝卷》，又名《花枷良愿宝卷》《良愿龙图宝卷》《包公巧断血手印宝卷》《良愿宝卷》。参见《林招得宝卷》。

21. 妙英宝卷（二）

民国上海惜阴书局石印本，一册。

《中国宝卷总目》编号 0700。

22. 梅花戒宝卷上下集

民国上海惜阴书局石印本，二册。民国上海广记书局石印本，二册。

《中国宝卷总目》编号 0718。

23. 梅氏花裀宝卷

民国上海惜阴书局石印本，二册。

《中国宝卷总目》编号 0720。

24. 南楼记宝卷上下集

民国上海惜阴书局石印本，二册。

《中国宝卷总目》编号 0763：本卷为《倭袍宝卷》的续编，接续《果报录宝卷》。

25. 普静如来钥匙宝卷六卷

民国十六年（1927 年）临安（杭州）壹善堂刊本，三册。卷名《普静如来鑰匙古佛通天六册》。该版本是海内外稀见版本。

《中国宝卷总目》编号 790。

26. 庞公宝卷

清光绪乙未(二十一年,1895 年)浙省玛瑙经房刊本,一册。卷首载云山风月主人序,朱良茂绘图一幅。

《中国宝卷总目》编号 0806。

27. 妻党同恶报宝卷

又名《莲花庵宝卷》《莲花庵妻党同恶报宝卷》《妻党同恶宝卷》。

《中国宝卷总目》编号 0818:民国上海惜阴书局石印本,二册。

28. 清风亭宝卷

民国上海惜阴书局石印本,二册。

《中国宝卷总目》编号 833:太原王尘隐编,又名《天雷报宝卷》。

29. 抢生死牌宝卷

(1) 民国上海惜阴书局石印本,上下卷二册。

(2) 民国上海广记书局石印本,四卷二册。李光明校正。

《中国宝卷总目》编号 0847。

30. 如意宝卷

民国上海惜阴书局石印本,二册。

《中国宝卷总目》编号 0885。

31. 苏凤英药茶记宝卷上下集

民国上海惜阴书局石印本,二册。

《中国宝卷总目》编号 0949。

32. 双钉记宝卷上下集

民国上海惜阴书局石印本,二册。

《中国宝卷总目》编号 1030:陈德(润身)编。又名《张义宝卷》《金龟宝卷》。

33. 双贵图宝卷二卷

民国上海惜阴书局石印本,二册。

《中国宝卷总目》编号 1035。

34. 双金键宝卷

民国上海惜阴书局石印本，二卷一册。

《中国宝卷总目》编号 1043：又名《金锭为聘宝卷》《金锭宝卷》。

35. 双玉燕宝卷(二)

民国上海惜阴书局石印本，二册。

《中国宝卷总目》编号 1068：萧山杨菊生编辑，参见《双玉燕宝卷》(一)。

36. 太平宝卷(一)

民国二十四年(1935 年)上海惜阴书局石印本，二册。卷名《太平赵素贞宝卷》。

《中国宝卷总目》编号 1095：又名《太平赵素贞宝卷》《赵素贞宝卷》。

37. 乌金记宝卷二卷

民国十三年(1924 年)上海广记书局石印本，一册。

《中国宝卷总目》编号 1197：又名《拾金不昧宝卷》。

38. 秀英宝卷

民国上海惜阴书局石印本，二册。

《中国宝卷总目》编号 1282。

39. 现世报养妇媳宝卷上下集

民国上海惜阴书局石印本，二册。吴江陈润身辑。

《中国宝卷总目》编号 1308：简名《养媳妇宝卷》。

40. 玉蜻蜓宝卷

清光绪三十三年(1907 年)杭城和合桥东文宝斋刊本，二册。卷名《瑞珠宝卷》。该版本为该宝卷的稀见版本。

《中国宝卷总目》编号 1471：又名《瑞珠宝卷》《贵遇尼缘卷》《尼庵产子卷》。

41. 玉英宝卷

民国三年(1914 年)上海文元书局石印本，二册。

《中国宝卷总目》编号 1473。

42. 冤枉宝卷

民国二十七年(1938年)上海惜阴书局石印本一册。该版本为该宝卷的稀见版本。

《中国宝卷总目》编号1481。

43. 圆明十报恩宝卷三卷十三品

清同治六年(1867)剡北于兆爵重刊本,二册。卷首嘉庆戊辰(十三年,1808年)圆明皇极弟子朱廷秀序。

《中国宝卷总目》编号1485:简名《圆明宝卷》《十报恩》。又名《大道无相圆明结果十报恩》。

44. 正德游龙宝卷上下集

民国上海惜阴书局石印本,二册。卷名《正德游龙周元招亲宝卷》。

《中国宝卷总目》编号1516:又名《正德游龙周元招亲宝卷》。参见《游龙宝卷》。

45. 朱买臣宝卷

上海广记书局排印本,二册。附刊《李桂香打柴宝卷》《莺哥行孝宝卷》。

《中国宝卷总目》编号1524:简名《买臣宝卷》,又名《朱买臣休妻宝卷》《欺夫宝卷》。参见《痴爱宝卷》《痴梦宝卷》《买臣庆子宝卷》《痴梦逼供宝卷》。

46. 珍珠没麒麟接宝卷

民国上海惜阴书局石印本,二册。

《中国宝卷总目》编号1539。

47. 赵氏贤孝宝卷二卷

清杭州西湖慧空经房刊本,一册。

《中国宝卷总目》编号1574:简名《贤孝宝卷》,又名《赵五娘琵琶记宝卷》《赵五娘贤孝宝卷》。参见《琵琶宝卷》。

第十一节　注德忠

1. 苦功补注开心法要二卷

清同治八年(1869年)重刊本,二册。卷首载王源静叙、顺治九年(1652年)普伸《祖经法要补注宗教会元序》。该版本为稀见版本。

《中国宝卷总目》编号0553:明罗清(梦鸿)撰。明兰风评释,王源静补注,觉苍编集。按,本卷为罗撰《苦功悟道卷》注解本。

2. 破邪补注开心法要四卷二十五品

清同治八年(1869年)重刊本,折本四册。该版本为稀见版本。

《中国宝卷总目》编号0780:明罗清撰。明兰风评释、王源静补注。

3. 太山补注开心法要四卷二十四品

清同治八年(1869年)重刊本,四册。该版本为稀见版本。

《中国宝卷总目》编号1100:明罗清撰。明兰风评释,王源静补注。按,本卷为罗清《巍巍不动太山深根结果宝卷》的评注本。

4. 叹世补注开心法要二卷十二品

清同治八年(1869年)重刊本,二册。该版本为稀见版本。

《中国宝卷总目》编号1144。

5. 正信补注开心法要四卷二十五品

清同治八年(1869年)重刊本,四册。该版本为稀见版本。

《中国宝卷总目》编号1521:明罗清(梦鸿)撰。兰风老人评释,松庵道人王源静补注。

第十二节　酒井忠夫(筑波大学)

1. 叹世无为卷一卷

覆明正德刊本,一册。

《中国宝卷总目》编号 1142：明罗清撰。罗著“五部六册”之一。又名《叹世无为经》《叹世无为宝经》《大乘叹世无为宝卷》。简名《叹世宝卷》《无为卷》。

2. 正信除疑无修证自在宝卷一卷二十五品

覆明正德刊本，一册。

《中国宝卷总目》编号 1518：明罗清（梦鸿）撰。罗撰“五部六册”之一。简名《正信经》《正信宝卷》，又名《去疑经》《正心除疑经》《正信除疑无修证自在经》《大乘正性除疑无修证自在经》等。

第十三节　日本筑波大学中央图书馆

泰山圣母苦海宝卷九卷简名《苦海宝卷》

清抄本，九册。海内外孤本。

《中国宝卷总目》编号 1123。

第五章　东南亚藏中国宝卷

第一节　新加坡国立大学[①]

1. 香山宝卷

（1）观音济度本愿真经，南洋印务公司，1966 年新加坡天德堂重刊。

（2）观音本行集经、观音本行宝忏合订本。新加坡 1959 年重刊本，蔡超云 1953 年刊于太上精舍。

同美国哈佛大学《香山宝卷》二卷。《中国宝卷总目》编号 1290。

2. 十二圆觉

观音十二圆觉（Precious Scroll of Guanyin and Twelve Great Awakened Disciples），原版藏于罗浮山朝元洞（广东），1908 年重刊；新加坡同善堂重刊，年代不明。

《中国宝卷总目》收录编号 0323。

3. 大藏正教血盆经

又名《佛说大藏正教起信血盆经》。述目连至羽州追阳县，见一血盆

---

① 感谢西安工业大学白军芳教授帮助调研该部分材料。

池地狱。池中女人受苦,目连思报母恩。狱主告之日,惟有敬重三宝,持血盆斋三年,结血盆会,转诵此经一藏,即可使母脱离痛苦。此本是明清时期流传甚广的伪经《佛说大藏正教血盆经》,《续藏经》第 87 册收录。清代长生教经卷《众喜粗言宝卷》中附刻有《血盆经》,普渡道、魔公教等民间教派亦读诵此经。

《中国宝卷总目》未著录该卷。

4. 梁皇宝卷

(1) 清光绪二年(1876 年)杭城玛瑙经房孙兴德重刊本,一册。

(2) 清光绪十四年(1888 年)杭省西湖昭庆寺慧空经房刊本,一册。卷末附《叹骷髅》《上大人诗注》。

(3) 清刊本,一册。

《中国宝卷总目》收录编号 0607:参见《佛说梁皇宝卷》。

5. 血湖宝卷

《中国宝卷总目》收录编号 1260。

6. 销释归家报恩宝卷一卷二十四品

《中国宝卷总目》收录编号 1336:明还源祖撰。又名《归家报恩宝卷》,简名《报恩宝卷》。

7. 妙英宝卷

妙英宝卷(Precious Scroll of Miaoying),艺文印务公司,1952 重刊。东陵同善堂文,新加坡。

第二节　越南汉喃研究院

1. 妙法莲华经

《妙法莲花经》的喃译本。姚秦三藏法师鸠摩罗什汉译,终南山释道宣序,玄机善觉法嗣明珠注释并喃译,今存印本一种。

《中国宝卷总目》未收录该卷。

2. 香山宝卷

(1)《香山宝卷》1772 年河内报恩寺重刊本。[①]

DGXB:《大悲观世音菩萨香山宝卷》。1772 年的木刻本收藏于越南社会科学院汉喃研究所。

(2)《观音济度本愿真经》,陈智成据清咸丰九年(1859 年)本重印于河内玉山三圣庙,今存印本一种。

《中国宝卷总目》编号 1290。

3. 梁皇宝忏

清池县黄梅总黄梅社蛾眉寺刻印。妙谛寺印本,题《梁皇忏法》。杜撰序于绍治七年(1847)。

可参见《中国宝卷总目》编号 0607。

4. 金刚经

《金刚经》的喃译本。今存河内莲派寺嗣德十四年(1861 年)印本一种,原目与《金刚经解理目》《金刚般若波罗密经(国语)》并为一条。

《中国宝卷总目》未收录该卷。

5. 金刚般若波罗密经(国语)

《金刚经》的注音本。今存印本一种,1939 年印行于烛慧。原目与《金刚经解理目》《金刚经国音》并为一条。

《中国宝卷总目》未收录该卷。

6. 佛说目连救母经演音

参见《目连救母宝卷》二卷。《佛说盂兰盆经》的六八体喃译本,今存印本一种。

《中国宝卷总目》编号 0689。

7. 玉皇忏科仪

今存印本一种,河内安宅村阐法寺印行。辛汉臣撰。

---

① 与抄本《香山救父道场》相同,参见王见川《明清民间宗教经卷文献续编》第 8 册,新文丰出版公司,2006 年,第 341—389 页。另,该版本与侯冲藏云南《香山宝卷》近代抄本内容一致。参见侯冲《宝卷新研——以罗祖〈五部六册〉征引四种宝卷为中心》,侯冲主编《经典、艺术与民间信仰》,上海古籍出版社,2018 年。

《中国宝卷总目》未收录该卷。

8. 玉枢宝经

今存印本一种,玄真观刻印于嗣德丁丑年(1877年),与《大洞经示读》合订为一册。

《中国宝卷总目》未收录该卷。

9. 玉皇经

《八宝延寿宝卷》之(6)江苏无锡旧抄本,一册。卷末附《玉皇经》。

今存印本一种,树德寺重印于成泰十五年(1903年)。

可参见《中国宝卷总目》编号0005。

10. 宝训

今存印本一种,嗣德年间(1848—1883年)印行。

《中国宝卷总目》未收录该卷。

11. 禳精科

今存抄本一种。

《中国宝卷总目》未收录该卷。

12. 灶君经

(1) 河内玉山祠成泰七年(1895年)重印本,据清同治十年(1871年)和越南嗣德三十四年(1881年)二本重印。

成泰丙午年(1906年)南定劝善坛印本。

(2) 宝善坛保大戊辰年(1928年)重印本,据河内玉山祠刻本重印。

可参见《中国宝卷总目》编号1499:又名《灶王经》《灶王真经》《灶君真经》《出身灶君经》《灶王经附乩正灶神经文》。

13. 土地灶王经

今存印本一种,保大十五年(1940年)印行于河内玉山祠。

《中国宝卷总目》未收录该卷。

第三节　马 来 西 亚[①]

1. 达摩宝卷

1979年重刊本，木刻本，木版藏于登彼岸观音堂，located in Kuala Lumpur, Malaysia。

2. 黄氏女三世宝卷

原版藏于罗浮山朝元洞（广东），1910年重刊，藏于马来西亚儿座斋堂。

3. 花𫓧宝卷

原版藏于罗浮山朝元洞（广东），1903年重刊，藏于马来西亚儿座斋堂。

4. 五祖黄梅宝卷

原版没注明，藏于马来西亚儿座斋堂。

5. 秀女宝卷（Precious Scroll of Xiunü）

秀女宝卷原版藏于罗浮山朝元洞（广东），1897年重刊，藏于马来西亚儿座斋堂。

6. 观音劝善文

观音劝善文（Text of Guanyin Expounding Moral Values），联商印务，1968年，佛语真言度劫经（Sutra of True Words of Overcoming Catastrophe Spoken by Buddha）。

---

① 部分编目得到俄罗斯汉学家复旦文史研究院白若思研究员大力支持，在此深表谢忱。

第六章　澳洲(澳大利亚国立大学)藏中国宝卷

1. 北极真武玄天上帝真经宝忏四卷

又名太上元始天尊说北极真经,清代咸丰甲寅年北京永盛斋刻本。

《中国宝卷总目》未收录该卷。

2. 地藏菩萨本愿经(三卷)缺下卷

《中国宝卷总目》未收录该卷。

3. 护国佑民伏魔宝卷两卷

明万历刊折本,二册。梵篋装。

《中国宝卷总目》编号 0434: 明悟空撰。西大乘教宝卷。简名《伏魔宝卷》。

4. 观音菩萨本行经

版本不明。

可参见《中国宝卷总目》编号 1290: 题宋天竺普明禅师编集。简名《香山卷》。又名《观世音菩萨本行经》《观世音菩萨本行经简集》《三皇姑出家香山宝卷》《大乘法宝香山宝卷全集》等。参见《观音宝卷》《观音得道宝卷》《观世音菩萨香山因由》《观音济渡本愿真经》《妙善宝卷》《大香山宝卷》《南无大慈大悲救苦救难观世音菩萨证果香山宝卷》。

5. 重刻观世音菩萨本行经简集

同上。

李永平　编撰

附录　海外宝卷研究成果目录

一、宝卷研究英文著作

[1] Berezkin, Rostislav. *Many Faces of MuLian: The Precious Scrolls of Late Imperial China*. Seattle: University of Washington Press, 2017.

[2] Beata Grant and Wilt L. Idema, *Escape from Blood Pond Hell: the Tales of Mulian and Woman Huang*(脱离血湖地狱：目连与黄氏女的传说). Seattle: University of Washington Press, 2011.

[3] Bourdieu Pierre and Loc J. D. Wacquant. *An Invitation to Reflexive Sociology*. Chicago: University of Chicago Press, 1992.

[4] Bourdieu, Pierre. *Language and Symbolic Power*. Cambridge: Polity Press, 1991.

[5] Carlitz, Katherine. *The Rhetoric of Chinp'ing mei*. Bloomington: Indiana University Press, 1986.

[6] Cazelles, Brigitte. *The Lady as Saint: A Collection of French Hagiographic Romance of the Thirteenth Century*. Philadelphia: University of Pennsylvania Press, 1991.

[7] Clart, Philip and Gergory Adam Scott, eds. *Religious Publishing*

and Print Culture in Modern China. Berlin: De Gruyter, 2014.

[8] Cole, Alan R. *Mothers and Sons in Chinese Buddhism*. Stanford: Stanford University Press, 1998.

[9] De Groot, J. J. M. *Sectarianism and Religious Persecution in China: A Page in the History of Religions*. Shannon Island: Irish University Press, 1973.

[10] Dubois, T. D. *The Sacred Village: Social Change and Religious Life in Rural North China*. Honolulu: University of Hawai'i Press, 2005.

[11] Dudbridge, Glen. *The Legend of Miaoshan*. New York: Oxford University Press, 2004.

[12] Edkins, Joseph. *Chinese Buddhism*. London: Kegan Paul, Trench. Trubner & Co., 1880.

[13] Edkins. Joseph. *The Religious Condition of the Chinese*. London: Routledge, Warnes, & Routledgep, 1859.

[14] Gützlaff Charles. *Journal of Three Voyages Along the Coast of China in 1831, 1832 & 1833*. London: Frederick Westley and A. H. Davis, 2004.

[15] Johnson, Allen and Douglass Price-Williams. *Oedipus Ubiquitous: The Family Complex In World Folk Literature*. Stanford: Stanford University Press, 1996.

[16] Johnson, David. *Ritual Opera, Operatic Ritual: "Mu-lien Rescues his Mother" in Chinese Popular Culture*. Papers from the International Workshop on the Mu-lien Operas with an Additional Contribution on the Woman Huang Legend by Beata Grant, Berkeley: CPCP, 1989.

[17] Jones, Stephen. *Plucking the Wind: Lives of Village Musicians In Old and New China*. Leiden: Chime Foundation, 2004.

[18] Mair, Victor H. *Painting and Performance: Chinese Picture Recitation and its Indian Genesis*. Honolulu: University of Hawaii Press,

1988.

[19] Mair, Victor H. *Tun-huang Popular Narratives*. New York: Cambridge University Press, 1983.

[20] Mair, Victor H. *T'ang Transformation Texts: A Study of the Buddhist Contribution to the Rise of Vernacular Fiction and Drama in China*. Cambridge, Mass: Harvard University Press, 1989.

[21] Mair, Victor H. and Mark Bender, Eds. *The Columbia Anthology of Chinese Folk and Popular Literature*. New York: Columbia University Press, 2011.

[22] Naquin, Susan. *Millenarian Rebellion in China: The Eight Trigrams Uprising of 1813*. New Haven: Yale University Press, 1976.

[23] Naquin, Susan. *Shantung Rebellion: The Wang Lun Uprising of 1774*. New Haven: Yale University Press, 1981.

[24] Overmyer, Daniel L. *Folk Buddhist Religion: Dissenting Sects in Late Traditional China*. Cambridge, Mass: Harvard University Press, 1976.

[25] Overmyer, Daniel L. *Precious Volumes: An Introduction to Chinese Sectarian Scriptures from the Sixteenth and Seventeenth Centuries*. Cambridge MA: Harvard University Asia Center, 1999.

[26] Overmyer, Daniel L. *Local Religion in North China in the Twentieth Century: The Structure and Organization of Community Rituals and Beliefs*. Leiden: Brill, 2009.

[27] Overmyer, Daniel L. *The Flying Phoenix: Aspects of Chinese Sectarianism in Taiwan*. Princeton: Princeton University Press, 1986.

[28] Richard Von Glahn, *The Sinister Way: The Divine and the Demonic in Chinese Religious Culture*(左道：中国宗教文化中的神灵与鬼怪). Berkeley: University of California Press, 2004.

[29] Seiwert, Hubert and Ma Xisha eds. *Popular Religious Movements and Heterodox Sects in Chinese History*. Leiden: Brill, 2003.

[30] Shahar, Meir. *Oedipal God: The Chinese Nezha and hislndian Origins*. Honolulu: University of Hawaii Press, 1996.

[31] Stephen F. Teiser, *The Ghost Festival in Medieval China*(中国中世纪的鬼节). Princeton: PrincetonUniversity Press, 1988.

[32] Stephen F. Teiser, *The Scripture of the Ten Kings and the Making of Purgatory in Medieval Chinese Buddhism*(《十王经》与中世纪中国佛教地狱的构造). Honolulu: University of Hawaii Press, 1994.

[33] Susan Naquin. *Popular Culture in Late Imperial China*. Edited by David Johnson. Berkeley, University of California Press, 1985.

[34] Ter Haar, Barend. *The White Lotus Teachings in Chinese Religious History*. Leiden, New York, Koln: E. J. Brill, 1992.

[35] Ter Haar, Barend. *Practicing Scripture: A Lay Buddhist Movement in Late Imperial China*. Honolulu: University of Hawaii Press, 2014.

[36] Ter Haar, Barend. *Ritual and Mythology of the Chinese Triads: Creating an Identity*. Leiden: Brill, 1998.

[37] Ter Haar, Barend. *Telling Stories: Witchcraft and Scapegoating in Chinese History*. Leiden: Brill, 2006.

[38] Ter Haar, Barend. *The White Lotus Teaching in Chinese Religious History*. Leiden: Brill, 1992.

[39] Waley, Arthur. *The Opium War through Chinese Eyes*. London: George Allen & Unwin Ltd., 1958.

[40] Wolfram, *Guilt and Sin in Traditional China*(中国传统罪与过的观念). Berkeley and Los Angeles: University of California Press, 1967.

[41] Wylie, Alexander. *Notes on Chinese Literature*. Shanghai: American Presbyterian Mission Press, 1867.

[42] Yu Chün-fang, *Kuan-yin: The Chinese Transformation of Avalokitesvara*. New York: Columbia University Press, 2001.

二、宝卷研究英语论文

[1] Alexander, Katherine. "Conservative Confucian Values and the Promotion of Oral Performance Literature in Late Qing Jiangnan: Yu Zhi's Influence on Two Appropriations of Liu Xiang baojuan" *Chinoperl: Journal of Chinese Oral and Performing Literature*, 2017, 36(2): 89—115.

[2] Bender, Mark. A Description of "Jiangjing" (Telling Scriptures) Services in Jingjiang, China. *Asian Folklore Studies*, Vol. 60, 1, 2001, pp. 101—133.

[3] Bell, Catherine. Baojuan (Precious Scrolls). Fabrizio Pregadio (Ed.). *The Encyclopaedia of Taoism*. London: Routledge, 2008, pp. 212—215.

[4] Bender, Mark. "A Description of Telling Scriptures Performances" *Asian Folklore Studies*, 2001, 60(1): 101—133.

[5] Berezkin, Rostislav. Printing and Circulating "Precious Scrolls" in Early Twentieth-Century Shanghai and its Vicinity: Toward an Assessment of Multifunctionality of the Genre. Philip Clan and Gregory Adam Scott (Eds.). *Religious Publishing and Print Culture in Modern China*. Boston. Berlin, Munich: De Gruyter. 2015, pp. 139—185.

[6] Berezkin, Rostislav. A rare early manuscript of the Mulian story in the baojuan (precious scroll) genre preserved in Russia and its place in the history of the genre. *CHINOPERL*, Vol. 32, No. 2, 2013, pp. 109—131.

[7] Berezkin, Rostislav. Illustrations of the Mulian Story and the Tradition of Narrative Painting in China (Tenth-Fifteenth Centuries). *Religion and the Arts*, Vol. 20, No. 1—2, 2016. pp. 5—28.

[8] Berezkin, Rostislav. On the Evolution of Baojuan Performances in Shanghai: A Development of Traditional Literature in the Modem City

(1875—1915). *Fudan Journal of the Humanities and Social Sciences*, Vol. 12, No. 4, 2019, pp. 649—670.

[9] Berezkin, Rostislav. On the Performance and Ritual Aspects of the Xiangshan Baojuan: A Case Study of the Religious Assemblies in the Changshu Area. *Chinese Studies*, Vol. 33, No. 3, 2015, pp. 307—344.

[10] Berezkin, Rostislav. Paying for Salvation: the Ritual of Repaying the Loan for Life and Telling Scriptures in Changshu China. *Asian Ethnology*, Vol. 77, No. 1—2, 2018, pp. 307—329.

[11] Berezkin, Rostislav. Pictorial Versions of the Mulian Story in East Asia (Tenth-Seventeenth Centuries). *Fudan Journal of the Humanities and Social Sciences*, Vol. 8, No. 1, 2015, pp. 95—120.

[12] Berezkin, Rostislav. Scripture telling (jianging) in the Zhangjiagang area and the history of Chinese storytelling. *Asia Major*, Vol. 24, No. 1, 2011, pp. 1—42.

[13] Berezkin, Rostislav. The lithographic printing and the development of baojuan genre in Shanghai in the 1900—1920s: an the question of the interaction of print technology and popular literature in China (preliminary observations). *Chongcheng University Journal of the Department of Chinese Language and Literature*, Vol. 17, No. 1, 2011, pp. 337—368.

[14] Berezkin, Rostislav. Zheng Zhenduo's Contribution to the Study of Baojuan (Precious Scrolls): Problems of the Origin and Early History of the Genre. *Book of Papers of 3rd International Scientific Conference "Issues of Far Eastern Literatures"*. Saint-Petersburg: Saint-Petersburg University Press, 2008, pp. 9—19.

[15] Berezkin, Rostislav. "Academician Boris L'vovich Riftin (1932—2012): The Extraordinary Life of a Brilliant Scholar" *Chinoperl Papers*, 2012 (31): 259—272.

[16] Berezkin, Rostislav. "New Texts in the 'Scripture Telling' of

Shangshu, Changshu City, Jiangsu Province: With the Texts Composed by Yu Dingjuan as an Example" *Xiqu xuebao*, 2015(12): 101—140.

[17] Berezkin. Rostislav. An analysis of "telling scriptures" (jiangjing) during temple festivals in Gangkou (Ziangjiagang), with special attention to the status of the performers. *CHINOPERL*. Vol. 30, No. 1, 2011, pp. 25—76.

[18] Berezkin, Rostislav. "On the Survival of the Traditional Ritualized Performance Art in Modern China: A Case of Telling Scriptures by Yu Dingjun of Shanghu Town Area of Changshu City in Jiangsu Province" *Minsu quyi*, 2013(181): 167—222.

[19] Berezkin, Rostislav. "Pictorial Versions of the Mulian Story in East Asia (Tenth-Seventeenth Centuries): On the Conditions of Religious Painting and Storytelling" *Fudan Journal of Social Sciences*, 2015, 8(1): 95—120.

[20] Berezkin, Rostislav. "The Connection between the Cults of Local Deities and Baojuan (Precious Scrolls) texts in Changshu County of Jiangsu: With Baojuan Performed in Gangkou Area of Zhangjiagang City as Examples" *Monumenta Serica*, 2013(61): 73—111.

[21] Berezkin, Rostislav. "The Precious Scroll of the Ten Kings in the Suzhou Area of China: With Changshu Funerary Storytelling as an Example" *Archiv Orientalni*, 2016(84): 381—412.

[22] Berezkin, Rostislav. "The Three Mao Lords in Modern Jiangnan: Cult and Pilgrimage between Daoism and Baojuan Recitation" *Bulletin de l'École Franøaise d'Extrême Orient*, 2012—2013(99): 295—326.

[23] Berezkin, Rostislav. "The Transformation of Historical Materials in Religious Storytelling: The Story of Huang Chao (d. 884) in the Baojuan of Mulian Rescuing His Mother in Three Rebirths" *Late Imperial China*, 2013, 34(2): 83—133.

[24] Berezkin, Rostislav & Boris L. Riftin. The Earliest Known Edition of the Precious Scroll of Incense Mountain and the Connections Between Precious Scrolls and Buddhist Preaching. *T'oung Pao*, 2013, Vol. 99, No. 4—5, pp. 445—499.

[25] Berezkin, Rostislav and Nguyen To Lan. From Chinese Precious Scrolls to Viernamese TrucScriptures: Transmission and Adaptation of the Miaoshan Story in Vietnam. *Journal of East Asian Publishing*, Vol. 8, No. 2, 2018, pp. 107—144.

[26] Berezkin, Rostislav and Nguyen To Lan. On the Earliest Version of the Miaoshan-Guanyin Story in Vietnam: An Adaptation of a Chinese Narrative in the Nom Script. *Vietnam Journal of Social Sciences and Humanities*, Vol. 2, No. 5, 2016, pp. 552—563.

[27] Berezkin, Rostislav and Victor H. Mair. The Precious Scroll of Bodhisattva Guanshiyin from Jingjiang and the Confucian Morality. *Journal of Chinese Religions*, Vol. 42, No. 1, 2014, pp. 1—27.

[28] Breuer, Rüdiger. "The Mulian Sanshi Baojuan (Precious Volume on Maudgalyāyana's Three Life-Cycles): Interplay of Performative Genres and Traditional Values within a Complex Plot System" *Bochumer Jahrbuch zur Ostasienforschung*, 2009(33): 143—168.

[29] Chaok, Shin-yi. "The Precious Volume of Bodhisattva Zhenwu Attaining the Way: A Case Study of the Worship of Zhenwu (Perfected Warrior) in *Ming-Qing Sectarian Groups" in The People and the Dao: New Studies in Chinese Religions in Honour of Daniel L. Overmyer*, ed. by Philip Clart and Paul Crowe, Nettetal: Institute Monumenta Serica, 2009, pp. 63—82.

[30] Chard, Robert L. Rituals and Scriptures of the Stove Cult. David Johnson (Ed.). *Ritual and Scripture in Chinese Popular Religion, Five Studies*. Berkeley: Chinese Popular Culture Project, 1995, pp. 3—54.

[31] Chiao, Wei. Folk Literature and Popular Beliefs in Ho-hsi Corridor (Kansu Province). *Collected articles of the international conference on popular belief and Chinese culture*. Taipei: Hanxue yanjiu zhongxin, 1994, pp. 181—200.

[32] De Groot, Jan Jakob Maria. Sectarianism and Religious Persecution in China: A Page in the History of Religions. 2 vols.

[33] Dudbridge, Glen. Miao-shan on Stone: Two Early Inscriptions. *Harvard Journal of Asiatic Studies*, Vol. 42, No, 2, 1982, pp. 589—614.

[34] Edkins, Joseph. Notice of the Wu-wei-kiau, a Reformed Buddhist Sects. *Transactions of the Chinese Branches of the RoyaI Asiatic Society*, Vol. 6, 1859, pp. 63—70.

[35] Ganany, Noga. "Baogong as King Yama in the Literature and Religious Worship of Late-Imperial China" *Asia Major*, 2015, 28(2): 39—75.

[36] Grant, Beata. "Patterns of Female Religious Experience in Qing Dynasty Literature" *Journal of Chinese Religions*, 1995(23): 29—58.

[37] Grant, Beata. "The Spiritual Saga of Woman Huang: From Pollution to Purification" in David Johnson Ed., *Ritual Opera*, *Operatic Ritual*, "*Mulian Rescues his Mother*" in Chinese Popular Culture, Berkeley: Chinese Popular Culture Project, 1989, pp. 224—311.

[38] Gützlaff Charles. Hung Lau Mung, or Dreams in the Red Chamber. *Chinese Repository*, Vol. 11, No. 5, 1842, pp. 266—273.

[39] Gützlaff, Charles, Notice of the San Kwo Che, or History of the Three Kingdoms. *Chinese Repository*, Vol. 7, No. 5, 1838, pp. 233—249.

[40] Gützlaff, Charles. Liáu Chái I Chǐ, or Extraordinary Legends from Liáu Chái. *Chinese Repository*, Vol. 11, No. 4, 1842, pp. 202—210.

[41] Gützlaff, Charles. Remarks on the Present State of Buddhism in China. *The Journal of the Royal Asiatic Society of Great Britain and lreland*,

Vol. 16, 1856, pp. 73—92.

[42] Idema, Wilt L. Dunhuang Narratives. In Kang-i Sun Chang and Stephen Owen (Eds.). *The Cambridge History of Chinese Literature*, Vol. I: To 1375. Cambridge: Cambridge University Press, 2010, pp. 373—380.

[43] Idema, Wilt L. Evil Parents and Filial Offspring: Some Comments on the Xiangshan Baojuan and Related Texts. *Studies in Central and East Asian Religions*, Vol. 12, No. 1, 2001, pp. 1—40.

[44] Idema, Wilt L. Prosimetric Literature. In William H. Nienhauser, Jr. (Ed.). *The Indiana Companion to Traditional Chinese Literature* (*Second Revised Edition*). Bloomington: Indiana University Press, 1986, pp. 83—92.

[45] Idema, Wilt L. The Filial Parrot in Qing Dynasty Dress: A Short Discussion of the Yingge Baojuan. *Journal of Chinese Religions*, 2002, Vol. 30, No. 1, pp. 77—96.

[46] Idema, Wilt L. "Guanyin's Parrot, A Chinese Animal Tale and its International Context" in Alfredo Cadonna, Ed., *India*, *Tibet*, *China*, *Genesis and Aspects of Traditional Narrative*, Orientalia Venetiana VII. Firenze: Leo S. Olschki Editore, 1999: 103—150.

[47] Idema, Wilt L. "Animals in Court" *Etudes chinoises*, 2015, 34 (2): 245—289.

[48] Idema, Wilt L. "Guanyin's Acolytes" in *Linked Faiths. Essays on Chinese Religions and Traditional Culture in Honour of Kristofer Schipper*. ed. by Jan A. M. De Meyer and Peter M. Engelfriet. Leiden: E. J. Brill, 1999: 205—226.

[49] Idema, Wilt L. "Prosimetric and Verse Narrative" in Kang-i Sun Chang and Stephen Owen, Eds., *The Cambridge History of Chinese Literature*, Vol. II From 1375, ed. by Kang-i Sun Chang.

[50] Idema, Wilt L. "English-Language Studies of Precious Scrolls: A

Bibliographica Survey" *Chinoperl Papers*, 2012(31): 163—176.

[51] Jansen, Thomas. "Sectarian Religions and Globalization in Nineteenth-Century China: The Wanbao baojuan (1858) and Other Examples" *Globalization and the Making of Religious Modernity in China, transnational religions, local agents, and the study of religion, 1800-present.* Leiden: Brill, 2014: 115—135.

[52] Johnson, David. Mu-Iien in Pao-chüan: The Performance Context and the Religious Meaning of the Yu-ming Pao-ch'uan. In David Johnson (Ed.). *Ritual and Scripture in Chinese Popular Religion, Five Studies.* Berkeley: Chinese Popular culture Project, 1995, pp. 55—103.

[53] Jones, Stephen. Ritual and Music of North China, Volume 2: Shaanbei. Farnham: Ashgate, 2007. Esp. Part Two: "Turning a Blind Ear: Bards of Shaanbei", pp. 29—87.

[54] Kerr, Janet Lynn. "Pao-Chüan" in *The Indiana Companion to Traditional Chinese Literature* Volume 2, Ed. by William H. Nienhauser, Jr., Bloomington: Indiana University Press, 1998: 117—121.

[55] Lai, Sufen Sophia. "Father in Heaven, Mother in Hell: Gender Politics and the Creation and Transformations of Mulian's Mother" in *Presence and Presentation: Women in the Chinese Literati Tradition*, ed. by Sherry J. Mou, New York: St. Martin's Press, 1999: 187—213.

[56] Li Shiyu and Susan Naquin. The Baoming Temple: Religion and The Throne in Ming and Qing China. *Harvard Journal of Asiatic Studies*, Vol. 48, No. 1, 1988, pp. 131—188.

[57] Lutz. Jessie G. Karl F. A Gützlaff: Missionary Entrepeneur. In Susan Wilson Barnett and John King Fairbank (Eds.). Christianity in *China: Early Protestant Missionary Writings*. Cambridge, Mass, London: Harvard University Press, 1985.

[58] Ma, Xisha. "The Evolution of the Luo Teaching and the Formation

of the Green Gang" in *Popular Religion and Shamanism*, ed. by Ma Xisha and Meng Huiying. Leiden: Brill, 2011: 167—206.

[59] McLaren, Anne E. "Oral Literature and Print Culture in China: Some Recent Scholarship" *East Asian Publishing and Society*, 2011(1): 74—91.

[60] Nadcau. Randall L. The Domestication of Precious Scrolls: The Ssu-ming Tsao-jün pao-chüan. *Journal of Chinese Religions*, Vol. 22, No. 1, 1994.

[61] Nadeau, Randall L. "A Critical Review of Daniel Overmyer's Contribution to the Study of Chinese Religion" *The People and the Dao: New Studies in Chinese Religions in Honour of Daniel L. Overmyer*, Edited by Philip Clart and Paul Crowe. Nettetal: Institute Monumenta Serica, 2009: 23—35.

[62] Nadeau, Randall L. "Genre Classifications of Chinese Popular Religious Literature: Pao-chüan" *Journal of Chinese Religions*, 1993(21): 121—128.

[63] Nadeau, Randall L. "The Domestication of Precious Scrolls: The Ssu-ming Tsao-jün pao-chüan" *Journal of Chinese Religion*, 1996(22): 23—50.

[64] Naquin, Susan. "The Transmission of White Lotus Sectarianism in Late Imperial China" in *Popular Culture in Late Imperial China*, edited by David Johnson a. o. Berkeley: University of California Press, 1985: 255—291.

[65] Nguyễn, Tô Lan and Rostislav Berezkin. "From Chinese Precious Scrolls to Vietnamese True Scriptures: Transmission and Adaptation of the Miaoshan Story in Vietnam" *East Asian Publishing and Society*, 2018, 8(2): 107—144.

[66] Ouyang, Nan. "Localizing a Bodhisattva in Late Imperial China

Kṣitigarbha, Mt. Jiuhua, and Their Connections in Precious Scrolls" *Journal of Chinese Religions*, 2019, 47(2): 195—219.

[67] Overmyer, Daniel L. Alternatives: Popular Religious Sects in Chinese, Society. *Harvard Journal of Asiatic Studies*, Vol. 44, No. 2, 1981.

[68] Overmyer, Daniel L. Attitudes Toward the Ruler and tlie State in Chinese Popular Religious Literature: Sixteenth and Seventeenth Century Pao-chüan. *Harvard Journal of Asiatic Studies*, Vol. 44, No. 2, 1984.

[69] Overmyer, Daniel L. and Thomas Li Shiyu. The Oldest Chinese Sectarian Scripture, The Precious Volume, Expounded by the Buddha, on the Results of [the Teaching of-1] the Imperial Ultimate [Period-1] (Fo Shuo Huang-Chi Clheh-Kuo Pao-Chüan, Pub. 1430). *Journal of Chinese Religion*, Vol. 20, No. 1, 1992.

[70] Overmyer, Daniel L. Boatmen and Buddhas: The Lo chiao in Ming Dynasty China. *History of Religious*, Vol. 17, No. 3—4, 1978.

[71] Overmyer, Daniel L. Folk-Buddhist Religion: Creation and Eschatology in Medieval China, *History of Religious*, Vol. 12, No. l, 1972.

[72] Overmyer, Daniel L. Values in Sectarian Literature: Ming and Ch'ing Pao-chüan. In David Johnson (Ed.). *Popular Culture in Late Imperial China*. Berkeley: University of California Press, 1985.

[73] Overmyer, Daniel L. "Social Perspectives in Chinese Sectarian Scriptures from the Fifteenth and Sixteenth Centuries" in *État, société civile et sphère publique en Asie de l'Est*, ed. by Charles le Blanc and Alain Rocher. Montréal: Centre d'Études de l'Asie del'Est, Université de Montréal, 1998: 7—35.

[74] Overmyer, Daniel L. "Women in Chinese Religions: Submission, Struggle, Transcendence" in *From Beijing to Benares: Essays on Buddhism and Chinese Religion In Honor of Prof. Jan Yün-hua. ed. by Koichi Shinohara and Gregory Schopen*, Oakville: Mosaic Press, 1991: 91—120.

[75] Philosinensis. Remarks on Buddhism; together with brief notices on the island of Poo-to and of the numerous priests who inhabit it. *The Chinese Repository*, No. 2, 1833.

[76] Rolston, David. "Oral Performing Literature in Traditional Chinese Fiction: Nonrealistic Usages in the Jin Ping Mei cihua and Their Influence" *CHINOPERL Papers*, 1994(17): 24—25.

[77] Roy, David T A Lifetime Fascination [DB/OL]. Tableau, 2013 (fall). https: /tableau. uchicago. edu/articles/2013/08/lifetime-fascination.

[78] Roy, David T. The Fifteenth-Century Shuo-chang tz'u-hua as Examples of Written Formulaic Composition. *CHINOPERL*, Vol. 10, No. 1, 1981.

[79] Shek, Richard and Tetsuro Noguchi. Etenal Mother Religion: Its History and Ethics. In *Kwang Ching Liu and Richard Shek* (*Eds.*). *Heterodoxy in Late Imperial China*. Honolulu: University of Hawai'i Press, 2004, pp. 241—280.

[80] Shek, Richard. Daoist Elements in Late Imperial Chinese Sectarianism. In Ishii Yoneo (Ed.). Millenarianism in *Asian History. Tokyo: Institute for the Study of the Language and Culture of Asia and Africa*, 1993, pp. 117—142.

[81] Shek, Richard. Millenarianism without Rebellion: the Huangtian Dao in North China. *Modern China*, Vol. 8, No. 3, 1982.

[82] Shek, Richard Hon-Chun and Tetsuro Noguchi. "Eternal Mother Religion: Its History and Ethics" in *Heterodoxy in Late Imperial China*. ed. by Kwang-Ching Liu and Richard Shek, Honolulu: University of Hawai'i Press, 2004: 241—280.

[83] Sun, Xiaosu. Liu Qingti's Canine Rebirth and Her Ritual Career as the Heavenly Dog: Recasting Mulian's Mother in Baojuan (Precious Scrolls) Recitation. *CHINOPERL*, Vol: 35, No. 1, 2016, pp. 28—55.

[84] Sun, Xiaosu. Praying at the Xiangshan Altar of Wishes: performance of The Precious Scroll of Incense Mountain in the Greater Suzhou Area. *Chime*, No. 21, 2019, pp. 159—168.

[85] Topley, Marjorie. Marriage Resistance in Rural Kwangtung. In Arthur P. Wolf (Ed.). *Studies in Chinese Society*. Stanford: Stanford University Press, 1978, pp. 247—268.

[86] Topley, Marjorie. The Great Way of Former Heaven: A Group of Chinese Religious Sects. *Bulletin of the School of Oriental and African Studies*, Vol. 26, No. 2, 1963, pp. 362—392.

[87] Verhandelingen der Koninklijke Akademie van Wetenschappen. Afdeeling Letterkunde, Nieuwe reeks, deel 4, no. 1—2, Amsterdam: J. Müller, 1903.

[88] Waley, Arthur. Avalokitesvara and the Legend of Miao-shan. *Artitus Asiae*, Vol. 1, No. 2, 1925, pp. 130—132.

[89] Wang, Ch'iu-kuei. "From Pao-chüan to Ballad: A Study in Literary Adaptation as Exemplified by two Versions of the Meng Chiang-nü Story" *Asian Culture Quarterly*, 1981, 9(1): 48—65.

[90] Wang, Ch'iu-kuei. "The Hsiao-shih Meng Chiang Chung-lieh Chen-chieh Hsien-liang Pao-chüan" *Asian Culture Quarterly*, 1979, 7(4): 46—72.

[91] Yu, Songqing. "Women in the Secret Popular Religions of the Ming and Qing Dynasties" *Popular Religion and Shamanism*, ed. by Ma Xisha and Meng Huiying. Leiden: Brill, 2011: 315—338.

[92] Zhou, Yuming. "A Preliminary Investigation on the Early History of the Way of Penetrating Unity and Its Relationship with the Yihetuan" in *Popular Religion and Shamanism*, ed. by Ma Xisha and Meng Huiying. Leiden: Brill, 2011: 293—314.

三、英语学位论文

[1] Alexander, Katherine. *Virtues of the Vernacular: Moral Reconstruction in Late Qing jiangnan and the Revitalization of Baojuan*. Ph. D. dissertations, The University of Chicago, 2016.

[2] Beaudoin, Crystal M. *Female Religious Practices, Agency, and Freedom in the Novel Jin Ping Mei*. Master Thesis, McMaster University, 2017.

[3] Berezkin, Rostislav. *The Development of the Mulian Story in Baojuan Texts (14th – 19th Century) in Connection with the Evolution of the Genre*. Ph. D. dissertations, The University of Pennsylvania, 2010.

[4] Chao, Shin-yi. *The Precious Volume of Bodhisattva Zhenwu Attaining the Way: A Case Study of the Worship of Zhenwu in Ming-Qing Sectarian Groups*. Ph. D. dissertations, University of British Columbia, 2009.

[5] Chard, Robert. *Master of the family: History and development of the Chinese cult to the stove*. Ph. D. dissertations, University of California, Berkeley, 1990.

[6] Chu, Richard Yung deh. *An Introductory Study of the White Lotus Sect in Chinese History with Special Reference to Peasant Movements*. Ph. D. dissertations, Columbia University, 1967.

[7] Kerr, Janet. *Precious Scrolls in Chinese Popular Religion Culture*. Ph. D. dissertations, The University of Chicago, 1994.

[8] Nadeau, Randall L. *Popular Sectarianism in the Ming: Lo Ch'ing and his Religion of Non-Action*. Ph. D. dissertations, University of British Columbia, 1990.

[9] Naquin, Susan. *Millenarian Rebellion in China: The Eight Trigrams Uprising of 1813*. Ph D. dissertations, Yale University, 1974.

[10] Shek, Richard. *Religion and Society in late Ming: Sectarianism and Popular Thought in Sixteenth and Seventeenth Century China*. Ph. D. dissertations, University of California, 1980.

[11] Sun, Xiaosu. *Performing the Bodhisattva Guanyin: Drama, Ritual and Narrative*. Ph. D dissertations, Harvard University, 2017.

四、中国宝卷英译

[1] Chard, Robert L. "The Precious Scroll of the Lord of the Stove" *Sources of Chinese Tradition: The Modern Period*, ed. by William Theodore de Bary, New York: Columbia University Press, 2008: 57—63.

[2] Grant, Beata and Wilt L. Idema. *Escape from Blood Pond Hell: The Tales of Mulian and Woman Huang*. Seattle: University of Washington Press, 2011.

[3] Idema, Wilt L. *Personal Salvation and Filial Piety: Two Precious Scroll Narratives of Guanyin and her Acolytes*. Honolulu: University of Hawaii Press, 2008.

[4] Idema, Wilt L. *Meng Jiangnü Brings Down the Great Wall: Ten Versions of a Chinese Legend*. With an Essay by Haiyan Lee. Seattle: University of Washington Press, 2008.

[5] Idema, Wilt L. *The White Snake and Her Son: A Translation of The Precious Scroll of Thunder Peak*, with Related Texts. Indianapolis/Cambridge: Hackett, 2009.

[6] Idema, Wilt L. "The Precious Scroll of Chenxiang" *The Columbia Anthology of Chinese Folk and Popular Literature*, New York: Columbia University Press, 2011: 380—405.

[7] Idema, Wilt L. *The Resurrected Skeleton: From Zhuangzi to Lu Xun*. New York: Columbia University Press, 2014.

[8] Idema, Wilt L. *The Immortal Maiden Equal to Heaven and other Precious Scrolls from Western Gansu*. Amherst MY: Cambria, 2015.

[9] Idema, Wilt L. *Mouse vs. Cat in Chinese Literature*. Seattle: University of Washington Press, 2019.

[10] Idema, Wilt L. *Insects in Chinese Literature*. Amherst NY: Cambria, 2019.

[11] Qu Liquan and Jonathan Noble. "San Mao Precious Scroll" in *The Columbia Anthology of Chinese Folk and Popular Literature*, New York: Columbia University Press, 2011: 479—502.

[12] Roy, David Tod. *The Plum in the Golden Vase or Chin P'ing Mei*. Princeton: Princeton University Press, 1993—2013.

五、宝卷研究书评

[1] Alexander, Katherine. "Many Faces of Mulian: The Precious Scrolls of Late Imperial China by Rostislav Berezkin (book review)" *CHINOPERL: Journal of Chinese Oral and Performing Literature*, 2019, 38(2): 171—176.

[2] Alexander, Katherine. "The Immortal Maiden Equal to Heaven and Other Precious Scrolls from Western Gansu by Wilt L. Idema(book review)" *Journal of Chinese Religions*, 2017, 45(2): 212—214.

[3] Berling, Judith A. "Precious Volumes: An Introduction to Chinese Sectarian Scriptures from the Sixteenth and Seventeenth Centuries (book review)" *History of Religions*, 2001, 41(1): 73—76.

[4] Berezkin, Rostislav. "Personal Salvation and Filial Piety: Two Precious Scroll Narratives of Guanyin and Her Acolytes (Book Review)" *Journal of the American Academy of Religion*, 2011, 79(1): 248—250.

[5] Berezkin, Rostislav. "Escape from Blood Pond Hell: The Tales of

Mulian and Woman Huang (Book Review)" *Asian Ethnology*, 2012, 71(1): 135—137.

[6] Bryson, Megan. "Escape from Blood Pond Hell: The Tales of Mulian and Woman Huang (Book Review)" Chinese Literature: Essays, Articles, Reviews (CLEAR), 2014(36): 205—207.

[7] Foley, Kathy. "The Immortal Maiden Equal to Heaven and Other Precious Scrolls from Western Gansu(book review)" *Asian Theatre Journal*, 2017, 34(1): 254.

[8] Goossaert, Vincent. "Precious Volumes. An Introduction to Chinese Sectarian Scriptures from the Sixteenth and Seventeenth Centuries (Book Review)" *Archives De Sciences Sociales Des Religions*, 2000, 45 (110): 95—96.

[9] Hargett, J. M. "Escape from Blood Pond Hell: The Tales of Mulian and Woman Huang" *CHOICE: Current Reviews for Academic Libraries*, 2012, 49(8): 1437.

[10] Johnson, David. "The Immortal Maiden Equal to Heaven and Other Precious Scrolls from Western Gansu. By Wilt Idema (review)" *CHINOPERL*, 2017, 36(2): 123—128.

[11] Keulemans, Paize. "The Resurrected Skeleton: From Zhuangzi to Lu Xun. By Wilt Idema (review)" *CHINOPERL*, 2017, 36(2): 131—132.

[12] Moretti, Costantino. "Wilt L. Idema, Personal Salvation and Filial Piety. Two Precious Scroll Narratives of Guanyin and Her Acolytes, 2008" *Études Chinoises*, 2009, 28(1): 346—351.

[13] Overmyer, Daniel L. "Personal Salvation and Filial Piety: Two Precious Scroll Narratives of Guanyin and Her Acolytes Trans. by Wilt L. Idema (review)" *Journal of Chinese Religions*, 2008, 36(1): 148—150.

[14] Overmyer, Daniel L. "Many Faces of Mulian: The Precious Scrolls of Late Imperial China by Rostislav Berezkin (review)" *China Review*

International, 2017, 24(2): 106—108.

[15] Ter Haar, Barend J. "Precious Volumes: An Introduction to Chinese Sectarian Scriptures from the Sixteenth and Seventeenth Centuries (Book Review)" *T'oung Pao*, 2003, 89(1/3): 201—208.

[16] Xin Fan. "Idema, Wilt L., Translated and Introduced, The Immortal Maiden Equal to Heaven and Other Precious Scrolls from Western Gansu-Idema, Wilt L., Translated and Introduced, The Immortal Maiden Equal to Heaven and Other Precious Scrolls from Western Gansu" *Frontiers of History in China*, 2016, 11(4): 635—637.

[17] Yü, Chün-Fang. "Precious Volumes. An Introduction to Chinese Sectarian Scriptures from the Sixteenth and Seventeenth Centuries. By Overmyer, Daniel L." *The Journal of Asian Studies*, 2000, 59(3): 714—717.

[18] Yü, Chün-Fang. "Personal Salvation and Filial Piety: Two Precious Scroll Narratives of Guanyin and Her Acolytes-Translated and with an Introduction by Wilt L. Idema" *Religious Studies Review*, 2009, 35(1): 74.

六、日语研究著作

[1] 氷上正、佐藤仁史、太田出、千田大介等编《近现代中国的艺能和社会——皮影戏·京剧·说唱》,好文出版,2013 年。

[2] 川浩二、古屋昭弘、辻リン(柯凌旭)《乌金宝卷: 影印·翻字·注釈》,早稻田大学中国古籍文化研究所说唱文学研究班,2003 年。

[3] 福井康顺、山崎宏等监修《道教》,朱越利译,上海古籍出版社,1990 年。

[4] 古屋昭弘、氷上正、王福堂共编《梅花戒宝卷: 影印·翻字·注釈》,早稻田大学中国古籍文化研究所说唱文学研究班,2004 年。

[5] 矶部彰《〈西游记〉受容史的研究》,多贺出版,1995 年。

[6] 矶部彰《〈西游记〉形成史的研究》,创文社,1993 年。

[7] 矶部彰《清初刊教派系宝卷二种的原典和解题——〈普覆周流五十三参宝卷〉和〈姚秦三藏西天取清解论〉》,东北大学东北亚研究中心丛书第 40 号,2010 年。

[8] 矶部彰《中国地方剧初探》,多贺出版,1992 年。

[9] 吉冈义丰、苏远鸣合编《道教研究》,东京边境社,1965 年。

[10] 吉冈义丰《道教和仏教》第 3,国书刊行会,1976 年。

[11] 吉冈义丰《道教小志》,多田部队本部,1940 年。

[12] 吉冈义丰《吉冈义丰著作集第四卷》,五月书房,1989 年。

[13] 吉冈义丰《现代中国的诸宗教——民众宗教谱系》,佼成出版社,1974 年。

[14] 吉冈义丰《永生之愿道教》,淡交社,1970 年。

[15] 吉冈义丰《中国民间宗教概说》,《新编世界佛学名著译丛》第五十册,中国书店,2010 年。

[16] 井上红梅《中华万华镜》,改造社,1938 年。

[17] 酒井忠夫《道家・道教史的研究》,曾金兰译,齐鲁书社,2017 年。

[18] 酒井忠夫《中国善书研究(上、下卷)》(增补版),刘岳兵、孙雪梅、何英莺译,江苏人民出版社,2010 年。

[19] 酒井忠夫《中国善书研究》,国书刊行会,1972 年。

[20] 铃木中正《千年王国的民众运动研究——以中国、东南亚为中心》,东京大学出版会,1983 年。

[21] 浅井纪《明清时代民间宗教结社研究》,研文出版,1990 年。

[22] 上田望《绍兴宝卷研究(附〈双状元宝卷〉校注影印)》,《平成 18 年度科学研究费补助金(特别领域研究)研究成果报告书》,2007 年。

[23] 上田望《绍兴宝卷研究 2(附〈双英宝卷〉校注影印)》,《平成 20 年度科学研究费补助金(特别领域研究)研究成果报告书》,2008 年。

[24] 上田望《绍兴宝卷研究 3(附〈沈香扇宝卷〉校注影印)》,《平成

21 年度科学研究费补助金(特别领域研究)研究成果报告书》,2010 年。

[25] 上田望编集《苏州大学图书馆藏宝卷六种》,金泽大学人间社会研究域,2012 年。

[26] 上田望编集《苏州大学图书馆藏宝卷五种》,金泽大学人间社会研究域,2011 年。

[27] 辻リン(柯凌旭)编著《抢生死牌宝卷:影印·翻字·注釈》,早稻田大学中国古籍文化研究所说唱文学研究班,2005 年。

[28] 太田出、佐藤仁史《太湖流域社会的历史学研究——地方文献和田野调查的研究》,汲古书院,2007 年。

[29] 野口铁郎《道教和中国社会》,雄山阁,2001 年。

[30] 野口铁郎《明代白莲教史研究》,雄山阁,1986 年。

[31] 早稻田大学图书馆《风陵文库目录》,凸版印刷株式会社,1999 年。

[32] 泽田瑞穗《地狱变:中国的冥界说》,京都法藏馆,1968 年。

[33] 泽田瑞穗《校注破邪详辩——中国民间宗教结社研究资料》,道教刊行会,1972 年。

[34] 泽田瑞穗《增补宝卷研究》,国书刊行会,1975 年。

[35] 泽田瑞穗《中国的庶民文艺——歌谣·说唱·演剧》,东方书店,1986 年。

[36] 佐藤仁史、太田出、稻田清一、吴滔编《中国农村的信仰和生活——太湖流域社会史口述记录集》,汲古书院,2008 年。

[37] 佐藤仁史、太田出、藤野贞子、绪方贤一、朱火生编《中国农村的信仰和生活——太湖流域社会史口述记录集 2》,汲古书院,2011 年。

结语　宣卷、抄卷、助刻与搬演：一套古老的文化治疗仪式

从人类发展史的角度看，瘟疫、灾害参与塑造了人类文化。人类的历史就是禳解灾害和瘟疫的历史。在这个过程中，世界不同民族发展起来各种各样的文化治疗术。这些治疗术包括语言的法术咒语、节奏鲜明的祷祝性诗歌，道德劝善的民间故事，各种仪式性戏剧搬演。可以说，文学的主题、文类背后都深藏着文化治疗的智慧和集体记忆。

在中国，宝卷是节奏鲜明的中国祷祝性说唱与佛教变文韵散结合的布道传统相结合的产物。据著名俗文学专家车锡伦先生在《中国宝卷总目》中著录，加上学者近年的补遗，以及笔者对海外收藏的调查，海内外收藏的宝卷版本数量保守估计在 8 000 种以上。笔者认为，如此卷帙浩繁的宝卷，有与说唱文学相互改编形成的说唱故事宝卷；有与佛教、道教斋醮仪式结合的宗教及其仪式宝卷，这类宗教仪式卷，其功能主要在于做会宣卷、传抄助刻与搬演等一套古老的“文化治疗”仪式。这一套文化治疗仪式源于对瘟疫或灾异产生原因的意义阐释及其启动的守望相助的空间净化和社会动员机制。

宗教仪式卷的文化治疗作用，首先取决于对瘟疫发生原因的理解。心理学的解释是，当人们面对不解、迷茫时，就会感到恐惧和无助。为了逃离模糊状态，寻求确定感，对原因的解释使得未知的、混乱的信息有了可供理

解的逻辑。通过解释缘由，重建秩序，消除对世界认知的混沌和盲目，可以说掌握了疫情知识就等于掌控了瘟疫，这是文化治疗的关键抓手。

中国文化传统的核心在于天人关系。儒学把世界视作一个与天命相关的、以伦理为导向的实体，其中包含了天人合一、天命决定论、阴阳五行等一整套的信仰思想系统。遵照天命决定论，占卜和阴阳五行理论都是知晓天意、窥探天命，帮助人们趋福避祸的手段。那些背弃人伦、违背道德、污染环境、“暴殄天物，害虐烝民”的行为都是违背“天意”的有污染的危险行为。污染会悖逆天意，违背天意就会受到天的制裁，这就是“天谴”。《左传》宣公十五年把反常的自然现象也解释为“天反时为灾，地反物为妖，民反德为乱，乱则妖灾生”。钱大昕在《十驾斋养新录》中说“古书言天道者，皆主吉凶祸福而言”。由于“天之以灾谴示警”，所以从上古国君“汤祷桑林”、古希腊的俄狄浦斯王刺瞎双眼并自我流放、汉成帝时因为“荧惑守心”、丞相翟方进被逼自杀到后世历代国君的“罪己诏”都是畏惧天谴的疗救行为。

普罗大众消除天谴、禳解灾异必须从身心修炼开始。可以说修身、修炼、修行是人类学意义上世界各民族最重要的消除盲目和无知的“赎罪”行为。从社会功能角度划分，宝卷应该划分为故事卷和仪式卷两种。故事卷通过做会宣卷、抄卷、藏卷、助刻等社会参与活动，与“天”对话，修炼净化环境。仪式卷则在特定的神圣空间里搬演仪式，通过搜寻替罪羊，“斩妖伏魔”，象征性地达成厌胜邪魔、净化生活空间的目的。

中国北方的河北高洛、山西介休、甘肃河西、青海洮岷，江南的吴方言区的做会宣卷（讲经、念卷）活动都有禳灾、救助的文化治疗意味。吴方言区有“三茅会”“观音会”“大圣会”“梓潼会”“土地会”“地藏会”“雷祖会”“城隍会”等。民众在人生重要关口举办范热内普所谓的“过渡礼仪”“荐亡”“破土”“度关”“安宅”“破血湖”“禳顺星”等，象征性地进入神圣场域，勾销过错、洗心革面、修禊“污秽”，搬演新我的再生。

从历史上看，中古时期受佛教影响，抄经祛病广为流行。宝卷的抄写、收藏赓续了中世纪以来的写经传统。据笔者不完全统计，著名的藏书家、戏曲研究专家傅惜华所藏宝卷中，汝南（今属河南驻马店）人周景贤在宣统二年（1910 年）至民国二十二年（1933 年）24 年间，先后多次抄写了《沉香宝卷》《西瓜宝卷》《何文秀宝卷》《卖花宝卷》《黄糠宝卷》等宝卷。其中抄写的三种《沉香宝卷》，两种卷末都题有“听卷此功德，普及于一切。宣卷已完成，消灾增福寿”。类似的著名抄卷人还有黄秋田、陆增魁、周益庭、许瑞兴、华柄坤等，不胜枚举。据车锡伦《中国宝卷总目》，笔者统计发现，10 种故事卷《百花台宝卷》《何文秀宝卷》《红罗宝卷》《黄糠宝卷》《洛阳桥宝卷》《刘香女宝卷》《天仙宝卷》《西瓜宝卷》《延寿宝卷》《妙英宝卷》，抄本的版本都在 30 种以上，具体抄写数量难以计数。

和上古献祭神灵以获取护佑不同，斋主通过宣卷、抄写和收藏宝卷等朝圣与修炼（修行）仪式，献祭的是身心与时间。宣卷、抄写、收藏过程中，修炼中的个体自身身心一体，个体之间守望相助，与“天神”潜在对话，通过主体皈依得到救赎，强化认同和“护佑感”。最早以“宝卷”命名的《目连救母出离地狱生天宝卷》中观世音菩萨化身为妙善公主，以身体献祭，化度王室与国民皈依佛法，以禳解灾异、解民倒悬。

除抄写、收藏以外，助刻也是重要的积功德的修行活动。古人认为助刻印造宝卷能“万劫不踏地狱门”，故“众姓士女捐资重刊，愿祈天下太平，风调雨顺，君民如意，各家咸宁”。清光绪十八年，杭州玛瑙经房印造的《护国佑民伏魔宝卷》，卷末附录的助刻表显示助刻者多达 13 人。助刻是修炼“归真”“还乡”的唯一途径，因此助刻《皇极金丹九莲归真宝卷》者多达 304 人。

吴方言区的仪式卷保存最为完整。其中常熟地区的仪式卷有《禳星科》《晚朝灯课》《散花解结仪》《延生星忏》《朝真礼斗玄科》《血湖忏》《庚申真经》《香山超度宝卷》《地狱五献》《莲船宝卷》《上寿宝卷》《星宿宝卷》《莲船偈》《拜十王》等 35 种。靖江做会，需要请各路神灵，张挂“圣轴”，供“马纸”（即纸马，菩萨像）。从角色功能上讲，佛头是斋主和神灵之间的代理人，他代斋主象征性搬演“朝圣”，参与并协助斋主，与各路神灵沟通，达成斋主的美好愿景。在搬演仪式卷的阈限阶段，他代表斋主将污秽嫁祸于“替罪羊”,使人免遭灾害或瘟疫。仪式后,乡民将代表瘟神的纸人放置在马或船上,运到村边或海边,烧毁或让其飘走,以此来实现驱逐瘟疫、禳解灾害的目的。

英国人类学家玛丽·道格拉斯(Mary Douglas)研究表明:“污染意味着秩序被破坏。消除污染不是一种消极的运动,而是一个积极组建环境的努力。”为了祈福纳吉,禳解“毒月”(端午节)的疾病与瘟疫,在自身的生存环境中,从张天师“斩五毒”版画、吃“五毒饼”的民俗,再到清代宫廷搬演《斩五毒》(又名《混元盒》)的应节戏,人类与瘟疫的斗争整体性进入历史、民俗、宗教、仪式、演剧赛会表演和故事叙述,形成形形色色的文化文本。其中参与文化文本搬演的人类,他的心灵和肉体通过祈祷、沉思、颂唱、斋戒或舞蹈达到内在的净化。关公、包公、张天师、钟馗、真武、城隍因此具备对疾病、妖灾隐喻性的“斩妖”“伏魔”的神威,而发挥着重要的禳解疫病的作用。以关公为主角的驱邪仪式剧《五关斩将》《关云长大破蚩尤》几乎遍布中国各民族。可以说,各种禳解因素,长期连续地整合进入“仪式剧”(ritual drama)。宝卷仪式卷名称中有“禳星”“解结”“散花”“延生”“超度”等表述,其仪式搬演自然少不了社会功能和文化传统——禳灾与治疗机制。

全部以封建迷信和愚昧落后看待宣卷仪式中的修行禳灾和文化治疗活动,是科学主义、理性化等西方现代话语体系下,中国文化传统被重构的结果。与单纯杀死病毒、细菌的西医治疗不同,做会、宣卷、抄卷、助刻乃至搬演,通过共享仪式,社会群体启动了一套文化治疗仪式。这一套仪式是人类长期与瘟疫、灾害互动博弈诸策略中的帕累托最优(从长远看,族群之间选择彼此“友好”策略,比选择欺诈、攻击、甩锅策略能更容易成功),同时是文化治疗传统中的“整体知识”。用今天的话说,它从宇宙论、天人关联与命运共同体中来思考人类灾害、瘟疫的产生以及治疗。从整体知识出发,调整天人关系、人人关系,调动群体内部同仇敌忾、守望相助的精神能量,不仅注重疗救生理疾病,还注重凝聚、禳解、宣泄与之相应的生活空间和社会心理,提高“社会”的免疫力,对灾异和瘟疫疫情起到整体的“灭活”作用。

后　　记

该书是我主持的国家哲学社会科学重大项目“海外藏中国宝卷整理与研究”的阶段成果之一。

项目2017年立项,2018年开题后,项目组成员便以极大的热情,焚膏继晷、夜以继日地投入海外收藏宝卷的调查裒辑编目,海外研究成果的搜集、整理、翻译之中。尽管海外收藏宝卷的调查、学术研讨遇到了各种无情冲击,调查工作被迫耽搁、迟滞,但是在众多同仁的支持下,工作整体仍然有序地推进。

呈现在大家面前的“导论”,是一部有海外宝卷研究“纲领”性质的著述。它收入了项目子课题负责人伊维德教授、白若思研究员等对海外宝卷研究进行梳理的主要文章。因为是导论性质,为避免遗珠之憾,未及收入的论著和论文,均以研究目录的形式“著录”,以供宝卷研究同道按图索骥,有所创获。

本书各章节的具体作者名录为:

前言　吴真(中国人民大学),原载于《文学遗产》2020年第6期。

上编导读　郭武(山东大学)撰,原载于《汉学研究通讯》第40卷第3期。

第一章第一节　伊维德(WiltLIdema)(哈佛大学东亚系)撰,张煜

(上海外国语大学文学研究院)译,原载于《暨南学报(哲学社会科学版)》2017 第 11 期。

第一章第二节　伊维德(WiltLIdema)撰,孙晓苏(南京师范大学)译,原载于王定勇主编《中国宝卷国际研讨论文集》,广陵书社,2016 年。

第一章第三节　李永平(陕西师范大学文学院)、乔现荣(陕西科技大学),原载于 Interdisciplinary Studies ofLiterature Vo. 4 No. 2 June 2020。收入本书时有增补。

第二章第一节　白若思(复旦大学文史研究院)撰,姜婉婷译,原载于《中国社会科学学报》2020 年 7 月 31 日第 6 版。

第二章第二节　白若思撰,原载《形象史学》2019 年第 20 辑。

第二章第三节　姚伟(陇东学院外国语学院)撰,原载于《中国社会科学报》2021 年 7 月 21 日第 012 版。

第三章第一节　范夏苇(陕西师范大学文学院)撰。

第三章第二节　李永平、范夏苇撰,原载于《北京联合大学学报(人文社会科学版)》2020 年第 5 期。

第三章第三节　严艳(佛山科学技术学院)撰,原载于《国际汉学》2020 年第 1 期。

第四章第一节　白若思撰,原载于《常熟理工学院学报(哲学社会科学)》2020 年第 1 期。

第四章第二节　白若思撰、党从心译(陕西师范大学),原载于《遗产》2022 年第 6 辑。

第四章第三节　白若思撰,原载于《常熟理工学院学报(哲学社会科学)》2017 年第 3 期。

下编导论　绘制海外中国宝卷收藏“地图”　李永平、白若思撰,原载于《中国社会科学报》2018 年 7 月 23 日。

结语　宣卷、抄卷、助刻与搬演:一套古老的文化治疗仪式　李永平撰,原刊于《中国社会科学报》2020 年 7 月 31 日第 6 版,收入本书时有增补。

需要感谢的是，除了项目组的专家学者，书稿上编还得到了山东大学郭武教授、中国人民大学吴真教授、南京师范大学孙晓苏博士、佛山科学技术学院严艳博士、陇东学院姚伟博士的热情支持和大力帮助。下编编目部分得到许多海外汉学家、国内访问学者的鼎力支持，笔者都在编目来源部分一一致谢，在此不再罗列。由于项目同仁的鼎力襄助，使得该书成为一部系统总览、梳理、盘点海外中国宝卷研究情况的"工具书"。

另外，本书编撰整理过程中，我的博士生李泽涛、范夏苇、党从心、彭绍辉先后做了体例统一、附录编写、文字编校工作。在此，感谢他们的执着与坚持不懈。

在书稿出版过程中，承蒙乡贤故友上海大学出版社副总编邹西礼编审的推荐，上海古籍出版社胡文波副总编出于对学术出版的理解，接受本书出版。

感谢以上同仁的付出！！

2022 年立冬

大唐故都启夏门贯一堂

三谛楼主 谨识

图书在版编目(CIP)数据

海外中国宝卷收藏与研究导论 / 李永平等著. —上海：上海古籍出版社，2023.8
（海外中国宝卷研究丛刊）
ISBN 978-7-5732-0764-7

Ⅰ.①海… Ⅱ.①李… Ⅲ.①宝卷(文学)—作品集—中国②宝卷(文学)—文学研究—中国 Ⅳ.①I276.6 ②I207.76

中国国家版本馆 CIP 数据核字(2023)第 133038 号

海外中国宝卷收藏与研究导论

李永平 〔荷〕伊维德 〔俄〕白若思 等著

上海古籍出版社出版发行

（上海市闵行区号景路 159 弄 1-5 号 A 座 5F 邮政编码 201101）

（1）网址：www.guji.com.cn

（2）E-mail：guji1@guji.com.cn

（3）易文网网址：www.ewen.co

常熟市人民印刷厂印刷

开本 635×965 1/16 印张 26.75 插页 5 字数 372,000

2023 年 8 月第 1 版 2023 年 8 月第 1 次印刷

ISBN 978-7-5732-0764-7

K·3405 定价：168.00 元